mtb

Nora Roberts

Was mein Herz sucht

Ein Meer von Leidenschaft

Die Frauen der Calhouns – Suzanna

MIRA® TASCHENBUCH

FSC
MIX
Papier
FSC® C014496

Umschlaggestaltung: büropecher, Köln
Umschlagabbildung: Ahrimana, rzoze19/shutterstock
Satz: GGP Media GmbH, Pößneck
Printed in Germany
Dieses Buch wurde auf FSC®-zertifiziertem Papier gedruckt.
ISBN 978-3-95649-867-1

www.mira-taschenbuch.de

Nora Roberts

Ein Meer von Leidenschaft

Roman

Aus dem Englischen von
Claire Marcks

1. Kapitel

Ein versunkener Schatz vor der Küste von Ocracoke.

Kathleen Hardesty ließ den vergoldeten Füllfederhalter sinken und faltete ihre schlanken Hände über dem Notizbuch, das geöffnet vor ihr auf dem großen Schreibtisch aus massivem Eichenholz lag. Das Licht der Schreibtischlampe fiel auf ihre ineinander verschränkten Finger, an denen weder Brillantringe noch Nagellack von der zarten weißen Haut ablenkten.

Kate seufzte und blickte über die vielen Seekarten und Aufzeichnungen, die sie vor sich ausgebreitet hatte. Jeder Buchstabe der steilen klaren Handschrift ihres Vaters verriet die feste Überzeugung, die Edwin J. Hardesty dazu getrieben hatte, einem Schatz nachzuspüren.

Nichts an dem ruhigen, zurückgezogenen Leben ihres Vaters hätte Kate jemals auch nur vermuten lassen, dass er von versunkenem Gold träumte. Fantastereien von Schiffen, die vor zwei-, dreihundert Jahren mit ihrer ganzen wertvollen Ladung im Meer untergegangen waren, passten nicht zu seinem ernsthaften Wesen.

Nachdenklich schaute Kate vor sich hin.

Sie hatte ihrem Vater nachgeeifert und ebenfalls den Beruf des Erziehers gewählt. Mit Leib und Seele war sie Lehrerin und konnte sich nichts vorstellen, was sie mehr ausfüllte, als heranwachsende Menschen mit der Schönheit der englischen Literatur vertraut zu machen. Ihr Vater impfte ihr einst die Bedeutung von Erziehung und Bildung ein. Für ihn schien es nichts Wichtigeres im Leben gegeben zu haben. Bildung hatte

Edwin Hardesty stets als unabdingbare Voraussetzung für eine zivilisierte Gesellschaft betrachtet.

Und so war Kate inmitten von Büchern aufgewachsen und in der sanften, aber bestimmten Art eines engagierten Pädagogen erzogen worden. Er erwartete von ihr, dass sie außergewöhnliche Leistungen in der Schule erbrachte. Sie enttäuschte diese Erwartungen nie. Und später folgte sie in beruflicher Hinsicht dem Beispiel ihres Vaters. Jetzt war sie achtundzwanzig Jahre alt und hatte gerade ihr erstes Jahr als Dozentin am renommierten Yale College abgeschlossen.

Äußerlich entsprach Kate dem althergebrachten Klischee einer Lehrerin. Sie trug ihr langes hellbraunes Haar aufgesteckt. Ihre Lesebrille aus Horn hob sich stark von dem hellen Teint ihres Gesichtes ab. Hohe Wangenknochen verliehen ihr ein etwas hochmütiges Aussehen, das jedoch von ihren sanften rehbraunen Augen gemildert wurde. Kate hatte ihre Kostümjacke über den Stuhl gehängt und die Manschetten der adretten weißen Bluse hochgeschlagen. Außer einer schmalen Armbanduhr und geschmackvollen goldenen Ohrsteckern trug sie keinen Schmuck. Die Ohrstecker, ein Geschenk ihres Vaters zu ihrem einundzwanzigsten Geburtstag, waren das einzige Zeichen persönlicher Zuneigung, das sie je von ihm erhalten hatte.

Seit jenem Tag waren sieben Jahre vergangen. Und heute, eine Woche nach dem Begräbnis ihres Vaters, saß Kate an seinem Schreibtisch. Im Raum hingen noch der milde Duft seines Rasierwassers und der Geruch des würzigen Pfeifentabaks, den er nur hier in seiner Bibliothek zu rauchen pflegte.

Kate hatte nichts von der Krankheit ihres Vaters gewusst, nichts von den regelmäßigen Arztbesuchen, den Untersuchungen, den EKG-Befunden oder den kleinen Tabletten, die er stets bei sich trug. Erst nach dem tödlich verlaufenen Herzanfall hatte Kate sie in der Innentasche seines Jacketts gefunden.

Nein, ich brauche mir keine Vorwürfe zu machen, sagte sie sich. Er wollte nicht, dass jemand von seiner Krankheit erfuhr – oder von der Existenz der Seekarten und Forschungsunterlagen.

Jetzt habe ich unvermittelt von beidem erfahren, und mit einem Mal ist das Bild, das ich mir von Vater gemacht habe, ins Wanken geraten, grübelte sie weiter. Sie war sich nicht mehr sicher, den Mann jemals richtig gekannt zu haben, der sie nach dem frühen Tod ihrer Mutter allein aufgezogen hatte.

Kate lehnte sich in dem Sessel zurück und schob ihre schwache Lesebrille auf der Nase zurecht. Mit Daumen und Zeigefinger rieb sie ihre Nasenspitze und versuchte sich ihren Vater vorzustellen.

Edwin Hardesty war ein großer Mann gewesen, mit einem schmalen Gesicht und sorgfältig geschnittenem Haar. Stets hatte er den Eindruck eines drahtigen, gesunden Menschen gemacht. Am liebsten trug er dunkle Anzüge und weiße Hemden. Nur einen einzigen Luxus gönnte er sich: den wöchentlichen Gang zur Maniküre.

Kate hatte ihren Vater nie böse oder zornig erlebt. Nie hatte er sie angeschrien oder gar geschlagen. Dessen bedurfte es auch niemals. Er brauchte nur mit Blicken oder Gesten seine Unzufriedenheit, seine Enttäuschung auszudrücken. Das genügte, um Kate ein schlechtes Gewissen zu bereiten und sie zur sofortigen Änderung ihres Verhaltens zu bewegen.

Jedermann hatte Edwin Hardesty als unermüdlichen und eifrigen Menschen gekannt. Doch all sein Streben galt seinem Beruf.

Es versetzte Kate einen Stich, dass sie im Nachhinein von ihrem Vater lediglich sagen konnte, er sei ihr gegenüber niemals böse oder zornig gewesen. Ein unerklärliches Schuldgefühl bemächtigte sich ihrer.

Nein, sie hatte ihn niemals enttäuscht. Er hatte es ihr selbst gesagt, nachdem sie die Aufnahme in den Fachbereich für Englisch im Yale College geschafft hatte. Kate war sich des nächsten unausgesprochenen Wunsches ihres Vaters durchaus bewusst. Er hätte es als Krönung ihrer Karriere und seiner Erziehung angesehen, wenn sie innerhalb der kommenden zehn Jahre zur Leiterin dieses Bereiches aufsteigen würde.

Ob er sich jemals klargemacht hat, wie sehr ich ihn geliebt und wie sehr ich mich bemüht habe, seinen Idealen zu entsprechen? überlegte Kate und schloss einen Augenblick lang die Augen. Es hatte keine Gelegenheit mehr gegeben, Antwort auf diese quälenden Fragen zu erhalten. Als sie im Krankenhaus angekommen war, war ihr Vater bereits tot gewesen.

Jetzt saß sie allein in dem kleinen Haus auf Cape Cod, in dem sie so lange mit ihrem Vater gewohnt hatte. Die Reinemachefrau kam mittwochmorgens, der Gärtner kümmerte sich samstags um den Garten. Ihr, Kate, blieb die Aufgabe überlassen, sich mit den Dokumenten zu befassen, sie zu sortieren und auszuwählen.

Das würde nicht schwierig sein. Kate lehnte sich weiter zurück. Praktische Dinge bereiteten ihr keinerlei Probleme. Was aber sollte mit diesen Karten geschehen? Und was sollte sie mit den sorgfältig gezeichneten Plänen und den Notizbüchern beginnen, in denen viele Hinweise, Anleitungen und Informationen standen?

Einerseits neigte Kate dazu, sie irgendwo abzulegen und zu vergessen, andererseits spürte sie, wie ihre Fantasie angeregt wurde, wie sie sich in Träumereien verlor. So wie sie die Schönheit eines Gedichtes gefangen nahm, fesselten sie auch die Aufzeichnungen ihres Vaters.

Und er musste von der Richtigkeit seines Tuns, vom späteren Erfolg seiner Nachforschungen überzeugt gewesen sein.

Kate beugte sich erneut über den Schreibtisch. Ja, zweifellos hatte ihr Vater an einen Sinn seiner Arbeit geglaubt, sonst hätte er kaum Zeit damit verschwendet zu suchen, zu kommentieren und Theorien aufzustellen. Dem Umfang der Unterlagen nach zu urteilen musste er Monate, ja Jahre damit verbracht haben, Informationen über den Verbleib eines englischen Handelsschiffes zu sammeln, das vor mehr als zweihundert Jahren vor der Küste von North Carolina untergegangen war.

Versunkene Schätze! Ein Thema für Hollywood-Filme oder Romane. Unwillkürlich tauchte vor Kates geistigem Auge das Bild des einbeinigen Piraten aus Stevensons Roman »Schatzinsel« auf, der besessen nach der sagenumwobenen Insel suchte.

Insel. Diese Vorstellung zog eine weitere Erinnerung nach sich. Ocracoke. Kate hatte alle Gedanken an jenen Sommer vor vier Jahren verdrängt. Jetzt, da sie eine Entscheidung über das Erbe ihres Vaters treffen musste, kehrten Bilder aus dieser Zeit auf der Insel vor der Küste von North Carolina mit schmerzhafter Deutlichkeit zurück.

Sie hatte gerade mit ihrer Doktorarbeit begonnen, als ihr Vater zu ihrer Überraschung ankündigte, dass er den Sommer auf Ocracoke verbringen wolle. Natürlich folgte Kate seiner Aufforderung, ihn zu begleiten. In ihrem Gepäck befanden sich eine tragbare Schreibmaschine, unzählige Bücher und stapelweise Schreibpapier. Kate hatte nicht damit gerechnet, dass weiße Sandstrände und der Ruf der Möwen sie ablenken würden. Außerdem war sie nicht darauf gefasst gewesen, sich Hals über Kopf zu verlieben.

Kate schüttelte leicht den Kopf, während sie an ihre hoffnungslose Liebe zu Dominic Silver dachte. Sie waren so verschieden wie Tag und Nacht. Dennoch hatte sie sich, jung und unerfahren, ganz dem Zauber jenes Sommers mit ihm hingegeben.

Sie sah Dominic wieder vor sich, wie er am Steuer des von ihrem Vater gemieteten Bootes gestanden hatte. Sie glaubte sein Lachen zu hören, sein schwarzes, vom Wind zerzaustes Haar zu fühlen. Auch erinnerte sie sich an das unbeschreiblich schöne Gefühl der Schwerelosigkeit, das sie beim gemeinsamen Tauchen in den warmen Küstengewässern genossen hatte.

Ich bin zu sehr von dem gefesselt gewesen, was in mir vorgegangen ist, um das plötzliche Interesse Vaters am Bootfahren und Tauchen befremdlich zu finden, dachte sie. Ich habe mich hinreißen lassen von meinen Empfindungen für Dominic. Die Verwunderung darüber, dass ein Mann wie er sich zu mir hingezogen fühlte, hatte mich nicht stutzig werden lassen, als Vater sich währenddessen intensiv mit Ebbe und Flut beschäftigte, anstatt wie andere Urlauber zu angeln oder zu baden.

Jetzt lagen diese jugendlichen Träumereien hinter Kate. Sie wusste nun, dass ihr Vater in den vielen Stunden, in denen er sich in sein Hotelzimmer zurückgezogen hatte, Nachforschungen betrieb. Auch in den folgenden Sommern war er nach Ocracoke zurückgekehrt. Ohne Kate, die diese Insel nie wieder betreten hatte – wegen Dominic Silver.

Dominic hatte verlangt, dass sie sich von ihrem Vater löste. Das konnte sie trotz aller Verliebtheit nicht, und daran war ihre Beziehung gescheitert.

Kate schloss das Notizbuch ihres Vaters, faltete die Seekarten zusammen und schob sie zur Seite. Sie würde wieder nach Ocracoke fahren, um zu vollenden, was ihr Vater begonnen hatte. Mehr als das Haus und den antiken Schmuck ihrer Mutter empfand sie diese Aufzeichnungen nun als das wirkliche Erbe ihres Vaters. Mit ihnen hatte er ihr die Aufgabe übertragen, sein Werk fortzuführen.

Entschlossen nahm Kate ihre Brille ab und legte sie auf das Notizbuch. Ja, sie würde zu der Insel zurückkehren und sich an Dominic Silver wenden. Die Vorstellungen und Erwartungen ihres Vaters hatten sie damals von ihm fortgetrieben, nun führten sie sie wieder zu ihm.

Kate öffnete die obere Schublade des Schreibtisches und entnahm ihr ein blütenweißes Blatt Leinenpapier. Sie schraubte die Schutzkappe von ihrem Füllfederhalter und begann zu schreiben.

Dominic beschleunigte seine Fahrt und hielt sein Gesicht dem Wind entgegen. Er liebte den Rausch der Geschwindigkeit, so wie er auch einen ganzen Nachmittag faul in der Hängematte liegend verbringen konnte. Diese Ungezwungenheit und Freiheit machte ihm das Leben lebenswert.

Obwohl am Meer aufgewachsen, atmete er den Geruch des salzigen Meerwassers dennoch ganz bewusst ein. Die Bewegung des Bootes unter seinen Füßen war ihm vertraut, doch er spürte sie jedes Mal wieder. Für Dominic galt nichts als selbstverständlich. Mit allen Sinnen nahm er jede Einzelheit in seiner Umgebung wahr.

Die kleine, ruhige Inselstadt betrachtete er seit jeher als sein Zuhause. Zwar war er schon weit gereist und wollte sich auch weiterhin die Welt anschauen, aber er vermochte sich keinen anderen Wohnort vorzustellen. Ihm sagte das Leben hier zu – die Freiheit des Meeres und die Vertrautheit der kleinen Inselgemeinschaft.

An die Anwesenheit von Touristen im Sommer hatte sich Dominic gewöhnt. Sie bildeten eine neue Einnahmequelle, halfen den Bewohnern, ihren Lebensunterhalt zu verdienen. Er zog allerdings die Wintermonate auf der Insel vor, wenn heftige, kalte Stürme bliesen und nur ganz Mutige die Überfahrt mit der Fähre nach Ocracoke wagten.

Dominic ging häufig fischen. Er entnahm dem Meer jedoch

nur das, was er selbst verzehren konnte. Wenn er tauchte, nach Muscheln zum Beispiel, geschah es zu seinem Vergnügen. Im Sommer lud er hin und wieder Touristen auf sein Boot ein und fuhr sie hinaus zum Fischen oder Tauchen, weil er sich zuweilen nach Gesellschaft sehnte. An anderen Tagen wiederum stand ihm der Sinn nicht danach. Dann wollte er das Meer ganz für sich allein haben. Wie an dem heutigen sonnigen Nachmittag.

Im Frühjahr war Dominic zweiunddreißig Jahre alt geworden, aber er war alles andere als ein gesetzter Mensch. Er lebte frei und ungebunden, ohne Rücksichten und Verpflichtungen. Und er hatte vor, auch in Zukunft zu tun, wonach ihm der Sinn stand.

Nur über die Richtung, die sein Leben nehmen sollte, war er sich noch nicht ganz klar.

Im Augenblick hatte er sich für den blauen Himmel über ihm und für das endlose Meer entschieden. Die Sonne brannte heiß, und der Wind verschaffte angenehme Kühlung. Der Motor des Bootes lief einwandfrei, und die Kühltasche enthielt einige Fische, die er sich zum Abendessen zubereiten wollte.

Von der Küste aus mochte es aussehen, als näherte sich ein Pirat dem Ufer. Das Haar reichte Dominic über die Ohren und hing etwas im Nacken herab. Es hatte eine tiefschwarze Färbung, die Dominics Abstammung von sizilianischen Einwanderern verriet. Seine Augen waren dunkelgrün, so wie sich das Meer an einem bewölkten Tag darbot. Durch die ständige Bewegung im Freien war seine sonnengebräunte Haut fest und straff.

Wenn Dominic lächelte, nahm sein Gesicht den verwegenen Ausdruck eines Abenteurers an, den Frauen unwiderstehlich fanden. Aber selbst wenn er nicht lächelte oder seine Augen kalt und hart wirkten, wie die eines Raubtiers vor dem Sprung, fühlten sich die Frauen zu ihm hingezogen, wie er schon früh festgestellt hatte.

Dominic drosselte die Geschwindigkeit und ließ das Boot langsam an seinen Platz im Silver Lake Hafen gleiten. Er schaltete den Motor ab, sprang auf den Anlegesteg und machte die Leinen mit den geschickten erfahrenen Bewegungen eines Mannes fest, der am Meer aufgewachsen ist.

»Hast du etwas gefangen?«

Dominic richtete sich auf und wandte sich dem Sprecher zu. »Es reicht. Ist nicht viel los im Restaurant?«, fragte er dann und sah seinen Bruder abwartend an.

Marsh lächelte, und flüchtig wurde die Familienähnlichkeit besonders deutlich, obgleich Marshs Augen braun waren und er sein Haar adrett geschnitten trug.

»Fürchtest du um deine Geldanlage?«, scherzte er.

»Das brauche ich nicht, weil du dich um sie kümmerst.«

Marsh erwiderte nichts. Die beiden Brüder verstanden sich auch ohne viele Worte. Ihre gegensätzlichen Charaktere, die Tatsache, dass der eine von ihnen ruhelos, der andere ausgeglichen war, hatte dieses Einverständnis niemals getrübt.

»Linda möchte, dass du heute Abend zum Essen ins ›Roost‹ kommst. Sie macht sich Sorgen um dich.«

Wie kann es auch anders sein, dachte Dominic belustigt. Seine Schwägerin kümmerte sich mit Hingabe um die Familie und ließ sich auch nicht durch die Tatsache, dass sie fünf Jahre jünger als Dominic war, davon abhalten, ihn zu bemuttern. Ihre Fürsorglichkeit, Marshs Geschäftssinn sowie Dominics Kapital und geschmackvolle Renovierungen hatten das »Roost« innerhalb kürzester Zeit zu einem sehr beliebten Restaurant werden lassen. Dominic überließ die Geschäftsführung seinem Bruder und seiner Schwägerin. Er hatte zwar nichts dagegen, sich hin und wieder mit der Gewinn- und Verlustsituation zu befassen, aber tagtäglich im »Roost« nach dem Rechten zu schauen kam für ihn nicht infrage.

Nachdem alle Leinen festgezurrt waren, rieb Dominic die Handflächen an seiner Jeans ab. »Was gibt es denn zum Abendessen?«, erkundigte er sich.

»Seezunge.« Marsh steckte seine Hände in die Hosentaschen und wiegte sich auf seinen Fußsohlen leicht vor und zurück.

Dominic lachte, holte die Kühltasche aus seinem Boot und zeigte seinem Bruder den Fang. »Linda kann ganz beruhigt sein. Ich werde schon genug essen.«

»Damit wird sie sich nicht zufriedengeben.« Marsh warf Dominic einen raschen Seitenblick zu. »Sie meint, du seist zu viel allein.«

»So kann nur jemand empfinden, der nicht gern allein ist.« Dominic wollte nicht streiten, da noch die schöne Erinnerung an die Bootsfahrt und das weite Meer in ihm lebendig waren. Aber er hatte noch nie mit seiner Meinung hinterm Berg gehalten. »Vielleicht solltet ihr beide euch ein weiteres Baby anschaffen, dann wäre Linda zu beschäftigt, um sich um deinen großen Bruder zu sorgen.«

»Gönn mir bitte eine Pause. Joy ist gerade erst achtzehn Monate alt.«

»Du musst noch neun Monate hinzuzählen«, erinnerte Dominic ihn leichthin. Er vergötterte seine Nichte, obwohl – oder gerade weil – sie ein kleiner Teufel war. »Jedenfalls sieht es so aus, als liege der Erhalt unserer Familie in deinen Händen.«

»Hm.« Marsh kreuzte die Füße, räusperte sich und schwieg. Diese Haltung war eine Angewohnheit aus seiner Kinderzeit, und Dominic amüsierte sich meistens darüber. Heute jedoch nicht. Es schien etwas Außergewöhnliches vorgefallen zu sein. Dominic spürte förmlich, dass irgendetwas in der Luft lag.

»Warum verrätst du mir nicht endlich, was du auf dem Herzen hast?«, sagte er schließlich. »Ich möchte nach Hause gehen und den Fisch säubern.«

»Du hast Post bekommen. Der Brief wurde irrtümlich in unseren Briefkasten geworfen.«

Das geschah häufig, und es bestand eigentlich kein Grund für Marshs geheimnisvolles Verhalten. Ohne ein Wort zu erwidern, streckte Dominic die Hand aus.

»Dominic …« Hilflos brach Marsh ab, zog den Brief aus der Hosentasche und reichte ihn seinem Bruder.

Genau wie vier Jahre zuvor wusste er nicht, was er Dominic sagen sollte.

Dominic erkannte die Handschrift sofort. Er brauchte den Briefumschlag nicht umzudrehen, um nachzuschauen, wer der Absender war. Unvermittelt stürmten Erinnerungen auf ihn ein, und er starrte auf das Papier.

Sein Gesicht wirkte wie versteinert, als er den Umschlag schließlich in die Gesäßtasche seiner Jeans steckte. »Danke.« Er nickte Marsh kurz zu und nahm die Kühltasche und sein Angelzeug vom Boden auf.

»Dominic …« Erneut hielt Marsh inne. Dominic hatte ihm den Kopf zugewandt und blickte ihn fast ungeduldig an. »Wenn du deine Meinung wegen des Abendessens ändern solltest …«

»Dann sage ich euch Bescheid«, vollendete Dominic den Satz und ging über den Anlegesteg an Land.

Auf dem Weg zu seinem Haus versuchte Dominic, Ordnung in seine Gedanken zu bringen und die Bilder der Vergangenheit zu verarbeiten, die ihn nie ganz losgelassen hatten.

Kate. Vor vier Jahren war sie in ihrer kühlen, beherrschten Art aus seinem Leben gegangen. Sie hatte ihn an eine zerbrechliche Porzellanpuppe erinnert – ein wenig geziert und hochmütig. Dominic mochte keine gekünstelten Manieren, dennoch hatte er Kate vom ersten Augenblick an begehrt.

Zunächst hatte er sich eingeredet, dass ihn ihr Anderssein fesselte. Es war wie eine Herausforderung erschienen, sie zu erobern. Es bereitete ihm Spaß, ihr das Tauchen beizubringen und zu verfolgen, wie sie sich in ihrer gewissenhaften Art Schritt für Schritt mit der Materie vertraut machte. Ihren Anblick in dem eng anliegenden Taucheranzug würde er nie vergessen – ihre schlanke, fast knabenhafte Figur und ihr herrliches Haar.

Als sie zum ersten Mal den Knoten im Nacken löste und Dominic ihr dichtes langes Haar sah, hatte er sie fasziniert angestarrt. Wie gern hätte er damals die Hand nach den weichen Locken ausgestreckt und sie berührt. Doch die Gegenwart von Kates Vater ließ ihn davor zurückschrecken.

Doch seit jenem Moment hatte er nach Gelegenheiten gesucht, mit Kate allein sein zu können.

Die boten sich ihm dann. Kate fand großen Gefallen am Tauchen. Während ihr Vater sich mit seinen Büchern zurückzog, fuhren Dominic und sie aufs Meer hinaus. Er führte sie in die stille, traumhafte Welt unter Wasser ein, die sie wie ihn verzauberte.

Dominic erinnerte sich noch deutlich daran, wie er Kate zum ersten Mal geküsst hatte. Sie standen auf dem Deck seines Bootes, nass und erfrischt vom Tauchen. Hinter ihr konnte er den Leuchtturm und die Küste von Ocracoke sehen. Kates dichtes Haar war tropfnass, und er streckte die Hand aus und strich leicht über ihren Kopf.

»Was soll das?«

Heute noch, vier Jahre später, glaubte Dominic ihre klare, reine Stimme zu hören. Mit ihren sanften braunen Augen hatte sie ihn verwundert angeschaut.

»Ich werde Sie jetzt küssen.«

»Warum?«

»Weil ich Lust dazu habe.«

So einfach war das für ihn. Er hatte diesen Kuss eben gewollt.

Als er Kate in seine Arme zog, spürte er die Steifheit ihres Körpers. Bevor sie widersprechen konnte, verschloss Dominic ihren Mund mit seinen Lippen. Wenig später wich jegliche Zurückhaltung von ihr. Sie erwiderte seinen Kuss mit all der in ihr angestauten Leidenschaft. Dominic war erfahren genug, um ihre Unschuld zu erkennen, was ihn ebenfalls faszinierte. Er verliebte sich mit Haut und Haaren in Kate.

Sie blieb ihm stets ein Rätsel, trotz der vielen Stunden, die sie miteinander verbrachten, und trotz ihrer langen Gespräche. Dominic bewunderte ihren Wissensdurst und ihre Art, jede Erfahrung gründlich zu erforschen und zu verarbeiten.

So war es auch mit dem Tauchen gewesen. Es genügte Kate nicht, frei und schwerelos im Wasser zu schweben. Sie wollte wissen, wie die Sauerstoffflaschen funktionierten, weshalb sie so und nicht anders gebaut waren. Dominic beobachtete, wie sie alle seine Antworten in sich aufnahm, und glaubte fest daran, dass sie keine einzige jemals vergessen würde.

Oft gingen sie nachts am Ufer spazieren, und Kate trug aus dem Gedächtnis Gedichte vor, wundervolle Verse von Byron, Shelley und Keats, Dichter, für die sich Dominic vorher nie sonderlich interessiert hatte, deren Werke jedoch plötzlich eine ganz besondere Bedeutung für ihn annahmen.

Wenn Kate begann, über Satzstellung, Hexameter und Pentameter zu dozieren, fand er rasch Mittel und Wege, sie von dem Thema abzubringen.

In jenen drei Sommermonaten drehten sich all seine Gedanken nur um Kate. Damals zog er sogar in Erwägung, sein Leben zu ändern. Seine kleine Behausung am Strand wollte er richtig ausbauen, neu möblieren. Kate würde sich auch nicht wie er mit Fisch, Eiern und Schinken begnügen. Jung und zum ersten Mal richtig verliebt, schmiedete Dominic euphorisch Pläne für eine gemeinsame Zukunft und dachte, sie würden in Erfüllung gehen.

Aber Kate hatte seine Träume zunichtegemacht. Sie hatte eigene Pläne und Dominic darin keinen Platz eingeräumt.

Ihr Vater war im folgenden Sommer nach Ocracoke zurückgekehrt, dann jedes Jahr wieder. Kate war nie mehr gekommen. Dominic hatte erfahren, dass sie ihren Doktortitel erlangt hatte und an einer vornehmen Schule unterrichtete, an der auch ihr Vater beschäftigt war. Sie hatte also genau das erreicht, was sie sich wünschte …

Dominic stieß die Tür zu seinem Haus auf. Hier hatte er mit Kate leben wollen.

Was soll's? dachte er. Wahrscheinlich wäre es mit uns beiden auf die Dauer ohnehin nicht gut gegangen.

Dominic stellte die Kühltasche auf den Boden in der Küche und öffnete den Kühlschrank. Er holte eine Dose Bier heraus, zog den Verschluss ab und trank einen großen Schluck von der kalten Flüssigkeit. Sie spülte etwas von der Bitterkeit hinunter, die er empfand.

Er fühlte sich jetzt ruhiger und nahm neugierig den Brief aus der Tasche seiner Jeans. Rasch öffnete er den Umschlag. Dann hielt er ein säuberlich beschriebenes Blatt in der Hand und las:

Lieber Dominic,
vielleicht ist dir schon bekannt, dass mein Vater vor zwei Wochen einem Herzanfall erlegen ist. Es kam sehr plötzlich, und ich versuche im Augenblick alle Dinge, die mit seinem Tod verbunden sind, zu erledigen.
Bei der Durchsicht der Unterlagen meines Vaters habe ich festgestellt, dass er Vorbereitungen getroffen hat, auch

in diesem Sommer nach Ocracoke zu reisen und deine Dienste in Anspruch zu nehmen. Ich sehe mich nun genötigt, an seiner Stelle zu kommen. Aus Gründen, die ich dir lieber persönlich mitteilen möchte, benötige ich deine Hilfe.

Du hast bereits eine Vorschusszahlung meines Vaters erhalten. Ich werde am fünfzehnten auf der Insel ankommen, dann können wir uns über die geschäftlichen Bedingungen unterhalten. Suche mich bitte im Hotel auf oder hinterlasse eine Nachricht. Ich hoffe, dass wir eine für beide Seiten angenehme Einigung finden werden.

Richte bitte Marsh herzliche Grüße aus. Vielleicht habe ich Gelegenheit, ihn während meines Aufenthaltes zu sehen.

Bis bald!

Kathleen Hardesty

Der alte Mann war also tot. Dominic legte den Brief auf den Küchentisch und führte die Bierdose wieder zum Mund. Er hatte keine besondere Sympathie für Edwin Hardesty gehegt. Kates Vater war ein strenger, humorloser Mann gewesen. Aber Dominic hatte auch keine Abneigung gegen ihn empfunden und sich seltsamerweise irgendwie an seine Gesellschaft während der vergangenen Sommer gewöhnt. Dieses Mal würde Kate kommen …

Dominic überflog nochmals ihre Zeilen und schaute auf den Kalender.

In zwei Tagen, dachte er, in zwei Tagen wird sie da sein … um sich über geschäftliche Bedingungen zu unterhalten.

Ein Lächeln umspielte seine Lippen, ein ziemlich freudloses, bitteres Lächeln. Also gut, sie würden geschäftliche Dinge besprechen. Kate wollte die Stelle ihres Vaters einnehmen. Dominic fragte sich, ob ihr bewusst war, dass ihre Worte voller Ironie steckten. Zeit ihres Lebens war sie gehorsam in die Fußstapfen ihres Vaters getreten. Nun ja, warum sollte sich daran nach dessen Tod etwas geändert haben?

Ob Kate sich wohl verändert hatte? Würde sie noch diese faszinierende Aura aus Unschuld und Zurückhaltung umgeben? Vielleicht hatte sie sie im Laufe der Jahre verloren. Vielleicht hatte sich der leichte Anflug von Hochmut in Härte verwandelt. Bald würde er es feststellen können.

Dominic stützte die Hände auf die Spüle und schaute durch das Fenster in Richtung Meer, das er hören und riechen konnte. Kate beabsichtigte seine Dienste in Anspruch zu nehmen, ein Geschäft mit ihm abzuschließen. Sie wollte sein Boot mieten, seine Ausrüstung und seine Zeit beanspruchen. Ein eigenartiges Gefühl stieg in ihm auf, er verdrängte es rasch. Kate sollte ihren Willen bekommen. Sie sollte aber dafür bezahlen. Dafür würde er sorgen.

Dominic verließ die Küche. Die Kühltasche mit seinem Fang stand unangetastet auf dem Boden. Der Appetit war ihm vergangen.

2. Kapitel

Kate fuhr ihren Wagen auf die Fähre nach Ocracoke und zog die Handbremse an. Es war ein kühler und sehr klarer Morgen. Sie konnte sich allerdings nicht an ihm erfreuen, verspürte nur das Bedürfnis, sich zurückzulehnen und die Augen zu schließen. Aus irgendeinem unerklärlichen Grund hatte sie es vorgezogen, von Connecticut aus mit ihrem eigenen Wagen zu fahren, anstatt zu fliegen.

Auf dem Beifahrersitz lag ihre Aktentasche, in der sich alle Aufzeichnungen ihres Vaters befanden. Im Hotel der Insel wollte Kate sie erneut durchsehen. Vielleicht würde sich dann wieder das Gefühl der Gewissheit einstellen, dass sie den richtigen Entschluss gefasst hatte.

Je näher sie der Insel kam, desto quälender wurde die Frage, ob sie nicht einen großen Fehler beging. Es war aber nicht die Nähe zur Insel, die sie unsicher werden ließ, sondern die bevorstehende Begegnung mit Dominic.

Kate blieb nur noch wenig Zeit, ruhiger und ihrer Gefühle Herr zu werden, die bei ihrer Reise in Richtung Süden in Aufruhr geraten waren. Sie sagte sich, dass ihre Aufregung dumm sei. Sie würde nicht zu einem Liebhaber zurückkehren, sondern einen erfahrenen Taucher für eine ganz bestimmte Aufgabe engagieren. Mehr nicht. Frühere persönliche Empfindungen durften keine Rolle spielen. Sie gehörten der Vergangenheit an.

Die Kate Hardesty, die vor vier Jahren auf Ocracoke angekommen war, hatte wenig mit der Frau Doktor Kathleen Hardesty gemein, die heute mit der Fähre auf die Insel übersetzte. Sie war nicht mehr jung und unerfahren. Dominics ungezügeltes wildes Wesen konnte sie nicht mehr beeindrucken, sie würden lediglich Geschäftspartner sein.

Kate spürte die Bewegung der Fähre unter sich, während sie durch die Windschutzscheibe ihres Autos aufs Meer schaute.

Wenn Dominic sich nicht sehr verändert hat, wird ihn die Aussicht, nach einem Schatz zu suchen, faszinieren, dachte sie.

Es war ihr klar, dass sie keinen besseren Taucher finden würde. Dominic verfügte über große Erfahrung und die richtige Ausrüstung. Es schien ratsam, für einen solchen Auftrag den Besten zu wählen.

Etwas entspannter stieg Kate aus ihrem Wagen und stellte sich an die Reling. Sie beobachtete den Flug der Möwen, die die winzigen unbewohnten Inseln bevölkerten. Sie hatte das Gefühl, nach Hause zurückzukehren.

So ein Unsinn! Unwillkürlich schüttelte sie den Kopf. Connecticut war ihr Zuhause. Dorthin würde sie zurückkehren, sobald sie ihre Aufgabe hier erfüllt hatte.

Der Motor der Fähre war zu laut, um irgendwelche anderen Geräusche aus der Umgebung hören zu können. Kate beugte sich vor und betrachtete das Kielwasser. Dann entdeckte sie eine Insel, auf der sich etliche große braune Pelikane tummelten. Sie lächelte, froh, diese an Land so tollpatschig wirkenden Vögel wieder zu sehen.

Die Fähre passierte die spitz zulaufende Landzunge, auf der viele Angler ihre Wagen abstellten und ihr Glück versuchten. Die Wellen schlugen heftig gegen diesen schmalen Landstreifen. An den Stellen, wo das Land tiefer lag als das Meer, trafen die Wellen auf das Wasser der Bucht und bildeten weiße Schaumkronen. All diese Eindrücke hatte Kate nicht vergessen. Auch an die Heimtücke der Strömung erinnerte sie sich.

Tief atmete Kate die salzige Luft ein, bevor sie sich wieder in ihren Wagen setzte. Es war eine aufregende Welt, in der Schönheit und Gefahr dicht beieinander lagen.

Nachdem die Fähre angelegt hatte, dauerte es nicht lange, bis Kate auf die schmale asphaltierte Inselstraße fahren konnte. Auf dieser einzigen Straße auf Ocracoke würde sie bald zu der kleinen Stadt gelangen.

Kate fühlte sich ruhig und ausgeglichen, zumindest redete sie es sich ein. Sie hatte eine ganz normale, völlig verständliche Aufregung verspürt. Nun war sie bereit, Dominic entgegenzutreten, mit ihm zu sprechen, mit ihm zusammenzuarbeiten, wenn er sich mit ihren Bedingungen einverstanden erklärte.

Kate kurbelte die Fensterscheibe herunter und ließ die warme, feuchte Luft herein. Sie tat ihr gut. Wie lange hatte sie die wohltuende Wirkung von würziger Meeresluft und dem beständigen, gleichmäßigen Rauschen des Meeres entbehrt! Es war richtig gewesen, herzukommen. Beim Anblick der ersten Häuser der Ortschaft lächelte sie zufrieden. Sie hatte ihr Ziel erreicht.

Das Hotel, in dem sie bereits mit ihrem Vater gewohnt hatte, lag auf der dem Meer zugewandten Seite des Ortes. Es war klein und ruhig. Zwar fand Kate die Bedienung manchmal ein wenig langsam, dafür hatte man aber einen unvergleichlich schönen Blick auf das Meer.

Kate parkte den Wagen vor dem Hotel und drehte den Zündschlüssel herum. Leise seufzte sie auf.

Als sie aus dem Wagen stieg, sah sie Dominic sofort. Einen Moment lang war sie nicht mehr die selbstbewusste Lehrerin für englische Literatur, sondern nur eine hilflos ihren Empfindungen ausgelieferte Frau.

Dominic hatte sich kein bisschen verändert. Während Kate ihn musterte, kamen ihr jeder Kuss, jedes Streicheln, jeder köstliche Augenblick ihres Zusammenseins ins Bewusstsein. Der Wind blies Dominic das Haar aus dem Gesicht. Sie sah die vertrauten Züge. Die Sonne erwärmte ihre Haut, und es war Kate, als lägen keine vier Jahre zwischen heute und ihrer letzten Begegnung.

Für Dominic kam dieses Zusammentreffen überraschend. Er hatte damit gerechnet, dass Kate erst am Nachmittag eintreffen würde. Soeben hatte er kurz im »Roost« vorbeigeschaut. Das Restaurant befand sich genau gegenüber dem Hotel, in dem Kate wohnen würde.

Sie sah adrett und etwas zu dünn in ihrer maßgeschneiderten Hose und der kurzärmeligen Bluse aus. Ihr Haar war hochgesteckt und gab so den Blick frei auf die zarte Haut ihres Halses. Durch ihren hellen Teint wirkten ihre Augen noch größer und dunkler, als sie in Wirklichkeit waren.

Sie schien dieselbe geblieben zu sein. Sanft, ein wenig spröde, ruhig. Dominic ignorierte das Pochen seines Herzens. Während er näher trat, begutachtete er Kate offen und ungehemmt. Er lächelte auf seine typisch arrogant-verwegene Art, um Distanz wahren zu können.

»Kate! Da komme ich ja gerade rechtzeitig zu deiner Begrüßung.«

Kate glaubte, dass der Kloß in ihrem Hals sie am Sprechen hindern würde, und bemühte sich um Fassung. Sie schluckte. »Dominic. Wie schön, dich wieder zu sehen.«

»Tatsächlich?«

Sie überhörte seine ironische Frage absichtlich und ging zum Kofferraum, um ihr Gepäck herauszuholen. »Ich möchte dich so bald wie möglich sprechen. Ich will dir einiges zeigen und Geschäftliches mit dir bereden.«

»Einverstanden. Für geschäftliche Dinge habe ich immer ein offenes Ohr.«

Dominic sah zu, wie Kate zwei Koffer neben den Wagen stellte, ohne ihr seine Hilfe anzubieten. Er bemerkte, dass sie keinen Ring trug. Diese Feststellung erleichterte ihn, was er sich jedoch nicht wirklich eingestand.

»Vielleicht könnten wir uns heute Mittag treffen, nachdem ich mich ein wenig eingerichtet habe.« Kate wollte das Unvermeidliche gleich in Angriff nehmen. »Wir könnten zusammen im Hotel zu Mittag essen.«

»Nein, danke.« Dominic lehnte sich gegen ihren Wagen und verschränkte die Arme vor der Brust. »Du willst etwas von mir, und du weißt, wo ich zu finden bin. Es ist keine allzu große Insel.«

Er steckte die Hände in die Taschen seiner Jeans und verließ Kate, ohne ein weiteres Wort hinzuzufügen.

Obwohl sie sich gegen die Erinnerung wehrte, sah sie Dominic vor sich, wie er das letzte Mal von ihr gegangen war. Sie hatten fast an derselben Stelle gestanden.

Kate nahm ihre Koffer auf und schritt gemessen ins Hotel.

Natürlich wusste Kate, wo sie Dominic finden würde. Wenn er nicht mit seinem Boot über das Meer brauste, war er in seiner kleinen, etwas vernachlässigten Behausung in der Nähe des Strandes. Kate ließ sich Zeit für das Auspacken ihrer Koffer, sie hielt es für unklug, Dominic zu rasch zu folgen.

Auch hier im Hotelzimmer ließen die Erinnerungen sie nicht los. Hier hatte sie eine wundervolle Liebesnacht mit Dominic verbracht. Es war das einzige Mal gewesen, dass sie die ganze Nacht über zusammenbleiben konnten, bis die ersten schwachen Lichtstrahlen den Tag angekündigt hatten.

Wie unbekümmert habe ich diese gemeinsamen Stunden genossen, und wie trist ist mir der Morgen vorgekommen, weil er unserem Zusammensein ein Ende bereitet hat, dachte Kate.

Jetzt stand sie an demselben Fenster wie einst und schaute in dieselbe Richtung.

Die aufgehende Sonne hatte den Himmel damals rosa gefärbt, während sie beobachtete, wie ihr Geliebter davonging.

Noch ganz erfüllt von dem Beisammensein mit Dominic und voller jugendlicher Leidenschaft, hatte sie geglaubt, dass der herrliche Zustand andauern würde. Das war natürlich völlig unrealistisch gewesen. Nur wenige Wochen später war ihr das klar geworden. Sie hatte die sorglosen Wonnen ihren Verpflichtungen, ihrer Verantwortung geopfert.

Kate seufzte.

Nach jenem Sommer war niemand an Dominics Stelle getreten. Sie hatte ihre Karriere, ihre Berufung zur Lehrerin und ihre Bücher. Diese heftige und leidenschaftlich zügellose Liebe gehörte jetzt endgültig der Vergangenheit an.

Abrupt wandte Kate sich vom Fenster ab und beschäftigte sich damit, ihre Sachen in Schrank und Kommode zu räumen.

Schließlich gab es nichts mehr zu tun. Sie hielt es nun nicht länger im Hotelzimmer aus, ergriff ihre Aktentasche und verließ den Raum. Kate fuhr nicht mit dem Wagen. Sie wollte zu Fuß gehen. Sie war immer zu Fuß zu Dominic gegangen.

Den ersten Schock des Wiedersehens hoffte sie überstanden zu haben. Sie sagte sich, es sei nur natürlich gewesen, aufgeregt und verlegen zu reagieren. Außerdem war sie ehrlich genug, sich einzugestehen, dass sie zudem Freude empfunden hatte.

Dominic Silver schien sich nicht im Geringsten verändert zu haben. Er war noch immer arrogant, selbstbewusst und anmaßend. Diese Eigenschaften hatten sie einmal fasziniert. Damals war sie so jung gewesen. Heute wollte sie sich klug verhalten und die Kenntnis seines Wesens dazu benutzen, ihn zur Mithilfe zu überreden. Die Jagd nach einem versunkenen Schatz würde Dominics Abenteuerlust wecken.

Ihre Aktentasche in der Hand, schlenderte Kate durch das Städtchen. Sie stellte fest, dass alles beim Alten geblieben war. Das freute sie. Die Einfachheit und Beschaulichkeit des Ortes hatten ihr von Anfang an gefallen. Es gab viele kleine Geschäfte, Restaurants und Bars, alle irgendwie auf den Hafen als Zentrum ausgerichtet.

Kate kam zum Hafen und hielt unwillkürlich nach Dominics Boot Ausschau. Es lag an derselben Stelle wie einst. Die Leinen waren ordentlich vertäut, das Deck war sauber geschrubbt, und die Armaturen glänzten in der Sonne. Das Boot schien frisch gestrichen worden zu sein, und an den Scheiben ließ sich keine einzige Spur von getrocknetem Meerwasser entdecken. Mochte Dominic auch sein eigenes Äußeres oder sein Haus vernachlässigen, seinem Boot widmete er jede erdenkliche Pflege.

Wirbelwind. Kate betrachtete die leuchtenden Buchstaben am Heck des Kabinenkreuzers. Dominic hatte ihn aus zweiter Hand erworben und liebevoll renoviert.

Wie oft habe ich neben Dominic am Steuer gestanden, wenn er lachend schneller und immer schneller gefahren ist, dachte Kate. Der Wind hatte das Haar aus ihrem Gesicht geweht, während sie mit laut pochendem Herzen und rasendem Pulsschlag neben Dominic ausgeharrt hatte.

Er liebte die Herausforderung, den Nervenkitzel. Das wusste Kate, und dies war mit ein Grund für ihr Kommen. Sie umfasste den Griff ihrer Aktentasche fester. Es mochte zwar viele erfahrene Taucher geben, aber es gab nur einen Dominic Silver.

»Kate? Kate Hardesty?«

Als Kate ihren Namen hörte, wandte sie sich um. »Linda!«, rief sie aus. Dieses Mal legte sie sich bei der Begegnung mit der Vergangenheit keinerlei Zurückhaltung auf. Nur wenigen

Menschen gegenüber zeigte sich Kate so offen wie der jungen Frau, die nun auf sie zueilte. »Wie schön, dich zu sehen!«

Lachend umarmte Kate Linda und hielt sie dann an den Schultern zurück, um sie anschauen zu können. Strahlende braune Augen blickten ihr aus dem von kurz geschnittenen kastanienbraunen Haaren umgebenen Gesicht entgegen. Auch Linda schien noch wie früher zu sein.

»Als ich aus dem Fenster schaute und dich sah, konnte ich es gar nicht fassen. Kate, du hast dich kaum verändert.« Linda musterte Kate rasch. Sie tat es schnell, weil sie alle Dinge mit großer Schnelligkeit erledigte, nicht weil sie oberflächlich war. »Du bist ein wenig zu dünn«, stellte sie fest. »Vielleicht kommt es mir aber auch nur so vor, weil ich auf deine Figur neidisch bin.«

»Du siehst noch genauso fantastisch aus wie früher. Und aus mir spricht ganz gewiss der Neid.«

Linda lachte, doch gleich darauf wurde sie ernst. »Es tut mir leid, dass dein Vater tot ist, Kate. Die letzten Wochen müssen schlimm für dich gewesen sein.«

Kate tat Lindas Mitgefühl gut, obwohl sie ihren Schmerz inzwischen überwunden und etwas Abstand gefunden hatte. »Hat Dominic es dir erzählt?«, fragte sie.

»Von Dominic erfahre ich nie etwas«, erwiderte Linda. »Ich weiß es von Marsh. Wie lange wirst du bleiben?«

»Das kann ich nicht genau sagen. Es gibt für mich einiges auf der Insel zu erledigen.«

»Auf keinen Fall solltest du versäumen, ab und zu im ›Roost‹ zu essen. Es ist das Restaurant gleich gegenüber von deinem Hotel.«

Kate schaute zurück zu dem Holzschild über dem Eingang des Restaurants. »Ja, ich habe es schon gesehen. Ist es neu?«

Linda nickte stolz und zufrieden. »Ja. Und es gehört uns.«

»Uns?«

»Marsh und mir.« Mit einem strahlenden Lächeln hob Linda ihre linke Hand und deutete auf den Ring. »Wir sind seit drei Jahren verheiratet.« Dann verdrehte sie die Augen und fügte hinzu: »Es hat mich zehn Jahre meines Lebens gekostet, ihn davon zu überzeugen, dass er ohne mich nicht leben kann.«

»Ich freue mich für dich«, sagte Kate. »Du hast einen Mann, ein Restaurant! Mein Vater hat mir nie Neuigkeiten von der Insel berichtet.«

»Und wir haben eine kleine Tochter. Joy ist anderthalb Jahre alt. Komischerweise ist sie nach Dominic geraten.« Linda schaute nun wieder ernst drein. Sie legte die Hand leicht auf Kates Arm. »Du gehst zu ihm.«

Es war keine Frage, sondern eine Feststellung. Der Weg, den Kate eingeschlagen hatte, führte zu Dominics Haus.

»Ja.« Kate bemühte sich um Gelassenheit. Sie durfte sich nicht von der Besorgnis in Lindas Blick beeindrucken lassen. Sie wusste, dass es zwischen Linda und Dominic außer der verwandtschaftlichen Beziehung das Gefühl der Zugehörigkeit zu einer festen Gemeinschaft auf Ocracoke gab. »Mein Vater arbeitete an einer bestimmten Sache, für die ich nun Dominics Hilfe brauche.«

Linda betrachtete Kates Gesicht prüfend. »Weißt du, was du tust?«

»Ja«, antwortete Kate und verbarg ihr Unbehagen. »Ja, ich weiß es«, bekräftigte sie.

»Dann ist es ja gut.« Linda zog ihre Hand zurück. »Bitte schau irgendwann mal bei uns rein, entweder im Restaurant oder bei uns zu Hause. Wir wohnen nicht weit von Dominic entfernt. Marsh wird mit dir plaudern wollen, und ich möchte dir gern Joy vorstellen – und unsere Speisekarte«, fügte sie lächelnd hinzu. »Beide sind ganz außergewöhnlich.«

»Natürlich werde ich kommen.« Impulsiv ergriff Kate Lindas Rechte. »Es ist wirklich schön, dich wieder zu sehen. Es war nicht nett von mir, nichts mehr von mir hören zu lassen, aber ...« Sie biss sich auf die Lippe.

»Ich verstehe dich«, versicherte Linda. »So, jetzt muss ich aber schleunigst zurück. Während der Saison drängeln sich mittags bei uns die Sommergäste.« Sie seufzte und überlegte, ob Kate tatsächlich so gelassen war, wie sie vorgab. »Viel Glück«, wünschte sie, bevor sie zum Restaurant eilte.

»Danke.« Kate würde es brauchen können.

Kate setzte ihren Weg an den kleinen Läden vorbei fort. Heute hatte sie keine Muße, sich die kunsthandwerklichen Gegenstände oder die Antiquitäten anzuschauen. Sie kam an den blau und weiß gestrichenen Holzhäusern am Rande der Stadt vorbei, die wie früher die Straße säumten, umgeben von grünem Rasen und Schatten spendenden Bäumen.

Ein Hund rannte kläffend auf Kate zu, so weit seine Kette reichte. Da jedoch weder sie noch sein Herrchen eine Reaktion zeigten, hielt er seine Pflicht für getan und trottete zu seiner Hütte zurück. Schließlich hatte Kate die Stadt hinter sich und befand sich auf dem schmalen Pfad zu Dominics Haus.

Ihr Herz begann schneller zu klopfen, und erneut stürmten Erinnerungen auf sie ein. Sie bemühte sich, jeden Gedanken an ihre frühere Beziehung zu Dominic zu verdrängen. Nur die Gegenwart zählte! Die Tatsachen ...

Die Tatsachen: Der mit Kies bestreute Weg war kaum breit genug für ein Auto. Büsche rechts und links engten ihn ein. Sie machten den Eindruck eines wild wachsenden Gestrüpps, das zur Landschaft passte. Und zu Dominic.

Dominic hatte Kate einmal gesagt, dass ihm an Besuchern nichts gelegen sei. Suche er Gesellschaft, brauche er nur in die Stadt zu gehen, wo ihm alle Bewohner von Kind an vertraut waren. Diese Einstellung war typisch für Dominic Silver. Er legte Wert auf Abstand zu seinen Mitmenschen und überbrückte die Distanz nur, wenn ihm der Sinn danach stand, wenn er es wollte.

Damals hatte er einen Schritt auf sie, Kate, zugetan. Nervös nahm sie ihre Aktentasche in die andere Hand.

In der Nähe des Hauses blieb Kate stehen. Es wirkte nicht mehr so, als könnte es vom nächsten stürmischen Windstoß umgeblasen werden.

Das Dach war neu gedeckt worden. Dominic brauchte also keine Töpfe zum Auffangen der Tropfen mehr aufzustellen, wenn es regnete. Eine Veranda verlief nun an der gesamten Front des Gebäudes. Die ehemals mehrfach geflickte Gittertür hatte Dominic durch eine neue ersetzt.

Kate kam aus dem Staunen nicht mehr heraus. Selbst die Fenster waren geputzt, und an einer Ecke des Hauses entdeckte sie einen Efeustock, der mithilfe eines robusten Spaliers begann, eine Hauswand für sich zu erobern.

Ich habe mich also getäuscht, es ist doch eine Veränderung in Dominic vorgegangen, dachte Kate.

Gerade hatte sie den Fuß auf die erste Stufe zur Veranda gesetzt, als sie Geräusche hörte. Sie kamen aus dem Schuppen hinter dem Haus, in dem sich Werkzeuge und Gerümpel befanden, zumindest war das früher so gewesen. Erleichtert darüber, dass sie Dominic nicht in der vertrauten Umgebung seines Hauses entgegentreten musste, ging Kate zu dem kleinen Hinterhof. Deutlich vernahm sie das Rauschen des Meeres, das man in zwei, drei Minuten erreichen konnte.

Ob Dominic wohl noch immer abends den Weg durch hohes Gras und Sanddünen zum Meer ging wie früher? Zum Schauen, zum Riechen, hatte er erklärt.

Manchmal hatte er Treibholz gesammelt oder Muscheln

oder sonstige kleine Schätze, die das Meer an den Strand spülte. Einmal hatte er ihr eine strahlend weiße Muschel mit rosafarbenem Innern gegeben, die gerade in ihre Handfläche passte. Nie wieder hatte Kate ein solches Glück, eine solche Freude über ein Geschenk empfunden …

Energisch schob Kate die Gedanken an die Vergangenheit beiseite und betrat den Schuppen. Er war so hoch und halb so breit wie das Haus. Das Gerümpel war verschwunden, und Kate blickte auf den Rumpf eines Bootes. Mit dem Rücken zu ihr stand Dominic an einem Arbeitstisch und schliff den Mast.

»Du hast es tatsächlich gebaut.« Wie von selbst kamen die Worte über ihre Lippen. Interessiert betrachtete Kate den Bootsrumpf. Wie oft hatte Dominic ihr das Boot beschrieben, das er eines Tages bauen wollte? Es schien sein einziger wirklicher Ehrgeiz zu sein. Mahagoni auf Eiche. Eine fünf Meter lange Schaluppe sollte es werden, die leicht wie ein Pfeil über die Wellen schießen würde. Mit diesem Boot wollte er von Ocracoke an der Küste entlang nach New England segeln. Die Beschreibungen seines Traumes waren so detailliert, so lebhaft gewesen, dass Kate sich das Boot deutlich hatte vorstellen können. Und nun war es Wirklichkeit geworden.

»Ich sagte es dir doch.« Dominic wandte sich von seiner Arbeit ab und sah Kate an.

»Ja.« Sie kam sich dumm vor und umfasste den Griff ihrer Aktentasche fester.

»Aber du hast mir nie geglaubt.« Er warf das Schleifpapier auf den Tisch. »Es ist dir immer schwergefallen, über die Gegenwart hinauszuschauen.« Ihre adrette, kühle Art verfehlte ihre Wirkung auf Dominic nicht. Er wollte diese Wand durchbrechen.

»Und dir ist es immer schwergefallen, mit der Gegenwart fertig zu werden.«

Dominics Gesicht verriet nichts über seine Gefühle. »Wir hatten beide Probleme.« Er trat auf sie zu. »Aber nicht immer miteinander.«

Er konnte nicht länger widerstehen, streckte die Hand aus und legte sie auf ihre Wange. Ihre Haut hatte nichts von ihrer Weichheit verloren. Kate bewegte sich nicht. »Du siehst müde aus, Kate.«

Sie verspürte ein nervöses Kribbeln in ihrem Magen, doch ihre Stimme blieb ruhig. »Es war eine lange Fahrt.«

Mit dem Daumen strich Dominic über ihre Wange. »Du solltest hier ein wenig ausspannen.«

»Das habe ich vor.« Kate wich einen Schritt zurück.

»Und was sonst noch?« Mit vor der Brust verschränkten Armen lehnte sich Dominic gegen den Türrahmen. »In diesem Brief schreibst du, dass du mir etwas persönlich mitteilen möchtest. Jetzt bist du da. Was hast du mir zu sagen?«

Das arrogante Lächeln auf seinen Lippen bestärkte Kate in ihrem Vorhaben, gelassen und unpersönlich zu bleiben. »Mein Vater hat Nachforschungen betrieben, die ich zu Ende führen will.«

»So, so. Und?«

»Dafür benötige ich deine Hilfe.«

Dominic lachte auf und ging ins Freie. Die frische Luft würde vielleicht den dringenden Wunsch vertreiben, Kate zu berühren. »Deinem Tonfall nach zu urteilen, ist dir nichts verhasster, als mich darum zu bitten.«

»Allerdings.« Kate straffte die Schultern.

Abrupt wandte Dominic sich zu ihr um. Sein Blick war ausdruckslos. »Eines sollten wir von vornherein klarstellen, Kate. Du hast die Insel und mich verlassen. Du hast mir vorenthalten, was ich ersehnte.«

Sie ließ sich von seinem Vorwurf nicht beeinflussen. »Was

vor vier Jahren geschehen ist, hat nichts mit der Gegenwart zu tun.«

»Oh doch.« Als er wieder auf Kate zutrat, wich sie erneut einen Schritt zurück. »Hast du Angst vor mir?«, fragte er.

Leiser Zorn regte sich in ihr. »Nein«, erwiderte sie mit fester Stimme. »Ich fürchte mich nicht vor dir, Dominic. Und ich habe nicht die Absicht, über Vergangenes zu diskutieren. Ich gebe zu, dass ich Ocracoke und dich verlassen habe. Jetzt bin ich geschäftlich hier. Ich möchte, dass du dir anhörst, was ich zu sagen habe. Wenn es dich interessiert, können wir über die Bedingungen reden. Weiter nichts.«

»Ich bin nicht einer deiner Studenten, Frau Dozentin.« Dominics Stimme klang kühl. »Du brauchst mir keine Anweisungen zu erteilen.«

»Im Geschäftsleben gibt es gewisse Grundregeln«, entgegnete Kate so ruhig wie möglich.

»Niemand will, dass du sie hier anwendest.«

»Ich sehe, es war falsch von mir, zu dir zu kommen«, sagte Kate. »Verlass dich darauf, ich werde auch einen anderen finden.«

Sie strebte fort, doch Dominic hielt sie am Arm zurück. »Nein, das wirst du nicht. Niemals.« Sein Blick war finster.

Kate verstand sofort, was er meinte. Und sie musste ihm insgeheim recht geben. Sie würde keinen anderen Mann finden, der ihre innersten Gefühle derart in Aufruhr versetzen konnte, der in ihr das Verlangen nach Liebe und Leidenschaft zu erwecken vermochte.

Mit scheinbar unerschütterlicher Ruhe befreite sie sich aus Dominics Griff. »Ich bin geschäftlich hier und habe keine Lust, mit dir über etwas zu streiten, das nicht mehr existiert.«

»Wir werden noch darauf zurückkommen.« Es schmerzte Dominic, dass sich Kate mit jeder Minute mehr von ihm zu entfernen schien. Doch er zeigte es nicht. »Wie wäre es, wenn du mir jetzt verrietest, was du in deiner so wichtig aussehenden Mappe mit dir herumträgst, Frau Lehrerin.«

Kate holte tief Luft. »Seekarten«, erwiderte sie. »Notizbücher mit Informationen, sorgfältig zusammengetragenen Tatsachen und überzeugenden Theorien. Meiner Meinung nach stand mein Vater kurz davor, die genaue Lage der ›Liberty‹ zu bestimmen, einem englischen Handelsschiff, das mit unversehrtem Laderaum vor etwa zweihundertfünfzig Jahren vor der Küste von North Carolina gesunken ist.«

Dominic hörte ihr aufmerksam zu. Als sie geendet hatte, betrachtete er prüfend ihr Gesicht, ohne eine Regung zu zeigen. »Gehen wir ins Haus«, sagte er schließlich und wandte sich dem kleinen Gebäude zu. »Ich bin gespannt, was du zu bieten hast.«

Kate zögerte. Sie hatte das Bedürfnis, diesem arroganten Menschen den Rücken zu kehren und in die Stadt zurückzumarschieren. Aber sie würde wirklich keinen besseren Taucher finden als ihn.

»Nun?«

»Okay.« Langsam folgte sie Dominic ins Haus.

3. Kapitel

Dominic führte Kate in die Küche, die ebenfalls renoviert worden war. Kate kannte sie als vernachlässigten Raum mit einem wackligen Regal, einem Holztisch und zwei Stühlen als einzigen Möbelstücken. Der Boden war nun gefliest, und es gab ordentliche Wandschränke. Ein blankes Fenster ließ den Sonnenschein herein, der geradewegs auf den frisch gestrichenen Holztisch fiel. Vor den beiden Längsseiten des Tisches standen jetzt massive Bänke aus Holz.

»Hast du das selbst gemacht?«, erkundigte sich Kate.

»Ja.« Dominic nickte. »Überrascht es dich?«

Es lag Kate fern, höflich Konversation zu betreiben. Sie legte ihre Aktentasche auf den Tisch.

»Ja«, erwiderte sie. »Ich hatte den Eindruck, du wärst mit einer primitiven Unterkunft und einem Dach über dem Kopf zufrieden gewesen.«

»Ich habe mich einmal mit einer Menge mangelhafter Dinge zufriedengeben müssen. Möchtest du ein Bier?«

»Nein.« Kate setzte sich und zog die Notizbücher ihres Vaters aus der Tasche. »Bitte, hier. Die Aufzeichnungen sind sehr interessant. Aber du brauchst nicht alles zu lesen. Ich habe das Wesentliche markiert. Wenn du dir das anschaust, kannst du dir gewiss schon ein Urteil bilden.«

»Hm … vielleicht.« Dominic schloss die Tür des Kühlschranks, aus dem er sich eine Flasche Bier genommen hatte. Er öffnete sie und ließ sich Kate gegenüber nieder. Während er die ersten Schlucke aus der Flasche trank, fixierte er Kate ziemlich ungeniert. Schließlich griff er nach dem ersten Notizbuch und schlug es auf.

Edwin Hardestys Handschrift war sehr klar und deutlich. Er schrieb nüchtern, ohne irgendwelche romantischen Ausmalungen. Was für andere ein aufregendes Abenteuer gewesen wäre, wurde durch seine Ausdrucksweise zu einer Ansammlung trockener Tatsachen. Trocken, aber verlässlich. Daran bestand für Dominic nicht der geringste Zweifel.

Die »Liberty« war mitsamt ihrer Ladung, bestehend aus Zucker, Tee, Wein, Stoffen und anderen Waren für die Kolonien untergegangen. Hardesty hatte die Ladeliste bis auf den letzten Zwieback nachvollzogen. Beim Verlassen des Heimathafens in England hatte das Schiff ebenfalls Gold an Bord. Fünfundzwanzigtausend Goldmünzen des Königreiches.

Dominic hob den Kopf und bemerkte, dass Kate ihn beobachtete.

»Interessant«, lautete sein Kommentar, bevor er nach dem nächsten Notizbuch griff.

Es hatte drei Überlebende des Unglücks gegeben, die sich auf eine Insel retten konnten. Einer von ihnen, ein Besatzungsmitglied, hatte einen ausführlichen Bericht über das Unwetter hinterlassen, das der »Liberty« zum Verhängnis geworden war. Es handelte sich um eine schauerliche Geschichte. Es sollten fünf Meter hohe Wellen über dem Schiff zusammengeschlagen sein. Die grausige Erzählung von zerberstendem Holz und eindringenden Wassermassen hatte Hardesty mit sachlichen Fußnoten kommentiert.

Der Berichterstatter konnte ebenfalls die zuletzt bekannte Position des Schiffes vor dem Untergang nennen.

Dominic brauchte Hardestys Berechnungen nicht erst nachzuprüfen, um zu wissen, dass das Schiff demnach vier Kilometer vor der Küste von Ocracoke versunken war.

Er überflog die fundierten Theorien, die einleuchtenden Ausführungen, die Kates Vater mit der Aufzählung unzähliger Tatsachen bekräftigt hatte, und schaute sich die Seekarten mit den Markierungen an. Flüchtig erinnerte er sich an Hardestys großes Interesse an den Gezeiten und am Tauchen. Nun wunderte er sich nicht mehr darüber.

Er ist also auf der Suche nach Gold gewesen und hat die ganzen vergangenen Jahre über Forschungen betrieben, überlegte Dominic. Bei jedem anderen hätte er die Unterlagen als Hirngespinst abgetan. Hier auf der Insel und in den Städtchen entlang der Küste erzählte man sich unzählige Geschichten von versunkenen Schätzen. Die Existenz von Piraten, die die Küstengewässer in früheren Jahrhunderten unsicher gemacht hatten, nährte derartige abenteuerliche Schilderungen zusätzlich.

Diese Unterlagen aber stammten von Doktor Edwin J. Hardesty, einem fantasielosen und humorlosen Mann, der keine Zeit mit unsinnigen Träumereien vertan hätte. Und dessen Tochter Kate saß ihm, Dominic, gegenüber und wollte seine Unterstützung. Er spürte, wie seine Neugier und seine Abenteuerlust wuchsen.

Dominic schloss das letzte Notizbuch und griff nach seiner Bierflasche. »Du möchtest also auf Schatzsuche gehen.«

Kate ignorierte den ironischen Tonfall. Sie stützte ihre Unterarme auf den Tisch und beugte sich vor. »Ich habe die Absicht, das zu vollenden, was mein Vater begonnen hat.«

»Glaubst du an einen Schatz?«

Kate überlegte einen Augenblick. »Ich glaube jedenfalls nicht, dass all die Arbeit und Mühe meines Vaters umsonst gewesen sein sollten«, antwortete sie dann. »Ich möchte zumindest versuchen, die ›Liberty‹ zu finden. Dazu benötige ich deine Hilfe. Du wirst entsprechend entlohnt werden.«

»Was du nicht sagst.« Dominic betrachtete die restliche Flüssigkeit in der Flasche.

»Ich brauche dich, dein Boot und deine Ausrüstung für einen Monat, vielleicht auch zwei. Ich kann nicht allein tauchen, weil ich die Gewässer nicht gut genug kenne. Ein Risiko möchte ich keinesfalls eingehen. Außerdem darf ich keine Zeit verlieren. Ich muss Ende August wieder in Connecticut sein.«

»Um neuen Kreidestaub an die Finger zu bekommen?«

Kate lehnte sich zurück. »Du hast kein Recht, meinen Beruf zu kritisieren.«

»Ich bin sicher, dass die Kreide in Yale ganz hervorragend ist«, entgegnete Dominic. »Du willst also in ungefähr sechs Wochen diesen Goldschatz bergen?«

»Falls die Berechnungen meines Vaters stimmen, dürfte es nicht so lange dauern.«

»Falls«, gab Dominic zu bedenken. Langsam stellte er die Bierflasche auf den Tisch. »Ich habe keinen Stundenplan, der mich verpflichtet. Du möchtest sechs Wochen von meiner Zeit, und du kannst sie haben. Zu einem bestimmten Preis.«

»Der wäre?«

»Einhundert Dollar pro Tag und fünfzig Prozent des Fundes.«

Kate bedachte Dominic mit einem kühlen Blick und begann die Notizbücher in ihre Aktentasche zu schieben. »Vor vier Jahren mag ich dumm gewesen sein, heute bin ich es nicht mehr. Einhundert Dollar pro Tag sind viel zu viel für einen solch langen Zeitraum. Und fünfzig Prozent kommen überhaupt nicht infrage.« Es war ihr recht, mit Dominic verhandeln zu müssen. So wurde ihre Beziehung eindeutig auf das Geschäftliche beschränkt. »Ich zahle dir fünfzig Dollar und zehn Prozent.«

Mit einem aufreizend verächtlichen Lächeln auf den Lippen

schüttelte Dominic den Kopf. »Für fünfzig Dollar pro Tag werfe ich nicht einmal den Motor meines Bootes an.«

Kate neigte ihren Kopf etwas zur Seite und kniff die Augen leicht zusammen. Das hatte sie auch früher oft getan, wenn Dominic etwas gesagt hatte, worüber sie nachdenken wollte. »Du bist gewinnsüchtiger als damals«, meinte sie schließlich.

»Wir müssen alle zusehen, dass wir über die Runden kommen, Frau Lehrerin.« Dominic verbarg seinen Frust darüber, dass es Kate so offensichtlich gleichgültig ließ, in dem Haus zu sein, wo sie sich einst geliebt hatten. »Du willst eine besondere Dienstleistung«, fuhr er fort, »also musst du sie auch entsprechend bezahlen. Fünfundsiebzig pro Tag und fünfundzwanzig Prozent. Sagen wir, der Vergangenheit zuliebe.«

»Nein, dem Geschäft zuliebe.« Kate streckte die Hand aus. Als Dominic sie ergriff, bereute sie die impulsive Geste. Seine Hand war fest und stark. Sie wusste genau, wie es war, wenn seine Finger ihre Haut berührten …

»Abgemacht.« Dominic ahnte, dass Kate ihre Impulsivität bereute. Deswegen hielt er ihre Rechte fest. »Es gibt keinerlei Garantie dafür, dass wir den Schatz finden werden.«

»Selbstverständlich nicht.«

»Gut. Ich werde den Vorschuss deines Vaters von der Gesamtsumme abziehen.«

»Einverstanden.« Mit der Linken umklammerte Kate ihre Aktentasche. »Wann fangen wir an?«

»Sei morgen um acht Uhr im Hafen.« Dominic legte seine andere Hand auf die Kates, die die Tasche hielt. »Lass die Mappe hier. Ich möchte noch einen Blick auf die Unterlagen werfen.«

»Das ist nicht nötig.«

Der Griff seiner Hände wurde etwas fester. »Wenn du kein Vertrauen zu mir hast, kannst du unsere Abmachung sofort vergessen.« Dominics Stimme klang ruhig, gefährlich ruhig. »Und dir einen anderen Taucher suchen«, setzte er hinzu.

Sie sahen einander in die Augen.

Kate wurde klar, dass sie Zugeständnisse machen musste. »Na gut, ich lasse dir die Tasche hier. Ich komme dann also um acht zum Hafen.«

Er gab ihre Hände frei und setzte sich bequem zurück. »Okay.«

Es gab nichts weiter zu sagen. Kate erhob sich. »Bis morgen.«

»Bis morgen.«

Dominic hob die Flasche hoch und trank den Rest Bier, während die Gittertür hinter Kate zufiel. Er wartete, bis er sicher sein konnte, sie vom Fenster aus nicht mehr zu sehen, sprang dann auf und öffnete es. Die frische Seeluft würde den Duft ihres Parfüms vertreiben. Versunkene Schiffe. Schätze auf dem Meeresboden. Diese Vorstellungen hätten Dominic fasziniert und begeistert, wenn er nicht den unbändigen Wunsch verspürt hätte, in sein Boot zu steigen und hinaus aufs Meer zu fahren – weit fort von Kate. Er hatte nicht gewusst, wie stark sie ihn noch fesseln konnte.

Allerdings hatte er sie nie vergessen, so sehr er sich auch bemüht hatte, die schlanke, intellektuelle Frau mit dem hochmütigen Gesicht und den braunen Rehaugen aus seinem Gedächtnis zu verbannen.

Er betrachtete die zierlichen goldenen Anfangsbuchstaben ihres Namens neben dem Griff der Aktentasche und knirschte mit den Zähnen.

In den vergangenen vier Jahren war es ihm irgendwie gelungen, sich selbst zu täuschen.

Ihr Anblick hat mir bewusst gemacht, dass es reiner Selbstbetrug gewesen ist, dachte er. Ich habe mir eingeredet, dieser

Abschnitt meines Lebens gehöre der Vergangenheit an, um nicht zu verzweifeln.

Dominic fluchte leise vor sich hin.

Jetzt war Kate wieder da. Doch sie war nicht zu ihm zurückgekehrt, nein, es ging ihr um etwas anderes. Er strich mit den Fingern über das glatte Leder der Aktentasche. Kate wollte lediglich den besten Taucher und war bereit zu zahlen. Honorar gegen Leistung. Nicht mehr, nicht weniger. Ihre einstige Beziehung bedeutete ihr wenig oder gar nichts mehr.

Zornig ballte Dominic die Hände, bis die Knöchel weiß hervortraten. Gut, er würde die Dienste erbringen, für die Kate zahlte.

Aber wenn sie dieses Mal die Insel verließ, wollte er nicht wieder wie ein Dummkopf zurückbleiben. Sie sollte dann diejenige sein, die sich mit ihren Selbsttäuschungen quälen musste!

Kate rutschte tiefer in das heiße Bad und atmete den süßen Rosenduft der Badelotion ein. Den Raum erfüllte dichter Wasserdampf, und der ovale Spiegel über dem Waschbecken war beschlagen.

Kate hätte nicht sagen können, wie lange sie schon in der Badewanne lag und versuchte, eine vorläufige Bilanz zu ziehen. Sie hatte nun auch den zweiten Schritt getan – und überstanden. Während der Unterredung mit Dominic in seiner Küche musste sie die Erinnerungen an Ausgelassenheit, Glück und Leidenschaft zurückdrängen. Der Anblick der zwar renovierten, aber vertrauten Umgebung hatte sie an die vielen Gelegenheiten denken lassen, bei denen sie früher den Fang des Tages vor seinem Haus gegrillt und ihn sich bei einer Flasche Wein hatten schmecken lassen.

Auf dem Rückweg ins Hotel war die Spannung langsam von

Kate gewichen. Morgen würde ihr das Zusammensein mit Dominic leichter fallen.

Mit jedem Tag würde der Abstand zu jenem Sommer, der hier auf Ocracoke wieder so lebendig geworden war, größer werden. Dominics Feindseligkeit würde ihr dabei helfen. Sein Verhalten ließ bei Kate erst gar nicht die romantische Vorstellung aufkommen, dass er versuchen könnte, an ehemalige Gefühle anzuknüpfen. Und was sie selbst anging ... nun, was sich vor vier Jahren ereignet hatte, war die Sommerliebelei einer jungen, unerfahrenen Frau gewesen und gehörte endgültig der Vergangenheit an.

Dominic und sie, Kate, verband nur noch die Suche nach dem Schatz, der auf dem Meeresboden lag. Zumindest redete Kate sich das ein.

Zweihundertfünfzig Jahre. Kate blies in den weißen Schaum, der sich hoch über dem Wasser türmte. Der Zucker und die kostbaren Stoffe, die zur Ladung der »Liberty« gehörten, hatten sich in der Zwischenzeit zweifellos aufgelöst. Würden sie die Messingarmaturen noch finden, oder hatte das Meerwasser sie rosten und zerfallen lassen? Der Schiffsrumpf war gewiss von Schwämmen und Muscheln überwuchert, das Eichenholz morsch. Ob das Logbuch wohl noch existierte? Möglicherweise hatte man es in einem wasserfesten Behältnis untergebracht.

Sie könnte es einem Museum zum Geschenk machen – im Namen ihres Vaters.

Ja, das könnte sie wirklich noch für ihren Vater tun. Vielleicht würde sie anschließend Ruhe vor ihren zwiespältigen Gefühlen ihm gegenüber haben.

Kate stieg aus der Wanne und rubbelte sich trocken. Das Gold hatte sicherlich unversehrt die Jahre überdauert. Die Vorstellung von einer Kiste mit wertvollen Goldmünzen reizte sie. Dennoch, die Suche nach diesem Schatz war das eigentlich Aufregende. Wenn sie ihn finden würde, dann …

Ja, was dann?

Kate legte das flauschige Badetuch über die Haltestange, schlüpfte in ihren Morgenmantel und band den Gürtel fest um ihre Taille. Der Spiegel war immer noch beschlagen, obwohl das Wasser langsam abfloss.

Sollte sie ihren neu gewonnenen Reichtum in Aktien anlegen? Oder eine ausgedehnte Ferienreise in die griechische Inselwelt machen, um zu sehen, was Byron seinerzeit faszinierte?

Mit einem Lächeln auf den Lippen trat Kate aus dem Badezimmer. Sie löste den Knoten in ihrem Nacken und bürstete ihr Haar. Seltsam, dass sie bisher noch nie darüber nachgedacht hatte, was nach der Schatzsuche sein würde. Aber es war wohl auch besser, nicht zu weit in die Zukunft zu planen.

»Es ist dir immer schwergefallen, über die Gegenwart hinauszuschauen.«

Fast glaubte Kate, Dominics Stimme zu hören, so deutlich traten ihr seine Worte ins Bewusstsein. Wütend warf sie die Bürste auf das Bett. Sie hatte sehr wohl einmal über die Gegenwart hinausgeschaut und erkannt, dass Dominic ihr nicht mehr als eine unsichere Zukunft in einem heruntergekommenen Haus zu bieten hatte. Keine Garantie, keine Verpflichtungen. Welch ein Glück, dass ihr dies rechtzeitig bewusst geworden und sie fortgegangen war!

Dominic sollte niemals erfahren, wie sehr es sie geschmerzt hatte, von ihm zu gehen.

Ich muss Vater für seine vernünftigen Worte dankbar sein, sagte sie sich. Er hatte sie damals auf Dominics Schwächen aufmerksam gemacht, sie an ihre Verpflichtung sich selbst gegenüber, an ihre Zukunft und an ihren Beruf erinnert. Dominics mangelnder Ehrgeiz, seine sorglose Einstellung zum Leben waren keine liebenswerten Eigenschaften eines Sonderlings, sondern Mängel.

Kate nickte, wie um sich selbst davon zu überzeugen, dass sie richtig gehandelt hatte. Sie nahm die Bürste wieder auf und schalt sich selbst, weil sie zu viel über Vergangenes grübelte. Das musste ein Ende haben.

Mit raschen, geschickten Bewegungen schlang sie ihr Haar im Nacken zusammen und steckte es fest.

Ab jetzt wollte sie nur nach vorn schauen, nicht zurück auf das, was war oder was hätte sein können.

Kate sehnte sich nach Abwechslung, und es drängte sie aus dem Zimmer. Entschlossen ging sie zum Schrank und holte ein Kleid hervor. Ihre Erschöpfung spielte keine Rolle mehr.

Kate beschloss, hinüberzugehen zu Linda und Marsh. Sie wollte Marsh begrüßen und ein ausgedehntes Abendessen einnehmen. Nach ihrer Rückkehr ins Hotel würde sie gewiss zu müde sein, um zu denken oder zu träumen.

Und morgen erwartete sie Arbeit.

Rasch und entschlossen kleidete Kate sich an.

Es war kurz nach sechs, als Kate im »Roost« eintraf. Das Restaurant gefiel ihr auf Anhieb. Es machte keinen eleganten, aber einen sehr gemütlichen Eindruck. Hier herrschte eine andere Atmosphäre als in den vornehmen Restaurants, in denen sie mit ihrem Vater oder mit Kollegen in Connecticut gespeist hatte. Dieser Raum wirkte einladend und anheimelnd.

Gemälde und Drucke von Schiffen aller Art zierten die weiß verputzten Wände. Weiteres Schiffszubehör fand sich als Dekoration im ganzen Restaurant. Ein Kompass, dessen Messingarmaturen glänzten. Ein großes, buntes Dreiecksegel war hinter der Bar drapiert. Unter der Decke hing ein Ausguck, aus dem üppiger Farn wucherte.

Trotz der frühen Stunde waren bereits viele Paare und Familien anwesend, von denen Kate die meisten unschwer als Sommergäste identifizieren konnte. Es roch gut und verlockend, und das leise Geräusch von Stimmen übte eine beruhigende Wirkung auf Kate aus.

Während sie sich umschaute, stellte sie fest, dass hinter der gemütlichen Atmosphäre ein gut organisierter Betrieb funktionierte. Die Kellner und Kellnerinnen waren flink, ohne allerdings zwischen den Tischen zu hetzen. Die Fenster ermöglichten einen herrlichen Ausblick auf den Hafen. Abrupt wandte Kate sich ab, weil sie sich dabei ertappte, wie sie unwillkürlich Ausschau nach der »Wirbelwind« oder ihrem leeren Anlegeplatz hielt.

»Kate!«

Sie erkannte die Stimme sofort. Lächelnd drehte sie sich um. »Marsh, ich freue mich, dich zu sehen«, begrüßte sie Dominics Bruder.

Auf seine ruhige, überlegte Art betrachtete Marsh sein Gegenüber. »Schön wie eh und je«, meinte er dann. »Linda hat es mir zwar gesagt, aber es gefällt mir natürlich sehr viel besser, es mit eigenen Augen festzustellen.«

Kate lachte. In Marshs Gegenwart fiel es ihr leicht, sich zu entspannen und ausgelassen und fröhlich zu sein, wohingegen die Nähe seines Bruders alle ihre Sinne gefangen nahm. »Wie ich hörte, muss man dir gleich zu mehreren Anlässen gratulieren. Zu deiner Hochzeit, deiner Tochter und deinem Restaurant.«

»Ich nehme alle Glückwünsche dankend entgegen. Darf ich dir als Gegenleistung den besten Tisch des Hauses anbieten?«

»Mit weniger habe ich nicht gerechnet.« Kate hakte sich bei Marsh ein. »Du machst einen zufriedenen Eindruck«, bemerkte sie, während Marsh sie zu einem Tisch am Fenster führte. »Und einen glücklichen.«

»Das bin ich auch.« Marsh strich mit den Fingern leicht über Kates Hand. »Es tut mir leid … die Sache mit deinem Vater, Kate.«

»Ich weiß. Danke, Marsh.«

Marsh nahm Kate gegenüber Platz. Seine Augen hatten einen viel sanfteren und weicheren Ausdruck als die seines Bruders. Es war Kate immer ein Rätsel geblieben, warum Marsh mit dem verträumten Blick ein praktisch veranlagter Kaufmann war und Dominic die großen Träume hegte.

»Schön, dass du wieder hier bist«, sagte Marsh. »Wir haben dich vermisst – wir alle.«

»Alle?«

»Ja, alle.«

Kate faltete die rot-weiß karierte Stoffserviette auseinander und wieder zusammen. »Es ändert sich vieles im Laufe der Zeit«, meinte sie. »Du und Linda gebt dafür das beste Beispiel ab. Als ich damals fortging, hatte ich den Eindruck, dass du Linda für so etwas wie eine lästige Plage hieltest.«

»Daran hat sich nichts geändert«, behauptete Marsh und lachte. Er schaute zu der jungen Kellnerin mit dem blonden Pferdeschwanz auf, die an ihren Tisch getreten war. »Das ist Cindy, sie wird sich gut um dich kümmern. Cindy, das ist Miss Hardesty.« Er warf Kate einen schelmischen Blick zu. »Oder sollte ich dich lieber als Frau Doktor Hardesty vorstellen?«

»Nein, nein«, antwortete Kate. »Ich habe Urlaub.«

»Miss Hardesty ist unser Gast, ein ganz besonderer Gast«, erklärte Marsh der Kellnerin. »Wie wäre es mit einem Aperitif vor dem Essen, Kate? Oder mit einer Flasche Wein?«

»Weißen Bordeaux«, ertönte eine tiefe männliche Stimme. Unwillkürlich zuckte Kate zusammen. Dann zwang sie sich, gelassen zu Dominic zu blicken, der neben dem Tisch aufgetaucht war. »Die Frau Lehrerin hat eine Vorliebe für weißen Bordeaux, Cindy.«

»Jawohl, Mr. Silver«, antwortete Cindy ehrerbietig.

Bevor Kate Ja oder Nein sagen konnte, war die Kellnerin davongeeilt.

»Hallo, Dominic«, begrüßte Marsh seinen Bruder. »Es ist jedes Mal von Neuem erstaunlich, wie du die Bedienung auf Trab bringen kannst.«

Dominic zuckte mit den Schultern und legte die Hand auf die Stuhllehne seines Bruders. »Ich habe Appetit auf Scampi.«

Die Atmosphäre war seit Dominics Erscheinen gespannter geworden, aber die drei Menschen bemühten sich, darüber hinwegzugehen.

»Die kann ich wärmstens empfehlen«, sagte Marsh eifrig zu Kate. »Linda und der Koch haben das Rezept lang und breit diskutiert und sind schließlich zu wahrer Meisterschaft in der Zubereitung der Scampi gelangt.«

»Ich werde sie probieren. Leistest du mir dabei Gesellschaft?« Sie lächelte Marsh an, als spüre sie den düsteren Blick des Mannes an seiner Seite nicht.

»Das kann ich leider nicht. Linda musste nach Hause, um irgendeine mittelschwere Katastrophe zu verhindern. Joy ist darauf spezialisiert, den Babysitter zur Verzweiflung zu bringen. Deshalb muss ich mich allein um den Betrieb kümmern. Vielleicht schaffe ich es, mich später noch ein Weilchen zu dir zu setzen. Ich wünsche einen guten Appetit.« Marsh warf seinem Bruder einen warnenden Blick zu, bevor er ging.

4. Kapitel

Nachdem Marsh verschwunden war, nahm Dominic unaufgefordert den Platz seines Bruders ein. Kate setzte sich kerzengerade hin.

»Was soll das, Dominic? Du hast zwar das Recht, dich im Restaurant deines Bruders aufzuhalten, aber ich bin sicher, dass du meine Gesellschaft zum Abendessen so wenig möchtest wie ich die deine«, sagte sie steif.

»Mit dieser Vermutung irrst du, liebe Kate.« Er lächelte der Kellnerin zu, die den Wein brachte, und machte sich nicht die Mühe, Kate über die Besitzverhältnisse hinsichtlich des Lokals aufzuklären.

Während Cindy die Weinflasche öffnete und den ersten Schluck in Dominics Glas goss, saß Kate stumm und mit unbeweglicher Miene am Tisch. Sie hielt es für unschicklich, die Diskussion in Gegenwart der Bedienung fortzuführen.

Dominic hob das Glas an die Lippen. »Er ist gut«, befand er dann. »Danke, Cindy, ich werde selbst eingießen.«

Die Kellnerin nickte und stellte die Flasche auf den Tisch. Danach legte sie zwei Speisekarten daneben und zog sich zurück.

Dominic ergriff die Flasche und füllte Kates Glas. »Da wir uns beide für dasselbe Restaurant entschieden haben, können wir uns einem kleinen Test unterziehen.«

Kate antwortete nicht. Sie trank von ihrem Wein. Er war kühl und trocken. Sie erinnerte sich noch genau daran, wie sie zum ersten Mal eine Flasche Bordeaux mit Dominic geteilt hatte. Damals hatten sie auf dem Boden im Wohnzimmer seines Hauses gesessen. Es war die Nacht gewesen, in der sie sich zum ersten Mal geliebt hatten. Kate nahm einen zweiten Schluck.

»Was für einem Test?«, fragte sie schließlich.

»Wir haben heute Gelegenheit festzustellen, ob wir beide es schaffen, ein zivilisiertes Mahl zu uns zu nehmen. In der Öffentlichkeit zu speisen gehört zu den Dingen, zu denen wir früher nie kamen.«

Kate runzelte die Stirn und beobachtete, wie Dominic sein Glas hob. Sie hatte ihn niemals Wein aus einem Weinglas trinken sehen. In seinem Haus hatte es nur Becher gegeben. Das Kristallglas wirkte in seiner Hand sehr zerbrechlich, die Farbe des Weines hell und rein, ganz anders als der unergründliche Ausdruck der dunkelgrünen Augen Dominics.

Ihr Vater hätte es damals nicht gut geheißen, wenn sie mit einem Mann ausgegangen wäre, den er als eine Art Angestellten betrachtete. Kate hatte das gewusst und sich danach gerichtet. In gewisser Weise war jetzt vieles anders. Dominic war ihr Angestellter, wenn man so wollte. Sie konnte selbst entscheiden, was sie für gut und richtig hielt.

Impulsiv hob auch sie ihr Glas und prostete Dominic zu. »Auf eine erfolgreiche Zusammenarbeit, also.«

»Ich hätte es nicht besser ausdrücken können.« Dominic stieß leicht mit ihr an und ließ sie keine Sekunde lang aus den Augen. »Blau steht dir ausgezeichnet«, sagte er und meinte die Farbe ihres Kleides. »Es ist das Tiefblau einer sternenklaren Nacht, die deine Haut so weiß, so zart wirken lässt wie etwas, das man sehr, sehr vorsichtig berühren muss.«

Kate starrte ihn an. Der leise, vertraute Ton seiner Stimme hatte sie immer eigenartig berührt. Nun hatte er mit seinen Worten eine geheimnisvolle Atmosphäre geschaffen, der sie sich nicht entziehen konnte. Daran hatte sich nichts geändert.

»Haben Sie schon gewählt?«, erkundigte sich Cindy in diesem Augenblick.

Kate schwieg.

Dominic lächelte und nickte. »Wir nehmen Scampi und für den Salat das Kräuterdressing.«

Cindy notierte die Bestellung und verschwand wieder.

Dominic lehnte sich zurück. »Wie schmeckt dir der Wein, Kate? Vielleicht hätte ich mich vorher erkundigen sollen, ob sich dein Geschmack gewandelt hat.«

»Der Wein ist hervorragend.« Kate nahm erneut einen Schluck und legte anschließend beide Hände um den hohen Stiel, als könne sie an ihm Halt finden. »Marsh sieht gut aus«, bemerkte sie. »Es freut mich, dass er und Linda ein Paar geworden sind. So habe ich es mir damals schon vorgestellt.«

»Wirklich?« Dominic hob sein Glas gegen das Licht und ließ die flach einfallenden Strahlen der Sonne hindurchscheinen. Er betrachtete das Spiel der Farben. »Er nicht. Aber …« Dominic brach ab und blickte Kate in die Augen. »Marsh hat immer länger für seine Entscheidungen gebraucht als ich.«

»Leichtsinn passt tatsächlich mehr zu dir als zu deinem Bruder«, meinte Kate.

»Aber du bist mit deinen Seekarten und Notizen nicht zu meinem Bruder gegangen«, brummte Dominic.

»Nein.« Sie bemühte sich um einen gelassenen Tonfall. »Das bin ich nicht. Vielleicht habe ich mir gedacht, dass eine gewisse Portion Leichtsinn zuweilen nützlich sein kann.«

»Du findest mich also nützlich.«

»Dreh mir nicht die Worte im Mund herum«, wies Kate ihn zurecht.

Cindy brachte den Salat und stellte die beiden Schüsseln

vor Kate und Dominic hin, ohne etwas zu sagen. Dominics düsterer Blick mochte sie davon abgehalten haben, irgendetwas zu äußern.

»Du findest mich also nicht nützlich?«

»Ich habe die Erfahrung gemacht, dass es ganz erheblich Zeit und Ärger erspart, wenn man die am besten geeignete Person mit einer bestimmten Aufgabe beauftragt«, wich Kate aus, ließ das Weinglas los und nahm ihre Gabel. »Es gab keinen anderen Grund für mich, nach Ocracoke zurückzukommen.« Sie hob den Kopf und fügte hinzu: »Vieles wird für uns einfacher sein, wenn das von vornherein klar ist.«

Dominic spürte, wie Zorn in ihm aufstieg. Doch er beherrschte sich. Wenn er sich auf Diskussionen mit Kate einließ, musste er wachsam bleiben. Sie war stets scharfsinnig gewesen, aber in der Zwischenzeit hatte ihre Schlagfertigkeit an Schärfe hinzugewonnen. Sein Herz krampfte sich zusammen, als er an die frühere, auf alles neugierige Kate zurückdachte.

»Soweit ich mich erinnere, neigst du dazu, die Dinge zu komplizieren, anstatt sie zu vereinfachen«, sagte er. »Ich musste dir Sinn und Zweck, Entstehungsgeschichte und Funktionsweise jedes einzelnen Teiles erklären, bevor du zum ersten Mal getaucht bist.«

»Ich nenne es Vorsicht, nicht Kompliziertheit.«

»Nenn es, wie du willst. Du zählst jedenfalls zu den Menschen, die ihr halbes Leben damit verbringen, die Windrichtung zu bestimmen.« Dominic trank einen großen Schluck. »Ich ziehe es vor, mich vom Wind treiben zu lassen.«

»Allerdings«, bestätigte Kate. »Keine Pläne, keine Bindungen. Morgen schon könnte sich der Wind drehen.«

»Wenn man zu lange an einer Stelle verharrt, ergeht es einem wie den Bäumen da draußen.« Er wies mit dem Kopf aus dem Fenster auf eine Gruppe von Zedern, die der beständige

Wind vom Meer zu einer Seite gebogen hatte. »Man verkümmert.«

»Trotzdem lebst du auf der Insel, auf der du geboren und aufgewachsen bist.«

Langsam schenkte Dominic Kate und sich selbst Wein nach. »Vielen ist die Insel zu einsam, das Leben hier zu einfach. Ich ziehe sie all den wohlgeordneten Gesellschaften mit Partys und Landhäusern vor.«

Nachdenklich betrachtete er Kate. Sie schien hervorragend in eine solche Gesellschaft zu passen, die er gerade verächtlich erwähnt hatte. Vor seinem geistigen Auge sah er Kate in einem kostbaren Abendkleid, mit einem überkandidelten Intellektuellen über englische Dichter des achtzehnten Jahrhunderts diskutierend. Gemessen an ihrer kühlen, abweisenden Art kam Dominic sich plötzlich rau, impulsiv und seinen Gefühlen und Launen zu leicht nachgebend vor.

Das Hauptgericht wurde aufgetragen, und Dominic versuchte, sich auf die köstlich zubereiteten Scampi zu konzentrieren.

»Ich habe mir die Unterlagen – die Notizbücher und Seekarten – genauer angeschaut, bevor ich herkam«, bemerkte er nach einer Weile.

»So?« Kate unterdrückte die Aufregung, die sich ihrer bemächtigte.

»Dein Vater hat sehr gründlich recherchiert.«

»Selbstverständlich.«

Dominic lachte kurz auf. »Selbstverständlich«, wiederholte er sarkastisch. »Na ja! Ich meine, dass er auf der richtigen Fährte gewesen sein könnte. Du bist dir im Klaren darüber, dass das Gebiet, in dem er das Wrack vermutete, ziemlich gefährlich ist?«

Kate runzelte die Stirn und ließ die Gabel sinken, blickte aber nicht von ihrem Teller auf. »Haie?«, fragte sie.

»Haie kann man nicht auf ein bestimmtes Gebiet festlegen. Sie sind überall und nirgends«, antwortete Dominic. »Ich meine etwas anderes. Die meisten Menschen haben vergessen, dass sich der Krieg in den Vierzigerjahren bis hier unten hin auswirkte. An der ganzen Küste entlang liegen noch Minen. Wenn wir bis auf den Meeresboden tauchen, dürfen wir das nicht außer Acht lassen.«

»Da hast du recht.«

»Danke.«

»Bitte.«

»Oh Kate ...« Dominic verstummte und griff nach seinem Glas. Er brachte kaum einen Bissen hinunter. Mit allen Sinnen nahm er Kates Nähe auf. Wie früher verspürte er den Wunsch, die Nadeln aus ihrem Haar zu ziehen und die Hände in der weichen Fülle zu vergraben. Er erinnerte sich an das Gefühl von Glück und Zufriedenheit, wenn er Kate in die Arme geschlossen und ihren Körper an seinem gespürt hatte.

Er dachte daran, wie sie ihn ernst angeschaut hatte, bevor die Lust die Oberhand in ihr gewann und sie sich frei und ungehemmt dem letzten ekstatischen Augenblick überließ.

Sollte das, was ihm damals so natürlich erschienen war, verkehrt gewesen sein? Unmöglich!

Aber würde sie sich je wieder wie einst an ihn schmiegen? Wenn sie einander geliebt hatten, flüsterte Kate seinen Namen, als genüge ihr der Klang, um sich zu vergewissern, dass ihre Wonnen, ihre Glückseligkeit kein Traum waren. Wie gerne würde er seinen Namen nochmals aus ihrem Mund hören, während sie eng umschlungen nebeneinander lagen und langsam in die Wirklichkeit zurückfanden!

Schweigend beendeten Dominic und Kate ihr Mahl. Anschließend tranken sie Kaffee.

Dominic beschloss, sich keine Mühe zu geben, dem Verlangen zu widerstehen, Kate erneut zu besitzen. Er brauchte sie. Und inzwischen glaubte er festgestellt zu haben, dass er ihr auch nicht gleichgültig war. Gewiss würde der Augenblick kommen, in dem er seine brennende Begierde nach ihr stillen konnte. Und dann musste er sie für immer stillen. Noch einmal würde das Schicksal sie gewiss nicht zusammenführen.

Kate musterte Dominic verstohlen. Seine Miene verriet nichts. Dennoch spürte Kate, dass er irgendeine Entscheidung getroffen hatte, die sie betraf.

»Ich werde also um acht Uhr am Hafen sein«, sagte sie sachlich, um Dominic zu verstehen zu geben, dass sie nur an ihrer Abmachung interessiert war. »Ich werde Sauerstoffflaschen benötigen, Tauchermaske und Flossen. Meinen Taucheranzug habe ich mitgebracht. Nimm bitte meine Aktentasche und die Unterlagen mit an Bord. Es wird wohl das Beste sein, wenn wir zwischen sechs und acht Stunden täglich auf dem Meer verbringen.«

»Hast du noch Übung im Tauchen?«

»Ich weiß, was ich zu tun habe«, antwortete sie bestimmt.

»Das bezweifle ich nicht, da du einen sehr guten Lehrer hattest.« Mit der für ihn typischen schnellen und ungeduldigen Geste trank Dominic den restlichen Kaffee. »Wenn du aber untrainiert bist, sollten wir ein, zwei Tage lang kürzertreten.«

»Ich kenne mich aus.«

»Ich verlange von einem Partner mehr als Kenntnisse.«

Dominic bemerkte, dass Kates Augen zornig aufblitzten. Es verstärkte seine Sehnsucht nach ihr. Er hätte gern gesehen, wie sie ihre Beherrschung verlor.

»Wir sind keine Partner«, berichtigte sie ihn. »Du arbeitest für mich.«

»Das ist Ansichtssache«, erwiderte Dominic leichthin und stand auf. »Wir werden morgen den ganzen Tag über auf dem

Meer sein. Es wäre gut, wenn du den Schlaf nachholen würdest, den du in der letzten Zeit versäumt hast.«

»Mach dir nur keine Gedanken um meine Gesundheit, Dominic.«

»Ich denke eher an mich«, entgegnete er. »Solange du nicht ausgeruht und hellwach bist, gehe ich nicht mit dir unter die Wasseroberfläche. Solltest du morgen mit Schatten unter den Augen zum Hafen kommen, wirst du nicht tauchen. Es wäre zu gefährlich.«

Kate schluckte ihren Ärger hinunter. Es hatte keinen Sinn, mit ihm zu streiten, denn er hatte recht.

»Wenn du müde bist, begehst du Fehler«, fuhr Dominic fort. »Jeden Fehler, den du machst, muss ich ausbügeln. Ist das verständlich, Frau Lehrerin?«

»Absolut.« Nun erhob sich auch Kate.

»Ich begleite dich zum Hotel.«

»Das ist nicht nötig.«

Sie spürte den Griff seiner langen Finger um ihr Handgelenk. »Es gehört sich so«, sagte er. Sein Tonfall ließ keinen Widerspruch zu. »Du legst doch großen Wert auf gute Manieren.«

»Das schon. Nur …« Sie verstummte und schaute sich um. »Ich möchte mich bei Marsh bedanken.«

»Das kannst du morgen tun.« Dominic legte ein Trinkgeld für die Kellnerin auf den Tisch. »Er ist sehr beschäftigt.«

Kate wollte protestieren, da sah sie, dass Marsh gerade hinter einer Tür verschwand, die vermutlich zur Küche führte.

An Dominics Seite verließ Kate das Restaurant und trat hinaus in die milde Abendluft. Die Sonne stand sehr tief und verlieh den Wolken im Westen eine rosige Färbung. Die Straße wirkte wie ausgestorben. Viele Touristen kehrten mit der letzten Fähre zurück aufs Festland.

Jetzt wäre es schön, aufs Meer hinauszufahren, dachte Kate.

Das Licht wirkte weich, und es war fast windstill. Die meisten Boote lagen bereits im Hafen. Man würde das endlos wirkende, weite Meer fast für sich allein haben …

Kate wandte den Blick vom Hafen ab und ging auf das Hotel zu. Wie töricht, sich solchen Träumen hinzugeben! Der morgige Tag war wichtig, und sie benötigte dringend Schlaf.

Dominic schaute an der Hausfront des Hotels hinauf zu Kates Zimmer. Er wusste, dass sie in demselben Zimmer wie vor vier Jahren wohnte. Damals hatte er sie oft zum Hotel gebracht. Im Gegensatz zu heute hatte sie sich dann bei ihm eingehängt, über die Ereignisse des Tages gesprochen und gelacht. Und bevor sie in das Gebäude geschlüpft war, hatte sie ihn geküsst, lange und hingebungsvoll.

Ähnliche Gedanken mussten auch Kate beschäftigt haben, er sah es ihr an.

»Vielen Dank, Dominic«, sagte sie und schob umständlich den Riemen ihrer Handtasche auf ihrer Schulter zurecht. »Es ist nicht nötig, dass du dir weitere Umstände machst.«

»Nein?« Dominic betrachtete sie prüfend. »Hm … wir hatten immer schon andere Vorstellungen davon, was nötig ist und was nicht.« Er legte die Hand in ihren Nacken.

»Nicht«, sagte Kate, wich ihm jedoch nicht aus. Sie wollte nicht verletzlich erscheinen, sondern zeigen, dass Empfindungen für ihn nicht mehr existierten. Aber bereits die Berührung seiner Finger weckte sehnsüchtige Gefühle in ihr.

»Da ist noch etwas, das du mir schuldest, Kate.« Dominic ließ sich nicht beirren. Er hatte das Bedürfnis, sie zu bestrafen für die langen Jahre der Einsamkeit und der Qual.

Sein Kuss war nicht sanft. Hart und verlangend presste er seinen Mund auf ihre Lippen. Dann zog er Kate fest an sich. Ihre Arme waren zwischen ihren Körpern gefangen, und Dominic spürte, dass sie die Hände zu Fäusten ballte.

Gut. Sollte sie ihn hassen. Mit ihrer Verachtung konnte er eher fertig werden als mit ihrer zurückhaltenden Höflichkeit.

Doch es fiel ihm schwer, sich nicht von seiner Begierde überwältigen zu lassen. Der vertraute Duft von Kates Haut, der süße Geschmack ihrer Lippen hatten nichts von ihrem Reiz eingebüßt.

Kate hoffte, dass mit dieser Umarmung endlich ein Schlussstrich unter die Vergangenheit gezogen würde. Aber schon bald musste sie feststellen, dass die Erinnerungen übermächtig wurden.

Dominics Küsse hatten stets ein prickelndes Gefühl in ihr hervorgerufen. Sein muskulöser Körper, der so gut zu ihrem zu passen schien, übte immer noch eine elektrisierende Wirkung auf sie aus. Und den Geschmack von Meer und Salz, der unzertrennlich mit Dominic verbunden war, nahm sie auch dieses Mal wahr.

Kate leistete keinen Widerstand, wollte ihm nicht die Genugtuung geben und sich wehren. So sehr sie sich dann aber bemühte, ihre Empfindungen unter Kontrolle zu halten – es gelang ihr nicht.

Leidenschaftlich erwiderte sie Dominics Kuss. Langsam öffnete sie die Fäuste und legte die Hände flach auf seine Brust. Dominic hatte mit seiner Zunge nun ein zärtliches und zugleich ungeduldiges Spiel begonnen.

Er küsste Kate mit ganzer Konzentration. Sie fühlte sich plötzlich um vier Jahre zurückversetzt …

Heiße Wellen stiegen in Dominic auf, und ihm wurde klar, dass er ihnen Einhalt gebieten musste. Leise stöhnend gab er Kates Mund frei und schaute auf sie hinab. Wie damals nach ihrem ersten Kuss sah sie ihn überrascht und forschend, abwartend an. Das brachte ihn aus dem Konzept.

Wie wenig hatte sie sich verändert, und trotzdem sollte alles nicht mehr so sein wie früher? Er löste seine Umarmung, nickte leicht mit dem Kopf und wandte sich ab.

»Du brauchst mindestens zehn Stunden Schlaf«, sagte er bewusst forsch, ohne sich noch einmal nach Kate umzublicken.

An manchen Morgen schien die Sonne langsamer aufzugehen als an anderen, gerade so, als wollte sie ganz bewusst auf dieses alltägliche und trotzdem faszinierende Schauspiel aufmerksam machen. Kate hatte die Vorhänge am Abend nicht vor die Fenster gezogen, um sich von den Sonnenstrahlen und nicht von dem schrillen Klingeln ihres Reiseweckers wecken zu lassen.

Nun stand sie am Fenster und empfand das Farbenspiel des Sonnenaufgangs über dem Meer als persönliches Geschenk der Natur. Der kühle Morgenwind strich über ihre Haut und erfrischte sie. Kate genoss die Stille und die Muße, mit der sie diesen Tag beginnen konnte. In dem engen Zeitplan, nach dem sie sich in den vergangenen Jahren gerichtet hatte, war jede Minute kostbar gewesen. Die kurze Frist zwischen Aufstehen und Schulbeginn wurde ausgefüllt mit hastigem Ankleiden und Frühstücken, wobei sie ihre Notizen für den bevorstehenden Unterricht durchlas.

Nach einem tiefen, festen Schlaf fühlte sich Kate heute ausgeruht und gestärkt. Die letzten Tage – seit sie die Aufzeichnungen ihres Vaters gefunden hatte bis zu dem Wiedersehen mit Dominic – waren nur das Vorspiel zu dem eigentlichen Abenteuer, das heute seinen Anfang nahm. Kate wusch sich, kleidete sich an und verließ das Hotel.

Ans Frühstücken dachte sie nicht. Die Aufregung, mit der Schatzsuche beginnen zu können, hielt sie davon ab. Sie musste nach dem Gold suchen, von dem ihr Vater geträumt hatte. Fand sie es nicht, würde sie wenigstens die Genugtuung haben, den

Versuch unternommen zu haben. Es würden sie keine Selbstvorwürfe mehr quälen.

Je näher Kate dem Hafen kam, desto klarer wurde die Erinnerung an Dominics gestrigen Kuss. Sie hatte Dominics Verlangen, seinen Schmerz und seinen Zorn gespürt. Er hatte ihr nicht verziehen. Sie hatte seinen Stolz verletzt, als sie in ihre Welt zurückgekehrt war. Wie leicht war es ihm gestern gelungen, die Zeit zurückzudrehen, ihre Sehnsucht wieder aufflammen zu lassen!

Kate steckte die Hände tief in die Taschen ihrer weißen Hose und beschleunigte den Schritt. Dabei nahm sie sich fest vor, Dominic nicht ein zweites Mal zu verfallen. Nein, sie wollte die Insel nicht wieder mit schmerzendem Herzen verlassen müssen.

Dominic stand bereits an Bord der »Wirbelwind«. Von Weitem konnte Kate sehen, wie er die Ausrüstung verstaute. Er trug zu Shorts abgeschnittene Jeans und lose darüber ein T-Shirt, das seine breiten Schultern betonte und das Spiel seiner Muskeln erkennen ließ.

Kate hielt den Atem an. Ist es nicht völlig natürlich, dass sich beim Anblick eines gut gewachsenen Mannes ein Kribbeln auf der Haut einstellt? fragte sie sich. Es handelte sich um eine Empfindung, die ganz unabhängig von einem bestimmten Mann war und nicht das Geringste mit Dominic persönlich zu tun hatte, oder?

Wie um sich selbst immun gegen derartige »Schwächeanfälle« zu machen, ließ sie Dominic nicht aus den Augen, während sie über den Anlegesteg auf sein Boot zuging. Er stand nun an der Reling, sah einem Fischerboot nach, das leise tuckernd aufs Meer hinausfuhr. Es war gewiss kein ungewöhnliches Ereignis. Dennoch konnte Kate seiner konzentrierten Haltung entnehmen, dass er jede Einzelheit dieses Anblicks genau verfolgte. Er stand ganz aufrecht, hatte die Hände leicht in die Hüften gestützt. Der Wind spielte mit seinem schwarzen Haar.

Obwohl Dominic sich nicht bewegte, war es Kate, als strahle er Ruhelosigkeit und Ungeduld aus, als sei er sprungbereit. Sie wusste, dass er lange am Meer sitzen und den Wellen zuschauen konnte, als gäbe es nichts Wichtigeres als das endlose Auf und Ab des Wassers. Selbst dann schien er aber noch in Bewegung zu sein.

Nun blickte auch Kate in die Richtung des Fischerbootes. Sie fragte sich, welche Gedanken Dominic durch den Kopf gehen mochten, wenn er auf das Meer hinausschaute. Sah er in ihm eine ständige Herausforderung? Bedeutete es Romantik für ihn?

Kates Schritte waren wegen ihrer leichten Tennisschuhe unhörbar. Doch kaum hatte sie das Boot erreicht, wandte sich Dominic nach ihr um, als hätte er ihr Kommen gespürt.

»Du bist früh«, sagte er, trat näher und hielt ihr die Hand hin, um ihr an Bord zu helfen.

»Ich dachte mir, dass du es genauso wenig erwarten kannst hinauszufahren wie ich.« Kate ergriff die dargebotene Hand, doch als sie an Deck stand, zog sie sie sofort zurück.

»Es dürfte eine angenehme Fahrt werden«, verkündete Dominic und ließ den Blick über den Horizont schweifen. »Der Wind weht aus nordlicher Richtung. Nicht stärker als zehn Knoten.«

»Fein.«

Kate half ihm, die Leinen loszumachen, und ging anschließend zum Heck. Dies war der größtmögliche Abstand zu Dominic auf der begrenzten Fläche des Bootes.

Dominic ließ den Motor an und manövrierte das Boot aus dem Hafen. Obwohl er zunächst nur langsam fuhr, warf das Kielwasser kleine Wellen gegen die Holzpfähle des Landungsstegs.

Während das Boot mit gleich bleibender Geschwindigkeit das flache Gewässer vor Ocracoke durchquerte, stand Kate am Heck und beobachtete, wie die Entfernung zur Insel immer größer wurde. Das Letzte, was sie deutlich erkennen konnte, war ein kleiner Junge, der mit einer Angel über der Schulter unternehmungslustig auf den Hafen zusteuerte.

Kate wandte sich um und setzte sich auf die Bank. Die Sonne brannte nun schon heiß, und der Wind war warm. Kate schloss die Augen, sodass sie die Sonne hinter ihren Lidern lediglich als hellen Lichtpunkt gewahrte. Sie empfand das gleiche aufregende Gefühl der Freiheit, des Ungebundenseins, das sie bereits vor vier Jahren in seinen Bann geschlagen hatte. Diese Erinnerung hieß sie gern willkommen.

Völlig ruhig saß Kate. Sie merkte, dass Dominic die Fahrt allmählich beschleunigte. Leicht wie ein Pfeil schoss das Boot über das Wasser. Kate genoss den Nervenkitzel, den Rausch der Geschwindigkeit. Es war der richtige Auftakt für das Abenteuer einer Schatzsuche.

Eigentlich wollte sich Dominic nicht nach Kate umschauen. Aber dann konnte er nicht widerstehen und sah zum Heck. Ein Lächeln umspielte Kates Mund. Sie hatte die Augen geschlossen und das Gesicht zur Sonne emporgehoben. Der Wind wehte einzelne Strähnen ihres aufgesteckten Haares um ihren Kopf. Genauso hatte Dominic sie vor vier Jahren gesehen, und da war ihm bewusst geworden, dass er sich in sie verliebt hatte.

Er wandte sich wieder dem Meer zu, doch das Bild der regungslos und friedlich auf der Heckbank sitzenden Kate blieb vor seinem geistigen Auge. Um sich abzulenken, versuchte er, sie sich im Hörsaal vorzustellen, wie sie zum wiederholten Male geduldig die Besonderheiten dieses oder jenes Gedichtes erklärte.

Es gelang ihm nicht. Er sah sie immer nur, wie sie Sonne und Wind in sich aufnahm.

Kate wünschte, dass dieser Zauber ewig dauern würde. Durch ihre Reise nach Ocracoke hatte sie sich nicht nur räumlich von dem College und ihrem Beruf entfernt. Sie empfand auch deutlich den seelischen Abstand zu ihrem bisherigen Leben. Die Lehrerin, die Kate gern und unter vollem Einsatz war, machte der unbekümmerten Träumerin Platz, die sie in jenem ersten Sommer auf der Insel Ocracoke in sich entdeckt, dann aber verbannt hatte.

Kate öffnete die Augen, und ihr Blick fiel auf den Mann am Steuer. Er hatte ihr damals diese Welt eröffnet und sie geführt. Selbst wenn sie sich einredete, auch ohne Abenteuer leben zu können, musste sich Kate ehrlicherweise eingestehen, dass sie diese Freiheit vermisst hatte. Und Dominic ebenfalls. Sein Kuss hatte ihr bewusst gemacht, wie groß ihre Sehnsucht war. Es mochte, vernünftig betrachtet, eine verrückte, vielleicht sogar gefährliche Sehnsucht sein, aber dieses eine Mal wollte sie sie nicht verdrängen.

Sie passierten das Fischerboot, das vor ihnen den Hafen verlassen hatte. Es hatte seinen Anker und seine Netze ausgeworfen. Es waren Beutelnetze. Kate erinnerte sich an Dominics Erklärungen zu diesen breiten, mit Gewichten beschwerten Netzen, die für den Fang von Heringsfischen benutzt wurden.

Sowohl auf dem Meer als auch an Land bildeten Fischer eine besondere Gemeinschaft.

Vielleicht würde es Dominic gefallen, Tag für Tag auf dem Wasser zu arbeiten, überlegte Kate. Aber nein, er bevorzugte die Einsamkeit und suchte nur selten das Zusammensein mit anderen. Bei manchen Gelegenheiten, so wie der jetzigen, verstand Kate ihn sehr gut.

5. Kapitel

Etwa eine Stunde nach ihrem Aufbruch ging Kate nach vorn zu Dominic. Sie glaubte, sich nun ganz in der Gewalt zu haben.

»Das Meer ist so wundervoll wie früher«, sagte sie.

»Es ändert sich kaum«, erwiderte Dominic.

Gemeinsam beobachteten sie die Möwen, die in der Hoffnung auf leichte Beute um das Fischerboot kreisten.

»In diesem Jahr haben die Fischer keinen Grund zur Klage«, bemerkte Dominic.

»Bist du häufig auf Fischfang gewesen?«

»Hin und wieder.«

»Auf Muschelsuche?«

Dominic lächelte. Er sah Kate vor sich, wie sie mit bis zu den Knien aufgerollten Jeans im Wasser stand und nach seiner Anleitung den Sand nach Muscheln umgrub. »Ja, auch.«

»Ich habe oft versucht, mir vorzustellen, wie die Insel im Winter sein mag.«

»Ruhig.«

Kate akzeptierte seine knappe Antwort mit einem Kopfnicken. »Ich habe mich auch oft gefragt, was du im Winter treibst.«

Dominic warf ihr einen forschenden Seitenblick zu. »Tatsächlich?«

Vielleicht war es nicht richtig gewesen, dieses Thema anzuschneiden. Nun blieb Kate nichts anderes übrig, als zu antworten. »Es wäre dumm von mir zu behaupten, dass ich in all den Jahren nicht an die Insel oder an dich gedacht hätte, Dominic. Du hast immer meine Neugierde erweckt.«

Dominic lachte. Es war typisch für Kate, die Dinge so auszudrücken. »Du warst neugierig, weil fast alle deine Fragen unbeantwortet blieben. Du denkst zu sehr in den Kategorien einer Lehrerin, Kate.«

»Bietet das Leben nicht mehrere Antworten auf eine Frage?«, konterte Kate. »Vielleicht sind zwei oder drei Antworten möglich, aber nur eine einzige ist richtig.«

»Nein, nur eine einzige ist falsch«, behauptete Dominic.

Er bemerkte den nachdenklichen Ausdruck in ihren Augen. Sie wog jetzt das Für und Wider seiner Behauptung gegeneinander ab. Bevor sie ihre Meinung kundtat, würde sie das Problem aus allen möglichen Blickwinkeln betrachten.

»Du hast dich nicht verändert«, sagte er leise.

»Das habe ich anfangs auch von dir gedacht. Wir haben beide unrecht. Keiner von uns ist der Alte geblieben. Das ist auch ganz natürlich.« Sie wich seinem Blick aus und schaute über das Meer. »Oh, sieh mal!«, rief sie plötzlich aus und legte impulsiv die Hand auf seinen Arm. »Delfine.«

Es waren ein Dutzend oder mehr dieser Tiere, die aus dem Wasser schossen und wieder untertauchten. Fasziniert sah Kate ihnen zu. Sie beneidete die Tiere um ihre Freiheit.

»Ist es nicht wundervoll?«, flüsterte sie. »Teil zu sein von Luft und Meer. Fast hätte ich es vergessen.«

»Was?« Dominic ließ sie nicht aus den Augen. »Was hättest du beinahe vergessen?«

Kate wandte ihm das Gesicht voll zu. Erst jetzt bemerkte sie, wie dicht sie nebeneinander standen. Sie war Dominic unwillkürlich näher gekommen, als sie die Delfine entdeckt hatte. Sein Gesicht, sein Mund befanden sich nur wenige Zentimeter von ihr entfernt. Sie spürte die Wärme seiner Haut unter ihren Fingerspitzen. Die Bedeutung seiner Worte lastete schwer auf ihr.

Kate zog ihre Hand zurück und trat einen Schritt zur Seite. »Alles, was nötig war«, erwiderte sie und fügte dann hinzu: »Ich würde mir gern die Seekarten meines Vaters noch mal anschauen. Hast du sie mitgebracht?«

»Deine Aktentasche ist in der Kabine.« Dominic blickte nun starr geradeaus und hielt das Steuerruder fest umkrampft. »Ich nehme an, dass du allein hinunterfindest.«

Ohne zu antworten, ging Kate zu der kurzen, steilen Treppe, die hinabführte.

In der Kabine befanden sich zwei schmale Liegen, deren Decken ordentlich und straff gespannt waren. Außerdem gab es eine Kombüse, und obwohl Kate wusste, dass sie die komplette Einrichtung säuberlich geordnet vorfinden würde, schaute sie nach. Der schmale Raum war rationell ausgenutzt worden.

Auch die Kabine weckte Erinnerungen. Kate sah sich und Dominic in enger Umarmung auf einer der Liegen, während das Boot sanft schaukelte und leise Jazzmusik aus dem Radio erklang.

Hastig griff Kate nach ihrer Aktentasche und öffnete sie. Sie holte vorsichtig eine Karte heraus, breitete sie auf einer der Liegen aus und vertiefte sich in die von ihrem Vater exakt angefertigte Zeichnung. Obwohl es keineswegs sein Metier gewesen war, hatte Hardesty eine derart präzise Seekarte gezeichnet, dass sich jeder Seemann nach ihr hätte richten können. Zusätzlich zu den Linien der Längen- und Breitengrade fanden sich fein gestrichelte Linien, die unterschiedliche Meerestiefen markierten.

»Sechsundsiebzig Grad Nord und fünfunddreißig Grad Ost«, murmelte Kate vor sich hin. »Das ist das Gebiet, in dem nach den Recherchen Vaters die ›Liberty‹ untergegangen sein muss. Also südöstlich von Ocracoke.«

Die Wassertiefe in diesem Bereich würde keine mit Blei beschwerten Stiefel und Helme erforderlich machen. Eine normale Ausrüstung reichte also durchaus.

Kate warf einen letzten Blick auf das große schwarze X, mit dem ihr Vater die Stelle gekennzeichnet hatte, bevor sie die Karte sorgfältig wieder zusammenfaltete. Sie verspürte Aufregung und Abenteuerlust.

In diesem Moment hörte sie am Geräusch des Motors, dass die Geschwindigkeit des Bootes gedrosselt wurde. Gleich darauf schaltete Dominic den Motor ganz ab. Kate stand auf und stieg die Treppe hoch.

Dominic überprüfte die Sauerstoffflaschen, obwohl er das jedes Mal auch schon vor dem Verlassen des Hafens tat.

»Wir gehen hier hinunter«, sagte er zu Kate und erhob sich aus seiner gebückten Stellung. »Wir befinden uns etwa eine halbe Meile von der Stelle entfernt, an der dein Vater im letzten Sommer getaucht ist.«

Mit einer raschen, geschickten Bewegung zog er sein T-Shirt über den Kopf. Sekundenlang konnte Kate ihren Blick nicht von seinem muskulösen, braun gebrannten Oberkörper lösen. Als Dominic nun seine Jeans abstreifte, unter der eine knappe Badehose zum Vorschein kam, wandte sie sich abrupt um und bereitete sich ebenfalls auf das Tauchen vor.

Ihr Herz klopfte wild, und ihr Hals war völlig ausgetrocknet. Kate sagte sich, dass es die Vorfreude auf das Tauchen sein müsse, die sie derart nervös machte, und nicht Dominics fester schlanker Körper. Sie interessierte sich nur für Dominics Kenntnisse und seine Erfahrung. Und er dachte nur an sein Honorar und an seinen Anteil am Fund. So sollte es jedenfalls sein.

Kate entledigte sich ihrer Hose und ihrer Bluse. Darunter trug sie bereits den eng anliegenden Taucheranzug, der ihre langen Beine gut zur Geltung brachte.

Dominic zwang sich, nicht zu ihr hinüberzuschauen. Sie waren auf Schatzsuche, nur das zählte. Während er in seinen Taucheranzug schlüpfte, ging ihm der Gedanke durch den Kopf, dass manche Schätze unwiederbringlich verloren waren. Er presste seine Lippen fest aufeinander und sah nun doch zu Kate, die gerade die Nadeln aus ihrem Haar zog. Weich und schwer fiel es ihr über die Schultern. Dominics Herz krampfte sich zusammen. Mit einem energischen Ruck verschloss er den Reißverschluss seines Anzuges.

»Wir gehen heute eine Stunde lang hinunter«, bestimmte er.

»Aber …«

»Eine Stunde ist mehr als genug«, unterbrach er ihren Einwand und hob eine Sauerstoffflasche hoch. »Du bist seit vier Jahren nicht mehr getaucht.«

Er half Kate beim Anlegen der Gurte. Sie zog sie stramm, jedoch nicht zu fest.

»Das habe ich dir doch gar nicht gesagt«, bemerkte sie verwundert.

»Nein, aber du hättest mir ganz bestimmt erzählt, wenn es nicht so wäre.«

Als Kate schwieg, lächelte Dominic in sich hinein und befestigte das Gurtwerk seiner eigenen Ausrüstung. Danach kletterte er auf die Leiter und stieg hinab.

Er reinigte seine Tauchermaske und spülte sie mit Meerwasser aus. Anschließend setzte er sie auf und ließ sich ins Meer fallen.

Es dauerte nicht lange, bis Kate neben ihm im Wasser war. Er wartete einen Augenblick, um sich zu vergewissern, dass ihr nicht schwindlig wurde und sie nicht vergaß zu atmen. Dann schwamm er voran in größere Tiefen.

Während Kate durch das Wasser glitt, erfüllte sie die gleiche Begeisterung wie beim ersten Mal. Welch unglaubliches Gefühl der Freiheit, im Meer tauchen zu können und dabei normal zu atmen!

Sie schaute zu den Sonnenstrahlen auf, die durch die Wasseroberfläche drangen, und hielt eine Hand hoch, um das Spiel von Licht und Schatten zu beobachten. Es faszinierte sie sehr, und fast hätte ihr dieses Erlebnis der Wiederbegegnung mit dem Meer genügt. Doch dann besann sie sich und schwamm weiter hinter Dominic her.

Dominic blickte einem Schwarm Heringsfische entgegen und überlegte, ob dieser wohl in den Netzen des Fischerbootes landen würde, an dem sie vorbeigefahren waren. Die Fische wichen Dominic aus und schwammen eilig an ihm vorbei. Er sah sich nach Kate um und konnte beruhigt sein. Sie schien keine seiner Anweisungen vergessen zu haben. Ihre Bewegungen waren sauber und akkurat.

Sie hatten sich bisher noch nicht über die Methode unterhalten, wie sie nach dem Schiff suchen sollten. Solange Kate keinen Einspruch erhob, wollte Dominic vorgehen, wie er es für richtig erachtete. Am sinnvollsten schien es ihm, im Halbkreis um die Stelle herumzuschwimmen, an der Hardesty zuletzt getaucht war, und den Halbkreis langsam immer größer zu ziehen. Auf diese Weise würden sie die »Liberty« am leichtesten finden. Vorausgesetzt, Hardesty hatte mit seinen Vermutungen recht.

Die Sauerstoffflaschen auf ihrem Rücken erinnerten Kate daran, dass sie den Aufenthalt auf dem Meeresboden nicht frei und unbegrenzt genießen konnte. Am liebsten wäre sie stundenlang hier unten geblieben, so herrlich fand sie das Seegras und den weichen, sandigen Boden. Übermütig streckte sie die Hand nach einem Schwarm kleiner Fische aus, die erschrocken auseinander stoben, um sich danach wieder zu einer Gruppe zu formieren.

Welch fantastische Welt! Schade, dass sie sie nicht eingehender erforschen konnte. Aber vielleicht hatte Dominic recht mit seiner Anordnung, nur eine Stunde zu tauchen. Die zahlreichen neuen Eindrücke hätte sie sonst nicht zu verarbeiten vermocht.

Dominic entdeckte die flache, scheibenförmige Gestalt als Erster. Instinktiv griff er nach Kates Arm, um sie am Weiterschwimmen zu hindern. Es mochte zwar schön sein, den Stachelrochen dabei zu beobachten, wie er dicht über dem Boden nach Nahrung suchte, doch die Berührung mit seinem Schwanz konnte tödlich sein. Dominic schätzte die Größe dieses Rochens auf fast zwei Meter. Vorsichtig schwammen sie in großem Bogen um den imposanten Meeresbewohner herum.

Der Anblick des Rochens brachte Kate zu Bewusstsein, dass nicht alles in dieser Welt unter der Meeresoberfläche schön und traumhaft war. Es gab auch Leid und Tod. In dem Augenblick, da sie den Rochen deutlich sah, schlug das Tier mit seinem Schwanz wie mit einer Peitsche nach einem kleinen Fisch. Ein Mal, dann ein zweites Mal. Ein ganz natürlicher Vorgang. So war das Leben. Trotzdem wandte Kate sich rasch ab.

Nach einer Weile begegnete ihr Blick durch die Schutzmaske dem Dominics. Kate hatte erwartet, Verachtung oder sogar Belustigung über den Moment der Schwäche in Dominics Augen zu lesen. Stattdessen drückten seine Augen Wärme und Verständnis aus. Er hob die Hand und strich mit seinen Fingerspitzen zärtlich über ihre Wange, wie er es früher getan hatte, um Trost zu spenden und Kate seine Liebe zu zeigen.

Dann allerdings war der Augenblick der Vertrautheit schlagartig vorüber. Dominic drehte sich um und schwamm fort. Mit einer Handbewegung bedeutete er Kate, ihm zu folgen.

Es fiel Dominic schwer, gleichgültig zu bleiben, wenn Kate hinter ihrer Maske aus Tüchtigkeit und Förmlichkeit Anzeichen von Verletzlichkeit offenbarte. Er durfte nicht zulassen, dass sie seine Gefühle und ihn beherrschte. Was immer geschah, er musste Herr der Lage bleiben.

Dominic und Kate entdeckten keinerlei Hinweise auf ein englisches Handelsschiff. Lediglich Wrackteile eines anderen Schiffes fielen Dominic auf. Die verrosteten und mit Muscheln übersäten Metallteile stammten vermutlich von einem Unterseeboot oder einem Kriegsschiff aus dem Zweiten Weltkrieg.

Dominic beschloss weiterzusuchen, obwohl sie allein zwanzig Minuten für die Rückkehr zum Boot brauchen würden. Er wollte das Gebiet, das sie gerade untersucht hatten, ein zweites Mal auf Wracks prüfen und dann erst umkehren.

Es kam ihm vor, als suchten sie die Nadel im Heuhaufen. In den zweieinhalb Jahrhunderten, die seit dem Untergang der »Liberty« verstrichen waren, hatte es unzählige Stürme gegeben, und auch die Meeresströmungen sowie Seebeben hatten die Lage des Wracks verändern können. Selbst wenn die Position des Schiffes zum Zeitpunkt seines Untergangs bekannt war, gehörte eine große Portion Glück neben den Berechnungen und Vermutungen dazu, das Wrack in einem Umkreis von dreißig Kilometern zu finden.

Dominic verließ sich auf sein Glück, so wie Hardesty sich wohl auf seine Berechnungen verlassen hatte. Eine Mischung aus beidem würden ihn und Kate vielleicht zur »Liberty« führen.

Dominic schaute sich nach Kate um. Sie zeigte die gleiche Neugierde und das gleiche Interesse am Meer und an dem Leben unter seiner Oberfläche wie damals vor vier Jahren.

Ob sie sich noch an all die Informationen erinnerte, die er, Dominic, ihr gegeben hatte? Sie hatte nach den Auswirkungen des Druckwechsels gefragt, nach der physiologischen Anpassung des Körpers. Dominic war sicher, dass Kate ihm seine Antworten wortwörtlich wiederholen könnte.

Er gab das Zeichen zur Rückkehr und schließlich das zum Aufstieg. Langsam schwammen sie nach oben. Dominic beobachtete, wie die Sonnenstrahlen auf Kate fielen, sich in ihrem offenen Haar verfingen und sie wie eine Nixe wirken ließen. Im Volksmund hieß es, dass man eine Nixe nur dann besitzen könne, wenn man die Welt, in der sie lebte, als seine eigene anerkannte.

Kate bewegte ihre Füße leicht und hielt ihr Gesicht entspannt der Sonne entgegen. Dominic verspürte den Wunsch, ihren schlanken Leib zu umfassen und festzuhalten. Er streckte die Hand aus und berührte ihr Haar, kurz bevor sie gemeinsam die Wasseroberfläche erreichten.

Dort nahm Kate das Mundstück aus dem Mund und schob die Maske hoch. »Oh, es ist wunderschön. Genau wie damals.« Sie lachte übermütig.

Zum ersten Mal nach vier Jahren hörte Dominic wieder diesen hellen Klang ihres Lachens. »Ich hatte den Eindruck, dass du nur spielen wolltest und nicht auf Schatzsuche warst.« Er lächelte sie an, froh über ihre gute Laune und ihre Ausgelassenheit, die er vermisst hatte.

»Du hast recht.« Nur widerstrebend griff Kate nach der Leiter, um an Bord zu klettern. »Ich habe nicht damit gerechnet, dass wir gleich beim ersten Mal etwas entdecken würden. Es war einfach herrlich, wieder zu tauchen.«

Sie nahm ihre Sauerstoffflaschen ab und überprüfte die Ventile, bevor sie die Flaschen auf die Planken stellte. »Wenn ich am Meeresgrund bin, glaube ich ohne Sonne auskommen zu können, bin ich aber wieder oben, kommt es mir vor, als schiene sie wärmer und heller als je zuvor.« Sie streifte die Gummiflossen und die Schutzmaske ab und ließ ihr Gesicht von der Sonne bescheinen. »Es ist ein tolles Gefühl. Unübertrefflich.«

»Schnorcheltauchen ist auch fantastisch.« Dominic öffnete den Reißverschluss seines Taucheranzuges. »Ich habe es letztes Jahr auf Tahiti ausprobiert und fand es wundervoll, in dem klaren Gewässer zu schwimmen, nur mit Tauchermaske und Gummiflossen.«

»Tahiti?« Überrascht schaute Kate zu ihm hin. »Du bist auf Tahiti gewesen?«

»Ja, einige Wochen im Herbst letzten Jahres.« Er zog den Anzug aus und legte ihn in den großen Plastikbehälter, in dem er die Ausrüstungsstücke unterbrachte, die gesäubert werden mussten.

»Weil du eine Vorliebe für Inseln hast?«

»Ja – und für Baströckchen«, meinte er schmunzelnd.

Kate brach in lautes Gelächter aus. »Ich bin sicher, dass dir ein Bastrock ausgezeichnet steht.«

Dominic genoss die ungezwungene und fröhliche Stimmung, die ihn an frühere Zeiten erinnerte. Ausgelassen griff er nach ihrem Haar und zog leicht daran. »Schade, dass ich keine Schnappschüsse gemacht habe.« Er drehte sich um und ging die Treppe hinab in die Kabine.

»Warst du zu sehr damit beschäftigt, die Eingeborenen zu bestaunen, statt sie für die Nachwelt auf Zelluloid zu bannen?«, rief Kate ihm nach, während sie sich auf die schmale Bank am Steuerbord des Bootes setzte.

»So ähnlich. Und natürlich habe ich so getan, als hätte ich nicht bemerkt, dass die Eingeborenen mich bestaunten.«

»Eingeborene in Baströcken …« Bevor Kate weitersprechen konnte, erschien Dominic wieder und warf ihr einen Pfirsich zu. Sie fing ihn auf und lächelte Dominic an, bevor sie in die Frucht biss.

»Deine Reflexe sind noch genauso ausgezeichnet wie früher«, lobte Dominic Kate.

»Besonders, wenn ich hungrig bin.« Kate leckte mit der Zunge Saft auf, der auf ihre Handfläche getropft war. »Heute Morgen habe ich nichts gegessen. Ich war viel zu aufgeregt.«

»Wegen des Tauchens?«

»Einmal das und …« Kate hielt inne. Ihr wurde bewusst, dass sie sich miteinander unterhielten, als hätte es nie eine Trennung gegeben.

»Und?«, forschte Dominic. Er sprach beiläufig, doch sein aufmerksamer Blick verriet deutlich, wie gespannt er auf ihre Antwort war.

Kate bemerkte es und stand auf, um auf das Meer hinauszuschauen. »Die Morgendämmerung«, sagte sie leise. »Die Sonne ging über dem Wasser auf in den herrlichsten Farben.« Sie holte tief Luft und fügte hinzu: »Ich habe schon sehr lange keinen Sonnenaufgang mehr gesehen.«

Dominic lehnte sich an die Reling und biss in seinen Pfirsich. »Warum nicht?«, wollte er wissen.

»Keine Zeit. Kein Bedürfnis.«

»Bedeutet dir beides das Gleiche?«

Kate überlegte einen Augenblick. »Wenn sich dein Leben um Unterrichtspläne und Schülerklassen dreht, läuft es wohl auf das Gleiche hinaus, denke ich.«

»Und das magst du? Einen täglichen Stundenplan?«

Kate schaute ihm über ihre Schulter hinweg in die Augen. Plötzlich spürte sie die tiefe Kluft zwischen ihnen wieder ganz deutlich. Ihre Welt war ihm so fremd wie ihr seine. »Ich habe dieses Leben gewählt.«

»Eine von deinen vielen möglichen Antworten auf die Frage nach dem Sinn des Lebens?«, konterte Dominic.

»Kann sein. Vielleicht gibt es in manchen Bereichen des

Lebens aber auch nur eine Antwort.« Sie setzte sich wieder auf die Bank. Sie wollte sich ihre gute Laune nicht durch derartige Gespräche verderben lassen. »Erzähl mir von Tahiti, Dominic«, bat sie. »Wie ist die Insel?«

»Milde Luft, weiches Wasser. Die Farben Blau, Grün und Weiß überwiegen in der Landschaft. Und natürlich gibt es rot, orange, gelb und violett leuchtende Streifen bei Sonnenauf- und -untergang.«

»Wie ein Gemälde von Gauguin.«

»Mag sein, nur würde er sich heute über all die Hotels und Ferienanlagen wundern. Es ist keine unberührte Insel mehr.«

»So etwas findet man heute kaum noch.« Unter Dominics intensivem Blick fiel es Kate zunehmend schwer, ein unverfängliches Gespräch zu führen. Sie biss in ihren Pfirsich und sann nach weiteren Fragen. »Bist du auch in tieferen Gewässern getaucht?«, erkundigte sie sich.

»Ja, manchmal. Dort gibt es Muscheln und Korallen in unvorstellbarer Vielfalt. Ich hätte ein ganzes Boot füllen können, wenn ich gewollt hätte. Die Fische waren so exotisch, wie man sie nur aus Aquarien kennt. Und Haie gab es auch.« Er erinnerte sich, wie er nur einen Kilometer von der Küste entfernt einem Hai knapp entkommen war. »Das Meer um Tahiti ist alles andere als langweilig.«

Kate kannte den übermütigen, sorglosen Ausdruck seiner Augen. Dominic mochte zwar nicht gerade das Abenteuer suchen, aber er würde niemals versuchen, ihm auszuweichen. Er stellte sich der Gefahr, und dies schien ein weiterer Punkt zu sein, in dem sie sich gewiss niemals verstehen würden. »Hast du auch eine Kette aus Haifischzähnen mitgebracht?«

Dominic nickte. »Ich habe sie Joy geschenkt. Aber Linda will sie ihr nicht geben. Sie sei noch zu jung dazu, meinte sie.«

»Da hat sie recht. Ist es eigentlich ein schönes Gefühl, Onkel zu sein?«

»Ja. Joy ähnelt mir.«

»Aha, die männliche Eitelkeit.«

Dominic zuckte mit den Schultern. Es freute ihn tatsächlich, dass seine Nichte, auch was ihr Wesen anbelangte, nach ihm geraten war. »Es macht mir ungeheuren Spaß zu beobachten, wie sie Marsh und Linda tyrannisiert. Es gibt sonst nicht viel Unterhaltung auf der Insel.«

Kate vermochte sich beim besten Willen nicht vorzustellen, dass Dominic von einem Baby fasziniert sein konnte. »Es ist schon seltsam«, sagte sie nach einer Weile, »wiederzukommen und zu sehen, dass Marsh und Linda verheiratet sind. Als ich ging, behandelte Marsh Linda wie seine kleine Schwester.«

»Hat dir dein Vater nicht berichtet, was sich auf der Insel ereignete?«

Kate schaute auf ihre Hände. »Nein.«

»Hast du dich danach erkundigt?«

»Nein.«

Dominic warf den Stein seines Pfirsichs über Bord. »Er hat dir auch nie von dem Schiff erzählt und gesagt, warum er Jahr für Jahr nach Ocracoke kam.«

Kate strich sich das Haar aus der Stirn. Dominic hatte keine Frage gestellt. Es war eine klare Feststellung gewesen. Doch es schien ihr am besten, darauf zu reagieren, damit es nicht aussah, als wolle sie dieses Thema meiden. »Stimmt«, erwiderte sie mit fester Stimme, »er hat die ›Liberty‹ mir gegenüber nie erwähnt.«

»Quält dich dieser Gedanke nicht?«

»Warum sollte er?«, fragte Kate ein wenig schnippisch zurück. »Er hatte ein Recht auf ein eigenes Leben, auf eine Privatsphäre.«

»Aber du nicht.«

Kate warf ihren Pfirsichstein ebenfalls ins Wasser. Sie streckte die Hand nach ihrer Bluse aus, weil ihr plötzlich kalt war. »Ich weiß nicht, worauf du hinauswillst.«

»Das weißt du sehr gut, Kate.« Dominic ergriff ihre Hände, bevor sie sie zurückziehen konnte. »Du weißt es«, wiederholte er ruhig und sah ihr in die Augen. »Du bist nur noch nicht soweit, es dir einzugestehen.«

»Lass mich in Ruhe, Dominic.« Ihre Stimme zitterte leicht, sie konnte es nicht verhindern. »Lass mich in Ruhe«, bat sie noch einmal.

Dominic musste sich überwinden, Kate nicht zu schütteln, sie nicht zu drängen, endlich zu gestehen, dass sie vor vier Jahren gegangen war, weil ihr Vater es so gewollt hatte. Sie sollte ihm sagen, dass sie nicht die Kraft gehabt hatte, sich gegen den Mann aufzulehnen, von dem sie nach seinen Vorstellungen geformt worden war.

Er ließ ihre Hände los und wandte sich ab. »Also gut«, meinte er leichthin und ging zum Steuer. »Der Sommer fängt erst an.« Er warf den Motor an und schaute Kate in die Augen. »Wir wissen beide, was solch ein Sommer bringen kann.«

6. Kapitel

»Das Wichtigste, was du beim Umgang mit Joy beachten musst, ist die Tatsache, dass sie einen ausgeprägten eigenen Willen besitzt«, erklärte Linda und fing in letzter Minute eine Vase auf, die nach einem Stoß von Joy umzufallen drohte.

Kate beobachtete, wie die pausbäckige, schwarzhaarige Joy auf einen Ohrensessel kletterte, um ihr Spiegelbild in einem ovalen Spiegel zu bewundern. In den vergangenen fünfzehn Minuten, seit Kate Lindas Haus betreten hatte, war Joy keine Sekunde lang ruhig geblieben. Sie war flink und erstaunlich behände. In ihren Augen lag eine wilde Entschlossenheit, ihren Dickkopf auf die eine oder andere Weise durchzusetzen. Dominic hatte recht gehabt. Seine Nichte war ihm tatsächlich in vielerlei Hinsicht ähnlich.

»Ja, das ist unverkennbar«, antwortete Kate. »Wo nimmst du nur die Energie her, ein Restaurant und einen Haushalt zu führen und nebenbei diesen Wirbelwind zu beaufsichtigen?«

»Von Vitaminen«, offenbarte Linda. »Von unzähligen Vitaminen. Joy, lass die Finger vom Spiegel!«

»Joy!«, rief das Kind aus und schnitt sich Gesichter im Spiegel. »Schön, schön, schön.«

»Das Selbstbewusstsein der Silvers«, meinte Linda trocken. »Es kommt immer wieder durch.«

Kate lachte und sah zu, wie Joy rückwärts von dem Sessel herunterkletterte und auf ihrem mit Windeln gepolsterten Hosenboden landete. Mit wenigen Handstreichen zerstörte die

Kleine einen Turm aus Holzklötzen, den sie erst vor wenigen Minuten aufgebaut hatte.

»Sie ist wirklich hübsch«, sagte Kate. »Und wenn sie es selber weiß, zeigt das nur, wie klug sie obendrein ist.«

»An dieser Klugheit zweifle ich besonders dann, wenn sie Zahnpasta nicht zum Zähneputzen benutzt, sondern eine ganze Tube auf dem Boden des Badezimmers verteilt.« Seufzend lehnte sich Linda im Sofa zurück. Sie genoss es, die Montagnachmittage mit ihrer Tochter verbringen zu können. Es waren die einzigen Stunden, in denen das Restaurant nicht ihre Zeit beanspruchte. »Du bist jetzt schon seit einer Woche auf Ocracoke, und wir hatten noch keine Gelegenheit, ausführlich miteinander zu reden.«

»Du bist sehr beschäftigt.« Kate beugte sich vor, um über Joys schwarzes Haar zu streichen.

»Du auch …«

Kate hörte die Frage aus Lindas Worten heraus und lächelte. »Du vermutest, dass ich nicht zum Fischen und Sonnenbaden auf die Insel gekommen bin, stimmt's?«

»Also gut, warum soll ich länger taktvoll um den heißen Brei herumschleichen, wenn ich vor Neugierde platze«, gestand Linda. »Was machst du mit Dominic denn den lieben langen Tag draußen auf dem Meer?«

»Wir suchen nach einem Schatz«, entgegnete Kate wahrheitsgemäß.

»Ach so.« Ohne sonderlich erstaunt zu sein, nahm Linda diese Mitteilung zur Kenntnis. »Den Piratenschatz.« Sie rettete die aufkeimenden Blüten eines Veilchens vor den neugierigen Tastversuchen ihrer Tochter und gab Joy eine Gummi-Ente. »Mein Großvater weiß noch Geschichten von diesem sagenumwobenen Schatz zu erzählen. Er sollte angeblich das Lösegeld für einen König sein. Ich habe mir immer vorgestellt, dass er irgendwo an Land vergraben ist.«

»Wir suchen nicht den Piratenschatz«, sagte Kate. Sie kannte die unzähligen Geschichten, die entlang der Küste kursierten und besonders hier auf Ocracoke, die als Pirateninsel aus früheren Zeiten bekannt war. Im Gegensatz zu den Recherchen ihres Vaters hielt sie die Geschichten für Hirngespinste. »Mein Vater hat Nachforschungen nach dem Verbleib eines englischen Handelsschiffes angestellt, das im achtzehnten Jahrhundert vor der Küste gesunken ist.«

»Dein Vater?« Linda staunte. Den Edwin Hardesty, den sie in den vergangenen Jahren auf der Insel gesehen hatte, konnte sie sich beim besten Willen nicht als Schatzsucher vorstellen. »Das ist also der Grund, weshalb er Sommer für Sommer herkam.« Sie hielt inne, lachte verlegen und fuhr dann fort: »Du musst entschuldigen, Kate, aber dein Vater schien nicht der Typ zu sein, der solche Abenteuer … na, du weißt schon. Nun, man muss ihm lassen, dass er es verstand, sein Geheimnis zu hüten.«

»Ja, sogar vor mir.«

»Du hast nichts gewusst?« Lindas Augen weiteten sich.

In diesem Moment ertönte ein unregelmäßiges Trommeln, und sie warf einen Blick auf ihre Tochter, die mit einem ihrer Bauklötze auf den Boden eines Plastikeimers einschlug.

»Ich habe es erst aus den Unterlagen erfahren, die ich nach seinem Tod in seinem Schreibtisch vorfand«, sagte Kate. »Ich entschloss mich dann, sein Werk fortzuführen.«

»Und zu Dominic zu kommen?«

»Ja.« Kate strich den dünnen Baumwollstoff ihres Rockes über den Knien glatt. »Ich brauche ein Boot«, fügte sie sachlich hinzu, »und einen Taucher, möglichst von dieser Insel. Er ist der Beste.«

Linda schenkte ihr ihre ungeteilte Aufmerksamkeit. Kates

Worte klangen logisch, aber ihre Stimme hatte Linda verraten, dass Kate sich diese Logik nicht nur für andere, sondern vor allem für sich selbst zurechtgelegt hatte. »Ist das der einzige Grund, weshalb du Dominic gebeten hast, dir zu helfen?«, forschte sie.

Unruhig zupfte Kate an ihrer Bluse und erwiderte leicht gereizt: »Ja, das ist der einzige Grund.«

Linda schwieg einen Augenblick. Es betrübte sie, dass ihre Freundin sich offensichtlich selbst betrog. »Kate, er hat dich nie vergessen.«

»Nein! Nein, das glaube ich nicht«, entfuhr es Kate. Sie schüttelte heftig den Kopf.

»Es stimmt aber. Kate, ich kenne ihn gut und habe ihn sehr gern.« Linda stand auf, um Joy abzulenken, denn die Kleine hatte gerade festgestellt, dass es ihr viel mehr Spaß bereitete, die Holzklötze umherzuwerfen, als sie aufeinander zu setzen. »Obwohl er manchmal schwierig sein kann. Er ist Marshs Bruder.« Sie platzierte ihre Tochter vor eine Reihe von Plüschtieren und nahm dann wieder neben Kate Platz. »Dominic ist auch für mich wie ein Bruder. Und du bist der erste Mensch vom Festland, zu dem ich ein enges Verhältnis habe. Deshalb möchte ich …«

»Ich verstehe«, unterbrach Kate sie. Die Versuchung war groß, ihr Herz auszuschütten, über ihre Gefühle zu sprechen. Doch sie wich aus. »Glaub mir, Linda, was zwischen mir und Dominic war, ist längst vorüber. Das Leben geht weiter.«

Linda räusperte sich. An Kate stellte sie den gleichen Unwillen fest, über sich selbst zu reden, der auch Dominic auszeichnete. So verschieden die beiden in vielen Dingen sein mochten, diese Verschlossenheit war ihnen gemein. »Wie du meinst«, gab sie schließlich nach. »Du siehst selbst, was mir in den letzten vier Jahren zugestoßen ist.« Sie schaute mit gespieltem Entsetzen auf Joy. »Jetzt erzähle mir, wie es dir ergangen ist. Wie war dein Leben?«

»Ruhiger.«

Linda lachte. »Manchmal habe ich tatsächlich den Eindruck, dass es in jedem Zirkus beschaulicher zugeht als in diesem Haus.«

»Es war nicht leicht, meinen Doktortitel zu erlangen. Ich habe mich ganz auf dieses Ziel konzentrieren müssen«, sagte Kate. »Und wenn man anschließend Lehrerin ist, bleibt auch nicht viel Zeit für irgendetwas anderes.«

Sie stand auf und ging im Zimmer umher, unzufrieden darüber, dass ihre Beschreibung so leer und uninteressant klang. Es war damals ihr fester Wille gewesen zu lernen, weiterzukommen, und sie hatte Freude an ihrer Arbeit mit den Studenten. Jetzt, da sie zu Linda darüber sprach, hörte es sich so an, als sei ihr Leben unerfüllt und hohl.

Kate betrachtete die vielen Spielsachen, die im Raum verstreut lagen. Eine Krawatte war achtlos über die Lehne eines Stuhles gehängt worden, auf dem Lindas Handtasche stand. So unbedeutend diese Gegenstände auch sein mochten, sie wirkten wie Symbole für Familie und Zusammengehörigkeit. Eine eigenartige Furcht vor der Rückkehr in das große Haus in Connecticut erfüllte Kate plötzlich. Abrupt wandte sie sich zu Linda um.

»Dieses Jahr in Yale war faszinierend und schwierig zugleich«, sagte sie und verdrängte den Gedanken, dass ihre Worte wie eine Verteidigung anmuten könnten. »Komisch, obwohl mein Vater ja auch Lehrer war, habe ich bis dahin nicht gewusst, dass dieser Beruf so hart und anstrengend ist wie das Studentendasein.«

»Härter«, meinte Linda nach einer kurzen Pause, »denn du musst die Antworten kennen.«

»Ja.« Kate ging in die Hocke, um sich Joys Sammlung an Plüschtieren anzuschauen. »Ich betrachte es als ständige Herausforderung. Entweder ich weiß die Antwort auf eine Frage, oder ich ergründe sie, und dann warte ich darauf, dass meine Erklärung verstanden wird.«

»Was nicht immer der Fall ist«, vermutete Linda.

»Richtig.« Kate lachte. »Aber wenn der Groschen fällt, gehört dies zu den Augenblicken, die mich für die Mühe belohnen. Mutter zu sein stelle ich mir ähnlich vor. Du erteilst tagtäglich Unterricht.«

»Zumindest mache ich den Versuch«, entgegnete Linda trocken.

»Wie bei mir.«

»Hm …« Linda legte den Kopf schief. »Sag mal, bist du mit deinem Leben zufrieden, bist du glücklich?«

Joy drückte einen rosafarbenen Plüschdrachen an sich und hielt ihn dann Kate hin. Gehorsam kam Kate der unausgesprochenen Aufforderung nach und liebkoste das weiche Stofftier. Dies gab ihr Zeit, über Lindas Frage nachzudenken. Sie hatte stets ihr Ziel im Auge gehabt, ohne an Glück und an Erfüllung zu denken. Ihr Vater hatte ihr diese einfache, im Grunde selbstverständliche Frage nie gestellt.

»Ich bin gern Lehrerin«, antwortete Kate schließlich. »Ich wäre unglücklich, wenn ich es nicht sein könnte.«

»Du weichst dem eigentlichen Thema aus, Kate.«

»Manchmal kann man nicht mit Ja oder Nein antworten.«

»Dominic!«

Bei Joys Ausruf zuckte Kate unwillkürlich zusammen und fuhr herum.

»Nein, sie meint den Drachen«, erklärte Linda, ohne auf Kates heftige Reaktion einzugehen. »Er hat ihn ihr geschenkt, also heißt er Dominic.«

»Ach so.« Kate sah sich das Tier an, das mit seinem weit geöffneten Maul und den weichen, eckigen Plüschzähnen aussah, als lache es den Betrachter an. Sie gab Joy ihr Lieblingsspielzeug zurück und richtete sich auf. »Es passt zu Dominic, dass er nicht wie alle anderen gewöhnliche Puppen verschenkt.«

»Allerdings.« Linda blickte Kate fest in die Augen. »Er hat in allem einen ganz besonderen Geschmack.«

Kate musste lächeln. »Du gibst nie auf, stimmt's?«

»Nicht, wenn es um eine Sache geht, an die ich fest glaube.« Lindas Antwort verriet ihren Trotz und ihre Ausdauer, die Eigenschaften, die ihr geholfen hatten, so lange zu warten, bis Marsh ihr endlich seine Liebe gestand. »Ich bin fest davon überzeugt, dass du und Dominic … dass ihr zusammengehört«, fuhr sie fort. »Ihr könnt es noch so kompliziert machen, mich täuscht ihr nicht.«

»Du hast dich nicht verändert. Vier Jahre sind vergangen, du bist Ehefrau, Mutter und Besitzerin eines Restaurants geworden, aber du hast dich kein bisschen verändert.«

»Die Tatsache, dass ich Ehefrau und Mutter geworden bin, bestärkt mich darin, dass meine Einschätzungen richtig sind.« Linda verstand es, ihr Selbstbewusstsein einzusetzen, wenn sie es für angemessen hielt. »Aber das Restaurant gehört uns nicht«, fügte sie erklärend hinzu.

»Nein?« Überrascht schaute Kate sie an.

»Wir führen das Restaurant und besitzen einen Anteil von zwanzig Prozent.« Linda lehnte sich zurück und lächelte Kate an. Sie genoss es, Kate etwas mitzuteilen, das sie vermutlich nie für möglich gehalten hätte. »Das ›Roost‹ gehört Dominic.«

»Dominic?« Kate vermochte ihre Verblüffung nicht zu verbergen. Der Dominic Silver, den sie zu kennen glaubte, hatte nie etwas anderes besessen als ein Boot und ein wackliges Haus am Strand. Ein Restaurant zu kaufen, selbst ein kleines auf einer abgelegenen Insel, erforderte mehr als Kapital. Es erforderte Ehrgeiz.

»Er hat es dir offensichtlich nicht gesagt.«

»Nein, das hat er nicht.« Obwohl er Gelegenheit dazu gehabt hätte, erinnerte sich Kate. An dem Abend, an dem sie gemeinsam in seinem Restaurant gespeist hatten, hätte er es ihr erzählen können. »Es passt irgendwie nicht zu ihm«, fügte sie leise hinzu. »Ich meine, es wäre nicht überraschend, wenn er sich ein neues Boot gekauft hätte, ein schnelleres oder ein größeres. Aber ein Restaurant … nicht zu fassen.«

»Wir waren alle überrascht, abgesehen von Marsh. Nun, er kennt seinen Bruder besser als jeder andere. Wenige Wochen vor unserer Hochzeit erzählte Dominic uns, dass er das Restaurant gekauft habe und es renovieren wolle. Marsh musste damals jeden Tag mit der Fähre nach Hatteras zur Arbeit fahren, und ich habe während der Saison im Kunsthandwerksladen meiner Tante geholfen. Als Dominic den Vorschlag machte, dass wir uns mit zwanzig Prozent an dem Geschäft beteiligen und das Restaurant als Geschäftsführer übernehmen sollten, erschien es uns als wahres Himmelsgeschenk. Im Nachhinein muss man sagen, dass wir alle wirklich gut mit dieser Lösung gefahren sind.«

Kate dachte an die anheimelnde Atmosphäre, das hervorragende Essen und die flotte Bedienung. »Ihr habt etwas Tolles zustande gebracht«, lobte sie. »Allerdings kann ich mir Dominic nicht als Geschäftsmann vorstellen.«

»Dominic weiß, was er will«, entgegnete Linda. »Meines Erachtens weiß er bloß nicht immer, wie er es erreichen soll.«

Kate wollte sich nicht länger mit diesem Thema befassen. »Ich habe große Lust, am Strand spazieren zu gehen. Kommst du mit?«, fragte sie.

»Nichts lieber als das, aber …« Linda wies mit einer Handbewegung auf ihre Tochter, die in den letzten Minuten sehr ruhig gewesen war. Joy hielt den rosafarbenen Drachen mit beiden Händen fest umschlungen und lag in tiefem Schlummer inmitten der übrigen Plüschtiere.

Kate lachte leise. »Sie hat sich völlig verausgabt.«

»Ja, sie ist oft anstrengend, aber wenn sie schläft, habe ich auch meine Ruhe.« Vorsichtig hob sie Joy auf und wiegte sie in ihrem Arm. »Ich wünsche dir viel Spaß bei deinem Spaziergang. Wenn du Lust hast, könntest du heute Abend im ›Roost‹ vorbeischauen.«

»Ja, ich komme«, versicherte Kate und strich Joy über den Kopf, über das dichte schwarze Haar, das so sehr dem ihres Onkels glich. »Sie ist wunderhübsch, Linda. Du kannst dich glücklich schätzen.«

Kate verließ Lindas Haus und ging durch die ruhige Stadt. Die Wolken hingen tief, wodurch die Umgebung düster und unheimlich wirkte. Doch der Regen ließ auf sich warten. Kate konnte ihn förmlich schmecken. Der Wind würde die reinen frischen Tropfen vom Meer herübertragen. Es war die Richtung, in die Kate ging.

Auf einer Insel fühlte man sich unwillkürlich mehr zum Meer hingezogen als zum Land. In diesem Punkt hatte Kate volles Verständnis für Dominics Vorliebe.

Es war ihr in Connecticut leichter gefallen, den Erinnerungen auszuweichen, die für sie mit dem Meer verknüpft waren. Obwohl sie die felsige raue Küste von New England liebte, war sie nie hingefahren, um sich nicht den schmerzvollen Bildern der Vergangenheit auszusetzen. Hier auf der Insel ließen sie sich nicht verdrängen. Vielleicht hätte sie zur landzugewandten Seite der Insel gehen sollen, doch sie bevorzugte den Blick aufs offene Meer und konnte nicht widerstehen.

Die Luft war warm, und der Wind spielte mit dem dünnen

Stoff ihres Rockes und ihrer Bluse. Kate kam an zwei Anglern vorbei, die mit tief ins Gesicht gezogenen Mützen auf der Mole saßen und darauf warteten, dass ein Fisch anbiss. Die beiden Männer unterhielten sich, aber die Brandung übertönte ihre Worte. Kate konnte sich allerdings sehr gut ausmalen, um welche Themen ihr Gespräch kreiste. Um Köder und vielleicht um den Fang vom gestrigen Tag.

Kate störte die beiden nicht, und auch die Angler sprachen sie nicht an. Die Bewohner der Insel waren nicht unfreundlich oder unhöflich, doch sie drängten sich auch niemandem auf.

Die Farbe des Wassers war so grau wie die des Himmels. Kate faszinierten die unterschiedlichen Launen der Witterung. Wenn sich das Meer so rau und aufgewühlt wie heute zeigte, empfand sie es als Spiegel ihrer eigenen inneren Unruhe, die sie sich selbst allerdings nur selten eingestand.

Höher und höher hinauf schienen die Wellen ihre schäumenden Kronen zu tragen, um sie mit lautem Getöse an den Strand zu werfen. Der Schrei der Möwen klang nicht einsam und klagend, sondern wild und herausfordernd. Das Meer bot bei jedem Wetter ein überwältigendes Schauspiel.

Kate ging bis zum Meeresufer. Ungeschützt dem Wind ausgesetzt, der einzelne Strähnen ihres Haares löste, stand sie am Strand, hob ihr Gesicht und starrte mit weit geöffneten Augen auf die kaum erkennbare Linie des Horizontes.

Es tat ihr gut, die Urgewalt der Natur zu spüren. Das düstere, bedrohliche Licht kurz vor einem Sturm, der beständige Wind aus Osten passten zu ihren Gefühlen. So vieles hatte sie erlebt und erfahren, was sie aus dem Gleichgewicht warf, und sie wollte mit sich selbst ins Reine kommen.

Dominic. Seine Gegenwart wühlte sie auf und machte sie wehrlos und verletzlich. Vor vier Jahren hatte sie sich von ihm in einen Strudel ziehen lassen. Sie war überwältigt gewesen von seiner Art. Später hatte sie erkannt, dass seine Freiheitsliebe niemals auf ihren Lebensstil übertragbar sein würde, weil er sich vom Leben treiben ließ, während sie auf ein festes Ziel zustrebte, ohne nach rechts und links zu schauen.

Vielleicht war er mit dem Kauf des Restaurants nun eine Bindung eingegangen. Offenbar scheute er Verantwortung nicht mehr. Das freute Kate, doch an der Tatsache, dass sie aus zwei verschiedenen Welten stammten, änderte es nichts.

Sie, Kate, hatte sich für ein geordnetes Leben entschieden. Erfolg war ihr Genugtuung. Ohne ihren Beruf konnte sie nicht leben. Er bedeutete nicht nur Arbeit oder Beschäftigung. Als sie mit Linda gesprochen hatte, war ihre Schilderung vielleicht nicht überzeugend gewesen. Wie auch immer, Kate glaubte zu wissen, dass man am Ende mit leeren Händen dastehen würde, wenn man zu viel erhoffte und verlangte. Im Übrigen musste sie sich damit abfinden, dass man das Rad der Zeit nicht zurückzudrehen vermochte. Sie hatte ihrem Leben vor vier Jahren eine bestimmte Richtung gegeben, die es weiterzuverfolgen galt.

Mittlerweile hatte draußen auf dem Meer der Regen eingesetzt. Kate sah den dunklen Vorhang, der allmählich weiter vorrückte.

Dominic verspürte das Bedürfnis, das Meer kurz vor dem Sturm zu sehen, und strebte dem Strand zu. Er hatte nicht vorgehabt, seine Arbeit an dem neuen Boot zu einer bestimmten Zeit zu unterbrechen. Es war eine Laune, die ihn ans Meer führte, eine von jenen Stimmungen, denen er sich hingab, ohne sie rational zu ergründen.

Dominic hörte das Tosen der Brandung. Langsam wanderte er über eine Düne. Er würde den Weg auch bei stockfinsterer Nacht finden. Unzählige Male war er ihn schon gegangen. Oftmals, so wie heute, um die aufgewühlte See zu beobachten.

Er hatte schon zahlreiche tropische Stürme und Orkane erlebt, aber er wusste auch einen relativ friedlichen Sommerregen zu schätzen. Gern ließ er die Tropfen auf sich herabklatschen und beobachtete dabei das Auf und Ab der Wellen. Heute war er dankbar für den angekündigten Regen. So hatte er einen Tag für sich – einen Tag ohne Kate.

Sie hatten sich wortlos auf ein möglichst unpersönliches Miteinander geeinigt, das es ihnen vereinfachen sollte, auf engem Raum zusammen zu sein.

Ihm kam der Zustand vor wie die Ruhe vor dem Sturm. Und die ständige Anspannung zerrte an seinen Nerven. Kate zu sehen, in ihrer Nähe zu sein in dem Bewusstsein, dass sie sich von ihm zurückgezogen hatte, war ungleich schwieriger, als Tausende von Kilometern von ihr entfernt zu leben.

Für Kate bin ich lediglich Mittel zum Zweck, ein Werkzeug, das sie so einzusetzen versteht wie ihre Bücher, dachte Dominic bitter. Dennoch konnte er ihr im Grunde keine Vorwürfe machen. Er selbst hatte ihren Bedingungen zugestimmt und musste sich mit ihnen abfinden.

Seit jenem Tag, an dem sie zum ersten Mal getaucht waren, hatte Kate nicht mehr gelacht. Er vermisste den hellen Klang, so wie er auch den Geschmack ihrer Lippen und die Berührung ihres Körpers vermisste. Trotz seiner Bemühungen, sich selbst davon zu überzeugen, dass er auch ohne sie leben konnte, lag er nachts oft lange wach und sehnte sich nach ihr. Ja, zuweilen glaubte er dann sogar, keine Sekunde länger ohne sie sein zu können.

In den vergangenen Jahren hatte Dominic Möglichkeiten gefunden, gegen solche Gefühle anzukämpfen. Kates Fortgang hatte ihm hart zugesetzt und war schließlich der Grund für eine gewisse Veränderung in ihm gewesen. Er wollte sich selbst beweisen. Deshalb hatte er jeden Pfennig, über den er verfügte, in den Erwerb des Restaurants gesteckt.

Der Schritt hatte sich als richtig erwiesen. Ebenso wie der Kauf des Bootes, das er an Sommergäste vermietete. Der Besitz verlieh ihm ein bisher unbekanntes Gefühl von Wert, von Beständigkeit.

Er besaß also ein Restaurant, das Gewinne erzielte, und ein Boot, das bestimmt auch die Investition lohnen würde. Ihm lag aber nichts am Geld. Ihn hatte das Risiko gereizt, der ungewisse Ausgang seiner Käufe. Ganz ähnlich empfand er die Schatzsuche, in die er jetzt verwickelt war.

Was mochte Kate bewegen? Wollte sie das Gold? Oder fand sie diese ungewöhnliche Art, ihre Ferien zu verbringen, reizvoll? Vielleicht war der Grund auch nur ihr blinder Gehorsam ihrem Vater gegenüber, den dieser stets von ihr erwartet hatte.

Während Dominic der langsam heranrückenden Regenwand entgegensah, hoffte er inständig, dass es die Abenteuerlust sei, die Kate nach Ocracoke geführt hatte.

Nur hundert Meter voneinander entfernt standen Dominic und Kate am Strand und schauten auf das Meer. Er dachte an sie, sie an ihn, aber sie wussten nicht, wie nahe sie einander waren.

Der Wind wurde stürmischer. Die aufgewühlte See spiegelte die innere Unrast der beiden Menschen wider. Doch sie wollten sich beide nicht eingestehen, dass Einsamkeit die Ursache dafür war.

Schließlich wandten sich beide dem Weg über die Dünen zu – und sahen einander.

Kate durchzuckte der Gedanke, wie es möglich sein konnte, dass sie so intensiv an Dominic hatte denken können, ohne zu spüren, wie nah er ihr war. Seit wann mochte er wohl am Strand gestanden haben?

Mit aller Macht zog es sie zu Dominic. Sie vermochte ihre Sehnsucht nach ihm nicht zu leugnen, nicht zu bekämpfen. Sie wusste, wie zerstörerisch ihr Verlangen für sie selbst war, und dennoch konnte sie es nicht unterdrücken. Kate dachte an Flucht, sagte sich dann jedoch, dass sie nicht davonlaufen dürfe, weil diese Reaktion sie verraten würde.

Also ging sie langsam durch den weichen Sand auf Dominic zu.

Ihr dünner weißer Rock wurde vom Wind aufgebläht und dann an ihre schlanken Beine gepresst. Kates Gesicht war blass, und ihre Augen wirkten groß und dunkel. Wieder musste Dominic an Wassernixen, an Illusionen und Traumvorstellungen denken.

»Du hast dich immer gern vor einem Sturm am Strand aufgehalten«, bemerkte Kate, als sie vor ihm stand.

»Der Regen wird nicht lange auf sich warten lassen.« Dominic steckte die Hände in die Taschen seiner Jeans. »Wenn du deinen Wagen nicht dabei hast, wirst du nass werden.«

»Ich habe Linda besucht«, erklärte Kate und schaute nach dem grauen Regenvorhang. »Der Regen macht mir nichts aus. Solche Unwetter sind so schnell vorüber, wie sie kommen.« Sie strich sich einige lose Strähnen ihres Haares aus dem Gesicht. »Ich habe Joy kennengelernt. Du hattest recht.«

»Womit?«

»Sie gleicht dir.« Kate lächelte, obwohl ihr nicht danach zumute war. »Weißt du, dass sie eines ihrer Kuscheltiere nach dir benannt hat?«

»Den Drachen.« Dominic nickte und lächelte ebenfalls. Er hatte gelernt, sich zu verschließen. Wenn es aber um seine Nichte ging, trat seine Zuneigung deutlich zutage. »Sie ist ein lieber Kerl. Und sie fährt gern Boot.«

»Du nimmst sie mit auf deinem Boot hinaus?«

Dominic entging der überraschte Tonfall in Kates Stimme nicht. »Warum nicht? Sie mag das Meer.«

»Ich kann mir nicht vorstellen, wie du …« Abrupt hielt Kate inne und schaute aufs Meer zurück. Dominic, der einem Kleinkind Spielzeugdrachen schenkte und mit ihm Bootsfahrten unternahm, war ihr genauso unvorstellbar wie Dominic, der mit Grundstücksmaklern und Steuerberatern verhandelte. »Du überraschst mich«, gestand sie leichthin. »In vielerlei Hinsicht.«

»Zum Beispiel?«

»Linda erzählte, dass du der Besitzer des ›Roost‹ bist.«

»Das stimmt, der größte Teil gehört mir«, bestätigte Dominic.

Kates Gesicht nahm einen nachdenklichen Ausdruck an. »Du hast es mir nicht gesagt, als wir dort zusammen gegessen haben«, warf sie ihm vor.

»Warum sollte ich es dir erzählen? Die meisten Menschen interessiert es nicht, wem das Restaurant gehört, solange das Essen gut und die Bedienung freundlich ist.«

»Ich denke nicht, dass ich zu den meisten Menschen gehöre«, sagte Kate leise.

Ihre Worte durchbrachen Dominics aufgesetzte Gleichgültigkeit, und er schaute sie forschend an. »Wieso bedeutet es dir etwas, dass das ›Roost‹ mir gehört?«

Kate biss sich auf die Lippe. »Weil alles von Bedeutung ist. Fragen nach dem Warum und Wieso. Weil sich so vieles verändert hat und so vieles gleich geblieben ist. Weil ich … ich möchte …«

Dominic kniff die Augen leicht zusammen. »Was?«, fragte er und ergriff ihren Arm. »Was möchtest du?«

»Ich weiß es nicht!«, fuhr Kate ihn an. Ungestüm brach sich

ihre Verzweiflung Bahn. »Ich weiß nicht, was ich will. Und ich begreife nicht, warum ich es nicht weiß.«

»Versuch nicht immer, alles zu verstehen.« Dominic zog sie näher zu sich heran. »Vergiss, was nichts mit dem Hier und dem Jetzt zu tun hat.« Er konnte seine Empfindungen nicht länger verbergen. Zu stark war die Anspannung der letzten Tage gewesen. »Du bist damals von mir fortgegangen, aber ich laufe dir nicht nach, Kate. Trotzdem«, fügte er hinzu und neigte langsam den Kopf, »trotzdem wirst du dieses Mal nicht so leicht gehen können. Dieses Mal nicht, Kate.«

Wie mit Eisenbändern hielt er sie in seinen Armen gefangen. Sein Mund war nur wenige Zentimeter von ihrem entfernt. Kates Gedanken wirbelten durcheinander. Verstand und Gefühle lagen miteinander im Wettstreit.

Ihre Gefühle trugen den Sieg davon. Nur noch Nähe zählte, sie sehnte sich nach ihm, wollte, dass er sie küsste und liebkoste. Plötzlich war ihr die Zukunft gleichgültig, wollte sie nur für den Moment leben.

»Sag mir, was du möchtest, Kate«, wiederholte Dominic. »Sag mir, was du jetzt möchtest.«

Jetzt, dachte Kate. Wenn doch immer nur der Augenblick genügen würde! Sie spürte, wie Dominics Atem ihre Haut streifte, und warf alle Vorsicht über Bord.

»Dich«, flüsterte sie. »Nur dich.« Mit beiden Händen zog sie seinen Kopf noch tiefer zu sich herab.

Sie nahm die Härte und Stärke seines Körpers wahr, den leidenschaftlichen, drängenden Druck seines Mundes. Leise stöhnend gab sie sich ihrer Sehnsucht hin. Sie begehrte Dominic und hatte nicht länger die Kraft, sich zu wehren.

Während Kate Dominics Kuss voller Hingabe erwiderte, strich sie mit den Fingerspitzen über sein Gesicht. Sie hatte in den vergangenen Jahren nicht vergessen, wie sich sein Kinn und seine Wangen anfühlten. Höher glitten ihre Finger, berührten sein vom Wind zerzaustes Haar. Dann schlang sie die Arme fest um seinen Nacken.

Dominic spürte, wie das Verlangen Oberhand in ihm gewann. Er drückte Kate an sich. Durch den dünnen Stoff ihrer Bluse hindurch fühlte er ihre warme Haut. Er wusste, dass sie so zart und weich wie das Blütenblatt einer Rose war. Erinnerungen vermischten sich mit der Gegenwart und brachten ihn fast um den Verstand. Er hatte nur noch den einen Wunsch – Kate zu besitzen.

»Ich begehre dich«, flüsterte er und vergrub sein Gesicht an ihrem Hals. »Du weißt, wie sehr ich dich brauche. Du hast es immer gewusst. Willst du mich ebenfalls?«

»Ja, ja.« Auch ihr Verlangen wuchs.

»Oh Kate …«

Sie hatte das Gefühl, in einem Strudel zu versinken. Mit rasender Geschwindigkeit würde dieser Strudel sie hinabziehen, und am Ende erwarteten sie höchste Lust und Glückseligkeit …

Doch Dominic hatte recht. Sie würde sich danach nicht leicht von ihm trennen können. Durfte sie sich dann zu Dingen hinreißen lassen, die ihr den unvermeidlichen Abschied noch erschwerten?

»Nein, Dominic.« Kate versuchte, sich aus seinen Armen zu winden. »Nein.« Sie legte die Hände um sein Gesicht und schob seinen Kopf fort. »Es wäre nicht richtig.«

Dominics Leidenschaft schlug in Zorn um. Sie erkannte es an seinem Blick und an der Art, wie er jetzt ihre Schultern umklammerte. »Es ist richtig, Kate, und es war damals schon richtig.«

»Nein«, widersprach sie. »Das ist es nicht. Ich habe mich immer zu dir hingezogen gefühlt. Es stimmt, und es wäre lächerlich, etwas anderes zu behaupten. Aber es ist nicht das, was ich für mich möchte.«

Sein Griff wurde noch härter, schmerzte. »Ich habe dich vorhin gefragt, ob du mich willst, und du hast Ja gesagt.«

In diesem Moment erreichte sie die Regenwand. Große schwere Tropfen prasselten auf Dominic und Kate herab. Im Nu waren sie durchnässt. Doch sie beachteten den Regen nicht. Sie standen regungslos und schauten einander in die Augen.

»Vorhin hätte ich beinahe nicht widerstehen können. Ich gebe es zu.«

»Und jetzt?«, fragte Dominic.

»Ich gehe zurück ins Hotel.«

»Verflixt, Kate, weißt du überhaupt, was du willst?«

Kate sah den wütenden, unbeherrschten Ausdruck seines Gesichts. Ihr innerer Konflikt brachte sie zur Verzweiflung. Sie musste Dominics Anziehungskraft bekämpfen. Ihre Beziehung hatte keine Zukunft.

»Ja. Etwas, das du mir nicht geben kannst«, antwortete sie leise. »Etwas, das wir beide einander nicht geben können.«

»Kate …«

»Ich möchte jetzt gehen.«

»Du wirst zu mir zurückkommen«, sagte Dominic und nahm die Hände von ihren Schultern. »Früher oder später kommst du zu mir zurück, Kate.«

Schweigend wandte sie sich ab und nahm den Weg zur Stadt.

7. Kapitel

Der Sturm ging vorüber. Am nächsten Morgen war das Meer ruhig, und auf seiner glatten, tiefblauen Oberfläche spiegelte sich das strahlende Sonnenlicht wider. Der Himmel war wolkenlos und die Luft so klar, dass Kate die Redeweise bestätigt fand, der Regen wasche alles rein.

Die Tatsache allerdings, dass sich ein solcher fast windstiller Tag hervorragend zum Tauchen eignete, machte Kate nicht froh. Sie musste sich zwingen, zum Hafen zu gehen und an Bord der »Wirbelwind« zu steigen. Nur der Gedanke an ihren verstorbenen Vater bewog sie dazu, weiterzumachen.

Dominic mochte ihre Anspannung spüren, aber er verlor kein Wort darüber. Er begrüßte Kate knapp und gab beim Ablegen die notwendigen Anweisungen, danach herrschte Stille zwischen ihnen.

Er stand am Ruder und Kate am Heck, während das Boot aufs offene Meer hinausfuhr. Schließlich hatten sie ihr Ziel erreicht. Dominic kontrollierte die Position des Bootes und schaltete den Motor ab.

Schweigend bereiteten sie sich aufs Tauchen vor. Sie legten ihre Taucheranzüge an, schnallten Gürtel mit Gewichten um und setzten die Lampen und Tauchermasken auf. Während Dominic den Tiefenmesser und den Kompass an seinem rechten Handgelenk prüfte und anschließend die Armbanduhr mit den Leuchtziffern an seinem linken Handgelenk befestigte, band Kate die Scheide mit ihrem Tauchermesser wenig unterhalb des Knies an ihr Bein.

Dann vergewisserten sie sich, dass der Druck in den Sauerstoffflaschen ausreichte, streiften die Gurte über und zogen sie fest. Wie gewöhnlich sprang Dominic als Erster ins Wasser und wartete, bis Kate die Leiter hinabgestiegen war. Gemeinsam glitten sie in die Tiefe hinab.

Erneut verzauberte Kate die Welt unter Wasser. Sie hatte erwartet, dass das Tauchen für sie irgendwann einmal zur Routine und das Leben unter Wasser zum gewohnten Anblick werden würde, aber es begeisterte sie immer wieder. Sie fand sich damit ab, dass sich der Mensch mit Technik und Hilfswerk ausstatten musste, um den Geschöpfen im Meer für begrenzte Zeit Gesellschaft leisten zu können. Das Mundstück, der Schlauch zu der Sauerstoffflasche auf ihrem Rücken, die verschiedenen Ventile – all dies war notwendig. Sie wusste, wie die Ausrüstung funktionierte, und bewahrte dieses Wissen in ihrem Gedächtnis auf, um sich ganz auf die sie umgebende Schönheit konzentrieren zu können.

Sie schwammen tiefer, blieben stets in Sichtweite. Kate konnte sich ganz auf Dominic verlassen. Er tauchte häufig auch allein, obwohl das mit einem großen Risiko verbunden war. Seine Erfahrung und sein Gespür leiteten sie, vielleicht in größerem Maße als die Berechnungen ihres Vaters. Sie hatten fast das gesamte von Hardesty gekennzeichnete Gebiet durchgekämmt, ohne das Wrack der »Liberty« zu finden. Kate fühlte sich trotzdem nicht entmutigt. Unbewusst vertraute sie darauf, dass Dominic sie doch irgendwann ans Ziel bringen würde.

Heute tauchten sie tiefer als sonst. Kate glich den Druck aus, indem sie ein wenig Luft aus ihrem Taucheranzug abließ. Sie spürte den Druckwechsel sofort auf ihren Ohren. Vorsichtig regulierte sie den Druck erneut. Ein defektes Trommelfell würde bedeuten, dass sie viele Wochen lang nicht tauchen könnte.

Dominic schaltete die Lampe auf seinem Kopf ein, und Kate folgte seinem Beispiel. Allmählich wuchs ihre Aufregung. Bis hier unten fiel niemals ein Strahl Sonnenlicht. In dem Lichtkegel der Lampe sah sie, wie das Seegras in der Strömung hin und her wogte. Manchmal wagte sich ein Fisch in die Nähe der beiden Eindringlinge. Eine plötzliche Bewegung aber ließ all seinen Mut und seine Neugierde zunichtewerden, und er verschwand im Nu.

Mit konzentrierten, gleichmäßigen Zügen schwamm Dominic voraus. Die beiden Lampen erhellten das Dunkel und überraschten manchen Fisch. Sie beleuchteten Felsgebilde, die Kates Fantasie anregten, und sie glaubte Gesichter und Gegenstände in dem toten Gestein zu erkennen.

Ich dürfte niemals allein tauchen, dachte Kate, als Dominic sein Tempo verringerte und sich ihrem Rhythmus anpasste. Die Welt unter Wasser nahm sie so gefangen, dass für sie die Gefahr bestand, den Sinn für Zeit und Richtung zu verlieren. Gut, dass Dominic alle wichtigen Dinge beachtete. Sie vermochte normal zu atmen und sich relativ frei zu bewegen. Das ließ sie schnell die Messgeräte an ihrem Handgelenk vergessen.

Kates Gedanken an die Gefährlichkeit des Tauchens wurden von dem Zauber verdrängt. Sie gab sich ihm völlig hin und verließ sich ganz auf Dominics Umsicht, während sie fast schwerelos dahinglitt. Wie einmalig, wie herrlich!

Es gab so vieles zu sehen, zu berühren. Unzählige Krustentiere und Muscheln in den verschiedensten Formen und Größen türmten sich vor ihr auf. Sie wirkten hier unten in ihrem Lebensraum ganz anders, als wenn sie an den Strand gespült und von Kindern zu Dutzenden gesammelt wurden. Auch das wogende Seegras wäre an Land stumpf und schlaff. Nur hier in seinem Element konnte es seine ganze Schönheit entfalten.

Der Lichtstrahl von Kates Lampe fiel auf ein weiteres Gebilde aus Muscheln und Meerestieren. Neugierig näherte sie sich diesem merkwürdig aussehenden Fels und ließ den Lichtstrahl ein zweites Mal über ihn gleiten. Es mutete sie seltsam an, dass manche Felsen derart ausgeprägte Formen hatten. Fast hätte man annehmen können …

Aufgeregt griff Kate nach Dominics Arm und zog kräftig daran. Dominic erschrak und suchte nach einem Defekt in ihrer Ausrüstung. Kate schüttelte den Kopf und deutete mit dem Finger auf den Fund.

Gemeinsam strahlten sie die Stelle an, und je näher sie sich vortasteten, desto deutlicher wurde, dass es sich nicht um einen Felsen handelte, sondern um eine zwar arg verrostete und überwucherte, aber noch erkennbare Kanone.

Dominic berührte mit beiden Händen das Kanonenrohr. Dann zog er sein Messer aus der Scheide unterhalb seines Knies und klopfte mit dem Rücken des Messers auf das Rohr. Der dumpfe metallische Klang erschien Kate wie die schönste Melodie. Glücklich lachte sie auf, und eine Kette von Luftblasen stieg empor.

Dominic schaute zu ihr hinüber und freute sich mit ihr. Sie hatte eine alte Kanone entdeckt. Das Besondere und Wertvolle an dem Fund war, dass er mehr als zwei Jahrhunderte lang unberührt auf dem Meeresboden lag.

Nach einer Weile bedeutete Dominic Kate, sie möge ihm folgen, und entfernte sich langsam in östlicher Richtung. Sicherlich würden sie bald noch mehr finden.

Nur widerstrebend trennte sich Kate von ihrer Entdeckung. Sie hätte ihr Glück laut hinausrufen mögen. Es schien ihr unfassbar, ein Geheimnis gelüftet zu haben, das das Meer zweihundertfünfzig Jahre gehütet hatte. Wer konnte ihr Gefühl wohl am besten nachvollziehen – ihre Kollegen in Yale oder Dominic? Die Kollegen würden wahrscheinlich den Wert der

Kanone für Forschung und Wissenschaft bewundern, aber den Nervenkitzel vermochten sie bestimmt nicht nachzuempfinden. Intellektuelle Freude machte sie nicht so übermütig, dass sie am liebsten Purzelbäume schlagen würden.

Und wie hätte ihr Vater empfunden? Kate bedauerte, dass sie es nicht wusste, dass sie nicht die Gelegenheit hatte, diesen Augenblick des Triumphs mit ihm zu teilen. Sie hatten so wenig wirklich gemeinsam erfahren. Er hatte die Pläne geschmiedet, die theoretische Arbeit geleistet. Und ihr war es vergönnt, diese alte Waffe zu entdecken, die Erfüllung seines Traums zu erleben.

In diesem Moment berührte Dominic ihre Schulter und schaute Kate in die Augen. So verworren waren ihre Gedanken und ihre Gefühle, dass sie sich danach sehnte, in seinen Armen zu liegen und sich dort fangen zu können. Sie war innerlich schrecklich aufgewühlt und kämpfte mit den gegensätzlichen Empfindungen von unbändiger Freude und von Trauer über etwas, das sie verloren hatte und niemals wieder finden würde.

Dominic verstand sie auch ohne Worte und Erklärungen. Er hob die Hand und strich leicht über ihre Wange. Diese zärtliche Berührung tat Kate unendlich gut.

Plötzlich wurde ihr klar, dass sie Dominic immer noch liebte. Die langen Jahre und die vielen Kilometer der Trennung hatten daran nichts geändert. In der Zeit seit jenem Sommer hatte sie, Kate, existiert, mit einer Leere gelebt. Liebe und Glück hatte sie mit Dominic auf Ocracoke zurückgelassen. Kate akzeptierte diese Erkenntnis als unabänderlich und wünschte sich, dass die Zeit sie lehren würde, mit ihrer hoffnungslosen Liebe fertig zu werden.

Dominic sah am Ausdruck von Kates Augen, dass sie irgendwelche besonderen Gedanken und Empfindungen verarbeitete. Er hätte sie gern gefragt, was in ihr vorging, aber das war auf dem Meeresboden nicht möglich.

Behutsam legte er die Hand wieder auf Kates Wange und hoffte auf ein Lächeln von ihr. Als sie ihn tatsächlich anlächelte, war er beruhigt und zeigte mit dem Finger auf etwas, das er vor wenigen Minuten hinter ihr aufgespürt hatte.

Es handelte sich um ein Stück Holz. Dominic holte erneut sein Messer hervor und begann das Holz vom Untergrund zu lösen. Sand wurde dabei aufgewirbelt und behinderte die Sicht. Schließlich hatte er das Holz befreit und steckte sein Messer zurück in die Scheide. Dann machte er mit dem Daumen das Zeichen zum Aufstieg.

Kate schüttelte den Kopf und wollte weitersuchen. Daraufhin wiederholte Dominic beharrlich das Zeichen und deutete auf seine Uhr. Kate blieb nichts anderes übrig, als sich zu fügen. Die Technik gab ihr zwar die Möglichkeit, sich auf dem Meeresboden zu bewegen, aber nur für begrenzte Zeit. Das musste sie nun einmal akzeptieren.

Dominic und Kate schwammen zum Boot zurück, Richtung Westen. Dabei kamen sie an der Kanone vorbei. Stolz betrachtete Kate nochmals ihre Entdeckung und folgte Dominic dann zur Wasseroberfläche.

Sobald ihr Kopf über Wasser war, lachte sie übermütig auf. »Wir haben sie gefunden.« Sie hielt sich mit einer Hand an der Leiter fest, während Dominic ins Boot kletterte und das Holzstück sowie seine Sauerstoffflasche auf den Boden des Bootes legte. »Ich kann es überhaupt nicht fassen. Nach gut einer Woche! Unglaublich, dass all das so lange Zeit dort unten verborgen war.« Sie löste die Gurte ihrer Sauerstoffflaschen und reichte sie Dominic, bevor sie selbst an Bord kam. »Wir müssen den Schiffsrumpf finden, Dominic.«

»Unsere Chancen sind gut, endlich.«

»Endlich?« Kate strich ihr nasses Haar aus der Stirn. »Wir suchen erst seit einer Woche.« Sie beugte sich über das Holzbrett und untersuchte es. »Wir haben die ›Liberty‹ gefunden.«

»Wir haben ein Stück Holz gefunden«, berichtigte Dominic sie sachlich. »Es muss nicht von der ›Liberty‹ sein.«

»Es ist von der ›Liberty‹«, beharrte Kate. »Die Kanone und dieses Holz befanden sich innerhalb des Bereiches, den mein Vater markiert hat. Es passt alles genau zusammen.«

»Gleichgültig, um was für ein Wrack es sich handelt, jedenfalls hat es noch niemand vor uns entdeckt. Dein Name wird in die Geschichtsbücher eingehen, Frau Lehrerin.«

Kate konnte seine Ironie nicht vertragen. Zu unsicher war noch der innere Friede, zu dem sie an diesem Morgen gefunden hatte. Verärgert richtete sie sich auf.

Sie standen einander gegenüber, zwischen ihren Füßen lag das Brett, das sie aus dem Meer geholt hatten. »Ich lege keinen Wert darauf, meinen Namen verewigt zu sehen.«

»Dann den deines Vaters.« Dominic öffnete den Reißverschluss seines Taucheranzuges.

Kate erinnerte sich an ihre Gedanken kurz nach dem Auffinden der Kanone. Dort unten schien Dominic sie verstanden zu haben. Konnten sie nur metertief unter dem Meeresspiegel liebevoll und freundlich zueinander sein?

»Ist das etwa nicht in Ordnung?«, forschte sie ungehalten.

»Doch, solange es nicht zur Besessenheit wird. Du hattest immer ein Problem mit deinem Vater.«

»Weil er nicht wollte, dass du mit mir zusammen bist?«, konterte Kate.

Dominics Augen waren ausdruckslos, ein Zeichen dafür, dass er seinen Zorn bezähmen musste. »Weil es dir zu viel bedeutet hat, was er wollte.«

Kate holte Luft, schwieg aber. Dominic hatte die Wahrheit gesagt, mit der sie selbst nicht fertig wurde.

»Ich kam her, um die Pläne meines Vaters weiterzuführen«, erklärte sie nach einer Weile. »Daran habe ich von Anfang an keinen Zweifel gelassen. Du erhältst noch dein Honorar.«

»Und du befolgst noch immer Anweisungen. Seine Anweisungen.« Bevor Kate antworten konnte, wandte sich Dominic zur Kabine um. »Wir werden etwas essen und uns ausruhen, bevor wir wieder tauchen.«

Kate schluckte ihren Ärger hinunter. Sie wollte so gern wieder auf den Grund des Meeres hinab und nach dem Schiff suchen. Nicht um ihres Vaters willen, sondern für sich. Energisch zog sie den Reißverschluss ihres Taucheranzuges auf und stieg die Stufen hinab in die Kabine.

Sie würde essen und ausruhen, weil sie Kraft brauchte. Anschließend würde sie zum Wrack zurückkehren und den Beweis dafür erbringen, dass es sich tatsächlich um die »Liberty« handelte. Dieser Entschluss lenkte sie von ihrem Zorn auf Dominic ab.

Kate beobachtete, wie Dominic etwas in einem kleinen Schrank suchte und schließlich ein Glas hervorholte.

»Erdnussbutter?«, fragte sie.

»Genau. Sie enthält viel Eiweiß.«

Amüsiert lachte Kate auf. »Isst du vielleicht auch immer noch Bananen dazu?«

»Ja, und dir würde es auch nicht schaden.«

Kate rümpfte die Nase über die absonderliche Kombination. »Wenn wir den Schatz finden, kaufe ich dir eine Flasche Champagner«, versprach sie.

Ihre Finger berührten sich leicht, als Dominic ihr ein bestrichenes Brot reichte. »Ich werde dich an dein Versprechen erinnern.« Er nahm sein Brot und eine Flasche Milch. »Lass uns an Deck essen.« Er wollte Kates Nähe in der engen Kabine entfliehen, und er brauchte frische Luft.

Kate folgte ihm. »Es mag zwar gesund sein«, befand sie nach dem ersten Bissen, »aber es schmeckt wie etwas, das man fünfjährigen Kindern gibt, um sie zu trösten, wenn sie hingefallen sind.«

»Fünfjährige brauchen auch viel Eiweiß.«

Kate gab die Diskussion auf und setzte sich im Schneidersitz auf den Boden. Neckereien und Seitenhiebe würden sie nicht an ihr Ziel bringen. Sie blinzelte in die strahlende Sonne und spürte die sanfte Bewegung des Bootes unter sich.

»Es ist die ›Liberty‹, Dominic«, sagte sie leise und betrachtete das Holzbrett. »Ich weiß es.«

»Schon möglich.« Dominic streckte sich. »Aber es gibt etliche Wracks in dieser Gegend. Diamond Shoals ist ein richtiger Schiffsfriedhof.«

»Aber Diamond Shoals liegt fünfzig Kilometer nördlich von hier.«

»Und an der gesamten Küste, entlang der vorgelagerten Inselkette, verlaufen Strömungen. Außerdem besaß man vor zweihundertfünfzig Jahren noch nicht die genauen Navigationssysteme und Instrumente. Es gab ja noch nicht einmal Leuchttürme. Sie sind eine Erfindung des neunzehnten Jahrhunderts. Niemandem wird es auch nur annähernd gelingen zu sagen, wie viele Schiffe seit Kolumbus' Zeiten vor dieser Küste untergegangen sind.«

»Mich interessiert nur ein einziges Schiff.« Kate biss wieder in ihr Brot.

»Eines zu finden, das ist nicht schwierig«, erwiderte Dominic. »Schwierig wird es erst, wenn man ein ganz bestimmtes sucht. Im vergangenen Jahr wurden nach einer Reihe von Stürmen am Strand von Hatteras viele Wrackteile angespült. Die meisten Häuser auf der Insel sind aus solchen Überresten gebaut.« Dominic drehte das Brett prüfend in der Hand.

»Warum soll es nicht von der ›Liberty‹ sein?«, fragte Kate hartnäckig.

Dominic lächelte über ihre Beharrlichkeit. »Wie dem auch sei, es ist ein richtiger Schatz. Wenn man eine solche Entdeckung macht, gehört der Schatz dem Finder.«

Kate betonte nicht, dass sie nicht nach irgendeinem Schatz Ausschau hielt. Sie interessierte sich allein für die »Liberty«. Dominic wusste, dass sie ein besonderes Verhältnis zu diesem Schiff hatte.

Kate trank von ihrer Milch. »Was hast du mit deinem Anteil vor?«, erkundigte sie sich.

Dominic zuckte mit den Schultern. »Noch ein Boot kaufen, vielleicht«, antwortete er.

»Wenn man bedenkt, welchen Wert uralte Goldmünzen heute haben, kannst du mit deinem Anteil ein ganz tolles Boot kaufen.«

»Das habe ich auch vor.« Dominic lächelte leicht, blieb aber reserviert. »Und du?«

»Oh, ich weiß es noch nicht.« Kate konnte nichts Konkretes nennen. Irgendwie war es ihr nicht möglich, darüber nachzudenken, was nach der Suche sein würde. »Ich werde wohl verreisen.«

»Wohin?«

»Vielleicht nach Griechenland. Zu den Inseln.«

»Allein?«

Das Essen und die stete Bewegung des Bootes hatten Kate schläfrig gemacht. »Hm«, antwortete sie nur und schloss die Augen.

»Gibt es da keinen engagierten Lehrer, den du mitnehmen würdest? Jemanden, mit dem du über den Trojanischen Krieg diskutieren könntest?«

»Ich möchte nicht mit einem engagierten Lehrer nach Griechenland.«

»Mit jemand anders?«

»Es gibt niemanden.«

Kate saß gegen die Reling gelehnt und hatte den Kopf zurückgelegt, um die warmen Sonnenstrahlen auf ihr Gesicht scheinen zu lassen. Der Wind spielte mit ihrem langen Haar, und ihre feinen, ebenmäßigen Gesichtszüge ließen sie unnahbar erscheinen wie eine wunderschöne Porzellanfigur, die man nicht berühren darf.

Es versetzte Dominic einen Stich, Kate so ruhig und entrückt zu sehen. Er dachte daran, wie ihre Augen einst gestrahlt und ihre Wangen sich vor Leidenschaft gerötet hatten, wenn sie in seinen Armen lag.

»Warum nicht?«, wollte er wissen.

»Hm?«

»Warum gibt es niemanden?«

Träge öffnete Kate die Augen. »Niemanden?« Sie war nicht bei der Sache.

»Warum hast du keinen Liebhaber?«

Schlagartig wich die Schläfrigkeit von ihr. Sie verschränkte ihre Finger ineinander, so fest, dass die Knöchel weiß hervortraten. »Es geht dich nichts an, ob ich einen Liebhaber habe oder nicht.«

»Gerade hast du mir gesagt, du hättest keinen.«

»Ich habe lediglich gesagt, dass ich mit niemandem verreisen möchte«, widersprach Kate.

Als sie aufstehen wollte, legte Dominic die Hand auf ihre Schulter und hielt sie zurück. »Das ist das Gleiche.«

»Nein, das ist es nicht. Aber es geht dich wirklich nichts an, Dominic, genauso wenig wie mich dein Privatleben etwas angeht.«

»Ich war mit Frauen zusammen«, entgegnete Dominic leichthin, »aber seit du von der Insel fortgegangen bist, hatte ich keine Geliebte mehr.«

Kate verspürte Freude über seine Worte, obwohl sie sich sagte, dass es ihr gleichgültig sein müsste. Abwehrend hob sie die Hand, um seine von ihrer Schulter zu schieben. »Bitte nicht. Es wäre für uns beide nicht gut.«

»Unsinn.« Dominic verschränkte seine Finger mit ihren. »Wir fühlen uns zueinander hingezogen. Und dieses Mal kennen wir die Regeln.«

Die Regeln lauteten: keine Verpflichtung, kein Versprechen. Kate kannte sie, aber wie leicht konnte sie sie vergessen! Allein schon die Berührung seiner Finger, der Blick seiner Augen banden sie stärker an Dominic, als gut für sie war. Sie wusste, dass die Regeln für sie nicht akzeptabel waren. Sie würde nicht mit Dominic zusammen sein und sich danach, ohne einen Blick zurückzuwerfen, von ihm trennen können. Der Abschied würde zu sehr schmerzen.

»Dominic, bitte, ich bin nicht dazu bereit.« Ihre Stimme war leise, nicht flehend, aber sie zeigte Kates Verletzlichkeit.

Dominic zog Kate hoch. Trotz ihrer Größe wirkte Kate neben ihm klein und zerbrechlich. Sie hatte den Kopf gehoben und sah Dominic in die Augen. Ihr Gesichtsausdruck verbot es ihm, sie zu drängen. Er hatte sich vorgenommen, Kate zu besitzen. Ungeachtet ihrer Gefühle wollte er sich nehmen, was sie ihm verweigerte. Doch der gequälte Ausdruck in ihren Augen ließ ihn zurückschrecken.

»Ich habe nicht viel Geduld, Kate.«

»Ich weiß.«

Dominic gab sie frei. »Denk daran«, warnte er sie, bevor er sich dem Ruder zuwandte. »Wir fahren jetzt in östliche Richtung und tauchen noch einmal.«

Eine Stunde später fanden Dominic und Kate nur dreißig Meter von der Kanone entfernt ein Stück Takelage.

Mit Handzeichen signalisierte Dominic, ihre Funde aufzustapeln, um sie später mit den geeigneten Mitteln an Bord des Bootes zu bringen. In der Nähe lagen viele Holzbretter. Einige von ihnen waren zu groß, um von einer Person transportiert werden zu können. Andere konnte Kate in die Hand nehmen.

Als Kate eine kleine Steingutschüssel entdeckte, die auf wunderbare Weise nicht zerbrochen war, erfüllte sie ein solches Glück, wie es Archäologen empfinden mussten, die nach langen Stunden mühsamen Grabens eine Tonscherbe aus einem früheren Zeitalter in Händen hielten.

Aufmerksam betrachtete sie ihren Fund. Es handelte sich um einen einfachen Gebrauchsgegenstand. Kate stellte sich vor, wie ein Seemann aus dieser Schüssel gegessen hatte, während einer kurzen Verschnaufpause unter Deck. Es mochte womöglich seine erste Reise über den Atlantik in die Neue Welt gewesen sein. Auf jeden Fall war es seine letzte gewesen.

Kate brachte die Schüssel zu den übrigen Gegenständen, die Dominic und sie inzwischen zusammengetragen hatten. Sie wollte sie später mit aufs Boot nehmen und für sich behalten. Alle übrigen Dinge gedachte sie einem Museum zur Verfügung zu stellen.

Danach sammelte Kate Glasstücke und Keramikscherben ein, Bruchstücke von Flaschen und Geschirr, die den Untergang des Schiffes nicht heil überstanden hatten.

Es muss die Kombüse gewesen sein, dachte Kate. In all den Jahren hatte der Wasserdruck das Schiff in seine Einzelteile zerfallen lassen. Sie lagen verstreut auf dem Meeresboden. Das Meer hatte sich diese Fremdkörper einverleibt und sie zur Heimat der Tiere und Pflanzen gemacht.

Kate benutzte ihr Messer zum Graben und suchte emsig den Meeresboden ab. Es mochte keine allzu sinnvolle Methode sein, aber sie wollte ihr Glück im Umkreis der letzten Funde versuchen. Einmal schaute sie zu Dominic, der gerade einen Gegenstand untersuchte, der die Hälfte eines Tellers hätte sein können.

Schließlich hatte Kate wieder Erfolg. Sie stieß auf einen langen Schöpflöffel. Also tatsächlich die Kombüse! Hoffentlich fand sie bald einen Gegenstand, auf dem der Name des Schiffes stand. Dann konnte sie Dominic beweisen, dass es wirklich die »Liberty« war.

Begeistert von ihrer Entdeckung, nahm sie den Schöpflöffel hoch und wandte sich zu Dominic um. Dabei kam sie direkt in den Weg eines Stachelrochens.

Dominic sah ihn sofort. Er befand sich knapp zwei Meter von Kate entfernt, als sich der flache graue Rochen durch die Schicht aus Sand und feinem Schlamm, die den Boden bedeckte, hocharbeitete.

Dominic reagierte blitzschnell. Er handelte, ohne nachzudenken. Er schoss auf Kate zu, um sie fortzuziehen, doch es war zu spät. Der Rochen schlug mit dem tückischen Schwanz aus und erwischte Kate.

Ihr Schrei wurde vom Wasser gedämpft. Dominic erkannte, dass der Rochen Kate trotz seines Rettungsversuches getroffen hatte und dass sein Gift bereits zu wirken begann. Ihr Körper versteifte sich vor Schmerz und Schock. Der Schöpflöffel entglitt ihrer Hand und sank in Zeitlupe auf den Grund des Meeres zurück.

Dominic wusste, was er zu tun hatte, wie er sich in einem derartigen Notfall verhalten musste. Dennoch war ihm der Schreck in alle Glieder gefahren. Es handelte sich nicht um irgendeinen Taucher, der sich in Lebensgefahr befand, sondern um Kate. Plötzlich spürte er, wie ihr Körper erschlaffte und wie leblos in seinen Armen hing.

Hastig legte er Kates Kopf zurück, um so die Atemwege frei zu halten. Mit einer Hand hob er ihr Kinn hoch. Den anderen Arm schlang er von hinten um sie und presste die Hand unterhalb ihres Busens auf ihren Oberkörper. Auf diese Weise hatte er Kate fest und sicher im Griff. Dann begann er, mithilfe seiner Flossen an die Oberfläche zu schwimmen.

Es war gut, dass Kate das Bewusstsein verloren hatte. Womöglich hätte sie sich sonst vor Schmerzen gekrümmt und Widerstand geleistet.

Während Dominic mit ihr der Oberfläche zustrebte, drückte er in regelmäßigen Abständen auf Kates Brustkasten, um die Luft hinauszupressen. Es bestand die Gefahr einer Embolie. Eigentlich hätten sie langsamer hochsteigen müssen, um sich den veränderten Druckverhältnissen anpassen zu können.

Dominic bewegte seine Beine gleichmäßig und schaute sich hin und wieder um. Blutete Kate? Blut zog Haie an …

Beim Boot angekommen, entfernte Dominic den Gürtel mit den Gewichten von Kates Taille. Er stützte ihren Körper mit einem Arm und befreite sich mit der anderen Hand von seinen Sauerstoffflaschen, die er danach an Bord hievte. Anschließend löste er Kates Gurte und hob ihre Sauerstoffflaschen ebenfalls über den Bootsrand.

Er sah ihr wächsernes Gesicht, als er die Maske von ihrem Kopf streifte. Kate stöhnte leise, und dieser Laut trieb ihn zur Eile an. Ihren reglosen Körper über der Schulter, kletterte Dominic die Leiter hinauf, um an Bord der »Wirbelwind« zu gelangen.

Vorsichtig legte er Kate auf den Boden und begann ohne Zögern, ihr den Taucheranzug auszuziehen. Während er den festen blauen Gummistoff über die Wunde zog, die sich oberhalb des rechten Fußes befand, untersuchte Dominic die Verletzung, die der Rochen verursacht hatte. Der Stachel am Schwanz hatte eine Wunde in ihr Fleisch geschlagen.

Nach einem letzten Blick in das bleiche Gesicht der immer noch ohnmächtigen Kate eilte Dominic hinab unter Deck, um den Erste-Hilfe-Kasten zu holen. Als er zurückkehrte, bewegte sich Kate.

Mit dem Bewusstsein kam der Schmerz. Kate spürte die Stiche in ihrem Knöchel, die alle anderen Empfindungen in ihr auslöschten. Sie rang nach Luft und versuchte sich aufzurichten. Als könne sie davonlaufen und auf diese Weise der Qual entfliehen.

»Bleib ruhig liegen«, sagte Dominic mit sanfter Stimme.

Kate ballte die Hände zu Fäusten und gehorchte. Sie öffnete die Augen und blickte in den wolkenlosen blauen Himmel. Gedanken jagten ihr durch den Kopf, doch der Schmerz war so stark, dass sie sie nicht entwirren konnte. Während sie in das endlose Blau über ihr schaute, bemühte sie sich angestrengt, sich zu konzentrieren und zu erinnern.

Der Schöpflöffel. Kate bewegte ihre Hand und merkte, dass sie ihn verloren hatte. Der Verlust dieses Gegenstandes schien plötzlich das Einzige zu sein, was sie wirklich bedrückte.

»Wir haben die Kombüse entdeckt.« Ihre Stimme klang rau und schwach. »Ich habe einen Löffel gefunden. Wahrscheinlich haben sie mit ihm früher Suppe in die Steingutschüssel gefüllt. Die Schüssel … ganz … kein Riss. Dominic …« Kate hatte immer leiser gesprochen, bis ihre Stimme schließlich völlig versagte.

Nach einer Weile drehte Kate den Kopf zu Dominic. »Es war ein Rochen, stimmt's? Ich habe nicht aufgepasst. Er musste sich dort eingegraben haben. Werde ich durch sein Gift sterben?«

»Nein«, erwiderte Dominic. Er beugte sich über sie und

legte die Hände auf ihre Schultern. Aufmerksam schaute er in ihre Augen, um festzustellen, ob sie ihn verstand. »Ja, es war ein Stachelrochen. Ein Teil des Stachels ist abgebrochen und steckt in deinem Bein, am Knöchel.« Er bemerkte die Angst, die Qual in Kates Blick und drückte zuversichtlich ihre Schultern. »Er steckt nicht allzu tief. Ich könnte ihn herausholen. Aber es wird sehr wehtun.«

Kate begriff. Sie hatte die Wahl zwischen zwei Möglichkeiten. Entweder würde Dominic sie so, wie sie war, zu einem Arzt auf Ocracoke bringen, oder er würde ihr hier auf dem Boot Hilfe leisten. Ihre Lippen zitterten, doch sie sah Dominic fest und entschlossen an.

»Tu es!«

»In Ordnung. Versuch nicht, tapfer zu sein, Kate. Schrei so viel und so laut du kannst. Ich werde mich beeilen.« Er beugte sich tiefer über sie und küsste sie hart auf den Mund. »Ich verspreche es dir.«

Kate nickte und schloss die Augen.

Dominic beeilte sich tatsächlich. Sekunden später schoss der Schmerz wie ein Blitz durch Kate hindurch. Sie holte tief Luft, um ihre Pein hinauszuschreien. Im selben Augenblick aber versank sie erneut in Ohnmacht.

Blut schoss aus der Wunde. Dominic ließ es eine Weile ungehindert laufen, weil es einen Teil des Giftes aus der Verletzung spülen würde. Er hatte ruhig und überlegt gehandelt, als er den Fremdkörper aus der Wunde gezogen hatte. Jetzt lief Kates Blut über seine Hände, und die Angst um sie schnürte ihm im Nachhinein fast die Kehle zu. Er riss sich zusammen, desinfizierte die Verletzung und verband Kates Bein.

Dann kontrollierte er ihren Pulsschlag. Er war nicht stark, aber wenigstens gleichmäßig. Mit dem Daumen schob er vorsichtig ein Augenlid hoch und betrachtete die Pupille. Kate hatte wohl keinen Schock erlitten, sondern war durch ihre Bewusstlosigkeit den Schmerzen entflohen. Das war auch das Beste.

Sekundenlang schaute er noch auf sie hinab, sanft strich er mit den Fingerspitzen über ihre Wange. Hoffentlich blieb sie bewusstlos und damit ohne Qual, bis sich ein Arzt ihrer annehmen konnte.

Dominic nahm sich nicht die Zeit, das Blut von seinen Händen zu waschen. Er stellte sich ans Steuerruder, warf den Motor an und fuhr mit voller Geschwindigkeit nach Ocracoke zurück.

8. Kapitel

Allmählich kehrte Kates Bewusstsein zurück. Langsam öffnete sie die Augen und schaute gegen eine weiße Zimmerdecke. Der wolkenlose blaue Himmel war verschwunden. Erschöpft schloss sie die Augen wieder. Sie erinnerte sich an den Schmerz, den sie zuletzt gespürt hatte, und presste ihre Augenlider fester zusammen, als könne sie auf diese Weise weiteren Qualen entgehen.

Da legte sich eine kühle Hand auf ihre Stirn, und Dominics Stimme drang leise und liebevoll zu ihr. »Es ist alles gut, Kate. Alles ist vorüber.«

Seine Worte machten ihr Mut, und sie hob erneut die Lider. Der befürchtete Schmerz blieb aus. Sie spürte allein die wohltuende Kühle von Dominics Hand.

»Dominic«, flüsterte Kate und tastete mit den Fingern über seine Hand. Ihre eigene schwache Stimme flößte ihr Angst ein.

»Es wird dir bald besser gehen, Kate. Der Arzt war hier.« Während er sprach, strich Dominic mit dem Daumen über ihre Finger und legte seine andere Hand auf ihr Haar. Es würde ihr gut tun, seine Nähe zu fühlen. Es beruhigte ihn, dass sie endlich die Augen aufgeschlagen hatte. »Doktor Bailey hat dich behandelt. Erinnerst du dich an ihn?«

Kate gab sich Mühe. Sie sah einen hageren alten Mann vor sich, der eher auf ein Fischerboot als in ein Untersuchungszimmer zu passen schien. »Ja. Er mag so gern … Bier und Scholle.«

Dominic musste lächeln. »Dein Gedächtnis hat offenbar nicht gelitten«, bemerkte er. Dann wurde er wieder ernst.

»Bailey hat gesagt, dass du noch ein paar Tage das Bett hüten musst.«

»Ich fühle mich … komisch.«

»Doktor Bailey hat dir eine Spritze gegeben. Daher rührt deine Benommenheit. Verstehst du mich?«

»Ja.« Langsam drehte Kate den Kopf und versuchte ihre Umgebung zu identifizieren. Die Wände waren in einem warmen Beigeton gestrichen, nicht in dem sterilen Weiß eines Krankenhauszimmers. Die Fußleiste aus Eichenholz glänzte matt. Auf dem Holzfußboden vor dem Bett lag ein Teppich, dessen Farben ein wenig verblichen waren. Kate erkannte ihn wieder. Ansonsten entdeckte sie keinen vertrauten Gegenstand. Als sie zuletzt in Dominics Schlafzimmer gewesen war, hatte weder die Wand einen ordentlichen Anstrich gehabt noch der Fußboden einen solchen Glanz. »Ich bin nicht im Krankenhaus«, murmelte sie. »Ich bin in deinem … deinem Haus.«

»Richtig«, bestätigte Dominic. »Ich hielt es für das Beste, dich herzubringen, nachdem Doktor Bailey dich versorgt hatte. Es war nicht nötig, dich ins Krankenhaus einzuliefern, aber es muss sich jemand um dich kümmern, was im Hotel nicht möglich ist.«

»Dein Schlafzimmer«, flüsterte sie. »Dies ist dein Schlafzimmer. Ich erkenne den Teppich wieder.«

Dominic nickte. »Hast du Hunger?«

»Ich weiß nicht.« Eigentlich empfand Kate nichts. Als sie versuchte, sich aufzurichten, wurde ihr schwindlig. Die Spritze wirkte noch und trennte das Zimmer und die Wirklichkeit durch eine Nebelwand. Kate wartete, bis der Schwindelanfall langsam vorüberging. Sie wollte lieber die Schmerzen erdulden, als länger in diesem Zustand zu bleiben, der sie so völlig hilflos machte.

Dominic richtete Kate ein Stückchen auf und stapelte fürsorglich mehrere Kissen in ihrem Rücken. »Der Arzt sagte, dass du essen musst, sobald du aufwachst. Nur ein wenig Suppe.« Er stand auf und schaute auf sie hinab. »Ich werde sie zubereiten. Bleib ganz ruhig liegen«, fügte er hinzu, während er zur Tür ging. »Du bist noch nicht kräftig genug, um aufzustehen.«

Nein, sie ist nicht bei Kräften, dachte Dominic und stieg die Treppe hinab. Er sah Kates bleiches Gesicht vor sich, dessen Farbe sich nicht von den weißen Bettlaken unterschied.

Keine Widerstandskräfte, lautete Doktor Baileys Befund. Kate hatte nicht genügend gegessen, geschlafen und sich zu sehr angestrengt. Dominic betrat die Küche und öffnete den Vorratsschrank. Wenn er auch sonst nichts tun konnte – er würde dafür sorgen, dass Kate sich richtig erholte. Bis der Arzt sie für gesund erklärte, sollte sie nichts als essen und sich ausruhen.

Dominic machte sich Vorwürfe. Er hatte gewusst, dass Kate übermüdet war, hatte ihr die Anstrengung von den Augen ablesen können und die Schatten unter ihren Augen gesehen. Aber er war zu sehr mit seinen eigenen Empfindungen, seiner Sehnsucht beschäftigt gewesen.

Unmutig legte Dominic den Dosenöffner beiseite und füllte den Inhalt der Dose in einen Topf. Dann schaltete er den Herd ein und stellte den Topf auf die Platte. Anschließend setzte er auch den Wasserkessel auf, um für sich Kaffee zu kochen.

Er brauchte eine Stärkung, und das Getränk würde ihn beleben. Einen Moment lang stand Dominic vor dem Herd und presste die Zeigefinger gegen die Schläfen. Er konnte sich nicht erinnern, jemals solch nervenaufreibende Stunden erlebt zu haben wie die vergangenen vierundzwanzig. Die Anspannung war nicht von ihm gewichen, selbst nachdem der Arzt sich um die Verletzung gekümmert und Kate, betäubt von der Spritze, regungslos in seinem Bett gelegen hatte. Er war zu besorgt gewesen, um das Zimmer auch nur für mehr als fünf Minuten zu verlassen. Das Fieber hatte unentwegt Schweiß auf Kates Stirn getrieben. Und Dominic hatte den größten Teil der Nacht damit zugebracht, neben ihr zu sitzen, sorgsam den Schweiß abzutupfen und mit Kate zu sprechen, obwohl sie ihn nicht hören konnte.

Dominic holte eine Tasse aus dem Hängeschrank und füllte einen Löffel Kaffeepulver hinein. Wahrscheinlich würde er wohl noch längere Zeit keine Ruhe finden. Er goss kochendes Wasser auf das Pulver und beobachtete, wie die hellen Schaumblasen auf der Oberfläche nach und nach zerplatzten.

In dieser Nacht hatte er Muße gehabt, über sich und Kate nachzudenken. Er hatte geglaubt, dass er sich von seiner Verbitterung und seinem Zorn befreien könnte, wenn er sie erneut besitzen würde. Als sie aber ohnmächtig auf seinem Boot gelegen hatte und ihr warmes Blut über seine Hände geströmt war, hatte er erkannt, dass er sie noch liebte.

Die Intensität dieses Gefühls verwirrte ihn. Er sah die Unterschiede zwischen sich und Kate. Es schien ihm unmöglich, einen Menschen ihrer Art zu lieben. Dennoch konnte er seine Liebe zu ihr nicht leugnen. Sie war zur Gewissheit geworden.

Dominic rührte die Suppe um und schaltete die Herdplatte aus. Im Augenblick war es das Wichtigste, dass Kate zu Kräften kam und gesund wurde. Auf diese Aufgabe wollte er sich konzentrieren.

Kate brauchte all ihre Willensstärke, um gegen die Müdigkeit anzukämpfen, die das Medikament verursachte. Während sie auf Dominic wartete, beschäftigte sie sich damit, sein Zimmer anzuschauen. Hier hatte sich manches verändert.

Die Fensterrahmen waren neu, und das Eichenholz kontrastierte gut mit der hellbeige gestrichenen Wand. Auf dem breiten Fensterbrett hatte Dominic einige schöne Muscheln verteilt, und in einer Ecke stand ein seltsam geformtes Stück Treibholz, das wie eine Skulptur wirkte. Die frühere Kleiderstange war durch einen Schrank aus dunklem Holz ersetzt worden, und die Apfelsinenkisten hatten einem Rattansessel mit ovaler Lehne Platz gemacht.

Das Bett war noch dasselbe. Das breite Bett mit dem hohen verzierten Kopfteil hatte seinen Eltern gehört. Den Rest der Wohnungseinrichtung der Eltern besaß Marsh. Nur das Bett hatte Dominic für sich behalten wollen. Er selbst war hier geboren worden, mitten in der Nacht, als die Insel von einem heftigen Sturm heimgesucht worden war.

Und er und sie, Kate, hatten sich in diesem Bett geliebt. Leicht strich sie über das Laken.

Sie hielt mitten in der Bewegung inne, als Dominic mit einem Tablett ins Zimmer trat. »Du hast dir eine Menge Arbeit mit diesem Raum gemacht«, sagte sie.

»Nur ein bisschen.« Er stellte das Tablett auf ihren Schoß und setzte sich auf den Rand des Bettes.

Der Duft der Suppe stieg Kate in die Nase, und sie schnupperte. »Riecht wundervoll.«

»Mag sein, aber vom Riechen allein wirst du weder satt noch gesund.«

Kate lächelte. Bevor sie Einwände erheben konnte, hielt Dominic ihr den ersten Löffel vor den Mund.

»Sie schmeckt genauso gut, wie sie duftet«, sagte sie wenig später und wollte den Löffel selbst in die Hand nehmen, aber Dominic ließ das nicht zu. »Ich mache es schon selbst«, begann Kate. Weiter kam sie nicht, denn schon fütterte Dominic sie weiter.

»Du brauchst nur zu essen«, sagte er kurz angebunden. »Du siehst fürchterlich aus.«

»Das kann ich mir denken«, antwortete Kate. »Ich nehme an, dass niemand wie aus dem Ei gepellt aussieht, der erst vor wenigen Stunden von einem Rochen geschlagen wurde.«

»Vierundzwanzig«, berichtigte Dominic sie und schob einen weiteren Löffel Suppe zwischen ihre Lippen.

»Vierundzwanzig was?«

»Stunden.« Dominic beachtete ihre geweiteten Augen nicht.

»Ich war vierundzwanzig Stunden ohnmächtig?« Kate schaute zum Fenster hinaus in die helle Sonne, als könnte sie dort einen Hinweis darauf finden, dass Dominic unrecht hatte.

»Bevor Doktor Bailey dir die Spritze gab, war es ein ständiges Auf und Ab. Er meinte, dass du dich später an nichts mehr erinnern würdest.«

»Ich erinnere mich wirklich an nichts.«

Das war gut, fand Dominic. Denn jedes Mal, wenn Kate für wenige Augenblicke das Bewusstsein wiedererlangt hatte, hatte sie wahre Höllenqualen ausstehen müssen. Er glaubte noch ihr Stöhnen zu hören und ihre Finger zu spüren, die sich fest um seine gekrampft hatten. Die ganze Zeit über hatte er mit ihr gelitten.

»Es muss ein sehr starkes Mittel gewesen sein, das er mir injiziert hat«, meinte Kate.

»Er hat getan, was nötig war.«

Ihre Blicke trafen sich. Zum ersten Mal bemerkte Kate die Spuren der Müdigkeit und Erschöpfung in Dominics Gesicht.

»Du bist die ganze Nacht über wach gewesen«, flüsterte sie. »Hast du dich gar nicht ausgeruht?«

»Jemand musste auf dich aufpassen«, erwiderte er. »Doktor Bailey meinte, du solltest schlafen, bis die schlimmsten Schmerzen vorüber seien. Deshalb hat er dir das Medikament gespritzt.« Obwohl Dominic sich um einen beiläufigen Tonfall bemühte, schwang Besorgnis in seiner Stimme mit. Er konnte auch nicht verhindern, dass seine nächsten Worte vorwurfsvoll klangen. »Die Verletzung ist eigentlich nicht so schlimm, begreifst du das? Du wärst nur nicht in der Lage gewesen, allein damit fertig zu werden. Bailey sagte, du hättest dich selbst bis an den Rand der Erschöpfung getrieben.«

»Das ist lächerlich. Ich …«

Dominic ließ Kate nicht ausreden, sondern gab ihr einen weiteren Löffel Suppe. »Das ist überhaupt nicht lächerlich. Ich brauchte dich nur anzusehen, um festzustellen, dass Bailey recht hatte. Du hast zu wenig gegessen, zu wenig geschlafen und dich überanstrengt. Kein Wunder, dass du auf die Nase gefallen bist.«

Die Beruhigungsspritze bewirkte, dass Kates Widerspruch gedämpft wurde. Ihre Stimme klang nicht zornig, als sie leise erwiderte: »Ich bin nicht auf die Nase gefallen.«

»Das wäre nur noch eine Frage der Zeit gewesen.« Dominic bezähmte seinen Ärger über ihre Dickköpfigkeit, ihren Unverstand. »Es ist mir gleichgültig, wie sehr du auf den Schatz erpicht bist. Du hast jedenfalls keine Freude an ihm, wenn du flach ausgestreckt liegst.«

Die Suppe tat ihre Wirkung. Sie wärmte Kate. »Das werde ich nicht.« Kate bemerkte nicht, dass ihre Worte undeutlicher wurden. »Morgen werden wir tauchen, und ich werde beweisen, dass es sich um die ›Liberty‹ handelt.«

Dominic genügte ein Blick auf Kates erschöpfte rote Augenlider und ihre blassen Wangen. »Natürlich«, sagte er und schob rasch noch einen Löffel Suppe in Kates Mund.

»Ich werde den Schöpflöffel, die Takelage und alles andere einem Museum stiften.« Kate schloss die Augen. »Meinem Vater zuliebe.«

Dominic setzte das Tablett auf den Boden. »Ja, das wirst du tun.«

»Es war ihm wichtig. Ich muss … ich muss es für ihn tun.« Sie öffnete für einen kurzen Moment die Augen. »Ich wusste nicht, dass er krank war. Er hat nie von seinen Herzbeschwerden, von den Medikamenten gesprochen. Wenn ich es gewusst hätte …«

»Du hättest nicht mehr tun können, als du ohnehin getan hast.« Dominic räumte die Kissen beiseite und bettete Kates Kopf sanft auf ein einziges Kissen.

»Ich habe ihn geliebt.«

»Ja, ich weiß.«

»Ich habe es nie geschafft, den Menschen, die ich liebte, zu sagen, was ich wollte. Ich weiß nicht, weshalb.«

»Schlaf jetzt. Wenn du gesund bist, werden wir den Schatz finden.«

Kate versank tiefer in Wärme und Dunkelheit. »Dominic …« Sie hob die Hand, und nachdem er sie umfasst hatte, schien sie beruhigt zu sein.

»Ich werde bei dir bleiben. Schlaf.«

»All die Jahre …« Sie entspannte ihre Finger. »Ich habe dich nie vergessen. Ich habe mich immer nach dir gesehnt. Immer. Ich wollte es allerdings nicht wahrhaben. Es …« Kates Stimme erstarb.

Dominic starrte auf die schlafende Kate herab. Ihr Gesicht hatte einen absolut friedlichen Ausdruck angenommen, war jedoch noch so bleich wie Marmor. Vorsichtig löste er seine Hand und führte sie an ihre Wange. Er wollte nicht darüber nachsinnen, was Kate gesagt hatte. Er brauchte auch Ruhe. Die Anstrengung des letzten Tages war nicht spurlos an ihm vorübergegangen. Er musste Kräfte sammeln, um Kate pflegen zu können.

Dominic stand auf und zog die Jalousien herunter. Dann streifte er sein Hemd ab, legte sich neben Kate auf das breite Bett und hoffte, nun endlich auch ein wenig Schlaf zu finden.

Ein dumpfer, klopfender Schmerz weckte Kate. Sie öffnete die Augen, blieb dann regungslos liegen und versuchte sich in ihrer Umgebung zurechtzufinden.

Sie konnte nun klare Gedanken fassen. Die Wirkung des Betäubungsmittels hatte aufgehört, und sie spürte die Verletzung. Die Dunkelheit um sie herum wurde von silbernem Mondlicht durchbrochen, das seitlich an den Jalousien vorbei ins Zimmer drang.

Es war Nacht. Kate hoffte, dass nur wenige Stunden seit ihrem letzten Aufwachen vergangen sein mochten und nicht wieder ein ganzer Tag.

Es erfüllte sie mit Unruhe, auf diese Weise Zeit zu verlieren. Um sich Klarheit zu verschaffen, bemühte sie sich, die Bruchstücke ihrer Erinnerung in die richtige Folge zu bringen.

Da waren zunächst die Steingutschüssel, der Schöpflöffel … und der Stachelrochen. Sie presste die Zähne fest zusammen, als spürte sie erneut den stechenden Schmerz, den der Hieb des peitschenartigen Schwanzes hervorgerufen hatte. Anschließend war sie an Bord der »Wirbelwind« aufgewacht. Sie sah den blauen Himmel über sich und hörte Dominics Worte. Sie spürte den Kuss auf ihren Lippen, den er ihr gegeben hatte, kurz bevor er den Stachel aus ihrem Fleisch zog. An die Qual dieses Augenblickes hatte sie auch noch eine sehr deutliche Erinnerung. Danach war es dunkel um sie herum geworden.

Die Fahrt zurück zur Insel, Doktor Baileys Untersuchung und die Spritze … nein, das entzog sich ihrem Bewusstsein. Das nächste Bild in ihrem Gedächtnis zeigte Dominics Schlafzimmer – die hellen Wände, den blanken Fußboden, den Teppich.

Später hatte Dominic ihr Suppe zu essen gegeben. Die nachfolgenden Ereignisse verschwanden wieder in einem Dunstschleier. Irgendetwas musste Dominic geärgert haben. Er hatte ihr Vorwürfe gemacht, oder? Ja, seine Stimme hatte vorwurfsvoll geklungen. Doch weswegen?

Sie grübelte noch darüber nach, als ihr bewusst wurde, dass jemand an ihrer Seite ruhig und gleichmäßig atmete. Sie drehte den Kopf. Dominic?

Ja, Dominic. Wer denn sonst? In dem schwachen Mondlicht sah sie ihn nur schemenhaft, doch es konnte einfach nur Dominic sein.

Er hatte ihr versprochen, in ihrer Nähe zu bleiben. Die Müdigkeit hatte ihn übermannt. Seine Fürsorge berührte Kate tief. Sie verspürte Dankbarkeit und Liebe. Sanft strich sie über seine Wange.

Obwohl Kates Berührung so leicht wie der Flügelschlag eines Schmetterlings war, weckte sie Dominic sofort. Er hatte geschlafen, tief genug, um sich zu erholen, dennoch immer bereit, auf das leiseste Anzeichen hin aus seinem Schlummer aufzuwachen, um für Kate da zu sein. Er richtete sich auf und rieb sich die Augen.

Diese Geste wirkte jungenhaft und rührend. »Ich wollte dich nicht wecken«, flüsterte Kate.

Dominic streckte die Hand aus und schaltete die Lampe auf dem Nachttisch ein. Dann wandte er sich Kate zu. »Hast du Schmerzen?«, erkundigte er sich. »Tut dir dein Bein weh?«

»Nein.«

Prüfend betrachtete er ihr Gesicht. Der matte Ausdruck, den das Betäubungsmittel verursacht hatte, war aus ihren Augen gewichen, aber nun lag ein schmerzvoller Zug um ihre Lippen. »Kate?«

Stille.

»Kate!«

»Also gut. Ein bisschen.«

»Doktor Bailey hat Tabletten dagelassen.«

Dominic wollte aufstehen, doch Kate hielt ihn zurück. »Nein, keine Tabletten. Sie machen mich gewiss auch benommen.«

»Sie lindern Schmerzen.«

»Mag sein, aber … Dominic, nicht jetzt, bitte. Ich verspreche dir, ich schlucke das Zeug, wenn ich es vor Schmerzen nicht mehr aushalten kann.«

Ihre Stimme klang so flehentlich, dass Dominic nachgab. »Na schön.« Nach einer kurzen Pause fragte er: »Bist du hungrig?«

Kate schüttelte den Kopf. »Nein.« Dann: »Es ist bestimmt mitten in der Nacht. Ich habe vorhin versucht, mich nach all dem, was geschehen ist, zurechtzufinden.« Sie berührte seine Schulter. »Du solltest weiterschlafen.«

»Ich hatte genügend Schlaf. Außerdem bist du die Patientin.« Dominic legte die Hand auf ihre Stirn, um zu prüfen, ob Kate Fieber hatte. Sie bedeckte seine Finger mit ihren.

»Vielen Dank, Dominic.« Er wollte die Hand zurückziehen, aber Kate hielt sie fest. »Du hast mich sehr gut gepflegt.«

»Irgendjemand musste es tun«, entgegnete er. Die Antwort kam ein wenig zu schnell, was verriet, dass er gegen die Gefühle ankämpfte, die Kates Nähe in ihm hervorrief, und gegen die Erinnerungen, die mit dem großen weichen Bett verbunden waren, auf dem sie lagen.

»Du bist die ganze Zeit über nicht von meiner Seite gewichen.«

»Wo hätte ich auch hingehen sollen?«, brummelte er.

Kate lächelte. »Ja, wohin?« Sie runzelte die Stirn. »Dominic?«

»Hm?«

»Als du mich gefüttert hast … aus irgendeinem Grund warst du mir böse.«

»Ja, weil du deine eigene Gesundheit vernachlässigt hattest.«

Er schaute sie an. Ihre Augen waren groß und dunkel und strahlten jene Unschuld aus, die ihn von Anfang an gefesselt hatte. Dominic sehnte sich danach, Kate in seine Arme zu schließen, so lange, bis sie keine Schmerzen mehr verspürte. Doch wenn er das tun würde, gäbe es kein Zurück mehr. Um der Versuchung zu entgehen, machte Dominic erneut Anstalten, Kate seine Hand zu entziehen.

Kate ließ es nicht zu. »Ich wäre bestimmt im Meer gestorben, wenn du nicht bei mir gewesen wärst, mich nicht …« Sie verstummte, ein Schauer überlief sie.

»Deshalb ist es besser, mit einem Partner zu tauchen.«

»Hättest du dich später nicht weiter so sehr um mich gekümmert, hätte ich die Verletzung womöglich nicht überlebt.«

Dominic zuckte die Schultern und versuchte zu ignorieren, dass sie sein Gesicht streichelte. Sie hatte es früher oft getan, bevor sie sich geliebt hatten. Oder danach. Jedenfalls hatte sie sein Gesicht so abgetastet, als wollte sie sich seine Züge für immer einprägen.

Er konnte ihre Liebkosung nicht länger ertragen, umfasste ihre Handgelenke und zog ihre Hände hinab. »Die Verletzung war nicht lebensgefährlich«, sagte er leichthin.

»Ich habe noch nie einen solchen Rochen gesehen.« Kate zitterte.

»Denk nicht mehr darüber nach. Es ist vorbei.«

Vorbei. Nichts schien wirklich für alle Zeit vorüber zu sein. Kate blickte Dominic in die Augen. Vier Jahre lang hatte sie sich bemüht, Freude und Leid zu vergessen und sich eingeredet, ihre Liebe zu Dominic mit Routine überdecken zu können, mit dem Zeitplan, den sie ihrem Leben aufgezwängt hatte. Nun erkannte sie, dass das alles vergebens gewesen war. Dominic schien ihr Schicksal zu sein …

»Halt mich fest«, bat sie leise.

Er erwiderte ihren Blick. Etliche Fragen schossen ihm durch den Kopf. Versuchte sie, ihn aus dem Gleichgewicht zu bringen? Wollte sie wissen, ob sie noch Macht über ihn besaß? Was ging in ihr vor?

»Kate«, sagte er schließlich. »Du solltest wieder schlafen. Morgen …«

»Ich will nicht an morgen denken«, unterbrach Kate ihn. »Nur an diesen Augenblick. Und jetzt brauche ich dich.« Jäh schlang sie die Arme um Dominic und schmiegte ihren Kopf an seine Schulter.

Kate spürte Dominics Widerstand, sein Zögern. Und dann spürte sie, dass er sie an sich drückte, atmete tief durch und schloss die Augen. Wie sehr hatte sie seine Zärtlichkeiten entbehrt! Niemand hatte sie je so liebevoll umfangen gehalten wie er.

Seltsamerweise habe ich es damals nie als Gegensatz empfunden, dass Dominic auf der einen Seite hochmütig und leichtsinnig sein kann und auf der anderen einfühlsam und verständnisvoll, dachte sie verwundert und suchte nach einer Erklärung.

Wahrscheinlich hatten seine Sorglosigkeit und seine selbstsichere Art sie anfangs fasziniert, seine Liebkosungen aber einen tieferen Eindruck bei ihr hinterlassen. Erst jetzt verstand sie es, erst jetzt akzeptierte sie ihr Verlangen, das stets auf ihn gerichtet gewesen war. Gehörte es nicht auch zu ihrem Leben, dieses Verlangen zu stillen?

Dominic gab sich seinen Empfindungen hin. Kates Leib war so schlank, so fest unter dem dünnen Nachthemd. Ihr weiches Haar lag ausgebreitet über seinen Armen. Er fühlte ihre Handflächen auf seinem Rücken. Ihre Hände waren so fein und schmal. Sie schienen eher zu einer Künstlerin, einer Pianistin zu passen als zu einer Lehrerin. Kates Atem ging ruhig, und ihre Haut, ihr Nachthemd dufteten so unverwechselbar und verführerisch.

Mit einem Mal zog Ruhe in Dominics Herz ein. Es erfüllte ihn eine Zufriedenheit, nach der er sich lange Zeit unbewusst gesehnt hatte. Die Anspannung wich aus seinen Muskeln, er wurde freier, vergrub sein Gesicht in Kates Haaren und schloss ebenfalls die Augen. Es erschien ihm wie eine Ewigkeit, seit er zuletzt ein so stilles Glück erfahren hatte. Ob Kate ahnte, dass er ebenso sehr einen Halt brauchte wie sie?

Kate fühlte, wie sich Dominic entspannte. Sie fragte sich, ob sie der Anlass für seine Verkrampfung gewesen sei und ob er durch ihre Nähe jetzt ruhiger geworden war. Hatte sie ihn einst stärker verletzt und waren seine Gefühle für sie tiefer, als sie je vermutet hatte?

Kate schob die Fragen beiseite und dachte über die Regeln nach, die sie beide kannten und nach denen sie sich dieses Mal würden richten müssen. Plötzlich war sie bereit, diese Regeln zu akzeptieren. Gut, sie würde nicht mehr erwarten, als Dominic ihr geben konnte. Was er ihr bot, war auf jeden Fall viel mehr als das, was sie in langen, düsteren Jahren ohne ihn gehabt hatte. Dafür wollte sie ihm ihre Liebe schenken.

»Es ist genau wie früher«, flüsterte Kate. Sie legte den Kopf in den Nacken und sah Dominic an. Ihr langes Haar glänzte seidig, und ihre Augen blickten ernst und ehrlich.

»Kate …«

»Ich habe es nicht für möglich gehalten, dass ich genauso wie damals empfinden würde«, unterbrach sie ihn. »Sonst wäre ich wohl nicht zurückgekehrt. Ich hätte nicht den Mut dazu gehabt.«

»Kate, du bist krank.« Dominic sprach langsam, so als müsste er sich selbst und Kate überzeugen. »Du hast viel Blut verloren, hattest Fieber. Das hat dich sehr geschwächt. Es wäre das Vernünftigste, meine ich, wenn du versuchen würdest, wieder zu schlafen.«

Kate fühlte sich nicht schwach. Sie fühlte sich frei und leicht und war voller Verlangen. »Neulich während des Sturms hast du gesagt, ich würde zu dir zurückkommen.« Sie ließ ihre Hände an seinem Rücken emporgleiten, bis sie seine Schultern erreichte. »Du hattest recht. Ich bin zu dir zurückgekommen. Liebe mich, Dominic, hier in dem Bett, in dem wir uns zum ersten Mal geliebt haben.«

»Kate, dir ist nicht gut.«

»Gut genug, um zu wissen, was ich will«, erwiderte sie. Mit den Lippen strich sie über Dominics Kinn, auf dem raue Bartstoppeln wuchsen. Dann fuhr sie fort: »Gut genug, um zu wissen, was ich brauche. Ich brauche dich, Dominic.« Sie verstärkte den Druck ihrer Hände auf seinen Schultern. Ihre Lippen befanden sich nur wenige Zentimeter entfernt von seinem Mund. »Immer nur dich.«

Dominic vermochte seine Sehnsucht kaum noch zu bezähmen. »Vielleicht bereust du es morgen«, sagte er. Seine Stimme klang heiser.

Kate lächelte ihn an. »Jedenfalls bleibt uns diese Nacht.«

Ihre Wärme, ihr weicher Körper waren unwiderstehlich. Dominics Verlangen wurde übermächtig. Dennoch vergaß er nicht, wie schwach, wie zerbrechlich Kate noch war, und nahm sich vor, sie mit so viel Zartgefühl und Vorsicht zu lieben wie beim ersten Mal vor vier Jahren.

»Ja, jedenfalls bleibt uns diese Nacht«, wiederholte er und drückte Kate sanft in die Kissen zurück.

Dann beugte er den Kopf und berührte behutsam ihren

Mund. Kate öffnete die Lippen, begierig, Dominics Kuss zu empfangen. Ohne Eile, ohne Druck kostete Dominic die Süße ihrer Lippen. Und während er mit der Zunge langsam und liebevoll ihren Mund erkundete, stieg ein tiefes Glücksgefühl in ihm auf.

Mit den Fingerspitzen tastete Kate über sein Gesicht. Sie streichelte die rauen Bartstoppeln, die glatte Haut seiner Stirn. Ihr Herz pochte laut.

Dominic flüsterte ihr zärtliche Worte zu. Wenig später küsste er sie erneut voller Zärtlichkeit. Allmählich versank Kate tiefer und tiefer in einem weichen Nebel, als stünde sie wieder unter dem Einfluss des Betäubungsmittels.

Dominic spürte ihren biegsamen Leib, die Hingabe, die sie stets gezeigt hatte. Später würde ihre Liebe wilder, heftiger werden, ihm den Atem verschlagen. Doch solange sie sich in diesem süßen Anfangsstadium befand, ließ er sich von ihrem Zauber gefangen nehmen.

Er strich leicht über Kates Nachthemd. Der dünne Stoff, der seine Haut von ihrer trennte, reizte sie beide gleichermaßen. Kate passte ihre Bewegungen Dominics Liebkosungen an. Jede Berührung, jeder Kuss raubte ihr mehr die Besinnung. Sie vertraute sich bereitwillig seiner Führung an – in der Gewissheit, dass sie höchste Wonnen empfangen würde.

Leise stöhnend ließ Dominic seine Hände über ihren Busen gleiten. Ihre Haut, der Stoff ihres Nachthemdes waren weich, sodass die harten Spitzen ihrer Brüste einen erregenden Kontrast bildeten. Er verweilte bei den vorstehenden Knospen, liebkoste sie abwechselnd mit den Fingerspitzen. Während Kates Atem schneller wurde, knöpfte er nach und nach ihr Nachthemd auf. Er nahm sich Zeit, schob langsam den Stoff zur Seite, als enthüllte er einen kostbaren Schatz.

Dominic hatte nicht vergessen, wie schön Kate war. Er

konnte sich nicht sattsehen an ihrer vertrauten zarten Gestalt, betrachtete ihren Leib, berührte ihn mit seinen kräftigen Händen. Seine Haut war braun gebrannt, ihre hell wie Elfenbein. Schließlich drückte er die Lippen auf die Stelle, die er zuvor mit der Hand gestreichelt hatte, und verfolgte mit dem Mund den Weg seiner Hände.

Kate begann sich unter ihm zu winden. Heiß schoss das Blut durch ihre Adern. Ihr Herz schlug rasend schnell. Es schien jahrelang unter einer dicken Eisschicht begraben gewesen zu sein, bis Dominic es zu neuem Leben erweckt hatte. Sie hörte, wie er ihren Namen flüsterte. Die Zeit verlor jegliche Bedeutung. Es gab kein Gestern und kein Morgen mehr. Für Kate zählten allein Dominics Liebkosungen und sein Atem, der über ihren Körper strich. Der Duft seiner Haut, der Geschmack seiner Lippen weckten Erinnerungen an das Meer in ihr. Wie hatte sie all dies einmal besitzen und dann verlassen können?

Dominic hob Kates Oberkörper leicht an und streifte ihr das Nachthemd vollends ab. Danach ließ er sie auf das warme, glatte Laken zurückgleiten. Seine Lippen wanderten über ihre Brüste, ihre Taille, ihren flachen Bauch zu ihrem Schoß und entfachten ein Feuer, das von ihrem ganzen Körper Besitz ergriff.

Hinter ihren geschlossenen Augenlidern sah Kate den Sonnenaufgang über dem Meer, wie sie ihn an ihrem ersten Morgen auf Ocracoke beobachtet hatte. Ihr war, als breiteten sich das rot glühende Licht und die Wärme der Sonnenstrahlen in ihr aus.

Dominic spürte, wie die Leidenschaft Kate mit sich fortriss. Er schenkte ihr größte Wonnen, indem er mit der Zungenspitze äußerst empfindliche Stellen liebkoste oder sie mit den Fingerspitzen abtastete. Es verlieh ihm ein Gefühl der Macht, Kate in Ekstase versetzen zu können. Flüchtig wunderte er sich darüber, dass er sein eigenes Verlangen unter Kontrolle zu halten vermochte und trotzdem eine überwältigende Lust empfand.

Plötzlich bäumte Kate sich auf. »Dominic«, flüsterte sie. »Dominic!« Sie schlang die Arme um ihn, zog ihn fest an sich und rieb sich drängend an ihn. Wie eine Verhungernde presste sie die Lippen auf die seinen und küsste ihn mit ungestümer Begierde. Dann gab sie seinen Mund frei und bedeckte sein Gesicht und seinen Hals mit Küssen. Ihre Hände glitten über seinen Rücken, kneteten die straffen Muskeln.

Irgendwann konnte Dominic seine Erregung nicht mehr bezähmen. »Du bringst mich um den Verstand!«, stieß er heiser hervor.

»Komm«, wisperte Kate. »Komm ganz zu mir.«

»Schau mich an«, bat Dominic, bevor er in sie eindrang. »Ich möchte deine Augen sehen, wenn wir uns lieben.«

Kate bog sich ihm entgegen. Ein Stöhnen entfuhr ihr, und ihre Augen wurden dunkel und weit vor Lust, während Dominic sie hinabzog in einen schier endlosen Strudel der Lust. Er bemerkte, dass sich ihre Wangen röteten, sah, wie ihre Lippen zitterten, als sie wieder und wieder seinen Namen flüsterte.

Sie bewegten sich langsam miteinander, waren in vollkommener Harmonie vereint. Dominic beschleunigte den Rhythmus. Dabei ließ er Kate nicht aus den Augen. Unaufhörlich strebten beide einem Ziel entgegen und erreichten gemeinsam den Gipfel höchster Ekstase.

9. Kapitel

Kate schlief noch fest, als Dominic erwachte. Er bemerkte erfreut, dass ihre Wangen nicht mehr bleich waren.

Zärtlich strich er über Kates Haar, legte die Hand kurz auf ihre Stirn. Die Haut war kühl und trocken. Kate befand sich auf dem Weg der Besserung.

Das Glück, das sie ihm in der vergangenen Nacht geschenkt hatte, bedeutete Dominic umso mehr, da Kate ihn freiwillig und ohne belastende Schatten der Vergangenheit geliebt hatte. Er wollte sich dieses Glück erhalten.

Dominic war entschlossen, sie nicht ein zweites Mal ziehen zu lassen. Er hatte Kate vor vier Jahren verloren, hatte sie vielleicht nie richtig besessen. Jedenfalls nicht in der Weise, wie er gedacht, wie er es als selbstverständlich vorausgesetzt hatte. Dieses Mal würde er sich anders verhalten. Er würde Kate geben, was sie brauchte. Einerseits schien sie ihm so hilfsbedürftig, andererseits besaß sie einen starken Charakter, der sie zum gleichwertigen Partner machte.

Nachdenklich schaute Dominic vor sich hin. Warum hatte er ausgerechnet bei Kate das sichere Gefühl, sie wäre die richtige Frau für ihn? Die Antwort auf diese Frage fand er nicht.

Aus Unbeholfenheit, Hochmut und Unerfahrenheit oder was auch immer hatte er seine Beziehung zu Kate einmal aufs Spiel gesetzt. Nun hatte er eine zweite Chance und wollte sie besser nutzen. Er benötigte Zeit dafür.

Vorsichtig stand Dominic auf, zog sich an, ohne Licht zu machen, und verließ das Schlafzimmer.

Allmählich erwachte Kate aus ihrem Schlaf. Eigentlich wollte sie noch nicht wach werden, sondern zurückgleiten in ihren schönen, friedlichen Traum, aber es gelang ihr nicht.

Im Zimmer war es dunkel und Kate noch ein bisschen schlaftrunken. Zunächst wusste sie nicht, woher der dumpfe Schmerz an ihrem Fuß rührte. Wie konnte sie Schmerzen haben, wenn sie so glücklich war? Sie streckte die Hand nach Dominic aus. Aber der Platz neben ihr war leer.

Sofort verflog alle Müdigkeit. Hastig richtete Kate sich im Bett auf. Sie ignorierte das Klopfen in ihrem Bein, das mit jeder Bewegung stärker wurde.

Hatte sie nur geträumt? Zögernd tastete sie über das Laken neben ihr. Es fühlte sich kalt an. War alles nur ein Produkt ihrer Fantasie gewesen, hervorgerufen durch Medikamente? Vermochte sie wirklich in Gedanken so intensive Bilder der Zärtlichkeit, der Leidenschaft heraufzubeschwören?

Sie hatte sich nach Dominic gesehnt. An das starke Verlangen nach ihm erinnerte sie sich noch deutlich. Aber danach? Alles nur ein Traum?

Der Platz neben ihr war leer, das Laken kalt und Kate allein. Alle Anzeichen sprachen dafür, dass sie sich die Ereignisse der letzten Nacht eingebildet hatte.

Die Zufriedenheit, die sie beim Erwachen verspürt hatte, verschwand schlagartig. Kate verspürte fast Dankbarkeit, den Schmerz in ihrem Fuß wahrnehmen zu können. Das war wenigstens Wirklichkeit, während alles andere wie eine Seifenblase zerplatzt war.

»Du bist ja schon wach.«

Beim Klang von Dominics Stimme zuckte Kate zusammen. Ihre Nerven waren zum Zerreißen gespannt.

Dominic trat mit einem Tablett ins Schlafzimmer. »Also brauche ich dich nicht aus deinem süßen Schlummer zu reißen. Guten Morgen, Darling. Es gibt Frühstück!«

Er stellte das Tablett auf dem Nachttisch ab und ging zu den Fenstern, um die Jalousien hochzuziehen. Die helle Morgensonne fiel in das Zimmer.

»Wie hast du geschlafen?«, erkundigte er sich und kehrte zum Bett zurück.

»Gut.« Um ihre Verlegenheit zu verbergen, faltete Kate die Hände auf der Bettdecke und saß völlig ruhig. »Ich möchte dir für alles danken, was du für mich getan hast.«

»Das hast du bereits getan. Es war und ist aber nicht nötig.« Dominic schaute auf sie hinab und betrachtete sie aufmerksam. »Du hast Schmerzen«, erriet er.

»Sie sind nicht schlimm.«

»Dieses Mal nimmst du eine Tablette.« Dominic platzierte geschickt das Tablett vor ihr. Danach holte er bedächtig eine kleine Dose von der Kommode. »Keine Widerrede«, sagte er, um Kates Weigerung zuvorzukommen.

»Dominic, es tut wirklich nicht sehr weh.« Fieberhaft überlegte Kate, wann Dominic ihr schon einmal eine Tablette hatte geben wollen. Eine deutliche Erinnerung blieb aus, was ihren Unmut verstärkte. Mit leicht vorgerecktem Kinn wiederholte sie: »Wirklich nicht.«

»Es ist egal, wie weh es tut.« Dominic setzte sich auf den Rand des Bettes und legte eine Tablette in Kates Hand. »Ich möchte, dass du überhaupt keine Schmerzen erleidest.«

Er strich mit seinen Fingern über ihre. Dieser leichte Kontakt löste Wärme in Kate aus und brachte ihr endlich auch Gewissheit. Sie schaute Dominic in die Augen. »Ich habe es doch nicht geträumt.«

»Was?« Dominic reichte Kate ein Glas Saft.

»Vergangene Nacht. Als ich vorhin aufwachte … nun …, ich meinte, alles sei nur ein Traum gewesen.«

Er lächelte und beugte sich vor, um sie auf den Mund zu küssen. »Hm …«

»Dominic!«

»Wenn es so gewesen ist, habe ich den gleichen Traum gehabt.« Er berührte noch einmal ihre Lippen. »Es war wundervoll.«

»Dann spielt es keine Rolle, ob es ein Traum war.«

»Oh nein, ich ziehe die Wirklichkeit vor.«

Kate lachte auf und wollte die Tablette heimlich verschwinden lassen, da umfasste Dominic ihr Handgelenk.

»Du hast Schmerzen«, sagte er. »Ich sehe es dir an. Ich kann es an deinen Augen ablesen. Die Spritze wirkt schon seit mehreren Stunden nicht mehr, Kate.«

»Ihretwegen war ich den ganzen Tag lang ohne Bewusstsein«, erwiderte sie fast trotzig.

»Dieses Medikament ist mild, dient nur zur Linderung der Schmerzen. Bitte, Kate.« Sein Griff wurde fester. »Ich musste tatenlos zuschauen, wie du mit hohem Fieber gegen das Gift angekämpft hast, wie du …«

»Vergiss es, Dominic«, unterbrach Kate ihn.

»Wenn schon nicht für dich selbst, dann nimm die Tablette um meinetwillen«, drängte er.

»Um deinetwillen?«

Dominic fuhr mit der Hand über ihr Haar, hob dann ihr Kinn hoch und sah ihr in die Augen. »Ich kann dir nicht beschreiben, wie schlimm die Stunden nach deinem … deinem Unfall für mich waren, Kate. Ich könnte es einfach nicht ertragen, wenn du noch einmal Qualen durchstehen müsstest.«

Schweigend senkte Kate die Lider und nahm die Tablette. Während sie den Saft trank, zog Dominic leicht an ihrem Haar.

»Sie hat kaum mehr Wirkung als Aspirin, Kate. Bailey sagte, dass er dir etwas Stärkeres verschreiben würde, wenn es nötig sein sollte. Aber ihm wäre es lieber, wenn dieses Medikament ausreichte.«

»Es wird schon gehen. Die Verletzung ist eher unangenehm als schmerzhaft.«

Dominic wusste, dass das eine Lüge war. Aber er schwieg, wollte die Stimmung nicht zerstören, den hoffnungsvollen Wiederbeginn nicht im Keim ersticken.

»Hat Doktor Bailey auch gesagt, wann ich wieder tauchen kann?«, fragte Kate.

»Tauchen?« Dominic traute seinen Ohren nicht. Er hatte mittlerweile den Teller entfernt, den er über einen zweiten mit Kates Frühstück gestülpt hatte, um es warm zu halten. »Du wirst den Rest der Woche das Bett nicht verlassen dürfen, Kate.«

»So lange soll ich … oh nein, das darf nicht wahr sein!«, rief Kate entsetzt, ohne die große Portion Eier mit Schinken und Toast vor sich zu beachten. »Dominic, ich wurde von einem Rochen gestreift, nicht von einem Hai angefallen.«

»Ja, ein Rochen hat dich mit seinem Schwanz getroffen«, erwiderte Dominic. »Und deine Widerstandskräfte waren praktisch gleich null. Doktor Bailey hätte dich fast ins Krankenhaus einliefern lassen, so jämmerlich war dein Zustand. Ich kann mir zwar vorstellen, dass du nach dem Tod deines Vaters einiges durchgemacht hast, aber du hättest wenigstens ein bisschen auf dich achtgeben können.«

»Ärzte übertreiben gern.«

»Bailey nicht«, erklärte Dominic ihr mit fester Stimme. »Er mag ein bärbeißiger Mensch sein, doch er versteht etwas von seinem Beruf. Er sagte mir, dass du dich selbst bis an den Rand der Erschöpfung getrieben, keinerlei Widerstandskräfte und gute zehn Pfund Untergewicht hättest.« Dominic nahm die Gabel vom Tablett. »Dagegen werden wir etwas unternehmen, Frau Lehrerin, und zwar sofort.«

Kate begutachtete das Essen vor sich. Für diese Portion musste Dominic vier große Eier in die Pfanne geschlagen haben. Außerdem zählte sie sechs Scheiben Schinken und vier Scheiben Toast. »Du meine Güte!«, entfuhr es ihr.

»Du musst zu Kräften kommen.« Dominic nahm ihre Hand in die seine und drückte sie. »Und ich werde dafür sorgen, Kate, ob es dir gefällt oder nicht.«

Sie sah ihn ernst an. »Ich weiß noch nicht, ob es mir gefällt. Aber das werden wir schon herausfinden.«

Dominic spießte den ersten Bissen auf die Gabel. »Iss«, befahl er.

Kate musste lächeln. Sie war noch nie in ihrem Leben so umsorgt worden. Ihr schien, dass sie sich allzu leicht an diese Fürsorge würde gewöhnen können. »In Ordnung, aber dieses Mal esse ich allein.«

Insgeheim beschloss Kate um des lieben Friedens willen, die Hälfte der Riesenportion zu verzehren. Womit sie, ohne es zu wissen, genauso handelte, wie Dominic es vorausgesehen hatte. Wenn er eine kleinere Portion zubereitet hätte, hätte Kate auch von ihr nur die Hälfte und somit viel weniger gegessen. Er kannte Kate besser, als sie ahnte.

»Du warst schon immer ein hervorragender Koch«, lobte Kate, während sie ein Stück Schinken zerteilte. »Du kochst viel besser als ich.«

»Wenn du ein braves Mädchen bist, werde ich heute Abend eine Scholle braten.«

»Wie brav muss ich sein?«, fragte Kate. Sie erinnerte sich an die vielen köstlichen Fischgerichte, die Dominic früher für sie zubereitet hatte.

Dominic schmunzelte nur. Er nahm eine Scheibe Toast entgegen, die Kate ihm reichte, und beschmierte sie mit Butter und Marmelade. »Vielleicht werde ich warmen Apfelstrudel aus dem ›Roost‹ zum Nachtisch kommen lassen«, meinte er dann.

»Hm. Sieht so aus, als müsste ich ganz brav sein, um all die Köstlichkeiten zu bekommen.«

»Richtig, richtig.«

»Dominic …« Kate begann in ihrem Rührei herumzustochern. »Gestern Nacht, was passierte …«

»… hätte niemals zu Ende gehen dürfen«, vollendete Dominic ihren Satz.

Kate blickte zu ihm auf. »Ich bin mir nicht so sicher.«

»Aber ich«, sagte er, beugte sich vor und küsste zärtlich ihre Nasenspitze. »Sprich jetzt nicht darüber, Kate. Wenn es schon kompliziert werden muss, lass uns warten, bis sich andere Dinge geklärt haben.«

Kompliziert. Hielt er es für eine Komplikation, was zwischen ihnen geschehen war? Betroffen schaute Kate auf ihren Teller, dachte eine Weile nach. Nein, sicherlich meinte er es nicht so.

»Einerseits habe ich das Gefühl, zurückzukehren zu jenem Sommer vor vier Jahren«, sagte sie schließlich. »Andererseits ist es aber …«

»… wie ein Schritt nach vorn«, führte Dominic ihren Gedanken zu Ende.

»Ja«, stimmte Kate impulsiv zu und ergriff seine Hand. Obwohl Dominic so wenig über ihre Beziehung sprach, schien er sie zu verstehen. Mochte er auch manchmal etwas rau sein, er empfand im Grunde wie sie. »Ich finde es allerdings ein bisschen beunruhigend.«

»Ich habe es eigentlich nicht gern, wenn es im Leben wie

bei ruhiger See zugeht. Ein paar Wellen machen die Fahrt interessanter.«

»Mag sein.«

Ob Kate in die Vergangenheit zurückkehrte oder in die Zukunft schritt, war Dominic im Grunde gleichgültig. Wichtig schien ihm nur, dass sie sich auf ihn zubewegte, ihm näher kam.

»Ich kann nichts mehr essen.«

»Das habe ich mir gedacht.« Dominic nahm eine zweite Gabel vom Tablett und begann die Überbleibsel ihres Frühstückes zu verzehren. »Du hast wahrscheinlich schon mehr gegessen, als du sonst in einer ganzen Woche frühstückst.«

»Allerdings.« Kate lehnte sich gegen die in ihrem Rücken gestapelten Kissen. Wie gut Dominic es verstanden hatte, sie zu überlisten! Zu ihrer Verärgerung stellte sie fest, dass sie wieder müde wurde. Sie durfte einfach keine Medikamente mehr nehmen.

Ohne diese Mittel und stattdessen mit kurzen Spaziergängen an der frischen Luft würde sie schneller genesen. Sie musste Dominic irgendwie von der Richtigkeit ihrer These überzeugen.

Während Dominic aß, schaute Kate zum Fenster hinaus in die strahlende Sonne. »Ich möchte keine ganze Woche verlieren.«

»Ich werde zum Wrack hinabtauchen«, erklärte Dominic, ohne von seinem Essen aufzublicken. Er wusste nur zu gut, in welche Richtung Kates Blick ging und in welche Richtung ihre Gedanken schweiften. »Morgen und übermorgen auch.«

»Allein?«

Er hörte die Besorgnis in ihrer Stimme. »Ich bin schon oft allein getaucht«, beruhigte er Kate und spießte das letzte Stück Schinken auf.

Kate war klar, dass es keinen Sinn haben würde, ihn auf

die Gefährlichkeit eines solchen Unternehmens hinzuweisen. Dominic kannte das Risiko, im Übrigen entsprach es seinem einzelgängerischen Wesen, ohne Partner zu tauchen. Sie versuchte also eine andere Taktik. »Wir suchen die ›Liberty‹ zusammen, Dominic.«

Dominic warf ihr einen prüfenden Blick zu und griff anschließend nach dem Becher Kaffee, den sie nicht angerührt hatte. »Hast du Angst, ich könnte mich mit dem Schatz auf und davon machen?«

»Natürlich nicht. Wenn ich kein Vertrauen zu dir hätte, hätte ich dir erst gar nicht die Karten gezeigt.«

»Hm …« Dominic trank einen Schluck Kaffee. »Wenn ich weitertauche, während du dich erholst, verlieren wir keine Zeit.«

»Ich möchte dich aber auch nicht verlieren!«, entfuhr es Kate. Abrupt wandte sie sich ab und schaute zur Seite. Sie hatte das nicht äußern wollen, weil ihre Beziehung ohne Bindungen und zeitlich befristet sein sollte. Und nun waren ihr diese Worte einfach herausgerutscht.

Dominic saß regungslos und ließ die Bedeutung ihrer Bemerkung auf sich wirken. Schließlich brach er die Stille. »Du würdest dir wirklich Sorgen um mich machen?«

Wütend drehte sich Kate zu ihm um. Sein zufriedener, selbstgefälliger Gesichtsausdruck brachte sie noch mehr auf. »Nein, ich würde mir keine Sorgen machen. Dummköpfe wie du haben im Allgemeinen einen guten Schutzengel.«

Dominic stellte das Tablett auf den Boden neben dem Bett und lächelte Kate schelmisch an. »Kate, ich hätte es gern, wenn du dich um mich sorgtest, wenigstens ein ganz klein wenig.«

»Es tut mir leid. Den Gefallen kann ich dir nicht erweisen.«

»Deine Stimme klingt immer sehr gouvernantenhaft, wenn du böse bist«, sagte Dominic. »Mir gefällt das.«

»Ich bin keine Gouvernante.«

Dominic strich über ihr offenes Haar. Er musste ihr recht geben. Sie sah viel sanfter und attraktiver aus. »Deine Stimme klingt so, als gehöre sie zu einer dieser hübschen, wohlerzogenen Damen, die in früheren Zeiten in ihrem Salon saßen und Tee aus feinem zerbrechlichen Porzellan tranken«, zog er sie auf.

Kate schob seine Hand fort, wollte sich nicht von seiner Nähe beeinflussen lassen. »Sollte ich stattdessen schimpfen?«

»Das gefällt mir auch. Manchmal. Aber am liebsten ist es mir, wenn du mich anlächelst.« Er küsste sie auf die Wange. »So, wie du sonst niemanden anlächelst.«

Kate versteifte sich ein bisschen. Wenn sie nicht aufpasste, würde sie von ihrem Vorhaben abgelenkt werden. »Ich würde mich hier schrecklich langweilen«, sagte sie. »Mir graut vor der Vorstellung, hier Stunde um Stunde herumsitzen zu müssen und nichts tun zu können.«

»Ich besitze eine Menge Bücher.« Dominic nestelte an Kates Nachthemd.

»Ach …«

»Du könntest auch Kreuzworträtsel lösen.«

»Nein, vielen Dank.«

»Unten habe ich sogar einen Gedichtband von Byron.«

Obwohl sie fest entschlossen war, nicht auf Dominic einzugehen, musste Kate ihn bei dieser Eröffnung anschauen. »Byron?«

»Ich habe das Buch gekauft, nachdem du fortgegangen bist. Es sind wundervolle Verse.« Dominic hatte die drei Knöpfe ihres Nachthemdes so geschickt geöffnet, dass Kate es kaum bemerkt hatte. »Ich höre noch immer, wie du mir damals Gedichte vorgetragen hast. Besonders erinnere ich mich an eine Nacht am Strand. Es war Vollmond. Ich weiß nicht mehr, wie der Titel des Gedichtes lautet, aber ich weiß, wie es beginnt und wie es klang, als du es aufsagtest. ›Ich zähl', ob nicht …‹«, begann er und lächelte Kate an.

»›Ich zähl', ob nicht in alter Zeit‹«, fuhr Kate fort, »›ein Tag vorüberschwebte, den ich um alle Herrlichkeit noch einmal gern erlebte‹.« Sie hielt inne. »Du hast nie großes Interesse an Byrons Technik gezeigt«, warf sie Dominic unvermittelt vor, um die romantische Atmosphäre, die die Zeilen hervorgerufen hatten, zu zerstören.

»Obwohl du dir alle erdenkliche Mühe gegeben hast, sie mir nahe zu bringen.«

»Er war einer der bedeutendsten Dichter seiner Zeit.«

»Hm.« Dominic knabberte spielerisch mit den Zähnen an Kates Ohrläppchen.

Seine Liebkosungen lenkten Kate ab. Dennoch fuhr sie hartnäckig fort: »Er war fasziniert von Themen wie Krieg und Konfliktsituationen, trotzdem enthalten seine Gedichte mehr Liebesgeschichten als die von Shelley oder Keats.«

»Und wie war er als Mensch?«

Kate schloss die Augen und genoss die Berührungen von Dominics Zunge. »Er … er zeigte beißenden Zynismus und konnte andererseits die schönste Lyrik schreiben. Wenn man seinen ›Don Juan‹ liest …« Ihre Worte verloren sich in einem Seufzer.

»Ich höre dir sehr gern zu, wenn du Vorträge hältst.« Dominic schlug die Bettdecke zurück und fuhr mit den Fingerspitzen äußerst zärtlich über Kates Oberschenkel. »Habe ich dich etwa unterbrochen?«

»Ja.«

»Schön.« Behutsam zeichnete er die Konturen ihrer Lippen nach. »Ich dachte, ich könnte dich auf diese Weise beschäftigen.« Er strich über ihre Hüften und ihren Busen. »Nur, um der Langeweile vorzubeugen. Möchtest du mir nicht mehr von Byron erzählen?«

Kate holte tief Luft und schlang die Arme um Dominics Nacken. Das Thema Byron war inzwischen bedeutungslos geworden. »Nein, aber ich werde mich auch ohne Vorträge oder Kreuzworträtsel nicht langweilen.«

»Nein? Vorhin sagtest du …«

»Dominic«, fiel sie ihm ins Wort. »Vorhin …«

»Entspann dich.« Dominic sagte es leise, doch bestimmt. Um seinen Worten Nachdruck zu verleihen, küsste er Kate lange und intensiv.

»Mir bleibt gar keine andere Wahl«, flüsterte sie danach. »Entweder machen mich die Tabletten benommen oder du.«

»So ist es.«

Dominic schwieg einen Augenblick, bevor er fortfuhr: »Es gibt so vieles, was ich von dir möchte.« Er hob den Kopf und blickte Kate in die Augen. »So vieles, was ich von dir brauche.«

»Du sagst mir nie genau, was, Dominic.«

Er legte seine Stirn an ihre. »Jetzt jedenfalls möchte ich, dass es dir gut geht.« Er schaute sie wieder an. »Ich bin kein selbstloser Mensch, Kate. Ich möchte dich lieben. Es war meine volle Absicht, dich wieder in mein Bett zu bekommen. Allerdings gehörte es nicht zu meinem Plan, dass du vorher das Bewusstsein verlieren solltest.«

»Es spielt keine Rolle, was du beabsichtigtest. Ich treffe meine eigenen Entscheidungen.« Kate strich mit den Fingerspitzen über sein Gesicht. »Es war meine Entscheidung, dich gestern Abend zu lieben. Und es ist heute wieder mein Wille.«

Dominic lachte. »Frau Lehrerin, glaubst du im Ernst, dass ich dir die Wahl ließe? Wir mögen uns zwar nicht so gut kennen, wie wir eigentlich zu diesem Zeitpunkt sollten, aber das müsstest du wissen.«

Nachdenklich fuhr Kate mit dem Daumen über seinen Wangenknochen. Die hohen Wangenknochen passten zu Dominic, genau wie das unrasierte Gesicht. Aber passte sie selbst auch zu ihm? Gehörten sie und Dominic trotz aller Gegensätze zueinander?

Körperlich ergänzten sie einander perfekt. Doch das reichte für eine dauerhafte Beziehung nicht aus. So sehr sie es auch abstreiten mochten, es genügte nicht. Irgendwann würde die sexuelle Anziehungskraft nachlassen, und dann … ach, sie wollte jetzt nicht weiter darüber nachdenken.

»Wenn du dir etwas nimmst, das dir nicht aus freien Stücken gegeben wird, hast du nichts davon.« Kate berührte die rauen Bartstoppeln an seinem Kinn. »Wenn ich aber freiwillig gebe, bekommst du alles, was du brauchst.«

»Wirklich?«, flüsterte Dominic an ihrem Mund. »Und du? Wie ist es mit dir?«

Kate schloss die Augen. »Ich bin zufrieden …«

Wie lange? ging es Dominic durch den Sinn. Er stellte diese Frage nicht laut. Irgendwann würden sie ausführlich über alles miteinander reden, nach einer Lösung all ihrer Probleme suchen müssen. Doch nicht jetzt. Jetzt war Kate so entspannt, wie er es beabsichtigt hatte.

Dominic begann Kates Leib sanft und zärtlich zu streicheln und ihr die Wonnen zu bereiten, die nur er ihr zu schenken vermochte. Nie hatte er so wenig für sich selbst verlangt und doch eine so vollkommene Befriedigung seiner Sehnsucht erfahren.

Er lauschte ihren leisen Atemzügen und betrachtete sie liebevoll. Ihr friedlicher Gesichtsausdruck spiegelte seine eigenen Gefühle wider. Sie befanden sich in völliger Eintracht und Harmonie.

Die vier Jahre der Trennung zerrannen zu nichts. Sie hätten vierzig Jahre voneinander getrennt leben können, es hätte nichts daran geändert, dass sie einander begehrten. Dominics Streicheln genügte, um Kates Verlangen neu zu erwecken.

Beim Liebesspiel mit Dominic fühlte Kate sich frei und ungezwungen. Dieses Gefühl, dass Erotik richtig und natürlich ist, stellte sich nur beim Zusammensein mit Dominic ein. Nach jenem Sommer war es für Kate nie mehr selbstverständlich gewesen, sich einem Mann bedingungslos zu schenken, und so hatte sie sich in sich verschlossen.

Während Dominic jeden Zentimeter ihres Körpers liebkoste, dachte Kate daran, wie feurig und leidenschaftlich sie sich früher geliebt hatten. Sie hatte die Ekstase in seinen Armen gesucht, und es hatte sie jedes Mal von Neuem überrascht, dass sie einen derartigen Rausch erleben konnte, ohne den Verstand zu verlieren.

Nun spürte sie sein geduldiges, fürsorgliches Streicheln. Kate hatte bisher nicht gewusst, dass Dominic ein solches Einfühlungsvermögen besaß. Die Erkenntnis trug dazu bei, ihre Liebe zu ihm zu vertiefen. Sie wollte das Feuer der Lust in ihm schüren, doch er ließ es nicht zu. Sie wollte ihm seine Wünsche erfüllen, doch er äußerte keine. Stattdessen schien er nur darauf bedacht zu sein, sie glücklich zu machen.

Er stellte keine Forderungen an Kate. Obwohl die Berührung mit ihrer weichen Haut ihn über alle Maßen erregte, hielt er sich zurück. Nur bei Kate hatte er das Bedürfnis, zärtlich zu sein. Nur bei ihr hatte er erfahren, dass wahre Liebe Geben und Nehmen bedeutet. Und sie gab ihm viel, stillte nicht nur sein körperliches Verlangen, sondern brachte ihm auch seelische Harmonie.

Schließlich drang er in sie ein, leicht und ohne Hast. Allmählich steigerte er seinen Rhythmus, beschleunigte seine Bewegungen und führte Kate auf den Gipfel der Erfüllung.

Dann schlief sie ein, und Dominic überließ sie ihren Träumen.

10. Kapitel

Als Kate erwachte, fühlte sie sich nicht benommen, aber schwach. Ihre Hilflosigkeit ärgerte sie. Es war bereits Nachmittag. Sie benötigte keine Uhr. Ihr genügte ein Blick zum Fenster, um am Einfall der Sonnenstrahlen die Zeit bestimmen zu können. Schon wieder waren mehrere Stunden verstrichen, die sie einfach verschlafen hatte.

Kate tastete nach ihrem Nachthemd und streifte es über. Vermutlich würde Dominic bald erscheinen und verlangen, dass sie wieder eine Tablette einnahm. Aber sie wollte keine Arzneimittel mehr schlucken, wollte nichts mehr an sich heranlassen, was ihr die kostbare Zeit stahl.

Vorsichtig rutschte Kate an den Rand des Bettes und stand auf. Ein Schwächeanfall zwang sie dazu, nach dem Bettpfosten zu greifen, sonst wäre sie rücklings aufs Bett zurückgefallen. Sie führte den Schwächeanfall auf die Medikamente zurück, die ihr Körper hatte aufnehmen müssen. Trotzig presste sie die Lippen zusammen und belastete den verletzten Fuß. Wie ein Blitz schoss der Schmerz ihr durch alle Glieder und vertrieb den letzten Rest Müdigkeit.

Kate wartete ab, bis der Schmerz nachließ und zu einem dumpfen Pochen wurde. Dies würde sie ertragen können. Langsam ging sie zu dem Spiegel, der über Dominics Kommode hing.

Ihr Anblick missfiel ihr sehr. Ihr Haar war stumpf, ihr Gesicht blass, und ihren Augen fehlte jeglicher Glanz. Vergeblich versuchte sie, durch kräftiges Reiben Farbe auf ihre Wangen zu bringen. Ihrem jetzigen erbarmungswürdigen Zustand würde eine warme Dusche, der Duft eines milden Shampoos und frische Luft abhelfen. Und sie würde das durchsetzen – auch gegen Dominics stärksten Widerstand.

Kate straffte die Schultern und machte den ersten Schritt in Richtung Zimmertür. Als sie schließlich die Hand nach der Klinke ausstreckte, wurde die Tür von der anderen Seite geöffnet.

»Warum bist du nicht im Bett?«

Genau diese Frage hatte Kate erwartet, aber von Dominic, nicht von Linda.

»Ich wollte bloß …«

»Willst du, dass Dominic mich bei lebendigem Leibe röstet?«, fragte Linda und scheuchte Kate zurück. In den Händen trug Linda ein Tablett, auf dem eine Tasse köstlich duftender Suppe stand. »Also, du sollst dich ausruhen und essen, anschließend essen und dich ausruhen. Das ist ein Befehl.«

Kate hielt in ihrem Rückzug inne. »Wessen Befehl?«

»Dominics. Und«, fügte Linda hinzu, bevor Kate etwas erwidern konnte, »Doktor Baileys.«

»Ich brauche mir von keinem der beiden etwas befehlen zu lassen«, begehrte Kate auf.

»Mag sein«, erwiderte Linda ungerührt. »Aber ich habe keine Lust, mich mit einem Mann herumzustreiten, der sich um einen geliebten Menschen sorgt, oder einem, der mir im zarten Alter von drei Jahren eine Spritze in den Po gab. Beide können nämlich äußerst unangenehm werden. Also tue ich, was sie mir sagen. Jetzt leg dich bitte wieder hin.«

»Linda …« Kate seufzte. »Ich habe nur eine kleine Verletzung am Fuß und bereits ungefähr achtundvierzig Stunden in diesem Bett verbracht. Wenn ich nicht bald eine warme Dusche nehmen und frische Luft atmen kann, werde ich verrückt.«

»Haben wir etwa schlechte Laune?« Linda verkniff sich ein Lachen und biss sich leicht auf die Unterlippe.

»Ja, haben wir!« Kate machte ihrem Unmut ungehindert Luft. »Schau mich einmal an«, murrte sie und hielt eine Strähne ihres Haares hoch. »Ich fühle mich, als hätte ich achtundvierzig Stunden im Kohlenkeller zugebracht.«

»Schon gut. Ich vermag es mir vorzustellen. Nachdem ich von Joy entbunden wurde und sie der Hebamme zurückgegeben hatte, wollte ich auch nichts anderes. Ich war damals den Tränen nahe.« Linda stellte das Tablett auf dem Nachttisch ab. »Ich gebe dir zehn Minuten für eine Dusche. Das kann ich verantworten. Danach musst du essen, während ich den Verband wechsle. Ich habe Dominic versprochen, alles daran zu setzen, dass du die Suppe ganz aufisst.« Sie stemmte die Hände in die Hüften. »Abgemacht?«

»Dominic übertreibt«, sagte Kate. »Es ist absurd. Ihr braucht mich nicht wie ein Baby zu behandeln.«

»So kannst du reden, wenn du nicht aussiehst, als könnte dich der leiseste Windstoß umblasen. Komm, ich helfe dir beim Duschen.«

»Nein, danke sehr. Ich bin durchaus in der Lage, allein zu duschen«, entgegnete Kate patzig und stürmte aus dem Schlafzimmer, ohne die heftigen Schmerzen in ihrem Bein zu beachten.

Nachdem die Tür hinter ihr ins Schloss gefallen war, lachte Linda laut, setzte sich aufs Bett und wartete.

Eine Viertelstunde später kehrte Kate zurück. Sie fühlte sich erfrischt und schämte sich ihres Verhaltens. Sie hatte Dominics Morgenmantel angezogen und rieb mit einem Handtuch ihr Haar trocken, während sie Linda schuldbewusst anblickte.

»Linda, es tut mir leid, dass ich vorhin …«

»Du brauchst dich nicht zu entschuldigen«, wehrte Linda

ab. »Wenn man mich zwei Tage lang ans Bett fesselte, würde ich wahrscheinlich nicht anders reagieren. Übrigens«, bemerkte sie schlau, »wenn es dir wirklich leidtut, iss bitte die Suppe ganz auf, damit ich mir keine Schelte von Dominic einfange.«

»Okay.« Kate kletterte ins Bett und stellte das Tablett auf ihren Schoß. In die Kissen zurückgelehnt, kostete sie und ließ es geschehen, dass Linda ihren Verband entfernte. »Sie schmeckt hervorragend.«

»Fischsuppe ist eine unserer Spezialitäten. Oh, du Ärmste«, entfuhr es Linda, nachdem sie den Mullverband abgewickelt hatte und die Wunde begutachten konnte. »Das muss schrecklich wehgetan haben. Kein Wunder, dass Dominic ganz außer sich ist.«

Kate nahm ihren Mut zusammen und beugte sich vor, um ebenfalls einen Blick auf die Verletzung zu werfen. Die Haut war nicht rot und aufgequollen, wie Kate befürchtet hatte. Die Wunde maß mindestens sieben Zentimeter, war aber sauber und nicht entzündet. Beruhigt lehnte Kate sich wieder zurück.

»Es ist nicht so schlimm«, sagte sie. »Die Wunde hat sich nicht entzündet.«

»Oh Kate! Mich hat auch einmal vor Jahren ein Rochen erwischt. Es war ein kleiner, und ich hatte eine Wunde von circa zwei Zentimetern. Ich habe geheult wie ein kleines Kind. Und da behauptest du, deine Verletzung sei nicht so schlimm!«

»Na ja! Ich habe die meiste Zeit geschlafen und nichts gespürt.« Kate bewegte den Fuß und zog plötzlich scharf die Luft ein.

Linda entging das nicht. Prüfend betrachtete sie Kates Gesicht. »Dominic hat mir die Tabletten gegeben, die du nehmen sollst, wenn du Schmerzen hast«, sagte sie dann.

»Du tätest mir einen großen Gefallen, wenn du sie fortwerfen würdest.« Kate wandte sich wieder ihrer Suppe zu. »Ich habe keine Lust, mit ihm oder mit dir Diskussionen anzufangen, aber diese Tabletten nehme ich nicht mehr. Es freut mich, dass Dominic sich so lieb um mich kümmert, aber dieser ewige Schlaf muss ein Ende haben.«

»Er macht sich Sorgen um dich. Er fühlt sich für dich verantwortlich.«

»Verantwortlich für meine Unachtsamkeit?« Kate schüttelte den Kopf. »Es war ein Unfall, und wenn irgendjemand Schuld hat, dann bin ich es selbst. Ich war so sehr damit beschäftigt, möglichst viele Stücke zu bergen, dass ich nicht die mindeste Vorsicht habe walten lassen. Ich bin praktisch über den Rochen gestolpert.« Kate nahm einen weiteren Löffel Suppe. »Dominic hat viel schneller reagiert als ich. Er hatte mich schon fast außer Reichweite gezogen. Wenn er nicht gewesen wäre, würde es bedeutend unangenehmer ausgegangen sein.«

»Er liebt dich.«

Kate krampfte ihre Finger um den Löffel und legte ihn dann langsam und mit übertriebener Sorgfalt neben die Suppentasse. »Linda, es besteht ein großer Unterschied zwischen Interesse und Anziehung, sogar zwischen Zuneigung und Liebe.«

Linda nickte und antwortete ernst: »Das ist mir bekannt. Aber ich bleibe dabei, Dominic liebt dich.«

Kate lächelte nervös und wandte sich dem Tee zu, den Linda zusammen mit der Suppe aufgetragen hatte. »Das sagst du«, erwiderte sie leise. »Dominic nicht.«

»So erging es mir mit Marsh. Er hat mich fast in den Wahnsinn getrieben, aber ich habe nicht locker gelassen. Und schließlich hat er mir seine Liebe doch gestanden.«

»Ich bin nicht du.« Kate trank von dem Tee und setzte die Tasse ab. »Und Dominic ist nicht Marsh.«

Abrupt stand Linda auf, ging ungeduldig zum Fenster und zurück. »Menschen, die einfache Dinge so kompliziert machen, regen mich auf.«

»Und andere vereinfachen das Komplizierte.«

Linda stieß einen unmutigen Seufzer aus. »Ich kenne Dominic Silver von klein auf. Ich sah, wie er von einem hübschen Mädchen zum anderen wanderte und danach von einer attraktiven Frau zur nächsten, bis ich den Überblick verlor. Dann kamst du.« Linda beugte sich über das Fußteil des Bettes und schaute Kate an. »Mit einem Mal veränderte Dominic sich völlig. Vom ersten Augenblick an hast du ihn fasziniert.«

»Fasziniert.« Kate zuckte die Schultern und wich Lindas Blick aus. »Faszination, Begeisterung hat nichts mit Liebe zu tun.«

Linda gab sich nicht geschlagen. »Ich glaube nicht an Liebe auf den ersten Blick. Liebe wächst allmählich. Wenn du gesehen hättest, wie Dominic sich verhielt, nachdem du ihn vor vier Jahren verlassen hattest, wüsstest du …«

»Sprich nicht von Dingen, die vier Jahre zurückliegen«, unterbrach Kate sie. »Was damals geschah, ist vorüber. Dominic und ich sind heute andere Menschen. Unsere Erwartungen haben sich geändert.« Sie holte tief Luft. »Wenn es dieses Mal zu Ende geht, wird es mir nicht wehtun, weil ich jetzt die Grenzen kenne.«

»Ihr fangt gerade erst wieder neu an, und du sprichst schon vom Ende und von Grenzen.« Linda fuhr sich mit den Händen durchs Haar und setzte sich neben Kate aufs Bett. »Was ist nur mit dir los? Hast du verlernt zu träumen und Wünsche zu haben?«

»In solchen Dingen war ich nie sehr gut, Linda.« Kate hielt inne und suchte nach den rechten Worten. »Ich darf von Dominic nicht mehr verlangen, als er zu geben bereit ist. Ich muss nach diesem Sommer in meine Welt zurückkehren. Es gibt keine Brücke, die uns verbindet. Vielleicht ist es Schicksal, dass ich ein zweites Mal auf die Insel gekommen bin und wir jetzt

Gelegenheit haben, das Leid wieder gutzumachen, das wir einander zugefügt haben. Wenn wir uns dieses Mal trennen, möchte ich, dass wir als Freunde auseinander gehen. Dominic ist …« Kate strich sich über die Stirn, bevor sie fortfuhr: »Dominic hat eine sehr wichtige Rolle in meinem Leben gespielt.«

Linda schwieg einen Augenblick, dann schüttelte sie den Kopf. »Das ist mit Abstand der größte Unsinn, den ich je gehört habe.«

Kate musste über diese unverblümten Worte lachen. »Linda …«

»Nein.« Abwehrend hob Linda die Hände. »Ich möchte nicht mehr mit dir über dieses Thema reden. Ich werde sonst noch verrückt, und dabei soll ich doch auf dich achtgeben.« Sie stellte das Tablett beiseite. »Ich begreife einfach nicht, wie jemand, der ansonsten so klug ist, in dieser Beziehung so dumm sein kann. Je länger ich darüber nachdenke, desto klarer wird mir, dass du und Dominic füreinander geschaffen seid.«

»Das klingt ziemlich grimmig.«

»Das bin ich auch.«

»Ach ja.« Kate presste die Lippen fest aufeinander, um nicht erneut loszulachen.

»Schau nicht so selbstzufrieden drein, nur weil es dir gelungen ist, mich so wütend zu machen, dass ich nicht mehr mit dir diskutieren möchte.« Linda warf Kate einen vorwurfsvollen Blick zu. »Vielleicht sollte ich tatsächlich Dominic mal genau meine Meinung sagen, wenn er nach Hause kommt«, überlegte sie laut.

»Tu, was du nicht lassen kannst.« Kates Stimme klang heiter. »Wo ist er überhaupt?«

»Zum Tauchen.«

»Allein?« Kates Heiterkeit verflog.

»Mach dir keine Sorgen«, beruhigte Linda sie und ärgerte

sich über ihre Gedankenlosigkeit. Warum war ihr nicht irgendeine Notlüge eingefallen? »Er taucht oft allein.«

»Ja, ich weiß.« Kate starrte unmutig vor sich hin. Sie würde sich trotzdem um ihn ängstigen, bis er wieder zu Hause war.

»Ich komme mit dir«, sagte Kate äußerst entschieden.

Es war ein schöner Tag. Die Sonne strahlte von einem wolkenlosen Himmel. Durch die Gittertür drang der Geruch des Meeres, und man konnte deutlich die Schreie der Möwen von dem Rauschen der Brandung unterscheiden.

Dominic wandte sich um. Er stand am Herd, wo er sich gerade eine Tasse Kaffee zubereitet hatte. Schweigend musterte er Kate von Kopf bis Fuß.

In den knappen weißen Shorts und der zartblauen Bluse wirkte sie auf Dominic eher wie eine Schülerin als eine Lehrerin.

Es entging ihm nicht, dass sie sich mit etwas Rouge zu einem gesünderen Aussehen verholfen hatte. Am Vorabend war es nicht nötig gewesen, künstlich Farbe auf ihre Wangen zu bringen. Sie hatte ihm Vorwürfe gemacht, weil er allein zum Wrack getaucht war. Dominic hatte aber gewusst, wie er sie von ihrer Verärgerung ablenken konnte.

»Du hättest dich gar nicht erst anzukleiden brauchen«, eröffnete er ihr. »Du wirst dich wieder ins Bett legen.«

Kate konnte dickköpfige Menschen nicht ausstehen, Menschen, die keinerlei Argumenten zugänglich waren und ihre Ansichten stets als richtig voraussetzten. In dieser Frage wollte sie selbst allerdings auch nicht nachgeben.

»Nein«, erwiderte sie mit oberflächlicher Ruhe und trat näher. »Ich komme mit.«

Im Gegensatz zu Kate war Dominic immer bereit, seine Kräfte zu messen. Er lehnte sich gegen den Herd und trank von seinem Kaffee. »Gegen die Anweisungen eines Arztes nehme ich niemanden mit zum Tauchen.«

Kate hatte diesen Einwand erwartet. Sie öffnete den Kühlschrank und holte eine Flasche Orangensaft heraus. Dabei überlegte sie, wie sie ihren Standpunkt weiterhin vertreten sollte. Noch einen Tag tatenlos im Bett zu verbringen würde sie nicht überstehen. Sie brauchte dringend Bewegung, Beschäftigung für ihren Geist, Sonne und frische Luft. Vielleicht sollte sie energisch werden?

Kate verwarf das, denn auf die Weise erreichte sie bei Dominic gewiss überhaupt nichts. Wahrscheinlich würde sie ihren Willen nur mithilfe eines Kompromisses bekommen, aber zuvor … Sie straffte die Schultern.

»Ich könnte ein Boot und eine Ausrüstung mieten und allein tauchen.« Kate goss den Saft in ein Glas und drehte sich zu Dominic um. »Du kannst mich nicht zurückhalten.«

»Nein? Tja, versuch's.« Seine Stimme klang ruhig und gelassen. Aber Kate spürte, dass Dominic durchaus nicht ruhig und gelassen war. Wenn sie das Feuer schürte …

»Ich habe ein Recht darauf, genau das zu tun, was ich möchte, Dominic, oder?«

»Natürlich.«

»Siehst du.«

»Ach, Kate …« Er seufzte.

»Ja? Was?«

»Kate, nimm Vernunft an. Du bist noch nicht in der Verfassung, um wieder zu tauchen.« Dominic blickte sie über den Rand seiner Tasse hinweg an. »Du kannst nicht so uneinsichtig sein, Kate. Du weißt, dass du es noch nicht schaffst. Und du weißt auch, dass ich es nicht zulasse.«

»Ich habe mich lange genug ausgeruht. Es geht mir gut.« Kate trat auf Dominic zu und bemerkte mit Genugtuung, dass er die Stirn runzelte. Er hatte offenbar erkannt, dass sie ein bestimmtes Ziel verfolgte – ihn heute auf jeden Fall zu begleiten, nicht mehr und nicht weniger. »Was das Tauchen anbelangt, so bin ich bereit, es dir auch in den nächsten Tagen noch allein zu überlassen«, fuhr sie fort. »Aber …«

»Aber?«, hakte Dominic nach.

»Ich will mit dir auf der ›Wirbelwind‹ hinausfahren. Und zwar gleich.«

Dominic lächelte. Kate hatte nie die Absicht gehabt zu tauchen, sondern nur damit gedroht, um ihren Willen durchzusetzen. Er hatte volles Verständnis für ihre Ungeduld. Als Vierzehnjähriger musste er längere Zeit mit einem gebrochenen Bein das Bett hüten. An die Schmerzen erinnerte er sich kaum noch, deutlich jedoch an sein Bedürfnis, sich frischen Wind um die Nase wehen zu lassen.

»Du wirst dich in der Kabine hinlegen, wenn ich es dir sage.«

Langsam schüttelte Kate den Kopf. »Ich werde mich in der Kabine hinlegen, wenn ich es für nötig halte.«

»Himmel!« Dominic knirschte mit den Zähnen. Dann knurrte er: »Okay, brechen wir auf.«

Dominic ließ Kate keine Zeit, ihren Triumph auszukosten. Es dauerte nur wenige Minuten, bis er seinen Wagen an der Anlegestelle im Silver Lake Hafen geparkt hatte und die »Wirbelwind« startklar war. Zufrieden nahm Kate neben Dominic am Steuer Platz und freute sich darauf, Sonne und Wind spüren zu können.

»Ich habe gestern Abend einen Lageplan des Wracks angefertigt«, sagte Dominic beiläufig, während er das Boot aus dem Hafen manövrierte.

»Einen Lageplan?«, wiederholte Kate und strich sich einige lose Haarsträhnen aus dem Gesicht. »Warum hast du ihn mir nicht gezeigt?«

»Weil du geschlafen hast.«

»Ich habe die letzten Tage zu achtzig Prozent verschlafen«, murmelte Kate.

Sie fuhren auf die offene See hinaus. Dominic legte seine Hand auf Kates Schulter. »Du siehst heute viel besser aus. Keine Schatten mehr unter den Augen, keine Anspannung. Das ist die Hauptsache.«

Sekundenlang schmiegte Kate ihre Wange an Dominics Hand. Es berührte sie tief, dass er sich wieder so fürsorglich zeigte. Aber sie wollte keinesfalls, dass sein Mitgefühl den Grund für ihr Zusammensein in Vergessenheit geraten ließ. Fürsorge konnte sich in Mitleid verwandeln. Es war jedoch wichtig, dass Dominic sie als gleichwertige Partnerin anerkannte. Solange sie seine Geliebte sein würde, mussten sie trotzdem auf gleicher Ebene stehen. Und wenn sie ging … Wenn sie Ocracoke verließ, würde es keine Reue geben.

Kate hob den Kopf, reckte das Kinn vor. »Ich brauche nicht mehr umsorgt zu werden, Dominic.«

Er warf einen Blick auf den Kompass, bevor er antwortete: »Nein? Schade. Dich zu umsorgen hat mir Spaß gemacht.«

Dominic spürte ihren Widerstand dagegen, behütet zu werden. Er verstand und akzeptierte das, gleichzeitig empfand er Bedauern. Es stimmte, er hatte sich gern um Kate gekümmert. Aber wie sollte er ihr klarmachen, dass er um ihretwillen einerseits wünschte, sie brauche seinen Beistand nicht, sich andererseits aber freuen würde, wenn sie sich in Zeiten der Not an ihn wenden, seinen Beistand und seine Hilfe suchen würde?

Dominic hatte in den Tagen, seit Kate auf Ocracoke weilte, nicht richtig mit ihr über ihre Beziehung sprechen können. Es fiel ihm schwer, sich zu gedulden und vorsichtig zu handeln. Als Taucher wusste er, dass Vorsicht lebenswichtig war. Aber als Mann ließ er sich lieber von seinen Impulsen und Instinkten leiten.

Zärtlich strich er mit den Fingerspitzen über Kates Nacken, bevor er die Hand wieder aufs Ruder legte. Im Umgang mit Kate musste er vorgehen wie bei einem gefährlichen Abstieg in die Tiefen des Meeres. Es galt, auf Strömungen achtzugeben und auf Unvorhergesehenes.

»Der Plan liegt unten in der Kabine.« Dominic knüpfte an ihr vorhergehendes Gespräch an und schaltete den Motor aus. »Du kannst ihn studieren, während ich unten bin.«

Kate nickte und verfolgte stumm, wie Dominic sich aufs Tauchen vorbereitete. Sie hatte Angst um ihn, ließ sich jedoch nichts anmerken. Es würde zu nichts führen, wenn sie ihn nochmals darauf hinwies, wie gefährlich es war, allein zu tauchen.

Dominic hatte seine Ausrüstung angelegt und kontrollierte die Sauerstoffflaschen. Unauffällig warf Kate einen Blick auf ihre Armbanduhr und merkte sich den Zeitpunkt, wann er spätestens wiederkehren musste.

»In der Kombüse sind kalte Getränke.« Dominic rückte die Tauchermaske zurecht und kletterte über die Reling. »Bleib nicht zu lange in der Sonne sitzen.«

»Pass gut auf dich auf«, entfuhr es Kate.

Dominic lächelte ihr zu und verschwand.

Kate eilte zur Reling und beugte sich vor. Aber es war zu spät. Sie konnte Dominic nicht mehr sehen. Lange Zeit stand sie regungslos da und schaute auf die glatte Wasseroberfläche. Sie stellte sich vor, wie Dominic mit kraftvollen, regelmäßigen Schwimmzügen tiefer und tiefer tauchte, den Druck ausglich und schließlich auf dem Meeresboden beim Wrack ankam.

Gestern hatte Dominic die Suppenschüssel, den Schöpflöffel, die Bruchstücke weiteren Geschirrs und die Takelage geborgen. Die Gegenstände befanden sich nun teils im Schlafzimmer, teils im Erdgeschoss seines Hauses. Bisher waren von Dominic also lediglich die Dinge heraufgeholt worden, die sie bereits gefunden hatten. Heute würde er Neuland erkunden. Kate bedauerte, seine Freude beim Auffinden neuer Gegenstände nicht teilen zu können.

Sie drehte sich um, traurig darüber, ausgeschlossen zu sein. Plötzlich kam ihr der Gedanke, dass sie fast ihr ganzes Leben lang Zuschauer gewesen war, jemand, der Vorgänge und Handlungen analysierte und erklärte. Diese Schatzsuche war die erste wirkliche Gelegenheit, diesen Zustand zu ändern, selber aktiv zu werden. Ihre Verletzung aber warf sie zurück.

Kate vergrub die Hände in den Taschen ihrer Shorts und betrachtete den Himmel. Sie sah ein paar Wölkchen, dünne, weiße Gebilde, die nichts Böses bedeuteten.

Seufzend und deprimiert stieg Kate zur Kabine hinunter. Ihr blieb nichts anderes übrig, als zu warten – auf Dominic.

Dominic entdeckte zwei weitere Kanonen und markierte deren Position. Falls er nichts anderes finden würde, was Aufschluss über die Zeit gab, in der das Schiff untergegangen war, mussten die Kanonen nach der Bergung von einem Sachverständigen auf ihr Entstehungsdatum hin untersucht werden.

Obwohl es höchst unwahrscheinlich war, durch die dicke Rostschicht auf ein eingestanztes Datum zu stoßen, versuchte Dominic es eine Zeit lang. Leider ohne Erfolg. Dennoch war er zunächst zufrieden und schwamm in nördliche Richtung.

Sollte er keine weiteren Erfolge an diesem Tag verzeichnen können, wollte er wenigstens die Größe des Gebietes genauer bestimmen. Vielleicht hatte er Glück, und der Bereich, in dem die Teile des Wracks und seine Ladung verstreut lagen, beschränkte sich auf die Größe eines Fußballfeldes. Das war allerdings unwahrscheinlich. Die Überbleibsel hatten sich vermutlich über mehrere Quadratkilometer verteilt. Aber bevor man ein Bergungsschiff mit an der Suche beteiligte, sollte so viel Vorarbeit wie möglich geleistet worden sein.

Wir werden nicht mehr ohne Werkzeuge auskommen, ein Metalldetektor ist unerlässlich, ging es Dominic durch den Kopf. Bisher hatten Kate und er nur irgendein Wrack entdeckt, auch wenn Kate noch so sicher war, dass es sich um die »Liberty« handelte.

Im Augenblick bestand keine Möglichkeit, den Ursprung des Schiffes herauszufinden. Er musste mehr Ladung finden. Dann ließ sich eventuell auch der Schatz aufspüren.

Und danach? Würde Kate ihren Anteil Gold und die übrigen Gegenstände nehmen und nach Hause fahren?

Nein, das durfte er nicht zulassen.

Sobald die Suche nach dem Schatz vorüber war, sobald er aus dem Meer geborgen worden ist, werde ich mich intensiv um unsere Beziehung kümmern, nahm Dominic sich vor. Es musste doch möglich sein, einen Schatz zu retten, der vier Jahre lang verloren war, wenn man sogar etwas ans Tageslicht befördern konnte, das zweieinhalb Jahrhunderte lang auf dem Meeresboden lag.

Dominic beleuchtete mit der Lampe auf seinem Kopf den Meeresboden. Ohne Werkzeuge vermochte er wirklich nichts auszurichten. Das Meiste dessen, was von dem Schiff übrig geblieben war, verbarg eine dicke Schlammschicht. Er brauchte das von ihm, Dominic, konstruierte propellergetriebene Gebläse. Dieses Gerät ermöglichte es, Schichten aus Sand und Schlamm zentimeterweise abzutragen. Es war eine langsame, aber sichere Methode, auch zerbrechliche Gegenstände freizulegen. Allerdings wäre eine weitere Person erforderlich, die das Gerät vom Boot aus betrieb.

Dominic dachte an Kate, verwarf diesen Gedanken aber sogleich wieder. Obwohl kein Zweifel daran bestand, dass sie die technische Seite des Unternehmens nach einmaliger Erklärung verstünde, würde sie niemals zustimmen, nur an Bord der »Wirbelwind« zu arbeiten. Also blieb ihm wohl wirklich nichts anderes übrig, als Marsh in das Abenteuer einzubeziehen.

Dominic warf einen Blick auf seine Uhr. Seine Zeit war fast abgelaufen, er musste in Kürze an Bord gehen, um die Sauerstoffflaschen gegen neue auszutauschen. Dennoch verweilte er am Boden des Meeres. Mit leeren Händen wollte er nicht zu Kate zurückkehren.

Wenn ich ihr etwas mitbringe, werden ihre Augen strahlen, dachte er.

Es dauerte eine Weile, bis Dominic endlich etwas fand. Als er die völlig heile Glasflasche in den Händen hielt, malte er sich Kates begeisterte Reaktion aus, und die Vorstellung war ihm alle Mühe wert.

Es handelte sich um gewöhnliches Glas, kein wertvolles Kristall, aber Dominic konnte keinerlei Pressnähte entdecken. Folglich war die Flasche mundgeblasen. Im Laufe der Jahre hatte sich eine dicke Kruste auf der glatten Oberfläche gebildet. Vorsichtig befreite Dominic den Boden der Flasche von dieser Schicht. Sollte die Flasche am Boden kein Datum tragen, würde es anhand der Kruste möglich sein, ihr Alter zu bestimmen.

Er dachte bereits daran, die Flasche ins »Corning Glasmuseum« einzuschicken, das in solchen Dingen große Erfahrung hatte, da sah er das Datum. Mit einem zufriedenen Lächeln barg er die Flasche in dem Beutel an seinem Gürtel.

Nun war es wirklich allerhöchste Zeit für ihn, wieder aufzutauchen.

11. Kapitel

Die Zeit ist abgelaufen. Fast jedenfalls. Dominic hätte schon längst wieder auftauchen müssen, wenn er auch nur im Mindesten auf seine Sicherheit bedacht wäre!

Diese Überlegungen gingen Kate durch den Kopf, während sie von Backbord nach Steuerbord und wieder zurück eilte. Warum spielte er nur immer mit dem größten Risiko, wenn es um ihn selbst ging?

Kate hatte es nicht lange unter Deck ausgehalten. Nachdem sie den von Dominic gezeichneten Lageplan studiert hatte, war ihr ein Buch über Schiffswracks aufgefallen, das Dominic kürzlich gekauft haben musste. Das gleiche Buch befand sich im Nachlass ihres Vaters.

Es beinhaltete eine ausführliche Anleitung zur Identifizierung und Bergung von Wracks, wobei besonders auf übliche Fehleinschätzungen und Gefahren hingewiesen wurde. Die Passagen über die Gefährlichkeit hatte Kate nur überflogen, weil es ihre Angst gesteigert hätte, darüber nachzudenken, solange Dominic unten war. Trotz der einfachen, sachlichen Ausdrucksweise vermittelte das Buch viel von der abenteuerlichen Atmosphäre bei einem derartigen Unterfangen. Kate hatte es mit an Deck genommen und gelesen.

Spanische Galeonen, holländische Handelsschiffe, britische Fregatten. Allein die Liste der Wracks vor der Küste von North Carolina war sehr umfangreich. Diese Schiffe waren allesamt entdeckt worden, ihre Geschichte schon ausführlich beschrieben. Das Abenteuer der Entdeckung gehörte der Vergangenheit an. Eines Tages würde auch die Arbeit ihres Vaters belohnt werden und ihr Entschluss, seinen Traum zu verwirklichen, sich als richtig erweisen. Dann nämlich würde die »Liberty« in diese Liste aufgenommen.

Ungeduldig wartete Kate auf Dominic. Ihre Gedanken kehrten zu ihrem Vater zurück. Auch er hatte sich einmal über das Buch gebeugt, Pläne geschmiedet und Berechnungen angestellt. All seine Nachforschungen hatten ihn nicht weitergebracht und mit seinem Tod ein jähes Ende gefunden. Warum hatte er sich ihr, Kate, nicht anvertraut, sie nicht teilnehmen lassen an seinen Forschungen?

Kate seufzte. Darauf würde sie niemals eine Antwort erhalten.

Sie dachte über ihr Leben seit dem Tod ihres Vaters nach. Ihre erste Entscheidung war die Rückkehr nach Ocracoke, ihre zweite die bedingungslose Hingabe an Dominic gewesen. Ihr nächster Entschluss würde sein, ihn wieder zu verlassen.

Während sie auf die ruhige Fläche des Meeres schaute, kamen Kate Zweifel daran, dass ihr Verstand ihre Schritte bestimmt hatte. War es nicht vielmehr so, dass sie sich von ihrem Herzen leiten ließ?

Endlich entdeckte Kate eine Kette von Luftblasen. Erleichtert sah sie, wie Dominic auftauchte, sich an der untersten Stufe der Leiter festhielt und seine Tauchermaske hochschob.

»Wartest du auf mich?«

Ihre Erleichterung vermischte sich mit Verärgerung über seinen beiläufigen Ton. Schließlich hatte sie voll Sorge ausgeharrt und sich geängstigt. »Es war sehr knapp.«

»Ja.« Dominic reichte ihr die Sauerstoffflaschen hoch. »Ich konnte nicht widerstehen, dir ein kleines Geschenk mitzubringen.«

»Mir ist nicht nach Scherzen zumute, Dominic«, sagte Kate, während Dominic an Bord der »Wirbelwind« kletterte. »Du würdest mit mir schimpfen, wenn ich so lange unten geblieben wäre.«

»Überlass es Linda, andere zu bemuttern«, erwiderte Dominic leichthin und zog den Reißverschluss seines Taucheranzuges auf. »Von ihr bin ich es gewöhnt.«

Dann trat er auf Kate zu, schlang die Arme um ihren Körper und presste die Lippen auf ihren Mund. Sein Kuss schmeckte nach dem Salz des Meeres.

Als Dominic sie freigeben wollte, hielt Kate ihn fest und setzte den Kuss fort. Eine Welle der Wärme und Zärtlichkeit durchflutete sie beide.

Schließlich legte Kate den Kopf in den Nacken und sah Dominic an. »Ich habe mich um dich gesorgt, Dominic«, sagte sie leise. »Das möchtest du doch hören, oder nicht?«

»Hm …« Dominic überlegte einen Moment. »Eigentlich wäre es selbstsüchtig, wenn ich mich über deine Angst freute.«

Hastig machte sich Kate frei. Sie befürchtete plötzlich, zu viel von sich selbst preisgegeben zu haben. Sie musste sich an die Regeln halten, und diese verlangten von ihr, Abstand zu wahren. Darum versuchte sie die Angelegenheit abzuschwächen.

»Ich bin wohl etwas überempfindlich geworden«, meinte sie. »Man empfindet die Zeit anders, wenn man im Meer ist.«

»Ja.« Nachdenklich betrachtete Dominic sie. Warum verschloss sich Kate jedes Mal wieder, wenn sie tiefere Gefühle für ihn gezeigt und sie geäußert hatte? Er wollte sie nicht drängen und schluckte seine Frage hinunter. »Ich habe noch weitere Anhaltspunkte für den Lageplan entdeckt.«

»So?« Kate befeuchtete ihre Lippen.

»Es handelt sich um zwei weitere Kanonen. Ihrer Größe nach zu urteilen muss es ein kleines Schiff gewesen sein. Es ist unwahrscheinlich, dass es ein Kriegsschiff war.«

»Nun, die ›Liberty‹ war ein Handelsschiff.«

»Hm, ja. Ich werde den Metalldetektor mit hinunternehmen. Mal sehen, was ich mit ihm ausfindig machen kann. Was wir bisher gesammelt haben, lässt darauf schließen, dass das Wrack nicht allzu tief liegt.«

Kate nickte. Es fiel ihr leichter, über Dinge zu sprechen, die das Persönliche außer Acht ließen. »Ich würde gern ein Stück Holz und einige Glasstücke zur Analyse einschicken. Ich meine zwar, dass Glas mehr Aufschluss gibt, aber es kann nicht schaden, so viel wie möglich untersuchen zu lassen.«

»Ja, gut. Bist du nicht neugierig auf das Geschenk?«

Kate lächelte zu Dominic auf. »Ich dachte, du machst einen Scherz. Was ist es denn? Hast du mir eine Muschel mitgebracht?«

»Ich hoffe, dieses hier wird dir besser gefallen.« Dominic langte in seinen Beutel und beförderte die Flasche ans Tageslicht. »Schade, dass sie nicht mehr verkorkt ist. Wir hätten sonst zu Erdnussbutterbroten Wein trinken können.«

»Oh Dominic, sie ist nicht zerbrochen!«, rief Kate begeistert und streckte die Hände nach dem Fund aus.

Aber Dominic hielt die Flasche außer Reichweite. »Augenblick«, bat er, drehte die Flasche um und zeigte Kate die Unterseite.

Aufmerksam betrachtete sie den Flaschenboden. »Sie ist mit einem Datum versehen«, flüsterte sie ungläubig. »1739. Das Jahr, bevor die ›Liberty‹ versank.« Vorsichtig nahm sie Dominic die Flasche ab.

»Es könnte genauso gut ein anderes Schiff sein«, gab er zu bedenken. »Aber immerhin wird hiermit der Zeitraum etwas klarer.«

»Fast zweihundertfünfzig Jahre alt. Glas ist so zerbrechlich, doch diese Flasche hat so lange Zeit unbeschadet überstanden.«

Kate blickte Dominic an. Der freudige Ausdruck ihrer Augen belohnte ihn für seine Mühe. »Es muss möglich sein herauszufinden, wo diese Flasche hergestellt wurde.«

»Sicher. Aber die meisten Glasflaschen, die aus Schiffswracks des siebzehnten und achtzehnten Jahrhunderts geborgen werden, wurden sowieso in England hergestellt. Damit wäre nicht bewiesen, dass es sich um ein englisches Schiff handelt.«

Kate schaute plötzlich enttäuscht drein. »Du hast dich vorher gut informiert.«

»Ich lasse mich niemals auf eine Sache ein, ohne die geringste Ahnung zu haben«, erwiderte Dominic und kniete nieder, um die neuen Sauerstoffflaschen zu kontrollieren.

»Gehst du wieder hinunter?«

»Ja, ich möchte die Karte so ausführlich wie möglich vorliegen haben, bevor wir uns mit umfangreicherer Ausrüstung hinunterbegeben.«

Durch die Lektüre der Aufzeichnungen ihres Vaters und durch die Beschäftigung mit der Thematik wusste Kate, wie wichtig ein verlässlicher Plan des Fundortes war. Dennoch konnte sie ihre Ungeduld kaum bezähmen. Es kam ihr sinnvoller vor, die Zeit darauf zu verwenden, die Schlammschicht abzutragen.

Früher war sie immer die Vorsichtige gewesen. Jetzt schienen die Positionen vertauscht, und Dominic ging Schritt für Schritt vor, ohne sich zu unüberlegten Dingen hinreißen zu lassen. Wahrscheinlich würde sie eher einsehen, dass dererlei Arbeit auch notwendig war, wenn sie sich an ihr beteiligen könnte.

Nachdem Dominic die Sauerstoffflaschen auf seinem Rücken befestigt hatte, griff er nach einer Messingstange.

»Wozu ist das?«, wollte Kate wissen.

»Dies ist die Halterung für dieses Ding.« Dominic zeigte ihr ein Gerät, das wie ein Kompass aussah. »Es handelt sich um eine Seitenrichtskala. Mit ihr kann man auf verlässliche Art und Weise ein Gebiet abzirkeln. Ich werde sie in den mutmaßlichen Mittelpunkt des Wracks stecken. Sie dient dann als Richtpunkt. Anschließend wird der Kreis magnetisch auf Norden ausgerichtet, und mit einer Schnur messe ich den Abstand zu den Kanonen oder was immer ich vermessen möchte. Sobald das erledigt ist, komme ich wieder hoch und hole den Metalldetektor.«

Kate hatte aufmerksam zugehört. Sie verspürte erneut Unmut. Dominic übernahm die interessante Arbeit, während sie selbst nur die Hände in den Schoß legen konnte. »Dominic, ich fühle mich ausgezeichnet. Ich möchte helfen …«

»Nein.« Dominic schnitt ihren Versuch rigoros ab, ihr Abkommen zu ändern. Ohne ihr Gelegenheit zu geben, ihre guten Gründe vorzutragen, weshalb sie mit ihm tauchen wollte, kletterte er die Leiter hinunter und verschwand auch schon wieder unter der Wasseroberfläche.

Es war Nachmittag, als Dominic und Kate die Heimfahrt antraten. Dominic war es gelungen, im Meer weitere wichtige Informationen für die Karte zusammenzutragen. Er hatte auch noch andere Gegenstände gefunden und in seinem Beutel mitgebracht: einen Krug sowie Löffel und Gabeln.

Kates Annahme, dass sie die Kombüse entdeckt hatten, verdichtete sich zur Gewissheit. Sie fertigte eine Liste all ihre Funde an und beschäftigte sich mit der detaillierten Beschreibung der Dinge, da sie im Augenblick nichts anderes zu tun hatte.

Ihre Laune hatte sich ein wenig gebessert, denn in der Zeit, in der Dominic zum zweiten Mal zum Wrack hinuntergetaucht war, hatten drei große Fische an ihrer Angel angebissen. Kate wollte sie selbst zubereiten, auch gegen Dominics Willen, und im Esszimmer essen, nicht im Bett.

»Du bist wohl sehr zufrieden mit dir, stimmt's?«, fragte Dominic, während sie in Richtung Silver Lake Hafen fuhren.

Kate lächelte ihn an. Sie fühlte sich ein wenig müde, empfand das jedoch als angenehm. Es war nicht diese Benommenheit, die sie in den vergangenen Tagen im Bett kaum verlassen hatte. »Drei Fische in der kurzen Zeit sind Grund genug, stolz zu sein«, antwortete sie.

»Zugegeben. Ich möchte das schon deshalb nicht bestreiten, weil ich Appetit auf die Hälfte deines Fanges habe.«

»Ich werde die Fische grillen.«

»Kate …«

Sie blickte ihm fest in die Augen. »Ich habe sie gefangen, ich werde sie auch zubereiten.«

Dominic fuhr mit gleichmäßiger Geschwindigkeit und schaute Kate prüfend an. Sie wirkte ein wenig erschöpft. Vielleicht gelang es ihm, sie zu einer Ruhepause zu überreden, wenn er behauptete, er lege selbst Wert auf ein Nickerchen.

Kate erholte sich gut. Und außerdem hatte sie recht. Er brauchte sie eigentlich nicht länger zu umsorgen. »Ich könnte mich eventuell dazu herablassen, die Holzkohle für dich anzuzünden.«

»Darüber lasse ich gern mit mir reden«, stimmte Kate zu. »Ich hätte übrigens auch nichts dagegen, wenn du das Säubern der Fische übernehmen würdest.«

Dominic lachte und fuhr ihr burschikos durchs Haar. Einige Nadeln lockerten sich.

»Dominic«, protestierte Kate und hob ihre Hände, um den Schaden zu beheben.

»Du kannst dein Haar im Hörsaal hochgesteckt tragen«, sagte er unbeirrt, zog vier, fünf Nadeln heraus und warf sie über Bord. »Ich finde es äußerst schwierig, dir zu widerstehen, wenn dein Haar offen und ein ganz klein wenig zerzaust ist.«

»Tatsächlich?« Kates Verärgerung verflog. Sie entfernte die restlichen Nadeln, schüttelte ihr Haar und ließ es lose im Wind flattern. Dann trat sie näher an Dominic heran, sodass sich ihre Körper berührten, ließ die Hände unter sein T-Shirt gleiten und lächelte über den erstaunten Ausdruck in seinen Augen. »Warum schaltest du nicht den Motor ab und zeigst mir, was geschieht, wenn du nicht widerstehen kannst?«

Das langsame Kreisen ihrer Fingerspitzen auf seiner Brust und ihr verführerisches Lächeln verfehlten ihre Wirkung auf Dominic nicht. »Du weißt, was dann geschieht«, flüsterte er.

»Wie wäre es, wenn du meinem Gedächtnis etwas nachhelfen würdest?« Ohne seine Antwort abzuwarten, drosselte Kate die Geschwindigkeit des Bootes, bis es nur noch leicht auf den Wellen schaukelte. »Du hast mich gestern Nacht nicht geliebt.« Sie fuhr mit den Händen über seine Hüften und seinen Rücken.

»Du hast geschlafen.« Es überraschte ihn angenehm, dass Kate die Initiative ergriff und ihn am helllichten Tag und mitten auf dem Ozean zu verführen versuchte. Er genoss es und wünschte sich nichts sehnlicher, als diese neue Erfahrung mit Kate ganz auszukosten.

»Jetzt schlafe ich nicht.« Kate stellte sich auf die Zehenspitzen und strich mit den Lippen über seinen Mund, aufreizend leicht und langsam. Sie spürte den starken Schlag seines Herzens und ergötzte sich an dem Gefühl einer Macht, die sie zuvor nie bewusst ausgeübt hatte. »Oder hast du es eilig, nach Hause zu fahren, um … hm … die Fische zu säubern?«

Sie forderte ihn heraus. Wie kam es nur, dass er früher nie bemerkt hatte, was für eine betörende kleine Hexe sie sein konnte? Dominic spürte, wie Verlangen in ihm emporstieg. Als er Kate jedoch an sich pressen wollte, zog sie sich zurück. Nicht viel. Nur Millimeter. Genug, um ihn anzustacheln.

»Wenn wir uns jetzt lieben, werde ich nicht sanft sein, Kate.«

Kate fuhr sich mit der Zungenspitze über die Lippen. »Ist das eine Warnung?«, flüsterte sie. »Oder ein Versprechen?«

Ein leichtes Beben fuhr durch Dominic. Er stellte es überrascht fest. Nie zuvor hatte er gezittert, selbst bei Kate nicht. Sein Verlangen wuchs. »Ich bin mir nicht sicher, ob du weißt, was du tust, Kate.«

Sie lächelte ihn wieder an. Für sie zählte nur noch der Wunsch, in seinen Armen zu liegen. »Komm mit hinunter in die Kabine. Dann werden wir es herausfinden.« Kate löste sich von ihm und ging voraus.

Dominic holte tief Luft und schaltete den Motor des Bootes aus. Er bemühte sich, seine Selbstbeherrschung zurückzugewinnen. Seit Kate und er wieder zueinandergefunden hatten, hatte er Angst, sie irgendwie zu verletzen. Und er befürchtete, Kate ein zweites Mal zu verlieren. Es war anstrengend, immer Vorsicht walten zu lassen. Doch Dominic zwang sich dazu. Zu viel hing davon ab.

Als Dominic die Treppe hinabgestiegen war und in die Kabine kam, sah er, dass Kate ihre Bluse aufgeknöpft, aber nicht ausgezogen hatte. Sie lächelte ihm entgegen, ein wenig unsicher. Doch das Bewusstsein eines berauschenden Machtgefühls überwog. Sie fühlte sich stark genug, Dominic zu verzaubern, ihn zu führen, mit ihm die Tiefen ihrer Leidenschaft ganz auszuloten.

Dominic blieb stehen. Kate trat auf ihn zu und bemühte sich, ihm das T-Shirt abzustreifen. Er half ihr dabei.

»Deine Haut fühlt sich wunderbar an«, flüsterte sie. »Ich fand sie immer aufregend.« Zärtlich streichelte sie Dominics entblößten Oberkörper. »Ich fand dich immer aufregend.« Ihre Hände zitterten nicht, als sie den Reißverschluss seiner Jeans öffnete. Ohne Hast entkleidete sie Dominic, nahm sich Zeit, seinen Körper Zentimeter für Zentimeter zu erkunden. »Niemand hat je ein so großes Verlangen in mir geweckt«, sagte sie leise.

Er legte die Hände auf Kates Schultern. Ahnte sie, wie die leiseste Berührung ihrer langen schlanken Finger ihn erregte? Wie ihr ruhiger Blick die Glut in ihm schürte?

»Kate …« Er beugte sich vor, um sie zu küssen.

Sie wich aus und presste ihre warmen Lippen auf seinen Hals. Dann schmiegte sie sich an ihn. Dort, wo ihre Bluse offen stand, trafen ihre nackten Körper aufeinander. Schließlich tastete Kate mit dem Mund über seine Brust, ließ ihre Hände an seinem Rücken hinab zu seinen Hüften gleiten.

Wie ein Blitz durchzuckte Dominic heiße, feurige Lust. Gleich würde es um seine Beherrschung geschehen sein. Kate trieb ihn dazu, alle Vorsicht aufzugeben. Sie wollte es nicht anders.

Wenig später lagen sie auf einer der schmalen Liegen. Die Bluse war über Kates Schultern herabgerutscht. Dominic spürte die festen Rundungen ihres Busens auf seiner Brust. Kate knabberte an seinen Lippen, reizte ihn mit ihren Küssen weiter. Sie ist wie eine Flamme, schoss es Dominic durch den Kopf. Mit den Fingerspitzen, mit dem Mund übertrug Kate das Feuer auf ihn, Dominic, bis er schließlich vor Begierde glühte …

Sie bewegte ihre Hände leicht und schnell. Wo immer sie ihn berührte, rief sie Wonnen in ihm hervor, deren Intensität ihm bald schier unerträglich erschien. Er begann, Kate ebenfalls zu liebkosen. Sie bäumte sich auf, strich über seinen Schoß.

Da umklammerte er jäh ihre Oberarme. Sein Griff war fest und stark. Kate stöhnte leise. Doch sie sehnte sich nach seiner Stärke, wünschte, dass Dominic sie beide mit seiner Kraft auf den Gipfel der Lust tragen würde.

»Du«, wisperte sie. »Du …« Sie rollte sich auf den Rücken, hob Dominic die Hüften entgegen.

»Du und ich … wir!«

Dominic drang in sie ein und spürte, wie die Erregung ihren

Leib durchzuckte. Jetzt konnte ihre Liebe nicht mehr langsam und genießerisch sein. Sie hatten sich gegenseitig zum Äußersten getrieben … Dennoch rührte er sich zunächst nicht in ihr.

»Dominic!«, flehte Kate.

»Ja, Darling.«

»Dominic, bitte …« Heftig pulsierte das Blut durch ihre Adern. Sie hörte selbst, wie sie noch einmal seinen Namen rief.

Endlich bewegte er sich in dem Rhythmus, der ihre Anspannung löste. Gemeinsam erlebten sie einen ekstatischen Höhepunkt.

Die ganze Zeit über während ihrer Genesung war keine Sekunde vergangen, in der Kate sich nicht in Gedanken damit beschäftigt hatte, erneut zu tauchen. Sie hatte es kaum erwarten können und sich kräftig genug gefühlt. Jedes Mal, wenn Dominic einen weiteren Gegenstand mitbrachte, war sie aufgeregt und enttäuscht zugleich gewesen, weil sie an seiner Entdeckung nicht teilnehmen durfte. Wie eine Schülerin, die die verbleibenden Tage bis zu den Sommerferien am Kalender abstreicht, hatte Kate die Tage bis zu ihrer vollständigen Heilung gezählt.

Doch nun fühlte sie sich plötzlich alles andere als stark.

Es war jetzt eine Woche seit dem Unglück verstrichen. Kate stand an Deck der »Wirbelwind«. Ihre Hände zitterten leicht, während sie ihren Taucheranzug überstreifte. Zum Glück befand sich Dominic bereits im Wasser.

Er befestigte das selbst gebaute Gebläse an der Schiffsschraube des Bootes. Marsh beugte sich am Heck über die Reling und beobachtete ihn bei der Arbeit.

Gut, dass Marsh sich bereit erklärt, einige Stunden seiner knapp bemessenen Freizeit für die Bergungsarbeiten zu opfern, dachte Kate. Im selben Moment wurde ihr klar, dass Linda ihn gedrängt hatte, Dominic und ihr zu helfen.

Kate nutzte den unbeobachteten Augenblick, sich zu sammeln.

Es ist ganz natürlich, dass ich Angst davor habe, wieder in das Meer hinabzutauchen, in dem ich eine solch böse Erfahrung gemacht habe, sagte sie sich.

Trotz dieser logischen Erklärung zitterten Kates Hände noch immer, als sie den Reißverschluss zuzog. Ein Reiter, der nach einem Sturz wieder auf sein Pferd stieg, empfand gewiss ähnlich.

Ihre Nervosität blieb. Kate biss die Zähne zusammen. Sie würde tauchen. Nicht einmal ihre eigenen Ängste würden sie davon abhalten, ihr Ziel zu verfolgen.

»Dominic ist soweit!«, rief Marsh, nachdem er von seinem Bruder ein Zeichen erhalten hatte.

»Ich bin auch gleich fertig.« Kate befestigte den Gürtel mit den Gewichten und beugte sich herab, um den Beutel aufzuheben, in dem sie kleinere Gegenstände bergen konnte. Wenn ihnen das Glück weiterhin hold war und das Gebläse seine Aufgabe erfüllte, würden sie bald andere Methoden anwenden müssen, um ihre Funde an Bord zu transportieren. Die Beutel reichten dann nicht mehr aus.

»Kate?«, sprach Marsh sie an.

Sie schaute nicht auf, sondern hakte den Beutel an ihren Gürtel.

»Du hast Angst, richtig?«

Stille.

Marsh berührte mit der Hand leicht ihre Schulter, aber Kate reagierte nicht darauf, intensiv befasste sie sich mit dem Festschnallen ihres Tauchermessers.

»Du könntest auf den Motor achtgeben, während ich Dominic unten helfe, Kate.«

»Nein!« Ihre Antwort kam nur etwas zu schnell und zu heftig. »Es ist alles in Ordnung, Marsh.« Sie zwang sich zur

Ruhe und hängte die Unterwasserkamera um ihren Nacken, die sie am Vortag gekauft hatte. »Ich … ach, irgendwann muss ich doch …«

»Aber nicht unbedingt heute«, unterbrach Marsh sie.

Kate lächelte ihn an. Im Vergleich zu Dominic hatte sein Bruder ein ausgesprochen ausgeglichenes Wesen.

Warum hatte sie sich nicht in Marsh verliebt? Es hätte mehr Sinn ergeben, wenn sie sich zu einem beständigen Menschen hingezogen gefühlt hätte, als sich einem unablässigen Wechselbad der Gefühle bei Dominic auszusetzen.

»Doch. Bitte.« Bevor Marsh etwas erwidern konnte, legte sie die Hand auf seinen Arm. »Sag Dominic nichts«, bat sie inständig.

Bedächtig nickte Marsh. Er war davon überzeugt, dass Dominic auch ohne einen Hinweis von ihm zu deuten wusste, was in Kate vorging, wenn er ihre Miene sah.

»Lass den Motor einige Minuten lang mit voller Kraft laufen, Marsh!«, rief Dominic, bevor er wieder an Bord kletterte. Er strahlte Energie und Tatendrang aus. »Wir müssen das Gerät zunächst testen. Vielleicht ist es nicht groß genug, um uns bei der Tiefe überhaupt irgendwie zu nutzen.«

Marsh ging zum Steuerruder. »Hast du schon einmal daran gedacht, einen Pressluftförderer zu verwenden?«

Dominic brummelte irgendetwas Unverständliches. Natürlich hatte er diese Möglichkeit bereits in Erwägung gezogen. Es handelte sich um ein Metallrohr, das auf den Meeresboden gesenkt wurde und in dem ein andauernder starker Luftsog zur Oberfläche hin herrschte. Es war eine schnelle und wirkungsvolle Methode, schlammige Böden freizulegen. Aber eventuell würde sich ein Pressluftförderer erübrigen, möglicherweise leistete das selbst gebaute Gerät ja gute Dienste. Wenn nicht, konnte man noch immer einen Pressluftförderer einsetzen.

Vermutlich würde dann auch ein größeres Schiff mit besserer Ausstattung und mehr Kraft vonnöten sein.

Die endgültige Entscheidung über die Anmietung eines solchen Schiffes wollte Dominic von den heutigen Funden und Erkenntnissen abhängig machen.

Dominic holte eine kleine Harpune aus der Kabine, die er beabsichtigte mit hinabzunehmen. Er wollte beim Tauchen mit Kate keinerlei Risiken mehr eingehen.

»In Ordnung, jetzt kannst du den Motor auf das Minimum drosseln!«, rief er Marsh zu. »So sollte es die ganze Zeit über bleiben. Ich möchte keinesfalls, dass Kate und ich von umherschießenden Kanonenkugeln getroffen werden.«

Kate hatte mehrmals tief ein- und ausgeatmet. Als sie jetzt sprach, klang ihre Stimme fest. »Könnte das Gerät wirklich eine solche Kraft haben?«, fragte sie.

»Nicht bei der Geschwindigkeit.« Dominic setzte seine Maske auf und nahm Kates Hand in seine. »Bist du bereit?«

»Ja.«

Er gab ihr einen Kuss. »Du hast Mut, Frau Lehrerin«, flüsterte er. Dann ließ er seinen Blick aufmerksam über ihr Gesicht gleiten. »Es ist eine deiner aufregendsten Eigenschaften.« Er drückte ihre Hand, wandte sich ab und stieg die Leiter hinab ins Wasser.

Dominic hatte die Angst in ihren Augen gelesen. Mit seinen Worten hatte er Kate aufmuntern wollen.

Sie strich sich über die Stirn und ging ebenfalls zur Leiter. Während sie hinabkletterte, schaute sie zu Marsh, der seine Rechte zum Gruß hob. Kate nickte ihm zu und ließ sich dann ins Meer fallen.

Kaum war sie untergetaucht, ergriff sie Panik. Ihr Herz klopfte heftig, und Verwirrung bemächtigte sich ihrer. Je tiefer sie vordrang, desto auswegloser erschien ihr ihre Situation. Das

Wasser beengte sie plötzlich, und sie rang verzweifelt nach Luft. Fluchtartig wandte sie sich um, dem Licht zu.

Da hielt Dominic sie zurück. Sein Griff war fest. Kate wehrte sich, aber Dominic ließ nicht locker, bis ihr Widerstand gebrochen war. Schließlich berührte er ihre Wange und wartete darauf, dass Kate ihn anschaute. Sie begegnete seinem Blick, erkannte die Kraft und Herausforderung darin. Unter Aufbietung ihrer ganzen Willensstärke überwand Kate ihre Angst. Allmählich verlangsamte sich ihr Puls. Sie atmete regelmäßig und fand sich damit ab, dass der Sauerstoff aus der Flasche auf ihrem Rücken kam.

Dominic bemerkte die Veränderung und führte Kates Hand an seinen Mund, so als wollte er sie küssen. Die letzte Anspannung wich von Kate. Sie war nicht allein.

Mit einem Kopfnicken bedeutete sie Dominic, dass sie sich besser fühlte. Danach zeigte sie mit dem Daumen nach unten. Hand in Hand setzten sie den Abstieg auf den Grund des Meeres fort.

Als sie dort ankamen, hatte die Wirbelbewegung des Wassers, die Dominics Gerät verursachte, bereits einiges von den Ablagerungen beseitigt. Ein Blick genügte Dominic, um festzustellen, dass sein selbst gefertigter Apparat mit dem Antrieb einer einzigen Schiffsschraube nicht ausreichen würde, sollte das Schiff tiefer als einen Meter unter dem Schlamm liegen. Für den Augenblick genügte das Gerät jedoch. Obwohl Dominic sich dazu zwingen musste, bewahrte er Ruhe und Geduld, was ihm jetzt wichtiger erschien als Schnelligkeit. Nicht nur bei dem Wrack musste er Vorsicht walten lassen.

Dominic schätzte, dass der Wirbel ungefähr zwei bis drei Zentimeter pro Minute entfernte. Er und Kate hätten heute sowieso keinen Nutzen davon gehabt, wenn das Gerät schneller gearbeitet hätte. Sie konnten nicht viel ausrichten.

Während er den Apparat überprüfte, schwamm Kate zu einer der Kanonen, um sie für ihr Verzeichnis der Funde auf Zelluloid zu bannen. Als sie zurückkehrte und erneut die Kamera hob, um Dominic zu fotografieren, musste er lächeln.

Sie war nun völlig entspannt, hatte ihre Angst vergessen. Er konnte es an ihren Bewegungen feststellen.

Kate ließ die Kamera sinken und gesellte sich zu Dominic. Sekunden später wurde ein fester Gegenstand zusammen mit Sand und Schlamm aus dem Loch hochgeschleudert, den der Wasserstrudel in den Boden bohrte. Kate fing den Gegenstand geschickt auf. Bei näherem Betrachten erkannte sie einen Kerzenständer. Ungläubig drehte sie ihn wieder und wieder in der Hand.

War er aus Silber gefertigt? Hatten sie nun den eigentlichen Schatz entdeckt? Eine schwarze Oxidationsschicht überzog den Kerzenständer und gab keinen Aufschluss über das Material. Dennoch verspürte Kate Begeisterung. Nach langen Tagen, in denen sie dazu verurteilt gewesen war, untätig zu warten, nahm sie wieder aktiv am Abenteuer teil.

Sie schaute zu Dominic, der nun auch aufgewirbelte Gegenstände einsammelte und in den Korb aus Drahtgeflecht legte, den er bereits am Tag zuvor heruntergebracht hatte. Es waren weitere Kerzenständer darunter, auch Tischbestecke, allerdings nicht mehr so einfache und schlichte wie die, die sie anfangs aufgespürt hatten.

Schnell griff Kate nach der Kamera und machte gewissenhafte Aufnahmen von allen Stücken. Für sie bestand kein Zweifel daran, dass sie einen Silberstempel entdecken würden. Dann hätten sie die Gewissheit, um mit Bestimmtheit sagen zu können, dass es sich tatsächlich um ein britisches Schiff handelte. Gewöhnliche Seeleute hatten kein Besteck aus Silber benutzt, nicht einmal aus Zinn. Diese Funde gehörten auch nicht mehr zur Kombüse. Dominic und sie, Kate, waren weiter vorgedrungen und standen doch erst am Anfang ihrer Ausgrabungen.

Als Dominic das erste Stück aus Porzellan fand, gab er Kate ein Zeichen. Die Vase hatte zwar im Laufe der Zeit durch den Wasserdruck gelitten und war zerbrochen, aber auf der Hälfte, die erhalten war, prangte deutlich der Stempel des Herstellers.

Kate umfasste aufgeregt Dominics Arm. »Whieldon«, las sie.

Also englisches Porzellan. Und dieser Porzellanhersteller hatte seine Kunst an die Manufaktur Wedgwood weitergegeben. Kate nahm die Scherbe so vorsichtig in die Hand, als handle es sich um einen empfindsamen kleinen Vogel.

Dann blickte sie Dominic triumphierend an. Sie ärgerte sich darüber, im Meer zur Sprachlosigkeit verdammt zu sein, und deutete mehrmals mit dem Zeigefinger auf den Stempel.

Dominic nickte und bedeutete ihr, die Scherbe in den Korb zu legen. Nur widerwillig trennte sich Kate von dem kostbaren Stück. Doch dann packte sie der Ehrgeiz, mehr zu finden. Sie schwamm zum Fundort zurück und traf Dominic dort wieder mit vollen Händen. Er hatte nur Bruchstücke eingesammelt, aber der Form nach handelte es sich um Teile von Schüsseln, Tassen oder Tellern.

Das bewies zwar nicht eindeutig, dass das Wrack ein Handelsschiff war. Es ließ allerdings den Schluss zu, dass die Offiziere und vielleicht auch Passagiere des Schiffes auf ihrer Reise in die Neue Welt auf ein kultiviertes Mahl Wert gelegt hatten. Englische Offiziere. So viel stand für Kate fest.

Sie brachte auch diese Scherben zum Korb und hielt nach weiteren Dingen Ausschau.

Plötzlich schoss erneut ein größeres Teil durch die Wucht des Strudels vom Boden empor. Diesmal ergriff Dominic es. Er stellte fest, dass es sich um eine verkrustete schmutzige Kanne handelte, die für Tee oder Kaffee verwendet worden war. Sie mochte unter der Schmutzschicht, die sie im Laufe der Jahre überzogen hatte, zerbrochen sein, doch, im Gegenteil, diese Schicht hatte sie die ganze Zeit zusammengehalten. Dominic klopfte an seine Sauerstoffflasche, um Kate auf seinen Fund aufmerksam zu machen.

Ihr genügte ein Blick, um zu wissen, dass Dominic eine Kanne von unschätzbarem Wert in den Händen hielt. Kate bezähmte ihre Ungeduld und bedeutete Dominic, die Kanne für ein Foto hochzuhalten. Er kam ihrer Aufforderung nach, kreuzte die Beine zum Schneidersitz und mimte, dass er sich eine Tasse Tee eingoss.

Kate schmunzelte. Obwohl er gerade einen Gegenstand geborgen hatte, der Tausende von Dollars Wert sein mochte, konnte Dominic Witze machen. Nichts schien ihm ernst genug zu sein, um sich nicht einen Spaß damit zu erlauben. Kate betätigte den Auslöser ihrer Kamera und empfand mit einem Mal die gleiche Ausgelassenheit wie er. Sie schwamm zu Dominic und streckte die Hand nach der Kanne aus, um sie zu untersuchen.

Mit den Fingerspitzen strich sie über die Oberfläche. Bei genauem Hinsehen entdeckte sie ein feines Muster unter der Schmutzschicht. Dies war wirklich keine gewöhnliche Keramik, kein normaler Gebrauchsgegenstand. Es handelte sich um feinstes, schon zu seiner Zeit kostbares Porzellan.

Dominic hatte die Bedeutung und den Wert dieser Kanne natürlich ebenfalls erkannt. Vorsichtig nahm er sie Kate ab. Dann bedeutete er ihr, dass es Zeit wurde, die Funde dieses Morgens hinaufzutransportieren. Er zeigte auf seine Uhr, womit er ausdrücken wollte, dass sich der Inhalt ihrer Sauerstoffflaschen dem Ende zuneigte.

Kate erhob absolut keinen Widerspruch. Sie würden ja schnellstmöglich zurückkehren, und die »Liberty« wartete auf sie.

12. Kapitel

»Kannst du dir vorstellen, wie ich mich fühle?«, fragte Kate, nachdem sie und Dominic aufgetaucht waren.

»Ja.« Dominic hielt sich mit einer Hand an der Leiter zur »Wirbelwind« fest und wartete, bis Kate ihre Sauerstoffflaschen abgenommen und an Bord gehoben hatte. »Ja, das kann ich sehr gut.«

»Die Teekanne.« Kate kletterte an Bord. »Dominic, sie ist unbezahlbar. Es ist, als hätte man inmitten eines großen Abfallhaufens eine herrliche blühende Rose gefunden.« Bevor Dominic etwas erwidern konnte, lachte Kate übermütig auf und rief Marsh zu: »Es war fantastisch. Einfach unglaublich.«

Marsh schaltete den Motor ab und kam herüber, um die Ausrüstung und den Korb an Deck zu hieven. »Ihr beide arbeitet schnell und gut.« Er beugte sich über den Korb und berührte mit einem Finger die Kanne. »Mein Gott, sie ist ja noch heil.«

»Sobald sie gesäubert ist, werden wir das Datum bestimmen können. Schau dir das einmal an.« Kate holte das Teilstück der Vase hervor. »Hier ist der Stempel eines englischen Töpfers. Englisch«, wiederholte sie, an Dominic gewandt. »Er hat Wedgwood ausgebildet, und Wedgwood hat erst um 1760 herum mit seiner eigenen Produktion begonnen. Wir haben demnach …«

»… ein Teil gefunden, das mit aller Wahrscheinlichkeit aus dem Zeitraum stammt, der uns interessiert«, beendete Dominic ihren Satz. »›Liberty‹ oder nicht«, fuhr er fort und ging neben

Kate in die Hocke. »Es sieht ganz so aus, als wären wir auf ein Wrack aus dem achtzehnten Jahrhundert gestoßen, das vermutlich britischen Ursprungs ist und das bisher nicht entdeckt wurde.« Er griff nach ihrer Hand und drückte sie. »Dein Vater wäre stolz auf dich.«

Plötzlich überschlugen sich ihre Gedanken. Ihre Hand begann leicht zu zittern. Schnell legte sie die Porzellanscherbe zurück in den Korb und richtete sich auf.

»Ich gehe hinunter«, stieß sie hervor und verschwand.

Stolz. Kate lächelte vor sich hin, während sie die Treppe hinunterlief. Den Stolz und die Liebe des Vaters. Hatte sie sich nicht immer danach gesehnt? Konnte es sein, dass sie nach seinem Tod das erhielt, was sie sich zu seinen Lebzeiten gewünscht hatte?

Kate setzte sich auf eine der schmalen Liegen und bemühte sich, ihre Empfindungen unter Kontrolle zu bringen. Sie war entschlossen, die »Liberty« zu finden, den Traum ihres Vaters Wirklichkeit werden zu lassen. In einem Museum sollte sein Name an den Funden stehen.

Aber es gab noch einen anderen Grund für sie, fortzufahren. Um ihrer selbst willen musste sie weitersuchen. Es war ihr erster eigener Entschluss gewesen, nicht länger passiv zu bleiben, sondern selber tätig zu werden.

Für mich selbst, wiederholte Kate im Stillen.

»Kate?«

Sie wandte sich um in dem Glauben, nach außen hin Ruhe auszustrahlen, aber Dominic las in ihren Augen, welche Gefühle sie bewegten. Er wusste nicht recht, wie er reagieren sollte, und daher beschränkte er sich auf das Praktische.

»Es wäre besser, wenn du jetzt deinen Taucheranzug ausziehen würdest.«

»Wieso? Wir gehen doch ein zweites Mal hinunter.«

»Nein, das tun wir nicht.« Wie um seinen Worten Nachdruck zu verleihen, fing er an, seinen Anzug abzustreifen.

Als jetzt auch noch Marsh den Motor anließ und das Boot wendete, begehrte Kate auf.

»Dominic, wir haben noch genug Sauerstoffflaschen. Es gibt keinen Grund, nicht weiterzumachen …«

»Diese eine Stunde heute dort unten hat die meiste Energie verbraucht, die du in der vergangenen Woche aufgebaut hast«, unterbrach Dominic sie. »Wenn du auch morgen tauchen möchtest, solltest du dich heute nicht überanstrengen.«

Aufgrund ihrer labilen Stimmungslage konnte Kate die Situation nicht vernünftig sehen. Ihr Zorn über die vermeintliche Bevormundung brach sich unvermittelt Bahn. »Zum Teufel noch eins!«, platzte sie heraus. »Ich bin es leid, andauernd so behandelt zu werden, als würde ich meine Grenzen, meinen Verstand und meinen Körper nicht kennen.«

Dominic ging zur Kombüse und holte eine Dose Bier aus dem Kühlschrank. Zischend entströmte die Luft, während er den Verschluss zurückbog. »Was redest du für einen Unsinn?«

»Dominic, ich musste fast vier Tage lang das Bett hüten und danach untätig herumsitzen, weil du und Linda und alle anderen, die um mich herum waren, mich dazu genötigt haben. Ich dulde es nicht länger, dass andere über mich bestimmen.«

Dominic strich sich das tropfnasse Haar aus der Stirn und setzte die Dose an den Mund. Nachdem er getrunken hatte, sagte er: »Du wirst das so lange dulden, wie ich es für richtig halte.«

»Du?«, stieß Kate hervor und sprang auf. Mit vor Zorn geröteten Wangen trat sie auf ihn zu. »Ich muss mir weder von dir noch von sonst jemandem vorschreiben lassen, was ich zu tun oder zu lassen habe. Ich glaube, es wird höchste Zeit, dass du dir vor Augen hältst, wer das Sagen bei dieser Bergungsaktion hat.«

»Ach? Meinst du?«

»Ja. Ich habe dich angeheuert. Fünfundsiebzig Dollar pro Tag und fünfundzwanzig Prozent. So lauten die Bedingungen. Wir haben nicht vereinbart, dass du mein Leben bestimmst.«

Dominic presste die Lippen zusammen. Eine Ewigkeit schien zu verstreichen, in der nur der Lärm des Motors und Kates heftiger Atem zu hören waren. Dollars und Prozente. Der Gedanke erfüllte Dominic mit Bitterkeit. Nur Dollars und Prozente.

»Und das soll alles sein?«, fragte er schließlich.

»Wir haben eine Vereinbarung getroffen. Ich habe die Absicht, dir deinen Teil zu geben. Ich lasse mir aber nicht von dir sagen, wann ich tauchen darf und wann nicht. Du hast nicht zu beurteilen, wann ich mich wohlfühle und wann nicht. Ich bin es endgültig leid, mir Anweisungen erteilen zu lassen. Und ich werde es nicht mehr dulden – weder von dir noch von anderen. Nie wieder.«

Dominic krampfte die Finger um die Bierdose in seiner Hand. »In Ordnung. Du kannst machen, was du willst, Frau Lehrerin. Aber dann such dir gefälligst auch einen anderen Taucher. Ich schicke dir meine Rechnung mit der Post.« Er drehte sich um und verließ die Kabine.

Kate setzte sich wieder auf die Liege und presste die Handflächen fest gegeneinander. So verharrte sie, bis der Motor abgeschaltet wurde. Mühsam verbannte sie alle Gedanken und Gefühle, stand auf und ging an Deck.

Alles war so, wie sie es zurückgelassen hatte – der Drahtkorb mit den Funden und die fast aufgebrauchten Sauerstoffflaschen. Nur Dominic war fort.

»Du kannst nicht alles allein tragen.« Marsh kam vom Bug herbei.

Kate zog ein langes T-Shirt über ihren Taucheranzug, das ihr bis auf die Oberschenkel reichte. »Ich wäre dir dankbar, wenn du mir helfen würdest, die Sachen in mein Hotelzimmer zu schaffen. Dort werde ich mich um den Versand kümmern.«

»In Ordnung.« Anstatt jedoch den Korb vom Boden hochzuheben, griff Marsh nach ihrem Arm. »Kate, ich erteile nicht gern Ratschläge, aber ...«

»Dann lass es auch«, unterbrach sie ihn. Im gleichen Moment bereute sie ihre Barschheit. »Es tut mir leid, Marsh. Ich bin nervös.«

»Ja, das ist mir klar. Ich weiß auch, dass mit dir und Dominic nicht immer alles glatt verläuft. Du musst wissen, dass er sich oft verschließt und nicht sagt, was er denkt. Oder schlimmer noch«, fügte er hinzu, »er sagt das Erstbeste, was ihm in den Sinn kommt.«

»Dominic kann tun und lassen, was er will. Ich bin hergekommen, um die ›Liberty‹ zu finden und auszugraben. Wenn Dominic und ich auf geschäftlicher Ebene nicht miteinander zurechtkommen, muss ich es eben ohne ihn tun.«

»Hör mal, er hat eben so seine Eigenheiten ...«

»Marsh, du bist sein Bruder. Es ist ganz klar, dass du zu ihm hältst, doch ...« Sie verstummte und zuckte die Schultern.

»Ich mag auch dich sehr. Wenn ich dir irgendwie helfen kann ...«

Kate wehrte sich gegen das Gefühl der Dankbarkeit, weil sie befürchtete, es könne sie beeinflussen. Sie straffte die Schultern. »Ich weiß dein Angebot zu schätzen, Marsh, danke. Sag mir bitte, wo ich mir kurzfristig ein Boot und eine Taucherausrüstung leihen kann. Ich will heute Nachmittag wieder aufs Meer hinausfahren.«

»Kate ...«

»Ich fahre«, wiederholte sie. »Mit oder ohne deine Unterstützung!«

Den Rest des Vormittags verbrachte Kate damit, alle Funde in ihrem Hotelzimmer zu ordnen und sich auf die zweite Ausfahrt am Nachmittag vorzubereiten. Sie musste dann noch eine längere Diskussion mit Marsh überstehen, der erneut versuchte, sie von ihrem Vorhaben abzubringen. Kate lehnte seinen Vorschlag, sie zu begleiten, rigoros ab. Mit der Drohung, sie werde sich woanders ein Boot mieten, setzte sie ihren Willen durch.

Schließlich stand sie am Steuer der »Möwe« und fuhr allein aufs Meer hinaus. Es war fast eine Trotzreaktion, dass sie mit Vollgas über die Wasseroberfläche sauste. Sie grübelte nicht über die Gründe für ihr Tun nach. Sie hatte einfach das Bedürfnis, schnell zu fahren.

Kate wollte nicht an Dominic denken und daran, weshalb sie ihn angeschrien hatte. Ihre Worte mochten hart gewesen sein, aber sie waren sicherlich notwendig gewesen.

Diese Überlegung tröstete sie. Viel zu lange – ein Leben lang – hatte sie unter dem Einfluss anderer Menschen gestanden, fremde Erwartungen erfüllt.

Kate erreichte ihr Ziel und schaltete den Motor ab. Danach legte sie ihre Ausrüstung an und prüfte sie wieder und wieder. Sie war noch nie allein getaucht. Jetzt wollte sie es wagen. Diese Erfahrung zu machen schien ihr für die Entwicklung ihrer Persönlichkeit mit einem Mal sehr wichtig.

Nach einem letzten Blick auf den Kompass kletterte sie mit einem Drahtkorb über die Reling ins Wasser.

Je tiefer sie kam, desto größer wurde ihre Aufregung. Hier hielt sich außer ihr kein Mensch auf. Sie war ihr eigener Herr, völlig auf sich selbst gestellt.

Kate hatte es nicht eilig. Sie wollte den Rausch genießen, unabhängig zu sein und allein im Meer zu schwimmen, abgesehen natürlich von einigen neugierigen Fischen, die hin und wieder ihren Weg kreuzten. Niemand machte ihr Vorschriften, niemand gängelte sie. Sekundenlang schloss sie die Augen und ließ sich treiben. Dann setzte sie ihren Weg zielstrebig fort.

Schließlich erreichte sie den Meeresboden. Unbändiger Stolz erfüllte sie, dass sie ohne ihren Vater etwas verwirklichen konnte. Sie gab sich diesem triumphalen Gefühl hin, ohne über die Hintergründe nachzudenken. Zweieinhalb Jahrhunderte lang lag das Schiff schon auf dem Meeresboden, dann hatte sie es entdeckt. Kate schwamm im Kreis um das von Dominics Apparatur geschaffene Loch und begann mit den Händen zu fächern.

Zuerst fand sie einen Teller mit einem zarten Blumendekor am Rand. Nach einer Weile hatte sie ein halbes Dutzend dieser Teller freigelegt, von denen zwei völlig heil waren. Auf der Rückseite entdeckte sie das Zeichen eines englischen Töpfers. Später stieß Kate auch auf Tassen aus feinem Porzellan, die vielleicht einmal den Tisch eines wohlhabenden Kolonialherren hätten zieren sollen. Sie hätten Erbstücke werden können, die ihrem Besitzer sicher lieb und wert gewesen wären, hätte die Natur nicht ihre ureigenste Macht. Die ehemalige Form der Tassen war überwuchert mit Muscheln und Kalk. Kate aber glaubte, durch diese Schicht hindurch die wahre Schönheit der Gegenstände zu erblicken.

Sorgfältig fächerte Kate weiter. Dabei hätte sie fast ein Teil übersehen, das wie eine dunkle Muschel wirkte. Sie schwamm näher heran. Bei genauerem Hinsehen erkannte sie eine Silbermünze. Sie konnte nicht feststellen, um welche Währung es sich handelte. Das war aber auch völlig nebensächlich. Warum sollte es nicht eventuell ein spanisches Geldstück sein?

Sie hatte gelesen, dass die spanische Währung von allen europäischen Nationen benutzt worden war, die Kolonien in der neuen Welt unterhalten hatten.

Es zählte nur, dass es sich unzweifelhaft um eine Münze handelte. Die erste. Obwohl sie aus Silber und nicht aus Gold gestanzt war, konnte Kate ihr Glück kaum fassen. Sie hatte die erste Münze entdeckt! Und zwar allein.

Gerade wollte Kate ihren Fund in den Beutel an ihrem Gürtel stecken, da wurde sie am Arm herumgerissen.

Jähe Angst erfüllte sie. Die Harpune befand sich an Bord der »Wirbelwind«. Kate war unbewaffnet.

Sekunden später erkannte sie, dass ihr keine Gefahr drohte. Dominic umklammerte ihre Schultern.

Ihre Angst machte einer ohnmächtigen Wut Platz. Musste er sie derart erschrecken? Musste er sie ausgerechnet jetzt stören? Sie versuchte sich seinem Griff zu entwinden und gestikulierte wild, dass er sie allein lassen solle. Doch Dominic schlang nur den Arm um ihre Taille und schwamm mit ihr zurück zur Oberfläche.

Kate gelang es nicht, sich zu befreien. Dominic hielt sie so fest, dass ihr nur die Wahl blieb, entweder nachzugeben oder ihre eigene Luftzufuhr durch heftige Bewegungen abzuschneiden.

Sobald sie mit den Köpfen über Wasser waren, riss Kate ihr Mundstück heraus. Bevor sie allerdings einen Ton hervorbringen konnte, schrie Dominic sie an.

»Bist du verrückt geworden?« Er zog sie mit sich zur Leiter. »Kaum bist du einen Tag richtig auf den Beinen, traust du dir zu, allein in einer Tiefe von fünfzig Metern zu tauchen. Ich weiß nicht, wie ich jemals auf den Gedanken verfallen konnte, du hättest Verstand.«

Schwer atmend hob Kate ihre Sauerstoffflaschen an Bord.

Sie wollte erst einmal festen Boden unter den Füßen spüren und dann … dann …

»Ich brauche dich nur ein paar Stunden aus den Augen zu lassen, und du wirst größenwahnsinnig. Du wärst schuld daran gewesen, wenn ich Marsh vor Wut umgebracht hätte!«, schimpfte Dominic.

Da stellte Kate fest, dass sie an Bord der »Wirbelwind« geklettert war. Marshs Boot war verschwunden.

»Wo ist die ›Möwe‹?«, fragte sie.

»Marsh war vernünftig genug, mir zu sagen, was du im Schilde führst. Er ist mit mir hinausgefahren und bringt die ›Möwe‹ in den Hafen zurück.« Dominic stand jetzt vor Kate und schaute auf sie herab. »Denkst du wirklich kein bisschen nach?«

Kate warf den Kopf zurück. »Und du?«

»Verflixt, wir reden nicht vor mir«, fuhr Dominic sie an. Dann begann er, Kate den Taucheranzug auszuziehen. »Ich tauche, seit ich sechs Jahre alt bin. Ich kenne die Strömungen.«

»Ich kenne die Strömungen auch.«

»Du hast einige Tage lang im Bett gelegen.«

»Nur deswegen, weil du so überempfindlich warst.« Kate schüttelte seine Hände ab. Da er ihr das Oberteil des Taucheranzuges bereits abgestreift hatte, zog sie den Rest ebenfalls aus. »Du hast kein Recht, mir vorzuschreiben, wann und wo ich tauchen darf, Dominic. Selbst wenn du stärker bist, kannst du nicht einfach daherkommen und mich hinaufschleppen!«

»Zum Teufel damit, wozu ich ein Recht habe und wozu nicht!« Dominic fasste Kate bei den Oberarmen und schüttelte sie heftig. Er machte seinem Zorn über ihren Unverstand rücksichtslos Luft. Er kannte die Gefahren, die im Meer lauerten. »Ich schaffe mir meine eigenen Rechte. Du wirst nicht mehr allein tauchen. Und wenn ich dich anketten muss, um dich davon abzuhalten.«

»Du hast mir gesagt, ich solle mich um einen anderen Taucher kümmern!«, stieß Kate hervor. »Solange ich keinen habe, tauche ich ohne Partner.«

»Du hast mir dieses Abkommen vorgehalten, Kate. Miese Prozente und ein Tageshonorar. Weißt du, wie ich mich da gefühlt habe?«

»Nein!«, rief Kate aus und machte sich frei. »Nein, ich weiß nicht, wie du dich gefühlt hast. Ich weiß nie, wie du dich gefühlt hast. Ich weiß nie, wie du fühlst. Du sagst es mir nie.« Sie fuhr sich mit den Händen durch ihr nasses Haar und wandte sich ab. »Wir haben die Bedingungen vereinbart.«

»Das war vorher.«

»Vor was?«, fragte Kate. Sie spürte, wie ihr Tränen in die Augen stiegen, aber sie schaffte es, sie zurückzuhalten. »Bevor ich mit dir geschlafen habe?«

»Kate.« Mit wenigen Schritten war Dominic bei ihr und hielt sie zwischen der Reling und seinem Körper gefangen. »Versuchst du, mich für etwas zu bestrafen, das ich vor vier Jahren getan oder nicht getan habe? Ich weiß nicht einmal, was es ist. Ich weiß nicht, was du von mir willst oder was nicht, und ich bin es leid, ständig herumzuraten ...«

»Ich möchte nicht in die Enge getrieben werden«, erwiderte Kate heftig. »Das ist das eine. Dann möchte ich nicht, dass immer von mir erwartet wird, mich mit Aufgaben zu betrauen, die sich andere für mich ausgedacht haben. Das ist das zweite. Und ich möchte nicht, dass einfach vorausgesetzt wird, dass ich keinerlei persönliche Ziele oder Wünsche haben darf. Oder nicht in der Lage wäre, mich um mich selbst zu kümmern!«

Dominic knirschte mit den Zähnen. Er zog seinen Taucheranzug aus und warf ihn zur Seite. »Du verkennst die Lage, meine Liebe. Ich erwarte nichts von dir und setze nichts voraus. Früher vielleicht einmal, aber heute nicht mehr. Es gab nur einen einzigen Menschen, der dich in die Enge getrieben hat, und ich war es nicht.« Er riss seine Maske vom Kopf und schleuderte sie zu Boden. »Ich war derjenige, der dich gehen ließ.«

Kate versteifte sich. Selbst aus der Entfernung, in der Dominic jetzt zu ihr stand, bemerkte er, dass ihr Blick eisig wurde. »Ich will nicht mit dir über meinen Vater sprechen.«

»Immerhin hast du schnell gemerkt, von wem die Rede ist.«

»Du konntest ihn nicht leiden. Du …«

»Hör auf!«, unterbrach Dominic sie. »Statt mir Vorwürfe zu machen, solltest du lieber mal darüber nachdenken, wie du zu ihm gestanden hast.«

»Ich habe ihn geliebt«, antwortete Kate leidenschaftlich. »Mein Leben lang habe ich versucht, es ihm zu zeigen. Das begreifst du nicht.«

»Wieso bist du dir da so sicher?«, fragte Dominic. »Meinst du, ich erkenne nicht, was du empfindest, wenn wir dort unten etwas finden? Hältst du mich für so blind, dass ich nicht merken würde, wie du dich mit dem Gedanken quälst, einst nicht seinen Erwartungen und Vorstellungen entsprochen zu haben? Ob du es glaubst oder nicht, es tut mir weh, mit anzusehen, wie du dich selbst dafür bestrafen willst, nicht so zu sein, wie er dich vielleicht haben wollte. Und ich habe es satt«, fuhr er fort und holte tief Luft, »gründlich satt, mit einem Mann verglichen und an ihm gemessen zu werden, den du geliebt hast, ohne dass du ihm jemals wirklich nahe gewesen bist.«

»So ist es nicht.« Kate bedeckte ihr Gesicht mit den Händen. Sie wollte nicht zeigen, wie tief seine Worte sie getroffen hatten, und konnte sich doch nicht dagegen wehren. »Ich möchte nur …«

»Was?«, fragte Dominic. »Was möchtest du?«

»Ich habe nicht einmal geweint, als er starb«, sagte Kate und ließ die Hände wieder sinken. »Ich habe nicht geweint, auch nicht bei seinem Begräbnis. Ich war ihm doch Tränen schuldig, Dominic!«

»Du bist ihm nichts schuldig. Du hast dich dein Leben lang nach ihm gerichtet, dich auf ihn eingestellt.« Dominic fuhr sich mit den Fingern durchs Haar. »Kate …« Sein Zorn verflog plötzlich. Langsam trat er zu Kate und nahm sie in die Arme.

»Ich habe nicht geweint …«

»Dann weine jetzt«, flüsterte Dominic und küsste ihre Schläfe. »Wein jetzt.«

Heftige Krämpfe schüttelten Kate. Sie ließ ihren Tränen freien Lauf. Die angestaute Enttäuschung und Trauer über die Tatsache, dass ihre Sehnsucht nach Liebe, nach Verständnis von ihrem Vater unbeantwortet geblieben war, brachen sich ungehindert Bahn.

Dominic hielt Kate fest umschlungen. Vorsichtig zog er sie hinab auf die Bank. Er fand keine tröstenden Worte. Es fiel ihm schwer, Trost zu spenden. Er konnte Kate nur sein stummes Mitgefühl anbieten.

Schließlich verebbten ihre Tränen, doch sie barg weiterhin ihr Gesicht an Dominics Schulter. Sie war dankbar für seine Zärtlichkeit.

»Ich konnte nicht um ihn trauern«, flüsterte sie nach einer Weile. »Ich weiß nicht, warum.«

»Du musst nicht weinen oder trauern, Kate.«

»Nein, vielleicht nicht«, erwiderte sie nachdenklich. »Vielleicht nicht. Doch du hast recht. Ich habe all dies für ihn tun wollen, weil er keine Gelegenheit mehr hatte, seinen Plan selbst zu Ende zu führen. Wahrscheinlich verstehst du es nicht, Dominic, aber ich hatte das Gefühl, hiermit alles für ihn zu tun, was ich kann. Für ihn, und für mich.«

»Kate.« Behutsam schob er sie ein Stückchen zurück, sodass er in ihr Gesicht blicken konnte. Ihre Augen waren rot umrändert. »Ich brauche gar nicht alles zu verstehen. Ich will dich nur lieben.«

Er spürte, wie Kates Muskeln sich anspannten, und schalt sich im Stillen einen Dummkopf. Warum brachte er es nicht fertig, sich so auszudrücken, wie man es in solchen Fällen erwartete? Kate war eine Frau, die sanfte, leise geflüsterte Worte hören wollte, und ihm fiel es unendlich schwer, sie zu finden.

Lange Zeit blieb sie völlig regungslos in seinen Armen.

»Stimmt es?«, fragte sie schließlich leise.

»Was?«

Warum war es nur so schwierig, ihn dazu zu bringen, diese einfachen Worte auszusprechen? »Liebst du mich?«

»Kate.« Ungeduldig hielt er sie ein wenig auf Distanz. »Ich weiß wirklich nicht, wie ich es dir anders zeigen könnte. Möchtest du Blumen, Champagner oder Gedichte? Verflixt, das ist nicht meine Art.«

»Ich möchte eine Antwort«, beharrte sie.

»Ich habe dich immer geliebt«, sagte er dann fast unwillig.

Langsam löste sich Kate aus seiner Umarmung, stand auf und stellte sich an die Reling. Eine Weile schaute sie aufs Meer hinaus.

Die Bojen, die die Lage des Wracks auf dem Meeresboden markierten, tanzten auf dem Wasser. Warum konnte es im Leben keine Bojen geben, die einem die korrekte Richtung wiesen?

»Du hast es mir nie gesagt, Dominic.«

»Kate, ich kann nicht einmal die Zahl der vielen Frauen nennen, zu denen ich das schon gesagt habe.« Als sie sich umdrehte und ihn verwundert anblickte, erhob Dominic sich. »Damals fiel es mir leicht. Es ist nicht schwer, wenn es total bedeutungslos ist. Aber es kommt einem nicht so leicht über die Lippen, wenn man es ernst meint. Und wenn man befürchten muss, dass sich der andere zurückzieht.«

»Ich hätte es nicht getan.«

»Nein?«

»Gewiss nicht.«

»Kate, vor vier Jahren bist du fortgegangen, als ich dich bat zu bleiben«, warf Dominic ihr vor. »Ich …«

»Du wolltest, dass ich bleibe«, fiel sie ihm ins Wort. »Du wolltest, dass ich nicht nach Connecticut zurückkehre, sondern zu dir ziehe. Einfach so. Ohne Versprechungen, ohne Verpflichtung, ohne irgendein Zeichen, dass du die Absicht hattest, dich zu binden, dein Leben auf Dauer mit mir zu teilen. Das konnte ich nicht, Dominic. Ich hatte zudem Pflichten.«

»Die Pflicht, das zu tun, was dein Vater wollte.«

Kate schluckte. »Gut, meinetwegen«, entgegnete sie. »Wie auch immer, du hast mir nie gesagt, dass du mich liebst.«

Dominic machte einen Schritt auf sie zu. »Ich sage es dir jetzt, Kate.«

Sie nickte beklommen. »Und ich ziehe mich nicht zurück. Ich weiß bloß noch nicht, ob ich in der Lage bin, den nächsten Schritt zu tun. Bei dir bin ich mir auch nicht sicher.«

»Soll ich dir ein Versprechen geben?«

Kate verneinte. »Ich brauche Zeit. Wir beide brauchen Zeit. Ich glaube, dass wir viel nachzudenken haben.«

»Kate!« Dominics Stimme klang ungeduldig. »Über manche Dinge muss man nicht nachdenken. Manche Dinge zerstört man durch zu viele Gedanken.« Mit wenigen Schritten überbrückte er die Distanz zwischen ihnen und nahm Kates Hände in seine.

»Du hast dein Leben auf deine Art und Weise gelebt, und ich habe mein eigenes Leben geführt«, sagte sie. »Dominic, ich habe gerade begonnen, mich zu verändern, diese Veränderung in mir zu spüren. Ich möchte keinen Fehler begehen, nicht bei dir. Du bist mir zu wichtig. Wenn du mir Zeit lässt …«

»Kate, wir haben vier Jahre verloren«, unterbrach er sie.

Dominic wollte nun schnell eine Antwort auf die Frage, die ihn seit Langem quälte. »Ich kann nicht länger warten. Ich muss wissen, wie du empfindest.«

Kate hatte unwillkürlich den Atem angehalten. »Ich liebe dich, Dominic. Ich habe nie aufgehört, dich zu lieben. Ich habe es dir damals nicht gesagt, als ich es hätte tun sollen.«

Ihr Eingeständnis nahm eine große Last von seiner Seele. Er umfasste mit beiden Händen ihr Gesicht. »Du machst mich glücklich.«

Liebe. Kate hatte Hunderte von Gutachten über dieses Thema gelesen. Sie hatte sie studiert, analysiert und die Erkenntnisse an ihre Schüler weitergegeben. Unzählige Zeilen aus Büchern, Theaterstücken und Gedichten umschrieben dieses eine Wort – Liebe. Die Handlungen zahlreicher Romane wurden durch dieses Gefühl bestimmt.

Nun hatte Dominic ihr seine Liebe gestanden. Liebe, Liebe, Liebe. Die Bedeutung mit all den Konsequenzen schien ihr mit einem Mal unfassbar, unverständlich.

Dominic hatte nicht Byrons Art, mit Worten umzugehen, oder Keats romantische Ausdrucksweise. Er sagte, was ihn bewegte, schlicht und geradeheraus. Die Bedeutung blieb die gleiche, aber Kates Verstand tat sich schwer, sie anzunehmen.

Sie begriff, welche Empfindungen sie selbst bewegten. Seit jenem Sommer, in dem sie in Dominics Armen das Glück erfahren hatte, sich einem anderen Menschen bedingungslos und ganz zu schenken, liebte sie Dominic.

Aber was fand er an ihr, das ihm liebenswert erschien? Kate stellte sich diese Frage nicht etwa aus Bescheidenheit. Dahinter steckte vielmehr der Wunsch, alle Dinge klar und logisch zu erfassen, um mit ihnen fertig werden zu können. So war sie erzogen worden. Jede Wirkung hatte ihre Ursache. Jede Reaktion war auf eine Aktion zurückzuführen.

Dies hielt sie für einen unumstößlichen Grundsatz.

Sie hatte also Dominics Liebe gewonnen – aber wieso?

Kate verspürte keinerlei Minderwertigkeitskomplexe, was ihre Intelligenz anbelangte. Wenn sie auf irgendetwas stolz war, dann auf ihren Verstand, was dazu führte, dass sie ihre übrigen Eigenschaften unterbewertete.

Dominic steckte voller Tatendrang, war ein ruheloser, sprunghafter Mensch. Sie hingegen betrachtete sich als ausgeglichen und überlegen. Während sie ihr Leben nach einem bestimmten Schema einrichtete und Beständigkeit, Routine schätzte, zog Dominic Risiken, das Unerwartete vor. Eigentlich seltsam, dass er sich ausgerechnet zu ihr hingezogen fühlte. Und doch war es so.

Um diese Tatsachen annehmen zu können, musste sie eine Lösung finden. Liebe zog Verpflichtung nach sich. Und hier lag offenbar das größte Problem.

Dominic lebte auf einer relativ einsamen Insel, weil er als Einzelgänger seinem persönlichen Rhythmus folgen, seine Zeit frei einteilen wollte. Sie als Lehrerin hatte einen festen Stundenplan. Ohne die Genugtuung, Wissen zu vermitteln, würde sie unzufrieden sein. Und Dominic würde in einer wohlgeordneten Welt verrückt werden.

Kate vermochte sich keinen Kompromiss zwischen diesen beiden Extremen vorzustellen. Deshalb fasste sie den Entschluss, mit dem sie schon ihre Beziehung zu Dominic erneuert hatte. Sie wollte diesen Sommer so nehmen, wie er sich ihr anbot. Vielleicht ergab sich schließlich von selbst eine Lösung der Probleme.

Dominic und Kate sprachen nicht mehr über Prozente. Kate gab ihr Hotelzimmer auf und siedelte in Dominics Haus über.

Die Tage vergingen wie im Flug. Dominic und sie arbeiteten gemeinsam, entweder mithilfe des propellerbetriebenen Apparates oder nur mit ihren Händen. Langsam und mühselig deckten sie weitere Wrackteile auf. Es hatte sich herausgestellt, dass die Kerzenständer aus Zinn gefertigt waren und es sich bei der Münze um ein spanisches Silbergeldstück handelte, welches die Jahreszahl 1732 trug.

In der folgenden Zeit bargen sie zahlreiche Gegenstände. Darunter ein schweres, aufwendig gearbeitetes Silbertablett, weitere Porzellanteile und in einem anderen Gebiet etliche Nägel und Werkzeuge.

Kate hielt jedes Stück sorgfältig auf Film fest. Sie brauchte dieses ordentliche, gut organisierte Vorgehen bei der Bestandsaufnahme. Außerdem wollte sie mit diesen Fotos Erinnerungen bannen. Später würde sie ihre Empfindungen wachrufen können, die sie hatte, während Dominic die Teekanne oder einen oxidierten Krug für ein Foto präsentierte. Sie würde anhand der Bilder die Minuten lebendig werden lassen, in denen Dominic und ein harmloser Fisch herausfinden wollten, wer die größere Ausdauer beim Anstarren des anderen bewies. Dominic war in diesem Wettkampf natürlich unterlegen gewesen.

Mehrmals hatte Dominic angeregt, ein größeres Schiff für die Bergungsaktion zu besorgen. Sie sprachen über die Vorteile dieses Vorschlages, setzten ihn aber nicht in die Praxis um. Denn eigentlich verspürten beide nicht das Bedürfnis, schneller voranzukommen. Es genügte inzwischen selbst Kate, langsam zu arbeiten, weitgehend mit den eigenen Händen.

Wenn dies einmal nicht mehr ausreichen sollte, konnten sie immer noch eine Entscheidung treffen.

Die Kanonen und die schweren Teile der Holzkonstruktion des Schiffes vermochten sie ohne fremde Hilfe nicht zu bergen. Also ließen sie diese vorerst unberührt. Sie benutzten auch weiterhin nur Sauerstoffflaschen zum Tauchen, sodass sie nach einer gewissen Zeit an die Oberfläche zurückschwimmen mussten. Eine Luftschleuse, die ihnen unbegrenzt Sauerstoff zugeführt hätte, würde ihnen Zeit erspart haben. Aber sie hatten ja keine Eile …

Ihre Arbeitsmethoden konnten nach professionellen Gesichtspunkten nicht als wirkungsvoll bezeichnet werden. Doch sie passten zu ihrer unausgesprochenen Vereinbarung, die Zeit zu zweit zu strecken, ihr Zusammensein so lange wie möglich andauern zu lassen.

Nachts lagen sie in dem großen Bett in Dominics Schlafzimmer, besprachen die Funde des Vortages, schmiedeten Pläne für den Morgen, liebten sich und kosteten jede Sekunde aus. Die fernere Zukunft war von ihren Gesprächen ausgeschlossen. Was nach diesem Sommer sein würde, mochte ihre Gedanken beschäftigen, aber sie rührten das Thema nicht an. Und schließlich verdrängten beide die Frage, was nach der Bergung des Schatzes aus ihnen werden sollte.

Die Suche war der Mittelpunkt. Sie widmeten sich ihr mit Energie, um nicht an Dinge denken zu müssen, die sie nicht verkraften konnten.

13. Kapitel

Es war Mitte Juli und ein außergewöhnlich heißer Tag. Die Sonne brannte erbarmungslos von einem strahlend blauen Himmel, während Dominic und Kate sich aufs Tauchen vorbereiteten. Heute war Kate genau einen Monat lang auf Ocracoke. Trotz aller Nüchternheit war der heutige Tag, der Wendepunkt des Sommers, für Kate ein besonderes Zeichen.

Schweiß stand auf ihrer Stirn, als sie den Reißverschluss ihres Taucheranzuges hochzog. Sie freute sich auf die Kühle und Frische des Wassers. Die Sonnenstrahlen wurden von dem Metallgehäuse der Sauerstoffflaschen reflektiert.

»Warte.« Dominic hob das Gurtwerk mit den Flaschen hoch und befestigte es auf Kates Rücken. Er prüfte die Ventile. »Im Wasser werden wir uns himmlisch fühlen.«

Marsh schaute beinahe neidisch drein. »Denkt einmal an mich, während ihr euch da unten amüsiert.«

»Gib nur wenig Gas, Bruderherz«, scherzte Dominic und kletterte über die Reling. »Wir bringen dir auch eine Belohnung mit.«

»Ja. Etwas Rundes, Glänzendes mit einem aufgestempelten Datum«, rief Marsh ihm nach und winkte, als Kate Dominic ins Wasser folgte. »Viel Glück.«

Das Geräusch der Schiffsschraube durchdrang die stille Welt unter Wasser, beeinträchtigte ihren Zauber jedoch nicht. Trotz der technischen Hilfsmittel und Geräte blieb das Meer ein Rätsel, das Schönheit und Gefahr eng miteinander verband. Tiefer und tiefer drangen Dominic und Kate vor, bis sie das

Gelände erreichten, das durch ihre früheren Grabungen bereits zahlreiche Löcher aufwies.

Sie hatten nach ihren Funden die verschiedenen Abteilungen des Schiffes bestimmt. In einem fest umrissenen Bereich hatten sie eine Schnupftabakdose entdeckt, einen silbernen Kerzenhalter zur Befestigung an der Wand und ein verziertes Schwert, Dominics liebstes Fundstück. In dieser Abteilung waren ihrer Meinung nach die Offiziere und Passagiere untergebracht gewesen. Die von ihnen aufgespürten wenigen Schmuckstücke deuteten darauf hin, dass sie einst zum Privatbesitz eines Passagiers oder eines höher gestellten Besatzungsmitgliedes gehörten und nicht zur Ladung, zum Schatz.

Zwar wollten sie diesen Bereich gründlich durchforschen, aber eigentlich lag ihnen mehr an der Auffindung der Ladung. Die Passagierkabinen und die Kombüse dienten ihnen als Anhaltspunkte für die mögliche Lage des Schiffshecks, und darauf konzentrierten sie ihre Bemühungen.

Ballaststeine lagen ihnen im Weg. Sie mussten an Stellen geschafft werden, die sie bereits durchsucht hatten. Es war eine langwierige, wenig erquickliche Aufgabe, aber eine notwendige. Und Kate fand selbst daran Vergnügen, große Felsbrocken fast mühelos bewegen zu können. Die relative Schwerelosigkeit unter Wasser machte es möglich, dass sie Dominic bei dem Transport der Steine behilflich sein konnte, wozu sie an Land kaum in der Lage gewesen wäre.

Dominic streckte wieder einmal die Hände aus, um einen Stein wegzuschaffen, da berührte er flüchtig einen kleinen, harten Gegenstand. Neugierig fächerte er eine dünne Schicht Schmutz fort und hob den Gegenstand auf, der zunächst wie der Verschluss einer Bierdose aussah. Er brachte ihn näher an seine Augen und stellte fest, dass der Gegenstand sehr viel kunstvoller war. Trotz des Schmutzes, der den knopfartigen

Teil über dem Kreis bedeckte, glaubte er zu wissen, was er in seinen Händen hielt. Sein Herz pochte heftig vor Aufregung.

Nie hätte er sich träumen lassen, durch einfaches Ausstrecken der Hand in den Besitz eines Diamantrings zu kommen. Behutsam entfernte er den Schmutz, soweit das ohne Gewaltanwendung ging. Obwohl er kein Experte war, schätzte er den Diamanten auf mindestens zwei Karat. Er klopfte auf Kates Schulter, um ihr den Fund zu zeigen.

Ihre Augen weiteten sich vor Staunen und Freude. Gemeinsam betrachteten sie den Ring von allen Seiten. Er war stumpf und verschmutzt, aber der Stein ruhte noch in der Fassung.

Die vielen Teile, die sie aus dem Meer bargen, hatten alle ihre eigene Geschichte, die sie nie erfahren würden. Vielleicht hatte eine Frau diesen Ring getragen, während sie mit dem Kapitän speiste. Oder ein britischer Offizier hatte ihn auf dem Weg nach Amerika in seiner Westentasche aufbewahrt, um ihn der Frau zu überreichen, die er dort heiraten wollte. Er konnte einer älteren Witwe gehört haben, oder einer jungen Braut. Das Geheimnis, das diesem Ring anhaftete, machte ihn noch wertvoller.

Nach einer Weile hielt Dominic Kate den Ring hin und bedeutete ihr, ihn einzustecken. Bei ihrer bisherigen Suche waren sie wortlos übereingekommen, dass derjenige, der einen Gegenstand auffand, diesen auch in seinem Beutel aufs Boot brachte, wo alles sorgfältig registriert wurde.

Unschlüssig schaute Kate auf das kleine, im Wasser stumpf gewordene Stück Vergangenheit. Wollte Dominic ihr den Ring schenken, weil er zum Schmuck einer Frau gehörte, oder bot er ihr mit ihm etwas anderes an? Schließlich schüttelte Kate den Kopf und zeigte auf den Beutel an seinem Gürtel. Wenn Dominic ihr etwas mitteilen wollte, so musste er es ihr mit Worten sagen.

Dominic ließ den Ring in seinen Beutel fallen, verschloss ihn und begab sich wieder an die Arbeit.

Für vieles von dem, was Kate ihm gesagt hatte, brachte Dominic kein Verständnis auf. In mancherlei Hinsicht blieb sie für ihn so rätselhaft und geheimnisvoll wie das Meer.

Was wollte sie von ihm? Liebe? Er schenkte sie ihr! Zeit? Ihr Zusammensein näherte sich dem Ende. Manchmal war sein Bedürfnis übergroß, sie zu fragen, zu drängen. Ihr Blick hielt ihn dann davon ab.

Kate hatte ihm eröffnet, dass sie sich verändert habe, dass sie ihr eigenes Leben führen wolle. Er konnte verstehen, dass sie es auskosten wollte, verstand auch den Drang nach Unabhängigkeit. Aber … Dominic war sein Leben lang unabhängig gewesen. Auch er erfuhr eine Veränderung. Er benötigte Kates Hilfe dabei, sich Grenzen zu setzen, Anhaltspunkte zu schaffen. Konnten sie nicht auf halbem Wege zueinander treffen? Wann war der richtige Augenblick dafür? Würde es ihn jemals geben?

Dominic sehnte sich nach Kate und brauchte sie. Nicht nur einen Sommer lang, sondern für immer. Warum begriff sie das nicht?

Sie liebte ihn. Nachts, wenn sie schläfrig war und sich an ihn schmiegte, flüsterte sie diese Worte. Er wusste, dass sie ihren Gefühlen entsprachen, spürte aber auch, dass Kate einen Teil ihrer selbst vor ihm verschloss, als fürchte sie, sich ihm völlig auszuliefern. Dieser Zustand zerrte an seinen Nerven. Er wollte Kate ganz besitzen!

Dominic nahm sich vor, alles daranzusetzen, das zu erreichen. Mit grimmiger Entschlossenheit rüttelte er an einem Felsblock und schaffte ihn schließlich zur Seite.

Kate beobachtete, wie Schlamm und Sand vor dem Gebläse aufgewirbelt wurden. Sie war unruhig und nicht bei der Sache.

Ihre Gedanken drehten sich um Dominic. Dachte er an eine Heirat? Hatte er dies durch den Ring sagen wollen?

Die Vorstellung erfüllte sie mit Unbehagen. Sie hätte nie von Dominic erwartet, dass er eine derartige Bindung, eine dauerhafte Beziehung anstreben könnte. Vielleicht hatte sie sich in ihm getäuscht. Nun ja, es war fast unmöglich, die Absichten eines anderen Menschen genau zu durchschauen.

Eine Heirat …

Ein solcher Schritt bedurfte vieler Überlegungen. Dominic würde das nicht verstehen. Er traf seine Entschlüsse spontan und stellte sich dann den Folgen. Er käme gewiss niemals auf den Gedanken, alle Möglichkeiten zu erwägen, Fragen nach dem Wieso und Warum zu stellen. Kate hingegen sah keinen anderen Weg. Sie musste alles in Betracht ziehen.

Der Wirbel bohrte ein tassengroßes Loch in den Meeresboden. Symbolik?

Ach, Unsinn, sagte sie sich. Dennoch beeinflusste das Geschehen sie.

Würde die Beziehung zwischen ihr und Dominic dem Druck ihrer unterschiedlichen Lebensweisen standhalten? Was würde aus Dominic und ihr, Kate, werden, wenn ihr Beruf sie forderte und er seine Freiheit suchte? Würden sie sich voneinander entfernen? Würden Gemeinsamkeiten Schicht für Schicht zerstört werden? Wie viel konnte sie von sich selbst, von ihrer eigenen Persönlichkeit aufgeben?

Kate erkannte die Gefahren durchaus. Sie musste sich vor ihnen hüten. Vielleicht brachte die Zeit wirklich Antwort auf ihre Fragen. Nur … der Sommer würde bald vorüber sein …

Durch die Kraft des Gebläses wurde aus der Sandschicht so etwas wie ein dunkler Faden hochgewirbelt. Kate griff danach.

Was war denn das? Offenbar eine dünne Schnur mit spitz zulaufenden Enden.

Himmel! Etwa ein Schnürsenkel?

Gerade wollte Kate Dominic ihren sonderbaren Fund zeigen, da lösten sich weitere »Fäden« vom Meeresboden. Sie runzelte die Stirn. Schnürsenkel?

Ja, tatsächlich! Schnürsenkel. Dutzendweise.

Mehr und mehr dieser »Fäden« drehten sich vor ihren Augen in dem Wirbel empor und verteilten sich im Wasser. Hunderte.

Hastig begann Kate sie einzusammeln. Es müssen mehr als Hunderte sein, dachte sie aufgeregt.

Tausende. Tausende von Schnürsenkeln umgaben sie!

Dominic wurde auf das Geschehen aufmerksam. Kate hielt ihre vollen Hände hoch und schaute ihn triumphierend an.

Sie waren auf den Laderaum gestoßen. Auf der Ladeliste der »Liberty« standen Schnürsenkel. Fünftausend Paar. Kein anderes Schiff hatte seinerzeit Schnürsenkel transportiert.

Der Beweis! Er war erbracht. Es handelte sich um die »Liberty«!

Kate bewegte die Arme hin und her. Die Enden der vielen Schnürsenkel in ihren Händen wanden sich.

Der Beweis! hätte sie gern laut gerufen. Unter ihnen befand sich die Ladung. Und der Schatz.

Dominic gesellte sich zu ihr und nahm ihre Hände in seine. Er wusste, wie ihr zumute war. Unter seinen Fingerspitzen fühlte er Kates rasenden Pulsschlag. Er freute sich für sie, gönnte ihr die Genugtuung, die entscheidende Entdeckung gemacht zu haben.

Plötzlich wurde Kate die Komik der Situation bewusst. Um Dominic und sie herum schwebten Schnürsenkel. Fünftausend Paar Schnürsenkel wiesen ihnen den Weg zu dem Schatz, zu der Kiste mit dem Gold! Wenn das nicht komisch war … Nur mit Mühe konnte sie ein Kichern unterdrücken.

Dominic zwinkerte ihr zu. Dann ließ er sie los, deutete mit dem Zeigefinger auf sich, danach mit dem Daumen nach oben.

Kate begriff, dass er hinaufschwimmen wollte, um Marsh zu bitten, den Motor abzustellen. Eine Zeit lang durften sie nur noch mit den Händen weiter vorgehen.

Sie nickte und beobachtete, wie Dominic nach oben schwamm, bis sie ihn nicht mehr sehen konnte. Seltsamerweise freute sie sich über die Minuten des Alleinseins. Die erste Begeisterung über ihren Fund war verflogen. Nun brauchte sie Gelegenheit, das Neue voll zu erfassen und in sich aufzunehmen.

Unter ihr befand sich die »Liberty«, das Schiff, nach dem ihr Vater gesucht hatte. Er konnte seinen Traum nie mehr verwirklichen. Ließen sich Träume überhaupt realisieren? Kate verdrängte den Gedanken.

Fest stand, ihr Vater hatte Recherchen betrieben und Berechnungen gemacht, um ein gewisses Ziel zu erreichen. Ein Traumziel.

Freude vermischte sich mit Trauer. Kate steckte eine Handvoll Schnürsenkel in ihren Beutel. Für ihren Vater. In diesem Augenblick hatte sie das Gefühl, ihm alles gegeben zu haben, was sie ihm jemals schuldig zu sein glaubte.

Mehr aus persönlichen Gründen denn für ihre Bestandsaufnahme, machte Kate Aufnahmen mit ihrer Kamera.

Tage, Wochen und Monate oder Jahre später würde sie die Bilder in Händen halten, die aufwirbelnden Sand, Schnürsenkel und schwebende Teilchen zeigten, und sie würde sich an die Augenblicke der ganz alleinigen, erlebten Befriedigung immer erinnern.

Plötzlich war es ruhig um Kate herum. Sie stutzte, dann wurde ihr klar, dass das Gebläse abgeschaltet worden war. Dominic musste die »Wirbelwind« erreicht und Marsh entsprechende Anweisungen gegeben haben. Nun, da das Wasser nicht mehr aufgewirbelt wurde, sanken nach und nach Sand, Schnürsenkel und schwebende Teilchen auf den Boden zurück.

Kate betrachtete die Mulde auf dem Grund des Meeres. Sie hatten es fast geschafft! Sie war versucht, allein weiterzuarbeiten, doch dann sagte sie sich, das sei unfair. Dominic und sie hatten gemeinsam begonnen, und sie sollten das Unternehmen auch gemeinsam zu Ende führen.

Während Kate auf Dominic wartete, bemerkte sie über sich eine Bewegung. Kam er schon zurück? Dann hatte er sich aber beeilt! Sie hob den Kopf, wollte winken – und erstarrte. Das Blut schien ihr in den Adern zu gefrieren.

Das Geräusch des Gebläses hatte die Meerestiere ferngehalten. Nachdem Ruhe eingekehrt war, kamen die ersten Neugierigen hervor. Zwischen Schwärmen harmloser Fische glitt still und unheimlich die grau glänzende Gestalt eines Haies …

Kate wagte kaum zu atmen aus Angst, dass die Luftblasen seine Aufmerksamkeit erregen könnten.

Der Hai bewegte sich ohne Eile, schien nicht an ihr interessiert zu sein. Vielleicht hatte er an diesem Tag bereits erfolgreich gejagt. Aber selbst ein Hai mit vollem Magen griff alles und jeden an, der sein launisches Wesen reizte.

Er war etwa drei Meter lang. Trotz ihrer Furcht fasste Kate klare Gedanken. Es handelte sich um einen Grauhai, und für diese Sorte war er ein relativ kleines Exemplar. Grauhaie konnten gut und gern doppelt so groß werden. Dennoch durfte sie die Gefahr nicht unterschätzen. Die mit messerscharfen Zähnen bestückten Kiefer konnten so oder so tödlich sein.

Wenn sie sich still verhielt, würde der Hai möglicherweise auf der Suche nach ereignisreicheren Gewässern weiterschwimmen. Kate hatte einiges über Haie gelesen, kannte solche Situationen aus Büchern. Und Dominic hatte ihr gesagt, was in solchen Fällen zu tun sei. Damals hatten sie an Deck seines Bootes gesessen. All das schien so weit entfernt, so unwirklich zu sein, als sie emporschaute und das glatte Raubtier zwischen sich und der Oberfläche beobachtete.

Bewegung zog ihn an. Das wusste sie. Die Bewegungen der Arme und Beine eines Schwimmers.

Nur keine Panik. Kate zwang sich dazu, ruhig zu bleiben, völlig regungslos zu verharren.

Er war kaum fünf Meter von ihr entfernt. Kate konnte die kleinen schwarzen Augen sehen, bemerkte die gleichmäßig arbeitenden Kiemenspalten.

Sie atmete flach und wandte den Blick nicht von dem Hai ab. Sie brauchte nur zu warten, bis sich der Räuber entfernen würde.

Dominic. Sekundenlang setzte ihr Herzschlag aus. Kate spähte in die Richtung, in der Dominic verschwunden war. Er würde wiederkommen, jeden Augenblick konnte er herabschwimmen, ohne zu ahnen, was hier lauerte.

Der Hai würde die Bewegung des Wassers mit dem unfehlbaren Gespür des Jägers erfassen. Dominics Schwimmzüge würden ihn anziehen, bevor sie, Kate, auch nur die Gelegenheit hätte, Dominic zu warnen.

Er wusste nichts von dem überaus gefährlichen Meeresbewohner, er wäre ihm hilflos ausgeliefert. Kate wagte nicht, ihre Gedanken zu Ende zu führen. Sie musste etwas unternehmen. Sie konnte nicht untätig mit ansehen, wie Dominic dem sicheren Tod entgegenschwamm.

Ihr Blick fiel auf die Harpune. Sie lag etwa einen Meter von ihr entfernt. Gesichert. Aus Gründen der Vorsicht.

Sicherheit, schoss es ihr durch den Kopf. Sie hatte noch nie mit einer Harpune geschossen. Ohnehin musste sie erst einmal an die Waffe herankommen. Es gab nur diese eine Möglichkeit der Rettung. Ihr blieb keine Zeit, ihre Nerven zu beruhigen. Also begann sie, ihren Plan in die Tat umzusetzen.

Zentimeter für Zentimeter bewegte sie sich auf die Harpune zu, wobei sie den Hai fest im Auge behielt. Im Moment schien er ziellos umherzugleiten. Er schaute nicht einmal in ihre Richtung. Vielleicht verschwand er, bevor Dominic wiederkehrte? Aber auf diese Möglichkeit durfte sie sich nicht verlassen. Sie musste an die Waffe heran. Mit leicht zitternden Fingern tastete sie nach dem Schaft. Die Zeit schien dahinzuschleichen.

Kates Bewegungen waren langsam, wie in Zeitlupe, kaum wahrzunehmen. Doch ihre Gedanken überschlugen sich förmlich.

Endlich konnte sie mit den Fingern die Harpune umklammern. Aus den Augenwinkeln sah sie einen Schatten, der von der Oberfläche herabtauchte. In diesem Moment wandte sich der Hai nach links, Dominic zu.

Nein! Der stumme Schrei dröhnte in Kates Kopf. Blitzschnell brachte sie die Harpune in Anschlag. Nur der eine Gedanke leitete sie: den geliebten Mann zu retten. Ohne Zögern schwamm sie los, um zwischen Dominic und den Hai zu gelangen. Sie musste näher herankommen.

Kate war jetzt völlig ruhig und kaltblütig. Zum zweiten Mal sah sie die kleinen ausdruckslosen Augen des Hais. Diesmal waren sie genau auf Kate gerichtet. Sie wirkten auf Kate abgrundtief böse. Es waren die grausamen Augen eines mörderischen Raubtieres.

Der Hai kam mit einer solchen Geschwindigkeit auf sie zu, dass es ihr den Atem verschlug. Er riss sein Maul auf, und Kate schaute in eine tiefe, finstere Höhle.

Dominic tauchte schnell von der Wasseroberfläche herab. Er hatte es eilig, zu Kate zurückzukehren, die Suche gemeinsam mit ihr fortzuführen. Der Schatz hatte sie wieder zusammengebracht, und mit seiner Hilfe würden sie in der Lage sein, ihre Zukunft unabhängig und frei zu gestalten. Vorfreude erfüllte ihn, während er tiefer schwamm.

Da erblickte er den Hai. Der Schrecken fuhr ihm durch alle Glieder. Sofort hielt er inne. Obwohl er im Kampf gegen ein solches Raubtier mit einem Messer so gut wie nichts ausrichten konnte, langte er vorsichtig nach dem Tauchermesser, seiner einzigen Waffe.

Urplötzlich schoss Kate vom Boden empor. Entsetzt starrte Dominic zu ihr hinüber. Hatte sie den Verstand verloren? Erkannte sie die Gefahr nicht? Jetzt blieb keine Zeit mehr, darüber nachzudenken. Mit aller Kraft schwamm Dominic auf sie zu.

Er war zu weit von ihr entfernt. Er würde es nicht rechtzeitig schaffen. Der Hai würde Kate erfassen, bevor er nahe genug war, dem Tier sein Messer in den Leib zu stoßen.

Als Dominic sah, was Kate in ihren Händen hielt, und er ihre Absicht erkannte, ergriff ihn panischer Schrecken. Er beschleunigte seine Bewegungen noch, soweit das möglich war. Alles schien in Zeitlupe abzulaufen, und trotzdem dauerte es nur einige Sekunden lang. Jetzt hatte der Hai Kate fast erreicht.

Zum ersten Mal in seinem Leben schickte Dominic ein Stoßgebet zum Himmel.

Kate betätigte den Auslöser, und die Harpune wurde losgeschleudert, bohrte sich tief in das Fleisch des Hais. Instinktiv ließ Kate sich hinabsinken, als der Hai vorschoss. Wut und Schmerz trieben das Tier voran. Es würde die Verfolgung aufnehmen. Daran konnte kein Zweifel bestehen. In nur wenigen Augenblicken würde es wieder bei Kate sein, wenn sie es nicht an entscheidender Stelle getroffen hatte. Dominic sah, wie Blut aus der Wunde spritzte. Die Verletzung reichte nicht aus, den Hai außer Gefecht zu setzen. Das Tier fuhr herum, als wollte es die Harpune abschütteln, und verlangsamte dabei etwas seine Bewegungen. Es genügte Dominic, um sich ihm auf den Rücken zu werfen und das Messer, so schnell es im Wasser möglich war, wieder und wieder in den grauen glatten Leib zu stoßen. Außer sich vor Wut bäumte der Hai sich auf. Unter Aufbietung all seiner Kräfte folgte Dominic seinen Bewegungen. Er rammte dem Tier das Messer in den Leib und schlitzte ihn auf.

Aus geringer Entfernung beobachtete Kate den Kampf. Ihr Gehirn und ihr Körper waren eine Weile wie betäubt. Das Blut des Tieres vermischte sich mit dem Wasser.

Plötzlich kam sie zu sich, zog hastig ihr Tauchermesser aus der Scheide, um Dominic zu helfen.

Doch der Kampf war vorüber. Der Hai sank schwer und leblos auf den Boden herab. Kate blickte ein letztes Mal in seine Augen.

Da wurde sie fest am Arm gefasst. Erschöpft und willenlos ließ sich Kate ziehen. Nur ein Gedanke beherrschte sie: Dominic war gerettet.

Stark nach Luft ringend zog Dominic sie zur Leiter und half Kate, mit ihrer kompletten Ausrüstung hinaufzusteigen. Kaum an Deck, rutschte Kate aus und fiel hin. Bevor Dominic sich über die Reling schwang, bemerkte er aus den Augenwinkeln zwei graue, Unheil verheißende Rückenflossen, die plötzlich nach unten verschwanden. Ein weiterer Hai, den nun das Blut anzog!

»Was, zum Teufel …« Marsh sprang auf und lief zu Kate, die heftig atmend auf dem Boden lag.

»Später«, unterbrach Dominic ihn und kniete neben Kate

nieder. »Ich musste sie sofort hochbringen.« Er hob mit der Hand ihren Oberkörper an und streifte das Gurtwerk der Sauerstoffflaschen von ihren Schultern. Danach befreite er sie von den anderen Ausrüstungsstücken. »Kate, wie fühlst du dich? Ist dir schwindlig? Hast du Schmerzen?«

Kate setzte sich auf und schüttelte den Kopf. »Nein, nein«, brachte sie mühsam hervor. »Mir geht es gut.« Sie gab sich Mühe, gleichmäßiger zu atmen, damit Dominic beruhigt sein konnte. »Wir waren nicht mehr so tief, nachdem ... als wir ... nun, du weißt schon.«

Er nickte. Sie hatte also nicht unter der schnellen Druckveränderung gelitten. Er erhob sich und nahm seine Sauerstoffflaschen ab. Dann legte er die Ausrüstungsstücke sorgfältig auf den dafür vorgesehenen Platz. Seine Hände zitterten plötzlich.

»Könnte mir endlich jemand verraten, was passiert ist?«, sagte Marsh und sah von einem zum anderen. »Ich bin nur so weit mitgekommen, dass Dominic irgendetwas von Schnürsenkeln fantasierte.«

»Ladung«, antwortete Kate, »wir haben die Ladung gefunden.« Sie hatte die Knie angezogen und die Stirn dagegen gelehnt.

»Aha.« Marsh warf seinem Bruder einen fragenden Blick zu. »Aber eben seid ihr dort unten auf unliebsame Gesellschaft gestoßen, nehme ich an. Stimmt's?«

Dominic trat an die Reling, legte die Hände darauf und schaute starr übers Meer. »Du hast recht«, erwiderte er schließlich. »Ein Grauhai ... es hätte nicht viel gefehlt, und Kate wäre von ihm getötet worden.«

Bevor Marsh etwas erwidern konnte, wandte Dominic sich um und fuhr Kate an: »Hast du eigentlich alles vergessen, was ich dir beigebracht habe?« Seine Angst um sie war in Wut über ihren vermeintlichen Leichtsinn umgeschlagen. »Du hast es geschafft, einen Doktortitel zu erlangen, doch daran, dass man in der Nähe eines Hais seine Bewegungen auf ein Minimum reduzieren soll, erinnerst du dich nicht. Ich habe dir mehr als einmal gesagt, dass Arm- und Beinbewegungen Haie reizen. Aber du schwimmst einfach auf einen Hai zu und ruderst mit den Armen, als wolltest du ihm zur Begrüßung die Hand reichen. Und mit der Harpune hast du seine Wut verstärkt, statt ihn zur Strecke zu bringen. Wenn ich nicht gerade heruntergekommen wäre, hätte er dich in Stücke gerissen.«

Kate hob den Kopf. Was immer sie bis zu diesem Augenblick bewegt hatte, war schlagartig vergessen. Dominics ungerechtfertigter Vorwurf traf sie tief. »Dominic, du verkennst die Tatsachen.«

»Dass ich nicht lache!«

Langsam stand Kate auf. »Lach nur. Wenn du nicht gerade in dem Moment heruntergekommen wärest, hätte ich keinerlei Grund gehabt, auf den Hai zuzuschwimmen.«

Nach diesen Worten drehte sie sich um und stieg die Stufen zur Kabine hinab.

Minutenlang herrschte absolute Stille an Deck der »Wirbelwind«. Schließlich ging Marsh zum Steuerruder. An diesem Tag konnten Dominic und Kate gewiss nicht mehr hinabtauchen.

»Dominic?«

»Ja, was? Ach, lass mich in Ruhe!«, antwortete er gereizt.

»Es ist üblich, dass man sich bei seinem Lebensretter bedankt«, bemerkte Marsh über die Schulter hinweg und warf den Motor an, ohne eine Erwiderung seines Bruders abzuwarten.

Dominic fuhr sich mit beiden Händen durchs Haar und starrte dann auf seine Finger. Er war sprachlos. Es war nicht aus Leichtsinn geschehen. Kate hatte absichtlich die Aufmerksamkeit des Hais auf sich gelenkt. Seinetwegen. Sie hatte ihr Leben riskiert. Dominic holte tief Luft. Seinetwegen. Der Gedanke ließ ihn nicht mehr los.

Als er in die Kabine hinabkam, saß Kate auf einer Liege. Sie hielt ein Glas in der Hand. Zu ihren Füßen stand eine Flasche Brandy. Ihre Hand zitterte leicht, als sie das Glas an die Lippen hob. Unter der sonnengebräunten Haut war ihr Gesicht bleich. Kate sah abgespannt und erschöpft aus.

Niemand hatte je so selbstlos und bedingungslos an ihn gedacht. Dominic schluckte und suchte nach Worten. »Kate …«

»Ich bin nicht in der richtigen Verfassung, mir wieder Vorwürfe machen zu lassen«, unterbrach sie ihn, bevor sie erneut von dem Brandy trank. »Wenn du dich abreagieren willst, such dir bitte jemand anders.«

»Ich werde nicht schimpfen.« Das Erlebnis hatte ihn genauso erschüttert wie Kate. Und so setzte sich Dominic neben sie, nahm die Flasche vom Boden und hob sie an den Mund. Die feurige Flüssigkeit tat ihm gut. »Du hast mich zu Tode erschreckt.«

»Ich habe nicht die Absicht, mich für mein Tun zu entschuldigen.«

»Nein, Kate, nein, das brauchst du auch nicht. Ich sollte dir dankbar sein.« Dominic nahm wieder einen Schluck direkt aus der Flasche. »Es ist nur so, dass du nicht so hättest handeln dürfen. Es war reines Glück, dass nichts Schlimmes passiert ist.«

Kate schaute ihn an. »Ich hätte also in Sicherheit bleiben und in aller Seelenruhe mit ansehen sollen, wie der Hai dich angegriffen und du dich abgemüht hättest. Mit deinem Tauchermesser«, fügte sie hinzu.

Dominic sah ihr fest in die Augen. »Ja.«

»Hättest du dich im umgekehrten Fall so verhalten?«

»Das ist etwas anderes.«

»Ach ja.« Kate stand auf. Mit dem Glas in der Hand stellte

sie sich vor Dominic hin und musterte ihn. Sie ließ den Blick über seine markanten Gesichtszüge gleiten, sein schwarzes Haar und seine grünen Augen. »Würdest du mir bitte diese Logik erklären?«, fragte sie betont langsam und deutlich, um ihn zu provozieren.

»Da gibt es nichts zu erklären. So ist es nun einmal.« Wieder stürzte Dominic Brandy in sich hinein.

»Nein, so einfach ist es nicht, und das ist eines deiner größten Probleme, Dominic.«

»Kate, hast du überhaupt eine Ahnung, was passiert wäre, wenn ich es nicht geschafft hätte, den Hai in Rekordzeit zu erreichen?«

»Ja.« Kate setzte ihr Glas auf dem Schrank ab. Sie hatte sich etwas gefasst, hatte ihre Angst und ihren Zorn unter Kontrolle. »Ja, die habe ich sehr wohl! Und jetzt gehe ich nach oben zu Marsh.«

»Nein, warte bitte.« Dominic verstellte ihr den Weg. »Begreifst du nicht, dass ich es nicht ertragen könnte, wenn dir etwas passierte? Ich möchte mich um dich kümmern. Ich muss dich beschützen.«

»Und alle Risiken auf dich nehmen?«, fragte sie. »Stellst du dir so eine ausgewogene Beziehung vor, Dominic? Du der Mann, ich die Frau. Ich backe Brot, und du gehst auf die Jagd?«

»Verflixt, Kate, sieh es doch nicht so klischeehaft.«

»Dominic, darauf läuft es hinaus«, meinte sie. Sie war jetzt ruhig und trug ihre Worte präzise und mit Bestimmtheit vor. »Du willst, dass ich still und zufrieden bin und mich in deine Pläne und Vorstellungen für mein Leben füge. Du willst, dass ich tue, was du sagst, mich deinem Willen beuge. Dabei weiß ich, wie du über meinen Vater denkst.«

Dominic setzte zu einer Erwiderung an, aber Kate ließ ihn nicht zu Wort kommen.

»Ich habe mein Leben lang getan, was er für richtig hielt«, fuhr sie rasch fort. »Es gab keine Meinungsverschiedenheiten, keinen Widerspruch und keine Probleme. Vater schien zufrieden. Aber echten Respekt oder wirkliche Zuneigung habe ich niemals von ihm erfahren. Und jetzt verlangst du von mir, mit dir in der gleichen Art weiterzumachen.« Kate strich sich über die Stirn. »Wie kommt es bloß, dass die einzigen beiden Männer, die ich je geliebt habe, von mir verlangen, dass ich mich völlig ihrem Willen unterwerfe?«

Dominic legte die Hände auf ihre Schultern. »Das stimmt nicht, Kate. Ich verlange das nicht von dir. Ein solches Leben wünsche ich nicht für dich. Ich möchte lediglich auf dich achtgeben.«

Kate schüttelte den Kopf. »Wo liegt denn der Unterschied, Dominic?«, flüsterte sie. »Wo, zum Teufel, liegt er?«

Ohne eine Antwort abzuwarten, schob sie Dominic zur Seite und ging an Deck.

Dominic arbeitete in seinem Schuppen. In ihrer ruhigen bestimmten Art hatte Kate ihn gebeten, sie allein zu lassen. Er hatte sofort zugestimmt, denn auf diese Weise fand er Zeit, um nachzudenken und seine Vorstellungen neu zu erwägen.

Aus Angst um Kate, aus dem Bedürfnis heraus, sie zu beschützen, hatte er ihrer ohnehin schon angespannten Beziehung einen schweren Schlag versetzt.

In gewissem Sinn hat Kate mit ihren Vorwürfen genau ins Schwarze getroffen, überlegte Dominic. Es lag in seinem Wesen, Menschen, die er liebte, umhegen zu wollen. Vielleicht hatte er die Fürsorge bei Kate übertrieben. Es lag ebenfalls in gewisser Weise in seinem Wesen, anderen seinen Willen aufzuzwängen. Er wollte mit Kate zusammen sein. Ehrlicherweise gestand er sich ein, dass er die Bedingungen für ihr gemeinsames Leben bereits festgelegt hatte.

Die Einflussnahme Hardestys auf Kate hatte ihn, Dominic, erzürnt. Doch wenn er aufrichtig gegen sich selbst war, musste er zugeben, dass er nicht anders handelte. Er mochte nicht so gelassen, so feinsinnig vorgehen wie Edwin Hardesty, an den Tatsachen änderte es nichts. Allerdings handelte er aus anderen Motiven. Er wünschte, dass Kate bei ihm war, sich ihm anpasste. Sie sollte ihr Leben nach dem seinen ausrichten, ja, aber sicherlich würde er es schaffen, sie auf seine Art und Weise glücklich zu machen, wenn sie ihn nur ließe.

Plötzlich ging Dominic auf, dass er bei seinen Überlegungen außer Acht gelassen hatte, Kate könne eigene Forderungen und Bedingungen stellen und eigene Wünsche haben. Bisher hatte er sich keinerlei Gedanken darüber gemacht, wie er sich seinerseits Kate anpassen könnte.

Der Morgen graute bereits, als Dominic die letzten Pinselstriche an dem Namen seines neuen Segelbootes vollführte. Den größten Teil der Nacht hatte er im Schuppen gearbeitet und Kate und sich selbst Zeit zum Nachdenken und Abstandfinden gegeben.

Nun war die Nacht vorüber, und Dominic zog Bilanz: Er liebte Kate. Er hatte sich vor Augen geführt, dass dies nicht genug sein konnte. Obwohl er große Ungeduld über die unklare Situation zwischen ihnen beiden verspürte, wollte er sich zurückhalten. Vielleicht musste er es Kate überlassen zu bestimmen, was aus ihnen werden sollte.

In den nächsten Tagen würden sie sich auf die Bergung der Schiffsladung konzentrieren, die vor zweihundertfünfzig Jahren versunken war. Je länger die Suche andauerte, desto klarer wurde der Schatz für Dominic zum Symbol. Die Hebung des Schatzes bedeutete für sie beide das Ende ihrer Suche. Sie würden dann das erreicht haben, was sie erstrebt hatten. Kate hätte den Traum ihres Vaters erfüllt, und er, Dominic, würde die

Genugtuung haben, dass sich Kate aus ihrer Abhängigkeit von ihrem Vater lösen würde.

Dominic schloss die Tür des Schuppens und wandte sich dem Haus zu. Er war noch einige Schritte vom Haus entfernt, als er den Duft gebratenen Schinkens und frisch aufgebrühten Kaffees roch. Schnell betrat er die Küche.

Kate stand am Herd. Sie trug ein langes T-Shirt über ihrem Taucheranzug, war barfuß und hatte das Haar offen. Das Licht vom Küchenfenster fiel auf ihr Gesicht, auf die Sommersprossen auf ihrer Nase und auf ihre sanft geschwungenen Lippen.

Jähe Sehnsucht erfasste Dominic bei ihrem Anblick. Unwillkürlich blieb er stehen.

»Kate …«

»Ich dachte, wir sollten uns vor einem langen Tag mit einem reichhaltigen Frühstück stärken.« Kate wandte sich kaum nach ihm um. Seine Nähe gefährdete ihre mühsam gewahrte Fassung. Deshalb sprach sie kurz angebunden und sachlich. »Ich möchte früh aufbrechen.«

Dominic sah zu, wie Kate mehrere Eier in die Pfanne schlug. Unter leisem Brutzeln festigte sich der weiße Rand.

»Kate, ich möchte mit dir reden.«

»Ich habe überlegt, ob es nicht das Beste wäre, nun doch ein Bergungsschiff zu mieten.« Kate ging nicht auf ihn ein. »Vielleicht sollten wir auch noch andere Taucher anheuern. Die Ladung allein auszugraben wäre für uns zwei eine zu langwierige Angelegenheit. Außerdem ist es an der Zeit, geeignete Hilfsmittel einzusetzen.«

Die Sonne und Salzwasser hatten Kates hellbraunes Haar gebleicht. Es wies jetzt die verschiedensten Schattierungen auf und erinnerte Dominic an das weiche Fell eines Rehkitzes. »Ich möchte nicht über geschäftliche Dinge mit dir reden.«

»Wir können es nicht länger aufschieben.« Geschickt ließ

Kate die Eier aus der Pfanne gleiten, verteilte sie dann auf zwei Teller. »Wir sollten die Bergung beschleunigen und nicht weiter hinauszögern.«

»Mein Gott, Kate, nun hör mir doch wenigstens ein paar Minuten zu!« Dominic trat näher, schaltete die Herdplatte aus, nahm Kate die beiden Teller ab und stellte sie auf den Tisch. »Kate, ich muss etwas tun, aber ich bin nicht sicher, dass ich es sehr gut kann.«

Sie ging zum Schrank, holte Bestecke aus der Schublade und legte sie neben die Teller. »Was?«

»Mich entschuldigen. Dir etwas erklären.« Als sie ihn anschaute, stieß Dominic einen lauten Seufzer aus. »Nein, ich bin wirklich nicht gut in solchen Dingen.«

»Es ist nicht nötig.«

»Doch. Setz dich hin, Kate.«

Sie blieb stehen.

Dominic rückte einen Stuhl zurecht. »Bitte, setz dich hin. Bitte.«

Wortlos nahm Kate Platz, und Dominic ließ sich ihr gegenüber nieder.

»Du hast mir gestern das Leben gerettet, Kate.«

»Ja?«

»Ich hätte den Hai niemals mit einem Messer erledigen können. Es gelang mir bloß, weil du ihn geschwächt und abgelenkt hattest.«

Kate nahm ihre Kaffeetasse in beide Hände und schaute in die dampfende schwarze Flüssigkeit. Sie wollte nicht schon wieder an die Gefahren erinnert werden. »Ja?«, erwiderte sie deshalb lediglich zum zweiten Mal.

Dominic senkte den Kopf. »Du hast nicht die Absicht, es mir leichter zu machen, hab ich recht?«

»Ja.«

»Ich hatte nie zuvor solche Angst«, gestand er. »Nicht um mich und auch nicht um einen anderen Menschen. Doch gestern … Himmel, Kate, fast hätte der Hai dich erwischt.« Dominic schaute auf und begegnete Kates Blick. »Ich befürchtete, zu weit entfernt zu sein, um dich noch retten zu können. Wenn …«

»Manchmal ist es besser, nicht so lange über irgendetwas nachzudenken.«

»Das sagst gerade du? Du, die du alles und jedes in Gedanken sezierst?«

»Ja, gerade ich.«

»Oh Kate …« Dominic nahm ihre Hand in seine. »Kate, wie auch immer, das Bewusstsein, dass du dich in Gefahr begeben hast, um mich zu beschützen, ist überwältigend. Doch der Gedanke, dass dir etwas hätte zustoßen können und es meinetwegen geschehen wäre, ist mir unerträglich.«

»Du hast mich auch beschützt.«

»Ja, aber …«

»Es sollte kein ›Aber‹ geben, Dominic.«

»Vielleicht sollte es das wirklich nicht«, stimmte er zögernd zu. »Ich kann allerdings nicht versprechen, dass es immer so sein wird.«

»Ich habe mich verändert.« Kate sprach leise, so wie zu sich selbst. »Viel zu lange habe ich meine eigenen Wünsche unterdrückt. Ich hatte angenommen, dass Zustimmung gleich Liebe sei. Jetzt weiß ich es besser …«

»Ich bin nicht dein Vater, Kate.«

»Nein, doch bisher hast du ebenfalls versucht, mir deinen Willen aufzuzwingen. In gewisser Hinsicht bin ich wohl selbst schuld daran.« Kate hatte die letzte Nacht über auch nicht geschlafen. Sie hatte wie Dominic über ihre Beziehung und sich selbst nachgedacht und nach den richtigen Antworten gesucht.

Vieles war ihr klarer geworden. »Vor vier Jahren habe ich zuerst deinem Drängen und später dem Wunsch meines Vaters nachgegeben, dich zu verlassen. Es hat mir fast das Herz gebrochen. Inzwischen habe ich erkannt, dass ich in erster Linie meine Persönlichkeit festigen muss, bevor ich Entscheidungen treffe.« Kate stand auf und trug ihren fast unberührten Frühstücksteller zur Spüle. »Ich liebe dich, Dominic«, sagte sie. »Aber ich muss zuerst zu mir selbst finden, ehe …« Sie verstummte.

Dominic trat hinter sie und legte die Hände auf ihre Schultern. Er spürte Kates Entschlossenheit, bewunderte ihre Stärke und fühlte sich trotzdem unzufrieden, weil sie noch nicht zu einer endgültigen Lösung gekommen waren.

»Einverstanden«, erwiderte er sanft. »Sag mir, wann du soweit bist, dich entscheiden zu können.«

»Sobald ich es kann.« Kate drehte sich um und legte Schutz suchend den Kopf an seine Brust. »Sobald ich kann«, wiederholte sie.

14. Kapitel

In den nächsten drei Tagen beschäftigten sich Dominic und Kate intensiv mit der Freilegung der Ladung. Mit den Händen arbeiteten sie sich weiter vor und machten erstaunliche Entdeckungen. In Übereinstimmung mit der Ladeliste der »Liberty« kamen als Nächstes mehr als achttausend der insgesamt zehntausend verzeichneten Pfeifen zum Vorschein. Mindestens die Hälfte war zu Kates großer Freude völlig intakt. Es handelte sich um langstielige Pfeifen mit verzierten Tonköpfen. Einmal hob Dominic übermütig eine der Pfeifen an den Mund, und Kate hielt diesen lustigen Anblick mit ihrer Unterwasserkamera fest.

Bei Versteigerungen würden allein die Pfeifen mehr Geld erbringen, als Kate bisher in die Suche nach dem Schiff gesteckt hatte. Je weiter sie forschten, desto umfangreicher wurde auch der Anteil, den Kate im Namen ihres Vaters einem Museum stiften wollte. Das Wichtigste war allerdings, dass die Existenz so vieler Pfeifen in dem Wrack ihre Behauptung stützte, es handele sich um die »Liberty«.

Sie fanden zudem Tabakdosen, wiederum in riesiger Stückzahl, sodass für Kate effektiv kein Zweifel mehr daran bestand, dass unter ihnen die »Liberty« lag. Geschirr gehörte ebenfalls zu ihren Funden. Manche Teile waren elegant und kostbar, andere reine Gebrauchsgegenstände.

Auch diese Menge war zu groß für den normalen Gebrauch an Bord eines Schiffes. Es war alles Handelsware. Die Auflistung des geborgenen Gutes wurde so umfangreich, wie Kate es sich nie hatte träumen lassen. Doch noch hatten sie keine Spur von der Kiste mit Gold entdeckt.

Abwechselnd transportierten Dominic und Kate die Fundstücke an Bord der »Wirbelwind«. Das Meiste stapelten sie jedoch auf dem Boden des Meeres. Sie arbeiteten mittlerweile wieder ohne Marshs Hilfe. Wie am Anfang wurde jede Entdeckung zum persönlichen Triumph.

Kate konzentrierte sich auf die Bergung der Tabakdosen. Sie legte sie in die Drahtkörbe. Während dieser Arbeit fasste sie den Entschluss, einige der Dosen selbst zu reinigen. Sie stellte es sich aufregend vor, Schicht um Schicht abzutragen und zu sehen, was darunter zum Vorschein kam. Es war ihr gleichgültig, ob es Kostbarkeiten oder weniger wertvolle Dinge sein würden. Hauptsache, dass sie sie gefunden hatte. Tee, Zucker und andere Lebensmittel, die das Schiff an Bord geführt hatte, existierten nicht mehr. Dominic und Kate legten die beständigen Gegenstände frei, die zweihundertfünfzig Jahre auf dem Meeresboden überdauern konnten. Pfeifen und Tabakdosen, die für Menschen des achtzehnten Jahrhunderts in der Neuen Welt bestimmt gewesen waren, hatten ihr Ziel nie erreicht. Dass sie, Kate, heute diese Dinge sehen und berühren durfte, erfüllte sie mit Stolz und Genugtuung.

Als sie mehrere noch aufeinandergestapelte Tabakdosen aufhob, löste sich in der Nähe plötzlich ein Gegenstand. Erschrocken zuckte Kate zurück. Zu frisch waren noch die Erinnerungen an den Rochen und an andere Gefahren, die hier unten zuweilen lauerten. Das kleine runde Etwas sank zurück auf den Boden und schlug mit einem metallischen Klang an eine der Tabakdosen.

Kates Herz begann schneller zu schlagen. Kaum wagte sie, die Hand auszustrecken.

Als sie aber dann die Goldmünze zwischen ihren Fingern spürte, war ihre Freude riesengroß.

Die Münze glänzte wie an dem Tag, an dem sie geprägt worden war. Kate wusste aus Büchern, das Gold Jahrhunderte unbeschadet überstehen konnte, selbst unter Wasser. Da sie aber das Geldstück aus Silber mit einer schwarzen Oxidationsschicht aufgefunden hatte und andere Metallteile fast bis zur Unkenntlichkeit mit Rost überzogen waren, hatte sie nicht damit gerechnet. Fassungslos starrte sie auf die blinkende Münze in ihrer Hand.

Sie stammte aus England. Der abgebildete König war schon seit langer Zeit tot, doch sein Bildnis noch deutlich und klar. Das aufgestanzte Datum der Münze lautete 1730.

»Dominic!«, rief Kate.

Obwohl der Laut vom Wasser gedämpft und absolut unverständlich war, drehte Dominic sich um. Kate war zu ungeduldig, auf ihn zu warten. So schwamm sie ihm entgegen. Sobald sie ihn erreicht hatte, ergriff sie seine Hand und drückte die Münze hinein.

Dominic wusste sofort, was Kate entdeckt hatte. Ein Blick in ihre Augen genügte. Kate hatte ihr Ziel erreicht. Sie hatte gefunden, wonach sie gesucht hatte.

Seltsamerweise konnte er sich nicht uneingeschränkt mit ihr freuen. Er verspürte plötzlich eine große Leere. Behutsam legte er das Goldstück zurück in Kates Hand und schloss ihre Finger fest darüber. Das Gold gehörte ihr.

Zusammen schwammen sie zu der Stelle, wo Kate die Münze entdeckt hatte. Zu zweit fächelten sie Schichten des Sandes fort. Sie verfügten noch über Sauerstoff für zwanzig Minuten. In dieser Zeit spürten sie nur fünf weitere Münzen auf. So vorsichtig, als wäre es zerbrechliches Glas, barg Kate sie in ihrem Beutel. Dann nahm jeder einen Drahtkorb, und sie kehrten zum Boot zurück.

»Sie ist es, Dominic!«, rief Kate, während Dominic die

Drahtkörbe über den Bootsrand hievte. »Es ist die ›Liberty‹. Wir haben den endgültigen Beweis erbracht.«

»Ja, es ist die ›Liberty‹«, stimmte Dominic zu. »Du hast das Werk deines Vaters vollendet.«

Sie kletterten an Bord der »Wirbelwind«.

»Ja.« Kate löste ihre Sauerstoffflaschen. »Ich habe es geschafft.« Mehr als nur das Gewicht der Flaschen schien von ihren Schultern genommen. Sie langte in den Beutel an ihrem Gürtel und holte die sechs glänzenden Münzen hervor. »Diese lagen lose herum. Wir haben die Kiste noch nicht gefunden. Ob sie überhaupt noch existiert?«

Dominic war sich dessen nicht sicher. »Vielleicht wurde die Kiste in einen anderen Teil des Schiffes verfrachtet, als der Sturm aufzog«, gab er vorsichtig zu bedenken. Diese Überlegung war eine von vielen Möglichkeiten.

Kate betrachtete das funkelnde Gold. »Es ist auch möglich, dass sie die Kiste in eines der Rettungsboote geschafft haben. Der Bericht des Überlebenden gibt keine klare Auskunft über das, was nach dem Auseinanderbrechen des Schiffes passiert ist.«

»Es ist schwierig, Genaues zu sagen.« Dominic strich leicht über Kates Wange, bevor er seinen Taucheranzug auszog. »Mit ein wenig Glück und mehr Zeit könnten wir alles finden.«

Kate ließ die Münzen zurück in ihren Beutel fallen und lächelte. »Dann könntest du dir das Boot kaufen.«

»Und du nach Griechenland reisen.« Nur mit seiner Badehose bekleidet, ging Dominic zum Steuerruder. »Wir sollten zwölf Stunden Pause einlegen, bevor wir erneut tauchen, Kate. Wir waren heute sehr lange unten.«

»In Ordnung.« Ohne Hast streifte Kate ebenfalls ihren Anzug ab. Sie würde die zwölfstündige Unterbrechung gut brauchen können …

Während der Heimfahrt sprachen Kate und Dominic nur wenig. Eigentlich hätten sie in Hochstimmung sein müssen. Obwohl Kate es versuchte, gelang es ihr nicht, den kurzen Augenblick überschwänglicher Freude nachzuerleben, der ihr beim Auffinden der Münze beschieden war.

Plötzlich hätte sie die Zeit gern zurückgedreht zu den Tagen, in denen sie mit der Suche nach der »Liberty« begonnen hatten.

Dominic und Kate verbrachten den restlichen Tag damit, ihre Funde von der »Wirbelwind« ins Haus zu bringen, sie zu sortieren und Rat bei Experten einzuholen.

Und Kate würde Dominic alles von dem geborgenen Gut überlassen, was er haben wollte. Ihre ursprüngliche Abmachung hatte längst keine Bedeutung mehr für sie. Verlangte er die Hälfte des Fundes, sollte er sie bekommen. Für sich selbst wollte sie im Grunde nur die zuerst entdeckte Schüssel, die angelaufene Silbermünze und das Geldstück aus Gold, das sie als Erstes gefunden hatte.

»Vielleicht sollten wir ein kleines Elektrolyseband kaufen.« Dominic drehte einen Gegenstand in der Hand, den er für eine silberne Tabakdose hielt. »Vieles könnten wir selbst reinigen.« Er legte die Dose auf den Tisch zurück. »Wir benötigen ein größeres Schiff und andere Ausrüstung. Am besten kümmern wir uns in den nächsten Tagen um diese Dinge und tauchen nicht. Wir suchen jetzt seit sechs Wochen, und soweit ich es beurteilen kann, stehen wir erst am Anfang der Bergungsaktion.«

Kate nickte stumm. Aus unerklärlichen Gründen hatte sie das Bedürfnis zu weinen. Er hatte recht. Sie mussten weitere Schritte überlegen, Pläne fassen.

Wie aber sollte sie Dominic klarmachen, dass sie nichts mehr wollte, wenn sie es sich selber nicht erklären konnte? Während die Sonne tief am Horizont stand, saß Kate neben Dominic und beobachtete, wie er genau Buch über ihre Funde führte.

»Dominic ...« Unentschlossen brach Kate ab. Sie fand nicht die Worte, ihm ihre Gefühle – Traurigkeit, Leere und Sehnsucht – zu beschreiben.

»Was ist?«

»Nichts.« Kate griff nach seiner Hand und stand auf. »Komm mit nach oben«, bat sie leise. »Liebe mich, bevor die Sonne untergegangen ist.«

Unzählige Fragen drängten sich Dominic auf, doch er hielt sie zurück. Er sah den flehenden, sehnsüchtigen Ausdruck in Kates Augen und schwieg. Hand in Hand gingen sie hinauf.

Die letzten Strahlen der Sonne fielen flach ins Schlafzimmer. Der Himmel färbte sich rot, als Dominic sich neben Kate auf das Bett setzte. Sie streckte ihm die Arme entgegen und schlang sie fest um ihn. Dann bot sie ihm die Lippen.

Sie nahmen sich Zeit, sich gegenseitig auszuziehen. Schließlich lagen sie nackt nebeneinander. Lange intensive Küsse ließen sie ihre Umwelt vergessen. In diesen Minuten verloren die Fragen und die Unsicherheit ihre Bedeutung, zählten nur noch die süßen Empfindungen.

Kate entspannte sich, ihr Leib war weich und biegsam. Mit den Lippen suchte sie wieder und wieder Dominics Mund und küsste ihn hingebungsvoll.

Niemand anders konnte sie so mühelos in eine andere Welt entführen. Niemand anders hatte ihr ein so deutliches Bewusstsein ihres eigenen Körpers gegeben. Eine leichte Berührung seiner Fingerspitzen setzte sie in Flammen und brachte ihr Blut in Wallung.

Kates Verlangen wuchs, ihre Lust steigerte sich. Es war, als schwebte sie frei und schwerelos im Wasser. Die Gesetze der Schwerkraft schienen aufgehoben.

Dominic streichelte sie, und Schauer der Erregung durchliefen ihren Leib. Auch sie tastete mit den Fingern über Dominics Körper. Sie verweilte an seinen Schultern, spürte das Spiel seiner Muskeln und genoss jede Bewegung, jede Veränderung. Seine Haut war glatt und fest. Seine Hände waren zärtlich und kraftvoll.

Wieder ließ sie die Fingerspitzen über ihn gleiten. Sie hatte das Bedürfnis, jede Einzelheit mit allen Sinnen aufzunehmen. Hier hatten sie sich zum ersten Mal geliebt, und hier liebten sie sich zum letzten Mal. Gedanken an Dominic würden immer untrennbar mit der Vorstellung von Abenddämmerung und dem entfernten Rauschen der Brandung verbunden sein.

Dominic spürte das Verlangen, das Kate trieb. Er verstand ihr Drängen nicht ganz, aber er wollte ihr seine ganze Liebe schenken. Mit unendlicher Zärtlichkeit ging er auf ihre Wünsche ein.

Schließlich wand Kate sich unter seinen Liebkosungen wie im Rausch. Dominic fand ihre intimste Stelle und streichelte sie mit den Fingerspitzen. Lustvoll stöhnte Kate auf und rang nach Luft.

Dominic beobachtete, wie sie sich aufbäumte. »Du bist so weich!«, stieß er heiser hervor. Dann umfasste er ihre Hüften und drang mit der Zunge in Kate ein. Sie umklammerte seine Hände und gab sich den Wonnen hin, die er in ihr hervorrief. Heiße Wellen der Lust stiegen in ihr auf.

»Du bist wundervoll. Kate, sag mir, dass du mehr willst.«

»Ja«, flüsterte sie mühsam. »Ich will mehr.«

Und so liebkoste er Kate weiter mit der Zungenspitze. Er sah die Verzauberung in ihren Augen, spürte, wie sie die Hüften anhob, und hörte, wie sie seinen Namen atemlos hervorstieß. Er hatte sie völlig in seiner Gewalt. Sie war sein.

Als Kate erbebte, ließ er seine Hände an ihrem Leib emporwandern. Sein heißer Atem strich über ihre Haut.

Da löste sich Kate plötzlich von ihm und legte sich auf ihn. Sie glühte, war voller Feuer. Begierig auf die Vereinigung mit ihm, übernahm sie die Führung. Ihre Bewegungen waren heftig und leidenschaftlich. Die geflüsterten Worte waren unverständlich. Ihr Rhythmus wurde wilder. Sie verfolgten beide nur das eine Ziel – dem anderen höchste Wonnen zu schenken.

In enger Umarmung erreichten sie schließlich den Höhepunkt.

Die Morgendämmerung zog herauf. Kate lag ruhig neben Dominic, der noch schlief. Ihr Entschluss stand fest. Das Schicksal hatte Dominic und sie ein zweites Mal zusammengeführt, nun wurde es Zeit, dass sie ihr Schicksal selbst in die Hände nahm.

Sie hatte ein Abkommen mit Dominic geschlossen, ihm einen Anteil am Gold für seine Erfahrung und seine Fähigkeiten angeboten. Anfangs hatte sie geglaubt, sie wollte den Schatz, brauchte ihn, um sich alle Türen zu öffnen, die ihr verschlossen waren. Nun lag ihr überhaupt nichts mehr daran.

Alles Gold der Welt würde nichts an den Gegensätzen zwischen ihr und Dominic ändern.

Sie liebte ihn. Und auf seine Art liebte er sie auch. Hob dieses Gefühl die Unterschiede auf? War sie, Kate, in der Lage oder willens, ihr eigenes Leben aufzugeben und sich Dominic anzupassen, oder konnte sie das Gleiche von ihm verlangen? Nein.

Ihre Welten hatten sich einander nicht genähert. Ihre Wünsche stimmten heute so wenig überein wie damals vor vier Jahren. Sollte Dominic den Schatz bergen und behalten, sollte er damit anfangen, was immer er wollte. Sie brauchte den Schatz nicht.

Wenn sie bliebe … Kate vermochte nicht zu widerstehen und berührte leicht Dominics Wange. Wenn sie bliebe, würde sie ihre Persönlichkeit opfern. Irgendwann würde sie sich deswegen verachten – und Dominic sie auch. Es war auf jeden Fall besser, die Erinnerungen an diese schönen Wochen mitzunehmen, selbst wenn die Trennung noch so sehr schmerzte.

Der Schatz war für Dominic wichtig. Er hatte große Risiken auf sich genommen, und er hatte hart gearbeitet. Sie wollte lediglich ihrem Vater ein bleibendes Andenken schaffen. Alles andere sollte für Dominic sein. Lautlos stand Kate auf und kleidete sich an.

Kate brauchte nicht lange, um ihre Sachen zu packen. Leise zog sie die Tür hinter sich zu und trug die Koffer hinab. Unten im Wohnzimmer begann sie, die Keramikschüssel sorgfältig in Zeitungspapier einzuwickeln. Dann steckte sie die schwarze Silbermünze und die glänzende Goldmünze in ihre Geldbörse.

Auch die Filme mit den Fotos, die sie bei ihren Arbeiten unter Wasser aufgenommen hatte, nahm sie mit. Kate hatte bereits markiert, welche Stücke dem Museum übereignet werden sollten. Sie ließ die Liste auf dem Tisch zurück.

Obwohl sie sich sagte, dass es besser sei, keinen Abschiedsbrief zu verfassen, zögerte sie. War sie es Dominic nicht schuldig, ihm ihr Tun zu erklären? Nur wie?

Nachdem sie das Gepäck in ihren Wagen gebracht hatte, kehrte Kate ins Haus zurück. Sie nahm die fünf goldenen Münzen, ging ins Schlafzimmer und legte sie auf Dominics Kommode. Nach einem letzten Blick auf den schlafenden Mann im Bett verließ sie das Haus zum zweiten Mal.

In der kühlen Morgenluft schlug Kate den Weg über die Dünen ein. Dann stand sie still und schaute hinaus auf das weite, endlos erscheinende Meer. Die Wellen schlugen gleichmäßig an den Strand, und die schmalen weißen Schaumränder versanken im hellen Sand. So würde sie das Meer um Ocracoke stets in Erinnerung behalten. Und besonders an die Welt unter der Oberfläche würde sie oft zurückdenken. An die Augenblicke des Friedens und der Begeisterung, die sie mit Dominic geteilt hatte. Einen Sommer lang. Doch im Leben gab es vier Jahreszeiten.

Kate wandte sich vom Meer ab. Sie ließ ihren Blick über die Uferlinie der Insel gleiten bis hin zum Leuchtturm. Sie hatte vieles in den vergangenen Wochen hinzugelernt. Endlich würde sie ihr eigenes Leben führen. Sie würde ihren Weg im Leben finden.

Auf dem Rückweg zum Auto schaute Kate nicht mehr zum Haus. Sie brauchte es nicht noch einmal zu sehen, um sich an jede Einzelheit erinnern zu können. Sie streckte ihre Hand nach dem Griff der Wagentür aus. Bevor sie ihn herunterdrücken konnte, wurde sie am Arm gefasst und herumgerissen.

»Was, zum Teufel, soll das?«

Von Angesicht zu Angesicht mit Dominic geriet Kates Entschluss fast ins Wanken. Dominic war noch nicht ganz wach und trug lediglich Jeans. Sein Haar war zerzaust vom Schlaf.

Kate verschränkte die Arme vor der Brust und hoffte inständig, ihre Stimme möge nicht zittern. »Ich wollte eigentlich schon fort sein, bevor du aufwachst.«

»Fort?«, wiederholte Dominic. »Wohin?«

»Ich fahre nach Connecticut zurück.«

»Das …« Dominic verstummte, war sichtlich um Fassung bemüht. Er wollte nicht alles mit einem Wutanfall zerstören. Es hätte für sie beide tragisch enden können. »Warum?«

Kate schluckte. Er hatte die Frage ruhig gestellt. Aber an dem Ausdruck seiner Augen erkannte sie, wie wenig fehlte, seinen Zorn zum Ausbruch zu bringen. »Du hast es gestern selbst gesagt, als wir vom Tauchen hochkamen. Ich habe geschafft, was ich mir vorgenommen hatte.«

Dominic streckte die Hand aus. Die fünf Goldmünzen glänzten in der Morgensonne. »Und was hat das zu bedeuten?«

»Sie sind für dich.« Kate befürchtete, dass sie dieses Verhör nicht lange würde durchstehen können, ohne zu verraten, dass ihr Entschluss nicht leichten Herzens gefasst worden war. »Der Schatz bedeutet mir nichts. Auch ihn kannst du haben.«

»Das ist aber außerordentlich großzügig von dir.« Dominic drehte seine offene Hand um, sodass die Münzen in den Sand fielen. »So viel bedeutet mir das Gold, Frau Lehrerin.«

Kate schaute auf die funkelnden Münzen. »Ich begreife dich nicht, Dominic.«

»Du wolltest den Schatz«, hielt er ihr vor. »Mir war er immer gleichgültig.«

»Du sagtest aber ...«, begann sie und brach hilflos ab. »Als ich dich um Hilfe bat, hast du wegen des Schatzes zugesagt.«

»Ich habe deinetwegen mitgemacht. Du warst hinter dem Gold her, Kate.«

»Nein, es ging mir nicht so sehr ums Gold.« Kate fuhr sich mit der Hand über die Augen.

»Dann war dein Vater der Grund.«

Kate nickte. Sie sperrte sich nicht länger gegen die Wahrheit. »Ich habe zu Ende geführt, was er begonnen hat. Und ich habe dadurch für mich persönlich viel gewonnen. Ich brauche kein Gold mehr, Dominic.«

»Warum läufst du wieder vor mir davon?«

Langsam schaute Kate zu ihm auf. »Wir sind vier Jahre älter als damals, aber wir sind dieselben Menschen geblieben.«

»Glaubst du das wirklich?«

»Dominic, als ich damals wegging, geschah es halb meinem Vater zuliebe. Ich dachte, ich sei ihm etwas schuldig. Wenn ich allerdings hätte sicher sein können, dass du mich – mich«, betonte sie, »wolltest und nicht eine Person, wie du sie dir wünschst, und wenn ich zudem hätte sicher sein können, dass eine gemeinsame Zukunft nicht gescheitert wäre, wäre ich damals nicht gegangen. Und ich würde heute nicht gehen.«

»Verflixt, Kate. Woher nimmst du das Recht, darüber zu urteilen, was ich möchte, wie ich fühle?« Dominic wandte sich ab. Er befürchtete die Fassung zu verlieren, wenn er Kate weiterhin ansah. »Vielleicht habe ich Fehler begangen, vielleicht habe ich vor vier Jahren zu viel als selbstverständlich vorausgesetzt. Aber, Kate, ich habe für diesen Fehler gebüßt, jede Minute, seit du fortgingst, bis zu dem Tag, an dem du zurückgekehrt bist. Ich habe mich dieses Mal so sehr bemüht, vorsichtig zu sein, nicht zu drängen, nichts vorauszusetzen. Und da wache ich vorhin auf und muss feststellen, dass du ohne ein Wort verschwinden wolltest.«

»Es gab nichts mehr zu sagen, Dominic. Ich habe immer viel zu viele Worte benutzt – und du zu wenige.«

»Du bist in solchen Dingen besser als ich.«

»Gut, dann werde ich dir etwas sagen. Ich liebe dich.« Kate wartete, bis Dominic sich wieder zu ihr herumgedreht hatte. »Ich habe dich immer geliebt, aber ich kenne meine Grenzen. Und deine glaube ich auch zu kennen.«

»Kate, nein. Du denkst zu viel über Grenzen nach und nicht genug an Möglichkeiten. Ich habe dich damals ziehen lassen. Diesmal nicht, Kate, diesmal nicht.«

»Ich brauche die Möglichkeit, ich selbst zu sein, Dominic. Ich möchte nicht den Rest meines Lebens so leben, wie ich es bisher getan habe.«

»Wer verlangt denn das von dir?«, platzte Dominic heraus. »Wer möchte denn, dass du anders sein sollst? Hör endlich auf, Liebe mit Verantwortung gleichzusetzen, schau dir die andere Seite der Medaille an! Liebe bedeutet auch teilen, geben und nehmen. Wenn ich dich bitte, mir einen Teil von dir zu schenken, so erhältst du dafür einen Teil von mir, Kate.«

Dominic ergriff sie bei den Oberarmen und hielt sie fest, als hoffte er, seinen Worten durch die Berührung Nachdruck zu verleihen. »Ich will keine Ergebenheit von dir«, fuhr er fort. »Und auch nicht, dass du dich mir verpflichtet fühlst. Es gefiele mir ganz und gar nicht, mit dem Gedanken durchs Leben zu gehen, dass du alles, was du tust, nur tust, weil du annimmst, ich erwarte das oder jenes. Verdammt, Kate, auf die Art von Liebe kann ich gut verzichten.«

Mit großen Augen starrte Kate ihn an. Dominic hatte noch nie so klar mit ihr über ihre Beziehung gesprochen. Hoffnung regte sich in ihr. Doch leise Zweifel blieben. Bisher hatte Dominic lediglich gesagt, was er nicht wollte. Womöglich zerrann ihre Hoffnung letztendlich doch zu nichts.

»Sag mir, was du willst«, bat sie.

Er reichte ihr die Hand. »Komm mit mir.«

Dominic führte Kate in den Schuppen hinter dem Haus. »Ich habe damals mit dem Bau des Bootes begonnen, weil ich meinen Plan endlich ausführen wollte. Dann gewann alles eine andere Bedeutung.« Er drückte die Klinke herunter und öffnete beide Türflügel.

Im ersten Moment konnte Kate nichts erkennen. Allmählich gewöhnten sich ihre Augen an das Dämmerlicht im Schuppen, und sie ging hinein.

Das Boot war so gut wie fertig, der Rumpf geschliffen, versiegelt und angestrichen. Es brauchte nur noch aus dem Schuppen geholt zu werden, damit der Mast befestigt werden konnte. Es war ein wunderschönes Boot, strahlend weiß. Jetzt schon konnte sich Kate vorstellen, wie es im Wind leicht über die Wellen gleiten würde.

»Es ist herrlich. Dominic. Ich habe mich immer gefragt …« Abrupt brach sie ab, als ihr Blick auf die geschwungene Schrift am Heck fiel.

Dort stand: »Zweite Chance«.

»Mehr erwarte ich nicht von dir«, sagte Dominic und deutete mit dem Zeigefinger auf die beiden Wörter. »Das Boot gehört dir. Anfangs dachte ich, ich baute es für mich selbst. Dann habe ich erkannt, dass ich es für dich tat, weil ein solches Boot unser gemeinsamer Traum war. Für mich will ich nur, was draufsteht, Kate. Für uns beide eine zweite Chance.«

Kate fand keine Worte. Sie beobachtete, wie Dominic sich über die Steuerbordseite lehnte und eine Schachtel hervorholte.

»Ich habe dies hier reinigen lassen. Ich hoffe, diesmal nimmst du ihn.« Dominic öffnete den Deckel der Schachtel. Sie enthielt den Diamantring, den er gefunden hatte. Der Stein funkelte und strahlte.

Kate wollte etwas sagen, doch Dominic hob abwehrend die Hand. »Warte, ich bin noch nicht fertig. Ich weiß, dass du unterrichten willst. Ich verlange nicht vor dir, deinen Beruf aufzugeben. Ich bitte dich nur darum, ein Jahr mit mir auf der Insel zu bleiben. Hier gibt es zwar keine Universität, aber immerhin auch eine Schule. Sie kann mit Yale natürlich nicht Schritt halten, doch immerhin …« Er zuckte die Schultern. »Nur ein Jahr, Kate. Wenn du danach der Ansicht bist, dass du hier nicht leben kannst, gehe ich mit dir zurück.«

Kate sah ihn überrascht an. »Nach Connecticut? Du würdest nach Connecticut ziehen?«

»Ja, wenn es nötig ist.«

Der Kompromiss. Die lang ersehnte Lösung, fuhr es Kate durch den Kopf. Dominic schlug vor, sein Leben an das ihre anzupassen. »Und wenn du dich dort nicht zurechtfindest?«

»Dann werden wir es an einem anderen Ort versuchen, Kate. Wir werden irgendwo in der Mitte ein Zuhause finden. Vielleicht müssen wir in den nächsten Jahren ein Dutzend Mal umziehen. Das ist völlig nebensächlich.«

Ja, es war tatsächlich gleichgültig. Wichtig war allein, dass er ihr seine bedingungslose Liebe anbot, worauf sie ihr Leben lang gewartet hatte.

»Ich möchte dich heiraten, Kate.« Diese einfache Erklärung berührte Kate tief. »Am liebsten schon morgen, aber wenn du mir versprichst, ein Jahr zu bleiben, werde ich warten können.«

Sie lächelte, vermochte sich nicht vorzustellen, dass Dominic geduldig warten würde. Sobald er ihr Versprechen hatte, ein Jahr mit ihm auf Ocracoke zu leben, würde er mit sanfter Gewalt auf sie einwirken, bis sie sich mit ihm vor dem Altar wiederfand.

»Nein«, erwiderte sie laut. »Ich werde nur dann hier bleiben, wenn du mir den Ring ansteckst und mich so schnell wie möglich heiratest.«

»Abgemacht.« Glücklich ergriff Dominic ihre Hand. »Sitzt der Ring erst einmal an deinem Finger, gibt es kein Zurück mehr, Frau Lehrerin.« Er holte den Ring aus dem Etui und schob ihn so schnell auf ihren Finger, als befürchtete er, sie könnte ihre Meinung ändern. »Oh, verflixt, er ist zu groß.«

»Das macht nichts. Ich werde die Hand in den nächsten fünfzig Jahren einfach nicht mehr öffnen.« Lachend warf sich Kate in seine Arme. Alle Zweifel waren verflogen. Sie war nun sicher, dass sie beide gemeinsam ihren Weg finden würden.

»Wir werden ihn ändern lassen«, flüsterte Dominic und küsste ihre Schläfe.

»Nur, wenn ich den Ring dafür nicht abnehmen muss«, entgegnete Kate. Sie schloss kurz die Augen, selig vor Glück. »Dominic, und die ›Liberty‹? Der Schatz?«

Dominic legte zärtlich den Zeigefinger unter ihr Kinn und sah ihr in die Augen. »Wir haben unseren Schatz bereits gefunden.«

Nora Roberts

Die Frauen der Calhouns – Suzanna

Roman

Aus dem Englischen von
M. R. Heinze

mtb

Prolog

Bar Harbor, 1965

In dem Moment, als ich sie sah, veränderte sich mein Leben. Mehr als fünfzig Jahre sind seit jenem Moment vergangen, und ich bin nun ein alter Mann mit weißen Haaren, dessen Körper gebrechlich geworden ist. Doch meine Erinnerungen sind noch immer voll Farbe und Kraft.

Seit meinem Herzinfarkt muss ich täglich ruhen. Und ich kehre hierher auf die Insel zurück – ihre Insel –, wo alles für mich begann. Die Insel hat sich verändert, genau wie ich. Das große Feuer 1947 hat viel zerstört. Neue Gebäude, neue Menschen. Autos verstopfen die Straßen und lassen den Charme der klingelnden Kutschen vermissen. Doch ich bin glücklich, die Insel so sehen zu können, wie sie war und wie sie ist.

Mein Sohn ist jetzt ein Mann, ein guter Mann, der seinen Lebensunterhalt auf See verdient. Wir haben uns nie wirklich verstanden, sind aber ganz gut miteinander ausgekommen. Er hat eine stille, zauberhafte Frau und einen Sohn. Der Junge, der kleine Holt, bringt besondere Freude in mein Leben. Vielleicht, weil ich mich selbst in ihm so deutlich erkennen kann. Die Ungeduld, das Feuer, die Leidenschaften, die einst die meinen waren. Vielleicht wird auch er zu viel empfinden, zu viel wollen. Dennoch kann mir nichts leid tun. Könnte ich ihm einen Rat geben, dann den, das Leben zu packen und es sich zu nehmen.

Mein Leben ist erfüllt gewesen, und ich bin dankbar für die Jahre, die ich mit Margaret hatte. Ich war nicht mehr jung, als sie meine Frau wurde. Was wir gemeinsam erlebten, war kein Feuersturm, sondern die behagliche Wärme eines beständigen Feuers. Sie brachte mir Trost, und ich hoffe, ich habe ihr Glück geschenkt. Sie ist vor fast zehn Jahren von mir gegangen, und meine Erinnerungen an sie sind süß.

Doch es ist die Erinnerung an eine andere Frau, die mich verfolgt. Diese Erinnerung ist so schmerzlich klar, so vollständig. Nach so viel Zeit konnte sie nicht abstumpfen. Die Jahre haben das Bild dieser Frau nicht verblassen lassen und konnten meine verzweifelte Liebe zu ihr nicht um einen einzigen Grad abkühlen. Eine Liebe, die ich noch immer empfinde, die ich immer empfinden werde, obwohl ich diese Frau verloren habe.

Vielleicht kann ich mich jetzt, nachdem mich der Tod so nahe gestreift hat, wieder öffnen, kann mir erlauben, mich an die Dinge zu erinnern, die ich nie vergessen konnte. Es gab eine Zeit, als diese Erinnerungen zu schmerzlich waren, und ich verlor diesen Schmerz in der Flasche. Als ich auch darin keinen Trost fand, vergrub ich mein Unglück in meiner Arbeit. Ich malte und reiste wieder. Doch immer, immer wieder wurde ich hierher zurückgezogen, wo ich einst zu leben begonnen hatte. Wo ich eines Tages sterben werde.

Ein Mann liebt nur einmal auf diese Weise, und auch nur, wenn er Glück hat. Für mich war es Bianca. Für mich war es immer Bianca.

Es war Juni 1912, unmittelbar bevor der Erste Weltkrieg großes Leid über viele Völker brachte. Es war der Sommer des Friedens und der Schönheit, der Kunst und der Poesie, als sich das Dorf Bar Harbor für die Reichen öffnete und den Künstlern Zuflucht bot.

Sie kam auf die Klippen, auf denen ich malte, an der Hand ein Kind. Ich wandte mich von meiner Leinwand ab, den Pinsel noch in der Hand, die Stimmung der See und des Gemäldes noch immer in mir. Da war sie, schlank und zauberhaft, das Haar von der Farbe des Sonnenuntergangs hinten hochgebunden. Der Wind zerrte an ihren Locken und an dem hellblauen Rock. Ihre Augen besaßen die Farbe der See, die ich so besessen auf Leinwand wiedererstehen lassen wollte. Sie betrachtete mich neugierig, vorsichtig. Sie hatte die helle, durchscheinende Haut der Iren.

In dem Moment, als ich sie sah, wusste ich, dass ich sie malen musste. Und ich glaube, wie sie so da im Wind stand, keimte in mir meine Liebe zu ihr.

Sie entschuldigte sich für die Unterbrechung meiner Arbeit. Ihre Stimme klang sanft, musikalisch. Das Kind, das sie inzwischen auf den Armen hielt, war ihr Sohn. Sie war Bianca Calhoun, die Frau eines anderen Mannes. Ihr Sommerhaus stand auf dem Hügel oberhalb von uns. The Towers, die kunstvolle Burg, die Fergus Calhoun erbaut hatte. Obwohl ich erst seit kurzer Zeit auf Mount Desert Island war, hatte ich von Calhoun und seinem Haus schon gehört. Ich hatte sogar schon die Türme und Spitzen, die Türmchen und die Wandelgänge und die arroganten, fantasievollen Linien bewundert.

So ein Haus passte zu der Frau, die vor mir stand. Sie war eine zeitlose Schönheit, von ruhiger Gelassenheit und Anmut, die man nicht erlernen kann, und in ihren großen grünen Augen schimmerten unterdrückte Leidenschaften. Ja, ich war bereits verliebt, aber zu jenem Zeitpunkt nur in ihre Schönheit. Als Künstler wollte ich diese Schönheit auf meine Art darstellen, mit Farben oder Stiften. Vielleicht jagte ich ihr Angst ein, weil ich sie so eindringlich betrachtete. Doch der Junge, Ethan, war furchtlos und freundlich. Sie sah so jung, so unberührt aus, dass es schwer zu glauben war, dieses Kind wäre das ihre, und dass sie noch zwei hatte.

Sie blieb an jenem Tag nicht lange, sondern nahm ihren Sohn und ging zu ihrem Mann nach Hause. Ich blickte ihr nach, wie sie durch die Wildrosen schritt, während ihr Haar im Sonnenschein wie Gold schimmerte.

An dem Tag konnte ich das Meer nicht mehr sehen. Ihr Gesicht hatte bereits begonnen mich zu verfolgen.

1. Kapitel

Suzanna freute sich nicht darauf. Es musste getan werden, natürlich. Suzanna schleppte einen Fünfzig-Pfund-Sack Torf zu ihrem Pick-up und stemmte ihn auf die Ladefläche. Die kleine körperliche Anstrengung war nicht das Problem. Sie freute sich sogar darauf, diese Lieferung bei ihrem zweiten Stopp auf dem Heimweg machen zu können.

Es war der erste Stopp, den sie gern vermeiden würde, doch sie war Suzanna Calhoun Dumont, die keiner Pflicht ausweichen konnte.

Sie hatte ihrer Familie versprochen, mit Holt Bradford zu sprechen, und Suzanna hielt ihre Versprechen. Ich versuche es zumindest, dachte sie und wischte sich mit dem Unterarm über die verschwitzte Stirn.

Aber sie war verdammt müde. Sie hatte einen vollen Tag in Southwest Harbor an dem Garten eines neuen Hauses gearbeitet, und sie hatte auch für den nächsten Tag einen vollen Terminkalender. Dazu kam noch, dass ihre Schwester Amanda in etwas mehr als einer Woche heiratete und *The Towers* sich in totalem Aufruhr befand wegen der Hochzeitsvorbereitungen und der Renovierung des Westflügels. Dazu kam auch noch, dass sie zu Hause zwei energiegeladene Kinder hatte, die an diesem Abend die Zeit und Aufmerksamkeit ihrer Mutter verlangten und verdienten. Und dass sich der Papierkram auf ihrem Schreibtisch stapelte und einer ihrer Teilzeitangestellten ausgerechnet an diesem Vormittag gekündigt hatte.

Nun, erinnerte Suzanna sich, ich wollte ja ein Geschäft eröffnen. Was sie auch getan hatte. Sie warf einen Blick zurück zu ihrem Laden, verschlossen für die Nacht und mit Sommerblumen im Schaufenster, und zu dem Glashaus hinter dem Hauptgebäude. Das gehört mir – und der Bank, dachte sie mit einem kleinen Lächeln, jedes Stiefmütterchen, jede Petunie, jede Päonie. Sie hatte bewiesen, dass sie nicht die unfähige Versagerin war, als die ihr Exmann sie bezeichnet hatte, immer und immer wieder.

Suzanna hatte zwei wunderschöne Kinder, eine Familie, die sie liebte, und ihre Gärtnerei, die sich selbst trug. Sie nahm nicht einmal im Entferntesten an, dass Baxters Behauptung, sie wäre langweilig, jetzt zutraf. Nicht, wenn sie mitten in einem Abenteuer steckte, das vor achtzig Jahren begonnen hatte.

Ganz sicher war nichts Gewöhnliches an der Suche nach einer unschätzbar wertvollen Smaragdhalskette oder daran, dass internationale Juwelendiebe hinter ihnen allen her waren, Diebe, die vor nichts zurückschreckten, um das Erbe von Suzannas Urgroßmutter Bianca in ihre Finger zu bekommen.

Allerdings bin ich bisher nicht viel mehr als eine abseits stehende Mitspielerin gewesen, fand Suzanna, als sie in den Lastwagen kletterte. Ihre Schwester C. C. hatte alles ins Rollen gebracht, als sie sich in Trenton St. James III verliebte, den Besitzer der St. James-Hotels. Es war seine Idee gewesen, einen Teil des finanziell arg geplagten Familienbesitzes in einen luxuriösen Gästelandsitz zu verwandeln. Im Zuge dieses Unternehmens war die Legende von den Calhoun-Smaragden an die stets begierige Presse durchgesickert und hatte eine Kettenreaktion ausgelöst, die sich von absurd zu gefährlich gewandelt hatte.

Amanda wäre beinahe getötet worden, als der verzweifelte und besessene Dieb, der sich als William Livingston ausgab, einen Teil der Familienpapiere in der Hoffnung stahl, sie würden ihn zu den verschwundenen Smaragden führen. Und ihre Schwester Lilah war bei dem letzten versuchten Raub in Lebensgefahr geraten.

In der Woche, die seit jener Nacht vergangen war, hatte die Polizei keine Spur von Livingston gefunden, dessen letzter bekannter falscher Name Ellis Caufield war.

Seltsam, dachte Suzanna, während sie sich in den Verkehrsstrom einordnete, wie *The Towers* und die verschwundenen Smaragde sich auf die gesamte Familie ausgewirkt hatten. *The Towers* hatte C.C. und Trent zusammengebracht. Dann war Sloan O'Riley aufgetaucht, um den Gästelandsitz zu entwerfen, und hatte sich in Amanda verliebt. Der schüchterne Geschichtsprofessor Max Quartermain hatte sein Herz an Suzannas freigeistige Schwester Lilah verloren, und die beiden wären beinahe umgebracht worden. Wiederum wegen der Smaragde.

Es gab Zeiten, in denen Suzanna sich wünschte, jene Halskette vergessen zu können, die ihrer Urgroßmutter gehört hatte. Doch sie wusste genau wie die anderen, dass es vorherbestimmt war, dass die Halskette, die Bianca vor ihrem Tod versteckt hatte, gefunden würde.

Also machten sie weiter, verfolgten jede Spur, erforschten jeden möglichen staubigen Pfad. Nun war Suzanna an der Reihe. Während seiner Forschungstätigkeit hatte Max den Namen des Künstlers aufgespürt, den Bianca geliebt hatte.

Es war eine Geschichte, die Suzanna stets ein wenig wehmütig stimmte, doch es war ihr persönliches Pech, dass die Verbindung mit dem Künstler zu seinem Enkel führte.

Holt Bradford. Sie seufzte ein wenig, als sie durch die verstopften Straßen des Dorfes fuhr. Sie konnte nicht behaupten, ihn gut zu kennen, war auch nicht sicher, ob das irgendjemand vermochte. Sie erinnerte sich an ihn als Jugendlichen – finster, übellaunig und arrogant. Natürlich, die Mädchen waren von seiner Scher-dich-zum-Teufel-Haltung angezogen gewesen. Zweifellos hatte sein düsteres, grüblerisches Aussehen zusammen mit den funkelnden grauen Augen diese Anziehung verstärkt.

Seltsam, dass ich mich an die Farbe seiner Augen erinnere, überlegte Suzanna. Andererseits, das einzige Mal, als diese Augen aus nächster Nähe auf sie gerichtet gewesen waren, hätte Holt sie beinahe mit seinem Blick bei lebendigem Leib verbrannt.

Wahrscheinlich hat er den Zusammenstoß vergessen, versicherte sie sich. Suzanna hoffte es wenigstens. Streitigkeiten brachten sie zum Zittern und Schwitzen, und sie hatte davon in ihrer Ehe genug erlebt, dass es für ein ganzes Leben reichte. Sicher grollte Holt ihr nicht mehr. Es war zwölf Jahre her. Immerhin war er nicht stark verletzt worden, als er kopfüber von seinem Motorrad geflogen war. Und es war seine Schuld gewesen. Suzanna reckte ihr Kinn hoch. Sie hatte die Vorfahrt gehabt.

Jedenfalls hatte sie Lilah versprochen, mit ihm zu reden. Sie mussten jeder Verbindung zu Biancas verschwundenen Smaragden nachgehen. Als Christian Bradfords Enkel mochte Holt irgendwelche Geschichten gehört haben.

Als er vor ein paar Monaten nach Bar Harbor zurückgekehrt war, hatte er sich in demselben Cottage einquartiert, in dem sein Großvater während dessen Romanze mit Bianca gelebt hatte. Suzanna war irisch genug, um an Schicksal zu glauben. Es gab einen Bradford in dem Cottage, und es gab Calhouns in *The Towers*. Sicher konnten sie gemeinsam die Antworten auf das Geheimnis finden, das beide Familien seit Generationen verfolgte.

Das Cottage stand am Wasser, beschattet von zwei schönen alten Weidenbäumen. Das schlichte Holzgebäude ließ Suzanna an ein Puppenhaus denken, und sie hielt es für eine Schande, dass sich niemand die Mühe gemacht hatte, Blumen zu pflanzen. Das Gras war frisch gemäht, doch ihr professionelles Auge stellte fest, dass an manchen Stellen nachgesät werden musste, und der gesamte Rasen konnte eine ordentliche Dosis Dünger vertragen.

Suzanna ging auf die Tür zu, als das Bellen eines Hundes und die Stimme eines Mannes sie um die Hausecke herumführte.

Ein baufälliger Bootssteg ragte in das ruhige, dunkle Wasser hinaus. Daran festgebunden war ein hübscher kleiner Kabinenkreuzer in schimmerndem Weiß. Der Mann saß im Heck und polierte geduldig das Messing. Er trug kein Hemd. Seine gebräunte Haut spannte sich straff über Knochen und Muskeln und schimmerte vom Schweiß. Seine schwarzen Haare wären lockig über seinen Kragen gefallen, hätte er einen gehabt. Offenbar hielt er es nicht für nötig, mehr als zerrissene, ausgebleichte Shorts zu tragen. Sie schaute auf seine Hände, schlank mit langen Fingern, und fragte sich, ob er sie von seinem Großvater, dem Künstler, geerbt hatte.

Wasser schlug sanft gegen das Boot. Dahinter sah Suzanna einen Fischadler hochsteigen und dann niederstoßen. Er gab einen Triumphschrei von sich, als er sich wieder erhob und ein silbriger Fisch sich in seinen Klauen wand. Der Mann im Boot arbeitete weiter, offensichtlich ungerührt von dem Drama von Leben und Tod in seiner Nähe.

Suzanna zwang ein – wie sie hoffte – höfliches Lächeln um ihren Mund und ging auf den Bootssteg zu. »Entschuldigen Sie!«

Als er seinen Kopf hochreckte, erstarrte Suzanna. Wenn er eine Waffe hätte, würde er auf mich zielen, dachte sie unwillkürlich. Innerhalb eines Sekundenbruchteils hatte er sich von entspannt zu voll angespannt gewandelt, zusätzlich mit einer

Bereitschaft zur Gewalttätigkeit in der Haltung seines Körpers. Suzannas Mund wurde trocken.

Während sie darum kämpfte, ihren Herzschlag zu beruhigen, stellte sie fest, dass Holt sich verändert hatte. Der finstere Junge war ein gefährlicher Mann geworden. Ihr fiel kein anderes Wort ein. Sein Gesicht war gereift und scharf gezeichnet. Ein Dreitagebart unterstrich das raue Aussehen.

Doch es waren erneut seine Augen, die sie auf unheimliche Weise beeindruckten. Ein Mann mit solchen scharfen Augen brauchte keine Waffe.

Holt starrte sie an, stand jedoch nicht auf und sagte auch nichts. Er brauchte einen Moment, um sich zu fangen. Hätte er seine Waffe getragen, hätte er sie schon im Anschlag gehalten. Das war einer der Gründe, weshalb er hier war, wieder ein Zivilist.

Er hätte sich zum Entspannen zwingen können. Er wusste, wie er das machen konnte. Aber er erinnerte sich an ihr Gesicht. Ein Mann vergaß dieses Gesicht nicht. Der Himmel wusste, dass er es nicht vergessen hatte. Es war zeitlos. In seiner jugendlichen Fantasie hatte er Suzanna als Prinzessin in fließender Seide gesehen und sich selbst als ihr Ritter, der hundert Drachen erschlagen hätte, um ihre Hand zu bekommen.

Bei der Erinnerung daran zeigte er eine mürrische Miene.

Sie hat sich kaum verändert, dachte er. Ihre Haut ist noch immer wie irische Rosen und Milch, ihr Mund voll und romantisch weich, und ihre Augen besitzen dieses tiefe, verträumte Blau unter langen Wimpern. Diese Augen betrachteten ihn verblüfft und alarmiert, während er sich die Zeit nahm, Suzanna nur anzusehen.

Sie hatte ihr Haar zu einem Pferdeschwanz zurückgebunden, doch Holt erinnerte sich daran, wie es lang und locker und schimmernd blond um ihre Schulter geflossen war.

Sie war groß – alle Calhoun-Frauen waren es –, doch zu dünn. Seine Miene verdüsterte sich daraufhin noch mehr. Er hatte gehört, dass sie geheiratet hatte und geschieden worden war und es schwierige Erfahrungen gewesen waren. Sie hatte zwei Kinder, einen Jungen und ein Mädchen. Es war schwer zu glauben, dass diese gertenschlanke Frau in schmutziger Jeans und verschwitztem T-Shirt jemals Kinder bekommen hatte.

Es war noch schwerer zu glauben und noch härter zu akzeptieren, dass sie seine Nerven vibrieren lassen konnte, indem sie einfach nur drei Meter von ihm entfernt stand.

Seine Augen unverändert auf sie gerichtet, widmete er sich wieder dem Polieren. »Wollen Sie was?«

Suzanna stieß den Atem aus, den sie unbewusst angehalten hatte. »Tut mir leid, dass ich einfach hier so auftauche. Ich bin Suzanna Dumont, Suzanna Calhoun.«

»Ich weiß, wer Sie sind.«

»Ach ja …« Sie räusperte sich. »Ich sehe, dass Sie beschäftigt sind, aber ich möchte mich ein paar Minuten mit Ihnen unterhalten. Wenn es jetzt nicht passt …«

»Worüber?«

Wenn er so reizend ist, dachte sie verärgert, kann ich gleich zur Sache kommen. »Über Ihren Großvater. Er war Christian Bradford, nicht wahr? Der Künstler.«

»Richtig. Na und?«

»Das ist eine längere Geschichte. Darf ich mich setzen?«

Weil Holt bloß die Schultern zuckte, ging sie zum Bootssteg, der ächzte und unter ihren Füßen schwankte, als sie sich vorsichtig darauf setzte.

»Eigentlich fing es 1912 oder 1913 mit meiner Urgroßmutter Bianca an.«

»Ich habe das Märchen schon gehört.« Er konnte sie nun riechen. Blumen und erhitzte Haut. Sein Magen verspannte sich. »Sie war eine unglückliche Ehefrau mit einem reichen und schwierigen Ehemann. Das glich sie aus, indem sie sich einen Liebhaber nahm. Irgendwann hat sie angeblich ihre Smaragdkette versteckt. Die Rückversicherung, falls sie den Schneid fand zu gehen. Anstatt mit ihrem Geliebten in den Sonnenuntergang hinein zu verschwinden, sprang sie aus dem Turmfenster, und die Smaragde wurden nie gefunden.«

»Es war nicht genau so ...«

»Jetzt hat Ihre Familie beschlossen, eine Schatzsuche zu starten«, fuhr er fort, als hätte Suzanna nichts gesagt. »Hat viel Pressewirbel aufgerührt und zu mehr Ärger geführt, als Sie vermutlich erwarteten. Ich habe gehört, dass es bei Ihnen vor Kurzem einen aufregenden Zwischenfall gab.«

»Wenn Sie es aufregend nennen, dass meiner Schwester ein Messer an die Kehle gehalten wurde, ja.« In ihren Augen schien Feuer zu brennen. Sie konnte sich selbst meistens nicht gut verteidigen, aber wenn es um ihre Familie ging, wurde sie zur Löwin. »Der Mann, der mit Livingston, oder wie immer der Bastard sich jetzt nennt, zusammenarbeitete, hätte beinahe Lilah und ihren Verlobten umgebracht.«

»Wenn man unschätzbar wertvolle Smaragde mit einer dazugehörigen Legende hat, nagen sich die Ratten durch die Wände.« Holt wusste über Livingston Bescheid. Holt war zehn Jahre lang Polizist gewesen, und obwohl er die meiste Zeit im Rauschgiftdezernat verbracht hatte, waren ihm Berichte über diesen aalglatten und sehr oft gewalttätigen Juwelendieb untergekommen.

»Die Legende und die Smaragde sind Sache meiner Familie.«

»Warum kommen Sie dann zu mir? Ich habe meine Polizeimarke abgegeben und meinen Abschied genommen.«

»Ich bin nicht wegen professioneller Hilfe zu Ihnen gekommen. Es ist etwas Persönliches.« Suzanna holte tief Luft. »Lilahs Verlobter war Geschichtsprofessor an der Cornell University. Vor zwei Monaten stellte Livingston, der sich als Ellis Caufield ausgab, ihn ein, um die Familienpapiere zu durchforschen, die er uns gestohlen hatte.«

Holt polierte die Verzierungen. »Klingt ganz danach, als hätte Lilah keinen guten Geschmack entwickelt.«

»Max wusste nicht, dass die Papiere gestohlen waren«, fuhr Suzanna mit zusammengebissenen Zähnen fort. »Als er es herausfand, hätte Caufield ihn fast umgebracht. Max kam jedenfalls nach *The Towers* und trieb seine Nachforschungen für uns weiter. Wir haben die Existenz der Smaragde dokumentiert und sogar eine Hausangestellte befragt, die in *The Towers* in jenem Jahr arbeitete, in dem Bianca starb.«

Holt wechselte den Platz und putzte das Messing blank. »Sie waren fleißig.«

»Ja. Die Angestellte stützte die Geschichte, dass die Halskette versteckt wurde, Bianca verliebt war und ihren Ehemann verlassen wollte. Der Mann, den sie liebte, war ein Künstler.« Suzanna wartete einen Moment. »Sein Name war Christian Bradford.«

Etwas flackerte in Holts Augen, aber nur ganz kurz. Betont langsam legte er den Wolllappen weg, zog eine Zigarette aus dem Päckchen, schnippte sein Feuerzeug an und blies eine Rauchwolke aus.

»Erwarten Sie wirklich, dass ich diese kleine Fantasie glaube?«

Suzanna hatte Überraschung erhofft, sogar Erstaunen. Stattdessen gab er sich ungerührt. »Es ist wahr. Sie traf sich mit ihm auf den Klippen bei *The Towers*.«

Er zeigte ihr ein Lächeln, das nahe an ein abfälliges Grinsen herankam. »Sie haben die beiden gesehen, nicht wahr? Oh, ich habe auch von dem Geist gehört.« Er sog den Rauch ein und stieß ihn träge aus. »Der melancholische Geist der Bianca Calhoun, der durch ihr Sommerhaus schwebt. Ihr Calhouns seid einfach voll von – Geschichten.«

In Suzanna kochte es, doch ihre Stimme blieb beherrscht. »Bianca Calhoun und Christian Bradford waren ineinander verliebt. In dem Sommer, als sie starb, trafen sie sich oft auf den Klippen gleich unterhalb von *The Towers*.«

Das berührte eine Saite in ihm, doch er zuckte bloß die Schultern. »Na und?«

»Das ergibt eine Verbindung. Meine Familie kann es sich nicht leisten, irgendwelche Verbindungen zu übersehen. Es ist sehr wahrscheinlich, dass Bianca ihrem Christian erzählt hat, wo sie die Smaragde versteckt hatte.«

»Ich kann nicht erkennen, was ein Flirt, ein bedeutungsloser Flirt, zwischen zwei Leuten vor achtzig Jahren mit den Smaragden zu tun haben soll.«

»Könnten Sie dieses Vorurteil, das Sie gegen meine Familie zu haben scheinen, überwinden, würden wir das vielleicht herausfinden.«

»An keinem von beidem interessiert.« Er klappte den Deckel einer kleinen Kühlbox auf. »Wollen Sie ein Bier?«

»Nein.«

»Tja, der Champagner ist mir gerade ausgegangen.« Während er sie beobachtete, schraubte er den Verschluss ab, warf ihn in einen Plastikeimer und nahm einen tiefen Schluck. »Wissen Sie, wenn Sie ein wenig nachdächten, könnten Sie erkennen, dass es ziemlich schwer zu schlucken ist. Die Lady aus dem Herrenhaus, von guter Abstammung und finanziell bestens gestellt, und der um seine Existenz kämpfende Künstler – das passt nicht, Baby. Sie sollten lieber die ganze Sache fallen lassen und sich darauf konzentrieren, Ihre Blumen zu pflanzen. Das machen Sie doch jetzt?«

Er konnte sie ärgern, aber sie wollte sich nicht von ihrem Ziel abbringen lassen. »Das Leben meiner Schwestern wurde bedroht, in mein Haus wurde eingebrochen, Idioten schleichen in meinen Garten und graben meine Rosenbüsche aus.« Sie stand vor ihm, groß und schlank und wütend. »Ich habe nicht die Absicht, die Sache fallen zu lassen.«

»Das ist Ihre Angelegenheit.« Er schnippte seine Zigarette weg, ehe er auf den Landungssteg sprang, der unter ihm erzitterte und schwankte. Holt war größer, als Suzanna in Erinnerung hatte, und sie musste ihr Kinn anheben, um ihm in die Augen sehen zu können. »Erwarten Sie nur nicht, dass ich mich da hineinziehen lasse.«

»Na schön, dann werde ich eben Ihre und meine Zeit nicht weiter verschwenden.«

Holt wartete, bis Suzanna vom Landungssteg gegangen war. »Suzanna.« Er mochte es, wie der Name aus seinem Mund klang, sanft und feminin und altmodisch. »Haben Sie jemals das Autofahren gelernt?«

Mit funkelnden Augen machte sie wieder einen Schritt auf ihn zu. »Geht das alles darum?«, fragte sie. »Kochen Sie noch immer, weil Sie von diesem albernen Motorrad gefallen sind und sich Ihr aufgeblasenes männliches Ego angekratzt haben?«

»Das war nicht das Einzige, was angekratzt wurde – oder aufgeschürft oder aufgerissen.« Er erinnerte sich daran, wie sie ausgesehen hatte. Himmel, Suzanna konnte damals nicht älter als sechzehn gewesen sein. Sie war aus ihrem Wagen gesprungen, ihr Haar vom Wind zerzaust, ihr Gesicht blass, ihre Augen dunkel und voll Sorge und Angst. Und er hatte neben der Straße gelegen, und der Stolz seiner zwanzig Jahre war so verletzt gewesen wie seine vom Asphalt aufgerissene Haut.

»Das glaube ich einfach nicht«, sagte Suzanna. »Sie haben es noch immer nicht verwunden nach zwölf Jahren. Und Sie haben nicht verwunden, dass es eindeutig Ihre Schuld war.«

»Meine Schuld?« Er deutete mit der Flasche nach ihr. »Sie sind diejenige, die mich gerammt hat.«

»Ich habe weder Sie noch jemals irgendjemand anderen gerammt. Sie sind gestürzt.«

»Hätte ich das Motorrad nicht in den Graben gelenkt, wäre ich von Ihnen gerammt worden. Sie haben nicht aufgepasst, das ist es.«

»Ich hatte die Vorfahrt. Und Sie sind auch viel zu schnell gefahren.«

»Das ist ja Quatsch!« Er bekam Spaß an dem Disput. »Sie haben Ihr hübsches Gesicht im Rückspiegel betrachtet.«

»Das habe ich ganz sicher nicht getan. Ich habe meine Augen keine einzige Sekunde von der Straße abgewandt.«

»Wenn es tatsächlich so gewesen wäre, hätten Sie mich nicht gerammt.«

»Ich habe Sie nicht …« Suzanna murmelte eine Verwünschung. »Ich werde nicht mit Ihnen über etwas streiten, das zwölf Jahre her ist.«

»Sie sind hierher gekommen, um mich in etwas zu verwickeln, das achtzig Jahre her ist.«

»Das war offensichtlich ein Fehler.« Sie hätte es dabei belassen, wäre nicht ein sehr großer, sehr nasser Hund über den Rasen angelaufen gekommen. Mit fröhlichem Bellen sprang das Tier hoch, drückte seine schmutzigen Vorderpfoten gegen Suzannas T-Shirt und ließ sie rückwärts taumeln.

»Sadie, Platz!« Während Holt den scharfen Befehl rief, fing er Suzanna auf, ehe sie zu Boden fallen konnte. »Dummes Miststück!«

»Wie bitte?«

»Nicht Sie, der Hund.« Sadie saß bereits und klopfte mit

ihrem triefend nassen Schwanz. »Alles in Ordnung?« Er hatte noch immer seine Arme um Suzanna gelegt und stützte sie mit seiner Brust.

»Ja, bestens.« Er hatte Muskeln wie Stein. Es war unmöglich, das zu ignorieren. Genau wie es unmöglich war, seinen Atem nicht zu bemerken, der ihre Schläfe streifte und sehr maskulin duftete. Es war lange her, dass ein Mann sie in seinen Armen gehalten hatte.

Langsam drehte er sie herum. Einen Moment – einen Moment zu lang – stand sie von Angesicht zu Angesicht mit ihm, in seinen Armen gefangen. Sein Blick zuckte zu ihrem Mund, verharrte dort. Eine Möwe zog über sie hinweg. Holt fühlte Suzannas Herz schlagen.

»Tut mir leid«, sagte er und ließ sie los. »Sadie sieht sich selbst noch immer als niedlichen kleinen Welpen. Sie hat Ihr T-Shirt schmutzig gemacht.«

»Schmutz gehört zu meinem Geschäft.« Suzanna brauchte Zeit, um sich zu erholen, kauerte sich hin und streichelte den Kopf des Hundes. »Hallo, Sadie!«

Holt schob seine Hände in die Hosentaschen, während Suzanna sich mit seinem Hund bekannt machte. Holt wünschte, sie würde nicht so schön aussehen, und ihr Lachen, als der Hund ihr über das Gesicht leckte, würde nicht so perfekt auf seinen Nerven spielen.

In diesem einen Moment, in dem er sie festhielt, hatte sie so in seine Arme gepasst, wie er sich das einst vorgestellt hatte. Seine Hände ballten sich in den Taschen zu Fäusten, weil er Suzanna berühren wollte. Nein, das kam der Wahrheit nicht einmal nahe. Er wollte sie in das Cottage ziehen, auf das Bett werfen und die unglaublichsten Dinge mit ihr anstellen.

»Vielleicht ist ein Mann, der einen so lieben Hund besitzt, nicht ganz schlecht.« Sie warf einen Blick über ihre Schulter, und das leichte Lächeln war wie weggewischt. Wie er sie ansah, seine Augen so dunkel und wild funkelnd, sein markantes Gesicht so verschlossen, ließ ihr den Atem stocken. Gewalttätigkeit strahlte von ihm aus. Suzanna hatte einen Geschmack von Gewalttätigkeit von einem Mann bekommen, und die Erinnerung daran machte ihre Glieder schwach.

Langsam entspannte er seine Schultern, seine Arme, seine Hände. »Vielleicht ist er nicht schlecht«, sagte er lässig. »Aber im Moment ist es mehr so, dass er mich besitzt.«

Suzanna fand es angenehmer, den Hund als den Herrn anzusehen. »Wir haben einen Welpen. Nun ja, er wächst rasend schnell und wird bald so groß wie Sadie sein. Er sieht ihr sogar sehr ähnlich. Hatte sie vor ein paar Monaten Junge?«

»Nein.«

»Hm. Er hat die gleiche Farbe, die gleiche Kopfform. Mein Schwager hat ihn halb verhungert gefunden. Jemand hat ihn vermutlich ausgesetzt, und er ist irgendwie in die Klippen geraten.«

»Nicht einmal ich setze hilflose Welpen aus«, meinte er entrüstet.

»Ich wollte nicht andeuten …« Sie brach ab, weil ihr ein neuer Gedanke gekommen war. Er war nicht verrückter als die Suche nach den verschwundenen Smaragden. »Hatte Ihr Großvater einen Hund?«

»Er hatte immer einen Hund, nahm ihn überallhin mit, wohin er auch ging. Sadie ist eine seiner Nachfahren.«

Langsam stand sie wieder auf. »Hatte er einen Hund namens Fred?«

Holt zog die Augenbrauen ein wenig zusammen. »Warum?«

»Hatte er einen?«

Holt gefiel nicht, wohin dieses Gespräch steuerte. »Sein erster Hund hieß Fred. Das war vor dem Ersten Weltkrieg.

Er hat ihn gemalt. Und als Fred mehrere Hundedamen in der Nachbarschaft beglückte, nahm mein Großvater zwei Welpen zu sich.«

Suzanna wischte ihre plötzlich feucht gewordenen Hände an ihrer Jeans ab. Sie musste ihre ganze Selbstbeherrschung aufbieten, um ihre Stimme fest klingen zu lassen. »Am Tag vor Biancas Tod brachte sie ihren Kindern einen schwarzen Welpen nach Hause, den sie Fred nannte.« Sie bemerkte die Veränderung in seiner Miene und wusste, dass sie sein Interesse geweckt hatte. »Sie hatte den Hund in den Klippen gefunden, an denen sie sich mit Christian traf. Mein Urgroßvater erlaubte nicht, dass der Hund im Haus blieb. Sie stritten sich deshalb ernsthaft. Wir haben ein Hausmädchen gefunden, das alles gehört hat. Niemand wusste, was aus diesem Hund wurde – bis jetzt.«

»Selbst wenn das stimmt«, warf Holt ein, »ändert das nichts an der Sache. Ich kann nichts für Sie tun.«

»Sie können darüber nachdenken und sich zu erinnern versuchen, ob er irgendetwas sagte oder hinterließ, das helfen könnte.«

»Ich habe genug, worüber ich nachdenken muss.« Holt ging ein paar Schritte weg. Er wollte in nichts verwickelt werden, das ihn immer wieder mit ihr in Berührung bringen konnte.

Suzanna widersprach nicht. Sie konnte nur auf die lange gezackte Narbe starren, die von seiner Schulter fast bis zur Taille verlief. Er drehte sich um und erkannte, dass sie entsetzt war.

»Tut mir leid. Ich war auf Ihren Besuch nicht vorbereitet, sonst hätte ich etwas angezogen.«

»Was …« Sie musste den Kloß in ihrem Hals schlucken. »Was ist Ihnen zugestoßen?«

»Ich war eine Nacht zu lange Polizist.« Er schaute in ihre Augen. »Ich kann Ihnen nicht helfen, Suzanna.«

Sie schüttelte das Mitleid ab, das er offenbar verabscheute. »Sie wollen nicht.«

»Was auch immer. Wollte ich in anderer Leute Problemen herumgraben, wäre ich noch bei der Polizei.«

»Ich bitte Sie nur darum, ein wenig nachzudenken und uns zu verständigen, falls Sie sich an etwas erinnern, das uns helfen könnte.«

Seine Geduld ging zu Ende. Holt fand, dass er Suzanna bereits mehr gegeben hatte, als ihr für einen Tag zustand. »Ich war noch ein Kind, als er starb. Glauben Sie wirklich, er hätte es mir erzählt, falls er eine Affäre mit einer verheirateten Frau hatte?«

»Sie lassen es schmutzig klingen.«

»Manche Leute finden Ehebruch nicht romantisch.« Er zuckte die Schultern. Ihm war das alles gleichgültig. »Andererseits, wenn einer der Ehepartner sich als Reinfall entpuppt, kann man wohl dem anderen kaum einen Vorwurf machen, wenn er sich anderswo umsieht.«

Bei diesen Worten blickte sie weg und verspürte einen ganz persönlichen Schmerz. »Ich interessiere mich nicht für Ihre Moralansichten, Holt, nur für Ihre Erinnerungen. Und ich habe genug von Ihrer Zeit in Anspruch genommen.«

Er wusste nicht, was er gesagt hatte, um diesen traurigen, verletzten Blick in ihre Augen zu bringen. Doch er konnte sie so nicht gehen lassen. Dieser Blick hätte ihn verfolgt. »Ich glaube, Sie klammern sich an einen Strohhalm, aber wenn mir etwas einfällt, lasse ich es Sie wissen – um Sadies Vorfahren willen.«

»Dafür wäre ich Ihnen sehr dankbar.«

»Aber erwarten Sie nichts.«

Mit einem angedeuteten Lächeln wandte sie sich ab und ging zu ihrem Lastwagen. »Glauben Sie mir, ich erwarte nichts.« Es überraschte Suzanna, dass er mit ihr den Rasen überquerte.

»Ich habe gehört, dass Sie ein Geschäft eröffnet haben.«

»Das stimmt.« Sie sah sich in seinem Garten um. »Sie könnten meine Dienste brauchen.«

Holts Miene drückte etwas Abfälliges aus. »Ich bin nicht der Typ für Rosenbüsche.«

»Aber das Cottage.« Sie fischte die Schlüssel aus ihrer Tasche. »Es wäre nicht viel nötig, um es zauberhaft zu gestalten.«

»Ich bin nicht für Blumengebinde zu haben, Baby. Ich überlasse das Herumschnippeln in Rosengärten Ihnen.«

Sie dachte an die schmerzenden Muskeln am Abend eines langen Tages, kletterte in den Lastwagen und knallte die Tür zu. »Ja, im Garten herumschnippeln, das können wir Frauen am besten. Übrigens, Holt, Ihr Gras braucht Dünger. Ich bin sicher, Sie produzieren genug davon.«

Sie ließ den Motor aufheulen, rammte den Rückwärtsgang hinein und fuhr los.

2. Kapitel

Die Kinder kamen aus dem Haus gestürmt, gefolgt von einem schwarzen Hund mit dicken Pfoten. Der Junge und das Mädchen fegten die ausgetretenen Steinstufen mit der Leichtigkeit und Anmut der Jugend herunter. Der Hund stolperte über seine eigenen Beine und schlug einen Purzelbaum. Armer Fred, dachte Suzanna, als sie aus dem Lastwagen stieg. Es sah nicht so aus, als würde er je seiner welpenhaften Ungeschicklichkeit entwachsen.

»Mom!« Jedes Kind umklammerte eines von Suzannas Beinen. Mit sechs war Alex schon groß für sein Alter. Seine kräftigen gebräunten Beine waren an den Knien verschrammt, genau wie seine Ellbogen. Jenny, ein Jahr jünger und blond wie eine Märchenprinzessin, trug die gleichen Ehrenmale. Suzanna vergaß ihren Ärger und ihre Müdigkeit in dem Moment, als sie sich vorbeugte und die beiden küsste.

»Was habt ihr zwei denn gemacht?«

»Wir bauen ein Fort«, erklärte Alex. »Und Sloan hat gesagt, dass er uns am Samstag helfen wird.«

»Hilfst du uns auch?«, fragte Jenny.

»Nach der Arbeit.« Sie streichelte Fred. »Hallo, Junge! Ich glaube, ich habe heute eine deiner Verwandten kennengelernt.«

»Hat Fred Verwandte?«, wollte Jenny wissen.

»Es sieht ganz so aus.« Suzanna setzte sich mit den Kindern auf die Stufen. »Ich glaube, ich habe seine Cousine Sadie kennengelernt.«

»Wo? Kann sie uns besuchen? Ist sie nett?«

»Im Dorf«, antwortete Suzanna der Reihe nach auf Alex' Schnellfeuerfragen. »Ich weiß es nicht. Ja, sie ist sehr nett. So groß, wie Fred einmal sein wird, wenn er in seine Pfoten hineingewachsen ist. Was habt ihr noch gemacht?«

»Loren und Lisa sind herübergekommen«, erzählte Jenny. »Wir haben Hunderte von Räubern erschlagen.«

»Na, dann können wir ja heute Nacht ruhig schlafen.«

»Und Max hat uns eine Geschichte erzählt von der Landung am Strand von der Nomadei.«

Lachend küsste Suzanna Jenny auf die Haare. »Ich glaube, das war die Normandie.«

»Lisa und Jenny haben auch mit Puppen gespielt.« Alex grinste seine Schwester brüderlich-verächtlich an.

»Sie wollte das. Sie hat die brandneue Barbie und ein Auto zum Geburtstag gekriegt.«

»Es ist ein Ferrari«, sagte Alex bedeutungsvoll, wollte jedoch nicht zugeben, dass er und Loren damit gespielt hatten, als die Mädchen nicht im Zimmer waren. »Loren und Lisa besuchen nächste Woche Disney World.«

Suzanna unterdrückte ein Seufzen. Sie wusste, dass ihre Kinder auch davon träumten. »Eines Tages machen wir das ebenfalls.«

»Bald?«, drängte Alex.

Sie wollte es versprechen, konnte es jedoch nicht. »Irgendwann. Lauft jetzt und sagt Tante Coco, dass ich daheim bin. Ich muss duschen und mich umziehen. In Ordnung?«

»Können wir morgen mit dir zur Arbeit mitkommen?«

Sie drückte Jennys Hand. »Carolanne passt morgen auf den Laden auf. Ich muss auswärts arbeiten. Nächste Woche. Lauft!« Suzanna öffnete die massive Eingangstür. »Nach dem Abendessen sehe ich mir euer Fort an.«

Zufrieden rannten die beiden durch die Halle, den Hund auf ihren Fersen.

Sie verlangen nicht viel, dachte Suzanna, während sie die geschwungene Treppe zum ersten Stock hinaufstieg. Aber sie wollte ihnen viel mehr geben. Die zwei waren glücklich und in Sicherheit. Sie hatten eine große Familie, die sie liebte. Mit einer verheirateten und einer verlobten Schwester hatten ihre Kinder auch Männer in ihrem Leben. Vielleicht ersetzten Onkel keinen Vater, aber das war das Beste, was sie ihnen bieten konnte.

Suzanna hatte seit Monaten nichts von Baxter Dumont gehört. Alex hatte nicht mal eine Karte zu seinem Geburtstag bekommen. Der Scheck für die Alimente kam wieder verspätet – wie jeden Monat. Bax war ein zu guter Anwalt, um die Zahlung völlig einzustellen, aber er sorgte dafür, dass sie immer Wochen nach dem fälligen Datum eintraf. Sie wusste, dass er sie testete. Er wollte herausfinden, ob sie betteln würde. Gott sei Dank hatte sie das bisher noch nicht nötig gehabt.

Die Scheidung war seit anderthalb Jahren rechtskräftig, aber er ließ nach wie vor seine Gefühle für sie an den Kindern aus, dem einzig wirklich Wertvollen, das sie gemeinsam hervorgebracht hatten.

Vielleicht lag es daran, dass Suzanna erst diese nagende Enttäuschung, dieses Gefühl von Betrug und Verlust und mangelnder Ebenbürtigkeit überwinden musste. Sie liebte Baxter nicht mehr. Diese Liebe war schon vor Jennys Geburt gestorben. Aber der Schmerz … Suzanna schüttelte den Kopf. Sie war bemüht, ihn zu verdrängen.

Sie betrat ihr Zimmer. Wie die meisten Räume in *The Towers* war Suzannas Schlafzimmer riesig. Das Haus war Anfang dieses Jahrhunderts von ihrem Urgroßvater erbaut worden. Es war ein Vorzeigeobjekt gewesen, ein Zeugnis für seine Eitelkeit, seinen Hang für das Üppige und sein Streben nach Ansehen. Es bestand aus fünf Geschossen aus nüchternem Granit mit verspielten Spitzdächern und Balustraden, zwei Rundtürmen und Terrassen auf verschiedenen Ebenen. Das Innere wies hohe Decken, kunstvolle Tischlerarbeiten und verschachtelte Korridore auf. Teils Burg, teils Herrenhaus, hatte es anfangs als Sommerhaus, später als Dauerwohnsitz gedient.

Die vergangenen Jahre und die finanziellen Wechselfälle waren nicht spurlos an dem Haus vorübergegangen. In Suzannas Zimmer zeigten sich, wie in den anderen, Risse im Verputz. Der Fußboden war verschrammt, das Dach leckte, und die Wasserinstallation gehorchte ihren eigenen Gesetzen. Doch die Calhouns liebten ihr Heim. Da nun der Westflügel renoviert wurde, hofften sie, das Haus würde sich eines Tages selbst tragen.

Suzanna ging zum Schrank, um einen Hausmantel herauszunehmen, und dachte, dass sie Glück gehabt hatte. Sie hatte ihre Kinder hierher in ein richtiges Zuhause bringen können, als ihr ursprüngliches Zuhause zerfiel. Sie hatte keine Fremden einstellen müssen, die auf die Kinder aufpassten, während sie Geld verdiente. Die Schwester von Suzannas Vater, die bereits Suzanna und deren Schwestern nach dem Tod ihrer Eltern erzogen hatte, kümmerte sich jetzt um Suzannas Kinder. Obwohl Suzanna bewusst war, dass Alex und Jenny Wildfänge waren, war für diese Aufgabe niemand besser geeignet als Tante Coco.

Und wenn sie demnächst Biancas Smaragde fanden, würde sich im Calhoun-Haushalt alles normalisieren.

»Suze.« Lilah klopfte kurz an die Tür, ehe sie den Kopf hereinstreckte. »Hast du ihn gesehen?«

»Ja, ich habe ihn gesehen.«

»Großartig.« Lilah, die gelockten roten Haare offen bis zur Taille hängend, kam herein, streckte sich diagonal auf dem Bett aus und schob ein Kissen gegen das Kopfteil. Lässig nahm sie ihre Lieblingshaltung ein – waagerecht. »Dann erzähl!«

»Er hat sich nicht sehr verändert.«

»Oh, oh!«

»Er war kurz angebunden und grob.« Suzanna zog das T-Shirt über den Kopf. »Ich glaube, er hat sogar überlegt, ob er mich wegen unbefugten Betretens niederschießen soll. Als ich zu erklären versuchte, was hier vor sich geht, grinste er nur verächtlich. Er war unverschämt, arrogant und beleidigend.«

»Hm, klingt nach einem echten Prinzen.«

»Er glaubt, wir hätten das alles nur erfunden, um Reklame für *The Towers* zu machen.«

»Was für ein Idiot.« Das erregte Lilah so sehr, dass sie sich aufsetzte. »Max wurde fast umgebracht. Denkt der Kerl, wir wären verrückt?«

»Genau.« Suzanna nickte und zog ihren Hausmantel an. »Holt scheint Groll gegen alle Calhouns zu hegen.«

Lilah schenkte ihr ein schläfriges Lächeln. »Ist er dir immer noch gram, weil du ihn von seinem Motorrad gefegt hast?«

»Ich habe ihn nicht …« Mit einer Verwünschung winkte Suzanna ab. »Unwichtig. Ich glaube jedenfalls nicht, dass wir von ihm Hilfe bekommen werden. Obwohl er nach der Sache mit dem Hund sagte, er würde darüber nachdenken.«

»Mit was für einem Hund?«

»Mit Freds Cousine«, antwortete Suzanna über die Schulter, als sie ins Bad ging, um die Dusche anzustellen.

Lilah kam an die Tür, als Suzanna gerade den Vorhang zuzog. »Fred hat eine Cousine?«

Beim Plätschern des Wassers erzählte Suzanna ihr von Sadie und deren Vorfahren.

»Aber das ist ja fantastisch! Das ist doch ein Glied mehr in unserer Kette. Das muss ich Max erzählen.«

Mit geschlossenen Augen hielt Suzanna ihren Kopf unter die

Dusche. »Sag ihm, dass er auf sich allein gestellt ist. Christians Enkel ist an der Sache nicht interessiert.«

Holt saß auf der hinteren Veranda, den Hund zu seinen Füßen, und beobachtete, wie sich das Wasser in der Dämmerung indigoblau färbte. Genau das wollte er – Stille, Einsamkeit, keine Verantwortung. Das hatte er sich doch verdient, oder? Er hatte zehn Jahre seines Lebens für anderer Leute Probleme, Tragödien und Unglück gegeben.

Holt war ausgebrannt, ausgedörrt und höllisch müde.

Er war nicht einmal sicher, ob er ein guter Polizist gewesen war. Oh, er besaß Auszeichnungen und Medaillen, doch er hatte auch eine dreißig Zentimeter lange Narbe am Rücken, die ihn daran erinnerte, dass er beinahe ein toter Polizist gewesen wäre.

Nun wollte er sein Leben nach der Quittierung des Dienstes genießen. Mit dem Reparieren von Booten konnte er gut seinen Lebensunterhalt verdienen. Keine Berichte mehr, die er schreiben musste, keine Spuren, denen er folgen musste, keine dunklen Seitenstraßen, die er durchsuchen musste.

Keine Messer schwingenden Junkies, die einen aus der Dunkelheit heraus ansprangen und einen aufschlitzten und einen blutend auf dem mit Abfallen ubersaten Asphalt liegen ließen.

Holt schloss die Augen und nahm noch einen Schluck Bier. Während des langen, schmerzhaften Krankenhausaufenthalts hatte er beschlossen, in seinem Leben keine Bindungen mehr einzugehen. Er wollte nicht mehr versuchen, die Welt vor sich selbst zu retten. Von jetzt an wollte er sich um sich kümmern. Nur noch um sich.

Er hatte das Geld genommen, das er geerbt hatte, und war nach Hause gekommen, um mit dem Rest seines Lebens so viel wie möglich anzufangen. Sonne und See im Sommer, knisterndes Feuer und heulende Stürme im Winter. Das war wohl nicht zu viel verlangt.

Holt hatte sich eingerichtet, war mit sich selbst zufrieden gewesen. Dann war sie dahergekommen.

Die zauberhafte und unerreichbare Suzanna Calhoun, die Prinzessin im Turm. Sie hatte hoch droben in ihrer Burg auf den Klippen gelebt, und er in einem Cottage am Dorfrand. Sein Vater war Hummerfänger gewesen, und Holt hatte oft einen Fang an der Hintertür der Calhouns abgeliefert. Nie war er über die Küche hinausgekommen. Aber manchmal hatte er Stimmen oder Lachen oder Musik gehört. Und er hatte gestaunt und sich gesehnt.

Nun war sie zu ihm gekommen. Aber er war kein verliebter Junge mehr, sondern Realist. Suzanna war außerhalb seiner Reichweite, wie sie das immer gewesen war. Selbst wenn es anders gewesen wäre, hätte er sich nicht für eine Frau interessiert, über die »Heim und Herd« gestempelt war.

Was die Smaragde anging, so gab es nichts, was er tun konnte, um ihr zu helfen. Oder tun wollte.

Holt hatte natürlich von den Smaragden gehört. Es hatte in den Zeitungen gestanden. Aber dass sein Großvater in die Sache verwickelt gewesen war und eine Calhoun geliebt hatte, das war faszinierend.

Trotz der Übereinstimmung mit den Hunden fiel es ihm schwer, die Geschichte wirklich zu glauben. Holt hatte seine Großmutter nicht gekannt, aber sein Großvater war der Held seiner Kindheit gewesen, der wagemutige und geheimnisvolle Mann, der an ferne Orte gegangen und mit fabelhaften Geschichten zurückgekommen war. Er war der Mann gewesen, der mit Leinwand und Pinsel zaubern konnte.

Holt erinnerte sich daran, wie er als Kind die Stufen zu dem Atelier hinaufgestiegen war, um den großen Mann mit dem schneeweißen Haar bei seiner Tätigkeit zu beobachten. Es hatte mehr nach einem Kampf als nach Arbeit ausgesehen. Ein elegantes und leidenschaftliches Duell zwischen seinem Großvater und der Leinwand.

Sie hatten lange Spaziergänge unternommen, der kleine Junge und der alte Mann, entlang der Küste, über die Felsen, hinauf zu den Klippen. Seufzend lehnte Holt sich zurück. Sehr oft waren sie zu den Klippen gleich unterhalb von *The Towers* gewandert. Selbst als Kind hatte er begriffen, dass sein Großvater mit seinen Gedanken ganz woanders gewesen war, wenn er auf das Meer geblickt hatte.

Einmal hatten sie auf den Felsen gesessen, und sein Großvater hatte ihm eine Geschichte über die Burg auf den Klippen und die Prinzessin, die darin wohnte, erzählt.

Hatte er denn über *The Towers* und Bianca gesprochen?

Ruhelos stand Holt auf, um ins Haus zu gehen. Sadie blickte hoch und legte ihren Kopf dann wieder auf die Vorderpfoten, als die Fliegengittertür zuschlug.

Das Cottage gefiel ihm besser als das Zuhause, in dem er aufgewachsen war. Es war ein sauberes, seelenloses Haus mit abgetretenem Linoleum und dunkel getäfelten Wänden gewesen. Holt hatte es nach dem Tod seiner Mutter vor drei Jahren verkauft.

In jüngster Zeit hatte er das Geld für einige Reparaturen und Modernisierungen in dem Cottage benutzt, jedoch das Haus weitgehend so erhalten, wie es zu Zeiten seines Großvaters gewesen war.

Ein Haus ohne Schnörkel, mit verputzten Wänden und Holzböden. Der ursprüngliche Kamin war ausgebessert worden, und Holt freute sich auf den ersten kühlen Abend, um ihn ausprobieren zu können.

Das Schlafzimmer war ein winziger Anbau. Er mochte es,

nachts im Bett zu liegen und den Regen auf das Blechdach trommeln zu hören. Die Stufen zu dem Atelier seines Großvaters waren verstärkt worden, genau wie das Geländer entlang der offenen Balustrade. Er kletterte jetzt hinauf, um sich in dem weiten, luftigen Raum im Dämmerlicht umzusehen.

Manchmal dachte er daran, Dachfenster einsetzen zu lassen, doch es kam ihm nicht in den Sinn, den Fußboden herzurichten. Das dunkle alte Holz wies Farbflecke auf, die von Pinseln oder Paletten getropft waren. Es gab Streifen von Karmesin und Türkis, Smaragdgrün und Kanariengelb. Sein Großvater hatte bei der Arbeit das Lebendige, Leidenschaftliche, sogar Gewalttätige bevorzugt.

An einer Wand lehnten Leinwände – Holts Vermächtnis von einem Mann, der endlich in seinen letzten Jahren Anerkennung und finanziellen Erfolg gefunden hatte. Die Gemälde waren viel wert. Doch genauso wenig, wie er je in Betracht gezogen hatte, die Farbe vom Fußboden wegzuschleifen, hatte er jemals in Betracht gezogen, diesen Teil seiner Erbschaft zu verkaufen.

Holt kauerte sich hin und begann die Bilder durchzusehen. Er kannte sie alle, hatte sie unzählige Male betrachtet. Er arbeitete sich zu dem Porträt vor, dessentwegen er heraufgekommen war.

Die Frau war schön wie ein Traum – ein fein geschnittenes Gesicht, eine Haut wie Alabaster. Rotgoldenes Haar war von einem anmutigen Hals zurückgekämmt. Volle, schöne Lippen lächelten nur ein klein wenig. Es waren die Augen, die Holt wie stets anzogen. Sie waren grün wie das Meer bei Nebel. Es war nicht ihre Farbe, die ihn fesselte, sondern der Ausdruck, der Blick, die Emotion, die von dem Pinsel und dem Geschick seines Großvaters eingefangen worden waren.

Diese stille Traurigkeit, dieser innere Schmerz. Es war fast zu qualvoll hinzusehen, denn zu lange betrachten hieß fühlen. Er hatte diesen Ausdruck heute in Suzannas Augen gesehen …

Kann das Bianca sein? fragte er sich. Die Ähnlichkeit war vorhanden. Und die Augen ließen ihn an Suzanna denken.

Weil ich zu oft an sie denke, sagte er sich und stand auf, drehte das Porträt jedoch nicht wieder zur Wand um. Er stand lange da, betrachtete es und fragte sich, ob sein Großvater die Frau geliebt hatte, die auf der Leinwand zu sehen war.

Es wird wieder heiß, dachte Suzanna. Obwohl es noch nicht einmal sieben Uhr war, war die Luft bereits stickig.

Im Laden überprüfte sie die kühl gelagerten Blumen und hinterließ eine Nachricht für Carolanne, sie solle die Nelken zum halben Preis abstoßen. Zufrieden goss sie die Topfpflanzen. Um halb acht warf sie noch einen Blick in das Gewächshaus.

Um acht war ihr Pick-up beladen, und sie war unterwegs nach Bar Harbor, wo sie den ganzen Tag am Garten eines neu erbauten Hauses arbeiten musste. Die Andersons, die Eigentümer, waren aus Boston und wollten ein Sommerhaus mit perfekt angelegtem Garten. Sie waren in dieser Woche in Boston, sodass Suzanna im Garten genügend Ruhe für ihre Arbeit haben wurde.

In den letzten zwei Jahren zeichnete sich ab, dass Suzanna mit ihrem Geschäft Erfolg hatte. Ihr Hang zur Gartenarbeit war ihre einzige nützliche Fähigkeit gewesen und hatte sich während der letzten Monate ihrer auseinanderbrechenden Ehe als Rettung erwiesen. In ihrer Verzweiflung hatte sie ihren Schmuck verkauft, ein Darlehen aufgenommen und sich in das Unternehmen »Island Gardens« gestürzt.

Das war ein schlichter, geradliniger Name für ihre Gärtnerei, und darüber hinaus war es für Suzanna ein gutes Gefühl, wieder ihren Mädchennamen zu benutzen. Das erste Jahr war hart gewesen, besonders als sie jeden übrigen Cent in die Anwaltskosten eines Vormundschaftsprozesses stecken musste.

Bei der Erinnerung daran schien ihr noch immer das Blut zu gefrieren. Bax hatte die Kinder gar nicht gewollt. Es ging ihm nur darum, ihr das Leben schwer zu machen. Als alles vorüber war, hatte sie fünftausend Pfund und zahllose Stunden Schlaf verloren und steckte bis zum Hals in Schulden. Aber sie hatte ihre Kinder. Die hässliche Schlacht war gewonnen, der Preis bedeutete nichts.

Bis zum Mittag arbeitete sie methodisch an dem neuen Garten, genoss die Einsamkeit und ignorierte die schmerzenden Muskeln. Sie nahm gerade einen Schluck aus ihrer Wasserflasche, als ein Wagen in die Einfahrt bog und hinter ihrem Truck hielt. Suzanna stützte sich auf ihre Schaufel und beobachtete, wie Holt ausstieg.

Ungehalten darüber, dass ihre Einsamkeit gestört wurde, stieß sie den Atem aus und grub weiter. »Kleine Spazierfahrt?«, fragte sie, als ein Schatten über sie fiel.

»Nein. Das Mädchen in Ihrem Laden sagte mir, wo ich Sie finden könne. Was machen Sie da, verdammt noch mal?«

»Ich spiele Canasta. Was wollen Sie?«

»Legen Sie diese Schaufel weg, bevor Sie sich wehtun. Löcher graben ist doch nichts für Sie.«

»Löcher graben ist mein Beruf, mehr oder weniger. Also, was wollen Sie?«

Er sah ihr noch zehn Sekunden beim Graben zu, ehe er ihr die Schaufel entriss. »Geben Sie mir das verdammte Ding und setzen Sie sich!«

Geduld war normalerweise ihre Stärke, doch nun hatte Suzanna Mühe damit. Sie rückte ihre Mütze zurecht. »Ich muss noch sechs Bäume, zwei Rosenbüsche und Bodendecker auf zwanzig Quadratmetern Grund pflanzen. Wenn Sie etwas zu sagen haben, fein. Reden Sie, während ich arbeite.«

Er hielt die Schaufel außerhalb ihrer Reichweite. »Wie tief?« Sie hob nur eine Augenbraue. »Wie tief wollen Sie das Loch?«

Suzanna senkte ihren Blick und hob ihn wieder. »Ich würde sagen, zwei Meter würden reichen, um Sie darin zu begraben.«

Holt überraschte sie mit einem Lächeln. »Und Sie waren mal so süß.« Er rammte die Schaufel in den Boden und begann zu graben. »Sagen Sie, wann ich aufhören soll.«

An sich erwiderte sie Freundlichkeit mit Freundlichkeit. Doch diesmal wollte sie eine Ausnahme machen. »Sie können sofort aufhören. Ich brauche keine Hilfe. Und ich will keine Gesellschaft.«

»Ich wusste nicht, dass Sie einen Hang zur Sturheit haben.« Holt blickte hoch, während er Erde beiseite schleuderte. »Es ist mir ziemlich schwergefallen, hinter dieses hübsche Gesicht zu blicken.« Dieses hübsche Gesicht, stellte er fest, war erhitzt und verschwitzt und zeigte vor Müdigkeit Ringe unter den Augen. Das gefiel ihm gar nicht. »Ich dachte, Sie verkaufen Blumen.«

»Das tue ich. Ich pflanze sie auch.«

»Wissen Sie, selbst ich weiß, dass dieses Ding da ein Baum ist.«

»Die pflanze ich auch.« Sie gab auf, und wischte sich über den Nacken. »Das Loch muss breiter sein, nicht tiefer.«

Er folgte ihrer Anweisung. Vielleicht musste er sie neu einschätzen. »Wieso haben Sie niemanden, der die schweren Arbeiten für Sie macht?«

»Weil ich das allein schaffe.«

Ja, in ihrer Stimme schwangen Sturheit und eine Spur von Gereiztheit mit. Er mochte sie dafür besser leiden. »Sieht für mich wie ein Job für zwei Leute aus.«

»Es ist ein Job für zwei Leute, aber der zweite Mann hat gestern gekündigt, um Rockstar zu werden. Seine Band hat ein Engagement in Brighton Beach bekommen.«

»Große Sache.«

»Hm. So ist es fein.« Suzanna hob den einen Meter langen Baum an dem Wurzelballen hoch und senkte ihn vorsichtig in das Loch.

»Jetzt muss ich es wohl wieder auffüllen.«

»Sie haben die Schaufel.«

Ihre Nägel sind kurz, stellte Holt fest, als sie mit ihren bereits schmutzigen Fingern in das Erdreich fasste. Sie hatte keinen Ehering am Finger.

»Machen Sie das jeden Tag?«

»Ich versuche, einen oder zwei Tage im Laden zu bleiben. Dann kann ich die Kinder mitnehmen.« Mit den Füßen stampfte sie die feuchte Erde fest und breitete Torf darüber aus. »Im nächsten Frühling wird es hier überall blühen. Holt, ich habe noch viel zu tun. Wenn Sie mit mir sprechen wollen, müssen Sie mit nach hinten in den Garten kommen.«

Er blickte an ihr vorbei. »Haben Sie das alles heute gemacht?«

»Ja. Was denken Sie?«

»Ich denke, dass Sie sich einen Sonnenstich holen werden.«

Ein Kompliment wäre wohl zu viel verlangt gewesen. »Ich bin Ihnen für Ihren medizinischen Kommentar dankbar.« Suzanna legte eine Hand an die Schaufel, doch er hielt sie fest. »Ich brauche das Ding.«

»Ich trage die Schaufel.«

»Fein.« Sie lud alles Nötige auf eine Schubkarre. Holt fluchte, warf die Schaufel darauf und schob Suzanna beiseite, um selbst die Schubkarre zu schieben.

»Wohin?«

»Zum hinteren Zaun.«

Sie pflanzten den ersten Baum zusammen.

»Ich habe über gestern nachgedacht«, sagte Holt, als sie den zweiten Baum in die Erde senkten. »Ich glaube noch immer nicht, dass ich etwas tun kann. Aber ich denke, Sie haben recht, was die Verbindung angeht. Dennoch, mein Großvater hat Bianca mir gegenüber nie erwähnt. Ich weiß also nicht …«

»Er liebte sie«, unterbrach ihn Suzanna. »Er wusste, wie sie dachte. Vielleicht hatte er eine Ahnung, wo sie die Smaragde versteckt hatte.«

»Er ist tot.«

»Ich weiß. Bianca führte Tagebuch, Christian vielleicht auch.«

Er nahm ihr wieder die Schaufel ab. »Ich habe nie eines gesehen. Sie kämpfen gegen Windmühlen, Suzanna.«

»Diese Sache ist wichtig für meine Familie.« Sie senkte eine Weißtanne in ein Loch. »Es geht nicht um den finanziellen Wert der Smaragde, sondern darum, was sie für Bianca bedeuteten.«

Holt beobachtete, wie sie geschickt arbeitete. »Woher wollen Sie wissen, was sie für Bianca bedeuteten?«

Suzanna hielt die Augen gesenkt. »Ich kann es Ihnen nicht so erklaren, dass Sie es verstehen oder akzeptieren wurden.«

»Versuchen Sie es.«

»Wir alle scheinen eine Art Verbindung zu ihr zu haben, besonders Lilah.« Suzanna blickte nicht hoch, als sie ihn das nächste Loch graben hörte. »Wir hatten die Smaragde nie gesehen, nicht mal ein Foto. Nach Biancas Tod zerstörte Fergus, mein Urgroßvater, alle Bilder von ihr. Doch Lilah … Eines Abends zeichnete sie die Smaragde, nach einer Séance.«

Nun blickte sie hoch und fing den amüsiert-ungläubigen Ausdruck in seinen Augen auf.

»Ich weiß, wie das klingt«, meinte sie abwehrend. »Aber meine Tante glaubt an so etwas. Und seit jenem Abend denke ich, sie könnte recht haben. Meine jüngste Schwester, C.C. hatte eine Erfahrung während dieser Séance. Sie sah die Smaragde. Wochen später fand Lilahs Verlobter ein Bild der Smaragde in einem Buch. Sie sahen genau so aus, wie Lilah sie gezeichnet und C.C. sie gesehen hatte.«

Zunächst sagte Holt nichts, während er den nächsten Baum setzte. »Ich halte nichts von Mystizismus. Vielleicht hat eine Ihrer Schwestern früher mal ein Bild gesehen und wieder vergessen.«

»Ein solches Bild hätten wir nicht vergessen.«

»Sie kennen den Spruch von der Stecknadel im Heuhaufen?«, fragte er.

»Glauben Sie nicht an Hoffnung?«

Er war nahe daran, den Schmutz von ihrer Wange zu wischen. »Nein, nur daran, was wirklich ist.«

»Dann tun Sie mir leid.« Sie standen gemeinsam auf, und Suzanna wich zurück. »Wenn Sie nicht daran glauben, was sein könnte, hat es keinen Sinn, Bäume zu pflanzen oder Kinder zu bekommen oder auch nur den Sonnenuntergang zu beobachten.«

»Ich glaube nicht an die Halskette, Suzanna, oder an Geister, aber sollte ich mich davon überzeugen, dass mein Großvater etwas mit Bianca Calhoun zu tun hatte, werde ich Ihnen helfen.«

»Warum?«

»Weil er das gewollt hätte, falls er sie geliebt hat.« Er hielt ihr die Schaufel hin. »Jetzt habe ich etwas zu erledigen.«

3. Kapitel

Suzanna sah sehr zufrieden, dass bei ihrer Rückkehr in den Laden das Geschäft blühte. Carolanne war eine großartige Hilfe.

Eine Stunde später hielt Suzanna vor Holts Cottage und stieg aus dem Lastwagen. Sie war eine Calhoun, und die Calhouns zahlten immer ihre Schulden zurück.

Während sie zur Haustür ging, stellte sie sich den Garten und das Haus mit Blumen vor. Es hätte ein märchenhafter Ort sein können, doch der Mann, der hier lebte, glaubte nicht an Märchen.

Sie klopfte und bemerkte, dass sein Wagen nicht da war. Achselzuckend machte sie sich an die Arbeit.

In seiner Werkstatt reparierte Holt einen defekten Bootsmotor und hoffte, dadurch von den Calhouns abgelenkt zu werden. Er blickte nicht einmal auf, als Sadie ihr Nickerchen unterbrach und ins Freie trottete. Sie bellte, doch er arbeitete weiter. Als Wachhund war Sadie eine Niete. Sie verbellte Eichhörnchen und den Wind im Gras. Sie bellte sogar im Schlaf. Vor einem Jahr hatte es in seinem Haus in Portland einen Einbruch gegeben. Holt hatte dem Möchtegerndieb seine Stereoanlage wieder abgenommen, während Sadie friedlich auf dem Wohnzimmerteppich schlief.

Doch er hörte zu arbeiten auf, als er das leise Lachen einer Frau vernahm. Warum ließ sie ihn nicht allein? Sie hätte nicht wiederkommen sollen. Doch sie war da, stand in seinem Garten und sprach mit seinem Hund. Und grub ein Loch.

Holt trat aus der Werkstatt. »Was machen Sie hier, zum Teufel?«

Suzannas Kopf schnellte hoch. Er sah ihre Augen, groß und blau und alarmiert. Ihr von Hitze und Arbeit erhitztes Gesicht wurde blass. Ihm war dieser Blick schon früher aufgefallen – die blitzartige Angst eines in die Ecke gedrängten Opfers. Dann war er so schnell verschwunden, dass er fast glauben konnte, es sich nur eingebildet zu haben.

»Ich dachte, Sie wären nicht hier.«

Er sah sie nur finster an. »Sie haben also beschlossen, ein Loch in meinem Garten zu graben.«

»So könnte man das wohl sagen.« Sie rammte die Schaufel in die Erde und vertiefte das Loch. »Ich habe Ihnen einen Busch mitgebracht.«

Der Teufel sollte ihn holen, wenn er diesmal die Schaufel nahm und das Loch grub. Aber er ging zu ihr. »Warum?«

»Um mich für Ihre Hilfe heute zu bedanken. Sie haben mir eine Stunde erspart.«

»Die Sie benutzen, um noch ein Loch zu graben. Ich weiß nicht, wie man sich um einen Busch kümmert. Wenn Sie ihn hier einpflanzen, verurteilen Sie ihn zum Tode.«

Lachend holte Suzanna die letzte Schaufel Erde heraus. »Sie brauchen nicht viel zu tun. Dieser Busch ist sehr widerstandsfähig, und er wird bis in den Herbst hinein für Sie blühen. Darf ich Ihren Gartenschlauch benutzen?«

»Was?«

»Ihren Gartenschlauch.«

»Ja.« Holt fuhr sich durch die Haare. Er hatte keine Ahnung, wie er reagieren sollte. Es war das erste Mal, dass ihm jemand Grünzeug schenkte, abgesehen von dem Strauß, den ihm die Kollegen ins Krankenhaus mitgebracht hatten. »Sicher.«

»Es ist ein kleiner Busch, der nicht höher als einen Meter

wächst.« Sie streichelte Sadie, die schnüffelnd den Busch umkreiste. »Wenn Sie stattdessen etwas anderes wollen …«

Er wollte nicht wegen einer idiotischen Pflanze gerührt sein. »Spielt für mich keine Rolle. Ich kann diese Dinger ohnehin nicht auseinanderhalten.«

»Nun, das ist ein Hypericum Kalmianum.«

Seine Lippen zuckten. Es mochte fast ein Lächeln sein. »Das sagt mir aber viel.«

Sie sah ihn lächelnd an. Hätte sie es nicht besser gewusst, konnte man meinen, dass er verlegen war. Von wegen! »Man nennt ihn einen Sonnenscheinbusch. Ich dachte, Sie könnten etwas Sonnenschein gebrauchen.«

»Sind Sie sicher, dass Sie mich nicht bestechen wollen, damit ich Ihnen helfe?«

Seufzend kauerte sie sich hin. »Ich frage mich, wie jemand so zynisch und unfreundlich werden kann. Sie haben bestimmt Ihre Gründe, aber die treffen hier nicht zu. Sie haben mir heute einen Gefallen erwiesen, und ich revanchiere mich dafür. Ganz einfach. Wenn Sie den Busch nicht wollen, sagen Sie es, und ich schenke ihn jemand anderem.«

Er hob bei ihrem Ton eine Augenbraue. »Halten Sie so Ihre Kinder im Zaum?«, fragte er bissig.

»Wenn notig, ja. Nun, was meinen Sie?«

Vielleicht war er zu hart zu ihr. »Jetzt habe ich schon ein Loch in meinem Garten.« Er kniete sich neben sie. »Dann können wir genauso gut etwas einpflanzen.«

Und das war vermutlich seine Art, sich zu bedanken. »Fein.«

»Wie alt sind Ihre Kinder?« Nicht, dass es Holt interessierte. Er machte nur Konversation.

»Fünf und sechs. Alex und Jenny.«

»Wieso sind Sie nach der Scheidung hierher zurückgekommen?«

»Weil hier mein Zuhause ist.«

Ein wunder Punkt, dachte er. »Ich habe gehört, Sie verwandeln *The Towers* in ein Hotel.«

»Nur den Westflügel. Darum kümmert sich C. C.s Mann.«

»Schwer, sich C. C. verheiratet vorzustellen. Als ich sie das letzte Mal sah, war sie etwa zwölf.«

»Sie ist jetzt erwachsen und schön.«

»Das liegt in der Familie.«

Suzanna blickte überrascht auf. »Ich glaube, Sie haben soeben etwas Nettes gesagt.«

»Ich habe nur eine Tatsache festgestellt. Die Calhoun-Schwestern waren stets einen zweiten Blick wert.« Holt spielte mit dem Ende ihres Pferdeschwanzes. »Wann immer Jungs zusammenkamen, waren Sie vier Gesprächsthema.«

Sie lachte, als sie daran dachte, wie leicht damals das Leben gewesen war. »Wir wären geschmeichelt gewesen, hätten wir es gewusst.«

»Ich habe Sie oft beobachtet«, bekannte Holt.

Langsam hob sie den Kopf. »Wirklich? Das ist mir nie aufgefallen.«

»Natürlich nicht.« Er ließ die Hand sinken. »Prinzessinnen beachten keine Bauern.«

Suzanna schüttelte den Kopf. »Wie albern.«

»Es war sehr leicht, Sie mir als Prinzessin in der Burg vorzustellen.«

»Eine Burg, die seit Jahren verfällt«, sagte sie trocken. »Und wenn ich mich recht erinnere, waren Sie zu sehr damit beschäftigt, herumzuschlendern und Mädchen abzuschleppen, um mich zu bemerken.«

Er musste lächeln. »Oh, zwischen dem Herumschlendern und dem Abschleppen sind Sie mir wohl aufgefallen.«

Etwas in seinen Augen löste eine Alarmglocke in Suzanna

aus. Sie drückte die Erde um den Busch an. »Das ist lange her. Ich denke, wir beide haben uns ein wenig verändert.«

»Ich kann nicht widersprechen.« Er presste die Erde fest.

»Nein, nicht pressen, nur sanft drücken.« Sie rutschte näher und legte ihre Hände auf die seinen, um es ihm zu zeigen.

Holt hielt sie fest. »Sie haben starke Hände, Suzanna«, murmelte er.

»Gärtnerhände.« Sie versuchte, ihre Stimme locker klingen zu lassen. »Und ich brauche sie, um den Busch einzupflanzen.«

Er verstärkte seinen Griff. »Darum kümmern wir uns später. Wissen Sie, dass ich seit fünfzehn Jahren davon träume, Sie zu küssen?« Er sah, wie das leichte Lächeln aus ihrem Gesicht verschwand und sie auf Abwehr schaltete. Es störte ihn nicht. Es mochte für sie beide besser sein, wenn sie Angst vor ihm hatte. »Das ist eine lange Zeit, um an etwas zu denken.«

Er ließ eine ihrer Hände los, doch bevor sie erleichtert aufatmen konnte, hatte er seine Hand in ihren Nacken gelegt. Seine Finger waren hart, sein Griff entschlossen.

»Ich will das nur endlich aus meinem Gedächtnis streichen.«

Suzanna hatte keine Zeit zum Widerspruch. Bevor sie protestieren konnte, senkte sein Mund sich auf ihre Lippen. Es war nichts Sanftes an ihm. Sein Mund, seine Hände, sein Körper waren hart und fordernd, als er sie an sich zog. Aufkeimende Angst brachte Suzanna dazu, mit einer Hand gegen seine Schulter zu drücken. Sie hätte genauso gut versuchen können, einen Steinblock zu bewegen.

Dann verwandelte sich die Angst in ein schmerzliches Sehnen. Sie ballte eine Hand gegen ihn, musste jedoch mehr gegen sich selbst als gegen ihn kämpfen.

Sie war verkrampft. Er fühlte es, als er sie an sich drückte. Er wusste, dass es falsch und unfair und sogar verabscheuungswürdig war, aber verdammt noch mal, er musste dieses Fieber auslöschen, das in ihm brannte. Er musste sich davon überzeugen, dass sie einfach irgendeine Frau war und seine Fantasien von ihr nur Überreste alberner Träume eines Jungen waren.

Dann erschauerte sie. Ein sanfter, nachgiebiger Laut folgte. Und ihr Mund öffnete sich unter seinen Lippen zu einer unwiderstehlichen Einladung. Mit einer Verwünschung drang er weiter vor, zog ihren Kopf an den Haaren zurück, um mehr von dem nehmen zu können, was sie willig anbot.

Ihr Mund war wie eine Festtafel, und Holt war zu ausgehungert, um seine Begierde zu unterdrücken. Das Verlangen, das er hatte loswerden wollen, dröhnte in seinem Kopf.

Suzanna konnte kaum atmen oder denken. Ihre Sorgen schwanden, wurden durch aufgewühlte Empfindungen ersetzt. Seine angespannten Muskeln unter ihren Fingern, der heiße Geschmack seines Mundes, das Dröhnen ihres Herzschlags. Sie hatte Holt umschlungen, drückte sich ihm willig entgegen, und ihr Mund war genauso voller Ungeduld wie der seine.

Es war so lange her, dass sie berührt worden war, dass sie das Verlangen eines Mannes auf ihren Lippen geschmeckt hatte. So lange, seit sie irgendeinen Mann begehrt hatte. Doch sie begehrte jetzt – wollte seine Hände auf sich fühlen, rau und fordernd, wollte, dass sein Körper sich auf dem weichen, sonnendurchwärmten Gras über den ihren schob. Sie wollte wild und willig und begierig sein, bis dieses Verlangen gestillt war, das in einem schluchzenden Stöhnen über ihre Lippen kam.

Seine Finger hatten sich in ihr T-Shirt gekrallt, das er beinahe weggerissen hätte. Er verwünschte sich und ließ sie los. Ihr flacher, abgehackter Atem war gleichzeitig Verdammung und Verführung, als Holt sich zwang, sich zurückzuziehen. Ihre Augen schienen sich verdunkelt zu haben und waren im Schock geweitet.

Kein Wunder, dachte er. Suzanna war praktisch im hellen Tageslicht überfallen worden.

Ihre Wimpern senkten sich, bevor er ihre Beschämung erkennen konnte.

»Hoffentlich fühlen Sie sich jetzt besser«, bemerkte sie.

»Nein.« Seine Hände waren alles andere als sicher, weshalb er sie zu Fäusten ballte. »Tue ich nicht.«

Suzanna sah ihn nicht an, konnte es nicht. Sie durfte im Moment auch nicht darüber nachdenken, was sie getan hatte. Um sich zu beruhigen, häufte sie Torf um den frisch eingepflanzten Busch. »Falls es trocken bleibt, müssen Sie ihn begießen.«

Zum zweiten Mal hielt er ihre Hände fest. »Wollen Sie mich nicht schlagen?«

Sie war bemüht, sich zu entspannen. »Das hat wenig Sinn. Vermutlich sind Sie der Ansicht, eine Frau wie ich könnte – könnte gewisse Bedürfnisse haben.«

»Ich habe nicht über Ihre Bedürfnisse nachgedacht, als ich Sie küsste. Es war eine absolut selbstsüchtige Angelegenheit, Suzanna. Ich bin gut in Selbstsucht.«

Sie entzog ihm ihre Hände. »Ganz sicher.« Sie wollte nur noch weg, belud jedoch ihre Schubkarre, bis er sie am Arm packte und herumwirbelte.

»Was, zum Teufel, soll das?« Seine Stimme war so rau wie seine Hände. »Ich habe Sie förmlich zu Boden gerissen, und jetzt beladen Sie Ihre Schubkarre und gehen weg?«

Sie wollte ihn nicht wissen lassen, dass es ihr gefallen hatte. Deshalb musste sie ruhig und beherrscht bleiben. »Wenn Sie Streit oder eine flüchtige Geliebte suchen, Holt, sind Sie an die Falsche geraten. Meine Kinder erwarten mich zu Hause, und ich bin es leid, ständig festgehalten zu werden.«

Ihre Stimme vibrierte nicht, aber ihr Arm zitterte leicht unter seinem Griff, und hinter ihren traurigen, schönen Augen verbarg sich ein Geheimnis. »Ganz allgemein festgehalten zu werden, oder von mir?«, wollte Holt wissen.

»Sie sind derjenige, der mich festhält.« Ihre Geduld ging zu Ende. »Ich mag das nicht.«

»Das ist wirklich schade, weil ich das Gefühl habe, dass ich das noch oft machen werde, bevor wir fertig sind.«

»Vielleicht habe ich mich nicht klar ausgedrückt. Wir sind fertig.« Suzanna riss sich los und umfasste die Griffe der Schubkarre.

Holt lehnte einfach sein Gewicht darauf, um sie zurückzuhalten. Ob sie ahnte, dass sie gerade eine unwiderstehliche Herausforderung ausgesprochen hatte? Er grinste jungenhaft. »Jetzt werden Sie wütend.«

»Ja. Fühlen Sie sich dabei besser?«

»Wesentlich. Ich habe es lieber, wenn Sie mit Krallen auf mich losgehen, als dass Sie wie ein verletzter Vogel wegkriechen.«

»Ich krieche nirgendwohin«, entgegnete Suzanna aufgebracht. »Ich fahre nach Hause.«

»Sie haben Ihre Schaufel vergessen«, bemerkte Holt mit einem unverschämten Grinsen.

Sie entriss sie ihm und warf sie auf die Schubkarre. »Danke.«

»Gern geschehen.« Er wartete, bis sie drei Meter gegangen war. »Suzanna!«

Sie wurde langsamer. »Ja?«

»Es tut mir leid.«

Ihr Zorn ließ ein wenig nach. »Vergessen Sie es.«

»Nein.« Holt schob seine Hände in die Taschen. »Es tut mir leid, dass ich Sie nicht schon vor fünfzehn Jahren so geküsst habe.«

Suzanna fluchte leise und beschleunigte ihre Schritte. Als

sie nicht mehr zu sehen war, betrachtete Holt den Busch. Ja, dachte er, es tut mir leid.

Aber er plante, die verlorene Zeit nachzuholen.

Suzanna konnte nicht schlafen. Sie stand auf der Terrasse und versuchte vergeblich, ihre Gedanken an Holt zu vertreiben.

»Suzanna, da bist du.«

Ihre Gedanken zerstoben, als sie ihre Tante durch die Terrassentür ins Freie kommen sah. »Tante Coco.«

»Entschuldige, Liebes. Ich habe geklopft und geklopft. Dein Licht brennt. Also habe ich ins Zimmer geschaut.«

»Ist schon in Ordnung.« Suzanna legte einen Arm um Cocos beachtliche Taille. Diese Frau hatte sie ihr ganzes Leben lang geliebt. Eine Frau, die seit mehr als fünfzehn Jahren Mutter und Vater für sie war. »Ich habe mich in der Nacht verloren. Sie ist so schön.«

Coco nickte. Von allen ihren Mädchen sorgte sie sich am meisten um Suzanna. Coco hatte zugesehen, wie sie als junge Braut vor Hoffnung strahlend weggefahren war. Sie war dagewesen, als Suzanna kaum vier Jahre später bleich und zerstört mit zwei kleinen Kindern zurückgekehrt war. In den Jahren seither war sie stolz darauf gewesen zu sehen, wie Suzanna auf die Beine kam, sich ihrer Rolle als allein Erziehende widmete und hart, viel zu hart arbeitete, um ihr Geschäft anzukurbeln.

Und Coco hatte schmerzlich darauf gewartet, dass dieser traurige, gepeinigte Blick aus den Augen ihrer Nichte verschwand.

»Konntest du nicht schlafen?«, fragte Suzanna.

»Ich habe noch gar nicht an Schlaf gedacht.« Coco stieß den Atem aus. »Diese Frau bringt mich um den Verstand.«

Suzanna schaffte es, nicht zu lächeln. Sie wusste, dass »diese Frau« ihre Großtante Colleen war, das älteste von Biancas

Kindern und Schwester von Cocos Vater. Die grobe, fordernde und ewig übellaunige Frau war vor einer Woche bei ihnen regelrecht eingefallen. Coco war sicher, dass dies nur mit der Absicht geschehen war, ihr das Leben zu vermiesen.

»Hast du sie beim Dinner gehört?« Groß und beeindruckend in ihrem fließenden Kaftan, begann Coco hin und her zu laufen. Ihre Klagen brachte sie empört flüsternd vor. Colleen mochte über achtzig sein, ihr Schlafzimmer mochte zehn Meter entfernt sein, aber sie besaß Ohren wie ein Luchs. »Die Soße war zu fett, der Spargel zu weich. Man stelle sich vor, dass ausgerechnet sie mir erklärt, wie man *Coq au vin* macht. Ich hätte am liebsten ihren Stock genommen und ihn ihr ...«

»Das Dinner war köstlich wie immer«, unterbrach Suzanna. »Sie muss stets über etwas klagen, Tante Coco, sonst wäre ihr Tag nicht vollständig. Und wenn ich mich recht erinnere, hat sie keinen einzigen Krümel auf ihrem Teller zurückgelassen.«

»Ganz recht.« Coco holte tief Luft. »Ich weiß, ich sollte diese Frau nicht so auf meinen Nerven herumtrampeln lassen. Tatsache ist, dass ich mich stets halb zu Tode vor ihr gefürchtet habe. Und sie weiß das. Würde ich nicht zu Yoga und Meditation greifen, hätte ich bestimmt schon den Verstand verloren. Solange sie auf diesen Kreuzfahrtschiffen gelebt hat, musste ich nur gelegentlich einen Pflichtbrief schicken. Aber mit ihr unter einem Dach zu leben ...« Coco konnte nicht anders, sie erschauerte.

»Sie wird uns bald leid sein und den Nil oder den Amazonas oder sonst was befahren.«

»Mir kann das nicht schnell genug gehen. Ich fürchte, sie möchte bleiben, bis wir die Smaragde gefunden haben.« Coco blieb stehen. »Ich habe meine Kristallkugel zum Meditieren benutzt. Das ist so besänftigend, und nach einem Abend mit Tante Colleen ...« Sie winkte heftig ab. »Wie auch immer, ich trieb also dahin, als Gedanken und Bilder von Bianca vor meinem geistigen Auge erschienen.«

»Das ist nicht überraschend«, warf Suzanna ein. »Wir alle denken ständig an sie.«

»Aber diesmal war es sehr stark, Liebes, sehr klar. Da war so viel Melancholie. Ich sage dir, mir sind Tränen in die Augen gestiegen.« Coco zog ein Taschentuch aus ihrem Kaftan. »Dann habe ich plötzlich an dich gedacht, und das war genauso stark und klar. Die Verbindung zwischen dir und Bianca war unmissverständlich. Es muss einen Grund geben, und ich glaube, es hat mit Holt Bradford zu tun.« Cocos Augen schimmerten vor Begeisterung über ihre Entdeckung. »Sieh mal, du hast mit ihm gesprochen und dadurch den Graben zwischen Christian und Bianca überbrückt.«

»Ich glaube nicht, dass man meine Unterhaltung mit Holt eine Brücke nennen könnte.«

»Nein, er ist der Schlüssel, Suzanna. Er weiß vermutlich nicht, welche Information er besitzt, aber ohne ihn können wir nicht den nächsten Schritt tun.«

Suzanna zuckte die Schultern. »Er ist nicht interessiert.«

»Dann musst du ihn umstimmen.« Sie drückte Suzannas Hand. »Wir brauchen ihn. Bevor wir nicht die Smaragde gefunden haben, wird sich niemand von uns sicher fühlen. Die Polizei konnte diesen elenden Dieb nicht finden, und wir wissen nicht, was er als Nächstes versuchen wird. Holt ist unsere einzige Verbindung zu dem Mann, den Bianca liebte.«

»Ich weiß.«

»Dann wirst du ihn wiedersehen? Du wirst mit ihm sprechen?«

Suzanna blickte zu den Klippen, in die Dunkelheit. »Ja, ich werde ihn wiedersehen.«

Ich wusste, dass sie wiederkommen würde. Mochte es auch unklug und falsch sein, ich wartete jeden Nachmittag auf sie. An den Tagen, an denen sie nicht zu den Klippen kam, starrte ich zu den Türmen von The Towers hinauf und sehnte mich nach der Frau eines anderen Mannes in einer Weise, zu der ich kein Recht hatte. An den Tagen, an denen sie zu mir kam, verspürte ich eine unvergleichliche Freude.

Anfangs blieb unsere Unterhaltung höflich und distanziert. Wetter, unwichtiges Gerede aus dem Dorf, Kunst und Literatur. Später war sie entspannter. Sie sprach von ihren Kindern, und ich lernte sie durch Bianca kennen. Das kleine Mädchen, Colleen, das hübsche Kleider liebte und sich nach einem Pony sehnte. Klein Ethan, der nur Abenteuer suchen wollte. Und den kleinen Sean, der gerade das Laufen lernte.

Die Kinder waren ihr Leben. Sie sprach selten von den Partys, den Bällen und Gesellschaften, die sie fast jeden Abend besuchte. Von dem Mann, den sie geheiratet hatte, sprach sie überhaupt nicht.

Ich gebe zu, dass ich über ihn nachgedacht habe. Natürlich war allgemein bekannt, dass Fergus Calhoun ein ehrgeiziger und wohlhabender Mann war, der ein paar Dollar in ein Imperium verwandelt hatte. Doch das interessierte mich nicht.

Es war der Privatmann, der mich verfolgte. Der Mann, der das Recht besaß, Bianca seine Frau zu nennen. Der Mann, der nachts neben ihr lag, der sie berührte.

Ich war bereits in sie verliebt.

Es wäre für mich am besten gewesen, an einem anderen Ort zu malen. Doch ich konnte es nicht. Ich ging zurück, immer und immer wieder. Ich dachte an sie und wartete auf sie.

Sie war einverstanden, sich von mir malen zu lassen. Ich begann, wie das ein Künstler muss, nur ihr Inneres zu sehen. Unter ihrer Schönheit, ihrer Haltung und ihrem Auftreten ver-

barg sich eine verzweifelt unglückliche Frau. Ich wollte sie in meine Arme nehmen, damit sie mir erzählte, woher dieser traurige Blick in ihren Augen kam. Doch ich malte sie bloß. Zu mehr hatte ich kein Recht.

Ich war nie ein geduldiger oder edler Mann, doch bei ihr konnte ich es sein. Ohne mich jemals zu berühren, veränderte sie mich.

Selbst jetzt, ein Menschenleben später, kann ich zu den Klippen gehen und sie sehen. Ich kann die See riechen, die sich nie verändert, und Biancas Parfüm auffangen. Ich brauche nur eine wilde Rose zu pflücken, um mich an das feurige Schimmern ihres Haares zu erinnern. Schließe ich die Augen, höre ich das Murmeln des Wassers auf den Felsen in der Tiefe, und ihre Stimme kommt so klar und süß zurück, als wäre es gestern gewesen.

Ich erinnere mich an den letzten Nachmittag in diesem ersten Sommer, als sie neben mir stand, nahe genug, um sie zu berühren, und doch fern wie der Mond.

»Wir reisen morgen früh ab«, sagte sie, sah mich jedoch nicht an. »Den Kindern tut es leid, dass wir gehen.«

»Und Ihnen?«

Ein schwaches Lächeln umspielte ihre Lippen, erreichte jedoch nicht ihre Augen. »Manchmal frage ich mich, ob ich schon davor gelebt habe. Ich werde das Meer vermissen.«

Vielleicht dachte ich nur, als sie mich ansah, sie würde mich auch vermissen. Dann blickte sie wieder weg und seufzte.

»New York ist so anders, so voll Lärm und Hetze. Es ist schwer zu glauben, dass es eine solche Stadt gibt, wenn ich hier stehe. Werden Sie während des Winters auf der Insel bleiben?«

Ich dachte an die kalten und einsamen Monate, die vor mir lagen, und verwünschte das Schicksal dafür, dass es mich mit etwas lockte, das ich nie haben konnte. »Meine Pläne ändern sich mit meiner Stimmung.« Ich sagte es leichthin und bemühte mich, die Bitterkeit aus meiner Stimme fernzuhalten.

»Ich beneide Sie um Ihre Freiheit.« Sie wandte sich ab und ging zu ihrem fast fertigen Porträt auf meiner Staffelei. »Und um Ihr Talent. Sie haben mehr aus mir gemacht, als ich bin.«

»Weniger.« Ich musste meine Hände zu Fäusten ballen, um sie nicht zu berühren. »Manche Dinge kann man nie mit Farben und Leinwand einfangen.«

»Wie werden Sie es nennen?«

»Bianca. Ihr Name ist genug.«

Sie muss meine Gefühle erfasst haben, obwohl ich sie für mich behalten wollte. Etwas trat in ihre Augen, als sie mich ansah, und dieser Blick dauerte länger, als er sollte. Dann wich sie vorsichtig zurück wie eine Frau, die zu dicht an die Kante einer Kippe herangegangen war.

»Eines Tages werden Sie berühmt sein, und die Leute werden sich um Ihre Arbeiten reißen.«

Ich konnte meine Augen nicht von ihr abwenden, weil ich wusste, dass ich sie vielleicht nie wiedersehen würde. »Ich male nicht wegen des Ruhmes.«

»Nein, und deshalb werden Sie ihn finden. Und daran werde ich mich erinnern. Leben Sie wohl, Christian.«

Sie ging weg von mir – wie ich dachte, zum letzten Mal –, weg von den Felsen, durch das Gras und die Blumen, die um ihren Platz an der Sonne kämpften.

4. Kapitel

Coco Calhoun McPike hielt nichts davon, die Dinge dem Zufall zu überlassen, besonders nicht, wenn das Horoskop ihr für diesen Tag riet, eine aktivere Rolle in einer Familienangelegenheit zu übernehmen und alte Bekannte zu besuchen. Coco glaubte beides tun zu können, indem sie Holt Bradford einen Besuch abstattete.

Sie erinnerte sich an ihn als düsteren Jungen mit brennenden Augen, der Hummer geliefert und im Dorf auf Ärger gewartet hatte. Sie erinnerte sich auch daran, dass er einmal für sie einen Reifen gewechselt hatte. Er hatte Bezahlung abgelehnt, war wieder auf sein Motorrad gesprungen und weggefahren, noch ehe sie sich richtig bedankt hatte.

Stolz, abweisend, rebellisch, dachte Coco, während sie ihren Wagen in seine Einfahrt steuerte. Und doch auf eine widerstrebende Art ein Kavalier. Wenn sie klug war – und Coco hielt sich für klug –, konnte sie vielleicht alle diese Charakterzüge ansprechen, um zu bekommen, was sie wollte.

Das ist also Christian Bradfords Cottage, dachte Coco. Sie hatte es natürlich schon früher gesehen, damals aber noch nichts von der Verbindung der beiden Familien gewusst. Sie blieb einen Moment stehen. Mit geschlossenen Augen versuchte sie, etwas zu fühlen.

Coco sah sich gern als Mystikerin. Ob das nun stimmte oder ihre Einbildungskraft nur sehr stark war, sie war jedenfalls sicher, Leidenschaft in der Luft zu spüren. Zufrieden damit und mit sich selbst, marschierte sie zum Haus.

Sie hatte sich sehr sorgfältig gekleidet. Natürlich wollte sie attraktiv aussehen. Ihre Eitelkeit erlaubte nichts anderes. Doch sie wollte auch distinguiert und ein wenig matronenhaft wirken. Coco fand, dass das alte klassische Chanel-Kostüm in Puderfarbenblau gut passte.

Sie klopfte und zauberte ein – wie sie hoffte – weises und beruhigendes Lächeln auf ihr Gesicht. Bei dem wilden Bellen und dem Strom von Flüchen aus dem Haus legte sie eine Hand an die Brust.

Seit fünf Minuten aus der Dusche, die Haare tropfnass und sein Temperament aufgeheizt, so riss Holt die Tür auf. Sadie stürmte heraus. Coco kreischte. Dank seiner guten Reflexe packte Holt den liebevollen Hund am Halsband, bevor er Coco über das Geländer der Veranda befördern konnte.

»Ach, du liebe Güte!« Coco blickte von dem Hund zu dem Mann und jonglierte mit einem Teller voll brauner Plätzchen. »Du liebe Zeit! Was für ein großer Hund. Sie sieht tatsächlich ganz wie unser Fred aus, und ich hatte so gehofft, er würde bald zu wachsen aufhören. Sie könnten direkt auf ihr reiten, wenn Sie wollten, nicht wahr?« Sie lächelte Holt strahlend an. »Es tut mir ja so leid, aber habe ich Sie gestört?«

Er kämpfte mit der Hündin, die den Duft der Plätzchen aufgefangen hatte und ihren Anteil haben wollte, auf der Stelle. »Wie bitte?«

»Ich habe Sie gestört«, wiederholte Coco. »Ich weiß, es ist noch früh, aber an Tagen wie diesem kann ich einfach nicht im Bett bleiben. Allüberall Sonne und zwitschernde Vögelchen. Ganz zu schweigen von dem Sägen und Hämmern. Meinen Sie, sie möchte eines von den Plätzchen haben?« Ohne auf eine Antwort zu warten, nahm Coco ein Plätzchen von dem Teller. »Sitz und benimm dich!«

Sadie hörte auf zu zerren, setzte sich und blickte anbetungsvoll zu Coco hoch.

»Guter Hund.« Sadie nahm das Leckerchen höflich an und trottete ins Haus, um es zu genießen. »Nun denn.« Mit der ganzen Situation zufrieden, lächelte Coco Holt an. »Sie erinnern sich wahrscheinlich nicht an mich. Du meine Güte, es ist schon Jahre her.«

»Mrs. McPike.« Er erinnerte sich sehr wohl an sie, obwohl beim letzten Mal, als er sie gesehen hatte, ihre Haare dunkelblond gewesen waren. Das war zehn Jahre her, doch nun wirkte sie jünger. Entweder hatte sie ein erstklassiges Facelifting gehabt oder den Jungbrunnen entdeckt.

»Ach ja, es ist so schmeichelhaft, wenn sich ein attraktiver Mann an einen erinnert. Aber letztes Mal waren Sie kaum mehr als ein Junge. Willkommen daheim!« Sie bot ihm den Teller mit den Plätzchen an. Somit ließ sie ihm keine andere Wahl, als anzunehmen und sie hereinzubitten.

»Danke.« Holt betrachtete den Teller, während sie ins Haus eilte. Von Pflanzen bis Plätzchen gewöhnten es sich die Calhouns an, ihm Geschenke zu bringen. »Kann ich etwas für Sie tun?«

»Um die Wahrheit zu sagen, ich war neugierig, dieses Haus zu sehen. Wenn ich mir vorstelle, dass Christian Bradford hier gelebt und gearbeitet hat …« Sie seufzte. »Und von Bianca geträumt hat.«

»Nun, zumindest hat er hier gelebt und gearbeitet.«

»Suzanna hat mir erzählt, Sie wären nicht ganz überzeugt, dass die beiden einander liebten. Ich kann Ihr Zögern verstehen, diese Geschichte sofort zu glauben, aber sie ist ein Teil meiner Familiengeschichte – und der Ihren. Ach, was für ein herrliches Gemälde!«

Coco ging durch den Raum zu einer Ansicht des Meeres, die über dem steinernen Kamin hing. Trotz des Nebels waren die Farben satt und lebendig, als wollten sich Vitalität und Leidenschaft aus dem dünnen grauen Vorhang befreien. Wilde Brecher, die schwarzen Kanten der Felsen, die düsteren Formen von Inseln, ein kaltes dunkles Meer.

»Voll Kraft«, murmelte sie. »Und ach so einsam. Das ist von ihm, nicht wahr?«

»Ja.«

Coco stieß den Atem aus. »Wenn Sie diesen Ausblick sehen wollen, brauchen Sie nur unterhalb von *The Towers* auf den Klippen zu stehen, Suzanna geht da spazieren, manchmal mit den Kindern, manchmal ohne sie. Zu oft allein.« Coco schüttelte diese Stimmung ab und wandte sich um. »Meine Nichte meint, Sie wären nicht besonders daran interessiert, Christians und Biancas Beziehung zu bestätigen und bei der Suche nach den Smaragden zu helfen. Das kann ich kaum glauben.«

Holt stellte den Teller ab. »Das sollten Sie aber, Mrs. McPike. Ich sagte Ihrer Nichte allerdings, dass ich helfen würde, sobald ich überzeugt wäre, dass es eine bedeutungsvolle Beziehung gibt.«

»Sie waren Polizist, nicht wahr?«

Holt hakte seine Daumen in seine Taschen und misstraute dem Themenwechsel. »Ja.«

»Ich muss zugeben, ich war überrascht, dass Sie diesen Beruf wählten, aber Sie haben sich in Ihrer Arbeit bestimmt gut gemacht.«

Die Narbe auf seinem Rücken schien zu zucken. »Das habe ich.«

»Und Sie haben bestimmt auch Fälle gelöst.«

Er lächelte ein wenig. »Etliche.«

»Also sind Sie Hinweisen nachgegangen. Bis Sie die richtige Antwort gefunden haben. Ich bewundere stets im Fernsehen die Polizei, die ein Rätsel löst und alles vor Ende der Sendung bereinigt.«

»Im Leben wird nichts bereinigt.«

Coco fand, dass ein abfälliges Lächeln bei manchen Männern gar nicht unattraktiv war. »Nein, allerdings nicht, aber wir könnten eindeutig jemanden mit Ihrer Erfahrung auf unserer Seite gebrauchen.« Sie ging auf ihn zu und sah ihn ernst an. »Ich will offen sein. Hätte ich gewusst, welche Probleme meine Familie haben würde, hätte ich vielleicht die Legende der Smaragde mit mir sterben lassen. Als mein Bruder und seine Frau ums Leben kamen und die Mädchen in meiner Obhut zurückließen, fiel mir auch die Verantwortung zu, die Geschichte der Calhoun-Smaragde weiterzugeben, sobald die Zeit reif war. Indem ich tat, was ich für meine Pflicht hielt, brachte ich meine Familie in Gefahr. Ich werde alles tun, was in meiner Macht steht, und jedermann benutzen, den ich benutzen kann, um meine Angehörigen vor Schaden zu bewahren. Bevor diese Smaragde nicht gefunden werden, ist meine Familie nicht in Sicherheit.«

»Sie brauchen die Polizei«, ließ Holt sie wissen.

»Die tut, was sie kann, aber das reicht nicht.« Coco legte kurz eine Hand auf seine Schulter. »Die Polizei hat mit diesen Dingen persönlich nichts zu tun und begreift es nicht. Verstehen Sie?«

Ihr Vertrauen und ihre hartnäckige Logik verursachten ihm Unbehagen. »Sie überschätzen mich.«

»Das glaube ich nicht.« Coco drückte einen Moment fest seine Schulter. »Aber ich will Sie nicht bedrängen. Ich wollte nur meinen Beitrag zu Suzannas Ausführungen beisteuern. Es fällt ihr so schwer, etwas zu fordern, das sie gern haben möchte.«

»Sie macht das ganz gut.«

»Nun, das freut mich zu hören. Aber wegen ihrer Arbeit und Mandys Hochzeit und allem, was so vor sich geht, hatte sie in den vergangenen zwei Tagen keine Zeit, noch einmal mit Ihnen zu sprechen. Ich sage Ihnen, unser Leben ist in den letzten zwei Monaten auf den Kopf gestellt worden. Zuerst C. C.s Hochzeit und die Renovierung, jetzt Amanda und Sloan, und Lilah setzt bereits das Datum für die Hochzeit mit Max fest.« Coco stockte und hoffte, bedrückt auszusehen. »Könnte ich doch bloß einen netten Mann für Suzanna finden, dann hätte ich alle meine Mädchen unter der Haube.«

Holt entging nicht der spekulative Blick. »Ich bin sicher, sie wird sich selbst darum kümmern, wenn sie bereit ist.«

»Nicht, wenn sie sich nicht die Zeit nimmt, sich umzuschauen. Und nicht nach allem, was diese Imitation eines Mannes mit ihr angestellt hat.« Coco presste die Lippen zusammen. Wenn sie anfing, über Baxter Dumont herzuziehen, würde es schwierig sein, wieder aufzuhören. »Nun, jedenfalls beschäftigt sie sich zu sehr mit ihrem Laden und ihren Kindern. Deshalb halte ich für sie die Augen offen. Sie sind nicht verheiratet, nicht wahr?«

Zumindest konnte ihr niemand vorwerfen, dezent zu sein. Holt lächelte amüsiert. »Doch. Ich habe eine Frau und sechs Kinder in Portland.«

Coco blinzelte, dann lachte sie. »Es war eine unhöfliche Frage«, räumte sie ein. »Und bevor ich noch eine stelle, lasse ich Sie in Ruhe.« Sie ging zur Tür und war erfreut, dass er genug Manieren besaß, ihr zu folgen und die Tür zu öffnen. »Ach, übrigens, Amandas Hochzeit findet am Samstagnachmittag um sechs Uhr statt. Wir veranstalten den anschließenden Empfang im Ballsaal von *The Towers*. Ich möchte, dass Sie kommen.«

Der unerwartete Wechsel ließ Holt zögern. »Ich halte das nicht für passend.«

»Es ist mehr als passend«, verbesserte Coco ihn. »Unsere Familien hatten schon vor langer Zeit miteinander zu tun, Holt.

Wir hätten Sie sehr gern bei uns.« Sie ging auf ihren Wagen zu, drehte sich um und lächelte noch einmal. »Und Suzanna hat keinen Begleiter. Ist das nicht schade?«

Der Dieb trat unter vielen Namen auf. Als er das erste Mal nach Bar Harbor auf der Suche nach den Smaragden gekommen war, hatte er den Namen Livingston benutzt und sich als erfolgreicher britischer Geschäftsmann ausgegeben. Er war nur teilweise erfolgreich gewesen und unter der Tarnung von Ellis Caufield, einem reichen Exzentriker, zurückgekommen. Pech und die Ungeschicklichkeit seines Partners waren schuld, dass er diese Tarnung hatte aufgeben müssen.

Sein Partner war tot, was für ihn aber nur eine kleine Unannehmlichkeit darstellte. Der Dieb trat nun als Robert Marshall auf. Und er mochte sein neues anderes Ich.

Marshall war schlank und sonnengebräunt und sprach mit einem leichten Bostoner Akzent. Er trug die dunklen Haare fast schulterlang und hatte einen Schnurrbart. Seine Augen waren dank Kontaktlinsen braun.

Er mochte diesen Marshall und freute sich, dass er sich als Handlanger für die Arbeiten in *The Towers* gemeldet hatte. Seine Referenzen waren gefälscht, doch die Smaragde waren die Mühe wert. Er wollte sie haben, ganz gleich, was es kostete.

Im Verlauf der Zeit waren die Smaragde für ihn von einem Job zu einer Besessenheit geworden. Er wollte sie nicht einfach haben, er brauchte sie. Das Risiko, dermaßen in der Nähe der Calhouns zu arbeiten, würzte das Spiel. Er war in einem Meter Abstand an Amanda vorbeigegangen, als sie in den Westflügel kam, um mit Sloan O'Riley zu sprechen. Keiner von beiden, die ihn nur als Livingston gekannt hatten, hatte ihm auch nur einen zweiten Blick zugeworfen.

Er machte seinen Job gut, trug Werkzeug, räumte auf und

beklagte sich nicht. Er war freundlich zu seinen Kollegen und trank mit ihnen sogar gelegentlich ein Bier nach der Arbeit.

Danach kehrte er in sein gemietetes Haus jenseits der Bay zurück und machte Pläne.

Das Alarmsystem in *The Towers* stellte kein Problem dar – nicht, wenn er es so leicht von innen her ausschalten konnte. Indem er für die Calhouns arbeitete, konnte er in ihrer Nähe bleiben und von neuen Entwicklungen in der Suche nach der begehrten Halskette hören.

Die Papiere, die er ihnen gestohlen hatte, boten keinen wirklichen Anhaltspunkt, es sei denn jener Brief, der an Bianca gerichtet und nur mit »Christian« unterschrieben war. Ein Liebesbrief, dachte Marshall, während er Bauholz stapelte. Diesen Brief musste er sich noch genauer ansehen.

»Hey, Bob, hast du einen Moment Zeit?«

Marshall lächelte daraufhin seinem Vorarbeiter zu. »Sicher.«

»Ein Tisch muss für diese Hochzeit morgen in den Ballsaal gebracht werden. Du und Rick, ihr helft den Ladys.«

»Gern.«

Marshall folgte dem Vorarbeiter und verspürte Erregung, dass er sich frei im Haus bewegen konnte. Er bekam von einer aufgeregten Coco seine Anweisungen und packte dann das eine Ende des schweren Tisches, um ihn in den nächsten Stock zu befördern.

»Glaubst du, er kommt?«, fragte C. C. Suzanna, als sie die verspiegelten Wände putzte.

»Das bezweifle ich.«

C. C. strich ihre kurzen schwarzen Haare zurück, während sie zur Seite trat, um nach Streifen zu suchen. »Warum sollte er nicht kommen? Und wenn wir alle ihn beknien, wird er zusammenbrechen und sich uns anschließen.«

»Ich halte ihn nicht für den Typ, der sich irgendwem anschließt.« Suzanna drehte sich um und sah die beiden Männer, die sich mit dem Tisch abmühten. »Ach, der kommt an die Wand. Danke.«

»Kein Problem«, brachte Rick zwischen zusammengebissenen Zähnen hervor. Marshall lächelte bloß und sagte nichts.

»Vielleicht macht er mit, wenn er das Bild von Bianca sieht und die Aufnahme von dem Gespräch hört, das Max und Lilah mit dem Hausmädchen gemacht haben, das damals hier gearbeitet hat. Er ist Christians einziger lebender Nachkomme.«

»Hey!« Rick unterdrückte einen Fluch, als Marshall mit dem Tisch schwankte.

»Ich glaube nicht, dass er viel Familiensinn hat«, warf Suzanna ein. »Holt Bradford ist noch immer ein Einzelgänger.«

Holt Bradford. Marshall speicherte den Namen in seinem Gedächtnis, bevor er den Saal verließ.

Lilah kam mit einer rotblonden Frau und einem kleinen Jungen die Treppe hinauf. »Ich möchte wirklich nicht im Weg sein«, sagte die Frau. »Ich weiß, Sloan sagte, wir sollten hier wohnen, aber ich halte es für das beste, wenn Kevin und ich in ein Hotel gehen.«

»Aber wir wollen Sie hier haben, alle beide. Sloans Familie ist jetzt auch unsere Familie.« Lilah blickte lächelnd auf den dunkelhaarigen Jungen hinunter, der sich mit großen Augen umsah. »Ist schon ein verrücktes Haus, nicht wahr? Dein Onkel sorgt dafür, dass es uns nicht auf den Kopf fällt.« Sie betrat den Ballsaal.

Suzanna stand auf einer Leiter und polierte Spiegel, während C. C. auf dem Boden saß und die Dielen bearbeitete.

Lilah beugte sich zu dem Jungen. »Ich hätte mitarbeiten sollen«, flüsterte sie ihm zu. »Ich habe geschwänzt.«

Das brachte ihn zum Lachen, und dieses Lachen, das dem von Alex so ähnlich war, ließ Suzanna sich umdrehen.

Suzanna erwartete die beiden. Ihre Ankunft war vor Wochen angekündigt worden. Doch die beiden zu sehen und zu wissen, wer sie waren, ließ ihre Nerven prickeln.

Die Frau war nicht nur einfach Sloans Schwester, und der Junge war nicht nur einfach sein Neffe. Erst vor Kurzem hatte Suzanna erfahren, dass Megan O'Riley die Geliebte ihres Ehemannes gewesen und der Junge sein Kind war. Die Frau, die sie gerade ansah und die Hand des Jungen festhielt, war erst siebzehn gewesen, als Baxter sie mit Charme ins Bett gelockt und mit Liebesschwüren und Eheversprechen verführt hatte. Und die ganze Zeit hatte er schon seine Hochzeit mit Suzanna geplant.

Welche von uns beiden war die »andere Frau«? fragte sich Suzanna.

Es spielte jetzt allerdings keine Rolle. Sie stieg von der Leiter, bemerkte die Nervosität in Megans Augen, die Spannung in ihrem Körper und die Entschlossenheit in der Haltung ihres Kinns.

Lilah besorgte die Vorstellung so lässig, dass ein Außenseiter gedacht hätte, in dem Ballsaal würden nur Höflichkeiten ausgetauscht. Als Suzanna ihr die Rechte entgegenstreckte, konnte Megan nur denken, dass sie overdressed war. Sie fühlte sich steif und albern in dem schmal geschnittenen bronzefarbenen Kostüm, während Suzanna so entspannt und reizend in einer ausgebleichten Jeans wirkte.

Das war also die Frau, die sie jahrelang gehasst hatte, weil sie ihr den geliebten Mann genommen und ihrem Kind den Vater gestohlen hatte. Selbst nachdem Sloan ihr erklärt hatte, dass Suzanna unschuldig war, und obwohl sie wusste, dass ihr Hass unbegründet gewesen war, konnte Megan sich nicht entspannen.

»Es freut mich so, dass ich Sie kennenlerne.« Suzanna legte beide Hände um Megans starre Hand.

»Danke.« Verlegen zog Megan die Hand zurück. »Wir freuen uns auf die Hochzeit.«

»Wir alle.« Suzanna atmete durch und blickte auf Kevin hinunter, den Halbbruder ihrer Kinder. Ihr Herz schmolz ein wenig. Er war größer als ihr Sohn und ein Jahr älter. Aber sie hatten beide das gute Aussehen ihres Vaters geerbt. Unbewusst wollte Suzanna eine Locke aus Kevins Stirn streichen, ein Spiegelbild von Alex.

Megan legte instinktiv einen Arm um seine Schultern. Suzanna ließ ihre Hand wieder sinken.

»Freut mich, dich kennenzulernen, Kevin. Alex und Jenny konnten letzte Nacht kaum schlafen, weil sie wussten, dass du herkommst.«

Kevin schenkte ihr ein flüchtiges Lächeln und blickte zu seiner Mutter hoch. Sie hatte ihm gesagt, er würde seinen Halbbruder und seine Halbschwester kennenlernen, und er wusste nicht, ob er sich darüber freuen sollte. Er glaubte auch nicht, dass seine Mutter sich freute.

»Wollen wir hinuntergehen und die beiden suchen?« C.C. tippte auf Suzannas Schulter. Megan bemerkte, dass Lilah bereits ihre Schwestern von der anderen Seite flankierte. Sie machte den Schwestern keinen Vorwurf, dass sie gegen eine Außenseiterin zusammenhielten.

»Es mag das Beste sein. Wenn wir …«

Megan konnte nicht zu Ende sprechen. Alex und Jenny kamen über den Korridor gestürmt und platzten atemlos in den Raum. »Ist er hier?«, fragte Alex. »Tante Coco sagt, dass er hier ist, und wir wollen sehen …« Er kam rutschend auf dem polierten Boden zum Stehen.

Die beiden Jungen beäugten einander interessiert und vorsichtig wie zwei Terrier. Alex war nicht gerade erfreut, dass sein neuer Bruder größer war als er, aber er hatte andererseits schon entschieden, dass es nett wäre, noch jemanden außer seiner Schwester zu haben.

»Ich bin Alex, und das ist Jenny«, sagte Alex. »Sie ist erst fünf.«

»Sechs«, warf Jenny ein und marschierte zu Kevin. »Und ich kann dich verhauen, wenn ich muss.«

»Jenny, ich glaube nicht, dass das nötig sein wird.« Suzanna sprach sanft, doch die hochgezogenen Brauen besagten alles.

»Na ja, ich könnte es«, murmelte Jenny, während sie ihn noch immer einschätzte. »Aber Mom sagt, dass wir nett zu dir sein müssen, weil wir eine Familie sind.«

»Kennst du irgendwelche Indianer?«, fragte Alex.

»Ja.« Kevin klammerte sich nicht mehr an die Hand seiner Mutter, als ginge es um sein Leben. »Eine Menge.«

»Willst du unser Fort sehen?«, fragte Alex.

»Ja.« Er warf seiner Mutter einen flehenden Blick zu. »Darf ich?«

»Nun ja, ich …«

»Lilah und ich gehen mit.« C. C. drückte Suzannas Schulter ein letztes Mal.

»Es wird ihnen nichts passieren«, versicherte Suzanna Megan, während ihre Schwestern die Kinder hinausscheuchten. Sie griff wieder nach ihrem Putzlappen. »Weiß Kevin Bescheid?«

»Ja.« Megan drehte ihre Tasche pausenlos in ihren Händen. »Ich wollte nicht, dass er Ihre Kinder kennenlernt, ohne Bescheid zu wissen.« Sie holte tief Luft und begann die Ansprache, die sie vorbereitet hatte. »Mrs. Dumont …«

»Suzanna. Dies hier ist schwer für Sie.«

»Ich kann mir nicht vorstellen, dass es für eine von uns leicht oder angenehm ist. Ich wäre nicht gekommen«, fuhr sie fort, »wäre es nicht für Sloan so wichtig gewesen. Ich liebe meinen Bruder, und ich würde nichts tun, das ihm die Hochzeit verdirbt, aber Sie müssen doch erkennen, dass dies eine unmögliche Situation ist.«

»Ich erkenne, dass es eine schmerzvolle Situation für Sie ist. Es tut mir leid.« Suzanna hob die Hände und ließ sie sinken. »Ich wünschte, ich hätte früher von Ihnen und Kevin erfahren. Ich hätte kaum etwas verändern können, was Bax angeht, aber ich hätte trotzdem gern Bescheid gewusst.« Sie blickte auf den Lappen, den sie zu fest hielt, und legte ihn dann weg. »Megan, als Sie Kevin zur Welt brachten, war ich in Europa mit Kevins Vater in den Flitterwochen. Sie haben Grund, mich dafür zu hassen.«

Megan konnte bloß den Kopf schütteln. »Sie sind überhaupt nicht so, wie ich erwartet hatte. Ich dachte, Sie wären kühl und distanziert und voll Abneigung.«

»Es wäre wohl schwierig, Abneigung gegen ein siebzehnjähriges Mädchen zu empfinden, das betrogen und allein mit einem Kind gelassen wurde. Ich war auch nicht viel älter, als ich Bax heiratete. Mir ist bekannt, wie charmant er sein kann, wie überzeugend – und wie grausam.«

»Ich dachte, wir würden ewig miteinander glücklich sein.« Megan seufzte. »Nun, ich wurde erwachsen, und ich lernte schnell.« Sie stieß den Atem aus und betrachtete Suzanna. »Ich habe Sie dafür gehasst, dass Sie alles hatten, das ich gern gehabt hätte. Selbst nachdem ich aufgehört hatte, ihn zu lieben, half es mir weiter, Sie zu hassen. Und ich hatte Angst davor, Sie kennenzulernen.«

»Das ist auch etwas, das wir gemeinsam haben.«

»Ich kann nicht glauben, dass ich hier bin und so mit Ihnen spreche.« Um ihre Nervosität abzubauen, ging sie durch den Ballsaal. »Ich habe mir in all diesen Jahren oft vorgestellt, wie ich Ihnen gegenübertreten und meine Rechte einfordern würde.« Sie lachte leise. »Sogar heute hatte ich eine ganze Rede geplant. Sie war sehr klug, sehr reif, vielleicht ein klein wenig bösartig. Ich wollte nicht glauben, dass Sie nichts von Kevin wussten, dass auch Sie ein Opfer sind. Weil es so viel einfacher war, mich für die einzig Betrogene zu halten. Dann kamen Ihre Kinder herein.« Sie schloss die Augen. »Wie werden Sie mit dem Schmerz fertig, Suzanna?«

»Ich lasse es Sie wissen, sobald ich es herausgefunden habe.«

Mit einem kleinen Lächeln blickte Megan aus dem Fenster. »Den Kindern hat es nicht geschadet. Sehen Sie!«

Suzanna ging zu ihr. Im Garten kletterten ihre Kinder und Megans Sohn in das Sperrholzfort.

Es war keine lange Fahrt, aber Holt ließ sich Zeit. Sein erster Blick auf *The Towers* warf ihn gedanklich ein Dutzend Jahre zurück. Es war, wie es immer gewesen war, ein beeindruckendes Gebäude, eine Ansammlung von Gegensätzen. Es war aus nüchternem Stein erbaut, wurde jedoch von romantischen Türmen flankiert. Von einer Seite wirkte es Furcht einflößend, von einer anderen Seite anmutig. Im Moment war der Westflügel eingerüstet, doch anstatt unansehnlich zu wirken, sah das Haus schlicht lebendig aus.

Der Rasen auf dem Abhang war smaragdgrün, bewacht von knorrigen, würdigen Bäumen, geschmückt mit zarten, duftenden Blumen. Es standen schon eine Menge Autos hier, und Holt kam sich albern vor, als er die Schlüssel seines rostigen Chevys einem uniformierten Helfer übergab.

Die Hochzeit sollte auf der Terrasse stattfinden. Da sie gerade begann, hielt Holt sich im Hintergrund der Menge. Getragene Orgelmusik ertönte. Er musste sich dazu zwingen, nicht an seiner Krawatte zu zerren oder sich eine Zigarette anzuzünden. Es gab ein paar gemurmelte Kommentare und Seufzer, als die Brautjungfern über den langen weißen Läufer schritten, der auf dem Rasen entrollt worden war.

Holt erkannte in der atemberaubenden Göttin in dem langen rosenfarbenen Kleid kaum C. C. Ja, die Calhoun-Mädchen hatten schon immer toll ausgesehen. Er ließ seinen Blick über die Frau gleiten, die hinter ihr ging. Ihr Kleid besaß die Farbe von Meeresgischt, doch er registrierte es kaum. Es war das Gesicht – das auf dem Porträt im Atelier seines Großvaters. Holt stieß den Atem zwischen zusammengebissenen Zähnen aus. Lilah Calhoun war ein absolutes Ebenbild ihrer Urgroßmutter. Und Holt konnte die Verbindung nicht länger leugnen.

Dann sah er Suzanna.

Das war die Prinzessin seiner jugendlichen Fantasien. Ihr goldfarbenes Haar fiel in weichen Locken auf ihre Schultern unter einem feinen blauen Schleier. Das Kleid in dem gleichen Zartblau umfloss sie und bauschte sich in der Brise, während sie ging. Sie trug Blumen in den Händen und im Haar. Als sie an ihm vorbeikam, verspürte er ein so tiefes Verlangen, dass er sich kaum davon abhalten konnte, ihren Namen auszusprechen.

Holt erinnerte sich an nichts von der kurzen und hübschen Zeremonie, abgesehen von ihrem Gesicht, als die erste Träne über ihre Wange lief.

Wie es vor so vielen Jahren gewesen war, wurde der Ballsaal von Licht und Musik und Blumen erfüllt. Was die Speisen anging, so hatte Coco sich selbst übertroffen. Die Gäste wurden mit Hummerkroketten bewirtet, mit Lachsmousse und Unmengen von Champagner. Dutzende Stühle waren in den Ecken und entlang der Spiegelwände aufgestellt worden und die Terrassentüren geöffnet, damit die Gäste auch ins Freie gehen konnten.

Holt hielt sich abseits, nippte Champagner und beobachtete. Sein erster Besuch in *The Towers* war schon eine Show, fand er. Spiegel warfen die Bilder von Frauen in pastellfarbenen Kleidern zurück, Musik und der Duft von Gardenien erfüllten die Luft.

Die Braut war beeindruckend, hochgewachsen und majestätisch in weißer Spitze. Amandas Gesicht leuchtete, während sie mit dem großen, sonnengebräunten Mann tanzte, der nun ihr Gatte war. Sie sehen gut zusammen aus, fand Holt. Wie man das auch von Leuten erwarten konnte, die ineinander verliebt waren. Er sah Coco mit einem blonden Mann tanzen, der schon in einem Smoking geboren worden war, wie es schien.

Dann blickte Holt wieder, wie schon so oft, zu Suzanna. Sie beugte sich herunter und sagte etwas zu einem dunkelhaarigen kleinen Jungen. Ihr Sohn? Das Kind stand offenbar kurz vor einer Rebellion, scharrte mit den Füßen und zerrte an seiner Fliege. Der Kleine besaß Holts Mitgefühl. Es konnte für ein Kind nichts Schlimmeres an einem Sommerabend geben, als in einen Minismoking gesteckt zu werden und zwischen Erwachsenen herumhängen zu müssen. Suzanna flüsterte ihm etwas ins Ohr und zog dann daran. Die aufrührerische Miene des Jungen verwandelte sich in ein Grinsen.

»Sie hängen noch immer finster vor sich hinbrütend in Ecken herum, wie ich sehe.«

Holt drehte sich um und war erneut betroffen über Lilah Calhouns Ähnlichkeit mit der Frau, die sein Großvater gemalt hatte. »Ich beobachte einfach die Show.«

»Die Eintrittskarte ist ihren Preis wert. Max –«, Lilah legte ihre Hand auf den Arm eines großen schlanken Mannes an ihrer Seite, »das ist Holt Bradford, in den ich etwa vor fünfzehn Jahren genau vierundzwanzig Stunden wahnsinnig verliebt war.«

Holt hob die Augenbrauen. »Das haben Sie mir nie erzählt.«

»Natürlich nicht. Am Ende des Tages entschied ich, dass ich überhaupt nicht in den finsteren, gefährlichen Typ verliebt sein möchte. Das ist Max Quartermain, der Mann, den ich für den Rest meines Lebens lieben werde.«

»Gratuliere.« Holt ergriff Quartermains dargebotene Hand. Fester Griff, dachte Holt, ehrlicher Blick und ein leicht verlegenes Lächeln. »Sie sind der Lehrer, richtig?«

»Der war ich. Und Sie sind Christian Bradfords Enkel.«

»Stimmt«, bestätigte Holt, und seine Stimme kühlte etwas ab.

»Keine Sorge, wir werden Sie nicht beknien, solange Sie unser Gast sind.« Lilah fuhr mit einer Fingerspitze am Rand ihres Glases entlang, während sie ihn betrachtete. »Das machen wir später. Max kann Ihnen dann die Narbe zeigen, die er abgekriegt hat, als wir unsere kleine Reklameschau abzogen.«

»Lilah.« Max' Stimme war sanft, aber bestimmt.

Lilah zuckte bloß die Schultern und nippte an dem Champagner. »Sie erinnern sich an C. C.?« Sie deutete auf ihre Schwester, die zu ihnen stieß.

»Ich erinnere mich an ein schlaksiges Kind mit Motorenöl im Gesicht.« Holt entspannte sich so weit, dass er lächelte. »Sie sehen gut aus.«

»Danke. Mein Mann Trent – Holt Bradford.«

Trent war Cocos Tanzpartner, stellte Holt fest, während er und Trent einander einschätzten.

»Und die Braut und der Bräutigam«, verkündete Lilah und prostete dem Paar zu, ehe sie noch einen Schluck nahm.

»Hallo, Holt!« Obwohl sie noch immer strahlte, verrieten Amandas Augen Aufmerksamkeit. »Freut mich, dass Sie kommen konnten.« Als sie Sloan vorstellte, erkannte Holt, dass er hübsch eingekesselt worden war. Sie bedrängten ihn nicht. Nein, die Smaragde wurden kein einziges Mal erwähnt. Doch sie hatten sich zusammengeschlossen in einer fest gefügten Mauer aus Entschiedenheit, die er bewundern musste, obwohl sie ihn störte.

»Was ist das denn, ein Familientreffen?« Suzanna eilte herbei. »Ihr solltet euch unter die Gäste mischen und euch nicht in einer Ecke zusammendrängen. Oh, Holt!« Ihr Lächeln wirkte unsicher. »Ich wusste nicht, dass Sie hier sind.«

»Ihre Tante hat mich eingeladen.«

»Ja, sicher, aber …« Sie brach ab und zwang sich zu einem höflichen Lächeln. »Freut mich, dass Sie es geschafft haben.«

Den Teufel freut es dich, dachte er und hob sein Glas. »Es war interessant bisher.«

Wie auf ein unhörbares Signal hin trieb ihre Familie auseinander und ließ sie beide allein in der Ecke. »Ich hoffe, meine Angehörigen haben Sie nicht in Verlegenheit gebracht.«

»Ich werde mit so etwas fertig.«

»Kann schon sein, aber ich möchte nicht, dass Sie auf der Hochzeit meiner Schwester bedrängt werden.«

»Aber es stört Sie nicht, wenn es woanders stattfindet.«

Ehe Suzanna reagieren konnte, zogen kleine Hände ungeduldig an ihrem Rock. »Mom, wann kriegen wir die Torte?«

»Wenn Amanda und Sloan bereit sind, sie anzuschneiden.« Sie strich mit einem Finger über Alex' Stupsnäschen.

»Aber wir haben Hunger.«

»Dann geh ans Büfett und stopf dir deinen kleinen Magen voll.«

Er kicherte, ließ jedoch nicht locker. »Die Torte …«

»Ist für später. Alex, das ist Mr. Bradford.«

Nicht besonders daran interessiert, noch einen Erwachsenen kennenzulernen, der ihm den Kopf tätscheln und sagen würde, was für ein großer Junge er doch war, blickte Alex schmollend zu Holt hoch. Als ihm ein männlicher Händedruck angeboten wurde, wirkte er etwas munterer.

»Bist du der Polizist?«

»Ich war einer.«

»Hast du jemals eine Kugel in den Kopf bekommen?«

Holt unterdrückte ein Lachen. »Nein, tut mir leid.« Irgendwie hatte er das Gefühl, als hätte er sein Gesicht verloren. »Ich habe allerdings mal eine Kugel ins Bein bekommen.«

»Ja?« Alex' Miene erhellte sich. »Hast du geblutet?«

»Eimerweise.«

»Wow! Hast du viele böse Männer erschossen?«

»Dutzende.«

»Okay. Warte einen Moment!« Er rannte davon.

»Tut mir leid«, bemerkte Suzanna. »Er macht gerade eine Mord-und-Totschlag-Phase durch.«

»Mir tut es leid, dass ich keine Kugel in den Kopf bekommen habe.«

Sie lachte. »Oh, das geht schon in Ordnung. Das haben Sie dadurch wieder gutgemacht, dass Sie ihm erzählt haben, Sie hätten eine Menge böser Männer erschossen.« Sie fragte sich, ob er die Wahrheit gesagt hatte, sprach es jedoch nicht aus.

»Suzanna, würde ...«

»Hey!« Alex kam schlitternd zum Stehen, zwei andere Kinder im Schlepptau. »Ich habe ihnen erzählt, dass du ins Bein geschossen worden bist.«

»Hat es wehgetan?«, wollte Jenny wissen.

»Ziemlich.«

»Und er hat eimerweise geblutet«, verkündete Alex genussvoll. »Das ist Jenny. Sie ist meine Schwester. Und das ist mein Bruder Kevin.«

Suzanna wollte ihn küssen, ihn in ihre Arme nehmen und mit Küssen bedecken, weil er so einfach akzeptiert hatte, was Erwachsene so kompliziert gemacht hatten. Stattdessen strich sie über sein Haar.

Zu dritt bombardierten sie Holt mit Fragen, bis Suzanna Einhalt gebot. »Ich finde, die Scheußlichkeiten reichen für heute.«

»Aber, Mom …«

»Aber, Alex …«, imitierte sie ihn. »Lauft und nehmt euch Punsch!«

Dies erschien ihnen als gute Idee. Sie marschierten davon.

»Was für eine Brut«, murmelte Holt und sah wieder Suzanna an. »Ich dachte, Sie hätten zwei Kinder.«

»Habe ich.«

»Mir kommt es so vor, als hätte ich gerade drei gesehen.«

»Kevin ist der Sohn meines Exmannes«, erklärte sie kühl. »Wenn Sie mich jetzt bitte entschuldigen wollen …«

Holt legte eine Hand auf ihren Arm. Noch ein Geheimnis, dachte er und beschloss, auch diese Antwort aufzuspüren – später. Jetzt wollte er etwas tun, was er sich gewünscht hatte, seit er sie über den weißen Läufer in diesem fließenden blauen Kleid hatte gehen sehen.

»Möchten Sie tanzen?«

5. Kapitel

Suzanna konnte sich nicht in Holts Armen entspannen. Sie sagte sich, dass das albern war, doch sein Körper war so dicht bei ihr, fest, seine Hand auf ihrem Rücken so besitzergreifend. Es erinnerte sie zu deutlich an den Moment, als er sie an sich gezogen und geküsst hatte.

»Das ist ein fantastisches Haus«, sagte Holt und genoss das Gefühl ihres Haars an seiner Wange. »Ich habe mich immer gefragt, wie es innen ist.«

»Ich führe Sie irgendwann einmal herum.«

Er fühlte ihr Herz an seiner Brust klopfen. Probeweise strich er mit der Hand an ihrem Rückgrat entlang. Das Klopfen beschleunigte sich. »Ich bin überrascht, dass Sie nicht wiedergekommen sind und mich weiter bedrängt haben.«

Ihre Miene drückte Unmut aus, als sie den Kopf zurücklegte. »Ich habe nicht die Absicht, Sie zu bedrängen.«

»Gut.« Holt strich mit dem Daumen über ihre Knöchel und spürte, wie sie erschauerte. »Aber Sie werden wiederkommen.«

»Nur, weil ich es Tante Coco versprochen habe.«

»Nein.« Er presste sie an sich. »Nicht nur deshalb. Sie fragen sich. Genau wie ich es mein halbes Leben lang getan habe, wie es wäre.«

Seine Finger auf ihrem Rücken lösten eine kleine Panik aus. »Hier ist nicht der richtige Ort.«

»Ich wähle den Ort aus.« Seine Lippen waren dicht vor ihren. Er beobachtete, wie ihre Augen sich verschleierten. »Ich will dich, Suzanna.«

Das Herz schien in ihre Kehle geschnellt zu sein, sodass ihre Stimme heiser klang. »Soll ich mich geschmeichelt fühlen?«

»Nein. Es wäre klug von dir, Angst zu haben. Ich werde es dir nicht leicht machen.«

»Ich bin nicht interessiert«, entgegnete sie beherrscht.

Sein Mund lächelte. »Ich könnte dich jetzt küssen und dir beweisen, dass du falsch liegst.«

»Ich wünsche keine Szene auf der Hochzeit meiner Schwester.«

»Nein, dann komm morgen zu mir.«

»Nein.«

»Na gut, dann …« Holt senkte seinen Kopf. Sie wandte ihren ab, sodass seine Lippen ihre Schläfe streiften und dann an ihrem Ohr knabberten.

»Hör auf! Meine Kinder …«

»Sollten kaum geschockt sein, wenn sie sehen, dass ein Mann ihre Mutter küsst.« Doch er hörte auf, weil er ein vertrautes Ziehen in seinen Lenden spürte. »Morgen Vormittag, Suzanna. Ich muss dir etwas von meinem Großvater zeigen.«

Sie blickte wieder hoch und bemühte sich, ihren Puls unter Kontrolle zu bekommen. »Wenn das irgendein Spiel ist, möchte ich nicht mitspielen.«

»Kein Spiel. Ich will dich, und diesmal werde ich dich bekommen. Doch es gibt da etwas von meinem Großvater, was du sehen solltest. Es sei denn, du hast Angst davor, mit mir allein zu sein.«

Sie straffte sich. »Ich werde kommen.«

Am nächsten Morgen stand Suzanna mit Megan auf der Terrasse und sah zu, wie die Kinder mit Fred über den Rasen liefen.

»Ich wünschte, Sie könnten länger bleiben.«

Megan schüttelte den Kopf und lächelte. »Es überrascht

mich, aber ich wünschte es auch. Ich muss morgen wieder arbeiten.«

»Sie und Kevin sind hier jederzeit willkommen.«

»Das weiß ich.« Megan sah Suzanna an. In deren Augen fand sie eine Traurigkeit, die sie verstand, auch wenn sie sich nur selten erlaubte, sie zu empfinden. »Wenn Sie und die Kinder einmal nach Oklahoma kommen, haben Sie bei uns ein Heim. Ich möchte nicht den Kontakt verlieren. Kevin muss diesen Teil seiner Familie genauer kennenlernen.«

»Dann werden wir den Kontakt auch nicht verlieren.« Suzanna hob das Blütenblatt einer Rose auf, das aus einem Strauß gefallen war. »Es war eine schöne Hochzeit. Sloan und Mandy werden glücklich sein. Und wir werden gemeinsame Nichten und Neffen haben.«

»Himmel, die Welt ist ein seltsamer Ort.« Megan ergriff Suzannas Hand. »Ich hoffe, wir können Freundinnen werden, nicht nur unserer Kinder wegen oder wegen Sloan und Amanda.«

Suzanna lächelte sie an. »Ich glaube, das sind wir bereits.«

»Suzanna!« Coco winkte von der Küchentür her. »Ein Anruf für dich.« Sie kaute an ihrer Unterlippe, als Suzanna sie erreichte. »Es ist Baxter.«

»Oh!« Suzanna registrierte, wie das schlichte Behagen des Morgens verschwand. »Ich nehme das Gespräch nebenan entgegen.«

Sie wappnete sich, während sie durch den Korridor ging. Er konnte sie nicht mehr verletzen, weder körperlich noch gefühlsmäßig. Sie schlüpfte in die Bibliothek, atmete kräftig durch und hielt den Hörer ans Ohr.

»Hallo, Bax.«

»Vermutlich hältst du dich für schlau, weil du mich so lange am Telefon hast warten lassen.«

Und da war er auch schon wieder, dieser knappe, kritisierende Ton, der sie einmal zum Zittern gebracht hatte. Diesmal seufzte sie bloß. »Tut mir leid, ich war im Freien.«

»Und hast wahrscheinlich im Garten herumgegraben. Tust du noch immer so, als könntest du davon leben, Rosen zu beschneiden?«

»Du rufst sicher nicht an, um dich nach meinem Geschäft zu erkundigen.«

»Dein Geschäft, wie du es nennst, ist für mich nichts weiter als eine kleinere Peinlichkeit. Dass meine Exfrau Blumen an der Straßenecke verkauft …«

»… befleckt dein Image, ich weiß.« Suzanna strich eine Locke aus der Stirn. »Wir kauen das doch nicht wieder durch, oder?«

»Ziemlich bissig geworden.« Sie hörte ihn etwas zu jemand anderem sagen und lachen. »Nein, ich wollte dich nicht daran erinnern, dass du eine Närrin aus dir machst. Ich will die Kinder.«

Ihr gefror das Blut in den Adern. Einen Moment lang blieb sie stumm. »Wie bitte?«

Ihr vibrierendes Flüstern gefiel ihm außerordentlich. »Ich glaube, es steht sehr deutlich in der Vormundschaftsvereinbarung, dass ich auf zwei Wochen während des Sommers ein Anrecht habe. Ich hole sie am Freitag ab.«

»Aber du hast nicht …«

»Hör auf zu stammeln, Suzanna! Das ist eine deiner ärgerlichen Angewohnheiten. Wenn du es nicht verstanden hast, wiederhole ich es. Ich übe meine väterlichen Rechte aus. Ich hole die Kinder am Freitag ab – mittags.«

»Du hast sie seit fast einem Jahr nicht gesehen. Du kannst sie nicht einfach abholen und …«

»Ganz sicher kann ich das. Wenn du die Vereinbarung

nicht erfüllen willst, schleppe ich dich zurück vor Gericht. Es wäre weder legal noch klug von dir, mir die Kinder vorzuenthalten.«

»Ich habe nie versucht, sie dir vorzuenthalten. Du hast dich nicht um sie gekümmert«, konterte Suzanna.

»Ich habe nicht die Absicht, meinen Zeitplan so umzustellen, dass es dir passt. Yvette und ich fahren für zwei Wochen nach Martha's Vineyard und haben beschlossen, die Kinder mitzunehmen. Es wird Zeit, dass sie mehr von der Welt sehen als diese kleine Ecke, in der du sie versteckst.«

Ihre Hände zitterten. Sie packte den Hörer fester. »Du hast Alex zu seinem Geburtstag nicht mal eine Karte geschickt.«

»Ich glaube nicht, dass in der Vereinbarung etwas von Geburtstagskarten steht«, entgegnete er kalt. »Aber es stehen sehr genaue Angaben über Besuchsrechte darin. Du kannst dich gern bei deinem Anwalt erkundigen, Suzanna.«

»Und wenn sie nicht mit dir gehen wollen?«

»Die Entscheidung liegt nicht bei ihnen, auch nicht bei dir. An deiner Stelle würde ich nicht versuchen, sie gegen mich aufzuhetzen.«

»Das ist gar nicht nötig«, murmelte sie.

»Sorge dafür, dass sie mit ihren Sachen bereitstehen. Ach, und noch etwas, Suzanna. Ich habe in letzter Zeit ziemlich viel über deine Familie gelesen. Ist es nicht sonderbar, dass in unserer Scheidungsvereinbarung keine Rede von einer Smaragdhalskette war?«

»Ich wusste nicht, dass sie existiert.«

»Ich frage mich, ob das Gericht das glauben wird.«

Tränen der Frustration und Wut stiegen Suzanna in die Augen. »Um Himmels willen, hast du noch nicht genug bekommen?«

»Es ist nie genug, Suzanna, wenn man bedenkt, wie sehr du

mich enttäuscht hast. Freitag«, sagte er, »mittags.« Damit legte er auf.

Suzanna zitterte, während sie sich in einen Sessel sinken ließ. Sie fühlte sich, als wäre sie fünf Jahre zurückversetzt worden, zurück in diese schreckliche Hilflosigkeit. Sie konnte Baxter nicht aufhalten. Sie hatte die Vormundschaftsvereinbarung Wort für Wort gelesen, ehe sie unterschrieben hatte. Den Buchstaben nach hätte sie verlangen können, dass er sich früher anmeldete, doch das hätte nur das Unvermeidliche hinausgeschoben. Wenn Bax sich entschieden hatte, konnte sie das nicht ändern. Je mehr sie kämpfte, je mehr sie widersprach, desto härter würde er reagieren.

Und umso schwerer würde er es den Kindern machen.

Ihre Babys! Sie schlug die Hände vors Gesicht. Es war nur für eine kurze Zeit, sie konnte es überleben. Aber wie mochten sich die Kinder fühlen, wenn sie einfach weggebracht wurden und keine andere Wahl hatten?

Sie musste es wie ein Abenteuer darstellen. Mit dem richtigen Ton und den richtigen Worten konnte sie die beiden davon überzeugen, dass sie es selbst wollten. Suzanna presste die Lippen zusammen und stand auf. Aber nicht in diesem Augenblick. Sie würde die Kinder nie überzeugen können, wenn sie dermaßen aufgewühlt mit ihnen sprach.

»Dieses verdammte Haus ist wie die Grand Central Station.« Das vertraute Klopfen eines Stocks brachte Suzanna beinahe dazu, wieder in den Sessel zu sinken. »Leute kommen und gehen, Telefone läuten. Man könnte meinen, dass noch nie zuvor jemand geheiratet hat.« Suzannas Großtante Colleen, die herrlichen weißen Haare zurückgekämmt und glitzernde Diamanten an den Ohren, blieb an der Tür stehen. »Ich möchte dich nur davon unterrichten, dass deine kleinen Ungeheuer Schmutz die Treppe hinaufgeschleppt haben.«

»Tut mir leid.«

Colleen gab bloß einen verächtlichen Laut von sich. Sie genoss es, über die Kinder zu klagen, weil sie die beiden mochte. »Rüpel! An dem einzigen gesegneten Tag der Woche, an dem nicht in jeder Minute gehämmert und gesägt wird, kreischt ein Pack Kinder im Haus. Warum, zum Teufel, sind sie nicht in der Schule?«

»Weil Juli ist, Tante Colleen.«

»Ich sehe nicht ein, was das für einen Unterschied machen sollte.«

Ihr finsterer Blick wurde noch finsterer, als sie Suzanna betrachtete. »Was ist los mit dir, Mädchen?«

»Nichts. Ich bin nur ein wenig müde.«

»Von wegen müde.« Sie kannte diesen Blick. Er war ihr schon früher aufgefallen – diese erschöpfte Verzweiflung und Hilflosigkeit in den Augen ihrer eigenen Mutter. »Wer war das am Telefon?«

Suzanna hob das Kinn. »Das, Tante Colleen, geht dich nichts an.«

»Ach, du bist aufs hohe Ross geklettert.« Und es gefiel ihr. Sie bevorzugte es, dass ihre Großnichte zurückbiss, anstatt einen Schlag einzustecken. Abgesehen davon brauchte sie nur Coco unter Druck zu setzen, bis sie erfuhr, was hier vor sich ging.

»Ich habe eine Verabredung«, sagte Suzanna so gefestigt wie möglich. »Würdest du Tante Coco bitte sagen, dass ich weggefahren bin?«

»Jetzt bin ich also auch schon Bote. Ich sage es ihr, ich sage es ihr«, murmelte Colleen und winkte mit ihrem Stock. »Es ist höchste Zeit, dass sie mir Tee macht.«

»Danke. Ich bleibe nicht lange weg.«

»Geh aus dem Haus und kläre deinen Kopf«, empfahl

Colleen, als Suzanna sich an ihr vorbeidrängte. »Es gibt nichts, womit eine Calhoun nicht fertig wird.«

Suzanna seufzte und küsste Colleen auf die hagere Wange. »Ich hoffe, du hast recht.«

Suzanna glaubte, ruhig zu sein, als sie bei Holts Cottage eintraf und klopfte.

Der Hund machte einen Höllenspektakel. Holt hatte eine Hand an Sadies Halsband, als er die Tür öffnete. »Ich dachte schon, ich müsste dich holen.«

»Ich habe dir gesagt, dass ich komme.« Sie trat ein. »Was hast du mir zu zeigen?«

Als er sicher war, dass Sadie nur schnüffeln und um Aufmerksamkeit winseln und nichts mehr anstellen würde, ließ er sie los. »Deine Tante zeigte viel Interesse für das Cottage.«

»Ich bin ziemlich knapp mit Zeit.« Nachdem sie den Hund geistesabwesend gestreichelt hatte, schob sie die Hände in die Taschen ihrer weiten Hose. »Es ist sehr hübsch.« Sie sah sich um, ohne etwas Bestimmtes wahrzunehmen. »Du musst dich hier wohl fühlen.«

»Ich komme zurecht.« Seine Augen waren auf ihr Gesicht gerichtet. Ihre Wangen wiesen keine Spur von Farbe auf. Ihre Augen waren zu dunkel. Er hatte gewollt, dass sie ihn beachtete, vielleicht auf eine unbehagliche Weise, aber er hatte nicht gewollt, dass sie vor Angst krank war bei dem Gedanken, ihn wiederzusehen.

»Du kannst dich entspannen, Suzanna.« In seiner Stimme schwang Grimm mit. »Ich werde dich nicht anspringen.«

Ihre Nerven waren zum Zerreißen gespannt. »Können wir es hinter uns bringen?«

»Ja, wir können es hinter uns bringen, sobald du aufhörst dazustehen, als würdest du jeden Moment angekettet und ausgepeitscht werden. Ich habe nichts getan, dass du mich dermaßen ansiehst.«

»Ich sehe dich überhaupt nicht an.«

»Und ob du es tust. Deine Hände zittern, verdammt noch mal!« Wütend ergriff Holt sie. »Hör auf!«, verlangte er. »Ich werde dich nicht verletzen.«

»Es hat nichts mit dir zu tun.« Suzanna entriss ihm die Hände und fluchte innerlich, weil sie das Zittern nicht unter Kontrolle bekam. »Wieso glaubst du, dass alles, was ich fühle, mit dir zu tun hat? Ich habe mein eigenes Leben, meine eigenen Gefühle. Ich bin keine schwache, verängstigte Frau, die zusammenbricht, nur weil ein Mann seine Stimme erhebt. Glaubst du wirklich, ich hätte Angst vor dir, oder du könntest mich verletzen, nachdem …«

Suzanna brach betroffen ab. Sie hatte geschrien, und Tränen der Wut brannten noch immer in ihren Augen. Ihr Magen war so verkrampft, dass sie kaum atmen konnte. Sadie hatte sich in eine Ecke zurückgezogen, in der sie zitternd saß. Holt stand eine Handbreit von ihr entfernt und betrachtete sie forschend.

»Ich muss gehen«, stieß sie hervor und rannte zur Tür. Seine Hand klatschte gegen das Holz und hielt die Tür zu. »Lass mich hinaus!« Als ihre Stimme brach, biss sie sich auf die Unterlippe, zerrte an der Klinke und wirbelte mit blitzenden Augen zu ihm herum. »Ich sagte, lass mich raus!«

»Na los«, sagte er mit überraschender Ruhe. »Schlag mich. Aber du gehst nirgendwohin, solange du dermaßen aufgewühlt bist.«

»Wenn ich aufgewühlt bin, so ist das meine Sache. Ich habe dir gesagt, dass es nichts mit dir zu tun hat.«

»In Ordnung, dann wirst du mich eben nicht schlagen. Versuchen wir es mit einem anderen Überdruckventil.« Er umfasste ihre Wangen und verschloss ihren Mund mit einem Kuss.

Es war keiner, der besänftigen und trösten sollte. Er tat auch keines von beidem. Dies war pure und turbulente Emotion und stimmte völlig mit ihren Gefühlen überein.

Suzannas Arme waren zwischen ihnen beiden gefangen, ihre Hände noch immer zu Fäusten geballt. Ihr Körper zitterte, ihre Haut erhitzte sich. Bei dem ersten Aufflackern einer Reaktion tauchte Holt in den rauen, verzweifelten Kuss, bis er sicher war, dass sie nur an ihn dachte.

Dann gönnte Holt sich noch einen Moment, um zu genießen. Suzanna war ein Vulkan, der auf den Ausbruch wartete, ein Sturm, der jeden Moment losbrechen konnte. Ihre verdrängte Leidenschaft versetzte ihm einen betäubenderen Schlag, als ihre Faust das vermocht hätte. Er wollte da sein, wenn die Explosion stattfand, aber er konnte warten.

Als er sie losließ, lehnte sie sich mit geschlossenen Augen gegen die Tür. Ihr Atem kam stoßweise. Holt hatte noch nie jemanden so um Beherrschung kämpfen sehen.

»Setz dich!« Sie schüttelte den Kopf. »Na gut, dann bleib stehen.« Achselzuckend wich er zurück und steckte sich eine Zigarette an. »So oder so, du wirst mir erzählen, was dich so aufgeregt hat.«

»Ich will nicht mit dir sprechen.«

Holt setzte sich auf die Seitenlehne eines Sessels und blies den Rauch aus. »Viele Leute wollten nicht mit mir sprechen, aber ich finde für gewöhnlich heraus, was ich wissen will.«

Suzanna öffnete verzweifelt die Augen. »Ist das ein Verhör?«

Achselzuckend nahm er noch einen Zug. Es hätte ihr nichts geholfen, wenn er ihr sanfte Worte anbot. »Kann sein.«

»Ich hätte nicht herkommen sollen, wenn ich durcheinander bin«, sagte sie matt. »Aber ich dachte, ich hätte mich unter Kontrolle.«

»Weshalb durcheinander?«

»Es ist nicht wichtig.«

»Dann sollte es dir auch nicht schwerfallen, es mir zu erzählen.«

»Bax hat angerufen, mein Exmann.« Sie begann herumzugehen.

Holt betrachtete die Glut seiner Zigarette und ermahnte sich, dass Eifersucht nicht angebracht war. »Sieht so aus, als könnte er dich noch ziemlich aufwühlen.«

»Ein einziger Anruf, und er hat mich wieder unter seinem Daumen.« In ihrer Stimme schwang Bitterkeit mit. »Ich kann nichts machen. Er wird die Kinder für zwei Wochen nehmen. Ich kann ihn nicht daran hindern.«

Holt stieß ungeduldig den Atem aus. »Um Himmels willen, und deshalb die ganze Hysterie? Dann sind eben die Kinder für zwei Wochen bei ihrem Daddy.« Verärgert drückte er die Zigarette aus. Und er hatte sich Suzannas wegen Sorgen gemacht. »Spar dir doch diese rachsüchtige Haltung. Er will nur sein Recht geltend machen.«

»Oh ja, natürlich.« Ihre Stimme vibrierte unter einem so tiefen Gefühl, dass er seinen Kopf wieder hob. »Weil es auf einem Stück Papier steht. Und er war auch da, als sie gezeugt wurden, was ihn zu ihrem Vater macht. Natürlich heißt das nicht, dass er sie lieben oder sich um sie sorgen oder kämpfen muss, um sie ohne böse Einflüsse aufwachsen zu lassen. Das heißt auch nicht, dass er sich an Weihnachten und ihre Geburtstage erinnern muss. Es ist genau, wie Bax am Telefon gesagt hat: Nichts in der Vormundschaftsvereinbarung verpflichtet ihn dazu, Geburtstagskarten zu schicken. Aber sie verpflichtet mich dazu, ihm die Kinder zu überlassen, wenn ihm danach ist.«

Tränen drohten ihr erneut in die Augen zu steigen, doch Suzanna drängte sie zurück. Tränen vor einem Mann brachten nie etwas anderes als Demütigung. »Glaubst du denn, es geht um mich? Er kann mir nicht mehr wehtun. Aber meine Kinder dürfen nicht dazu benutzt werden, mir heimzuzahlen, dass ich so wenig Baxters Wünschen entsprochen habe.«

Holt fühlte, wie etwas in ihm hochstieg, heiß und grimmig. »Er hat bei dir gründliche Arbeit geleistet, nicht wahr?«

»Darum geht es nicht. Es geht um Alex und Jenny. Irgendwie muss ich sie davon überzeugen, dass der Vater, der sich seit Monaten nicht um sie gekümmert hat und sie kaum ertragen konnte, als sie mit ihm unter einem Dach lebten, sie auf einen wundervollen zweiwöchigen Urlaub mitnehmen wird.« Suzanna fuhr sich müde durch die Haare. »Ich bin nicht hierhergekommen, um darüber zu sprechen.«

»Doch, das bist du.« Holt war ruhiger geworden und steckte sich wieder eine Zigarette an. »Ich gehöre nicht zur Familie. Deshalb kannst du deinen Kummer bei mir abladen. Ich werde trotzdem gut schlafen können.«

Sie lächelte schmal. »Vielleicht hast du recht. Es tut mir leid.«

»Ich habe keine Entschuldigung verlangt.« Holt räusperte sich. »Was empfinden die Kinder für ihn?«, wollte er dann wissen.

»Er ist für sie ein Fremder.«

»Dann haben sie vielleicht auch keine großen Erwartungen. Scheint so zu sein, dass sie das Ganze als Abenteuer sehen könnten. Und du lässt zu, dass er am längeren Hebel sitzt. Wenn er die Kinder benutzt, um an dich heranzukommen, hat er richtig kalkuliert.«

»Zu diesen Schlüssen bin ich selbst schon gekommen. Ich musste einfach die Frustration ablassen.« Suzanna lächelte verkrampft. »Normalerweise zupfe ich Unkraut.«

»Ich glaube, mein Kuss hat besser gewirkt.«

»Jedenfalls war es anders.«

Er drückte seine Zigarette aus und stand auf. »Ist das die beste Beschreibung, die dir einfällt?«

»Ich will nicht festgehalten werden«, murmelte sie, als er seine Arme um sie legte.

»Wie schade.« Er zog Suzanna an sich.

»Ich sollte herkommen, damit du …« Sie gab einen kleinen abwehrenden Laut von sich, als er seine Zähne über ihr Ohrläppchen schob. »Du wolltest mir etwas von deinem Großvater zeigen.«

»Stimmt.« Ihre Haut duftete wie die Luft hoch oben auf den Klippen, durchsetzt von Meer und Wildblumen und heißer Sommersonne. »Ich habe dich auch hergeholt, um dich wieder in meine Hände zu bekommen. Wir gehen die Dinge einfach der Reihe nach an.«

»Ich will mich auf nichts einlassen.« Doch während sie das sagte, kam ihr Mund dem seinen entgegen.

»Ich auch nicht.« Holt saugte an ihrer vollen Unterlippe.

»Das ist – oh! Anziehungskraft.« Ihre Finger schoben sich in seine Haare.

»Darauf kannst du wetten.« Seine rauen Hände glitten unter ihr T-Shirt, um zu erforschen.

»Das kann nirgendwohin führen.«

»Das hat es bereits.«

Holt hatte recht. Für einen Moment gab sie sich diesem Kuss hin, spürte die Hitzewelle in ihrem Körper. Sie brauchte jemanden. Wenn sie schon nicht Trost und Mitgefühl bekommen konnte, dann wollte sie Verlangen nehmen. Doch je mehr sie nahm, desto mehr begehrte ihr Körper etwas, das knapp außerhalb ihrer Reichweite lag. Etwas, das sie nicht wieder wollen oder brauchen durfte.

»Das ist zu schnell«, sagte Suzanna atemlos und befreite sich.

»Tut mir leid. Mir ist klar, dass es für dich so aussehen muss, als würde ich dir gemischte Signale senden.«

Er betrachtete ihre Augen, während sein Blut in Wallung geriet. »Ich glaube, ich kann sie auseinanderhalten.«

»Ich möchte nichts beginnen, das ich nicht zu Ende führen kann.« Sie befeuchtete ihre Lippen, die noch warm von seinen waren. »Und ich habe zu viel Verantwortung und zu viele Sorgen, um überhaupt daran denken zu können, eine – eine …«

»Eine Affäre zu haben?«, vollendete Holt für sie. »Du musst erst darüber nachdenken? Na bitte, lass dir ein paar Tage Zeit. Ich kann geduldig sein, solange ich bekomme, was ich will. Und ich will dich.«

Ihre Nerven prickelten. »Nur weil ich dich körperlich attraktiv finde, heißt das noch nicht, dass ich mit dir ins Bett springen werde.«

»Es ist mir egal, ob du springst, kriechst oder geschleppt werden musst. Die Methode können wir später bestimmen.« Bevor Suzanna eine passende Bezeichnung für ihn einfiel, lächelte er, küsste sie und wich zurück. »Nachdem wir das geklärt haben, führe ich dich nach oben und zeige dir das Porträt.«

»Wenn du denkst, etwas wäre geklärt, weil du … Was für ein Porträt?«

»Sieh es dir an, dann kannst du es mir sagen.«

Er führte sie auf die Balustrade hinauf. Zwischen Neugierde und Zorn hin- und hergerissen, folgte Suzanna ihm.

»Er hat hier gearbeitet.«

Das erregte ihre Aufmerksamkeit, »Hast du ihn gut gekannt?«

»Ich glaube nicht, dass ihn irgendjemand gut gekannt hat.« Holt öffnete ein Kippfenster. »Er kam und ging, wie er wollte. Manchmal saß ich hier und beobachtete ihn bei der Arbeit.

Wenn er mich nicht mehr hier haben wollte, schickte er mich kurzerhand mit dem Hund hinaus oder ins Dorf.«

»Auf dem Boden ist noch Farbe.« Suzanna konnte nicht widerstehen und bückte sich, um die Reste zu berühren. Sie blickte hoch, begegnete Holts Blick und verstand.

Er hatte seinen Großvater geliebt. Diese Farbkleckse waren Erinnerungen, noch mehr als das Haus an sich. Sie streckte ihm die Hand entgegen und stand auf, als ihre Finger sich verbanden. Dann sah sie das Porträt.

Die Leinwand war an die Wand gelehnt, der Rahmen alt und verschnörkelt. Die Frau schaute sie an, die Augen voll von Geheimnissen und Traurigkeit und Liebe.

»Bianca«, sagte Suzanna und ließ ihren Tränen freien Lauf. »Oh, mein Gott, ich wusste, dass er sie gemalt haben muss.«

»Ich war nicht sicher, bis ich Lilah gestern sah.«

»Er hat es nie verkauft«, murmelte Suzanna. »Er hat es behalten, weil es alles ist, was ihm von ihr geblieben war.«

»Vielleicht.« Holt fühlte sich nicht wohl dabei, dass ihm der gleiche Gedanke gekommen war. »Ich sehe nicht, wie euch das helfen könnte, näher an die Smaragde heranzukommen.«

»Aber du wirst uns helfen.«

»Das habe ich schon gesagt.«

»Danke. Als Erstes möchte ich dich bitten, das Porträt nach *The Towers* zu bringen, damit meine Familie es sehen kann. Es würde ihnen allen sehr viel bedeuten.«

Auf Suzannas Drängen nahmen sie auch Sadie mit. Sie saß hinten im Pick-up und hielt die Nase in den Wind. Als sie vor *The Towers* eintrafen, sahen sie Lilah und Max auf dem Rasen hocken. Fred entdeckte den Truck, lief durch den Garten und stoppte taumelnd, als Sadie von der Ladefläche sprang.

Angespannt näherte er sich ihr. Die beiden Hunde beschnüffelten einander eingehend. Dann trabte Sadie wedelnd durch den Garten und warf Fred einen einladenden Blick zu, worauf er hinter ihr herhoppelte.

»Sieht nach Liebe auf den ersten Blick aus«, bemerkte Lilah lachend, als sie mit Max zu dem Lastwagen kam.

»Sind die Kinder hier?«

»Nein, sie sind mit Megan und deren Eltern im Dorf, damit Kevin ein paar Souvenirs kaufen kann.«

Suzanna ergriff ihre Hand. »Du musst dir etwas ansehen.« Sie trat zurück, und Lilah erblickte das Gemälde durch die offene Tür des Lastwagens. Sie drückte die Hand ihrer Schwester.

»Oh, Suze.«

»Ich weiß.«

»Max, siehst du das?«

»Ja.« Er küsste sie sanft auf das Haar und betrachtete das Porträt jener Frau, die eine Doppelgängerin der Frau war, die er liebte. »Sie war schön. Das ist ein Bradford.« Er sah Holt achselzuckend an. »Ich habe in den letzten zwei Wochen die Arbeit Ihres Großvaters studiert.«

»Sie haben das die ganze Zeit gehabt«, begann Lilah.

Holt ließ den Vorwurf an sich abprallen. »Ich wusste nicht, dass das Bianca ist, bis ich Sie gestern sah.«

Lilah lenkte ein und betrachtete sein Gesicht. »Sie sind gar nicht so eklig, wie Sie die Leute glauben machen wollen. Ihre Aura ist viel zu klar.«

»Lass Holts Aura in Ruhe, Lilah«, sagte Suzanna lachend. »Ich möchte, dass Tante Coco das Bild sieht. Ach, ich wünschte, Sloan und Mandy wären noch nicht in die Flitterwochen abgereist.«

»Sie werden nur zwei Wochen weg sein«, erinnerte Lilah sie.

Zwei Wochen. Suzanna bemühte sich, das Lächeln nicht verrutschen zu lassen, als Holt das Porträt ins Haus trug.

In dem Moment, als sie das Bild sah, weinte Coco. Aber das war zu erwarten gewesen. Holt hatte das Gemälde auf das Zweiersofa im Salon gestellt, und die Tante saß im Ohrensessel und durchweichte ihr Taschentuch.

»Dass wir nach so langer Zeit wieder etwas von ihr in diesem Haus haben …«

Lilah berührte die Schulter ihrer Tante. »Ein Teil von ihr ist immer im Haus gewesen.«

»Oh ja, ich weiß, aber dass wir sie jetzt so ansehen können …« Sie schniefte. »Und dich sehen.«

»Er muss sie ja sehr geliebt haben.« C. C. lehnte ihren Kopf mit feuchten Augen an Trents Schulter. »Sie sieht genau so aus, wie ich sie mir immer vorgestellt habe, genau so, wie ich es an jenem Abend, an dem ich sie fühlte, gewusst habe.« Holt behielt seine Hände in den Taschen. »Hören Sie, Gefühle und Séancen beiseite, es geht um die Smaragde. Wenn Sie meine Hilfe wollen, muss ich alles wissen.«

»Séance.« Coco trocknete ihre Wangen. »Wir sollten wieder eine abhalten. Wir hängen das Porträt ins Esszimmer. Wenn wir uns darauf konzentrieren, müssen wir Erfolg haben. Ich werde mich um den Stand der Gestirne kümmern.« Sie sprang auf und hastete aus dem Raum.

»Da geht sie hin«, murmelte Suzanna.

Trent nickte. »Nichts gegen Coco, aber es ist wohl am besten, ich informiere Holt auf eine konventionellere Art.«

»Ich mache Kaffee.« Suzanna warf einen letzten Blick auf das Porträt, ehe sie in die Küche eilte.

Sie stellte die Kaffeemaschine an, dachte an ihre Kinder, an die Legende und zuckte zusammen, als sich Hände auf ihre Schultern legten. Sie hatte völlig die Zeit vergessen.

Langsam drehte Holt sie zu sich herum. »Ich fahre mit Max und Trent ins Dorf und spreche mit Lieutenant Koogar. Verschieben wir den Kaffee.« Er rieb mit seinem Daumen über die Falte, die zwischen ihren Brauen entstanden war. Die Zärtlichkeit überraschte sie beide. Er fing sich und ließ die Hand sinken. »Du machst dir zu viele Sorgen. Ich melde mich wieder.«

»Danke. Ich werde nicht vergessen, was du für uns tust.«

»Vergiss es.« Holt zog sie an sich und küsste sie, bis sie in seinen Armen weich wurde. »Erinnere dich lieber daran.«

Er ging hinaus, und Suzanna sank auf einen Stuhl. Sie hatte gar keine andere Wahl, als sich später an diesen Kuss zu erinnern.

6. Kapitel

Suzanna hatte Kundschaft, als Holt den Laden von »Island Gardens« betrat. Also schaute er sich ein wenig um. Er betrachtete gerade ein Tablett mit roten Blumen, als er in dem Busch hinter sich ein Rascheln hörte. Instinktiv spannte er sich an, und seine Finger zuckten nach der Waffe, die er nicht mehr trug. Langsam stieß er den Atem aus und verwünschte sich selbst. Er musste diese Reaktion überwinden. Er war kein Polizist mehr.

Holt drehte den Kopf und entdeckte den Jungen hinter einem Ständer mit Päonien.

Alex schnellte grinsend hoch. »Ich hab dich!« Er tanzte fröhlich um die Päonien herum. »Ich bin ein Pygmäe, und ich habe dich mit meinem vergifteten Pfeil aus dem Blasrohr getroffen.«

»Was für ein Glück, dass ich gegen Pygmäengift immun bin. Wo ist deine Schwester?«

»Im Gewächshaus. Mom hat uns Samen und so'n Zeug gegeben, aber das war langweilig. Ich darf hier herauskommen«, sagte er rasch, weil er wusste, wie schnell es einem die Erwachsenen schwer machen konnten. »Solange ich nicht zur Straße gehe oder etwas umwerfe.«

Er wollte es dem Kind nicht schwer machen. »Hast du heute schon viele Kunden umgebracht?«

»Heute ist nicht viel los. Weil Montag ist, sagt Mom. Darum dürfen wir mit ihr zur Arbeit gehen, und Carolanne kann ihren freien Tag haben.«

»Du kommst gern her?«

Holt wusste nicht, wie es passiert war, aber er und der Junge gingen Hand in Hand zwischen den Blumen dahin.

»Sicher, es ist hübsch hier. Wir pflanzen was ein. Manchmal tragen wir was zu den Wagen von den Leuten, und die geben uns Geld dafür.«

»Klingt nach einem guten Geschäft.«

»Mom macht um die Mittagszeit zu. Wir gehen dann die Straße hinunter und holen uns Pizza und spielen Videospiele. Wir kommen fast jeden Montag her. Außer …« Er brach ab und schleuderte mit einem Fußtritt Kies hoch.

»Außer?«

»Nächste Woche müssen wir auf Urlaub gehen, und Mom kommt nicht mit uns.«

Holt blickte auf den gesenkten Kopf des Jungen hinunter. »Hm, vermutlich ist sie hier sehr beschäftigt.«

»Carolanne kann doch hier arbeiten, damit Mom mitfährt. Aber sie will nicht.«

»Meinst du nicht, sie würde liebend gerne mitkommen, wenn sie könnte?«

»Wahrscheinlich ja.« Alex trat wieder gegen den Kies, und als Holt nicht schimpfte, auch ein drittes Mal. »Wir müssen zu jemandem fahren, der Martha's Vineyard heißt, mit meinem Vater und seiner neuen Frau. Mom sagt, das wird Spaß machen, und wir werden an den Strand gehen und Eiscreme kriegen.«

»Klingt doch gut.«

»Ich will nicht fahren. Ich weiß auch nicht, warum ich muss. Ich will mit Mom nach Disney World.«

Als die kleine Stimme verstummte, stieß Holt einen tiefen Seufzer aus und kauerte sich hin. »Es ist schwer, wenn man Dinge tun muss, die man nicht will. Ich finde, du solltest auf Jenny aufpassen, während ihr weg seid.«

Alex zuckte die Schultern und schniefte. »Wahrscheinlich. Sie hat Angst vor dem Urlaub. Aber sie ist auch erst fünf.«

»Wenn du bei ihr bist, kann ihr nichts passieren. Und ich passe auf deine Mom auf, während du weg bist.«

»In Ordnung.« Alex fühlte sich schon besser und wischte mit dem Handrücken über die Nase. »Kannst du mir zeigen, wo sie dich ins Bein geschossen haben?«

»Sicher.« Holt deutete auf eine Narbe ungefähr fünfzehn Zentimeter oberhalb des linken Knies.

»Toll!« Alex fuhr mit der Fingerspitze darüber. »Wenn du ein Polizist bist, dann kannst du auch gut auf Mom aufpassen.«

»Sicher werde ich das.«

Suzanna fühlte eine angenehme Regung in sich hochsteigen, als sie Holt mit ihrem Sohn sah. Holt hob eine Hand und strich Alex über das Haar. »Nun, worum geht es denn hier?«

Beide »Männer« blickten hoch und tauschten dann einen raschen und sehr persönlichen Blick, bevor Holt aufstand. »Männergespräch«, sagte er und drückte Alex die Hand.

»Ja.« Alex drückte die Brust heraus. »Männergespräch.«

»Verstehe. Nun, ich störe ungern, aber wenn du Pizza willst, solltest du dir jetzt die Hände waschen.«

»Kann er mitkommen?«, fragte Alex.

»Sein Name«, erklärte Suzanna, »ist übrigens Mr. Bradford.«

»Sein Name ist Holt.« Holt blinzelte Alex zu, der breit grinste.

»Kann er?«

»Mal sehen.«

»Das sagt sie oft«, meinte Alex und rannte los, um seine Schwester zu suchen.

»Vermutlich tue ich das wirklich.« Suzanna wandte sich seufzend Holt zu. »Was kann ich für dich tun?«

Sie trug ihr Haar offen und wirkte mit der kleinen blauen Kappe wie sechzehn. Holt fühlte sich plötzlich verlegen wie ein Junge, der seine erste Verabredung treffen wollte.

»Brauchst du noch immer eine Teilzeithilfe?«, fragte er ein wenig unsicher.

»Ja, aber bisher ohne Erfolg.«

»Ich kann dir etwa vier Stunden am Tag einräumen.«

»Was?«

»Vielleicht fünf«, fuhr er fort, als sie ihn anstarrte. »Ich habe ein paar Reparaturen auszuführen, aber ich teile mir meine Zeit selbst ein.«

»Du willst für mich arbeiten?«

»Solange ich nur die Sachen schleppen und pflanzen muss. Ich verkaufe keine Blumen.«

»Das kann nicht dein Ernst sein.«

»Doch. Ich verkaufe keine Blumen.«

»Nein, ich meine, dass du überhaupt für mich arbeiten willst. Du hast doch schon dein eigenes Geschäft, und ich kann nur den Mindestlohn zahlen.«

Holt winkte ab. »Ich will dein Geld nicht.«

Suzanna blies sich die Haare aus den Augen. »Ich bin verwirrt.«

»Ich dachte, wir könnten einen Handel schließen. Ich mache etwas von der Schwerarbeit für dich, und du bringst dafür meinen Garten in Ordnung.«

Ihr Lächeln erblühte langsam. »Du möchtest, dass ich deinen Garten herrichte?«

Frauen machten die Dinge doch immer kompliziert. »Ich möchte nicht, dass du gleich durchdrehst. Nur zwei oder drei Büsche. Willst du jetzt diesen Handel oder nicht?«

Ihr Lächeln verwandelte sich in ein Lachen. »Eine Nachbarin der Andersons hat unsere Teamarbeit bewundert. Ich soll morgen bei ihr anfangen.« Suzanna streckte eine Hand aus. »Sei um sechs Uhr hier.«

Er zuckte zusammen. »Morgens?«

»Genau. Also, wie ist es denn jetzt mit Mittagessen?«

Holt drückte ihre Rechte. »Gut. Ich bezahle.«

Großer Gott, die Frau arbeitet wie ein Elefant. Nein, sie arbeitet wie zwei Elefanten, verbesserte Holt sich, während ihm der Schweiß über den Rücken lief. Er hielt so oft eine Hacke oder eine Schaufel in der Hand, als wäre er ein Kettensträfling.

In den drei Tagen, die Holt mittlerweile für Suzanna tätig war, hatte er es aufgegeben, sie von der schweren Arbeit abzuhalten. Suzanna ignorierte ihn und tat, was sie wollte. Er konnte vier oder fünf Stunden von seiner Arbeitszeit abzweigen, aber er wusste, dass sie acht bis zehn Stunden täglich schuftete.

Holt schlug wieder mit der Hacke zu, traf auf Stein. Der Schock jagte durch seine Arme. Bei dem unterdrückten Fluchen blickte Suzanna auf. »Warum machst du nicht eine Pause? Ich kann das zu Ende bringen.«

»Hast du Dynamit mitgebracht?«

Sie lächelte nur einen Moment. »Hol dir etwas zu trinken aus der Kühlbox. Wir können fast schon pflanzen.«

»Schon.« Holt gab nur ungern zu, dass ihn diese Arbeit fertigmachte. Er hatte Blasen an den Händen, und seine Muskeln fühlten sich an, als hätte er zehn Runden gegen den Champion geboxt und verloren. Er ging zu der Kühlbox, die sie in den Schatten eines Baums gestellt hatten. Hinter ihm traf die Hacke erneut auf Stein. »Du bist verrückt, Suzanna. Diese Art von Arbeit gibt man nur Männern mit einer Kugel am Bein. Was denkst du denn, was auf diesen Felsen wachsen wird?«

»Du wärst überrascht.« Der Atem pfiff aus ihren Lungen, als sie den harten Boden traf, und kleine Punkte kreisten vor ihren

Augen. »Siehst du diese Stiefmütterchen? Die habe ich vor zwei Jahren gesetzt.« Himmel, sind die Bienen heute laut, dachte sie, als ein Summen ihren Kopf erfüllte. »Im September ...« Sie taumelte unter einer Welle der Benommenheit. Holt eilte aus dem Schatten in die Sonne, als Suzanna die Hacke entglitt. Er packte sie, und sie schien in seinen Armen zu schmelzen.

Fluchend trug er sie unter den Baum und legte sie in das kühle Gras. »Jetzt reicht es.« Er tauchte eine Hand in die Kühlbox und verteilte eiskaltes Wasser auf ihrem Gesicht. »Du bist am Ende, kapiert? Wenn du diese Hacke noch einmal anfasst, kriegst du was von mir zu hören.«

»Mir geht es gut.« Ihre Stimme war schwach, doch der Ärger war unverkennbar. »Nur etwas zu viel Sonne.«

»Zu viel Sonne«, schimpfte Holt, während er ihr etwas zu trinken gab. »Und nicht genug Essen oder Schlaf. Du siehst katastrophal aus, Suzanna, und ich bin das leid.«

»Herzlichen Dank.« Sie stieß seine Hände weg und lehnte sich an den Baum. »Ich hätte eine Pause machen sollen«, räumte sie ein.

Himmel, sie war weiß wie ein Laken. »Ich bringe dich nach Hause, und du gehst ins Bett.«

»Ich glaube, du vergisst, wer für wen arbeitet.«

»Wenn du ohnmächtig wirst, übernehme ich gefälligst das Kommando.«

»Ich bin nicht ohnmächtig geworden«, sagte sie gereizt. »Mir wurde schwindelig. Und niemand übernimmt für mich das Kommando, weder jetzt noch irgendwann. Und hör auf, mir Wasser ins Gesicht zu spritzen. Du wirst mich ertränken.«

»Du bist stur, starrsinnig und schlicht und einfach dumm.«

»Schön. Wenn du mich genug angeschrien hast, mache ich Mittagspause.« Suzanna wusste, dass sie etwas essen musste. Sie nahm ein Sandwich aus der Kühlbox.

»Vielleicht bin ich mit dem Anschreien noch nicht fertig.«

Sie zuckte die Schultern und wickelte das Sandwich aus. »Dann kannst du schreien, während ich esse. Oder du kannst aufhören, deine Zeit zu verschwenden, und ebenfalls essen.«

Er überlegte, ob er sie zum Lastwagen schleppen sollte. Die Idee gefiel ihm, aber sie hätte nur geringen Nutzen gebracht. Wenn er Suzanna nicht fesselte und in ihrem Zimmer einsperrte, konnte er sie nicht davon abhalten, sich zu Tode zu arbeiten.

Wenigstens isst sie etwas, dachte er. Und ihre Wangen bekamen wieder Farbe. Lässig nahm er ein Sandwich heraus.

»Ich habe über die Smaragde nachgedacht.«

Der Themenwechsel überraschte sie. »Ach ja?«

»Ich habe mir das Gespräch angehört, das Max mit Mrs. Tobias, dem ehemaligen Hausmädchen, geführt hat.«

»Und was denkst du?«

»Angenommen, Bianca wollte ihren Mann verlassen und ging vorher zu meinem Großvater – schließlich hatte er hinterher den Hund – und kehrte anschließend zurück nach *The Towers*, um zu packen und die Kinder zu holen. Dann verstehe ich nicht, warum sie nicht mit meinem Großvater bei Sonnenuntergang davonlief, sondern aus dem Turmfenster sprang.«

»Sie befand sich in Aufruhr.« Suzanna blinzelte in das Sonnenlicht. »Sie wollte ihre Ehe beenden und ihre Kinder von ihrem Vater trennen. Alles war so schwierig, so Furcht einflößend – wie Sterben. Vielleicht hielt sie sich für eine Versagerin, und als ihr Ehemann nach Hause kam und sie sich ihm hätte stellen müssen, konnte sie es nicht.«

Holt fuhr sich über seine Haare. »War es so für dich?«

»Wir sprechen von Bianca.« Suzanna entspannte sich wieder langsam. »Fergus hat ihr die Smaragde für die Geburt ihres ersten Sohnes geschenkt. Bax hat mir Diamanten geschenkt, als

Alex geboren wurde. Ich habe sie verkauft, um mein Geschäft zu eröffnen. Bianca mag ähnlich empfunden haben. Die Diamanten gehörten mir, und ihr gehörten die Smaragde. Mit den Smaragden konnte sie ein neues Leben für sich und ihre Kinder finanzieren.«

»Warum hat sie die Halskette versteckt?«

»Um sicher zu sein, dass Fergus sie nicht findet, falls er sie daran hindern sollte, ihn zu verlassen.«

»Hast du deine Diamanten versteckt, Suzanna?«

»Ja, in Jennys Windeltasche, die letzte Stelle, an der Baxter nachgesehen hätte.« Sie zupfte einen Grashalm aus. »Das klingt alles so wahnsinnig melodramatisch.«

Holt schüttelte den Kopf. »Für mich klingt das sehr klug. Bianca hat viel Zeit im Turm verbracht, richtig?«

»Wir haben dort nachgesehen.«

»Wir werden noch einmal nachsehen und auch ihr Schlafzimmer auseinandernehmen.«

»Lilah wird begeistert sein.« Suzanna schloss die Augen. »Es ist jetzt ihr Schlafzimmer. Und wir haben dort auch nachgesehen.«

»Ich nicht.«

»Nein.« Suzanna streckte sich im Gras aus. »Könnten wir ihr Tagebuch finden, hätten wir die Antworten. Mandy hat jedes Buch in der Bibliothek kontrolliert für den Fall, dass es dazwischengeraten ist.«

Er streichelte ihr Haar. »Wir sehen noch einmal nach. Ich kontrolliere lieber alles, als dass ich mich auf eine Séance verlasse.«

Sie gab ein halbes Lachen und halbes Seufzen von sich. »Tante Coco wird dich dazu überreden.« Ihre Stimme wurde schwer vor Müdigkeit. Holt ließ Suzanna im Schatten zurück und trat in den Sonnenschein hinaus.

Gras kitzelte Suzanna an der Wange, als sie erwachte. Benommen öffnete sie die Augen. Holt lehnte an einem Baum.

»Ich muss eingenickt sein.«

»Könnte man sagen.«

»Tut mir leid.« Sie stützte sich auf einen Ellbogen. »Wir haben über die Smaragde gesprochen.«

»Wir haben genug gesprochen.« Holt ließ sich neben ihr nieder. Mit einer schnellen Bewegung zog er sie an sich. Ehe sie ganz wach war, lag sie schon in seinem Schoß, und er küsste sie stürmisch.

Er hatte sie schlafen sehen und diesen schlanken, zerbrechlichen Körper mit seinem verschmelzen wollen, hatte hören wollen, wie ihr der Atem stockte. Nun nahm er sie fiebrig.

Entwaffnet und verwirrt wehrte sie sich. Ihr Körper spannte sich wie ein Bogen an. Sie rang nach Luft. Sie konnte nur Holts Gesicht sehen, seine dunklen und gefährlich funkelnden Augen, seinen festen und hungrigen Mund. Dann verschwamm alles, als seine Lippen sich erneut auf die ihren senkten.

Suzanna ließ ihn nehmen, was er so verzweifelt brauchte. Im Schatten des Baums presste sie sich an ihn, antwortete auf jede seiner Forderungen. Als sie sich diesmal benommen fühlte, genoss sie es. Dies war keine Schwäche, gegen die sie ankämpfen musste. Dies hatte sie fühlen wollen, soweit sie sich erinnerte.

Mit einer Verwünschung presste er seine Stirn an ihren Hals, wo er ihren Puls hämmern fühlte. Nichts und niemand hatte ihn jemals dermaßen empfinden lassen. Er wollte Suzanna beiseite schieben und weggehen, bevor sie ihn in Streifen schnitt. Er wollte sich mit ihr auf dem kühlen Gras wälzen und dieses ganze schmerzliche Sehnen austreiben.

Ihre Arme umschlangen ihn, ihre Hände streichelten rastlos durch sein Haar, während ihr Körper erschauerte. Dann rieb sie ihre Wange an der seinen in einer fast unerträglich süßen Geste.

»Was sollen wir tun?«, murmelte sie, suchte Trost, drückte ihre Lippen auf seine Haut und seufzte.

»Ich glaube, wir beide kennen die Antwort.«

Suzanna schloss die Augen. Es war so einfach für ihn. »Ich brauche Zeit.«

Holt schob sie von sich, bis sie sich ansehen konnten. »Vielleicht kann ich dir keine Zeit lassen. Wir sind keine Kinder mehr, und ich will mich nicht noch länger fragen, wie es wohl wäre.«

Sie seufzte, als sie erkannte, dass nicht nur sie aufgewühlt war. »Wenn du mehr verlangst, als ich geben kann, werden wir beide enttäuscht sein. Ich will dich.« Sie verzog den Mund, als seine Finger sich anspannten. »Aber ich kann nicht noch einen Fehler begehen.«

Seine Brauen zogen sich zusammen. »Willst du Versprechen hören?«

»Nein«, sagte sie rasch. »Nein, das will ich nicht. Aber ich muss die Versprechen halten, die ich mir selbst gegeben habe. Wenn ich zu dir komme, muss ich sicher sein, dass ich es nicht nur will, sondern dass ich auch damit leben kann. Ich kann dir nur versprechen, dass ich es nicht bereuen werde, falls wir ein Liebespaar werden.«

»Sobald wir ein Liebespaar werden«, verbesserte Holt sie.

»Sobald wir eines werden.« Sie nickte und stand auf. »Doch im Moment müssen wir die Dinge nehmen, wie sie kommen. Wir haben eine Arbeit, die wir beenden müssen.«

»Sie ist schon beendet.« Er stemmte sich hoch, während sie sich umdrehte.

Alle Pflanzen befanden sich an den richtigen Stellen, die Erde war geglättet.

»Wie …« Suzanna ging los, um Holts Werk zu begutachten.

»Du hast drei Stunden geschlafen.«

»Drei …« Betroffen blickte sie über ihre Schulter. »Du hättest mich wecken sollen.«

»Ich habe es nicht getan«, sagte er schlicht. »Jetzt muss ich zurück. Ich bin schon spät dran.«

»Aber, das hättest du nicht tun …«

»Es ist getan und erledigt.« Holt wirkte ungeduldig. »Willst du die verdammten Dinger ausrupfen und alles selbst machen?«

»Nein.« Sie erkannte, dass er nicht nur verärgert war. Er war verlegen. Da stand er vor ihr, sah sehr maskulin aus, sehr zerzaust in dem strahlenden Sonnenschein, seine rauen, geschickten Hände in die Taschen geschoben. Bedank dich bei mir, und ich fauche dich an, schien er zu sagen.

In diesem Moment wurde Suzanna klar, dass sie ihn liebte. Nicht bloß wegen seiner heißblütigen Küsse oder fordernden Hände, sondern wegen des Mannes unter der Oberfläche. Wegen des Mannes, der ihrem Sohn übers Haar strich oder die unaufhörlichen Fragen ihres kleinen Mädchens beantwortete. Wegen des Mannes, der Farbkleckse auf dem Fußboden beließ, weil sie eine Erinnerung an seinen Großvater waren.

Wegen des Mannes, der für sie Blumen pflanzte, während sie schlief.

Weil Suzanna ihn immer noch anstarrte, bewegte Holt sich unbehaglich. »Hör mal, wenn du wieder ohnmächtig wirst, lasse ich dich liegen, wo du hinfällst. Ich habe nicht die Zeit, Krankenschwester zu spielen.«

Ein Lächeln breitete sich langsam und wunderschön auf ihrem Gesicht aus und verwirrte ihn. Sie liebte ihn auch dafür – für diese aggressive Ungeduld, die sein Mitgefühl überdeckte. Sie brauchte natürlich Zeit zum Nachdenken. Zeit, um sich darauf einzustellen. Doch im Moment, nur in diesem Moment, konnte sie sich schlicht an diesen Schwall von Gefühlen halten und zufrieden sein.

»Du hast gute Arbeit geleistet.«

Holt blickte zu den Blumen und hätte sich lieber die Zunge herausgeschnitten als zuzugeben, wie sehr er die Arbeit genossen hatte. Er zuckte die Schultern. »Ich lade das Werkzeug auf den Wagen. Ich muss los.«

»Ich habe den Bryce-Auftrag auf Montag verschoben. Ich muss morgen zu Hause sein.«

»In Ordnung. Bis später.«

Als er zu seinem Wagen ging, kniete Suzanna sich hin, um die zarten jungen Blüten zu berühren.

In dem Cottage nahe dem Wasser fand der Mann, der sich Marshall nannte, ein paar unwichtige Dinge bei seiner gründlichen Durchsuchung, doch nichts davon half ihm bei seiner Suche nach den Calhoun-Smaragden. Marshall geriet in Versuchung, das Haus zu verwüsten. Doch er zwang sich zur Ruhe. Er wollte sich nicht verraten, noch nicht.

Behutsam brachte er alles wieder in Ordnung. Der Hund begann im Garten zu bellen. Er verabscheute Hunde. Wütend rieb er sich die Narbe an seinem Bein, in das ihn der kleine Calhoun-Köter gebissen hatte. Dafür sollten sie auch bezahlen. Sie alle sollten bezahlen.

Er verließ das Cottage genau so, wie er es vorgefunden hatte.

Ich werde nicht über den Winter schreiben. Das ist keine Erinnerung, die ich wieder aufleben lassen möchte. Doch ich verließ die Insel nicht. Ich konnte es nicht. In all diesen Monaten vergaß ich Bianca nicht.

Und dann war es wieder Sommer.

Ich kann nicht beschreiben, was ich empfand, als ich sie auf mich zulaufen sah. Ihre Augen waren von Freude erfüllt. Sie lag in meinen Armen, ihr Mund berührte meine Lippen. Und ich wusste, dass sie genau wie ich gelitten hatte. Sie liebte mich, wie ich sie liebte.

Wir trafen uns täglich in aller Unschuld auf den Klippen, sprachen und lachten miteinander und taten, als wäre der Sommer endlos. Manchmal brachte sie ihre Kinder mit, und dann war es, als wären wir eine Familie.

Wir waren glücklich mit dem, was wir hatten. Nie zuvor in meinem Leben hatte ich glücklichere Tage gehabt. Eine solche Liebe hat keinen Anfang und kein Ende, kennt kein Richtig und kein Falsch. An diesen hellen Sommertagen war Bianca nicht die Frau eines anderen. Sie war mein.

Ein Menschenleben später sitze ich hier und blicke auf das Wasser hinaus. Ihr Gesicht, ihre Stimme kommen so klar zu mir zurück.

Sie lächelte. »Ich habe immer davon geträumt, verliebt zu sein.«

Ich hatte die Nadeln aus ihrem Haar gezogen, damit meine Hände sich darin verlieren konnten. Ein kleiner, kostbarer Genuss. »Träumst du noch immer?«

»Jetzt brauche ich nicht mehr zu träumen.« Sie beugte sich zu mir und drückte ihre Lippen auf meinen Mund. »Ich brauche nie wieder zu träumen, nur zu wünschen.«

Ich griff ihre Hand und küsste sie, und wir beobachteten einen kreisenden Adler.

»Heute Abend findet ein Ball statt. Ich wünschte, du wärest da, um mit mir zu tanzen.«

Ich erhob mich, zog sie auf die Füße und begann, mit ihr durch die wilden Rosen zu tanzen. »Sag mir, was du tragen wirst, damit ich dich sehen kann.«

Lachend hob Bianca mir ihr Gesicht entgegen. »Ich werde elfenbeinfarbene Seide tragen, mit einer tief angesetzten Kor-

sage und einem perlenbestickten Rock, der das Licht einfängt – und meine Smaragde.«

»Eine Frau sollte nicht traurig aussehen, wenn sie von Smaragden spricht.«

»Nein.« Sie lächelte wieder. »Diese Steine sind etwas Besonderes. Ich habe sie seit Ethans Geburt, und ich trage sie, um mich zu erinnern.«

»Woran?«

»Dass ich etwas auf der Welt hinterlassen habe, ganz gleich, was auch passiert. Meine Kinder sind meine wahren Juwelen.«

Als eine Wolke sich vor die Sonne schob, drückte Bianca ihren Kopf gegen meine Schulter »Halt mich fester, Christian.«

Keiner von uns sprach von dem Sommer, der sich so rasch seinem Ende zuneigte, doch ich weiß, dass wir in diesem Moment daran dachten, in dem meine Arme sie hielten und unsere Herzen gemeinsam schlugen. Zorn darüber, was ich so bald verlieren würde, stieg in mir hoch.

»Ich würde dir Smaragde und Diamanten und Saphire schenken.« Ich presste meinen Mund auf ihre Lippen. »All das und noch mehr, Bianca, wenn ich es könnte.«

»Nein.« Sie legte ihre Hände an meine Wangen, und ich sah Tränen in ihren Augen funkeln. »Liebe mich bloß«, sagte sie.

Liebe mich bloß …

7. Kapitel

Holt war erst drei Minuten zu Hause, als er bereits wusste, dass jemand eingebrochen hatte. Er mochte seine Polizeimarke abgegeben haben, aber er besaß noch immer die Augen eines Polizisten. Es war nichts offensichtlich in Unordnung, doch ein Aschenbecher stand näher an der Tischkante, ein Sessel war in einem leicht veränderten Winkel vor den Kamin gezogen worden, eine Ecke des Teppichs war umgeschlagen.

Auch im Schlafzimmer fanden sich Anzeichen. Eine halbe Stunde später hatte er seine Überprüfung beendet. Sein Gesicht wirkte wie versteinert. Die Gemälde seines Großvaters waren bewegt worden, nicht viel, aber genug, um Holt zu verraten, dass jemand sie betrachtet hatte. Und das war etwas, das er nicht dulden konnte.

Wer immer das Haus durchsucht hatte, war ein Profi. Livingston war noch in der Nähe, unter welcher Tarnung er auch auftreten mochte. Jetzt betraf ihn die Sache persönlich.

Holt ging auf die Veranda, saß lange da, streichelte Sadie und starrte auf das Meer. Als sich die Dämmerung herabsenkte, war er endlich so weit, dass er sich selbst etwas eingestehen konnte.

Er folgte dem Vorbild seines Großvaters.

Er verliebte sich in eine Calhoun.

Suzanna lag die ganze Nacht wach und versuchte, nicht an die beiden kleinen Koffer zu denken, die sie gepackt hatte. Wenn ihr das gelang, dachte sie an Holt, doch das raubte ihr ebenfalls den Schlaf.

In der Morgendämmerung war sie wieder auf, ordnete die Kleider neu, die sie ordentlich eingepackt hatte, und tat noch einige Lieblingsspielsachen ihrer Kinder dazu, damit sie kein Heimweh empfanden.

Beim Frühstück gab sie sich heiter und war dankbar, dass ihre Familie da war und sie unterstützte. Die Kinder waren in weinerlicher Stimmung, aber bis Mittag war es ihr fast gelungen, sie aufzuheitern.

Um ein Uhr waren ihre Nerven am Ende, und die Kinder wurden quengelig. Um zwei Uhr fürchtete sie, Bax hätte die ganze Sache vergessen, und wurde zwischen Wut und Hoffnung zerrissen.

Um drei Uhr kam der Wagen, ein schimmernder schwarzer Lincoln. Fünfzehn schreckliche Minuten später waren ihre Kinder fort.

Suzanna konnte nicht zu Hause bleiben. Coco war so freundlich, so verständnisvoll, dass Suzanna fürchtete, sie würden sich beide in Tränen auflösen. Um ihrer Tante willen wie um ihrer selbst willen beschloss sie, zur Arbeit zu fahren.

Sie ging in ihren Laden, doch Carolannes Mitgefühl und Neugier trieben sie an den Rand der Selbstbeherrschung.

Suzanna lud Blumen auf ihren Pick-up und fuhr los – zu Holt. Die Arbeit in seinem Garten würde sie für den Rest des Tages beschäftigen.

Sie machte sich nicht bemerkbar, sondern parkte den Wagen und begann sofort, das Blumenbeet abzustecken. Doch ihre Gedanken wurden nicht abgelenkt. Stattdessen bekam sie Kopfschmerzen.

Suzanna verteilte gerade Pflanzgrund, als Holt aus dem Haus kam. Er hatte sie schon zehn Minuten lang vom Fenster aus beobachtet und hasste es, wie ihre starken Schultern herunterhingen und ihre Augen stumpf vor Traurigkeit waren.

»Ich dachte, du hättest dir den Tag freigenommen.«

»Ich habe es mir anders überlegt.« Ohne hochzublicken, rollte sie ihre Schubkarre zum Lastwagen und belud sie mit Pflanzen.

»Was ist das alles, verdammt noch mal?«

»Deine Bezahlung. Das war abgemacht.«

Er kam zwei Schritte näher. »Ich sagte, du könntest vielleicht zwei Büsche pflanzen.«

»Ich pflanze Blumen.« Sie klopfte die Erde fest. »Jeder mit einem Gramm Vorstellungskraft sieht, dass dieses Haus nach Blumen schreit.«

Sie will streiten, stellte Holt fest und wippte auf den Zehenspitzen. Schön, das kann sie haben. »Du hättest mich fragen können, bevor du meinen Garten umgräbst.«

»Warum? Du hättest bloß abfällig gegrinst und ein paar miese Macho-Bemerkungen gemacht.«

Er kam noch einen Schritt näher. »Es ist mein Garten, Baby.«

»Und ich pflanze Blumen darin – Baby.« Suzanna warf den Kopf in den Nacken. Ja, sie war wütend genug, um ihn mit Blicken zu erdolchen. Und sie fühlte sich elend. »Wenn du sie nicht gießen willst, mache ich es. Warum gehst du nicht hinein und überlässt alles mir?«

Ohne auf eine Antwort zu warten, arbeitete sie weiter. Holt setzte sich und rauchte. »Das Pflanzen von Stiefmütterchen scheint heute deine Stimmung nicht zu verbessern.«

»Meine Stimmung ist bestens. Sie ist einfach großartig.« Suzanna brach einen Zweig von einer Freesie ab und stieß eine Verwünschung aus. »Warum auch nicht? Nur weil ich zusehen musste, wie Jenny die Tränen über die Wangen gelaufen sind, als sie in diesen verdammten Wagen stieg? Nur weil ich dastehen und lächeln musste, als Alex mich noch einmal ansah und sein Mund zuckte und seine Blicke mich anflehten, ihn nicht wegzuschicken?« Als ihre Augen sich mit Tränen füllten, schüttelte sie den Kopf. »Und ich musste dastehen und es wegstecken, als Bax mir vorwarf, eine gluckenhafte Mutter zu sein, die seine Kinder – seine Kinder in ängstliche Weichlinge verwandelt.«

Sie rammte ihren Spaten in die Erde und grub eine Weile schweigend.

»Sie sind nicht ängstlich«, stieß sie schließlich heftig hervor. »Sie sind einfach Kinder. Warum sollten sie keine Angst davor haben, mit ihm zu fahren, wenn sie ihn kaum kennen? Und mit seiner jetzigen Frau, die dastand in ihrem Seidenkostüm und hochhackigen italienischen Schuhen und verwirrt und hilflos dreinsah? Sie hat doch keine Ahnung, was sie tun soll, wenn Jenny einen Albtraum hat oder Alex Bauchschmerzen bekommt. Und ich habe die beiden einfach gehen lassen. Ich stand bloß da und ließ sie mit zwei Fremden in diesen schrecklichen Wagen steigen. Und darum fühle ich mich gut. Ich fühle mich großartig.«

Suzanna schob die Schubkarre zum Pick-up. Als sie mit dem Torf zurückkam, war Holt verschwunden. Sie zwang sich dazu, ihre Arbeit sorgfältig auszuführen. Wenigstens darüber besaß sie die komplette Kontrolle.

Holt kam mit dem Gartenschlauch und zwei Flaschen Bier wieder. »Ich gieße sie. Hier, trink ein Bier.«

Sie fuhr sich mit einer Hand über die Stirn und betrachtete finster die Flaschen. »Ich trinke kein Bier.«

»Was anderes habe ich nicht.« Er drückte ihr die Flasche in die Hand. »Ich komme jetzt allein klar«, sagte er trocken. »Setz dich!«

Suzanna ging zu den Stufen und setzte sich. Weil sie durstig war, tat sie einen langen Zug, stützte das Kinn in die Hand und betrachtete Holt.

Keine mitfühlenden Worte, dachte sie. Kein tröstendes Tätscheln und keine Versicherungen, dass er alles verstand. Stattdessen hatte er ihr genau das Richtige angeboten – eine stumme Mauer, gegen die sie ihr Elend und ihren Zorn schleudern konnte. Wusste er, dass er ihr geholfen hatte? Sie war nicht sicher, aber sie wusste, dass sie nicht nur hierher gekommen war, um Blumen zu pflanzen, sondern weil sie ihn liebte.

Suzanna kraulte das Fell des Hundes, der sich zu ihr gesetzt hatte. Im Moment – und vielleicht für immer – war diese Liebe allein ihre Sache. Sie erwartete nicht mehr, dass ihre Gefühle erwidert wurden.

Holt legte den Schlauch weg. Das bunte Blumenbeet verlieh dem schlichten hölzernen Cottage Charme. Es freute ihn, dass er sogar schon einige Blumen mit Namen kannte.

»Es sieht recht hübsch aus.«

»Es sind hauptsächlich mehrjährige Pflanzen«, sagte sie in dem gleichen lässigen Ton. »Ich dachte, du wirst dich freuen, wenn du sie jedes Jahr wiederkommen siehst.«

Das mochte schon sein, aber er würde sich auch zu lebhaft daran erinnern, wie verletzt und unglücklich Suzanna ausgesehen hatte, als sie die Blumen pflanzte.

»Sie duften recht gut.«

»Das ist Lavendel.« Sie atmete tief ein, bevor sie aufstand. »Ich gehe und drehe den Wasserhahn zu.« Sie war fast schon um die Ecke, als er ihren Namen rief.

»Suzanna! Es wird ihnen gutgehen.«

Sie traute seiner Stimme nicht, nickte und ging weiter. Sie kauerte am Boden, ihr Gesicht gegen den Kopf des Hundes gedrückt, als Holt zu ihr kam.

Er zog sie auf die Beine. »Ist Arbeit das Einzige, das dich ablenkt?«

»Sie hilft.«

»Ich habe eine bessere Idee.«

Ihr Herz machte einen kleinen Satz. »Ich will wirklich nicht ...«

»Lass uns spazieren fahren.«

»Spazieren fahren?«, wiederholte Suzanna ungläubig.

»Mit dem Boot. Wir haben noch zwei Stunden bis zur Dämmerung.«

»Eine Spazierfahrt mit dem Boot«, sagte sie, ohne zu bemerken, dass sie ihn mit ihrem erleichterten Seufzer amüsierte. »Gern.«

»Gut.« Er führte sie zu dem Landungssteg. »Du bindest die Leinen los.« Als der Hund neben ihm ins Boot sprang, erkannte Suzanna, dass dies eine alte Gewohnheit war. Für einen Mann, der seine Gefühle nicht zu erkennen geben wollte, war es verräterisch, dass er einen Hund als Gesellschaft mitnahm, wenn er aufs Meer hinausfuhr.

Der Motor dröhnte auf. Holt wartete nur, bis Suzanna an Bord geklettert war, ehe er auf die Bay zuhielt.

Der Wind peitschte ihr Gesicht. Lachend hielt sie ihre Mütze fest. »Ich war seit Monaten nicht mehr auf dem Wasser!«, rief sie durch den Lärm des Motors.

»Was hat es für einen Sinn, auf einer Insel zu leben, wenn man nie aufs Wasser hinausfährt?«

»Ich sehe es mir gern an.«

Drüben auf Bar Island spiegelten die Fensterscheiben in den Häusern das Sonnenlicht wider. Über ihnen kreisten Möwen, stießen Schreie aus. Sadie verbellte sie, legte sich dann auf die Kissen im Boot und stützte ihren Kopf so auf, dass der Wind ihre Ohren flattern ließ.

»Ist sie je über Bord gesprungen?«, fragte Suzanna.

Holt warf einen Blick auf den Hund. »Nein. Sie sieht nur dumm aus.«

»Du musst sie wieder zu uns bringen. Fred ist nicht mehr derselbe, seit er sie kennengelernt hat.«

»Manche Frauen können so etwas mit einem Mann anstellen.« Die salzige Brise trieb ihm ihren Duft entgegen. Suzanna stand dicht vor ihm. Der Ausdruck in ihren Augen war noch immer entrückt und besorgt, und er ahnte, dass sie nicht an ihn dachte. Aber er dachte an sie.

Holt steuerte geschickt durch den Verkehr der Bay, passierte eine Hotelterrasse, auf der Gäste unter gestreiften Schirmen saßen. An Steuerbord lief ein Dreimastschoner mit winkenden Touristen in den Hafen ein.

Als die Bay ins offene Meer überging, war das Wasser rauer und welliger. Die Klippen ragten dem Himmel entgegen, arrogant, abweisend. *The Towers* stand auf dem Hügel und überragte Dorf, Bay und Meer. Seine grauen Steine hoben sich von den Regenwolken im Westen ab. Die alten Fenster schimmerten in Regenbogenfarben. Wie eine Luftspiegelung von Farben leuchtete Suzannas Garten.

»Wenn ich manchmal mit meinem Vater auf Hummerfang fuhr, blickte ich da hinauf. Und dachte an dich. Burg Calhoun. So habe ich das Haus genannt.«

Suzanna lächelte und beschattete ihre Augen. »Es ist unser Zuhause. Wenn ich da hinschaue, denke ich an Tante Coco, die ein neues Rezept in der Küche ausprobiert, und an Lilah, die im Salon ein Nickerchen macht. Die Kinder spielen im Garten oder laufen die Treppe hinunter. Amanda sitzt an ihrem Schreibtisch und arbeitet sich gewissenhaft durch den Haufen Rechnungen, um das alte Zuhause zusammenzuhalten. C.C. steckt den Kopf unter die Motorhaube des alten Kombis, um ein Wunder zu vollbringen und den Motor noch ein Jahr laufen zu lassen. Manchmal sehe ich meine Eltern am Küchentisch lachen, so jung, so lebendig, so voll von Plänen.« Suzanna drehte sich um, damit sie das Haus nicht aus den Augen verlor. »So viel hat sich verändert und wird sich noch ändern. Doch das Haus ist noch immer da. Das ist tröstlich. Du verstehst das, sonst hättest du nicht beschlossen, in Christians Cottage mit all seinen Erinnerungen zu leben.«

Holt verstand genau, und das verursachte ihm Unbehagen. »Vielleicht wohne ich nur gern am Wasser.«

Suzanna beobachtete, wie Biancas Turm aus ihrem Blickfeld verschwand, bevor sie Holt ansah. »Gefühle machen dich nicht schwach, Holt.«

Er blickte finster über das Wasser. »Ich kam meinem Vater nie nahe. Wir haben alles gegensätzlich betrachtet. Bei meinem Großvater musste ich nie etwas erklären oder rechtfertigen, das ich fühlte oder wollte. Er hat es einfach akzeptiert. Vermutlich hatte er seine Gründe, dass er mir das Haus hinterließ, obwohl ich damals noch ein Kind war.«

Es bewegte sie, dass er so viel mit ihr teilte. »Also bist du hierher zurückgekommen. Wir kommen immer zu dem zurück, was wir lieben.« Sie wollte ihn noch mehr über sein Leben fragen, doch er gab Vollgas und jagte das Boot über das endlos scheinende Meer.

Er war nicht hier herausgefahren, um tiefen Gedanken nachzuhängen oder sich Sorgen zu machen. Er wollte Suzanna und sich eine Stunde der Entspannung gönnen, Abstand von der Realität. Wind und Geschwindigkeit vollbrachten für ihn dieses Wunder, hatten es immer getan. Als er Suzanna lachen hörte, während sie ihr Gesicht der Sonne entgegenhielt, wusste er, dass er die richtige Wahl getroffen hatte.

»Hier, übernimm das Steuer.«

Es war eine Herausforderung. Sie hörte es in seiner Stimme, sah es in seinen Augen, als er sie anlächelte. Suzanna zögerte nicht, sondern nahm seinen Platz am Steuer ein.

Sie schwelgte in der Kontrolle, in der Kraft, die unter ihren Fingerspitzen vibrierte. Das Boot schnitt wie eine Klinge durch das Wasser, raste ins Nichts. Es gab nur See und Himmel und grenzenlose Freiheit. Der Atlantik wurde rauer und fügte einen Schuss von Gefahr hinzu.

Ihre Hände lagen fest auf dem Steuerrad. Der wehmütige Blick in ihren Augen war von Furchtlosigkeit ersetzt worden. Ihr Gesicht war vor Erregung gerötet und feucht von der Gischt. Suzanna sah nicht wie eine Prinzessin aus, sondern wie eine Königin, die ihre Macht kannte und bereit war, sie auszuüben.

Holt ließ sie dahinrasen, wohin sie wollte, wusste er doch, dass sie da enden würde, wo er sie die meiste Zeit seines Lebens hatte haben wollen. Er würde nicht einen einzigen Tag länger warten. Nicht mal eine Stunde.

Atemlos lachend übergab sie ihm wieder das Steuer. »Ich hatte vergessen, wie das ist. Ich habe seit fünf Jahren kein Boot mehr geführt.«

»Du hast es gut gemacht.« Er hielt die Geschwindigkeit hoch, als er das Boot in einem weiten Halbkreis wendete.

Suzanna lachte und rieb ihre Arme. »Himmel, ist das kalt.«

Holt sah sie an und war von ihrem Anblick fasziniert. Sie strahlte – ihre Augen so blau wie der Himmel, nur lebendiger, die dünne Hose und Bluse an ihren schlanken Körper geklebt, ihr Haar lugte unter der Mütze hervor. Und sie fror.

»In der Kabine liegt eine Jacke.«

»Nein, es fühlt sich wundervoll an.« Sie schloss die Augen und ließ die Empfindungen auf sich einstürmen – der heulende Wind, die goldene Abendsonne, der Geruch von Salz und See, der Mann an ihrer Seite, das Dröhnen des Motors und das brodelnde Kielwasser.

Sie wollte nicht zurück. Suzanna dachte, wie befreiend es

wäre, ohne Ziel dahinzurasen und sich dann mit der Strömung treiben zu lassen.

Doch Holt drosselte bereits die Geschwindigkeit und glitt auf den Hafen zu.

Auch das fand sie schön – nach Hause zu kommen, seinen Platz zu kennen, sicher zu sein, willkommen geheißen zu werden. Das blaue Wasser der Frenchman Bay verdunkelte sich im Abendlicht, Häuser füllten sich mit Menschen.

Suzanna war entspannt, als sie auf Holts Landungssteg sprang, um die Leinen zu befestigen und den Hund zu streicheln, der sich an ihr Bein schmiegte.

»Du bist ein recht guter Matrose, nicht wahr, Mädchen?« Sie kauerte sich hin und kraulte Sadie gründlich. »Ich glaube, sie will wieder hinausfahren.«

Holt kletterte auf den Landungssteg. »Ein Gewitter zieht auf.«

Suzanna blickte hoch und sah, dass die Wolken langsam landeinwärts zogen. »Du hast recht. Wir könnten Regen brauchen.« Albern, dachte sie, jetzt verlegen zu werden und vom Wetter zu sprechen. Sie stand auf und fühlte sich unsicher, weil er dastand und Spannung sich in seinem Körper und seinen dunklen Augen zeigte. »Danke für die Fahrt. Ich habe sie sehr genossen.«

»Gut.« Der Steg schwankte, als Holt näher kam.

Suzanna machte zwei Schritte rückwärts und fühlte sich besser, als ihre Füße auf festem Untergrund standen. »Vielleicht kannst du Sadie am Wochenende zu Fred bringen. Er wird einsam sein, wenn die Kinder nicht da sind.«

»In Ordnung.«

Sie war schon halb durch den Garten, und er war noch immer einen halben Meter von ihr entfernt. Wäre das nicht paranoid gewesen, hätte sie vermutet, dass er sie verfolgte.

»Der Busch macht sich gut.« Sie strich mit ihren Fingern im Vorbeigehen darüber. »Aber du musst den Rasen düngen. Ich könnte dir ein einfaches und billiges Mittel empfehlen.«

Holt lächelte. »Tu das.«

»Nun, ich … Es ist schon spät. Tante Coco …«

»… weiß, dass du ein großes Mädchen bist.« Er hielt sie am Arm fest. »Du gehst heute Abend nirgendwohin, Suzanna.«

»Holt, ich habe dir gesagt, dass ich mehr Zeit brauche.«

»Die hast du gehabt«, sagte er mit einem scharfen Unterton, der ihren Puls jagen ließ.

»Das ist nichts, was ich beiläufig angehen möchte.«

Seine Augen funkelten. In der Ferne grollte Donner. »Daran ist nichts beiläufig. Das wissen wir beide.«

Sie wusste es, und dieses Wissen war erschreckend. »Ich denke …«

Er fluchte und hob sie auf die Arme. »Du denkst zu viel.«

In dem Moment, als der Schock nachließ, begann sie zu strampeln. Doch da hatte er sie fast schon auf die hintere Veranda getragen. »Holt, ich lasse mich nicht drängen!« Die Fliegengittertür schlug hinter ihnen zu. Wusste er nicht, dass sie Angst hatte? Dass sie befürchtete, er würde sie langweilig finden, sie abschütteln und zerbrochen zurücklassen?

»Würde es nach dir gehen, dauerte es noch fünfzehn Jahre.« Holt trat die Schlafzimmertür auf und ließ Suzanna auf das Bett fallen. So hatte er das nicht geplant, aber er war zu verkrampft vor Verlangen, um sich sanfte Worte abzuringen.

Sie war blitzartig von dem Bett hoch und stand neben ihm. Durch das Fenster hinter ihr fiel das rötliche Licht der Abenddämmerung. »Wenn du denkst, du kannst mich hier hereinschleppen und aufs Bett werfen …«

»Genau das habe ich getan.« Seine Augen blieben auf die ihren gerichtet, als er sich das Hemd über den Kopf zog. »Ich bin das Warten leid, Suzanna, und ich bin es leid, mich nach dir zu sehnen. Wir machen das auf meine Weise.«

Sie hatte das schon einmal erlebt, und das Herz schien ihr wie ein Stein in den Magen zu sinken. Nur damals war es Bax gewesen, der sie ins Bett genötigt und sich ausgezogen hatte, bevor er sich auf sie schob, um seine ehelichen Rechte in Anspruch zu nehmen, schnell und hart und ohne Zuneigung. Und hinterher erntete sie Verachtung und Abscheu.

»Deine Art ist kaum neu«, sagte sie gepresst. »Und sie interessiert mich nicht. Ich bin nicht verpflichtet, mit dir ins Bett zu gehen, Holt, mich fordern und nehmen und mir hinterher sagen zu lassen, dass ich nicht gut genug war, um dich zu befriedigen. Ich lasse mich nicht wieder benutzen, von niemandem.«

Er packte sie an den Armen, ehe sie aus dem Zimmer stürmen konnte, und zog sie kämpfend und fluchend an sich, um seinen erhitzten Mund auf den ihren zu pressen. Die machtvolle Wirkung ließ sie schwindelig werden. Sie wäre zurückgetaumelt, hätten seine Arme sie nicht festgehalten.

Über Angst und Zorn wuchsen ihre eigenen Bedürfnisse. Suzanna wollte ihn dafür anschreien, dass er sie ihr entlockte, dafür, dass er sie entblößt und nackt und schutzlos machte. Doch sie konnte sich nur daran klammern.

Holt schob sie auf Armeslänge von sich. Sein Atem ging flach. Ihre Augen waren dunkel wie die Mitternacht und voll von Geheimnissen, die er aufdecken wollte. Das versprach er sich selbst. Nach und nach wollte er diese Geheimnisse erfahren. Und in dieser Nacht wollte er damit beginnen.

»Niemand wird hier benutzt, und ich werde nur nehmen, was du mir gibst. Sieh mich an, Suzanna. Sieh mich an und sag mir, dass du mich nicht willst, und ich lasse dich gehen.«

Ihr Mund öffnete sich. Sie liebte ihn, und sie war nicht mehr ein Mädchen, das Liebe wie ein tröstliches Kissen in der Nacht für sich behalten konnte. Hatte sie nicht ihnen beiden versprochen, dass es kein Bedauern geben würde?

Sie streichelte sanft seine Hand, obwohl sie keine Sanftheit von ihm erwartete. Sie traf frei ihre Entscheidung.

»Ich will dich ja auch«, entgegnete Suzanna. »Wir brauchen nicht länger zu warten.«

8. Kapitel

Wären Holts Nerven nicht so angespannt, wäre seine Begierde nicht so drängend gewesen, hätte er Suzanna vielleicht Zärtlichkeit zeigen können. Wäre sein Blut nicht so heiß gewesen, sein Verlangen nicht so mächtig, hätte er versucht, ihr Romantik zu bieten. Doch wenn er sie nicht in dieser Stunde besaß, glaubte er vor Verzweiflung zu zerbrechen.

Holt fieberte vor Ungeduld, als er Suzannas Gesicht umfasste. Er kostete den ersten Kuss, doch das war nicht genug, würde vielleicht nie genug sein.

Sie erschauerte und zögerte nicht. Während ihre Hände über seinen Rücken strichen, fühlte er nur ihren Hunger und nicht ihren Zweifel.

Er schob die Mütze von ihren Haaren, füllte seine Hände mit honigfarbener Seide, und küsste Suzanna immer stürmischer.

Sie öffnete sich mit einem leisen Stöhnen für ihn, als seine Zunge sich mit der ihren duellierte. Er begehrte sie so sehr, dass es ihr eigenes Begehren weckte. Sie hatte sich auf die Zehen gestellt, und ihre Haut prickelte wohlig unter lange angestauten Leidenschaften. Suzanna war noch nie so begehrt worden. Sie drängte sich ihm entgegen und hoffte, ihm das zu geben, was er erwartete.

Sein Mund strich über ihr Gesicht und an ihrem Hals hinunter. Und seine Hände … Himmel, seine Hände waren schnell und peitschten ihre Sinne auf.

Ihr Verstand begann auszusetzen, ihre Knie wurden weich, und ihre Gedanken wirbelten. Verzweifelt drückte sie ihre

Fingerkuppen in seinen Rücken, während sie sich daran zu erinnern versuchte, was einem Mann gefiel.

Holt merkte, dass sie bis aufs Äußerste angespannt war. Suzanna hielt sich zurück. Das Wissen, dass sie das tun konnte, während er halb von Sinnen war, ließ ihn zornig werden. Holt riss ihre Bluse auf, während er sie auf das Bett schob.

»Verdammt, ich will alles.« Keuchend umschloss er ihre Handgelenke und zog ihre Arme über den Kopf. »Ich werde alles bekommen.« Als sein Mund sich auf ihre Lippen presste, stemmten ihre Hände sich gegen seinen Griff.

Sein Körper glühte förmlich. Heiße, feuchte Haut schmiegte sich an ihre, ließ sie erschauern. Holt hielt ihre Hände fest, während seine freie Hand über sie glitt. Suzanna spürte den Zorn, schmeckte das frustrierte Verlangen. Sie sog die Luft ein, um ihn zu bitten, ihr einen Moment Zeit zu lassen, doch sie brachte nur ein abgehacktes Stöhnen hervor.

Die ersten Regentropfen trafen das Dach, schlugen hart auf und klangen wie Schüsse. Donner grollte in der Nähe.

Als Holts Mund ihre Brust fand, stieß er ein heißes, lustvolles Stöhnen aus. Sie war so unglaublich weich und kraftvoll wie eine Sommerbrise. Als Suzanna sich unter ihm wand, sog er an einer harten Knospe und verlor sich in dem Geschmack und dem Gefühl, während ihr Herz an seinem Mund hämmerte.

Und sie begehrte, wie er begehrte. Er fühlte das drängende Verlangen in ihr wüten, hörte es in ihren schnellen, schluchzenden Atemzügen. Ihre Hüften hoben sich und stießen gegen die seinen, bis er nicht mehr denken konnte. Holt glitt tiefer, legte mit seiner Zunge eine Spur feuchter Hitze über ihren Bauch.

Ihre Hände waren nun frei, und ihre Finger krallten sich in seine Haare und zogen an der Bettdecke. Sie konnte kaum atmen und sehnte sich danach, mit ihm eins zu werden. Sie brauchte …

Sie brauchte …

Jemand schrie auf. Suzanna hörte den verzweifelten Schrei, fühlte ihn aus ihrer Kehle hervorbrechen. Ganze Welten explodierten in ihr mit einem Donnern, das lauter war als das am Himmel. Benommen lag sie erschauernd unter Holt.

Ihre Augen waren dunkel, ihr Gesicht war erhitzt wie im Fieber. Ihr Körper zuckte unter dem Nachbeben, während ihre Hände schlaff von seinem Rücken auf das zerwühlte Bett glitten. Er hatte nicht geahnt, was es bewirken mochte, diese Lust in ihrer Miene zu sehen.

Doch er wollte mehr.

Holt trieb Suzanna wieder höher, bevor sie sich erholen konnte. Nun war ihr sein Tempo willkommen. Als der Regen gegen die Scheiben zu trommeln begann, ließ sie sich treiben. Ihre Hände waren jetzt so rau wie die seinen, ihr Mund genauso rastlos. Als er die Hose über ihre Beine hinunterzog, stieß sie einen triumphierenden Laut aus. Ihre Finger waren genauso ungeduldig, als sie die Jeans über seine Hüften zerrte, als sie über feuchte, erhitzte Haut glitten, sich schlossen.

Sie wollte berühren, wie sie berührt werden wollte. Wollte besitzen, während sie in Besitz genommen wurde. Sie genoss die Raserei, das wilde Verlangen, von dem sie nicht gewusst hatte, dass sie dazu fähig war.

Nun gab es keinen Gedanken mehr an Kontrolle, bei keinem von ihnen. Als er sie hochtrieb, dann noch einmal, jagte sie über ihren Gipfel mit wachsender Heftigkeit hinaus. Er wollte ihr mehr geben und mehr nehmen. Holt senkte sich in sie, meldete seinen Anspruch in wildem Rhythmus an, der Suzanna mitriss in einen Strudel himmlischen Entzückens.

Hier endlich fanden sie Macht und Freiheit. Das Tempo war atemberaubend, die Reise ein herrliches Risiko. Suzanna fühlte ihn erschauern, während er sein Gesicht in ihr Haar drückte, als er das Ende erreichte. Sie umschlang ihn fest und folgte ihm.

Holt hatte sich fünfzehn Jahre lang gefragt, wie es sein mochte. Er hatte von Suzanna geträumt, sie sich vorgestellt, sie begehrt. Keine seiner Fantasien war der Wirklichkeit nahe gekommen. Sie war wie ein Vulkan gewesen. Nun lag sie wie warmes Wachs unter ihm, nachdem die Leidenschaft abgeklungen war. Ihr Haar duftete nach Sonne und See. Holt dachte, dass er es ewig so aushalten würde, mit ihr verschmolzen, während der Regen auf das Dach trommelte und der Wind die Vorhänge bauschte.

Doch Holt wollte Suzanna sehen.

Als er seine Haltung veränderte, gab sie einen kleinen protestierenden Laut von sich und griff nach ihm. Er sagte nichts, küsste sie nur, bis sie sich wieder entspannte. Ihre Augen schlossen sich, als er die Lampe neben dem Bett einschaltete.

Himmel, war sie schön, ihr Haar auf seinen Kissen wie ein Fächer ausgebreitet, ihre Haut schimmernd, ihr Mund weich und voll. Sie spannte sich an, doch er ignorierte ihr Unbehagen bei seiner langen, stummen Betrachtung.

»Wie ich schon sagte«, murmelte er, während er Suzanna fasziniert anschaute, »die Calhoun-Frauen sind toll anzusehen.«

Sie wusste nicht, was sie sagen oder tun sollte. Sie wusste aber, dass er sie an einen neuen Ort gebracht hatte, einen außergewöhnlichen Ort, doch sie hatte keine Ahnung, ob er die gleiche Reise gemacht hatte.

Dann furchte er die Stirn, und ihr Magen verkrampfte sich. Die Augen schmal zusammengezogen, so fuhr er mit einem Finger an ihrem Hals hinunter und über die Rundungen ihrer Brüste.

»Ich hätte mich rasieren sollen«, sagte er abrupt und bedauerte, ihre Haut gerötet zu haben. »Du hättest mir sagen müssen, dass ich dir wehgetan habe.«

»Ich habe es nicht bemerkt.«

»Tut mir leid.« Holt berührte mit seinen Lippen sanft ihren Hals. Bei ihrem überraschten und benommenen Blick kam er sich wie ein Idiot vor. Als er sich wegrollte, griff Suzanna zögernd nach seiner Hand.

»Du hast mir nicht wehgetan«, flüsterte sie. »Es war wundervoll.« Und sie wartete und hoffte, von ihm das Gleiche zu hören.

»Ich muss den Hund reinlassen.« Seine Stimme war rau, und er drückte Suzannas Finger nur kurz, ehe er den Raum verließ.

Suzanna hörte das winselnde Heulen und das Kratzen an der Fliegengittertür. Sie sagte sich, dass dies keine Zurückweisung war. Es bedeutete nur, dass Holt schneller als sie von Leidenschaft zu praktischen Dingen übergehen konnte. Sie hatten etwas miteinander geteilt, etwas Wesentliches. Daran konnte sie sich klammern. Sie setzte sich auf und war mehr als ein wenig über den Zustand des Bettes erstaunt. Die Decke lag zerknüllt auf dem Boden, die Laken bildeten einen verworrenen Knoten am Fußende. Ihre Kleider – was noch davon übrig war – lagen verstreut bei Holts Sachen.

Suzanna stand auf, fühlte sich nackt unbehaglich und zog sein Hemd an, bevor sie ihre Bluse aufhob. Von fünf Knöpfen hing noch einer an einem Faden. Lächelnd drückte sie die Bluse an sich. Dass sie so begehrt worden war … Mit einem kleinen Seufzer bückte sie sich und suchte ihre Knöpfe. Vielleicht konnte Holt jetzt kühl und gefasst sein, vielleicht hatte sein Leben sich nicht so verändert wie das ihre, aber sie war begehrt worden. Das würde sie nie vergessen.

»Was machst du da?«

Suzanna blickte auf und sah ihn an der Tür stehen. Offenbar störte es ihn nicht im Geringsten, splitterfasernackt herumzulaufen. Ihr Puls begann erneut zu tanzen. Holt schien wütend zu sein. Sie hätte gern gewusst, was sie getan oder nicht getan hatte, um diesen finsteren Ausdruck in sein Gesicht zu bringen.

»Meine Bluse«, sagte sie. »Ich habe die Knöpfe gefunden. Hast du Nadel und Faden?«

»Nein.« Wusste sie nicht, was sie mit ihm anstellte, wenn sie so dastand mit nichts am Körper als seinem Hemd, die Haare zerzaust? Wollte sie, dass er auf die Knie sank und bettelte?

»Oh!« Sie schluckte und versuchte zu lächeln. »Na, ich kann das zu Hause in Ordnung bringen. Wenn ich mir nur dein Hemd ausleihen kann. Ich sollte jetzt lieber heimfahren.«

Holt schloss die Tür hinter sich. »Nein«, wiederholte er und kam auf sie zu, um sie noch einmal zu lieben.

Der Regen hörte in der Morgendämmerung auf, nachdem er die Luft gereinigt hatte. Suzanna erwachte vom Tropfen des Wassers aus den Regenrinnen. Bevor ihr Geist erfasst hatte, wo sie war, wurde ihr Mund mit einem heißen, hungrigen Kuss erobert. Ihr Körper schnellte von Schlaf zur Begierde in einem atemlosen Sprung.

Holt war mit dem Verlangen nach ihr erwacht. Dieses brennende Verlangen ließ nicht nach, ganz gleich, wie viel er auch nahm, wie viel sie ihm bereitwillig gab. Er fand keine Worte, die ausdrücken konnten, was Suzanna mittlerweile für ihn bedeutete. Von der Fantasie eines Jungen war sie zur Rettung eines Mannes geworden.

Holt konnte es ihr nur zeigen.

Er presste sich gegen sie, erfüllte sie. Während er ihr Gesicht in dem verschwommenen Licht des Morgens betrachtete, wusste er, dass er nie mehr zufrieden sein konnte, wenn sie nicht bei ihm war.

»Du gehörst mir.« Er stieß die Worte wie einen Fluch hervor, als ihr Körper unter ihm erschauerte. »Sag es!«, seine Hände ballten sich auf den Laken zu Fäusten, und er schmiegte seine Stirn an ihren Hals. »Verdammt, Suzanna, sag es!«

Sie konnte nur seinen Namen stöhnen, während er sie dem berauschenden Höhepunkt entgegentrieb.

Als ihre Hände schlaff von seinem Rücken glitten, rollte er sich mit Suzanna so herum, dass sie auf ihm lag. Er konnte damit zufrieden sein, dass ihr Kopf an seinem Herzen ruhte. Er sagte sich, dass er sie bereits hoch und weit genug getrieben hatte. Dennoch hätte er so gern diese Worte von ihr gehört.

Seine Hände hatten sich in ihre Haare geschoben, als wollte er Suzanna zurückhalten, wenn sie sich bewegte. Ihr Körper schmerzte und fühlte sich zerschlagen, aber herrlich an. Sie lächelte und lauschte dem schnellen Hämmern seines Herzens und dem morgendlichen Gesang der Vögel.

Sie riss ihre Augen auf und hob langsam den Kopf. Er zog tatsächlich an ihren Haaren, aber mehr aus einem Reflex heraus. »Es ist Morgen«, flüsterte Suzanna leise.

»Das ist es meistens, wenn die Sonne aufgeht.«

»Nein, ich … Au!«

»Tut mir leid«, murmelte Holt und ließ zögernd ihr Haar los.

»Ich muss eingeschlafen sein.«

»Ja.« Er strich mit seinen Händen ihren Rücken auf und ab. »Du bist eingenickt, bevor ich dich für eine weitere Runde interessieren konnte.«

Ihre Gesichtsfarbe veränderte sich, doch als Suzanna sich aufrichten wollte, hielt er sie fest.

»Willst du irgendwohin?«

»Ich muss nach Hause. Tante Coco wird schon halb von Sinnen sein.«

»Sie weiß, wo du bist.« Weil es einfacher war, sie so zurückzuhalten, wechselte er erneut die Position und begann, an ihrem Hals zu knabbern. »Und höchstwahrscheinlich hat sie eine sehr gute Vorstellung davon, was du getan hast.«

Ohne große Hoffnung, ihn von sich schieben zu können,

drückte sie gegen seine Schulter. »Ich habe ihr nicht gesagt, wohin ich fahre.«

»Ich habe sie gestern Abend angerufen, als ich Sadie ins Haus ließ. Kratzt du mir den Rücken? Am Ende der Wirbelsäule.«

Sie gehorchte automatisch, während ihre Gedanken durcheinanderwirbelten. »Du – du hast meiner Tante gesagt, dass ich ...«

»Ich habe ihr gesagt, dass du bei mir bist. Den Rest konnte sie sich wahrscheinlich zusammenreimen ... So ist es gut. Danke.«

Suzanna stieß einen langen Seufzer aus. Oh ja, Tante Coco hatte bestimmt keine Schwierigkeiten gehabt, zwei und zwei zusammenzuzählen. Doch es gab absolut keinen Grund, warum Suzanna sich unbehaglich oder verlegen fühlen sollte. Dennoch war sie beides. Nicht nur in Bezug auf ihre Tante, sondern auch auf den Mann, dessen nackter Körper unter ihr ausgestreckt lag.

Es war eine Sache gewesen, sich ihm in der Nacht hinzugeben, aber am Morgen ...

Holt hob seinen Kopf, um sie zu betrachten. »Wo liegt das Problem?«

»Es gibt keins.« Als er eine Augenbraue hochzog, zuckte Suzanna die Schulter. »Ich weiß nur nicht so recht, was ich jetzt machen soll. Ich habe das noch nie getan.«

Er lächelte breit. »Wie bist du dann zu zwei Kindern gekommen?«

Holt liebkoste ihre Brüste. »Nun, gewöhn dich daran, Baby.« Er strich mit einem Finger über ihr Kinn. »Soll ich dir bei der Am-Morgen-danach-Etikette auf die Sprünge helfen?«

»Ich will, dass du aufhörst, mich lüstern zu betrachten.«

»Nein, das gehört dazu. Ich muss dich am Morgen lüstern betrachten, damit du nicht das Gefühl hast, wie eine alte Vettel auszusehen.«

»Eine alte …« Das Wort blieb ihr im Hals stecken, und sie sah ihn an.

»Und du musst mir sagen, dass ich unbeschreiblich war.«

Suzanna hob eine Augenbraue. »Muss ich das?«

»Das musst du mir sagen und andere Superlative, die dir einfallen. Dann –«, er rollte sie herum – »dann musst du mir Frühstück machen, um mir zu zeigen, wie vielseitig deine Talente sind.«

»Ich kann dir gar nicht sagen, wie dankbar ich dir dafür bin, dass du mich über diese Etikette informierst.«

»Gern geschehen. Und nachdem du mir das Frühstück gemacht hast, solltest du mich wieder ins Bett locken.«

Sie lachte und drückte ihre Wange an die seine in einer Geste, die ihn entwaffnete und freute. »Das muss ich erst üben, aber Rühreier könnte ich wahrscheinlich schaffen.«

»Lass es mich wissen, falls du welche findest.«

»Hast du einen Hausmantel?«

»Wozu?«

Suzanna blickte wieder hoch. Er betrachtete sie noch immer lüstern. »Schon gut.« Sie rutschte von ihm weg und wandte ihm instinktiv den Rücken zu, als sie auf dem Boden nach seinem Hemd tastete. »Und was machst du, während ich mich um das Frühstück kümmere?«

»Ich sehe dir zu.«

Holt genoss es, wie sie sich in seiner Küche bewegte, wie sein Hemd ihre Schenkel umspielte, während das Aroma von Kaffee in seine Nase drang. Ihre Stimme klang leise und amüsiert, während sie mit dem Hund sprach.

Bei vertrauten Tätigkeiten fühlte sie sich wohler. Der Busch, den sie vor das Fenster gepflanzt hatte, leuchtete bunt im Sonnenschein, und die Luft roch noch nach Regen.

»Weißt du«, meinte sie, während sie Käse in die Eier rieb, »du könntest mehr gebrauchen als einen Toaster, einen Topf und eine Pfanne.«

»Warum?« Holt lehnte sich auf seinem Stuhl zurück und nahm einen behaglichen Zug aus seiner Zigarette.

»Nun, manche Leute benutzen tatsächlich diesen Raum, um komplette Mahlzeiten zuzubereiten.«

»Nur, wenn sie noch nichts von Fertiggerichten und Essen zum Mitnehmen gehört haben.« Er stand auf, um ihnen von dem gerade durchgelaufenen Kaffee einzuschenken. »Wie nimmst du ihn?«

»Schwarz. Ich brauche den Schub.«

»Wenn du mich fragst, du brauchst mehr Schlaf.«

»Ich muss in ungefähr einer Stunde wieder arbeiten.« Die Schüssel mit den Eiern in ihren Händen, blieb sie stehen und starrte aus dem Fenster. Holt ahnte, woran sie dachte, und streichelte mit der Hand ihre Schulter.

»Nicht.«

»Es tut mir leid.« Sie wandte sich dem Herd zu und gab die Eier in die Pfanne. »Ich kann nicht aufhören mich zu fragen, was sie machen und ob es ihnen gutgeht. Sie waren noch nie zuvor weg.«

»Hat er sie nicht zum Wochenende genommen?«

»Nein, nur an ein paar Nachmittagen, die nicht gerade erfolgreich waren.« Sie bemühte sich, diese Stimmung abzuschütteln, während sie die Eier umrührte. »Nun, es sind nur noch dreizehn Tage übrig. Dann habe ich sie wieder.«

»Du hilfst weder ihnen noch dir, indem du dich selbst quälst.«

»Es geht mir gut. Es wird mir gutgehen«, verbesserte Suzanna sich. »Ich habe genug zu tun, um mich die nächsten zwei Wochen zu beschäftigen. Und wenn die Kinder weg sind, finde ich auch mehr Zeit für die Suche nach den Smaragden.«

»Überlass das mir.«

Sie blickte über ihre Schulter. »Das ist Teamwork, Holt. Das war es immer.«

»Ich habe jetzt mit der Geschichte zu tun, und ich kümmere mich darum.«

Sie servierte die Eier genauso behutsam, wie sie ihre Worte wählte. »Ich bin dir für deine Hilfe dankbar. Das sind wir alle. Aber die Steine werden mit gutem Grund die Calhoun-Smaragde genannt. Zwei meiner Schwestern sind ihretwegen bedroht worden.«

»Genau darauf will ich hinaus. Livingston ist dir weit überlegen, Suzanna. Er ist schlau, und er ist brutal. Er wird dich nicht höflich bitten, aus dem Weg zu gehen.«

»Ich bin an schlaue, brutale Männer gewöhnt, und ich habe bereits einen zu großen Teil meines Lebens damit verbracht, Angst zu haben.«

»Was soll das heißen?«

»Ich lasse mich nicht von einem Dieb einschüchtern.«

Holt schüttelte den Kopf. Das war nicht die Antwort, die er hören wollte. »Hast du Angst vor Dumont, körperlich?«

Ihr Blick schwankte und fing sich. »Wir sprechen von den Smaragden.« Suzanna wollte an ihm vorbeigehen, doch Holt versperrte ihr den Weg. Seine Augen waren dunkel geworden, doch seine Stimme klang sanfter, beherrschter, als Suzanna das jemals bei ihm gehört hatte.

»Hat er dich geschlagen?«

Erst röteten sich ihre Wangen, dann wurden sie ganz blass. »Wie bitte?«

»Ich möchte wissen, ob Dumont dich jemals geschlagen hat.«

Die Kehle schnürte sich ihr zu. Ganz gleich, wie ruhig seine Stimme klang, seine Miene drückte deutlich aus, dass er bereit war, Gewalt anzuwenden. »Die Eier werden kalt, Holt, und ich habe Hunger.«

Er kämpfte gegen den Drang an, den Teller gegen die Wand zu schleudern. Er setzte sich und wartete, bis Suzanna den Platz ihm gegenüber einnahm. Sie sah sehr zerbrechlich und sehr gefasst aus in dem einfallenden Sonnenschein. »Ich will eine Antwort, Suzanna.« Er griff nach seinem Kaffee und trank, während sie in ihrem Essen herumstocherte. Holt verstand es zu warten und zu drängen.

»Nein.« Suzanna presste die Lippen zusammen und schüttelte den Kopf. »Er hat mich nie geschlagen.«

»Hat er dich herumgestoßen?« Holt sah sie eindringlich an und aß, ohne irgendetwas zu schmecken. Sie hielt seinem Blick nur kurz stand, dann schaute sie weg.

»Es gibt viele Möglichkeiten, um jemanden einzuschüchtern und zu demoralisieren, Holt. Danach ist Demütigung nur noch eine Kleinigkeit.« Sie griff nach einer Toastscheibe und bestrich sie sorgfältig mit Butter. »Du hast fast kein Brot mehr.«

»Was hat er mit dir gemacht?«

»Lass es gut sein.«

»Was«, wiederholte er gedehnt, »hat er mit dir gemacht?«

»Er hat mir Tatsachen vor Augen geführt.«

»Was zum Beispiel?«

»Dass ich eine erbärmlich unzulängliche Ehefrau für einen Wirtschaftsanwalt mit gesellschaftlichen und politischen Ambitionen war.«

»Warum?«

Suzanna knallte das Messer auf den Tisch. »Verhörst du so Verdächtige?«

Zorn, dachte er. Schon besser. »Es ist eine einfache Frage.«

»Und du willst eine einfache Antwort? Fein. Er hat mich wegen meines Namens geheiratet. Er dachte, es wäre auch etwas mehr Geld mit dem Prestige verbunden, und der Name Calhoun war äußerst passend. Unglücklicherweise stellte sich bald heraus, dass ich nicht der Segen des Gesellschaftslebens war, den er sich erhofft hatte. Meine Konversation auf Dinnerpartys war im besten Fall schlicht. Ich konnte mich so herrichten, dass ich nach der prominenten Ehefrau eines politisch ehrgeizigen Anwalts aussah, aber ich konnte es nie wirklich durchziehen. Wie er mir oft sagte, war es für ihn eine riesige Enttäuschung, dass ich nicht begriff, was von mir erwartet wurde. Ich wäre langweilig – im Salon, im Speisezimmer und im Schlafzimmer.« Sie sprang auf, um den Rest ihres Essens in Sadies Napf zu kratzen. »Beantwortet das deine Frage?«

»Nein.« Holt schob seinen Teller zur Seite und zog eine Zigarette hervor. »Ich möchte wissen, wie er dich davon überzeugt hat, dass du im Unrecht warst.«

Suzanna wandte ihm weiterhin den Rücken zu. »Ich liebte ihn. Das heißt, ich liebte den Mann, von dem ich glaubte, ich hätte ihn geheiratet. Und ich wollte unbedingt die Frau sein, auf die er stolz sein konnte. Doch je mehr ich mich bemühte, desto schlimmer versagte ich. Dann bekam ich Alex, und es schien … Ich hatte etwas so Unglaubliches vollbracht. Ich hatte dieses wunderschöne Baby in die Welt gesetzt. Und es war für mich so leicht, so natürlich, eine Mutter zu sein. Ich hatte nie irgendwelche Zweifel, es gab keine Fehlgriffe. Ich war so glücklich, so auf dieses Kind ausgerichtet und auf die Familie, die wir gegründet hatten, dass ich gar nicht mitbekam, dass Bax diskret bereits aufregendere Gesellschaft gefunden hatte. Ich fand es erst heraus, als Jenny schon unterwegs war.«

»Also hat er dich betrogen.« Holts Stimme klang trügerisch mild. »Was hast du dagegen getan?«

Sie ließ Wasser in die Spüle laufen. »Du kannst nicht verstehen, wie das ist, wenn man so betrogen wird und sich nicht ebenbürtig fühlt. Wenn man das Kind eines Mannes trägt und herausfindet, dass man bereits abgeschrieben wurde.«

»Nein, das kann ich nicht verstehen. Aber ich kann mir vorstellen, dass ich sauer wäre.«

»Ich war wütend.« Suzanna lächelte verbittert. »Ja, ich war wütend, aber auch verletzt. Ich erinnere mich nicht gern daran, wie leicht es für ihn war, mich zu demütigen. Alex war erst ein paar Monate alt, und Jenny war nicht geplant gewesen. Ich war so glücklich, schwanger zu sein. Er wollte sie nicht. Nichts, was er mir zuvor angetan hatte, hatte mich so verletzt wie seine Reaktion auf die Eröffnung, ich wäre wieder schwanger. Er war weniger verärgert, sondern mehr angewidert.« Suzanna rammte ihre Hände in das schäumende Wasser. »Er hatte schon einen Sohn und wollte sein Leben nicht mit Kindern belasten. Und er wollte mich nicht zum zweiten Mal durch die Tretmühle der Gesellschaft schleppen, während ich fett und müde und unattraktiv war. Die praktischste Lösung wäre gewesen, die Schwangerschaft zu beenden. Wir hatten deshalb einen fürchterlichen Streit. Das war das erste Mal, dass ich mich gegen ihn stellte, was alles noch schlimmer machte. Bax war daran gewöhnt, seinen Kopf durchzusetzen. Da er mich nicht zwingen konnte, seinen Wunsch zu erfüllen, zahlte er es mir heim: mit all seinen Mitteln.«

Sie wurde ruhiger, als sie die Schüssel beiseite stellte und die Pfanne zu spülen begann.

»In der Öffentlichkeit war er mit seinen Affären noch immer diskret, aber er sorgte dafür, dass ich Bescheid wusste – und wie erbärmlich ich doch im Vergleich zu den Frauen abschnitt, mit denen er schlief. Er widerrief meine Vollmacht für das Konto, sodass ich ihn jedes Mal bitten musste, wenn ich Geld brauchte. Das war eine seiner subtileren Demütigungen. In der Nacht, in der Jenny geboren wurde, war er bei einer anderen Frau.

Er ließ es mich wissen, als er ins Krankenhaus kam, damit die Presse Fotos von ihm machen konnte, während er den stolzen Vater spielte.«

Holt rührte sich nicht. »Warum bist du bei ihm geblieben?«

»Weil ich hoffte, eines Tages neben dem Mann aufzuwachen, in den ich mich verliebt hatte. Als ich dann begann, meine Ehe als Fehlschlag zu betrachten, hatte ich ein Kind und war wieder schwanger.« Suzanna trocknete das Geschirr ab. »Und ich blieb, weil ich eine ganze Weile überzeugt war, dass er in Bezug auf mich recht hatte. Ich war nicht klug und geistreich und witzig. Ich war nicht sexy oder verführerisch, aber ich konnte wenigstens loyal sein. Als ich begriff, dass ich nicht einmal das sein konnte, musste ich die Auswirkung auf meine Kinder bedenken. Sie durften nicht verletzt werden. Dann begriff ich eines Tages, dass ich nicht nur mein eigenes Leben vergeudete, sondern auch Alex und Jenny mehr Schaden dadurch zufügte, dass ich so tat, als gäbe es eine Ehe. Bax widmete seinem Sohn wenig Aufmerksamkeit und seiner Tochter überhaupt keine. Er verbrachte wesentlich mehr Zeit mit seiner Geliebten als mit seiner Familie.« Seufzend räumte sie das Geschirr weg. »Also versteckte ich die Diamanten in Jennys Windeltasche und verlangte die Scheidung.« Als Suzanna sich umdrehte, zeigte sich in ihrem Gesicht wieder Erschöpfung. »Beantwortet das deine Frage?«

Langsam stand Holt auf. »Ist es dir jemals in den Sinn gekommen, dass er derjenige sein könnte, der dir nicht ebenbürtig war? Dass er der Versager war? Dass er ein verwöhnter, selbstsüchtiger Bastard war?«

Sie lächelte schwach. »Nun, wenigstens das Letzte ist mir in den Sinn gekommen. Mir ist auch klar, dass meine kleine Geschichte einseitig ist. Vermutlich unterscheidet sich Baxters Sicht unserer Beziehung von der meinen, und das nicht ganz unberechtigt.«

»Er führt dich noch immer am Gängelband«, sagte Holt mit kaum unterdrücktem Zorn. »Du bist nicht klug? Dann kann vermutlich jeder zwei Kinder großziehen und gleichzeitig ein Geschäft führen. Und langweilig?« Er machte einen Schritt auf sie zu und wurde nur noch wütender, als er sah, wie sie sich instinktiv wappnete. »Oh ja, ich weiß gar nicht, wann ich mich jemals so mit einer Frau gelangweilt habe, aber schließlich langweilen sich die meisten Männer mit Frauen, die Hirn und Mumm besitzen, besonders wenn sie noch dazu ein weiches Herz und einen harten Schädel haben. Nichts macht mich schneller schläfrig als eine Frau, die den ganzen Tag schuftet, um für ihre Kinder zu sorgen. Der Himmel weiß, dass du nicht sexy bist. Ich hatte letzte Nacht lediglich nichts Besseres zu tun, als deinetwegen den Verstand zu verlieren.«

Holt hatte Suzanna gegen die Spüle gedrängt. »Du hast mich gefragt, und ich habe geantwortet. Ich weiß nicht, was ich jetzt noch sagen soll.«

»Dass du dich den Teufel um den Kerl scherst.« Er packte sie an den Schultern. »Und dass du mir gehörst, Suzanna. Nichts, was je zuvor geschehen ist, zählt, weil du jetzt mir gehörst. Das sollst du sagen.«

»Holt …«

Er sah die roten Stellen an ihren Handgelenken, die er aus Leidenschaft und nicht mit Absicht hinterlassen hatte. Doch davon verschwanden die Male nicht. Dadurch war er nicht besser als der Mann, der ihrer Seele Male zugefügt hatte.

Holt schob die Hände in die Taschen, ehe er sich abwandte. »Ich habe etwas zu tun.«

»Aber …«

»Wir sind vom Thema abgekommen, Suzanna. Meine Schuld. Ich weiß, dass du Arbeit hast. Ich auch.«

Das ist es also, dachte sie. Ich habe meine Seele bloßgelegt, und jetzt läuft er weg. »Na schön, ich sehe dich am Montag.«

Mit einem Kopfnicken ging er zur Hintertür, fluchte und blieb – eine Hand an der Fliegengittertür – stehen. »Die letzte Nacht hat mir etwas bedeutet. Verstehst du das?«

»Nein.«

Seine Hand ballte sich zur Faust. »Du bist für mich wichtig. Du bedeutest mir etwas. Dass ich dich hier habe, auf diese Art, ist … Ich brauche dich. Ist das klar genug?«

Sie betrachtete ihn – eine Faust an der Tür, Ungeduld im Blick, sein Körper starr von Leidenschaften, die sie nicht ganz verstand. Es war genug, das begriff sie. Für den Moment jedenfalls.

»Ja, du hast dich deutlich genug ausgedrückt.«

»Ich will nicht, dass es hier aufhört.« Er wandte den Kopf, und seine Augen waren wieder dunkel und funkelten. »Es wird nicht hier aufhören.«

»Bittest du mich wiederzukommen?«, fragte Suzanna.

»Du weißt verdammt gut …« Holt unterbrach sich und schloss die Augen. »Ja, ich bitte dich zurückzukommen. Und ich bitte dich, mit mir außer bei der Arbeit oder im Bett deine Zeit zu verbringen. Wenn dir das noch nichts sagt, dann …«

»Möchtest du zum Abendessen kommen?«

Er starrte sie an. »Was?«

»Möchtest du heute zum Abendessen kommen? Vielleicht können wir hinterher spazieren fahren.«

»Ja.« Er fuhr sich mit einer Hand durch die Haare und war nicht sicher, ob er sich erleichtert oder unbehaglich fühlen sollte, weil es so einfach gewesen war. »Das wäre gut.«

Ja, das wäre gut, dachte sie und lächelte. »Dann sehe ich dich so gegen sieben. Bring Sadie mit, wenn du möchtest.«

9. Kapitel

Es war nicht gerade Kerzenschein und Mondlicht, aber Suzanna fand, dass es doch eine Romanze war. Sie hätte nicht geglaubt, dass sie so etwas wieder finden oder sich wünschen würde. Sie lächelte und drückte ihren Rücken durch, als sie die gewundene Straße zu *The Towers* hinauffuhr.

Natürlich hatte eine Beziehung mit Holt Bradford ihre Ecken und Kanten, aber es gab auch sanftere Momente. In den letzten paar Tagen – und Nächten – hatte sie eine schöne Zeit damit verbracht, sie zu entdecken.

Holt war zum Beispiel ein- oder zweimal kurz vor der Mittagszeit in ihrem Laden aufgetaucht. Er hatte nichts über die Kinder gesagt, nur dass er wegen ein paar Sachen ins Dorf gekommen war und er gern essen gehen wollte.

Oder er hatte ihr einfach die Spannung aus ihren Schultern wegmassiert. Und nach einem besonders harten Tag hatte er sie abends damit überrascht, dass er sie und einen Weidenkorb, angefüllt mit kaltem Hühnchen, ins Boot verfrachtet hatte.

Holt war noch immer fordernd, oft schroff, aber er brachte Suzanna nie dazu, sich minderwertig zu fühlen. Wenn er sie liebte, dann tat er das mit einer drängenden Wildheit, die keinen Zweifel an seiner Begierde zuließ.

Nein, ich habe keine Romanze gesucht, dachte Suzanna, als sie den Lastwagen hinter Holts Wagen parkte. Doch war sie sehr froh, eine gefunden zu haben.

In dem Moment, als sie die Tür öffnete, stürzte Lilah sich auf sie. »Ich habe schon auf dich gewartet.«

»Das sehe ich.« Suzanna hob eine Augenbraue. Lilah trug immer noch ihre Naturparkuniform. »Was ist los?«

»Kannst du denn diesen finsteren Kleiderschrank nicht im Zaum halten, mit dem du angebandelt hast?«

»Wenn du Holt meinst, da kann ich tatsächlich nicht viel im Zaum halten.« Suzanna lächelte, nahm ihre Mütze ab und fuhr sich mit den Fingern durch die Haare. »Warum?«

»Er ist gerade oben und nimmt mein Zimmer auseinander. Ich konnte mich nicht einmal umziehen.« Sie schoss einen Blick zu der Treppe. »Ich habe ihm gesagt, dass wir da schon nachgesehen haben und ich es wüsste, hätte ich all die Jahre mit den Smaragden in einem Zimmer geschlafen.«

»Und er hat dich ignoriert.«

»Er hat mich nicht nur ignoriert, sondern auch aus meinem Zimmer hinausgeworfen. Und Max!« Lilah stieß zischend den Atem aus und setzte sich auf die Treppe. »Max grinste und sagte, es wäre eine verdammt gute Idee.«

»Wollen wir uns gegen die beiden verbünden?«

Ein eigenartiges Funkeln tauchte in Lilahs Augen auf. »Ja.« Sie erhob sich und schlang die Arme um Suzannas Schultern, als sie nach oben gingen. »Du meinst es wirklich ernst mit ihm, nicht wahr?«

»Ich gehe es Schritt für Schritt an.«

»Wenn man jemanden liebt, ist es manchmal besser, man geht die Sache im Sturmschritt an.« Sie gähnte und fluchte. »Ich habe mein Nickerchen verpasst. Es wäre schön, wenn ich behaupten könnte, dass ich diesen aufdringlichen Kretin nicht leiden kann, aber das kann ich nicht behaupten. Hinter seinen schlechten Manieren liegt etwas Solides und Beständiges.«

»Du hast dir wieder seine Aura angesehen.«

Lilah lachte und blieb am oberen Ende der Treppe stehen.

»Er ist ein guter Kerl, so liebend gern ich ihm auch jetzt eine kleben würde. Es ist schön, dich wieder glücklich zu sehen, Suze.«

»Ich war nicht unglücklich.«

»Nein, nur einfach nicht glücklich. Das ist ein Unterschied.«

»Vermutlich. Da wir von glücklich sprechen – wie laufen die Hochzeitspläne?«

»Im Moment streiten Tante Coco und unsere Verwandte aus der Hölle in der Küche deswegen. Sie haben eine herrliche Zeit. Unsere Großtante Colleen tut so, als wollte sie bloß dafür sorgen, dass die Hochzeit dem Ruf der Calhouns gerecht wird, aber Tatsache ist, dass es ihr diebischen Spaß macht, Gästelisten zu erstellen und Tante Cocos Speisepläne abzuschießen.«

»Hauptsache, es macht ihr Spaß.«

»Warte, bis sie dich in die Finger kriegt«, warnte Lilah. »Sie hat ein paar sehr kreative Ideen zu den Blumenarrangements.«

»Großartig!« Suzanna blieb in Lilahs Tür stehen. Holt schien alles auf den Kopf zu stellen. Ohnehin nie besonders ordentlich, sah Lilahs Zimmer nunmehr aus, als hätte jemand jeden Einrichtungsgegenstand hochgehoben und wieder fallen lassen. Im Moment hatte Holt seinen Kopf im Kamin, und Max kroch auf dem Fußboden herum.

»Habt ihr Spaß, Jungs?«, fragte Lilah träge.

Max blickte hoch und grinste amüsiert. Sie ist wütend, dachte er, na schön. Er hatte gelernt, mit ihrem Temperament umzugehen und es zu genießen. »Ich habe die andere Sandale gefunden, die du gesucht hast. Sie war unter den Sofakissen.«

»Das ist vielleicht eine gute Neuigkeit.« Lilah hob eine Braue und stellte fest, dass Holt Suzanna ansah. Und Suzanna sah ihn an. »Du brauchst eine Pause, Max.«

»Nein, ich bin nicht müde.«

»Du brauchst eine Pause.« Sie trat ins Zimmer, ergriff seine

Hand und zog ihn auf die Füße. »Du kannst später wiederkommen und Holt helfen, in meine Privatsphäre einzudringen.«

»Ich habe dir gesagt, dass es ihr nicht gefallen wird«, erinnerte Suzanna Holt, nachdem Lilah und Max hinausgegangen waren.

»Was für ein Jammer.«

Die Hände in die Hüften gestützt, betrachtete sie den Schaden. »Hast du etwas gefunden?«

»Nichts, es sei denn, du zählst die beiden nicht zusammengehörenden Ohrringe und eines von diesen Dingern aus Spitze, die hinter der Kommode gelegen haben.« Er hielt seinen Kopf schief. »Hast du auch solche Dinger aus Spitze?«

»Eigentlich nicht.« Sie blickte auf ihr verschwitztes T-Shirt. »Bis vor ein paar Tagen dachte ich nicht, dass ich sie brauchen würde.«

»Du hast eine wirklich hübsche Art, Jeans zu tragen, Baby.« Er stand auf, und da sie nicht näher kam, ging er auf sie zu. »Und ...« Er strich mit seinen Händen über ihre Schultern und ihren Rücken zu den Hüften. »Ich genieße es, sie dir auszuziehen.« Holt küsste sie hart, tief und drängend, wie sie das von ihm erwartet hatte. Dann knabberte er an ihrer Unterlippe und lächelte. »Aber wann immer du dir eines von diesen Dingern aus Spitze von Lilah leihen willst ...«

Suzanna lachte und drückte ihn an sich. »Vielleicht werde ich dich überraschen. Wie lange bist du schon hier?«

»Ich bin direkt von unserer Arbeitsstelle hierher gefahren. Hast du den Rest von diesen Wie-immer-sie-auch-heißen eingepflanzt?«

»Die russischen Oliven, ja.« Und ihr Rücken schmerzte noch davon. »Du warst eine große Hilfe bei dieser Stützmauer.«

»Du warst verrückt zu glauben, du könntest das Ding selbst bauen.«

»Ich hatte einen Teilzeithelfer, als ich den Auftrag annahm.«

Holt machte sich kopfschüttelnd wieder an die Untersuchung des Kamins. »Du magst zäh sein, Suzanna, aber du kannst keine Balken herumschleppen und keinen Vorschlaghammer schwingen.«

»Ich hätte es gemacht …«

»Ja.« Holt nickte. »Ich weiß.« Er prüfte den nächsten Stein. »Es hat recht gut ausgesehen.«

»Es hat großartig ausgesehen. Und da du nicht öfter als zehnmal auf mich geflucht hast, während du Balken schlepptest, könnte ich dich belohnen.«

»Ach ja?« Er verlor das Interesse an den Steinen.

»Ich hole dir ein Bier.«

»Ich möchte lieber …«

»Ich weiß.« Lachend ging sie hinaus. »Aber du musst dich mit einem Bier begnügen – vorerst.«

Suzanna erreichte gerade die Halle, als das Chaos losbrach. Sie hörte zuerst die Hunde, Fred und Sadie, die feindselig bellten, dann das Trampeln von Füßen auf der Veranda und zwei schrill hervorgestoßene Rufe.

»Mom!«, riefen Jenny und Alex gleichzeitig, als sie in das Haus gestürmt kamen.

Ihre Freude war unbeschreiblich, als sie sich bückte und die beiden in ihre Arme nahm. Lachend bedeckte Suzanna sie mit Küssen, während die Hunde sie wie wild umkreisten.

»Oh, ich habe euch vermisst. Ich habe euch beide ja so vermisst. Lasst euch ansehen.« Als sie die Kinder auf Armeslänge von sich schob, lächelte sie nicht mehr. Beide waren den Tränen nahe. »Baby?«

»Wir wollten nach Hause.« Jennys Stimme zitterte, als sie ihr Gesicht an die Schulter ihrer Mutter schmiegte. »Wir hassen Urlaub.«

»Pst!« Sie streichelte Jennys Haar, während Alex sich über die Augen wischte.

»Wir waren unerträglich und schlimm«, sagte er mit schöner Offenheit. »Aber das ist uns egal.«

»Genau das Benehmen, das ich erwartet habe«, sagte Baxter, als er durch die offene Haustür hereinkam. Jennys Arme spannten sich fester um Suzannas Hals, doch Alex drehte sich um und reckte sein Calhoun-Kinn hoch.

»Wir mochten die blöde Party nicht, und wir mögen dich auch nicht.«

»Alex!« Ihr Ton war scharf. Sie legte eine Hand auf seine Schulter. »Das reicht. Entschuldige dich!«

Seine Lippen zuckten, doch das starrsinnige Glitzern blieb in seinen Augen. »Es tut mir leid, dass wir dich nicht mögen.«

»Geh mit deiner Schwester nach oben«, forderte Baxter. »Ich will mit deiner Mutter allein sprechen.«

»Du gehst mit Jenny in die Küche.« Suzanna strich über Alex' Wange. »Tante Coco ist dort.«

Baxter trat wütend nach Fred. »Und nimm die beiden verdammten Köter mit.«

»Cherie?« Die schlanke Brünette stand an der Tür und hielt nach Baxter Ausschau.

»Yvette.« Ihre Arme um die Kinder gelegt, stand Suzanna auf. »Tut mir leid, ich habe Sie nicht gesehen.«

Die Französin fuchtelte zerstreut mit den Händen herum. »Ich bitte um Verzeihung, es ist so verwirrend, ich verstehe. Ich wollte nur wissen ... Bax, die Taschen der Kinder?«

»Der Fahrer soll das Gepäck hereinbringen«, schnappte er. »Siehst du denn nicht, dass ich beschäftigt bin?«

Suzanna tat die verstörte Frau leid. »Er kann die Sachen hier in der Halle abstellen. Wenn Sie in den Salon kommen wollen … Lauft zu Tante Coco«, sagte sie zu den Kindern. »Sie wird sich freuen, dass ihr zurück seid.«

Sie zogen Hand in Hand ab, die Hunde auf den Fersen.

»Wenn du einen Moment Zeit von deinem offensichtlich faszinierenden Tag erübrigen kannst«, sagte Baxter mit einem verächtlichen Blick auf ihre Arbeitskleidung.

»Im Salon«, erwiderte Suzanna, wandte sich ab und zwang sich zur Ruhe. Was immer ihn dazu gebracht hatte, die Kinder eine Woche früher nach Hause zu bringen, es fiel garantiert auf sie zurück. Damit konnte sie fertig werden. Dass jedoch die Kinder sichtlich verstört waren, war eine andere Sache.

»Yvette …« Suzanna deutete auf einen Sessel. »Was darf ich Ihnen anbieten?«

»Ach, wenn Sie so freundlich wären, ich würde gerne einen Brandy nehmen.«

»Gern, was möchtest du, Bax?«

»Whisky, einen doppelten.«

Sie ging zur Bar und war froh, dass ihre Hände nicht zitterten. Als sie Yvette ein Glas brachte, glaubte sie einen entschuldigenden und verlegenen Blick aufzufangen.

»Nun, Bax, würdest du mir nun sagen, was passiert ist?«

»Was passiert ist, begann vor Jahren, als du die falsche Idee hattest, du könntest eine Mutter sein.«

»Bax«, murmelte Yvette vorwurfsvoll.

»Geh hinaus auf die Terrasse! Ich möchte das unter vier Augen besprechen.«

Also hat er sich nicht geändert, dachte Suzanna und verschränkte die Hände ineinander, während Yvette den Raum durch die Glastüren verließ.

»Zumindest sollte ihr dieses kleine Experiment den Wunsch ausgetrieben haben, ein Kind zu bekommen«, sagte Baxter, während er Yvette hinterhersah.

»Experiment?«, wiederholte Suzanna verständnislos. »Der Besuch deiner Kinder war ein Experiment?«

Er nippte an seinem Whisky und musterte sie. Er war noch immer ein sagenhafter Mann mit einem charmant jungenhaften Gesicht und hellen Haaren. Aber Übellaunigkeit fügte dem eine Härte zu, die alles andere als sympathisch war.

»Warum ich die Kinder mitgenommen habe, ist meine Angelegenheit. Ihr unverzeihliches Verhalten ist deine Angelegenheit. Sie haben nicht die geringste Vorstellung, wie sie sich in der Öffentlichkeit und privat benehmen sollen. Sie haben die Manieren und die Einstellung von Wilden und genauso wenig Selbstbeherrschung. Du hast erbärmliche Arbeit geleistet, Suzanna, es sei denn, es wäre deine Absicht gewesen, zwei elende Rabenbraten heranzuziehen.«

»Glaube nicht, dass du in meinem Haus so über sie sprechen darfst.« Ihre Augen funkelten wutentbrannt, als sie auf ihn zuging. »Es interessiert mich verdammt wenig, ob sie deinen Ansprüchen genügen oder nicht. Ich will wissen, wieso du sie in diesem Zustand nach Hause gebracht hast.«

»Dann hör zu.« Er schob sie in einen Sessel. »Deine kostbaren Kinder haben nicht die leiseste Ahnung, was von einem Dumont erwartet wird. Sie waren laut und unbezähmbar in Restaurants, weinerlich und unruhig während der Fahrt. Rief ich sie zur Ordnung, wurden sie bockig oder schmollten. In einem Hotel, in dem auch mehrere meiner Bekannten wohnten, war ihr Verhalten peinlich.«

Zu wütend, um Angst zu empfinden, stemmte Suzanna sich aus dem Sessel. »Mit anderen Worten, sie verhielten sich wie Kinder. Tut mir leid, dass deine Pläne durcheinandergeraten sind, Baxter, aber man kann von fünf- und sechsjährigen Kindern kaum erwarten, dass sie sich bei allen Gelegenheiten gesellschaftlich korrekt verhalten. Das ist umso schwerer, wenn sie in eine Situation gestoßen werden, die ihnen völlig fremd ist. Sie kennen dich nicht.«

Er ließ den Whisky im Glas kreisen, nahm einen Schluck. »Es ist ihnen absolut klar, dass ich ihr Vater bin, aber du hast dafür gesorgt, dass sie keinen Respekt vor dieser Beziehung haben.«

»Nein, du hast dafür gesorgt.«

Er setzte das Glas ab. »Glaubst du, ich weiß nicht, was du ihnen erzählst? Du süße, harmlose kleine Suzanna!«

Sie wich instinktiv zurück. »Ich erzähle ihnen überhaupt nichts von dir«, entgegnete sie, wütend auf sich selbst wegen des Rückzugs.

»Ach? Dann hast du ihnen gegenüber nicht die Tatsache erwähnt, dass sie einen Bastard-Bruder in Oklahoma haben?«

Darum also geht es, dachte Suzanna. »Megan O'Rileys Bruder hat meine Schwester geheiratet. Die Situation konnte unmöglich geheim gehalten werden, selbst wenn ich es gewollt hätte.«

»Und du konntest es gar nicht erwarten, mit meinem Namen um dich zu werfen.« Er versetzte ihr einen Stoß, der sie rückwärts taumeln ließ.

»Der Junge ist ihr Halbbruder. Sie akzeptieren das, und sie sind zu klein, um zu verstehen, wie verabscheuungswürdig du dich verhalten hast.«

»Meine Affären sind meine Sache. Vergiss das nicht.« Er packte sie an den Schultern und stieß sie gegen die Wand. »Ich habe nicht die Absicht, dich mit deinen erbärmlichen Racheplänen davonkommen zu lassen.«

»Nimm deine Hände von mir!« Sie wand sich, doch er zwang sie erneut gegen die Wand.

»Sobald es mir beliebt. Lass dich warnen, Suzanna. Ich dulde nicht, dass du meine Privatangelegenheiten ausposaunst. Wenn auch nur eine Andeutung von dieser Geschichte nach draußen dringt, werde ich wissen, woher sie kommt, und du weißt, wer dafür bezahlen wird.«

Sie hielt sich starr aufrecht. »Du kannst mich nicht mehr verletzen.«

»Verlass dich nicht darauf. Du sorgst dafür, dass deine Kinder die Sache mit ihrem Halbbruder für sich behalten. Sollte das noch einmal zur Sprache kommen …« Er verstärkte seinen Griff und zerrte Suzanna hoch, bis sie auf den Zehen stand. »Sollte das jemals wieder zur Sprache kommen, wird es dir sehr leid tun.«

»Scher dich mitsamt deinen Drohungen aus meinem Haus!«

»Aus deinem Haus?« Er legte eine Hand um ihren Hals. »Denk daran, es gehört dir nur, weil ich diesen zerbröckelnden Anachronismus nicht haben wollte. Setze mich unter Druck, und ich bringe dich wieder vor Gericht. Und dann hole ich mir alles. Diesen Kindern könnte ein Schweizer Internat guttun, wo sie landen werden, falls du dich nicht vorsiehst.«

Er bemerkte die Veränderung in ihren Augen, doch es war keine Angst, wie er erwartete, sondern Wut. Sie hob die rechte Hand, aber ehe sie zuschlagen konnte, wurde er zurückgerissen und stürzte zu Boden. Suzanna sah, wie Holt ihn am Kragen hochzerrte und gegen einen Louis-quinze-Tisch schleuderte.

Suzanna hatte noch nie zuvor Mordlust in den Augen eines Mannes gesehen, aber sie erkannte es jetzt in Holts Augen, als er seine Faust auf Baxters Gesicht feuerte.

»Holt, nicht …«

Sie wollte dazwischengehen, doch ihr Arm wurde mit überraschender Kraft gepackt. »Lass ihn«, sagte Großtante Colleen grimmig.

Holt hätte ihn vielleicht umgebracht, hätte der Mann sich gewehrt. Doch Baxter wurde unter seinem Griff schlaff, während ihm Blut aus Mund und Nase lief. »Hör mir gut zu, Bastard!« Holt rammte ihn gegen die Wand. »Wenn du sie noch einmal anfasst, bist du tot!«

Verstört und schmerzerfüllt tastete Baxter nach einem Taschentuch. »Ich kann Sie wegen tätlichen Angriffs anzeigen.« Er drückte das Taschentuch an die Nase, sah sich um und entdeckte seine jetzige Frau an der Terrassentür. »Ich habe eine Zeugin. Sie haben mich angegriffen und mein Leben bedroht.« Er hatte zum ersten Mal eine Demütigung schlucken müssen und verabscheute es. Sein Blick schwenkte zu Suzanna. »Das wirst du bereuen.«

»Nein, das wird sie nicht!«, warf Colleen ein, bevor Holt sich die Befriedigung verschaffen konnte, seine Faust auf den wütend verzerrten Mund zu setzen. »Aber Sie werden es bereuen, Sie elendes, bibberndes, rückgratloses Schwein!« Die Großtante stützte sich schwer auf ihren Stock, während sie auf ihn zuging. »Sollten Sie jemals wieder Ihre Hand gegen ein Mitglied meiner Familie erheben, werden Sie es für den Rest Ihres wertlosen Lebens bereuen! Was immer Sie glauben uns antun zu können, kann ich Ihnen antun, nur noch viel bösartiger. Und sollten Sie im Zweifel sein, dass ich dazu imstande bin – mein Name ist Colleen Theresa Calhoun, und ich kann Sie doppelt und dreifach erledigen.«

Sie fixierte ihn, einen erbärmlichen Mann in einem zerknitterten Anzug. Baxter tupfte sich das Blut mit einem Seidentaschentuch ab.

»Ich frage mich, was der Gouverneur, der zufällig mein Patenkind ist, sagen wird, wenn ich ihm diese Szene schildere.« Sie nickte zufrieden, als sie merkte, dass er sie verstanden hatte. »Und jetzt scheren Sie sich aus meinem Hause. Junger Mann ...« Sie neigte ihren Kopf zu Holt. »Sie sind so freundlich und zeigen unserem Gast die Tür.«

»Mit Vergnügen.« Holt bugsierte Baxter in die Halle.

Das Letzte, was Suzanna sah, als sie aus dem Haus lief, waren Yvettes flatternde Hände.

»Wohin ist sie gegangen?«, fragte Holt, als er Colleen allein im Salon antraf.

»Ich nehme an, sie leckt sich ihre Wunden. Geben Sie mir einen Brandy. Verdammt, sie hält es schon einen Moment allein aus«, murmelte sie, als Holt zögerte. Colleen ließ sich in einen Sessel sinken. »Ich wusste, dass sie eine schwere Zeit hinter sich hatte, aber ich wusste nicht, wie weit das ging. Ich habe diesen Dumont seit der Scheidung beobachten lassen.« Sie nahm den Brandy und tat einen tiefen Schluck. »Erbärmliche Imitation eines Mannes! Ich hatte allerdings keine Ahnung, dass er sie misshandelt hat. Aber ich hätte es beim ersten Mal wissen müssen, als ich diesen Blick in ihren Augen sah. Meine Mutter hatte den gleichen Blick.« Colleen schloss ihre Augen und lehnte sich zurück. »Nun, sofern er nicht will, dass sich seine politischen Pläne in Rauch auflösen, muss er sie in Ruhe lassen.« Blinzelnd öffnete sie ihre Augen wieder und bedachte Holt mit einem stahlharten Blick. »Sie haben sich wacker geschlagen. Ich bewundere einen Mann, der seine Fäuste zu gebrauchen versteht. Ich bedaure nur, dass ich ihm nicht meinen Stock zu kosten gegeben habe.«

»Ich glaube, Sie haben etwas Besseres getan. Ich habe ihm bloß die Nase gebrochen, aber Sie haben ihm Todesangst eingejagt.«

»Das stimmt allerdings.« Lächelnd nahm sie noch einen Schluck. »Ist schon ein verdammt gutes Gefühl!« Sie bemerkte, dass Holt zu der offenen Terrassentür starrte, die Hände zu Fäusten geballt. Suzanna hätte es schlechter treffen können, fand sie. »Meine Mutter ging immer zu den Klippen. Vielleicht finden Sie Suzanna dort. Sagen Sie ihr, dass die Kinder

Plätzchen essen und sich den Appetit für das Abendessen verderben.«

Suzanna saß auf einem Felsen, die Hände vor das Gesicht geschlagen, und weinte sich Bitterkeit und Scham von der Seele.

Holt fand sie so, allein und schluchzend. Der Wind trug die Töne ihres Schmerzes davon, während die See rastlos in der Tiefe donnerte. Er wusste nicht, wie er beginnen sollte. Seine Mutter war eine gefestigte Frau gewesen, und falls sie jemals Tränen vergossen hatte, dann in aller Stille.

Er trat näher, legte zögernd eine Hand auf ihr Haar. »Suzanna.«

Sie schnellte hoch, schluckte die Tränen und wischte sich über das nasse Gesicht. »Ich muss zurück. Die Kinder …«

»Sie sind in der Küche und stopfen sich mit Plätzchen voll. Setz dich!«

»Nein, ich …«

»Bitte!« Er setzte sich und zog sie neben sich. »Ich war lange nicht hier. Mein Großvater nahm mich immer hierher mit. Er saß oft an dieser Stelle und blickte aufs Meer. Einmal erzählte er mir eine Geschichte von einer Prinzessin in der Burg auf dem Hügel. Er hat wohl über Bianca gesprochen, aber später, wenn ich mich daran erinnerte, dachte ich stets an dich.«

»Holt, es tut mir so leid.«

»Wenn du dich entschuldigst, machst du mich nur wütend.«

Sie schluckte eine neue heiße Tränenflut. »Ich ertrage es nicht, dass du es gesehen hast, dass irgendjemand es gesehen hat.«

»Ich habe gesehen, dass du dich gegen einen brutalen Kerl gestellt hast.« Er drehte ihr Gesicht zu sich herum. Als er die verblassenden roten Male an ihrem Hals sah, musste er einen Fluch unterdrücken. »Er wird dir nie wieder wehtun.«

»Es ging um seinen Ruf. Die Kinder müssen über Kevin gesprochen haben.«

Holt zog ihre Hand an seine Lippen und küsste sie sanft. Ihr verblüffter Gesichtsausdruck ließ ihn finster aufs Meer starren. »Ich war auch nicht gerade Mister Einfühlungsvermögen.«

»Du warst wunderbar.«

»Wäre ich das gewesen, würdest du nicht dreinschauen, als hätte ich dich mit einem Stein geschlagen, wenn ich deine Hand küsse.«

»Es ist nur so gar nicht dein Stil.«

»Nein.« Er zuckte die Schultern und fischte eine Zigarette hervor. »Vermutlich nicht.« Dann änderte er seine Absicht und legte stattdessen einen Arm um ihre Schultern. »Hübscher Ausblick.«

»Wundervoll. Ich bin immer hierher gekommen. Manchmal ...«

»Weiter!«

»Du wirst mich auslachen, aber manchmal ist es mir, als könnte ich sie fast sehen – Bianca. Ich fühle sie und weiß, dass sie hier ist und wartet.« Suzanna lehnte ihren Kopf an seine Schulter und schloss die Augen. »Genau wie jetzt. Es ist so warm und wirklich. Oben im Turm – in ihrem Turm – ist es bittersüß und mehr ein Sehnen, aber hier ist es Vorfreude, Hoffnung. Ich weiß, du hältst mich für verrückt.«

»Nein.« Er presste sie fest an sich. »Nein, das kann ich nicht. Ich fühle es nämlich auch.«

Vom Westturm aus beobachtete der Mann, der sich Marshall nannte, Suzanna und Holt durch sein Fernglas. Er war sehr zufrieden, dass er seine Tätigkeit direkt vor der Nase eines Expolizisten fortsetzen konnte. Eine derartige Ironie steigerte seine Eitelkeit.

Der Polizist sollte ruhig seine Suche vorantreiben. Er, Marshall, würde im richtigen Moment da sein, wenn der Schatz gefunden wurde. Und wer ihm in die Quere kam, würde eliminiert.

Suzanna verbrachte den ganzen Abend mit ihren Kindern und beruhigte sie so weit, dass Jenny sich zur Schlafenszeit nicht mehr an sie klammerte und Alex wieder wie ein Gummiball herumsprang.

»Wir mussten stundenlang in dem Wagen fahren.« Alex hüpfte auf dem Bett seiner Schwester, während Suzanna Jennys Laken glatt strich. »Und sie haben diese blöde Musik im Radio, die ganze Zeit. Die Leute haben so gesungen.« Er öffnete seinen Mund weit und ließ etwas hören, das er für eine Opernarie hielt. »Und ich habe kein Wort verstanden.«

»Nein, nicht so, sondern so.« Jenny stieß ein Kreischen aus, das Kristall zerspringen ließ. »Und wir mussten still sein.« Sie holte sich noch einen Kuss. »Yvette sagte, wir könnten ein Wortspiel machen, aber er sagte, dass er davon Kopfschmerzen bekommt, und darum sind wir einfach schlafen gegangen.«

»Und genau das solltet ihr jetzt auch tun.«

»Das Hotel hat mir gefallen«, fuhr Alex in der Hoffnung fort, das Unvermeidliche aufzuschieben. »Wir sind auf den Betten gehüpft, als niemand zusah.«

»Du meinst, wie du das in deinem Zimmer machst?«

Er grinste. »Sie haben kleine Seifenstückchen im Bad gehabt, und sie haben abends Bonbons auf das Kopfkissen gelegt.«

Suzanna hielt ihren Kopf schief. »Das kannst du hier vergessen, mein Lieber.«

Nachdem Jenny mit ihrem Nachtlicht und einer Armee von Stofftieren versorgt war, trug Suzanna Alex in sein Zimmer. Er ließ sich von ihr nicht mehr oft hochheben und drücken, aber an diesem Abend schien er es genauso zu brauchen wie sie.

»Du bist schwer, als hättest du den Bauch voller Wackersteine«, murmelte sie und drückte ihre Nase gegen seinen Hals.

»Ich habe zum Mittagessen fünf Schokoriegel gegessen.« Er ließ sich aus ihren Armen auf das Bett fallen. Sie rang mit ihm, bis er atemlos war. Er warf sich lachend auf den Rücken und sprang wieder heraus.

»Alex …«

»Ich hab was vergessen.«

»Du hast heute Abend bereits überzogen, Kind. Ins Bett mit dir, sonst lasse ich dich über kleiner Flamme rösten!«

Er zog etwas aus der Jeans, die er bei seiner Heimkehr getragen hatte. »Das habe ich für dich aufgehoben.«

Suzanna nahm die flach gedrückte, zerbrochene, in Goldpapier eingeschlagene Schokolade. Sie war mehr als ein wenig geschmolzen, nicht mehr zu essen und kostbarer als Diamanten.

»Oh, Alex.«

»Jenny hat auch noch eine gehabt, aber sie hat sie verloren.«

»Das macht nichts.« Suzanna umarmte ihn gerührt. »Danke. Ich liebe dich, du kleiner Wurm.«

»Ich liebe dich auch.« Das Eingeständnis machte ihn nicht verlegen wie so oft, und er schmiegte sich noch einen Moment an sie. Als seine Mutter ihn danach ins Bett steckte, beschwerte er sich nicht darüber, dass sie seine Haare streichelte. »Gute Nacht«, sagte er, bereit zum Schlafen.

»Gute Nacht.« Sie ließ ihn allein, weinte ein wenig über die zerdrückte Schokolade, öffnete in ihrem Zimmer die Kassette, die einst ihren Schmuck enthalten hatte, und legte das Geschenk ihres Sohnes hinein.

Suzanna zog sich aus, schlüpfte in ein dünnes weißes Nachthemd und trat auf die Terrasse, um sich zu beruhigen, während sie ihr Haar kämmte.

Holt hatte noch nie etwas so Schönes gesehen wie Suzanna, die sich das Haar im Mondlicht bürstete. Er wusste, dass er einen armseligen Romeo abgab, und hatte Todesangst, er könnte einen Narren aus sich machen, wenn er es versuchte. Aber er musste ihr etwas geben, um ihr zu zeigen, was es für ihn bedeutete, sie in seinem Leben zu haben.

Er kam aus dem Garten und die Steinstufen herauf. »Suzanna.«

Sie öffnete die Augen und sah ihn vor sich stehen. »Ich habe an dich gedacht. Was machst du hier?«

»Ich fuhr nach Hause, doch ich bin zurückgekommen. Alles in Ordnung mit dir?«

»Es geht mir gut.«

»Den Kindern?«

»Auch. Sie schlafen. Ich habe mich noch nicht bei dir bedankt. Ich muss gestehen, ich habe es genossen, Baxters Nase bluten zu sehen.«

»Jederzeit zu Diensten.« Holt sagte und meinte es so.

»Ich glaube nicht, dass es noch einmal nötig sein wird, aber ich bin dir dankbar.« Sie wollte seine Hand berühren, stach sich jedoch an einem Dorn. »Au!«

»Das ist ja ein sagenhafter Beginn«, murmelte er und streckte ihr die Rose entgegen. »Die habe ich dir mitgebracht.«

»Wirklich?« Suzanna fand das rührend.

»Ich habe sie aus deinem Garten gestohlen.« Holt schob die Hände in die Hosentaschen und sehnte sich nach einer Zigarette. »Vermutlich zählt das nicht.«

»Es zählt ganz sicher.« Sie hatte an diesem Abend zwei Geschenke bekommen – von den beiden Männern, die sie liebte. »Danke.«

Er zuckte die Schultern und fragte sich, was er nun tun sollte. »Du siehst hübsch aus.«

Sie blickte lächelnd auf ihr schlichtes weißes Nachtgewand hinunter. »Nun, es hat keine Spitze.«

»Ich habe dich beobachtet, wie du dir das Haar gebürstet hast. Ich konnte kaum atmen, so schön warst du, Suzanna.«

Jetzt war sie es, die nicht atmen konnte. Er hatte sie noch nie so angeschaut. Seine Stimme hatte noch nie so bewundernd geklungen, genau wie seine Hand sich anfühlte, die ihr Haar streichelte.

»Sieh mich nicht so an.« Seine Finger spannten sich in ihrem Haar an, und er musste sich dazu zwingen, den Griff zu lockern. »Ich weiß, ich war rau mit dir.«

»Nein, das warst du nicht.«

»Doch, verdammt. Ich habe dich herumgestoßen und gepackt. Ich habe dir die Bluse zerrissen.«

Ein Lächeln umspielte wieder ihre Lippen. »Als ich die Knöpfe angenäht habe, habe ich mich an diese Nacht erinnert. Ich bin nicht zerbrechlich, Holt.«

»Ich möchte heute Nacht mit dir zusammen sein.« Er berührte ihre Wange. »Lass dich heute Nacht von mir lieben.«

Sie hätte ihm nichts abschlagen können. Als er sie auf die Arme hob und hineintrug, drückte sie ihren Mund an seinen Hals. Holt ließ sie behutsam auf das Bett sinken, nahm ihr die Bürste ab und legte sie geräuschlos auf den Nachttisch. Dann schaltete er die Lichter aus.

Als sein Mund endlich den ihren berührte, war er sanft wie ein Flüstern. Seine Hände rasten nicht, um zu erregen, sondern verführten mit herrlicher Geduld.

Er fühlte ihre Verwirrung, rieb jedoch nur mit seinen Lippen über ihren Mund und fuhr dessen Umrisse mit seiner Zungenspitze nach. Seine starken Hände bewegten sich mit der Anmut eines Künstlers über ihre Schultern.

»Vertrau mir.« Sein Mund begann eine langsame Reise über ihr Gesicht. »Lass dich gehen und vertrau mir, Suzanna.« Über ihre Wange, an ihrem Hals hinunter, zurück zu ihren zuckenden Lippen wanderte sein Mund.

Sein Kuss ließ sie in einen dichten, samtigen Dunst versinken. Er berührte sie und machte sie schwach. Sein Mund glitt wie eine kühle Brise über ihre Haut. Sie hörte ihn unglaublich sanfte, zauberhafte Versprechen murmeln. Leidenschaft lag in den Fingerspitzen, die ihr Lust brachten.

Holt streichelte sie durch den dünnen Stoff hindurch und genoss die fließenden Bewegungen ihres Körpers unter seinen Händen. Als sie seufzte, senkte er seine Lippen wieder auf die ihren.

Er entkleidete Suzanna langsam, zog das Nachthemd Zentimeter für Zentimeter herunter, schwelgte in dem Genuss ihrer warmen, entblößten Haut. Jeder Schauer, der sie durchlief, faszinierte ihn. Sanft führte er sie über den ersten Gipfel.

Unerträglich süß, jede Bewegung, jedes Seufzen. Köstlich zart, jede Berührung, jedes Murmeln. Er hatte sie in einer Welt aus Seide gefangen genommen. Nie zuvor war sie sich ihres Körpers so stark bewusst gewesen wie jetzt, da er ihn so gründlich, so geduldig erforschte.

Zuletzt fühlte sie seine Haut auf der ihren, seinen warmen, festen Körper, nach dem sie sich verzehrte. Sie öffnete ihre Augen, um ihn anzusehen. Sie hob ihre schweren Glieder, um ihn zu berühren.

Er hatte nicht gewusst, dass Verlangen so stark und doch so wunderbar sein konnte. Sie umschlang ihn. Er glitt in sie. Für beide war es, als wären sie nach Hause gekommen …

Ich konnte nicht ahnen, dass dieser Tag der letzte mit ihr sein würde. Hätte ich sie genauer angesehen, sie fester gehalten, die Liebe hätte nicht größer sein können, aber vielleicht hätte sie mehr geschätzt werden können.

Darauf gibt es keine Antwort.

Wir fanden den kleinen Hund, der halb verhungert in den Klippen kauerte. Bianca hatte solche Freude an ihm. Es war vermutlich dumm, aber wir hatten beide das Gefühl, dies wäre etwas, das wir gemeinsam haben konnten, da wir ihn gemeinsam gefunden hatten.

Wir nannten ihn Fred, und ich muss zugeben, dass ich traurig war, als es für sie Zeit wurde, nach The Towers zurückzukehren. Natürlich war es richtig, dass sie den verwaisten Welpen ihren Kindern brachte, damit sie ihm ein Zuhause geben konnten. Ich ging allein heim, um an Bianca zu denken und zu versuchen, ob ich arbeiten konnte.

Als sie zu mir kam, war ich verblüfft, dass sie ein solches Risiko auf sich genommen hatte. Nur einmal zuvor war sie in dem Cottage gewesen, danach hatten wir es nie wieder gewagt. Sie war außer sich. Unter ihrem Umhang trug sie den Welpen.

Sie erzählte mir, was seit unserer Trennung passiert war.

Die Kinder hatten sich sofort in den Hund verliebt. Lachen und Fröhlichkeit hatten geendet, als Fergus zurückkam. Er weigerte sich, den Mischling in seinem Haus zu dulden. Vielleicht hätte ich ihm das verzeihen können und ihn nur für einen starrsinnigen Narren gehalten. Doch Bianca erzählte mir, er habe befohlen, den Hund zu töten – trotz der Tränen und Bitten seiner Kinder.

Zu dem Mädchen, der kleinen Colleen, war er am härtesten gewesen. Aus Angst vor einer körperlichen Züchtigung hatte Bianca die Kinder mit dem Hund zu der Nanny nach oben geschickt. Ein bitterer Streit war gefolgt. In seinem Zorn hatte

Fergus Bianca bedroht und misshandelt. Erst da sah ich im Schein der Lampe die Druckmale an ihrem Hals.

Ich hätte ihn umgebracht, doch ihr Entsetzen hielt mich auf. Nie zuvor in meinem Leben hatte ich solchen Zorn gehabt. Manchmal wünsche ich mir, ich wäre hingegangen und hätte ihn getötet. Vielleicht wäre dann alles anders gekommen. Aber ich werde es nie mit Sicherheit wissen.

Sie erzählte mir weinend, dass er nach Boston gefahren war und bei seiner Rückkehr eine Gouvernante seiner Wahl mitbringen wollte. Er hatte ihr vorgeworfen, eine schlechte Mutter zu sein, und wollte ihr die Sorge für die Kinder entziehen.

Hätte er gedroht, ihr das Herz herauszuschneiden, hätte er keinen größeren Schaden anrichten können. Sie wollte nicht zusehen, wie ihre Kinder von einer bezahlten Angestellten erzogen und von einem kalten, ehrgeizigen Vater überwacht wurden. Am meisten fürchtete sie für ihre Tochter, weil sie wusste, dass Colleen eines Tages in eine Ehe gedrängt werden würde – genau wie es ihr selbst ergangen war.

Diese große Angst löste ihre Entscheidung aus, Fergus zu verlassen.

Sie kannte die Risiken, doch das ließ sie nicht schwanken. Sie wollte ihre Kinder in Sicherheit bringen. Sie wollte, dass ich mitging, doch sie bat mich nicht und berief sich nicht auf unsere Liebe.

Das brauchte sie auch nicht zu tun.

Ich wollte am nächsten Tag die nötigen Arrangements treffen, und sie wollte die Kinder vorbereiten. Dann bat sie mich, sie zu der meinen zu machen.

Ich hatte sie schon so lange begehrt, doch ich hatte mir vorgenommen, sie nicht zu erobern. In jener Nacht brach ich mein Versprechen und machte ein neues. Ich wollte sie ewig lieben.

Ich erinnere mich daran, wie sie aussah mit ihrem offenen Haar und ihren dunklen Augen. Bevor ich sie berührte, wusste ich, wie sie sich anfühlen würde. Bevor ich sie in mein Bett legte, wusste ich, wie sie dort aussehen würde. Jetzt ist es nur noch ein Traum, die süßeste Erinnerung meines Lebens.

In jener zeitlosen Stunde hatte ich alles, was ein Mann sich wünschen kann. Bianca war Schönheit und Liebe und Versprechen, verführerisch und unschuldig, scheu und lustvoll. Selbst jetzt schmecke ich noch ihren Mund, ihre Haut. Und sehne mich schmerzhaft nach ihr.

Dann war sie fort. Was ich für einen Anfang hielt, war das Ende.

Ich nahm mein Geld, verkaufte Gemälde und kaufte vier Karten für den Abendzug. Doch sie kam nicht. Ein Gewitter braute sich zusammen. Grelle Blitze, bösartiger Donner, schwerer Sturm. Ich redete mir ein, es wäre das Wetter, das mein Blut gefrieren ließ. Doch Gott helfe mir, ich glaube, ich wusste Bescheid. Ein scharfer, entsetzlicher Schmerz und eine so unvernünftige Furcht verzehrten mich.

Zum ersten und zum letzten Mal ging ich nach The Towers. Der Regen hatte zu strömen begonnen, als ich ans Tor klopfte. Die Frau, die mir öffnete, war hysterisch. Ich hätte mich an ihr vorbeigedrängt, doch in diesem Moment traf die Polizei ein.

Bianca war vom Turm gesprungen, hatte sich aus dem Fenster auf die Felsen gestürzt. Dies alles ist jetzt unklar, war es auch damals schon. Ich erinnere mich, dass ich lief und durch den heulenden Sturm nach ihr rief. Die Lichter des Hauses leuchteten grell durch die Dunkelheit. Männer kletterten bereits den Abhang mit Laternen hinunter. Ich stand da und blickte auf Bianca. Meine Geliebte, mir entrissen. Doch nicht durch ihre eigene Hand. Das konnte ich niemals akzeptieren. Und dennoch war sie fort, verloren.

Ich wäre am liebsten selbst in die Tiefe gesprungen, doch Bianca hielt mich zurück. Ich schwöre, ihre Stimme hielt mich zurück. Ich setzte mich auf die Erde, und der Regen strömte auf mich herab.

Damals konnte ich ihr nicht folgen. Ich musste irgendwie mein Leben ohne sie weiterführen. Das habe ich auch getan, und vielleicht ist etwas Gutes aus der Zeit erwachsen, die ich hier verbracht habe. Der Junge, mein Enkel. Wie hätte Bianca ihn geliebt. Manchmal führe ich ihn zu den Klippen, und ich bin sicher, sie ist dann bei uns.

Es gibt noch immer Calhouns in The Towers. Bianca hätte das gewollt. Die Kinder ihrer Kinder und deren Kinder. Vielleicht wird eines Tages eine andere einsame junge Frau an diesen Klippen entlangwandern. Ich hoffe, ihr Schicksal wird freundlicher sein.

In meinem Herzen weiß ich, dass es noch nicht zu Ende ist. Sie wartet auf mich. Wenn endlich meine Zeit gekommen ist, werde ich wieder mit Bianca sprechen. Ich werde sie lieben, wie ich es einst versprach.

Ewig.

10. Kapitel

Holt wartete auf Trent in der Pergola an der seeseitigen Mauer. Er nahm einen letzten Zug und warf dann seine Zigarette weg, als er Trent aus dem Haus kommen sah. In der Pergola waren sie relativ ungestört. Der Baulärm mischte sich mit dem Donnern der Wellen. Ihr Gespräch würde keine drei Meter weit zu hören sein.

Trent betrat die Pergola und bot ihm eine Flasche Bier an.

»Danke.« Holt lehnte sich lässig gegen einen Pfosten. »Haben Sie die Liste?«

»Ja.« Trent setzte sich auf eine Steinbank. »Wir haben nur vier Männer im letzten Monat eingestellt.«

»Referenzen?«

»Natürlich. Sloan und ich achten auf Sicherheit.«

Holt zuckte die Schultern. »Ein Mann wie Livingston hätte keine Probleme, sich Referenzen zu beschaffen. Sie würden ihn etwas kosten, aber er käme an sie heran.«

»Davon verstehen Sie mehr als ich.« Trent zog die Augen zusammen, während er zwei Männer beobachtete, die Schindeln auf dem Dach des Westflügels austauschten. »Aber ich kann mir schwer vorstellen, dass er hier unter unseren Augen arbeitet.«

»Oh, er ist hier.« Holt steckte sich eine Zigarette an. »Derjenige, der mein Haus durchsuchte, kannte die Verbindung. Da niemand darüber gesprochen hat, muss er es hier im Haus gehört haben …« Er unterbrach sich, als die Kinder mit dem Hund ins Freie kamen und zu ihrem Fort rannten.

»Kann stimmen«, räumte Trent ein.

»Geben Sie mir die Liste, und ich überprüfe sie. Ich habe noch immer Verbindungen.« Holts Blick blieb auf die Kinder gerichtet. »Er wird niemandem etwas antun. Das ist ein Versprechen.«

Trent nickte. Er war Geschäftsmann und hatte nie etwas Gewalttätigeres gemacht, als am College ein wenig zu boxen. Doch er würde alles tun, was nötig war, um seine Frau und sein ungeborenes Kind zu schützen. »Ich habe Max informiert, und Sloan und Amanda brechen ihre Flitterwochen ab. Sie sollten in ein paar Stunden hier sein.«

Das ist gut, dachte Holt. Es war das Beste, die ganze Familie beisammenzuhaben. »Was hat Sloan zu Amanda gesagt?«

»Dass es ein Problem mit der Arbeit gibt.« Trent lächelte schwach. »Wenn sie herausfindet, dass er sie manipuliert hat, wird sie ihm die Hölle heiß machen.«

»Je weniger die Frauen wissen, desto besser.«

Trent lachte. »Hätte das eine von ihnen gehört, würden Sie jetzt drei Schichten Haut verlieren. Diese Mädchen sind harte Brocken.«

Holt dachte an Suzanna. »Sie halten sich zumindest dafür.«

»Nein, sie sind es. Ich habe eine Weile gebraucht, um das zu akzeptieren. Einzeln sind sie stark – samtüberzogener Stahl. Ganz zu schweigen von stur, impulsiv und geradezu krankhaft loyal. Gemeinsam …« Trent lächelte. »Nun, ich stelle mich lieber zwei Sumoringern als den Calhoun-Frauen, wenn sie in Fahrt kommen.«

»Wenn alles vorbei ist, können sie so wütend sein, wie sie wollen.«

»Hauptsache, sie sind in Sicherheit«, vollendete Trent und bemerkte, dass Holt die Kinder beobachtete. »Großartige Kinder.«

»Ja, das stimmt.«

»Sie haben eine verteufelt tolle Mutter.« Trent nahm nachdenklich einen Schluck. »Zu schade, dass sie keinen richtigen Vater haben.«

Allein der Gedanke an Baxter Dumont brachte Holts Blut zum Kochen. »Was wissen Sie denn über ihn?«

»Mehr, als mir lieb ist. Ich weiß, dass er Suzanna durch die Hölle gejagt hat. Er hat sie mit der Vormundschaftsklage fast zerbrochen.«

»Vormundschaftsklage?« Verblüfft sah Holt ihn an. »Er wollte die Kinder?«

»Er wollte Suzanna eins auswischen«, korrigierte Trent. »Welche Methode wäre besser gewesen? Sie spricht nicht darüber. Ich kenne die Geschichte von C.C. Er hat Suzanna durch eine lange, hässliche Schlacht vor Gericht gezerrt und zu beweisen versucht, dass sie instabil und ungeeignet ist.«

»Bastard!«, stieß Holt zornig hervor.

»Er wollte die Kinder nicht. Er hätte sie in ein Internat abgeschoben. Das drohte er zumindest an. Er ließ erst locker, als Suzanna die Vereinbarung traf.«

Holts Hände pressten sich gegen die Steinbalustrade. »Welche Vereinbarung?«

»Sie gab ihm praktisch alles. Er ließ die Klage fallen, damit die Vereinbarung privat getroffen werden konnte. Er bekam das Haus, den gesamten Besitz, zusammen mit einem großen Teil ihrer Erbschaft. Suzanna hätte dagegen ankämpfen können, aber sie und die Kinder waren bereits wie am Boden zerstört. Sie wollte wegen der Kinder keinerlei Risiko eingehen und ihnen nicht noch mehr Stress aufbürden.«

»Nun, das hätte sie nie getan.« Holt nahm einen Schluck in dem vergeblichen Versuch, die Bitterkeit aus seiner Kehle zu spülen. »Er wird ihr oder den Kindern nicht mehr wehtun. Dafür werde ich persönlich sorgen.«

»Das dachte ich mir schon.« Trent stand zufrieden auf. Er zog eine Liste aus seiner Tasche und tauschte sie gegen Holts leere Flasche. »Lassen Sie es mich wissen, wenn Sie etwas finden.«

»In Ordnung.«

»Die Séance heute Abend.« Trent lachte über Holts Grimasse. »Vielleicht werden Sie überrascht sein.«

»Mich überrascht nur, dass ich mich von Coco überreden ließ.«

»Wenn Sie hierbleiben wollen, müssen Sie sich daran gewöhnen, zu allen möglichen Dingen überredet zu werden.«

Holt wollte hierbleiben. Er musste nur noch die richtige Art finden, um es Suzanna klarzumachen. Nach einem Blick auf die Namen steckte er die Liste weg. Er wollte ein paar Anrufe tätigen und sehen, was er ausgraben konnte.

Als er über den Rasen ging, kamen ihm die Hunde entgegen.

»Denkt an Alamo!«, schrie Alex. Er stand breitbeinig auf dem Dach seines Forts, ein Plastikschwert in der Hand. »Du bekommst uns niemals lebend in die Hände!«

»Ach ja?« Holt konnte nicht widerstehen und näherte sich ihnen. »Wie kommst du darauf, dass ich dich überhaupt haben will, du Affenhirn?«

»Weil wir Patrioten sind, und du bist ein teuflischer Eindringling.«

Jenny schob ihren Kopf durch eine Öffnung. Bevor Holt ausweichen konnte, wurde er voll von einem Strahl aus ihrer Wasserpistole auf der Brust getroffen. Alex stieß einen Triumphschrei aus, während Holt finster sein T-Shirt betrachtete.

»Ihr wisst doch«, sagte Holt, »das bedeutet Krieg.«

Als Jenny kreischte, packte er sie und zog sie durch das Fenster. Zu ihrer Begeisterung hielt er sie mit dem Kopf nach unten, sodass ihre blonden Zöpfe das Gras berührten.

»Er hat eine Geisel genommen!«, brüllte Alex. »Tod bis zum letzten Mann!« Er kletterte zurück und stürmte durch die Tür, sein Schwert schwingend. Holt hatte kaum Zeit, Jenny herumzudrehen, ehe ihn das kleine Geschoss voll traf. »Ab mit dem Kopf!«, schrie Alex, und seine Schwester betätigte sich als Echo. Holt sackte in sich zusammen und nahm die beiden mit sich zu Boden.

Es gab Schreie und Kichern, als er mit ihnen rang. Das war gar nicht so leicht, wie er angenommen hatte. Sie waren beide beweglich und gewandt, entrangen sich seiner Umklammerung und griffen ihn an. Er befand sich im Nachteil, als Alex auf seiner Brust hockte und Jenny ihn an den Rippen kitzelte.

»Ich muss grob werden«, warnte er, bekam einen Wasserstrahl ins Gesicht, fluchte und brachte die beiden vor Lachen zum Heulen. Eine schnelle Rolle, er entriss ihnen die Wasserpistole und durchweichte die zwei. Kreischend und kichernd fielen sie auf ihn und knufften und kneteten ihn.

Es war eine nasse und schmutzige Schlacht, und als Holt die beiden endlich festgenagelt hatte, waren sie alle außer Atem.

»Ich habe euch massakriert«, stieß Holt hervor. Jenny stach ihm einen Finger in die Rippen und brachte ihn zum Zucken. Er drückte seine Wange an ihren Hals und rieb mit seinen Bartstoppeln über ihr Kinn. Sie gurgelte vor Lachen. Zufrieden wandte er die gleiche Waffe bei Alex an, bis er gesiegt hatte, rollte sich herum und streckte sich bäuchlings im Gras aus.

»Du hast uns umgebracht«, gab Alex zu, ohne verärgert zu sein. »Aber du bist lethargisch verwundet.«

»Ja, aber du meinst wahrscheinlich ›letal‹.«

»Machst du jetzt ein Nickerchen?« Jenny kletterte auf seinen Rücken und hüpfte darauf herum. »Lilah schläft manchmal im Gras.«

»Lilah schläft überall«, murmelte Holt.

»Du kannst ein Nickerchen in meinem Bett machen, wenn du willst«, bot sie an und drückte neugierig ihren Finger auf den Rand der Narbe, die sie unter seinem hochgerutschten T-Shirt entdeckte. »Du hast eine Wunde am Rücken.«

»Hm.«

Alex raffte sich auf, um nachzusehen. »Zeig her!«

Holt spannte sich automatisch und zwang sich dazu, sich wieder zu lockern. »Gern.«

Als Alex das T-Shirt hochschob, weiteten sich die Augen beider Kinder. Das war nicht wie die saubere kleine Narbe, die sie an seinem Bein bewundert hatten. Diese hier war lang und gezackt und gemein und reichte von seiner Taille an den Rücken so hoch, dass sie das T-Shirt gar nicht weit genug hinaufschieben konnten, um das Ende zu sehen.

»Lieber Gott«, war alles, was Alex einfiel. Er schluckte und betastete dann vorsichtig mit einem Finger die Narbe. »Hast du einen großen Kampf gehabt?«

»Nicht direkt. Einer der Bösewichte hat mich erwischt.« Holt hoffte, das würde genügen. Als er spürte, wie sich Jennys kleiner Mund auf seinen Rücken senkte, hielt er ganz still.

»Fühlt es sich jetzt besser an?«, fragte sie.

»Ja.« Holt stieß einen tiefen Atemzug aus. »Danke.« Er drehte sich um, setzte sich auf und strich ihr über das Haar.

Suzanna stand ein paar Meter entfernt, sah ihnen zu und fühlte ihr Herz in ihrer Kehle schlagen. Sie hatte den Kampf von der Küchentür aus verfolgt. Es hatte sie gerührt, wie leicht Holt sich dem Spiel ihrer Kinder angeschlossen hatte. Sie hatte sich lächelnd zu ihnen gesellen wollen, dann hatte sie beobachtet, wie Jenny und Alex die Narbe auf Holts Rücken betrachteten und Jenny versuchte, ihn mit einem Kuss zu »heilen«. Und sie hatte bemerkt, wie gerührt Holt davon war.

Nun saßen alle drei im Gras, Jenny auf seinem Schoß, Alex

mit einem Arm um Holts Schultern. Suzanna wartete einen Moment, um ihre Tränen zu trocknen. Dann erst ging sie weiter.

»Ist der Krieg vorbei?«, fragte sie.

»Er hat gewonnen«, berichtete Alex.

»Sieht nicht nach einem leichten Sieg aus.« Sie hob Jenny auf ihre Arme, als das Mädchen ihr die Hände entgegenstreckte. »Du bist ganz nass.«

»Er hat uns vollgespritzt, aber ich habe ihn zuerst erwischt.«

»Braves Mädchen.«

»Und er ist kitzlig«, vertraute Jenny ihr an. »Richtig kitzlig.«

»Und wie«, warf Alex ein.

»Tatsächlich?« Suzanna warf Holt ein träges Lächeln zu.

»Nun …«, begann Holt. »Das werde ich mir merken. Ihr zwei verschwindet jetzt. Ich habe festgestellt, dass niemand das Spiel von heute Vormittag weggeräumt hat.«

»Aber, Mom …« Alex hatte schon seine Ausreden parat, doch sie stoppte ihn mit einem Blick.

»Wenn du nicht aufräumst, tue ich es«, sagte sie sanft. »Aber dann nehme ich mir auch deinen Anteil vom Erdbeerkuchen heute Abend.«

Alex ließ sich mit der harten Entscheidung einige Sekunden Zeit, ehe er nachgab. »Ich räume auf, dann kriege ich Jennys Anteil.«

»Kriegst du nicht!« Jenny rannte zum Haus, ihr Bruder hinterher.

»Sehr schlau, Mom«, bemerkte Holt lachend und stand auf.

»Ich kenne die Schwächen der beiden.« Sie legte ihre Arme um ihn, was ihn überraschte und erfreute. Es war sehr selten, dass sie den ersten Schritt tat. »Du bist auch ganz nass.«

»Feuer aus dem Hinterhalt, aber ich habe sie ausgeknipst wie die Fliegen.« Holt zog sie schnell an sich und drückte seine

Wange an ihr Haar. »Es sind großartige Kinder, Suzanna. Ich – äh …« Er wusste nicht, wie er ihr sagen sollte, dass er sich in die beiden verliebt hatte, genauso wenig, wie er ihr nicht sagen konnte, dass er sich in die Mutter der beiden verliebt hatte. »Ich mache dich nass.« Verlegen zog er sich zurück.

Lächelnd tippte sie mit einem Finger auf seinen Mund. »Willst du spazieren gehen?«

Er dachte an die Liste in seiner Tasche. Sie konnte eine Stunde warten, entschied er und ergriff Suzannas Hand.

Holt hatte gewusst, dass sie zu den Klippen gehen würden, während die Schatten länger wurden und die Luft sich abkühlte.

»Holt.« Sie blickte aufs Meer hinaus, ihre Hand in der seinen. »Erzählst du mir, warum du den Polizeidienst quittiert hast?« Sie merkte, wie sich seine Finger verkrampften.

»Es ist vorbei«, antwortete er mit grimmiger Miene. »Da gibt es nichts zu erzählen.«

»Die Narbe auf deinem Rücken …«

»Ich sagte, es ist vorbei.« Er zog sich zurück und steckte sich eine Zigarette an.

»Verstehe.« Suzanna verdaute die Zurückweisung. »Deine Vergangenheit und deine persönlichen Gefühle gehen mich nichts an.«

Er machte einen hastigen Zug. »Das habe ich nicht gesagt.«

»Ganz sicher hast du das. Du hast das Recht, alles über mich zu wissen, was es zu wissen gibt. Ich soll dir alles anvertrauen, ausnahmslos. Aber ich soll mich nicht in deine Angelegenheiten drängen.«

Er wandte sich ihr ungehalten zu. »Soll das eine Art Test sein?«

»Nenne es, wie du willst«, gab sie zurück. »Ich hatte gehofft, du würdest mir mittlerweile vertrauen, und ich würde dir inzwischen genug bedeuten, dass du dich mir öffnen kannst.«

»Du bedeutest mir etwas, verdammt. Kannst du dir denn nicht vorstellen, dass es mich noch immer innerlich zerreißt, daran zu denken? Zehn Jahre meines Lebens, Suzanna. Zehn Jahre!« Er schnippte seine Zigarette über die Kante.

»Es tut mir leid.« Instinktiv legte sie ihre Hände auf seine Schultern. »Wenn jemand weiß, wie schmerzhaft es ist, alte Wunden aufzureißen, dann bin ich es. Gehen wir zurück.«

»Nein.« Sein Körper war angespannt wie eine Sprungfeder. »Du willst es wissen, und du hast ein Recht darauf. Ich habe den Dienst hingeschmissen, weil ich es nicht mehr schaffte. Ich redete mir zehn Jahre lang ein, ich könnte etwas verändern, und dieser Schmutz, durch den ich waten musste, würde mich nicht berühren. Ich könnte täglich mit Dealern und Zuhältern und Opfern zusammenkommen und nachts dennoch gut schlafen. Ich sah ein paar Polizisten im Lauf der Zeit ausbrennen, aber mir sollte das nicht zustoßen.«

Suzanna schwieg, massierte aber weiter seine Schultern.

»Beim Rauschgiftdezernat kommst du in Abgründe, Suzanna. Du musst die Leute verstehen, die du wegfegen willst. Du denkst wie sie. Es gibt Dinge, die ich dir nie erzählen werde, weil du mir etwas bedeutest. Hässliche Dinge, und ich kann nicht …« Holt schloss die Augen und schob die Hände in die Hosentaschen. »Ich wollte es einfach nicht mehr sehen. Ich dachte immer öfter daran, hierher zurückzukommen.«

Er rieb sich müde über die Stirn.

»Ich war erschöpft, Suzanna. Ich wollte wieder wie ein normaler Mensch leben, nicht jeden Tag eine Waffe umschnallen und mit Abschaum in Hinterzimmern einen Handel schließen. Wir waren auf einer Routineermittlung und suchten nach einem kleinen Dealer, aus dem wir Informationen herauspressen wollten. Als wir ihn erwischten, rastete er aus. Der Mistkerl hatte Koks für zwanzigtausend Dollar unter seinen Kleidern festgeschnallt. Und er hatte Kokain genommen. Er geriet in Panik, zerrte eine angetrunkene Frau mit sich und rannte weg.«

Holts Hände begannen zu schwitzen. Er rieb sie an der Jeans ab.

»Mein Partner und ich trennten uns, um dem Kerl den Weg abzuschneiden. Ich hatte meine Waffe gezogen. Es war dunkel in der Seitenstraße. Die Mülltonnen waren umgestürzt. Ich hörte meinen Partner von der anderen Seite kommen. Die Frau schrie. Der Kerl ritzte sie ein wenig, und sie krümmte sich auf dem Asphalt. Dann sprang er mich an. Er hatte mir schon das Messer hineingerammt, bevor ich einen Schuss abfeuern konnte. Ich tötete ihn, während ich zusammenbrach. Das hat man mir hinterher erzählt. Ich erinnere mich nicht. Als ich im Krankenhaus erwachte, fühlte ich mich, als wäre ich zerschnitten und wieder zusammengenäht worden. Ich sagte mir, ich würde hierher zurückkommen, falls ich es schaffte. Denn ich wusste, sollte ich noch ein einziges Mal durch eine dunkle Seitenstraße gehen, würde ich nicht mehr herauskommen.«

Suzanna schlang ihre Arme fest um ihn. »Hältst du dich für einen Versager, weil du heimgekommen bist, anstatt noch einmal durch eine dunkle Seitenstraße zu gehen?«

»Ich weiß es nicht.«

»Ich habe das lange Zeit getan. Niemand hat mir ein Messer in den Rücken gestochen, aber ich begriff, dass ein Teil von mir absterben würde, sollte ich mein Versprechen halten und bei Bax bleiben. Ich wählte das Überleben. Meinst du, ich sollte mich dafür schämen?«

»Nein.« Holt drehte sich um und ergriff ihre Schultern. »Nein.«

Suzanna umfasste liebevoll sein Gesicht. »Ich auch nicht. Es ist schrecklich, was dir zugestoßen ist, aber ich bin froh, dass es dich hierher verschlagen hat.« Sie küsste ihn sehr sanft.

Sein Körper entspannte sich, während er Suzanna an sich zog. Das war endlich die nächste Ebene. Es gab nicht nur Leidenschaft, nicht nur Zärtlichkeit, sondern auch Vertrauen. Als der Wind durch das Gras und die bunten Blumen strich, glaubte Suzanna etwas anderes zu hören, etwas so Ruhiges und Schönes, dass ihr Tränen in die Augen stiegen. Als sie Holt anschaute, wusste sie, dass auch er es gehört hatte, und lächelte.

»Wir sind hier nicht allein«, murmelte sie. »Die beiden müssen an derselben Stelle gestanden und einander so gehalten haben.« Sie zog seine Hand an ihre Lippen. »Holt, glaubst du, dass Schicksal und Zeit einen Kreis beschreiben können?«

»Ich beginne es zu glauben.«

»Sie kommen noch immer hierher und warten. Ich frage mich, ob sie einander jemals finden. Ich denke schon, wenn wir alles richtig machen.« Sie küsste ihn wieder und schlang einen Arm um seine Taille. »Lass uns heimgehen. Ich habe das Gefühl, dass es ein interessanter Abend wird.«

»Suzanna«, setzte Holt an, als sie sich auf den Rückweg machten. »Nach der Séance …« Er verstummte, und seine Leidensmiene brachte sie zum Lachen.

»Keine Angst, in *The Towers* haben wir nur freundliche Geister.«

»Sicher. Erwarte nur nicht, dass ich viel Vertrauen in Gesänge und Trance und so etwas setze, aber ich habe mich gefragt, ob hinterher … Sieh mal, ich weiß, dass du die Kinder nicht gern allein lässt, aber ich dachte, du könntest mit zu mir kommen. Da gibt es was, worüber ich mit dir sprechen möchte.«

»Was denn?«

»Einfach etwas«, antwortete er lahm. Wenn er sie bat, ihn

zu heiraten, wollte er es richtig machen. »Ich wäre schr froh, wenn du eine oder zwei Stunden für mich erübrigen könntest.«

»Na schön, wenn es wichtig ist. Geht es um die Smaragde?«

»Nein, es ist … Ich möchte lieber warten, in Ordnung? Hör mal, ich habe ein paar Dinge zu erledigen, ehe wir die Geister beschwören.«

»Bleibst du nicht zum Abendessen?«

»Ich kann nicht, aber ich komme wieder.« Als sie die Steinmauer erreichten, zog er Suzanna an sich und küsste sie stürmisch. »Bis später.«

Sie wäre ihm vielleicht gefolgt, aber ihr Name wurde von der Terrasse im ersten Stock gerufen. Oben stand ihre Schwester.

»Amanda!« Lachend lief sie die Steinstufen hinauf. »Was machst du hier?« Sie zog die frisch gebackene Ehefrau in ihre Arme und drückte sie. »Du siehst wunderbar aus, aber du solltest noch eine Woche weg sein. Stimmt etwas nicht?«

»Es ist nichts.« Sie küsste Suzanna auf die Wangen. »Komm schon, dann erzähle ich dir alles.«

»Wohin gehen wir?«

»In Biancas Turm. Familientreffen.«

Sie stiegen die Wendeltreppe im Turm hinauf. C. C. und Lilah warteten schon.

»Tante Coco?«, fragte Suzanna.

»Wir lassen sie wissen, was wir besprochen haben«, antwortete Amanda. »Aber es wäre zu verdächtig, würden wir sie hier heraufschleppen.«

Suzanna setzte sich zu Lilahs Füßen auf den Boden. »Dann geht das also nur die Frauen an?«

»Das haben die Kerle verdient«, meinte C. C. und verschränkte die Arme. »Seit Tagen schleichen sie sich zu den Treffen ihres Jungenklubs davon. Es ist Zeit, dass wir die Dinge zurechtrücken.«

»Max hat eindeutig was in seinem Ärmel versteckt«, warf Lilah ein. »Er benimmt sich viel zu unschuldig. Und seit zwei Tagen hält er sich bei den Bauarbeitern auf.«

»Ich glaube nicht, dass er Fliesenlegen lernen möchte«, bemerkte Suzanna.

»Wollte er das, hätte er jetzt schon zwanzig Bücher darüber.« Lilah lehnte sich zurück. »Heute Nachmittag habe ich Trent und Holt in der Pergola beim Kriegsrat beobachtet.«

»Dann wissen sie also etwas, das sie uns nicht sagen.« Suzanna trommelte nachdenklich mit den Fingern.

»Sloan hat vor zwei Tagen lange mit Trent telefoniert. Klang geheimnisvoll. Er behauptete, es gäbe ein Problem mit dem Material, um das er sich persönlich kümmern müsste.« Amanda schnaufte. »Und er dachte, ich wäre dumm genug, ihm das abzukaufen. Er wollte zurück, weil sie hinter etwas her sind. Und sie wollen die kleinen Frauchens da heraushalten.«

»Von wegen«, sagte C.C. »Ich bin dafür, wir marschieren nach unten und verlangen, dass sie uns alles erzählen.«

»Bambussprossen und Schlagringe«, überlegte Lilah laut. »Die Kerle würden nur noch sturer werden. Es geht um das männliche Ego, Ladys. Holt eure Helme hervor!«

Suzanna tätschelte ihr lachend das Bein. »Da hast du recht. Mal sehen, was wir wissen. Ich kann mir nicht vorstellen, dass sie es geheim halten, wenn sie die Smaragde aufgespürt haben.«

»Ich auch nicht.« Amanda ging auf und ab. »Erinnert ihr euch, wie starrsinnig sie wurden, als wir nach der Yacht suchen wollten, von der Max gesprungen ist? Wir sollten auf keinen Fall nach Livingston suchen.«

»Trent redet mit mir nicht einmal über Livingston«, fügte C.C. hinzu. »Es wäre nicht gut für mich, wenn ich mich in meinem zarten Zustand aufregte.«

Vom Fenstersitz aus gab Lilah ein schallendes Gelächter von

sich. »Ich möchte den Mann sehen, der ein Kind kriegt und dann noch den Nerv hat, eine Frau zart zu nennen.«

»Holt sagt, dass Livingston uns überlegen ist – uns«, erklärte Suzanna und deutete auf jede Einzelne im Kreis. »Nicht ihm.«

»Idiot.« C. C. ließ sich neben Lilah auf den Fenstersitz fallen. »Dann sind wir uns einig? Sie haben eine Spur zu Livingston und behalten das für sich.«

Das Ergebnis war einstimmig.

»Dann müssen wir jetzt herausfinden, was sie wissen.« Amanda tappte mit ihrem Fuß. »Vorschläge?«

Suzanna hatte eine Idee. »Jede von uns sollte auf ihre Weise Informationen aus den Gentlemen herauslocken. Dann treffen wir uns morgen hier um die gleiche Zeit und setzen die Teile zusammen.«

»Gefällt mir.« Lilah richtete sich auf. »Die armen Jungs haben nicht die geringste Chance.«

Suzanna legte eine Hand auf Lilahs Arm, und Amanda und C. C. schlossen sich an, wie zum Schwur. »Und wenn das vorbei ist«, sagte sie, »werden unsere Männer hoffentlich erkennen, dass die Calhoun-Frauen für sich selbst sorgen.«

11. Kapitel

Holt war sich in seinem ganzen Leben noch nie so lächerlich vorgekommen; er war im Begriff, an einer Séance teilzunehmen. Als wäre das nicht schon schlimm genug, wollte er noch vor Ende der Nacht die Frau, die ihn gerade auslachte, um deren Hand bitten.

»Es ist kein Erschießungskommando.« Leise lachend tätschelte Suzanna seine Wange. »Entspann dich.«

»Eine verdammte Albernheit, das ist es.« Vom unteren Ende des Tisches betrachtete Colleen alle mit finsterer Miene. »Die Vorstellung, mit Geistern zu sprechen. Quatsch! Und du …« sie stach mit ihrem Finger in Richtung Coco. »Du hattest ja nie auch nur ein Gramm Verstand in deinem leeren Kopf, aber ich hätte gedacht, nicht einmal du würdest die Mädchen mit solchem Unsinn großziehen.«

»Das ist kein Unsinn.« Wie stets erschauerte Coco unter dem stahlharten Blick, doch am entgegengesetzten Ende des Tisches fühlte sie sich einigermaßen sicher. »Du wirst es schon sehen, wenn wir erst einmal beginnen.«

»Was ich sehe, ist eine Ansammlung von Einfaltspinseln.« Obwohl ihr Gesicht ernst blieb, schmolz Colleens Herz, als sie zu dem Porträt ihrer Mutter aufblickte, das über den Kamin gehängt worden war. »Ich gebe Ihnen zehntausend Dollar dafür.«

Holt zuckte die Schultern. Sie hatte ihn seit Tagen wegen des Gemäldes bedrängt. »Es ist nicht zu verkaufen.«

»Wenn Sie glauben, Sie könnten mich ausziehen, junger Mann, irren Sie sich. Ich kenne solche Tricks.«

Er lächelte sie an. »Ich verkaufe nicht.«

»Außerdem ist es mehr wert«, warf Lilah ein. »Richtig, Professor?«

»Nun ja, tatsächlich.« Max räusperte sich. »Christian Bradfords Frühwerke sind im Wert gestiegen. Vor zwei Jahren wurde bei Sotheby's eines seiner Meeresbilder für immerhin fünfunddreißigtausend Dollar versteigert.«

»Was sind Sie?«, schnappte Colleen. »Etwa sein Agent?«

Max unterdrückte ein Grinsen. »Nein, Ma'am.«

»Dann seien Sie still! Fünfzehntausend, und keinen Penny mehr.«

Holt schüttelte den Kopf. »Nicht interessiert.«

»Vielleicht könnten wir jetzt weitermachen?« Coco hielt kurz den Atem an und wartete darauf, dass der Zorn ihrer Tante sie traf. Als Colleen nur brummte und finster dreinblickte, atmete sie hörbar aus. »Amanda, Liebste, zünde die Kerzen an. Wir alle müssen jetzt unser Denken von allen Sorgen, allen Zweifeln befreien. Konzentriert euch auf Bianca!« Als die Kerzen leuchteten und der Lüster gelöscht war, ließ sie ihren Blick ein letztes Mal um den Tisch kreisen. »Reicht euch die Hände!«

Holt brummte etwas Unverständliches, ergriff dann jedoch mit seiner Rechten Suzannas, mit seiner Linken Lilahs Hand.

»Seht das Bild an«, flüsterte Coco und schloss die Augen, um es sich ins Gedächtnis zu rufen, da es hinter ihr an der Wand hing. Erwartungsvolle Schauer liefen ihr über den Rücken. »Sie ist uns nahe, sehr nahe. Sie will uns helfen.«

Holt ließ seine Gedanken treiben, weil ihm das zu vergessen half, was er hier tat. Er versuchte sich vorzustellen, wie es sein würde, wenn er und Suzanna im Cottage allein waren. Er hatte Kerzen gekauft. Champagner lag neben dem Sechserpack in seinem Kühlschrank, und zwei neue Sektkelche standen neben den Kaffeetassen. Schon jetzt brannte die Schatulle vom Juwelier förmlich ein Loch in seine Hüfttasche.

In dieser Nacht wollte er den Schritt tun, die richtigen Worte finden. Musik spielte. Suzanna öffnete die Schatulle, blickte hinein …

Smaragde lagen auf ihren Händen. Er zog die Brauen zusammen und gab sich einen kleinen Ruck. Da stimmte etwas nicht. Er hatte ihr keine Smaragde gekauft. Doch das Bild war so deutlich. Suzanna auf ihren Knien, wie sie Smaragde in den Händen hielt. Zwei glitzernde Reihen, flankiert von Diamanten, und in der Mitte ein leuchtender tropfenförmiger Stein in einem traumhaften Grün.

Die Calhoun-Halskette!

Holt fühlte die Kälte in seinem Nacken und ignorierte sie. Er hatte das Bild gesehen, das Max in einem alten Buch in der Bibliothek gefunden hatte. Er wusste, wie die Smaragdhalskette aussah. Es war nur die Atmosphäre, die ihn daran denken ließ, die Stille und die flackernden Kerzen.

Er glaubte nicht an Visionen. Doch als er die Augen schloss, um das Bild aus seinen Gedanken zu löschen, schien es darin verankert zu sein – Suzanna, wie sie auf dem Fußboden kniete und Smaragde von ihren Händen hingen.

Holt spürte eine Hand auf seiner Schulter und blickte nach hinten. Da war niemand, nur Schatten und Licht, von den Kerzen erzeugt. Doch das Bild blieb mit einer Deutlichkeit, dass sich ihm die Nackenhaare sträubten.

Das ist verrückt, sagte er sich. Und es war Zeit, diesem ganzen Irrsinn ein Ende zu bereiten.

»Einen Moment!«, begann er. Und Biancas Porträt krachte auf den Fußboden.

Coco schoss mit einem spitzen Aufschrei von ihrem Stuhl

hoch. »Ach, du liebe Güte! Ach, du meine Güte!«, murmelte sie und klopfte gegen ihr jagendes Herz.

Amanda lief bereits hin. »Hoffentlich ist es nicht beschädigt.«

»Das glaube ich nicht.« Lilah ließ nun Holts Hand los.

Ihr klarer und ruhiger Blick bereitete ihm Unbehagen. Er ignorierte sie und wandte sich an Suzanna. Ihre Hand war wie Eis in der seinen. »Was ist? Was stimmte denn nicht?«

»Nichts.« Doch sie erschauerte. »Du solltest nach dem Porträt sehen.«

Holt stand auf und ging zu den anderen, die am Boden kauerten. Suzanna warf einen Blick zu ihrer Großtante. Colleens weiße Haut war so blass geworden, dass sie wie Glas wirkte. Ihre Augen schimmerten seltsam. Suzanna stand auf und schenkte ihr einen Brandy ein.

»Es kommt alles in Ordnung«, murmelte sie und legte eine Hand auf die hagere Schulter.

»Der Rahmen hat einen Sprung.« Sloan strich mit dem Finger darüber, ehe er sich erhob. »Sonderbar, dass es heruntergefallen ist. Diese Nägel sind sehr fest.«

Holt wollte die Sache mit einem Achselzucken abtun, doch als er sich näher zu der Stelle beugte, an der sich der Rahmen von der Rückwand gelöst hatte, erstarrte er. »Da steckt etwas zwischen der Leinwand und der Rückwand.« Er hob das Porträt hoch und legte es verkehrt herum auf den Tisch. »Ich brauche ein Messer.«

Sloan gab ihm sein Taschenmesser, und Holt machte einen langen Schnitt unterhalb des gesprungenen Rahmens und fischte mehrere Blatt Papier heraus.

»Was ist das?« Coco presste die Hände auf ihren Mund.

»Das ist die Handschrift meines Großvaters.« Holt konnte seine Erregung nicht verbergen, als er Suzanna ansah. »Es könnte ein Tagebuch sein. Das Datum ist 1965.«

»Setzen Sie sich, mein Lieber.« Coco legte eine Hand auf seine Schulter. »Trent, schenkst du Brandy ein? Ich mache Tee für C. C.«

Holt setzte sich. Als Suzanna seine Hand ergriff, packte er ihre Finger. »Es war die ganze Zeit da, und ich hatte keine Ahnung.«

»Du solltest es nicht wissen«, sagte sie ruhig. »Bis heute Abend. Manche Dinge müssen wir einfach akzeptieren.«

»Etwas ist heute Abend passiert, hat dich erschüttert.«

»Ich werde es dir erzählen, aber nicht jetzt.«

Gefasster brachte Coco den Tee und nahm wieder ihren Platz ein. »Holt, was immer Ihr Großvater schrieb, gehört Ihnen. Niemand hier wird von Ihnen verlangen, dass Sie es mit uns teilen. Wenn Sie es lieber für sich behalten wollen, nachdem Sie es gelesen haben, werden wir das verstehen.«

Holt hob das erste Blatt an. »Wir lesen es gemeinsam.« Er holte tief Luft. *»In dem Moment, als ich sie sah, veränderte sich mein Leben.«*

Niemand sprach, während Holt die Erinnerungen seines Großvaters vorlas. Doch um den Tisch herum vereinigten sich wieder Hände. Nichts war zu hören außer seiner Stimme und dem Wind, der durch die Bäume vor den Fenstern strich. Als Holt endete, blieb es im Raum still.

Lilah sprach als Erste mit tränenerstickter Stimme. »Er hat nie aufgehört, sie zu lieben. Obwohl er sich ein eigenes Leben aufgebaut hat, hat er sie immer geliebt.«

»Wie muss er sich in jener Nacht gefühlt haben, als er hierher kam und erfuhr, dass sie nicht mehr lebte.« Amanda lehnte ihren Kopf an Sloans Schulter.

»Doch er hatte recht.« Suzanna sah, wie eine ihrer Tränen auf Holts Handrücken fiel. »Sie hat sich nicht selbst das Leben genommen. Das konnte sie nicht. Sie liebte ihn dafür viel zu sehr, und sie hätte alles ertragen, nur um ihre Kinder zu schützen.«

»Nein, sie ist nicht gesprungen«, sagte Colleen. Sie hob ihren Schwenker mit zitternden Händen und setzte ihn wieder ab. »Ich habe nie über jene Nacht gesprochen, zu niemandem. Im Lauf der Jahre dachte ich manchmal, was ich gesehen habe, wäre nur ein Traum gewesen. Ein schrecklicher Albtraum.« Entschlossen klärte sie ihren Blick und verlieh ihrer Stimme Kraft. »Er hat sie verstanden, ihr Christian. Er hätte nicht so über sie schreiben können, ohne ihr Herz zu kennen. Sie war schön, aber sie war auch freundlich und großzügig. Ich wurde niemals so geliebt wie von meiner Mutter. Und ich habe nie so gehasst, wie ich meinen Vater hasste.«

Colleen straffte ihre Schultern. Die Bürde war schon etwas leichter geworden.

»Ich war zu jung, um ihr Unglück und ihre Verzweiflung zu verstehen. In jener Zeit regierte ein Mann sein Heim und seine Familie, wie es ihm gefiel. Niemand wagte es, meinen Vater infrage zu stellen. Doch ich erinnere mich des Tages, an dem Mutter den Welpen heimbrachte, den kleinen Welpen, den mein Vater nicht in seinem Haus duldete. Mutter schickte uns nach oben, aber ich versteckte mich am oberen Ende der Treppe und lauschte. Ich hatte nie zuvor gehört, dass sie ihre Stimme gegen ihn erhob. Oh ja, sie war tapfer. Und er war grausam. Ich verstand die Ausdrücke nicht, mit denen er sie belegte. Damals verstand ich sie nicht.«

Colleen nahm einen Schluck. Ihre Kehle war trocken und die Erinnerung bitter.

»Mutter verteidigte mich gegen ihn, wusste sie doch genau wie ich, dass er mich – ein Mädchen – kaum tolerierte. Als er nach dem Streit das Haus verließ, war ich froh. In jener Nacht hoffte ich, er würde nie zurückkommen. Am nächsten Tag eröffnete mir meine Mutter, wir würden eine Reise machen. Sie hatte es meinen Brüdern noch nicht gesagt, aber ich war die Älteste. Sie wollte, dass ich verstand, dass sie sich um uns kümmern würde und uns nichts Schlimmes zustoßen konnte. Dann kam er zurück. Ich wusste, dass sie verstört war, sogar Angst hatte. Ich sollte in meinem Zimmer bleiben, bis sie mich holen käme. Aber sie kam nicht. Es wurde spät, und ein Gewitter zog auf. Ich wollte zu meiner Mutter.«

Colleen presste ihre Lippen aufeinander und schwieg für einen Moment.

»Sie war nicht in ihrem Zimmer. Also stieg ich in den Turm, in dem sie oft ihre Zeit zubrachte. Ich hörte die beiden, als ich die Stufen hinaufschlich. Die Tür stand offen, und ich hörte meine Mutter und meinen Vater. Und den schrecklichen Streit. Vater tobte, blind vor Wut. Mutter sagte ihm, dass sie nicht länger mit ihm leben könnte, sie wollte von ihm nur ihre Kinder und ihre Freiheit.«

Weil Colleen zitterte, stand Coco auf und ging zu ihr, um ihre Hand zu ergreifen.

»Er schlug sie. Ich hörte den Schlag und rannte zur Tür. Doch ich hatte zu große Angst, um hineinzugehen. Mutter hielt sich die Wange, und ihre Augen funkelten. Nicht vor Angst, sondern vor Zorn. Ich werde immer daran denken, dass zuletzt keine Angst in ihr war. Er drohte ihr mit dem Skandal. Er schrie sie an, sollte sie sein Haus verlassen, würde sie nie wieder eines ihrer Kinder zu Gesicht bekommen. Sie würde seinen Ruf nicht ruinieren. Sie würde seinem Ehrgeiz kein Hindernis in den Weg stellen.«

Colleens Lippen zuckten leicht, als sie den Kopf anhob.

»Sie bettelte nicht. Und sie weinte nicht. Sie schleuderte ihm die Worte entgegen wie Donnerschläge.« Colleen ballte eine Hand zur Faust und presste sie auf den Mund, um ihre Tränen zurückzudrängen. »Sie war großartig. Ihre Kinder würde man ihr nicht nehmen, und der Skandal wäre ihr gleichgültig. Ob er glaubte, es würde ihr etwas ausmachen, was die Leute von ihr dachten? Ob er glaubte, sie würde seine Macht fürchten, sie von der Gesellschaft ächten zu lassen? Sie wollte ihre Kinder nehmen und ein Leben aufbauen, in dem sie und die Kinder geliebt würden. Und ich glaube, das trieb ihn zur Raserei – die Vorstellung, sie könnte einen anderen Mann ihm vorziehen. Ihm, Fergus Calhoun. Sie könnte ihm sein Geld und seine Macht und seine Stellung vor die Füße werfen, anstatt sich seinen Wünschen zu beugen. Er packte sie, hob sie von ihren Füßen, schüttelte sie, schrie sie an, während sein Gesicht vor Wut dunkelrot anlief. Ich glaube, dann schrie ich, und als Mutter mich hörte, begann sie sich zu wehren. Als sie nach ihm schlug, stieß er sie von sich. Ich hörte das Klirren von Glas.«

Eine Weile verharrte Colleen. »Er lief zum Fenster und brüllte ihren Namen, aber sie war verschwunden. Wie lange er da stand, während der Sturm und der Regen hereinschlugen, weiß ich nicht. Als er sich umdrehte, war sein Gesicht weiß, sein Blick glasig. Er wankte an mir vorbei, ohne mich zu sehen. Ich ging zu dem zerbrochenen Fenster und starrte in die Tiefe, bis Nanny kam und mich wegtrug.«

Coco drückte einen Kuss auf das weiße Haar und streichelte es sanft. »Komm mit mir, meine Liebe. Ich führe dich hinauf. Lilah bringt dir eine Tasse Tee.«

»Ja, ich komme gleich nach oben.« Lilah wischte sich über die Wangen. »Max?«

»Ich begleite dich.« Er schlang einen Arm um ihre Taille, als Coco Biancas Tochter aus dem Raum führte.

»Armes kleines Mädchen«, murmelte Suzanna nachdenklich und ließ ihren Kopf an Holts Schulter gelehnt, während sie von

The Towers wegfuhren. »Dass sie etwas so Schreckliches mit ansehen musste … Ich stelle mir Jenny vor …«

»Nicht. Dir ist die Flucht geglückt, Bianca nicht.« Er wartete einen Moment. »Du hast es gewusst, nicht wahr? Noch bevor Colleen uns die Geschichte erzählt hat.«

»Ich wusste, dass sie nicht Selbstmord begangen hatte. Ich kann es nicht erklären, aber heute Abend wusste ich es. Es war, als hätte Bianca direkt hinter mir gestanden.«

Holt dachte an das Gefühl einer Hand auf seiner Schulter. »Vielleicht hat sie das getan. Nach diesem Abend kann ich mir kaum vorstellen, dass das Gemälde zufällig von der Wand fiel.«

Suzanna schloss die Augen. »Es ist schön, was dein Großvater über sie schrieb. Ich will nicht an die Tragödie denken, sondern an die Zeit, die sie zusammen waren. Wie sie in den wilden Rosen tanzten.«

Als sie das Cottage erreichten, sprang Sadie aus dem Wagen und beschnüffelte die Blumenbeete, die Suzanna angelegt hatte. Holt öffnete die Haustür und hielt sie für Suzanna auf.

Sie neigte den Kopf und schlüpfte an ihm vorbei. »Danke.« Als er nur die Fliegengittertür zufallen ließ, sah Suzanna sich im Raum um. »Etwas ist anders.«

»Ich habe aufgeräumt«, murmelte er.

»Sieht hübsch aus. Holt, ich wollte dich fragen, ob du meinst, dass Livingston noch auf der Insel ist?«

»Warum? Ist etwas passiert?«

Seine Antwort kam viel zu schnell. »Nein. Hast du eine Ahnung, was er als Nächstes planen könnte?« Sie fuhr mit der Fingerspitze über eine der Kerzen, die er gekauft hatte.

»Woher soll ich das wissen?«

»Du bist der Experte für Verbrechen.«

»Und ich habe dir gesagt, dass du Livingston mir überlassen sollst.«

»Und ich habe dir gesagt, dass ich das nun mal nicht tun kann. Vielleicht werde ich ein wenig herumschnüffeln.«

»Versuch es, und ich lege dir Handschellen an und sperre dich in einen Schrank. Wie kommst du überhaupt darauf?«

Suzanna zuckte die Schultern. »Ich dachte, wir könnten darüber reden, weil wir ein wenig Zeit haben.«

»Setz dich doch, Suzanna.« Holt zog sein Feuerzeug hervor.

»Was machst du da?«

»Ich zünde Kerzen an.« Seine Nerven waren zum Zerreißen gespannt. »Wonach sieht das wohl aus?«

Sie setzte sich. »Da du so gereizt bist, nehme ich an, dass du irgendetwas weißt.«

»Zieh keine Schlüsse, außer dem, dass du mich ärgerst.« Er ging zur Stereoanlage.

»Wie nahe bist du dran?«, fragte Suzanna, als der Blues eines Saxofons durch den Raum schwebte.

»Ich bin nirgendwo dran.« Da dies eine Lüge war, wollte er es mit einer Teilwahrheit wieder gutmachen. »Er ist in der Gegend. Er ist vor zwei Wochen hier eingebrochen und hat sich umgesehen.«

»Was?« Sie schnellte hoch. »Das hast du mir nicht erzählt?«

»Was hättest du denn machen wollen?«, entgegnete er. »Ein Vergrößerungsglas nehmen und eine karierte Mütze aufsetzen?«

»Ich hätte ein Recht darauf, es zu erfahren.«

»Jetzt hast du es erfahren. Setz dich bitte! Ich komme gleich wieder.«

Er ging hinaus, und Suzanna stellte fest, dass die Kerzen dufteten. Sie lächelte. Bestimmt hatte Holt nicht absichtlich nach Jasmin duftende Kerzen gekauft. Als er zurückkam, sah sie ihn verwirrt an. »Ist das Champagner?«

»Ja.« Und er war gründlich verärgert. Er hatte sich vorgestellt, sie würde verzaubert sein. Stattdessen stellte sie dauernd Fragen. »Willst du welchen oder nicht?«

»Sicher.« Nachdem er eingeschenkt hatte, stieß Suzanna mit ihm an. »Also, wenn du sicher bist, dass Livingston der Einbrecher war, denke ich ...«

»Noch ein Wort«, unterbrach Holt sie mit gefährlicher Ruhe, »noch ein Wort über Livingston, und ich kippe die restliche Flasche über deinem Kopf aus.«

Sie nippte und wusste, dass sie vorsichtig sein musste, wollte sie nicht eine Flasche Champagner und damit klebrige Haare riskieren. »Ich möchte nur ein klares Bild.«

Holt stieß geradezu einen Aufschrei der Frustration aus und wandte sich ab. Champagner schwappte aus seinem Glas, während er auf und ab lief. »Sie will ein klares Bild und ist blind wie ein Maulwurf. Ich habe den Staub von zwei Monaten aus diesem Haus geschafft. Ich habe Kerzen und Blumen gekauft. Ich musste mir die Belehrungen von irgendeinem Idioten über Champagner anhören. Das ist das Bild, verdammt noch mal!«

Suzanna wollte ihm durch Ärger Informationen entlocken, ihn jedoch nicht zum Toben bringen. »Holt ...«

»Setz dich und sei still! Ich hätte wissen müssen, dass das schiefgeht. Der Himmel weiß, warum ich es auf diese Art versucht habe.«

Es dämmerte ihr, und sie lächelte. »Holt, es ist sehr lieb von dir, dass du das alles gemacht hast. Tut mir leid, wenn ich es nicht zu schätzen scheine. Wenn du wolltest, dass ich heute Nacht hierher komme, damit wir uns lieben können ...«

»Ich will nicht, dass wir uns lieben!« Er fluchte lästerlich. »Natürlich will ich, dass wir uns lieben, aber darum geht es nicht. Ich – ich wollte dich nur bitten, mich zu heiraten. Also setz dich endlich hin, verdammt noch mal!«

Da ihre Beine sich von den Knien abwärts verflüssigt zu haben schienen, sackte sie in einen Sessel.

»Das ist perfekt.« Holt schüttete Champagner in sich hinein und lief wieder auf und ab. »Einfach perfekt. Ich versuche dir klarzumachen, dass ich verrückt nach dir bin und ohne dich nicht leben kann, und du kannst nichts anderes tun, als mich wegen irgendeines besessenen Juwelendiebes zu nerven.«

Langsam hob sie ihr Glas an die Lippen. »Tut mir leid.«

»Das sollte dir auch leid tun«, sagte er verbittert. »Ich war bereit, mich deinetwegen heute Abend zum Narren zu machen, und du hast nicht einmal das zugelassen. Ich bin fast schon mein halbes Leben in dich verliebt. Selbst als ich wegzog, habe ich dich nicht aus meinen Gedanken vertreiben können. Du hast mir jede andere Frau verdorben.«

Verliebt ... Das Wort kreiste in ihrem Kopf. Verliebt! »Ich dachte, du magst mich nicht.«

»Ich konnte dich nicht ertragen.« Holt fuhr sich durch die Haare. »Sooft ich dich ansah, begehrte ich dich so sehr, dass ich kaum atmen konnte. Mein Mund wurde trocken, und mein Magen krampfte sich zusammen. Ich wollte dich erwürgen. Du fährst mich über den Haufen und schleuderst mich von meinem Motorrad, und ich liege da und blute und – schäme mich. Und du beugst dich über mich, duftest wie eine Rose und streichst mit deinen Händen über mich, um festzustellen, ob ich mir etwas gebrochen habe. Noch eine Sekunde länger, und ich hätte dich damals zu mir auf den Asphalt gezerrt.«

Holt rieb sich über das Gesicht. »Himmel, du warst erst sechzehn.«

»Du hast mich beschimpft.«

Seine Miene war Ausdruck des Zorns. »Verdammt richtig, ich habe dich beschimpft. Damit bist du besser weggekommen als mit dem, was ich eigentlich mit dir machen wollte.« Er beruhigte sich ein wenig, stellte sein Glas weg, zog eine Zigarette hervor und schleuderte sie beiseite. »Ich bin in solchen Sachen nicht gut, Suzanna. Ich dachte, ich würde für Stimmung sorgen, und wenn du genug Champagner getrunken hättest, wollte ich dich davon überzeugen, dass ich dich glücklich machen kann.«

Sie konnte sich nicht entspannen. »Ich brauche keinen Champagner und keine Kerzen, Holt.«

Er lächelte schwach. »Baby, du bist doch dafür geboren.«

Suzanna starrte in ihr Glas und überlegte, ob sie wieder dieses Risiko eingehen sollte. Ihn zu lieben, war eine Sache. Von ihm geliebt zu werden, war unglaublich. Aber Heirat … »Warum sagst du mir dann nicht einfach die Wahrheit?«

Holt setzte sich auf die Seitenlehne der Couch. »Ich liebe dich. Ich habe nie für eine andere so viel empfunden wie für dich. Was auch passiert, ich werde dich immer lieben. Wir können die letzten Jahre nicht ungeschehen machen, aber vielleicht können wir es von jetzt an für uns beide besser machen. Und für die Kinder.«

Ihre Augen schienen sich zu verdunkeln. »Das wird wahrscheinlich nicht einfach sein. Baxter wäre immer ihr rechtmäßiger Vater.«

»Aber er wäre nicht derjenige, der sie liebt.« Als ihre Augen sich mit Tränen füllten, schüttelte er den Kopf. Nein, es hatte nicht des Champagners und der Kerzen bedurft, um Suzanna verletzbar zu machen und für seine Wünsche zu öffnen. Es war allein die Erwähnung ihrer Kinder.

»Ich werde sie nicht benutzen, um etwas bei dir zu erreichen. Ich weiß, dass ich es könnte, aber erst einmal muss es zwischen dir und mir sein. Vielleicht hänge ich an ihnen und will das auch. Ich glaube, ich würde mich ganz gut machen als ihr Vater. Aber ich möchte nicht, dass du mich ihretwegen heiratest.«

Sie holte tief Luft und drehte den Champagnerkelch in ihren Händen. »Ich wollte nie wieder jemanden lieben. Und ich wollte ganz bestimmt nicht wieder heiraten.«

Sie lächelte. »Aber du bist die Ausnahme.« Sie griff nach seiner Hand. »Ich kann nicht behaupten, dass ich dich schon so lange liebe, aber du kannst mich nicht mehr lieben, als ich dich.«

Holt begnügte sich nicht mit der Hand, sondern nahm Suzanna in seine Arme. Nachdem er sie lange und leidenschaftlich geküsst hatte, drückte er seine Stirn in ihr Haar. »Sag mir nicht, dass du darüber nachdenken musst, Suzanna.«

»Ich brauche nicht darüber nachzudenken.« Sie konnte sich nicht erinnern, wann ihr Herz und ihr Verstand derartigen Frieden gefunden hatten. »Ich werde dich heiraten.«

Noch ehe die Worte vollständig über ihre Lippen gekommen waren, taumelte sie schon mit ihm auf die Couch. Sie lachte, als sie sich gegenseitig die Kleider vom Leib zogen, lachten auch noch, als sie durch die hektischen Bewegungen auf den Boden fielen.

»Ich wusste es.« Sie knabberte an seiner nackten Schulter. »Du hast mich hierher gebracht, damit wir uns lieben.«

»Kann ich etwas dafür, wenn du deine Hände nicht von mir lassen kannst?« Er legte eine Kette von Küssen um ihren Hals.

Lächelnd neigte sie ihren Kopf zurück, um ihm vollen Zugang zu bieten. »Holt, wolltest du mich wirklich zu dir auf die Straße ziehen, nachdem du von deinem Motorrad gefallen warst?«

»Nachdem du mich über den Haufen gefahren hast«, verbesserte er sie und knabberte an ihrem Ohr. »Ja. Ich zeige dir, was mir so ungefähr vorschwebte.«

Später lagen sie völlig erschöpft auf dem Boden. Als Suzanna dazu in der Lage war, hob sie den Kopf von seiner Brust. »Es ist schon gut, dass wir das nicht vor zwölf Jahren versucht haben.«

Träge öffnete Holt die Augen. »Sehr gut. Ich hätte überhaupt keine Haut mehr am Rücken gehabt.«

Lächelnd betrachtete sie ihn. »Du hast mir immer ein wenig Angst eingejagt, weil du so grimmig und gefährlich ausgesehen hast. Aber die Mädchen redeten über dich.«

»Ach ja? Was haben sie gesagt?«

»Das verrate ich dir, wenn du sechzig bist und wir ein altes Ehepaar mit Enkelkindern sind. Dann werde ich dich auch an den Abend erinnern, an dem du mir einen Heiratsantrag gemacht hast, indem du durch das Zimmer getobt bist.«

»Das war deine Schuld.« Er fischte die Schatulle aus seiner Jeans. »Du hättest dasitzen und von meinen romantischen Fähigkeiten benebelt sein sollen. Dann wäre ich auf die Knie gesunken.«

Mit geweiteten Augen starrte sie auf die Schatulle.

»Ich hätte mich wie ein Idiot gefühlt, aber ich hätte es getan. Jetzt musst du dir selbst die Schuld geben, dass du nackt auf dem Fußboden liegst … Hier.«

»Du hast mir einen Ring gekauft«, flüsterte Suzanna überrascht.

»Woher willst du wissen, dass da kein Frosch drinsitzt?« Ungeduldig rollte Holt sich über sie. »Ich wollte dir keine Diamanten schenken. Ich dachte, die hättest du schon mal gehabt. Smaragde wirst du auch einmal haben. Und dies ist mehr wie deine Augen.«

Tränen verwischten ihre Sicht. Es waren Brillanten, winzige Steine, die in Herzform einen leuchtenden Saphir umgaben. Sie waren nicht so kalt wie die Steine, die sie verkauft hatte.

Holt betrachtete unbehaglich die erste Träne. »Wenn er dir nicht gefällt, können wir ihn umtauschen.«

»Er ist wunderschön.« Sie wischte sich eine Träne weg. »Tut mir leid, ich hasse es zu weinen. Er ist nur so schön, und du hast ihn für mich gekauft, weil du mich liebst. Und wenn ich ihn überstreife, gehöre ich dir.«

Er lehnte seine Stirn gegen die ihre. Das waren die Worte, die er wollte, die er brauchte. Er nahm den Ring aus der Schatulle und schob ihn Suzanna auf den Finger. »Du gehörst mir.« Er küsste ihre Hand, dann ihre Lippen. »Ich gehöre dir.« Er presste sie fest an sich und erinnerte sich an die Worte seines Großvaters. »Ewig.«

12. Kapitel

Suzanna nahm die Kinder am nächsten Morgen mit in den Laden. Sie konnte dem Rest der Familie ihre Neuigkeit nicht erzählen, bevor sie nicht Alex' und Jennys Gefühle erforscht hatte.

»Mögt ihr eigentlich Holt?«, fragte sie beiläufig, während sie das Gewächshaus inspizierten.

»Er ist nett.« Alex war in Versuchung, seine Schwester nass zu spritzen, war das letzte Mal damit jedoch hereingefallen.

»Er spielt manchmal mit uns.« Jenny tanzte von einem Fuß auf den anderen. »Ich mag es, wenn er uns in die Luft wirft.«

»Ich mag ihn auch.« Suzanna entspannte sich ein wenig.

»Wirft er dich auch in die Luft?«, wollte Jenny wissen.

»Nein.« Lachend zerzauste Suzanna ihr die Haare. »Ich habe mich gefragt …« Suzanna wischte nervös mit ihren Händen über ihre Jeans. »Was würdet ihr dazu sagen, wenn er die ganze Zeit bei uns wohnt?«

»Das wäre gut«, entschied Jenny. »Er spielt mit uns auch, wenn wir ihn nicht bitten.«

Bleibt nur noch einer, dachte Suzanna. »Alex?«

Er scharrte mit den Füßen. »Willst du auch heiraten wie C. C. und Amanda?«

Sie kauerte sich hin. »Ich habe daran gedacht. Was meinst du?«

»Muss ich wieder einen blöden Smoking tragen?«

Suzanna streichelte ihm lächelnd die Wange. »Ja, wahrscheinlich.«

»Wird er dann unser Onkel wie Trent und Sloan und Max?«, fragte Jenny.

Suzanna stand auf. »Nein. Er wäre dann euer Stiefvater.«

Bruder und Schwester wechselten Blicke. »Würde er uns dann noch immer mögen?«

»Natürlich, Jenny.«

»Müssten wir dann weggehen und woanders leben?«

Sie strich Alex übers Haar. »Nein, er würde bei uns in *The Towers* wohnen, oder wir würden vielleicht bei ihm in seinem Cottage leben. Wir wären eine Familie.«

»Hast du dich in Holt verliebt?«, wollte Jenny wissen.

»Ja, das habe ich.« Sie bemerkte Alex' Unbehagen und lächelte. »Ich möchte ihn heiraten, damit wir alle zusammen sein können. Aber Holt und ich wollen wissen, wie ihr darüber denkt.«

»Ich mag ihn«, verkündete Jenny. »Er lässt mich auf seinen Schultern reiten.«

Alex zuckte zögernd die Schultern. »Vielleicht ist er in Ordnung.«

»Wir können uns noch mehr darüber unterhalten«, sagte Suzanna besorgt. »Machen wir den Laden auf.«

Sie traten aus dem Gewächshaus, als Holt in die Einfahrt bog. Er versuchte, lässig zu wirken. »Hallo!«

»Hallo!« Suzanna wollte ihm die Arme entgegenstrecken, doch die Kinder hielten ihre Hände fest.

»Ich dachte, ich komme mal vorbei und … Wie läuft es?«

Jenny lächelte schüchtern. »Mom sagt, ihr heiratet, und du wirst unser Stiefvater und wohnst bei uns.«

Holt musste den Drang unterdrücken, mit den Füßen zu scharren. »So sieht unser Plan aus.«

Alex drückte Suzannas Finger. »Wirst du uns anschreien?«

Holt beugte sich herunter, bis er mit dem Jungen auf gleicher Höhe war. »Vielleicht, wenn ihr ungezogen seid.«

Alex vertraute dieser Antwort mehr als einem bedingungslosen Nein. »Schlägst du uns?« Er erinnerte sich der Schläge, die er während des Urlaubs erhalten hatte. Sie hatten mehr beleidigt als geschmerzt, aber er grollte deswegen noch immer.

Holt legte eine Hand unter das Kinn des Jungen. »Nein«, antwortete er, und Alex glaubte ihm. »Aber ich könnte dich an den Daumen aufhängen oder in Öl kochen. Wenn ich wirklich wütend werde, binde ich dich auf einen Ameisenhaufen.«

Alex schob die Unterlippe vor. Er war mit der Befragung noch nicht fertig. »Wirst du Mom zum Weinen bringen, wie er es getan hat?«

»Alex«, begann Suzanna, aber Holt schnitt ihr das Wort ab.

»Vielleicht manchmal, wenn ich dumm bin. Aber nicht absichtlich. Ich liebe sie sehr, und ich möchte sie glücklich machen.«

Alex sah ihn forschend an. »Machst du auch diese Schmatzerei? Seit Trent und Sloan und Max hier sind, gibt es ständig Küsserei.«

»Ja.« Holt lächelte. »Ich mache auch diese Schmatzerei.«

»Aber du magst das nicht«, sagte Alex hoffnungsvoll. »Du machst das nur, weil Mom es will.«

»Tut mir leid, ich mag das auch.«

»So ein Mist«, murmelte Alex niedergeschlagen.

»Macht es jetzt!« Jenny tanzte und kicherte. »Ich will zusehen.«

Holt gehorchte gern und zog Suzanna an sich. Als er seine Lippen von ihrem Mund löste, war Alex rot, und Jenny klatschte. »Ich sage es dir nur ungern«, erklärte Holt nüchtern. »Aber eines Tages wirst du es auch mögen, Alex.«

»Uh! Lieber esse ich Schlamm.«

Lachend hob Holt ihn hoch und war erleichtert, als Alex einen Arm um seinen Nacken legte. »Sag mir das in zehn Jahren.«

»Ich mag es«, behauptete Jenny und zog an seinem Hosenbein. »Ich mag es jetzt schon. Küss mich!« Er hob sie lachend auf seinen anderen Arm und küsste sie. Ihre großen blauen Augen strahlten. »Aber Mom hast du anders geküsst.«

»Das kommt daher, dass sie die Frau und du das Kind bist.«

Sie strich mit einer Hand über seine Wange. »Darf ich dich Daddy nennen?«, fragte sie, und Holt fühlte, wie sich ihm das Herz zusammenzog.

»Ich – äh – sicher, wenn du willst.«

»Daddy ist was für Babys«, bemerkte Alex abfällig. »Ich nenne dich Dad.«

»In Ordnung.« Er blickte zu Suzanna. »Ja, das ist in Ordnung.«

Holt hatte schon Kontakte aufgenommen. Als endlich der erwartete Anruf kam, holte er seine Waffe hervor und schnallte sie an seiner Wade fest.

Fünfzehn Minuten später fand er Sloan im Baustellenchaos des Westflügels. Sloan, in Jeans und Werkzeuggürtel, überwachte die Arbeiten.

»Ich wusste nicht, dass Architekten einen Hammer schwingen«, sagte Holt.

Sloan grinste. »Ich habe ein persönliches Interesse an dem Job.«

Holt verstand und nickte und betrachtete die Bauarbeiter. »Welcher ist Marshall? Ich möchte mit ihm sprechen.«

Sloans Augen blitzten, doch er nickte bloß. »Ich begleite Sie. Sie halten ihn für den Dieb?«

»Robert Marshall hat sich erst vor sechs Wochen in Maine einen Führerschein ausstellen lassen. Und er hat nie unter diesem Namen und seiner Sozialversicherungsnummer Steuern gezahlt.«

Sloan sah noch immer Amanda vor sich, wie sie über die

Terrasse rannte, verfolgt von einem Mann mit einer Waffe. »Ich habe den ersten Schlag.«

Es stellte sich heraus, dass der Vorarbeiter vor wenigen Minuten Marshall weggeschickt hatte, um einen verletzten Mann ins Krankenhaus zu bringen. Den Rest des Tages hatte Marshall frei.

Sie informierten Trent in seinem Büro. Trent hatte Marshalls Adresse in seinen Unterlagen. Zusammen mit Max fuhren sie los.

Das Apartment lag am Rand des Dorfes. Die Frau, die auf Holts Klopfen öffnete, war verwittert und ging gebeugt. »Ich kaufe keine Staubsauger und kein Lexikon.«

»Wir suchen Robert Marshall«, erklärte Holt.

»Wen? Kenn' ich nicht«, brummelte sie. »Nebenan wohnt McNeilly und unten ein Mitchell, aber kein Marshall. Ich schließe auch keine Versicherung ab.«

»Dieser Marshall ist etwa dreißig, einsachtzig, schlank, schwarze schulterlange Haare und großer Schnurrbart.«

»Kenne ich nicht. Der Junge, der unten wohnt, von den Pearsons, der hat Haare bis über die Schultern. Eine Schande, wenn Sie mich fragen. Färbt sie sich auch. Nicht älter als sechzehn.«

»Entschuldigen Sie«, warf Max ein und beschrieb den Mann, den er als Ellis Caufield kennengelernt hatte.

»Hört sich nach meinem Neffen an. Wohnt in Rochester mit seiner zweiten Frau. Verkauft Gebrauchtwagen.«

»Danke.« Holt war nicht überrascht, dass der Dieb eine falsche Adresse angegeben hatte. Als sie das Haus verließen, fischte er eine Münze aus seiner Tasche und ging zu einer Telefonzelle. Er warf die Münze ein und tippte eine Nummer. »Hier spricht Detective Sergeant Bradford, Portland Police Department, Polizeimarke Nummer 7375. Ich brauche eine Überprüfung.« Er nannte die Telefonnummer aus Marshalls

Personalakte. Danach wartete er geduldig, bis der Operator sich wieder meldete. »Danke.« Er legte auf und wandte sich an die drei Männer. »Bar Island«, sagte er. »Wir nehmen mein Boot.«

Während ihre Männer sich darauf vorbereiteten, über die Bay zu fahren, trafen sich die Calhoun-Frauen in Biancas Turm. »Also«, begann Amanda, Block und Stift schreibbereit, »was wissen wir?«

»Trent hat die Personalakten überprüft«, erklärte C. C. »Er behauptete, es ginge um einbehaltene Steuern, aber das ist Unfug.«

»Interessant«, überlegte Lilah laut. »Max hat mich heute Morgen daran gehindert, in den Westflügel zu gehen. Hat jede Menge lahmer Ausreden erfunden, warum ich die Männer nicht von der Arbeit ablenken sollte.«

»Und Sloan hat ein paar Akten in eine Schublade geschoben und abgeschlossen, als er letzte Nacht ins Zimmer kam.« Amanda tippte mit ihrem Stift auf den Block. »Warum sollen wir es nicht wissen, wenn sie die Bauarbeiter überprüfen?«

»Gestern Abend«, sagte Suzanna, »habe ich erfahren, dass in Holts Cottage eingebrochen wurde. Es wurde durchsucht.«

Die drei Schwestern stürzten sich darauf und hämmerten mit Fragen auf sie ein.

»Wartet!« Suzanna hob eine Hand. »Er hat es gesagt, weil er auf mich wütend war. Dann war er noch wütender, weil es herausgekommen ist. Aber er hat es mir erzählt, weil er mir Angst machen wollte. Er wäre sicher, dass es Livingston war.«

»Was bedeutet«, kombinierte Amanda, »dass unser alter Freund weiß, welche Verbindung Holt zu uns hat. Wer weiß das noch außer uns?« In ihrer methodischen Art begann sie, alle infrage kommenden Namen aufzulisten.

»Ach, hör damit auf.« Lilah winkte ab. »Niemand außer der Familie weiß es. Keine von uns hat es außerhalb des Hauses erwähnt.«

»Vielleicht hat er es auf die gleiche Weise herausgefunden wie Max«, meinte C. C. »In der Bibliothek.«

»Max hat die Bücher ausgeliehen.« Lilah schüttelte den Kopf. »Vielleicht hat er die Informationen in den Papieren gefunden, die er uns gestohlen hat.«

»Das ist möglich.« Amanda machte eine Notiz. »Aber er hatte diese Papiere schon seit Wochen. Wann ist er in das Cottage eingebrochen?«

»Vor zwei Wochen, aber ich glaube nicht, dass er dabei die Verbindung entdeckt hat. Ich glaube, er weiß es von uns.«

Es gab einen Streit. Suzanna stand auf und hob beide Hände, um ihn zu beenden. »Hört zu! Wir waren uns einig, dass niemand von uns mit anderen darüber gesprochen hat. Und wir waren uns einig, dass unsere Männer uns nicht wissen lassen wollen, dass sie die Bauarbeiter überprüfen. Das bedeutet …«

»Das bedeutet«, ergänzte Amanda und schloss kurz die Augen, »dass der Bastard für uns arbeitet. Wie eine Fliege an der Wand kann er Informationen aufschnappen und im Haus herumschnüffeln. Wir sind so daran gewöhnt, die Kerle Bauholz schleppen zu sehen, dass wir nicht einmal hinschauen.«

»Ich glaube, Holt ist schon zu diesem Schluss gekommen.« Suzanna hob wieder ihre Hände. »Die Frage ist, was wir jetzt unternehmen.«

»Wir verschaffen den Jungs vom Bau etwas Aufregung und besuchen morgen den Westflügel.« Lilah erhob sich von dem Fenstersitz. »Es ist für mich gleichgültig, welches Aussehen er sich diesmal gegeben hat. Ich werde ihn erkennen, wenn ich nahe genug an ihn herankomme.« Nachdem das geklärt war, setzte sie sich wieder. »Also, Suzanna, warum erzählst du uns nicht, wann dich der böse Bradford-Junge gebeten hat, ihn zu heiraten?«

Suzanna lächelte. »Woher weißt du das?«

»Für einen Expolizisten hat er einen großartigen Geschmack, was Schmuck angeht.« Sie ergriff Suzannas Hand, um ihren anderen Schwestern den Ring zu zeigen.

»Gestern Abend«, sagte sie, während sie tränenreich umarmt und geküsst wurde. »Wir haben es den Kindern heute Morgen gesagt.«

»Tante Coco wird durch das Dach springen.« C. C. drückte Suzanna noch einmal. »Wir alle vier innerhalb von ein paar Monaten. Sie wird im siebenten Himmel der Heiratsvermittler schweben.«

»Wir brauchen nur noch diesen Mistkerl hinter Gitter zu bringen und die Smaragde zu finden.« Amanda wischte eine Träne weg. »Oh nein! Wisst ihr, was das bedeutet?«

»Es bedeutet, dass du noch eine Hochzeit organisieren musst«, antwortete Suzanna.

»Nicht nur das. Es bedeutet, dass wir Tante Colleen am Hals haben, bis die letzte Handvoll Reis geworfen wurde.«

Holt kam in schlechter Stimmung nach *The Towers* zurück. Sie hatten das Haus gefunden – leer. Sie hatten keinen Zweifel, dass Livingston dort wohnte. Das Gesetz mehr als nur ein wenig beugend, hatte er einen Einbruch verübt und das Haus genauso gründlich durchsucht wie Livingston sein Cottage. Sie hatten die gestohlenen Calhoun-Papiere gefunden, die Listen, die der Dieb angefertigt hatte, und eine Kopie der Originalpläne von *The Towers*.

Sie hatten auch eine maschinengeschriebene Kopie des wöchentlichen Zeitplans von ihnen allen gefunden, zusammen mit handschriftlichen Kommentaren, die keinen Zweifel daran ließen, dass Livingston jeden Einzelnen von ihnen beobachtet hatte. Es gab ein ordentliches Verzeichnis für jeden Raum, den er durchsucht hatte, mit allen Dingen, die er für stehlenswert erachtete.

Sie hatten eine Stunde auf seine Rückkehr gewartet, wollten dann aber die Frauen nicht so lange allein lassen, sodass sie Lieutenant Koogar telefonisch informierten. Während die Polizei das gemietete Haus auf Bar Island observierte, kehrten Holt und seine Gefährten nach *The Towers* zurück.

Nun mussten sie abwarten. Das kannte Holt noch von seiner Zeit bei der Polizei gut. Doch jetzt war es kein Job, und jeder Moment zerrte an seinen Nerven.

»Ach, mein lieber, lieber Junge!« Coco flog ihm in dem Moment entgegen, als er das Haus betrat. Er fing sie an ihren straffen Hüften ab, als sie sein Gesicht mit Küssen bedeckte.

»Hey!« Mehr brachte er nicht hervor, als sie an seiner Schulter weinte. Ihr Haar schimmerte nicht mehr schwarz, sondern leuchtete feuerwehrrot. »Was haben Sie mit Ihrem Haar gemacht?«

»Oh, es war Zeit für eine Veränderung.« Sie putzte sich die Nase und sank ihm erneut in die Arme. Hilflos tätschelte Holt ihren Rücken und sah die grinsenden Männer Hilfe suchend an.

»Es sieht gut aus«, versicherte er Coco und fragte sich, ob sie wirklich wegen ihrer Haare weinte. »Ehrlich.«

»Es gefällt Ihnen?« Sie wich zurück und zupfte an ihren Haaren. »Ich fand, ich könnte einen kleinen gewagten Akzent brauchen, und Rot ist so fröhlich.« Sie schnäuzte in ihr feuchtes Taschentuch. »Ich bin ja so glücklich«, schluchzte sie. »So unglaublich glücklich. Ich hatte es gehofft, wissen Sie. Und die Teeblätter zeigten an, dass alles funktionieren würde, aber ich machte mir trotzdem Sorgen. Sie hatte eine so schreckliche Zeit, und ihre süßen kleinen Babys auch. Jetzt kommt alles in

Ordnung. Anfangs dachte ich, es wäre Trent, aber er und C. C. passten so perfekt zusammen. Dann Sloan und Amanda. Dann, ehe ich mich versah, unser lieber Max und Lilah. Ist es ein Wunder, dass ich überwältigt bin?«

»Ich denke nicht.«

»Wenn ich mir vorstelle, wie Sie vor so vielen Jahren Hummer an die Hintertür brachten ... Und wie Sie für mich ein Rad wechselten und zu stolz waren, um auch nur Dank von mir anzunehmen. Und jetzt werden Sie mein Baby heiraten.«

»Gratuliere.« Trent schlug Holt grinsend auf den Rücken, während Max ein frisches Taschentuch für Coco hervorholte.

»Willkommen in der Familie!« Sloan streckte ihm die Rechte entgegen. »Sie wissen hoffentlich, worauf Sie sich einlassen.«

Holt betrachtete die weinende Coco. »Ich beginne es zu ahnen.«

»Hör mit diesem Geheule auf!« Colleen kam polternd die Treppe herunter. »Ich konnte dich bis in mein Zimmer jaulen hören. Um Himmels willen, bringt dieses Wrack in die Küche!« Sie deutete mit ihrem Stock auf Coco. »Flößt ihr Tee ein, bis sie sich zusammennimmt! Raus mit euch allen«, fügte sie hinzu. »Ich will mit diesem Jungen hier sprechen.«

Wie Ratten, die das sinkende Schiff verlassen, dachte Holt, als sie ihn allein ließen. Colleen gab ihm einen Wink, ihr zu folgen, und strebte dem Salon zu.

»Sie wollen also meine Großnichte heiraten.«

»Nein, ich werde sie heiraten.«

Colleen schniefte. Der Teufel sollte sie holen, wenn sie den Jungen nicht mochte. »Eines sage ich Ihnen. Wenn Sie zu ihr nicht besser sind als dieser Abschaum, den sie davor hatte, werden Sie sich vor mir verantworten müssen.« Sie sank in einen Sessel. »Was sind Ihre Aussichten?«

»Meine – was?«

»Ihre Aussichten«, wiederholte sie ungeduldig. »Wenn Sie denken, dass Sie mein Geld in die Finger bekommen, wenn Sie sich Suzanna schnappen, täuschen Sie sich.«

Seine Augen zogen sich zusammen, was ihr gefiel. »Sie können Ihr Geld nehmen und ...«

»Sehr gut.« Colleen nickte anerkennend. »Wie wollen Sie Suzanna unterhalten?«

»Sie braucht nicht unterhalten zu werden. Und sie braucht weder Sie noch sonst jemanden, der sich in ihre Angelegenheiten mischt. Sie ist bis jetzt sehr gut allein zurechtgekommen. Allerdings wird sie sich nicht mehr zu Tode arbeiten, und die Kinder werden in Zukunft jemanden haben, der ihnen ein guter Vater sein will. Vielleicht werde ich Suzanna keine Juwelen schenken können, aber ich werde sie mit Sicherheit glücklich machen.«

Colleen tappte mit ihren Fingern auf den Griff ihres Stocks. »Das werden Sie. Wenn Ihr Großvater Ihnen auch nur entfernt ähnlich war, ist es kein Wunder, dass meine Mutter ihn liebte. Also ...« Sie wollte sich erheben, als ihr das Porträt über dem Kaminsims auffiel. Das reizende Gesicht ihrer Mutter hatte das ernste ihres Vaters ersetzt. »Was macht dieses Bild hier?«

Holt schob die Hände in die Hosentaschen. »Ich fand, es gehört hierher. Hier hätte mein Großvater es gern gesehen.«

Colleen ließ sich in den Sessel zurücksinken. »Danke.« Ihre Stimme klang belegt, doch ihre Augen funkelten zornig. »Gehen Sie jetzt! Ich will allein sein.«

Holt ging und wunderte sich darüber, dass er sie mochte. Obwohl er sich nicht auf eine weitere Szene freute, wollte er in die Küche, um Coco zu fragen, wo Suzanna war.

Doch er fand sie, indem er der Musik folgte, die durch den Korridor klang. Sie saß am Klavier und spielte eine traurige Melodie, doch um ihre Lippen und in ihren Augen lag ein Lächeln. Als sie hochblickte, hielten ihre Finger inne, aber das Lächeln blieb.

»Ich wusste nicht, dass du spielen kannst.«

»Wir alle haben Unterricht bekommen.« Suzanna streckte ihre Hand nach ihm aus. »Ich habe gehofft, dass wir einen Moment für uns haben, damit ich dir sagen kann, wie wunderbar du heute Morgen mit den Kindern warst.«

Seine Finger mit den ihren verschlungen, so betrachtete er den Ring, den er ihr geschenkt hatte. »Ich war nervös.« Er lachte. »Ich wusste nicht, wie sie es aufnehmen würden. Als Jenny mich fragte, ob sie mich Daddy nennen darf ... Es ist komisch, wie schnell man sich verlieben kann, Suzanna. Ich glaube, ich kann jetzt verstehen, was ein Elternteil auf sich nehmen würde, damit seine Kinder in Sicherheit sind. Ich hätte gern noch mehr Kinder. Ich weiß, dass du dir das überlegen musst. Und du sollst nicht denken, ich würde mir dadurch weniger aus Alex und Jenny machen.«

»Das brauche ich mir nicht zu überlegen.« Sie drückte einen Kuss auf seine Wange. »Ich wollte immer eine große Familie.«

Holt zog sie so dicht heran, dass ihr Kopf an seiner Schulter lag. »Suzanna, weißt du, wo das Kinderzimmer war, als Bianca hier lebte?«

»Im zweiten Stock des Ostflügels. Es wird als Abstellraum benutzt, solange ich zurückdenken kann.« Sie richtete sich auf. »Glaubst du, sie hat dort die Halskette versteckt?«

»Ich glaube, Bianca hat sie dort versteckt, wo Fergus nicht nachsehen würde, und ich kann ihn mir beim besten Willen nicht im Kinderzimmer vorstellen.«

»Nein, aber irgendjemand wäre auf sie gestoßen. Andererseits ist das Zimmer angefüllt mit Kartons und alten Möbeln. Die Calhoun-Version eines Flohmarktes.«

»Zeig es mir.«

Es war schlimmer, als er es sich vorgestellt hatte. Selbst wenn man die Spinnweben und den Staub nicht beachtete, war es katastrophal. Kartons, Kisten, aufgerollte Teppiche, defekte Tische, Lampen ohne Schirme standen, lagen oder lehnten auf jedem Zentimeter freien Raums. Sprachlos wandte er sich Suzanna zu, die lächelnd mit den Schultern zuckte.

»Innerhalb von achtzig Jahren sammelt sich eine Menge Zeug an«, meinte sie. »Die meisten wertvollen Gegenstände wurden weggeschafft und verkauft, als wir – nun, als die Dinge schwierig waren. Dieses Stockwerk ist schon lange unbenutzt, weil wir uns nicht leisten konnten, es zu heizen. Wir mussten uns auf den Wohnbereich konzentrieren. Wenn wir erst einmal alles ein wenig unter Kontrolle haben, wollen wir die anderen Teile des Hauses Zimmer für Zimmer in Angriff nehmen.«

»Dafür braucht ihr einen Bulldozer.«

»Nein, nur Zeit und Muskelkraft. In den letzten zwei Monaten haben wir viele dieser alten Räume Zentimeter für Zentimeter durchsucht, aber es geht nur langsam voran.«

»Dann sollten wir am besten anfangen.«

Sie arbeiteten zwei schmutzige und schwere Stunden lang. Sie fanden einen zerschlissenen Sonnenschirm, eine erstaunliche Sammlung von Erotika des neunzehnten Jahrhunderts, einen Schrankkoffer voll muffig riechender Kleider aus den zwanziger Jahren und einen Karton mit gewellten Schellackplatten.

Es gab auch einen Karton mit Spielzeug, einer Miniaturlokomotive, einer traurigen Lumpenpuppe, verschiedenen Jojos. Dazwischen fand sich eine hübsche alte Märchenbildersammlung, die Suzanna beiseitelegte.

»Für unser Kinderzimmer«, erklärte sie Holt. »Sieh nur.« Sie hob ein gelbes Taufkleid hoch. »Das könnte von meinem Großvater stammen.«

»Man sollte meinen, das wäre alles sorgfältiger eingepackt worden.«

»Ich glaube, Fergus hat nach Biancas Tod keinen sehr ordentlichen Haushalt geführt.«

Holt zog eine Spinnwebe aus ihrem Haar. »Warum machst du keine Pause?«

»Warum? Mir geht es blendend.«

Er benutzte eine andere Taktik. »Ich könnte etwas zu trinken gebrauchen. Glaubst du, Coco hat etwas Erfrischendes im Kühlschrank? Vielleicht auch ein Sandwich?«

»Sicher. Ich sehe nach.«

Er wusste, dass ihre Tante darauf bestehen würde, das Essen zusammenzustellen, sodass Suzanna solange sitzen konnte. »Zwei Sandwiches«, fügte er hinzu und küsste sie.

»In Ordnung.«

Suzanna stand auf und streckte sich. »Es ist so traurig, an diese drei Kinder zu denken, die nachts hier drin lagen und wussten, dass ihre Mutter nicht zurückkommen würde, um sie ins Bett zu bringen. Übrigens, ich sollte meine Kinder lieber ins Bett stecken, bevor ich zurückkomme.«

»Lass dir Zeit.« Holt nahm sich bereits die nächste Kiste vor.

Suzanna ging hinaus und dachte wehmütig an Biancas Kinder. Der kleine Sean, der kaum laufen konnte. Ethan, der später der Vater ihres Vaters wurde. Und Colleen, die jetzt unten war und sicher irgendetwas an Coco auszusetzen hatte. Wie diese Frau jemals ein süßes kleines Mädchen …

Ein kleines Mädchen, dachte Suzanna und blieb im ersten Stock stehen. Das Mädchen, das älteste Kind, musste fünf oder sechs gewesen sein, als die Mutter starb. Suzanna machte einen Umweg und klopfte an die Tür ihrer Großtante.

»Herein, verdammt!«

»Tante Colleen.« Suzanna trat ein. Amüsiert stellte sie fest, dass die alte Frau in einen Liebesroman versunken war. »Tut mir leid, dich zu stören.«

»Warum? Den anderen tut es doch auch niemals leid.«

Suzanna biss sich auf die Zunge. »Ich dachte ... In jenem Sommer, dem letzten Sommer, warst du da noch im Kinderzimmer bei deinen Brüdern?«

»Ich hatte mein eigenes Zimmer am anderen Ende des Ostflügels. Da war das Kinderzimmer, dann Nannys Zimmer, dann das Kinderbad und drei Zimmer, die für Kinder von Gästen bereitstanden. Ich hatte das Eckzimmer gleich an der Treppe.« Sie blickte finster in ihr Buch. »Im nächsten Sommer zog ich in eines der Gästezimmer. Ich wollte nicht in dem Raum schlafen, den meine Mutter für mich dekoriert hatte, und wissen, dass sie es nie wieder betreten würde.«

»Es tut mir leid. Als Bianca dir sagte, ihr würdet weggehen, kam sie da in dein Zimmer?«

»Ja. Sie ließ mich ein paar von meinen Lieblingskleidern aussuchen und packte sie ein.«

»Danach ... Ich nehme an, sie wurden wieder ausgepackt?«

»Ich trug diese Kleider nie wieder, wollte es gar nicht. Ich schob den Koffer unter mein Bett.«

»Verstehe.« Dann gab es also noch Hoffnung. »Danke, Tante Colleen.«

»Mittlerweile bestimmt ziemlich mottenzerfressen«, grollte Colleen, als Suzanna wieder hinausging. Sie dachte an ihr Lieblingskleid aus weißem Musselin mit einer blauen Satinschärpe, stand seufzend auf und trat auf die Terrasse hinaus.

Die Dämmerung kommt früh, dachte sie. Ein Gewitter zog herauf. Sie roch es im Wind, sah es in den wilden Wolken, die bereits die Sonne verdeckten.

Suzanna eilte wieder die Treppe hinauf. Die Sandwiches mussten warten. Sie stieß die Tür zu Colleens altem Zimmer auf, das auch zum Abstellraum gemacht worden war. Es war jedoch kleiner als das Kinderzimmer und nicht so vollgestellt.

Sie hielt sich nicht mit Kisten und Kartons auf, sondern schob sie beiseite und suchte unter dem Bett. Ihr Herz stockte, als sie auf einen alten Koffer stieß. Sie öffnete ihn und fand sorgfältig in Seidenpapier eingeschlagene Kleider. Aber keine Mädchenkleider – und keine Smaragde.

Da das Licht bereits schwach wurde, stand Suzanna auf und wollte zur Tür, Holt und eine Taschenlampe holen, bevor sie weitermachte. In der Dämmerung stieß sie sich hart das Schienbein. Mit einer Verwünschung blickte sie nach unten und sah den kleinen Koffer.

Er hatte einst weiß geschimmert, war inzwischen jedoch stumpf von Alter und Staub. Er war beiseite geschoben worden, und man hatte Kartons darauf gestellt, die ihn zusammen mit einem verblassten Teppich fast verdeckten. Suzanna kniete sich in dem düsteren Licht hin, legte den Koffer frei und hob den Deckel an.

Der Duft von Lavendel war womöglich schon seit Jahrzehnten darin versiegelt. Sie nahm das erste Kleid aus weißem Musselin heraus, das vom Alter elfenbeinfarben geworden war, umgürtet mit einer verblassenden blauen Satinschärpe. Suzanna legte es behutsam beiseite und zog das nächste heraus. Sie stieß auf Beinkleider und Bändchen, hübsche Schleifen und ein Nachthemd mit Spitzenbesatz. Und dann – auf dem Grund, neben einem kleinen Stoffbären – eine Kassette und ein Buch.

Suzanna legte ihre zitternde Hand an die Lippen und griff dann nach dem Buch.

Biancas Tagebuch, dachte sie, als Tränen ihre Augen verschleierten. Sie war ganz aufgeregt, als sie die erste Seite aufschlug.

Bar Harbor Maine
12. Juni 1912

Ich sah ihn auf den Klippen oberhalb der Frenchman Bay …

Suzanna stieß unsicher den Atem aus und legte das Buch in ihren Schoß. Das durfte sie nicht allein lesen. Es musste auf ihre Familie warten. Ihr Herz hämmerte, als sie die Kassette aus dem Koffer nahm. Sie wusste es, bevor sie sie öffnete. Sie fühlte die Veränderung in dem Raum, das Vibrieren der Luft. Als die erste Träne über ihre Wange lief, hob Suzanna den Deckel und legte Biancas Smaragde frei.

Sie blinkten wie grüne Sonnen, waren voll Leben und Leidenschaft. Sie hob die Halskette hoch, die beiden herrlichen Reihen, und fühlte die Wärme auf ihren Händen. Achtzig Jahre zuvor in Hoffnung und Verzweiflung versteckt, waren sie nun frei. Das Dämmerlicht, das den Raum erfüllte, wurde ihnen nicht gerecht.

Suzanna kniete sich hin, ließ die Halskette von ihren Händen hängen, griff in die Kassette und holte passende Ohrringe heraus. Seltsam, dachte sie. Die hatte sie vergessen. Sie waren schön, exquisit, aber die Halskette dominierte. Sie war geschaffen, um zu dominieren.

Wie betäubt blickte Suzanna auf die Macht in ihren Händen. Das waren nicht bloß Edelsteine, nicht nur einfach schöne Steine. Das waren Biancas Leidenschaften und Hoffnungen und Träume. Seit der Zeit, zu der sie in die Kassette gelegt worden waren, bis jetzt, da sie von Biancas Nachfahrin herausgeholt worden waren, hatten sie darauf gewartet, das Licht wiederzusehen.

»Oh, Bianca.«

»Ein bezaubernder Anblick.«

Ihr Kopf ruckte bei dem Klang der Stimme hoch. Der Mann

stand an der Tür, kaum mehr als ein Schatten. Als er in den Raum trat, sah Suzanna das Schimmern der Waffe in seiner Hand.

»Geduld zahlt sich aus«, sagte Livingston. »Ich habe zugesehen, wie Sie und der Polizist in den Raum am Ende des Korridors gingen. Ich habe ziemlich viele schlaflose Nächte damit verbracht, nachts durch diese Räume zu wandern.«

Als er näher kam, starrte sie ihn an. Er sah nicht so aus wie der Mann, an den sie sich erinnerte. Seine Haarfarbe stimmte nicht, sogar seine Gesichtsform war verändert. Sie stand ganz langsam auf, das Buch und die Ohrringe in der einen Hand, die Halskette in der anderen.

»Sie erkennen mich nicht, aber ich kenne Sie. Sie sind Suzanna, eine von den Calhouns, die mir eine ganze Menge schulden.«

»Ich weiß nicht, wovon Sie sprechen.«

»Drei Monate meiner Zeit und nicht wenig Mühe. Dann der Verlust von Hawkins, natürlich. Er war kein besonders guter Partner, aber er gehörte mir, genau wie das hier.« Er betrachtete die Halskette. Sie betäubte ihn. Mehr, als er sich erträumt, mehr als er sich ausgemalt hatte. Alles, was er wollte. Seine Finger zitterten leicht an der Waffe, als er die Hand ausstreckte. Suzanna zuckte zurück. Er hob eine Braue. »Glauben Sie wirklich, Sie könnten mir die Kette vorenthalten? Sie ist für mich bestimmt. Und sobald die Steine mir gehören, gehört mir auch alles, was sie darstellen.«

Er trat noch näher, und als Suzanna sich nach einer Fluchtmöglichkeit umsah, krallte er seine Hand in ihr Haar.

»Manche Steine besitzen Macht«, sagte er leise. »Tragödien durchdringen sie und machen sie noch stärker. Tod und Kummer schärfen sie. Hawkins verstand das nicht, er war ein einfacher Mann.«

Und der Mann, dem sie gegenüberstand, war ein Verrückter. »Die Halskette gehört den Calhouns, hat ihnen immer gehört und wird ihnen immer gehören.«

Er riss hart und schnell an ihren Haaren. Sie hätte aufgeschrien, doch die Waffe drückte sich gegen den jagenden Puls an ihrem Hals. »Sie gehört mir, weil ich klug genug war, weil ich entschlossen genug war, um darauf zu warten. In dem Moment, als ich von den Smaragden las, war es mir klar. Und heute Abend ist es geschafft.«

Suzanna wusste nicht, was sie getan hätte, ihm die Steine geben oder mit ihm reden. Doch in diesem Moment schob sich ihr kleines Mädchen durch die Tür. »Mom.« Ihre Stimme zitterte, während sie sich die Augen rieb. »Es donnert. Du sollst doch zu mir kommen, wenn es donnert.«

Es passierte blitzschnell. Der Mann drehte sich um und schwenkte seine Waffe herum. Mit aller Kraft warf Suzanna sich auf ihn und blockierte sein Ziel. »Lauf!«, schrie sie Jenny zu. »Lauf über den Korridor zu Holt!« Sie versetzte Livingston einen Stoß und rannte hinter ihrer Tochter her. Die Entscheidung musste in dem Augenblick fallen, als sie die Tür erreichte. Als sie Jenny nach rechts und, wie sie hoffte, in Sicherheit davonrennen sah, wandte Suzanna sich in die entgegengesetzte Richtung.

Er würde ihr und nicht dem Kind folgen, weil sie noch immer die Halskette hatte. Die nächste Entscheidung musste sie an der Treppe treffen. Nach unten zu ihrer Familie zu laufen und sie in Gefahr bringen. Oder nach oben – wo sie allein war.

Sie war halb die Treppe hinauf, als sie ihn hinter sich auf den Stufen hörte. Sie zuckte ängstlich zusammen, als eine Kugel dicht neben ihrer Schulter in den Verputz schlug.

Atemlos stürmte sie hoch und hörte erst in diesem Moment

das Grollen des Donners, der Jenny geängstigt und dazu gebracht hatte, ihre Mutter zu suchen. Suzannas einziger Gedanke war, so viel Abstand wie möglich zwischen dem Irren und ihrem Kind zu gewinnen. Ihre Absätze klapperten auf der eisernen Wendeltreppe, die zu Biancas Turm führte.

Seine Finger schossen zwischen den offenen Treppenstufen durch und packten ihren Knöchel. Mit einem Aufschrei der Wut und des Entsetzens trat sie nach ihm, schüttelte die Finger ab und stolperte das restliche Stück hinauf. Die Tür war geschlossen. Den Tränen nahe, warf sie ihr Gewicht gegen das massive Holz. Es gab schmerzhaft langsam nach, sodass sie hineinfallen konnte. Doch bevor sie die Tür zuschlagen konnte, drängte er sich in den Raum.

Suzanna wappnete sich innerlich und war sicher, dass es nur Sekunden dauern würde, bis sie den Einschlag der Kugel spürte. Er keuchte und schwitzte, und seine Augen waren glasig. In seinem Mundwinkel zuckte ein Muskel.

»Gib her!« Die Waffe zitterte, als er näher kam. Bei dem Zucken eines Blitzes sah er sich wild in dem dunklen Raum um. »Gib sie mir jetzt!«

Er hatte Angst – vor diesem Raum. »Sie waren schon einmal hier drin.«

Es stimmte. Nur einmal. Und er war verstört wieder hinausgelaufen. Irgendetwas war hier, das ihn hasste. Es kroch kalt wie Eis über seine Haut. »Gib mir die Halskette, sonst bringe ich dich um und nehme sie mir!«

»Das war ihr Raum«, erwiderte Suzanna. »Biancas Raum. Sie starb hier, als ihr Mann sie aus diesem Fenster stieß.«

Er konnte nicht widerstehen und blickte zu dem Fenster.

»Sie kommt noch immer her, um zu warten und die Klippen zu beobachten.« Sie hörte wie erwartet Holt die Treppe hinaufstürmen. »Sie ist jetzt hier. Nehmen Sie sie.« Sie hielt dem Mann die Smaragde entgegen. »Aber Bianca wird nicht zulassen, dass Sie damit davonkommen.«

Sein Gesicht war kreidebleich und schweißüberzogen, als er nach der Halskette griff. Er packte sie, fühlte jedoch nicht wie Suzanna Wärme, sondern nur Kälte – und Entsetzen.

»Sie gehört jetzt endlich mir.« Er fröstelte und schwankte.

»Suzanna«, sagte Holt ruhig von der Tür her, »geh weg von ihm!« Er hatte seine Waffe gezogen. Er hielt sie mit beiden Händen. »Geh weg«, wiederholte er, »langsam!«

Sie machte einen Schritt, einen zweiten. Livingston achtete nicht auf sie. Er wischte sich mit der Hand, in der er die Waffe hielt, über die trockenen Lippen.

»Es ist aus«, sagte Holt zu ihm. »Lassen Sie die Waffe fallen!« Doch Livingston starrte weiterhin hektisch atmend auf die Halskette. »Geh hinaus, Suzanna!«

»Nein, nicht ohne dich.«

Holt hatte keine Zeit, um sie zu verwünschen. Er sah, dass der Mann nicht mehr an seine Waffe dachte, sondern nur zitternd auf die Smaragde starrte.

Seine Augen auf Livingston gerichtet, packte Holt ihn am Handgelenk. »Es ist aus!«, wiederholte er.

»Das gehört mir.« Rasend vor Wut und Angst, griff Livingston an. Er feuerte einmal in die Decke, bevor Holt ihn entwaffnet hatte. Selbst dann wehrte er sich, doch der Kampf war kurz. Bei dem nächsten Krachen des Donners heulte er auf und schlug wild um sich, während die anderen in den Raum preschten.

Desorientiert und verängstigt wirbelte Livingston herum.

Berstendes Glas klirrte. Dann ein Laut, den Suzanna nie vergessen würde. Der entsetzte Schrei eines Mannes. Während Holt hinzusprang, um ihn zu retten, wirbelte Livingston durch das zerbrochene Fenster und stürzte auf die Felsen hinunter, auf die der Regen prasselte.

»Mein Gott!« Suzanna presste sich gegen die Wand, ihre Hände vor ihren Mund gelegt, um ihren eigenen Schrei zu ersticken. Arme legten sich um sie, Stimmen redeten auf sie ein.

Ihre Familie war in das Turmzimmer geströmt. Sie beugte sich zu ihren Kindern herunter und drückte Küsse auf ihre Wangen. »Es ist alles in Ordnung«, beschwichtigte sie sie. »Es ist jetzt alles in Ordnung. Ihr braucht vor nichts mehr Angst zu haben.« Suzanna blickte zu Holt. Er stand da, sah sie an, hinter ihm die Schwärze, das Glitzern der Smaragde zu seinen Füßen. »Alles ist jetzt in Ordnung. Ich bringe euch gleich nach unten.«

Holt schob seine Waffe wieder ins Halfter. »Wir bringen sie nach unten.«

Eine Stunde später waren die Kinder beruhigt und schliefen. Holt ergriff Suzanna am Arm und führte sie auf die Terrasse. Angst und Zorn, die er empfunden hatte, seit Jenny weinend zu ihm gekommen war, brachen aus ihm hervor. »Was hast du bloß gemacht, zum Teufel?«

»Ich wollte ihn von Jenny fernhalten.« Ihre Hände zitterten.

»Schon gut, schon gut«, sagte er.

Suzanna hielt die Tränen nicht zurück. »Ich wusste nicht, was ich sonst machen sollte. Ich wollte weder tapfer noch dumm sein.«

»Du warst beides, und ich liebe dich.« Holt küsste sie. »Aber jage mir nie wieder einen solchen Schrecken ein.«

»Abgemacht.« Sie rieb ihre Wange an der seinen. »Jetzt ist es wirklich vorbei, nicht wahr?«

Er drückte einen Kuss auf ihren Scheitel. »Es fängt gerade erst an.«

Epilog

Es war schon spät, als sich die Familie im Salon versammelte. Die Polizei war endlich abgerückt. Unter Biancas Porträt hatten sie sich zusammengefunden.

Colleen saß da, die Smaragde auf ihrem Schoß. Es tröstete sie, eine kostbare Erinnerung an ihre Mutter zu haben.

Holt hatte einen Arm um Suzanna gelegt. In dem Salon war nur ihre Stimme zu hören, während sie Biancas Tagebuch vorlas.

Sie schlug die letzte Seite auf mit Biancas Gedanken über die Smaragde. *»Ich dachte nicht an ihren Geldwert, als ich sie hervorholte und in meinen Händen hielt, um ihr Glitzern in dem Licht der Lampe zu betrachten. Sie sollten ein Erbstück für meine Kinder und deren Kinder sein, ein Symbol der Freiheit und der Hoffnung. Und mit Christian auch der Liebe. Als die Tagesdämmerung anbrach, beschloss ich, die Smaragde zusammen mit diesem Tagebuch an einem sicheren Ort zu verstecken, bis ich wieder mit Christian vereint sein würde.«*

Suzanna blickte auf und schloss langsam das Tagebuch. »Ich glaube, sie ist jetzt bei ihm. Nun sind sie zusammen.«

Sie lächelte, als Holt ihre Hand drückte. Suzanna blickte sich um, betrachtete ihre Schwestern, die Männer, die sie liebten, ihre durch Tränen lächelnde Tante und Biancas Tochter, die zu dem Porträt sah, das mit unzerstörbarer Liebe gemalt worden war.

»Es war Bianca, mehr noch als die Smaragde, die uns alle zusammenbrachte. Ich glaube, indem wir die Halskette fanden, haben wir den beiden geholfen, einander zu finden.«

Draußen schimmerte der Mond über der schäumenden See, die gegen die Felsen brandete. Der Wind wisperte durch die wilden Rosen und wärmte die Liebenden, die dort einherschritten.